历史人物小说

大汉第一

太后吕雉

周鹏飞 著

中国书籍出版社
China Book Press

前　言

吕后（前241—前180），汉高祖刘邦结发之妻，名雉。秦时单父县今山东单县人。其父吕公因避仇家，移居沛县，在一次宴会上认识刘邦，遂以吕雉许配。楚汉战争开始不久，吕雉和刘邦父亲被项羽俘虏，置军中以为人质。后项羽因形势失利，被迫与刘邦讲和，吕雉等人方才获释。次年，刘邦称帝，立吕雉为后。

吕后为人有谋略而性坚忍，在刘邦剪除异姓诸侯王的过程中起了很大作用。刘邦在前方讨伐陈豨，吕雉留守在后方诛杀了韩信、彭越。

古代帝王把江山视为自己的私产。刘邦称帝后，曾对父亲说："早先您说我是无赖，不能治产业，现在我的产业和我二哥刘仲比，谁的多？"得意之态溢于言表。那么，这份家产也应有吕雉的一半，因为她做出很大牺牲，吕家子弟在战争中也是出了力的。

刘邦晚年宠爱戚夫人，欲废长立幼，将太子之位传给戚夫人的儿子。这引起吕后的强烈反对。她挺身应战，用自己的方式捍卫权利。她深深体会到男人是靠不住的。早年刘邦在乡里浪荡，不事劳作，是她耕种田亩，抚养孩子。刘邦逐鹿中原时，她吃苦受累，蹲进深牢大狱。而当她贵为皇后，本以为苦尽甘来时，可刘邦已经移情别恋，她很可能一无所有。

男人天生是要闯荡的，他要征服，要破坏，总有新目标，刘邦是典型的代表；而女人只能固守，像一粒种子一样必须扎根，这样才有生命延续的可能，才有家园的温馨。所以，吕后的故事就是女人向男人抗争的故事，是两种生命曲调的交响。

刘邦死后，吕后对年轻貌美的戚夫人进行疯狂报复；对刘姓诸王逐个消灭。女性嫉妒的烈火焚烧起来非常可怕。刘邦这么豁达的人，面对分庭抗礼的异姓王侯尚且毫不留情，吕后也一样，她对戚夫人的陷害也是她多年忍辱负重的总爆发。

吕后的儿子生性柔仁，难当大任，想来吕后是很失望的。自己再强，也抗拒不了死亡，百年之后，江山托于何人？刘邦易储时遇到的问题，她此时也遇到了。所以，每个人都会遭遇人生困境。人也许能掌控自己，却掌控不了未来。从这个意义上说，人生都是悲剧。

吕后去世后，刘邦的旧臣诛灭了吕氏家族，江山重又姓刘了。这并不是说外戚掌权注定就该失败的，杨坚也是北周的外戚，他不也成功了吗？主要原因还是吕家没有强有力的人物，吕后拼死拼活地扶植他们，把江山交到他们手上他们也守不住。

史书上的吕后可能被丑化了，不能尽信，因为历史从来都是成功者写的。单就吕后的人生来讲，她的抗争不很精彩吗？

本书不是严谨的历史传记，而是一部历史小说。小说以秦末汉初的大量史实为依据，添加了一些细节，创造性地勾画了吕后这个人物和那段波澜壮阔的历史。希望此书能引发读者一些思考。

目 录

前 言	001
引 子	001
一 吕叔平酷爱相术，吴县令调任沛城	008
二 避仇杀乔迁沛县，会豪杰巧结良缘	016
三 侠义刘邦变草寇，斩蛇避走芒砀山	027
四 沛公扬马上征途，吕雉月夜难独守	041
五 鸿门宴狼烟再起，笼中鸟度日如年	052
六 审食其陈仓暗度，刘太公逢凶化吉	062
七 布衣刘邦登九五，审慎吕后入角色	074
八 韩信功高仍获罪，冒顿单于戏刘邦	086
九 陈平巧计戏匈奴，刘敬和亲安边塞	098
十 贯高救主轻生死，戚妃为子谋未来	103

大汉第一太后吕雉

十一	诛陈豨不容分说，杀韩信何患无辞	119
十二	太子之争风波恶，商山四皓入长安	135
十三	黥布落魄丧家犬，英雄暮年大风歌	150
十四	汉高祖抱憾辞世，吕皇后大施淫威	165
十五	长乐宫阴云密布，众老臣如履薄冰	178
十六	戚夫人母子受难，审食其小人得志	192
十七	献地认母遭羞辱，在人檐下得低头	207
十八	乱婚配伦常失序，易幼主太后临朝	222
十九	白马之盟不足畏，江山还需自家扶	236
二十	山雨欲来风满楼，太后一去大厦倾	255
二十一	刘肥之子报前仇，齐国平地起波澜	269
二十二	识时务灌婴倒戈，智多星陈平施计	287
二十三	未央宫风住雨歇，黄土冢一声叹息	301

引　子

刘邦放走刑徒、落草为寇的消息传到县里，县令吴行按秦律将吕雉押入大牢。

吕雉的父亲吕公含泪相送："孩子，去吧，王法大如天，无人敢违。家中的孩子我给照管，时日不长，一准会有个水落石出。"至此，吕公还不太相信事实。

吕雉没有言语，她知道劝说人的话分量不重，是刀山是火海只有自己担载。她没有流泪，只是苦笑着与父兄道别。

长空一声霹雳，秦时丰沛之地爆出惊天动地的消息：泗水亭长刘邦在奉命押送刑徒去咸阳的途中，放走刑徒，自己上山落草为寇去了。

消息先在丰邑旋起，凡听闻者，无一相信。

"放着现行的亭长不做，偏要当贼为寇，招官兵剿杀，族人受牵连，谁信！"

"刘邦行事放荡，酷爱酒色，然从不与草寇为伍，莫不是被歹人陷害，故意放风的？"

"千真万确，是一刑徒被捉拿后，从实招供出来的。"

当这个雷人的消息传到刘邦之妻吕雉的二哥吕释之的耳朵时，他未及分辨真假，即刻传给妹妹吕雉。刚刚从田地里归来的她，立时惊得直呆呆挺立门旁，大睁着双眼，嘴巴张了几张，说不出话来。

吕释之忙劝慰说："是福不是祸，是祸躲不过。人世间，是话就有音。你可要当心啊！"

吕释之后边的话没有说出口，他更不愿意说出口：秦时刑法，一人犯罪，全家连坐。何况刘邦犯下了大逆之罪，妻儿定当入狱蹲牢。一个被亲邻刮目相看的温馨小家庭当即被砸个粉碎，妹妹怎么受得了这个苦罪？

吕雉定定神，用力咬咬牙齿，冷笑一声："夫君所作所为，我心里清楚，外人风言风语言传，我不会轻易相信。你只管放心，不论多大的风险我定当双肩担起。"

吕释之心里当然清楚，这个大妹妹性格刚毅，温柔贤淑，自幼在家中不狂言不妄为，终日只管随母亲身后，学女红针线，学管家理财。十三岁起，便随父兄来到田间劳作，虽身小力薄，但一招一式均尽力而为，从不惜力偷懒。自从嫁到刘家以后，更是里外打点，日夜操持，从来没有一丝空闲。刘邦身为亭长，终日呼朋唤友，推杯换盏，从不过问家事。最让他气愤的是，妹妹作为一双儿女的母亲，再苦再累，倒也无话可说，竟然还扶养着一个十五六岁的男儿，这是刘邦在婚前与曹媛生下的一个大儿子。婚后，刘邦有了新婚妻子，自然远离那个寡妇曹媛。这个寡妇心地倒也狠毒，出于妒忌刘邦夫妇，欲使他们这个新家恶吵不断，便把那个叫刘肥的儿子送到吕雉面前，嘴里不咸不淡地说："快快给你的新花娘磕头，往后你就沉下心跟随这位花娘过日子吧。"刘肥十分乖巧地纳头大拜，口里只管喊叫羞人的话语："花娘，孩儿这边有礼了。"

一位不满二十岁的新婚女子受此大辱，如何能经受得住？但是吕雉偏偏没有被恶风污雨所击倒，她只是脸面上羞得红红的，拉起只比自己小四五岁的"儿子"，说："往后只管叫娘即可，我定不会嫌弃你的。"吕雉此番超然大度的举止，既深得刘邦的钦佩，又轻易挫败曹媛的阴谋，在邻里乡间一时传为佳话。

可眼下刘邦的所作所为，再一次把妹妹吕雉推到风口浪尖。如果一切真如风传的那样准确，妹妹的身心将会受到何种打击？吕释之不敢再想，他只想尽快探听确切的消息。

就在此时，小妹婿樊哙风风火火赶来，嘴里不住吼叫："想把罪名扣到我兄长头上，妄想，待我把消息打探清楚以后再跟你们一个个算账！"

樊哙是一名杀狗卖肉的屠夫，平日与刘邦亲如手足。他膀宽腰圆，声如洪钟，眼若铜铃，一副力敌万夫的气势令人望而生畏。刘邦娶下吕雉后不久，又亲自引荐，让樊哙娶了吕雉的妹妹吕嫕，友情之上又扯上一道连襟亲情。今天当他听说这个令人震惊的消息时，急忙丢下手中的活计，快步赶到这里。

吕释之先是止住樊哙凶气，无奈地说："俗话说无风不起浪，眼下自然有人传得如此真切，不如你去丰西大泽探个究竟。"

樊哙没有推辞，一口应允下来，便骂骂咧咧走回去。当下便离家去丰西大泽。

当消息传到沛县县府大堂上，县令吴行立时惊得目瞪口呆，好半天说不出话来。他怎么也不相信，这个平日里遵奉法纪、执政乡里的亭长怎么能干出大逆不道的蠢事。县吏萧何与他一样，不太相信这传言。他知道刘邦办事敢作敢为，故平日高看一眼，处处维护他，可眼下这事一时让他手足无措。

县令吴行问："你看这事是真是假？"

萧何说："说是真的，我咋也不敢相信；说是假的又传得如此逼真，让人不得不相信三分。"

吴行满腹狐疑："这刘邦干着亭长的差使，有吃有喝，百姓抬举他，我等又高看他，凡事顺风顺水，为何他偏偏要走这一步？"

萧何只得深深叹上一口气："人心难测也。可人往高处走，水往低处流，刘邦为啥偏偏违反这个常规？"他嘴里没说心里却在反复琢磨：难道他遇上迈不过去的坎儿？难道他窥见潮流风向，一心要赶超引领，出人头地？在他眼里，刘邦是干大事业的人，举手投足，一言一语，皆放荡不羁，虽重酒色，那也是他结交豪杰的手段，而最令人无法理解的是他那副不安的心绪,想常人不敢想,干常人不敢干的事。这些事他绝不能和盘托出,说给县令听。眼下他极力思考的是:如若消息不真,只算虚惊一场;如若千真万确,他首先想到的是如何护佑刘邦之妻吕氏,如何在县令面前为刘邦开脱。私自放走刑徒,而自己又落草为寇,这当然为秦法所不容。即使一时难以捕捉刘邦,可他的家属必将为此下狱。这将如何是好?……

其间仅隔一天,泗水郡传来文报:言刘邦押送刑徒悉数遁逃,速速捉拿归案。

县令吴行不敢有半点迟疑,立即派士卒星夜赴丰西大泽搜捕,但无功而返。郡守大怒,狠狠斥责吴行一通,吴行只得按秦律将吕雉押入大牢。

吕雉的父亲吕公含泪相送:"孩子,去吧,王法大如天,无人敢违。家中的孩子我给照管,时日不长,一准会有个水落石出。"至此,吕公还不太相信事实。

吕释之说:"我曾找到萧何,他说他已经关照狱令,进去后不会难为你的。"

吕雉没有言语,她知道劝说人的话分量不重,是刀山是火海只有自己担载,此时此刻畏缩后退是妄想,只能趋步向前,一切看自己的运气了。她没有流泪,只是苦笑着与父兄道别。

这时,奉命来抓吕雉的是一个名叫任敖的狱令,他是刘邦的好友,此前,又有萧何的特别关照,他例行公事,把吕雉带到狱中,把她安置在早早设置好的一间寂静处,既无人打扰,又能在食宿上多予照顾。

头两天,任敖在狱中走动勤快,吕雉的食水很是足够。但是,接下来,殷九和洪三轮流值班,对吕雉的食物异常克扣,饮食少不说,有时两天也不给一口水喝。吕雉只好数着日头受煎熬。

一天夜里,当她正在昏睡时,牢房门轻轻打开,殷九和洪三迎着窗外的月光,摸到吕雉身旁。她被惊动以后大叫起来。殷九说:"小娘子,你就是把嗓门喊破也无人理应。"洪三说:"只要你顺顺当当让我们兄弟两人过把瘾,日后会有你的好日子的。"吕雉知道这两个人的歹心,只得拼死反抗。无奈,一个弱女子,在狱中又被虐待多日,身上无力,几番挣扎以后,早被二人拢住手脚。

在一阵阵的淫笑声中,吕雉并未停止反抗,先是用嘴唾二人脸面,继而又张口用牙齿咬。吕雉越是拼命反抗,殷九洪三二人越有兴致。

当他两人终于扒下吕雉的裤子时,狱门哐当一声被踢开,进来的正是任敖。这几天,家中老母生病,任敖只得回家侍候母亲。今天回到牢狱后,想看看吕雉如何,不想,刚刚踢开门,就被眼前的景象惊住了:月光下,一具白得耀眼的躯体横在草铺上,两个人正欲火中烧,想着好事儿。任敖再也忍耐不住,先是一拳打过去,殷九整个儿仰倒在地上;洪三刚想提起裤子,被任敖掐住脖梗猛地一提,狠狠摔在一旁。殷九、洪三整个儿醒过神来,连忙爬到任敖脚下,磕头求饶。

任敖嘴里不停大骂:"狗东西,平日里我待你二人不薄,为何我嘱咐的事偏偏不能尽心照办？毫无人性的东西，不打不足以平我胸中怒火！"说着，又照二人胸口踢去。可怜殷九、洪三，一个被踢得吐血，一个被踢断一根肋骨。

从此以后，二人再也不敢在吕雉面前造次，更是不敢克扣食物，侍候得十分周到。

身陷囹圄，与世隔绝，吕雉身伏在草铺上，头脑里如翻江倒海，一时是父母公婆的影子，一时是孩儿刘乐、刘盈，还有那个令人尴尬的大儿子刘肥，农家的院落、鸡、猪、狗嬉闹鸣叫，黍谷干草的香气令人回味。

但是，这一切只给她一个想念，而夫君刘邦跟她分手时的情景现在想来更觉蹊跷：那天，她正带着孩子在田间忙活，看到刘邦远远走来，孩子一拥而上，刘邦先是亲亲女儿刘乐，随手从路边掐一朵野花插在女儿刘乐头上，又双手抱起儿子刘盈，亲了又亲。这个场景，吕雉从来没有见过。后来的情景更让她脸发烧，心狂跳。刘邦把孩子放下后，让他们回家玩去。他阔步来到田里，拉着吕雉的手，又给她揩去脸上的汗水，轻轻说一句：让你辛苦了。吕雉从打进了刘家的门，田地的活计一直是她一手操持，刘邦从不过问。今天是咋的啦？

人高马大的刘邦伸手把吕雉揽在怀里，双手轻轻抱起来，缓步走向地头的一片小树林，刘邦那三绺美髯，随风飘起，撩在吕雉的脸面上，令她心里痒丝丝、麻酥酥的，万分惬意。最后，在一片深草丛中，俩人美美热闹一番。罢后，吕雉枕着丈夫的胳膊，依偎在他的胸前，久久享受怡人的温馨。好一会儿，刘邦叹了一口气，说奉县令之命，要押送一批刑徒去咸阳服役。吕雉说："你又不是第一次出公差，以前数次，从来没有告诉过我，更没有这般亲疼过我，今儿为啥？"刘邦哀叹一声说："这些刑徒到了咸阳，从来没有人再能回来过，我于心不忍。"

"这里面有你认识的人？"

"有，我的好兄弟周苛。"

"啊，他为何变成刑徒？"

"他巧立名目加刑一名路过富豪，没想到这位富豪黑白两道通吃，反将周苛告到泗水郡。郡守谴责下来，周苛因知法犯法获刑。让我怎么也不明白的是，周昌因没有阻止兄长所为，也获连坐入狱。"

沉默，好一阵沉默，只有习习微风从耳边吹过。刘邦突然起身，十分阴郁地说："大秦朝法典酷烈，将来有一日，我不慎入狱获刑，你与孩子怎么过活？"

吕雉一骨碌跳起来，大声责怪说："不许你胡说八道，出门远行，要说吉利的话。"

"吉利？嘿嘿，沿途跑掉一个刑徒就要治我的罪，一百多人能一个不少？按期限晚到一天同样要治我的罪，你想想看，遥遥数千里，黑风苦雨，山险坡陡，这日期谁能掐得如此准确？另外，饥饱无常，疾病相扰，这些都如蛇蝎虎狼一样，令人防不胜防。想想看，我这个亭长岂不是站在悬崖边上，腰缠一丝马尾，那险情说来就来，天大的吉利话也于事无补。"

猛地，吕雉的心被冰住了。她从来没有想过这些事，更不清楚这些事儿背后的暗道儿。同时，令她难以理解的是，刘邦今天为什么要对她说这些，难道他有什么不祥的预感？

这时，她头脑里突然闪出光芒，且愈来愈明亮，她急不可待地相告："俗话说，吉人自有天相。今儿上午，一位老人路过田头，向我讨碗水喝，罢后，我又送给他两张饼。他吃饱喝足以后，说要给我娘儿几个相相面，这一看不得了了，他说我是天下贵人，并说我这贵人是来自盈儿，还说乐儿也是大贵人。"

"哈哈，这还不是你送了茶水饭食而换来的一番恭维话吗？没有什么奇怪的，不要当真。"

"不。"吕雉十分执拗地说，"要说我跟儿女的贵相是茶饭换来的方有一半道理，可他未与你谋面，竟也把你的面相说了出来。"

刘邦略显惊讶："他说我什么？"

"他说你是贵人之极，说我跟孩儿皆因夫君你而贵。"

刘邦一时无语，尽在微风中发怔……

眼下，每每想到这一节，吕雉心里七上八下的，不知刘邦的死活，也不知前路是福是祸。

"吱"的一声，牢门被打开，当班的殷九按时送来午饭。虽说是粗馍淡饭，可数量不少，每次都能让吕雉吃个饱。

自从那次被任敖狠狠管教一通，殷九在吕雉面前再也不敢动手动脚，平日里连个大话也不敢说。洪三呢，虽说心中不服，但还是不敢造次，他知道任敖的拳脚硬气，落在身上想揭也揭不掉。尽管他手脚收敛，可暗地里一直在寻找机会，伺机下手。因为，吕雉不同于一般女人，虽说被关押在酷似猪窝狗圈的地方，吃着无盐无油的霉烂食物，可她的相貌并没有因此晦暗，反而愈加白皙柔嫩，特别是那双丹凤眼，瞥人一下，仿佛能摄人心魄，让人想入非非，心慌意乱。更令他心生妒火的是，他跟殷九每次跨入牢房，吕雉这个美人连眼角也不瞥他们一下，只管合目静坐或是把脸面转向一旁，一副孤傲神态令人无法接近。可每当任敖走进牢房，吕雉立时焕发精神，满面漾着可心的微笑，一双眼睛尽朝任敖相邀，看那架势恨不能立马跟任敖拥抱上床，狠狠热闹一番。

洪三每次望见此情此景，总是先一个劲儿地吞咽唾沫，接着是朝地上狠狠吐一口，一副无果而终的懊丧，只能长叹蹲地。

这时殷九总是在一旁尖酸地劝他："山枣儿都是猴吃的，老母猪一吃就酸倒牙。看看瞅瞅，过过眼瘾就行，千万别再来真格的。"

这几天，任敖的母亲又病倒了，任敖又留在家中照看老母。洪三再也无法忍受蹲升的欲火，时时围着吕雉，双眼发直，口流涎水，一副急不可耐的模样。

殷九倒十分知趣，他办完事儿以后，即刻远远避开，他想看看洪三如何吞下这个令人解馋的果子。

太阳西沉，牢房越来越暗。洪三憋足气、壮其胆，走到吕雉身旁，十分殷勤地问候："夫人，外面起风了，要不要加一床被褥？"

"谢谢大人的美意，在下无须添衣加被。"

"夫人，是否口渴，我去打一壶新茶？"

"谢谢大人的关心，在下不渴不饿。"

这时，吕雉的口气显得有些生硬，洪三的企图已被她知晓。可是洪三依旧不停不止，他步步偎近吕雉，只待一步跨上去。

吕雉没有惊慌，她轻轻地咳一声："大人，我中午睡觉时，梦见我家的一只狗来到我身旁。"

洪三当然不憨："夫人，天下没有不吃荤的狗，你说是不是？"

吕雉说："更有记吃不记打的狗。这多是贪吃不长记性的癞皮狗，无法，只有狠狠再打！"

这一句话仿佛一声炸雷，令洪三打了一个哆嗦。任敖的拳脚砸在身上的疼痛仿佛又回来了，他止住脚步，僵在那里。

牢门吱地被打开，洪三惊吓得大吼一声："谁？"殷九阴阳怪气地接一声："是我，来换你去吃饭的。"

吕雉一颗悬在半空的心终于落地了。

如是提心吊胆又过了四五天，也是黄昏时刻，她总算盼来了任敖。她仿佛盼来了救星，一时激动得竟嘤嘤啼哭起来。任敖大惑不解，急忙询问："嫂夫人莫哭，是不是那两个狗东西又来欺负你了？"

"不，不，看到你的威风，那两个官人从来不敢动手动脚的了。只是，只是……"

"只是什么？嫂夫人心中若有芥蒂，尽管说出来，小弟我即刻照办。"

"这几天，每到夜晚，我总是梦见夫君，但见他不是被虎狼追赶，就是落入悬崖，抑或是沉在滔滔血水中，尽管他拼命号叫，却从不见有人上前搭救，每次我都被他吓得死去活来，活活惊醒后，只能以泪洗面，熬盼天亮。我被押进牢狱前后已达半年之久，外面音讯全无，头脑木涨，心里空落，真不知何日……"说着她又低声啜泣起来。

任敖一边安慰她，一连向她述说："听樊哙回来说，兄长已带领千余人马，南北征战，说不定哪天就会打到丰沛来的。"

吕雉大惊失声："那造反的勾当定会灭亡三族，祸害一方百姓呀！"

"嫂夫人有所不知，始皇帝已经驾崩，胡亥篡位，遭天下人唾弃，眼下已是狼烟四起、群雄奋争之时，这'造反'可成了最时新的事了，想来兄长一定是前呼后拥，风光无限。"

吕雉并没有被任敖的一番话吹得忘乎所以,反之,她心里越来越冷静:天下大乱,何人护我?夫君远在千里之外,我在这儿是死是活他一概不知。眼下,我只有找个护身人。任敖,非他莫属。而用人必须要有付出,此时,身边分文皆无,只有一具女人身躯。

她抬起头,仰起脸面,一双含情脉脉的凤眼死死盯住任敖的脸面,轻声细语地请求:"官人,请你看看我的脖梗后面,是否起了一个包疮?"

被她看得火烧火燎的任敖,没敢怠慢,转到她背后,轻轻拨开如墨青丝,阵阵发香伴着女人味儿直钻他的脑门。还没待他醒过神来,吕雉早转身偎依在他怀里,任敖紧紧拥抱她轰然倒在草铺上……

一 吕叔平酷爱相术，吴县令调任沛城

吕公听罢，心头阵阵温热。他不觉面对吕雉详细端看起来，这一看不要紧，实实令他大吃一惊："女儿乃大贵人也。"他连说三遍，惊喜神色溢于言表。

吕妻不以为然："同是一父一母所生，你再把儿女挨个儿细看一看，难道只有雉儿一人大福大贵不成？"

数百年战国风云，七雄争霸，终于在秦皇帝手下归于大一统。战火熄灭，四海初靖，天下归心，紧随之，一道道公文颁下：车同轨、书同文、衡币统一，秦律当典张于天下，祖辈受战火煎熬的黎民总算盼来休养生息的机会。

然好景不长，接下来，收缴民间兵器，焚烧经书，活埋知书达理的文人，徭役年年岁岁成倍增加，赋税让人喘不过气儿。最令人胆战心寒的是，民间胆敢有人对朝廷说一句不恭的话，即刻被抓去坐牢，一时间，八方哀叹、九州晦暗，百姓又被推到水深火热之中。

砀郡单父县城东，有一吕姓人家，主人名文，字叔平，坊间称他为吕公。此人自幼习文，尤其对《周易》格外倾心，他经年研习八卦，其间热心与人看相，虽非一语中的，但也能应验个六七分。吕公平日经营田地，偶尔也做个生意，尽管赚钱不多，可与心与身与家庭都有莫大的益处。经多年辛苦，家业日渐殷实。夫妻两人养育两男两女，日子倒也甜滋滋的。这吕公虽说发家治业，但对街坊邻里从不吝啬，性情随和，言笑爽朗，人称他为好好先生。

田里的庄稼一青一黄，岗上的荒草一衰一荣。待到吕公的大儿子吕泽长到十八岁，邻里好心为他做媒，把一董姓人家的闺女说与吕泽为妻，婚后二人恩爱有加，吕家的日子越发红火。

一天，吕公把全家人召到一起，声言自己要离家出走，时间不定，或是一年半载，或是三年两闰，一时无法定下来。他妻子首先反对：

"好家好院好日子你放下不过，偏偏要当个云游四方的乞丐，全是被鬼迷住了心窍。"

吕公说："我是出去寻求易经大师，一是切磋学问，二是在民间验证我的相术是否有长进。你们应该支持我的做法，万万不可阻拦。"

妻子仍然不满："好端端的一个家，就这样看着它败下去？"

吕公仍不以为然："父在家当为家主，父远离，长子持家。吕泽已娶妻生子，渐成气候，对外完全能独当一面，家中的事我已经不必担心了。"

全家人看到吕公去意已定，再相劝也枉然，只得默默答应下来。

吕公大女儿吕雉，年刚及笄，平日随母持家，学做女红，农忙亦随父兄去田里帮忙，不善言辞，只管埋头苦干，很受父母兄长爱戴。今天看到父亲执意离家出走，内心很是不快，她来到父亲面前，深行大礼，而后挽留："父亲大人离家，全家人无不心疼牵挂。父亲大人常说在家千般好，出门一时难。你放着大好的日子不过，存心要去经受苦难，儿女阻拦是出于孝心，请父亲大人三思。"

吕公听罢，心头阵阵温热。他不觉面对吕雉详细端看起来，这一看不要紧，实实令他大吃一惊："女儿乃大贵人也。"他连说三遍，惊喜神色溢于言表。

吕妻不以为然："同是一父一母所生，你再把儿女挨个儿细看一看，难道只有雉儿一人大富大贵不成？"

听了妻子的话，吕公这才沉下心来，把儿女的面相一一端详个遍。他一边看一边自言自语："好，好，一个个皆是贵人相，不过他们的贵相全是随从雉儿的贵相而得！难得！难得！"

妻子听了只是独自相讥："庄稼人家的好，儿女自家的强，你当父亲的还能不夸自己的儿女？你这是在安慰我们，让我们安心留在家里，独独放你一人离家出走罢了。"

内心的惊喜仍让吕公处于兴奋状态，他不住扼腕惊叹："好！好，吾女为贵人也，可贺可贺！"

妻子见此状，乘机劝解说："自然小女身贵，当父亲的理所在家谨慎操持，千万不要让此贵相有个三长两短而破败。"

吕公一任摇头："妇道人家有所不知，但凡一贵人，乃天生之，其间不论经受何等凄风苦雨，从不得破此贵相。只是贵人本人要历练苦熬一番才是。为了证实我的相术，我更要出外寻高人研讨，以防在端详时被亲情所蔽，那就变成千古的笑话了。"

吕公的话有理有哲，无懈可击。

接下来，吕公选了一个黄道吉日，身负竹简，登程上路，临走时，他特意交代妻子："要格外留心雉儿，亦不可娇着不可纵着，不可愤着不可恣着，要由之信之，引之导之，最紧要一点即不可言传，一切待我回来再说。"

妻子说："若有邻人为小女提媒论嫁，我若如何是好？"

"万万不可从之，处置不当，将会使女儿贻误终生，切记。"

吕公出走以后，吕母只好当家所为。田地里耕种拉打，街坊间礼尚往来，县府上完好纳税，徭役公差等一干事儿全让大儿子吕泽一人顶下来。二儿子吕释之，自幼贪玩，只有待到忙活时，吕母才拧着耳朵把他拉到田间出力。吕雉呢，仍和先前一样，终日里不言不语，只管埋头跟在母亲身后，做纺织浣纱、针头线脑的女人活儿；麦秋大忙，她不待母亲吩咐，早出晚归，忙活庄稼。嫂嫂董氏，看到吕雉任劳任怨，心中颇为感动，便多让她干轻活。理会嫂嫂的心意，吕雉更为自觉。故姑嫂和睦，家无祸端。一家人上下齐心，内外一致，虽苦犹乐，不知不觉一年过去了。

******

又是春风鼓荡，大地回暖的时刻，吕泽与妻子董氏在田里撒粪，突然官道上走来几个士卒，不由分说，把吕泽抓起来就走。董氏大哭大闹，无济于事，只得飞快跑到家中，哭着向吕母述说不幸。

吕母只好强忍住泪水，悉心安慰儿媳一番，这又起身出门去街坊间打听。原来，县令奉旨，严加搜缴民间兵器，如有敢公开违抗者或私自隐藏者，一要连坐地方官员，二要把当事的亲族人员一概杀尽。为了保住自己的官位，县令最后想一绝招，先是将现有的戈矛收缴一空，而后，仍不罢休，他下令将农民押进县府，谁要来带人回家，必须把家中的铜具一概献上，无论是农具还是器具摆设，全部收缴。无法，吕母只好同儿子吕释之、儿媳董氏一起把家中的铜鼎、铜具搜罗一起，连夜交给县府衙门。最终才把儿子吕泽领回家中，一场虚惊，终因破财而终止。

接下来的这件事却让吕母左右为难，日夜哀叹。

这是吕公离家后的第二年，县城城南的大户张府着媒人到吕府提亲来了。张府是郡府上的一家亲戚，家有良田千顷，宅院房屋百间，酒坊、油坊两座，还有店铺、药铺的营生。日进百金，家资无数，仆佣成群。家中只有一位公子，年将十八。说来也怪，几年间，媒人介绍的漂亮女子他全看不中。为此事，张府老爷心中窝成一个疙瘩，于是放出话来，谁能为儿子牵成红线，当有千金酬谢。由重金鼓动，城中媒人趋之若鹜，凡有女儿的人家，门庭若市，走一拨，来一拨。市坊间的消息，时时更新。但是这些佳丽无一能打动张家公子之心。

但当他听说吕雉之后，竟一个劲儿点头。张府的老爷喜出望外，即刻着媒人前去说合。这吕母因谨记吕公的嘱咐，面对媒人只是婉言谢绝。开始，媒人以为这是吕母在侍女身贵，恣意索财，于是道明，凡有条件只管说出，一准答应。吕母哭笑不得只好言明：家中不愿谈婚论嫁。媒人听这话更是不依不饶，说："自古女子及笄出嫁，今天你家女子已经超出年龄，岂有不嫁之理。这要是放在古时候，家中女子到年龄必须婚配，否则官府是要干预的。"

无奈，任媒人苦口相劝，吕母总不吐口，事儿只好这般搁延下来。张府老爷很是忿忿，他先是当面询问儿子："难道那吕氏闺女是天仙，是妲己？人间美女万万千，为啥非要娶她不可？"

张公子只好向父亲吐出实情：那天他从郊外踏青归来，正巧遇上吕雉，二人的双眼仅仅对视一下，张家公子的魂就被勾去了。吕雉虽说不上沉鱼落雁，但容貌端庄，气质内敛，眉宇间有一股淡定坚忍之气，虽是普通农家女子，却透着高贵。张家公子看过的女子多了，但大多是献媚邀宠之流，很少遇到这种只可远观不可亵玩的女子。吃不着的才是最好的，这是自古通理。所以，他被深深吸引。随之他悄悄跟踪，知道吕雉的住处以后，每天总要在此路过数次，以求与吕雉见面。

张府老爷听他这么一说，叹口气，便找下人密商。有人说，给她家好脸不要，就来武的，一是在城外半道堵截抢下，一是夜间扮着歹人入室抢走，成功后，先去外地成亲，事后再携重金去吕家安慰。人有说，买动官府，先将吕家的长子拿入大狱，而后放风，逼着其女出嫁后，再放人回家。张府老爷听后一概摇头："我堂堂张家，财势应有尽有，为一女子还要干出如此卑劣勾当，太下作而已。"为了儿子，张府老爷决定明天亲自登门，向吕家人讨亲。

一位管家当即阻拦，说："老爷为郡守姻亲，一方显贵，去门不当、户不对的粗人家中岂不自毁声誉？依我看，由我前去试探如何？"

连着几天不见媒婆身影，吕家的庭院又恢复往日的恬淡安宁。

黎明，吕雉悄悄起床，独自一人烧粥、烙饼，做上几样小菜之后，才又打扫庭院，待一抹朝霞染红房顶时，吕母才起身下床。看到女儿勤快持家，吕母心中甚是满意。女儿命中注定早晚是人家的人，只要她有一双勤劳的手，后天的日月必定越来越富有。

连日来，媒人连番登门，如一群闹梅的花喜鹊，聒噪折腾，把好端端一个家院给闹翻了天。听到张府的名声，知道张家公子倾慕女儿的心，明了张家许诺的彩礼钱财，这些在单父县城从来都是没有的。放到别的家庭，早早事成功就。可是吕母牢牢记下丈夫的一句话：女儿是贵人，其婚事不能有丝毫马虎。嗨，怎么才算不马虎？我的女儿最终该许配给什么样的人家？想到这里，她嘴里便轻轻骂起丈夫，说他千不该万不该离家出走这么多天，其间连一句话儿也不朝家里捎传，眼下你身在何处，为啥如此狠心丢下妻小儿女不管不问？今天，难得的清静，她躺在床上一番好睡，迟迟不想睁眼，从来没有今天这样睡得香甜。

吕母洗盥之后，刚要端碗吃饭，只见二儿子吕释之来报：张府的门客求见。

一颗刚刚静下来的心又惴惴不安起来。看到母亲慌乱不安的神色，吕雉异常内疚，她知道为了自己的事儿，母亲操神费心，日夜不得安宁，便悄悄偎到母亲身旁，小声说道：

"若张府的人还来论说婚事，母亲只往父亲身上推脱便是。"

果然，吕雉的话从母亲嘴里说出以后，那门客顿觉有理，立即回府禀告："吕公外出，其妻无法决断。"

但是吕公离家时间不短，今天在何处？他于何年何月才能回家？难道说吕公一日不回，府上的大公子就一日不得谈婚娶妻？张府的门客争论不休，当下，又有一人献计：府上可着一人扮装外乡客，专门到吕家传信，即说吕公在齐地一山下，偶染风寒，医治无果而去世。特托我一个生意人，南下做买卖时，路过单父，给家人传个凶信，以免家人妄盼亲人归来。同时，在城中，四处传说吕公病死他乡的闻信。接下来，只要吕家人相信此事，我府上即可差人帮办丧事，待事情停息之后，吕家必感谢我张府慷慨，即可传媒人前往，到那时，公子的亲事一准成功无疑。

第二天中午，吕家人听到噩耗，全家悲哀，一天没动烟火。看到母亲只是痛哭不止，大儿子吕泽心中也没了主意。小小吕雉多长了一个心眼儿。她先是劝住母亲，又与全家人合计说："父亲的不幸，不论是真是假，大哥应该去齐地打听才是。活要见人，死要见坟。咱们决不单凭一个口信草率行事。"之后，她又小声说出心中的疑点："大凡先人去世，听说都会有先兆显现，这是父亲在家时不止一次说过的话。近一段时间，咱们家业日增，家院平安，母亲兄长嫂嫂与小妹，从没有亲失。这让人怀疑。"吕母听了女儿的一番话，很受启发，她没有想到女儿小小年纪会有如此心思。大哥吕泽当即表示，连夜准备，明儿起早赶向齐地寻找父亲。临行前，吕雉尽心安慰哥哥只管悉心寻找，家中的事不用他担心。

雄鸡刚唱头遍，吕泽即离家登程，迎着习习晨风奔齐地而去。

单父县城里飘起的吕公在外遭遇不幸的消息，像一股邪风，铺天盖地旋起后又归于平静，令人万分奇怪的是，失去主人的吕家竟然没有一丝动静，令人好生奇怪。街谈巷议，一波未平，一波又起。

******

与当年吕公离家出走时情形相似，人们也在议论他，不愁吃不愁喝，家境殷实，邻里和睦，为啥非要离家呢？殊不知吕公当时的心情是何等欢畅。人在世上有求财的，有爱权的，酒色财气各好一条。吕公尤爱相面占卜，他要在世上用自己的智慧赢得众人的拥戴。他顺路北上，无论是村头、田边、街巷、府第，但有人求于他时，他一概不拒，被他看相的人，多半满意而归。庄稼人听到吉利的言语后，尽挽留吕公住下，好吃好喝侍候几日后才放他赶路。集市上的生意人、店铺的掌柜人，听到时来运转的吉利话后，多是拿一些零碎钱打发吕公。令人奇怪的是，付给他的钱多与少他全不在乎，他图的就是人家的赞扬。每当此时，他像一个醉汉一样，眯着双眼，笑吟吟地摇头晃脑，口中念念有词："人生天地间，无论公侯贵人、庶民财东，皆划刻在脸面上，不管你先富后穷还是先苦后甜，眉目口鼻全描得清清楚楚……"

一天，他正在街头为人相面，忽然有一个差人来到他面前。他不知自己犯了什么法，心下正惶恐，那差人说："你可姓吕？我是奉县令大人之命前来请你的。"

原来，他在定陶相面已经名声在外，连定陶县令吴行也知道了。吴行最近遇到烦心事，听说本县有这么个神人，立即着人将吕公带到县衙。

当吕公被带到后堂，吴行心中的兴致顿时减去一半。但见这位高人蓬头垢面，烂衫敝履，一副颓废的样子，令人避之唯恐不及，哪会有什么能耐？

吕公见吴行心下轻视自己，微微一笑，也不计较。

吴行说："听说你相面很灵。今天请你来，是想让你为我看看相。若说得真切无误，我必重金酬谢；若信口开河，定当以揶揄本官处之。"

吕公含笑不语，定睛凝视吴行的面庞，许久没说话，看得吴行心里有些发毛。

过了一会儿，吕公说话了："大人生就一副贵相，官运正如日中天。可是，看您印堂发灰，眉梢下塌，时下正面临大难啊。"

这话说中了吴行的心事，吴行不由一惊，暗暗称奇。

吕公看县令大人的神色，估计自己说中了，便又说："《道德经》云，祸兮福所倚，福兮祸所伏。人生无常，顺逆参半，这本是再自然不过的了。到了转运的时候，该舍就要舍。以己之有，济己之无。这样才可保一生无虞。"

吴行向吕公长揖，说："先生随我到内室说话。"

在内室，吴行把自己的心事和盘托出。原来，定陶县一向富庶，他治理定陶这几年，隐瞒户数，截留税收，中饱私囊，捞了不少钱财。眼看换了新郡守，他怕事情败露，心下忧焚。

吕公给他出主意，破财免灾，让他上下打点，取悦郡守，待时机成熟，请求调离这令人眼热的定陶县，去一个不太惹眼的小县。哪个郡守没有自己的亲信？把定陶让出来，由郡守安插亲信，就是识时务，懂事理。

吴行连连称赞。

几个月后，公文下来了，将吴行调往沛县为令。

吴行心上的巨石平平落地。他给吕公奉上五百金，以表重谢。吕公坚辞不受，推让之下，只随手拈了一枚金子。吴行无法，只得许诺：日后如果去沛地，当盛情款待。

吴行前脚离开定陶，吕公随之也离开。久在一地相面，难免会有破绽。

******

吕公走后三天，儿子吕泽来到定陶，向街坊打听时，知道父亲没有死，而是风风光光活着，被人们传得神乎其神。吕泽哭了，最后苦苦寻找，父子俩终于在日暮途中相见。二人抱头大哭一场。

吕泽这才把家中的实况一一陈述，之后，吕公仰天长叹一声："黄老之学虽好，终不忍心抛家弃子啊。家中妻儿受人刁难，我一个大丈夫岂能恣意闲游，只求自己清静？我是该回去了。"

第二天，父子二人便相伴起程回家。

自从把吕公暴死的消息散出以后，张府的人看到吕家人仍寂寂无动于衷，不免自己先乱了手脚，先是传出"十里无真信"的自圆其说的话，接着又放出吕公独自奔咸阳的假话散布坊间。张府老爷对这场闹剧十分不满，在万般无奈的情况下，只得花重金给儿子找了一个他心中较为满意的二八娇女，成亲之后，纷乱蠢动的张府才算恢复往日的平静。

但是，在闻听吕公已经被儿子找回来的消息以后，张府的人心中一直窝着一口气，好像吕家的人欠下自己一笔重债迟迟不还似的，必须给吕家人一点儿颜色看看，让他们知道得罪张府的人绝没有好下场。

麦收时节，张府着人挖断吕家麦田边的大道，逼得吕家人无法运出地里的麦子，最后只好绕道多走二里地，才把麦子运到禾场上。

六月霪雨天，张府又把吕家地头泄洪的河道严严堵实，只一夜工夫，落下的暴雨把吕家的秋庄稼淹得一干二净，到头来，落了个颗粒无收。

吕公在当地算是饱学之士，有些名望，因此他在村学教书，贴补家用。转眼过罢大年，城里无端爆出消息：吕家私藏禁书，若不快快上交县府，定当拿他两个儿子去边地筑长城。

自从吕公回家，听到妻子儿女叙说与张府的芥蒂以后，一没怪家人愚钝鲁顽，二没嫌儿女少小无知，他只顾在嘴上自言自语："亲家应平等颜欢而合，决不能坑蒙拐骗撮合。知理者不怪人，怪人者不知理。"当下又为吕雉认真相了脸面，而后郑重自语："我女儿是大贵人无疑，无贵人相者难与女儿联姻成婚。"

吕公把家庭抚平之后，本着息事宁人的态度，对张府的一次次挑衅，甘心吃亏包憨，不与之争论，一心想暗暗消解。可是，当听说那起恶毒的谣言时，心中不免悲愤至极，认为张府已经与己为仇，并且怀着欲除掉我全家人而后快的歹心。正当他感到束手无策时，突然想起沛县令吴行，于是，趁夜色赶往沛县。

当年，受吕公指点，从定陶调来沛县当县令的吴行，在县吏萧何、狱吏曹参一干能人的拥戴下，所行公事顺风顺水，好像掉到一个福窝里了，所以，每当想起吕公，总是念他的好，但一时又不知他身在何处，无从寻找，只好每日在心头念叨。

这一天，吕公寻上县府，吴行急忙走上前来，亲切地拉着吕公走入后庭，摆上丰盛酒筵款待。席间，听到吕公谈起家事以后，当即表示："天下黄土何处不养身？你全家只管远离单父，来沛县居住即可，在这儿无人敢对你无礼。"

吕公原本想让吴行出面去单父为自己遮挡说合，没想到如此提醒一句，感到很合心意，当即同意，便以低价卖掉田地、房屋、牲畜、车辆等大件家什，只等吉日起程前往沛县。

当张府的下人听到吕家要远走他乡的消息后，立即报与老爷，并献计，在此时要让吕家破财、死人，以削平张府的一腔怨气。

起程的日子原定在初六。哪知初四黎明前，吕公即让大儿子吕泽带着母亲、妹妹及媳妇，悄悄离开家。初五日夜晚，张府约上一伙歹人已在路上等着剪径劫财，可左等右等不见吕家人影。日出三竿后，歹人撤走，吕公与二儿子吕释之才奔路闯关，一马成功，自此，全家人顺利到达沛县。

谁知父子俩到达城关之后，怎么也找不到吕母及其儿女。

"难道他们在路上遭到张府人的黑手追杀，一个个命丧黄泉不成？"

吕公只是在心中想着不测，带上儿子，沿街沿巷挨门挨户寻问打听，最终，竟无人知晓。

昏昏沉沉过了一夜，吕公与儿子又走出县城，沿城周围四关之外的近处村庄打听，接近中午时，全家人终于在城东十里外的一王姓村庄团聚一处。

原来这主意是吕雉所想：为了不盲目进城，陷入虎口，故先在城外偏僻处悄悄安顿下来，待避过风头，全家再合计安顿事宜。

二　避仇杀乔迁沛县，会豪杰巧结良缘

泗水亭长刘邦，风尘仆仆赶到县大堂门前，高声呼喊："泗水亭长刘季贺钱一万！"

声音洪亮，钱数惊人，一时间，堂里堂外议论之声沸沸扬扬，甚是热闹。

专司收钱并接待的人是一向做事干练且严谨的萧何。他听到刘邦的叫喊声之后，小声询问："钱呢？你一万钱呢？"

刘邦则不羞不愧，嘻嘻点头作揖："多谢功曹，请先予记上，待日补上。"

沛县，位于彭城西北，东临微山湖，西踞平原，雨水充沛，黍谷丰实，民风剽悍，豪壮之风，遍行乡里。

吴行主政沛县，其印象最深者要数泗水亭长刘邦。

刘邦，字季，在家排行老三，家中的农活均由兄长料理，他终日落得清闲。自幼疏学，专好拳脚，以结识朋友为荣，以醉酒聚众为乐。由于母丧，只得随兄长过活；为呼朋唤友，常常把一干人带到家中吃喝。这事最被嫂嫂所厌烦，每当看见刘邦带人从远处走来，她便于厨房锅台边，用锅铲用力铲锅，以致被邀来家中吃饭的朋友认为家中饭食被吃完，刘邦故意用谎言欺骗大家，久而久之，无人再信他的海口。

刘邦没有一技之长，不会生意，没有进钱的来源，吃酒、交友很是困难。开始他厚着脸皮找熟人蹭饭吃，三次以后，无人再去招呼他。其间，为了挣钱，他专门为别人去讨账，从中抽取微薄的辛苦费。可是，在遇到不愿意还账的人时，他就在人家的院子里直挺挺躺在地上装死。他用的是老牛大憋气的技能，一次可延长数分钟不呼吸。欠账的人家这才慌了手脚，慌忙凑齐所欠钱数，如数交给刘邦，尽早送走这个无赖之徒。同时，他还为财东看家、护院、守墓地，总之，只要付钱，他就乐意去干。一旦得来钱财，他就约朋友吃酒。刘邦尽管贫穷，对朋友他从不吝啬，有钱就花，无钱再去挣。总之，他身上从无过夜的银两。潦倒时，他也可以三天三夜不吃不喝，倒地蒙头大睡。

既然刘邦对朋友义气，朋友中也不乏知心人，如养狗、屠狗、卖狗肉的樊哙，只要遇见刘邦，非要送上一块狗肉，二人必对饮一番，直到酩酊大醉才肯罢休。那位专为县令驾车的夏侯婴，更不把刘邦当外人。狱令任敖，在官场走动的县吏萧何、狱吏曹参，以及周苛、周昌兄弟，他们手头一旦稍有零钱，便不忘接济刘邦，以至县城的青皮混混们很是看得起刘邦，他们从来不敢为难他，只管在难处拉他一把。所以，刘

邦虽身无分文，总也活得风光体面，像个人样儿。

就这样年复一年，当刘邦熬到二十多岁时，仍是光棍一条，从来没有人给他说媳妇。世人当然清楚，即使给他娶上一个媳妇，他也无法养活，媳妇只能跟他吃苦受累。可是这世上就有双眼瞎蒙的糊涂虫，她就是年轻寡妇曹媛。

有道是男人心软必定讨饭，女人心软必定养汉。刘邦第一次受曹媛恩惠是在一次暴雨中，刘邦喝醉了酒，无遮无拦在大雨中受淋。曹媛看到了，心中怪疼惜他，便将他拖到自己院子里。当刘邦昏睡一天一夜之后醒过来时，心中不解，嘴里反复自语："咦，我怎么在这儿躺着呢？"曹媛并不言语，只顾埋头做自己的家务。刘邦自感羞愧，便灰溜溜走开了。

自从第一次见到曹媛，刘邦便心猿意马，无心吃喝，无意游荡，只是绕着曹媛的家门左转右转。后来，他索性从樊哙处讨来一条狗腿，大大咧咧跨进曹媛的家门。

曹媛颇感惊讶地说："我与你非亲非故，为何拿礼走上家门？"

"是啊，非亲非故的，你为何把我从雨中拖进你家，如此这般照顾我？"

曹媛的脸面蓦地红云密布，心头狂跳不已，她张了张嘴巴也没有吐出话儿。刘邦这时早已欲火烧身，看到此情此景，丢下手中的礼物，蹿上跟前，把曹媛紧抱在怀里。开始，曹媛还愤怒地吵骂，表示反对，可慢慢地，竟伸出纤纤双臂，搂住刘邦的脖颈，且越搂越紧，嘴里喃喃地说："把我抱起来，床铺在东间……"

从此，刘邦就像长在曹媛家里一样，活计干得不多，饭菜吃得不少，游手好闲，日甚一日。曹媛对此不管不问，更加助长了刘邦的懒散惰性。周围的邻居心知肚明，但从不明说，一个个只想在一旁看哈哈笑。

只有曹媛家一门近房的大伯，实在看不过去，便对曹媛说："丧夫守寡的人自古有之，想再寻新夫的人大有人在，可是像你这样，一家不一家，两家不两家的人真是天下难寻。"这话不言自明，要么抬身嫁给刘邦，名正言顺做他的妻子；要么跟刘邦绝情，一刀两断，清清白白守寡度日。

当天夜里，两个人一番亲热之后，曹媛就把亲戚的话原原本本学给刘邦听，接着追问他："你打算啥时候把我娶进刘家的门？"

刘邦说："吃饼吃馍都是为了肚子饱，只要你我互不嫌弃就行。"

"人活一张皮，脸面值千金。"

"那是吃饱了撑的没事人说出的话儿，咱们两个饥人顾不了这么多了，只要快活就行。"

曹媛拗不过刘邦，只好一切随着他的性子行事，从不阻拦。

热热闹闹过了两年，曹媛有了身孕。

"什么？你说什么？你怀上我的孩子了？"

曹媛白了刘邦一眼："这还能有假？"

刘邦高兴得跳起来："我有儿子了，我有儿子了！"

麦收时节，曹媛真的生下一个大胖小子，刘邦高兴至极，随口说："就叫他刘肥吧。"

别人暗合生了孩子，不是溺死就是送给别人收养，担心孩子将来无颜面活在世上。刘邦则完全相反，他心大，什么都能装，生孩子我养着，谁爱说闲话就说吧。

孩子满月后，他专门把朋友请来，办了几桌酒席，席间还把孩子抱出来，让朋友评判像不像自己。

从此，为了让曹媛跟儿子有吃有喝，刘邦张罗着给她在路边开了一家小吃铺。因为有刘邦照应着，铺子里的生意有声有色。

******

这一天，好友夏侯婴来到小吃铺找刘邦。二人一个多月未见面，显得格外亲热。刘邦又从樊哙那儿要了一块才出锅的狗肉，色泽紫红，味道喷香。曹媛给他们又炒上两个菜，二人喝得昏天黑地，直到深夜方才罢休。临别时，夏侯婴给他透了一个消息："泗水亭长因失职被除名，你能否把这个位子挣到手？吃官饭的活儿，美着哩。"

刘邦急忙询问："应该找谁，走那条门路？"

夏侯婴说："一不用你花银两，二不用你托人作保，只需你把泗水亭赵绅士家走失孙子想法找回来，绅士们联名保荐，你的亭长就算坐实了。"

原来秦时户籍从五家为一伍，十伍为一里，十里为一亭。亭与乡均隶属县，亭长只为亭里治安和邮传之事忙碌，别无他事，年年月月即可领取县里发放的饷银。虽说亭长官小，但毕竟是吃皇粮的人。另外，乡绅随时可以为优秀的亭长捐款行赏。

前时，泗水亭长只管在里、伍间吃酒逍遥，征集的徭役迟迟不能上交，更有赵绅士家的孙子被歹人劫走，至今没有回音，不知是死是活。闹得民怨沸腾，故亭长一职被撤除。

"嘿嘿，这就看你能不能把赵家的幼童寻来。"

"放心，这事儿难不倒我，你静候佳音好了。"

第二天，刘邦先进到赵家，问明缘由后便匆匆离去。当时他已断定：这赵家幼童仍还活着，定是被歹人哄骗后，转手卖给无儿无女的家庭去了。

当天上午，刘邦就担上两只酒缸，往东北潘庄一带走去。俗话说，鱼出一滩，鳖出一湾，这个三县交界的偏僻小村最出鸡鸣狗盗之徒，捉去一茬又出一茬，老的死了新的又补上。

刘邦挑着两缸酒，进村后就挨门散发，说是新开的酒坊，特来贵地传送品尝，以求日后有销售的地方。

还好，凡是喝到他送饮的白酒的人，个个喊好。当下，刘邦夸下海口："这酒男人喝了多房事，女人唱了能怀胎，想生儿子的最多可饮九碗，有道是九九十成也。"

只听其中一个壮汉说："早知如此上好，我家叔公也不须花重金从歹人手中买来孩童了。"

刘邦心中有数，手脚异常勤快，待到日头偏西时，他走进一座大院，看到院中一棵梧桐树下，一个幼童的手腕被绳子捆住，只能用双脚绕着树身转悠。不用说，这个幼童就是被转手买来的那赵绅士家的孙子。刘邦顿感兴奋，他慷慨地让主人妻子换上大碗来盛酒，又小声传说生养孩子的诀窍。待主人夫妇忙里忙外时，刘邦神不知鬼不觉在酒里放了蒙汗药，那夫妇二人只喝下半碗酒，便一齐栽倒在房内。

刘邦即刻把两缸剩酒合在一起，再把树下孩子手上的绳解开，把他放在空酒缸中，放上盖，一路乐呵呵走出村子。

在远离村子的拐弯处，他丢下两只酒缸，把孩子放在后背用腰带系牢实以后，才迈开大步，绕小道，连夜回到赵家。

当赵绅士一家围着孩子哭喊惊喜大叫时，刘邦已坐上邮传的车子，飞奔赶去县城。在夏侯婴的带领下，先行见过功曹萧何。

萧何对刘邦的身世知根知底，知道他即将去泗水亭任职，心中总有一种不放心的感觉，他说："你真想干这个亭长？"刘邦心里不悦，怎么还问我想干不想干的事儿？难道这是你们当官的在暗中耍我不成？

于是刘邦便没好气地回答："想干咋说，不想干又咋说？"

萧何说："若不想干，县郡会单为你找来幼童的事发银奖赏；若真想干亭长，我即送你一句话：约束行体，谨慎生事。"

刘邦深谢："我牢记功曹的嘱咐便是。"

最后，刘邦被引到大堂，县令吴行在堂上仔细端详一番，甚为满意，不说为赵绅士家救下被拐骗的幼童，单是中阳里枌榆社的祭祀，在他的指挥下，搞得井然有序，隆重肃然。

吴行问："你就是刘邦？"

刘邦伏地："在下便是。"

"当前泗水亭急需要干的是哪件事？"

"回大人的话，头等要抓的是治安，维护黎民，造福乡里。百姓惶惶，谈何造福？"

"你是空谈道理还是心中已有谋划？"

"空谈无异于危害，只有谋划并力行方能奏效。我将与周苛、周昌核对户籍，组织乡丁，轮番值夜，严加管制，让歹人无处钻营。"

吴行心中甚是满意，无须赘述，于是当面授给刘邦亭长铜印一枚，让他连夜上任。

刘邦拜谢，接过铜印而去。他走出大堂，把萧何、吴行县令的话早早丢到脑后去了。他当即约上樊哙、周苛、周昌、夏侯婴等一班朋友，兴冲冲来到曹媛的小吃铺里狂喝暴饮。大家先是争先传看那枚铜印，一个个嘴里唏嘘不已。樊哙终于说出一句大实话：

"哥哥，我的狗肉你没有白吃，今儿总算爬到正座上来了。"

周苛说："难为哥哥了。不要小看这个亭长，他日定有大道前程。"

刘邦说："我要先给夏侯弟端三杯酒，不是你传讯此事，我依然是白丁一个。"

最高兴的要数曹媛，她与刘邦偷情互爱，遭到世上不少人的冷嘲热讽，她不惭不愧，仍我行我素，为刘邦送去温暖，为孩子带来前程。她自认为对刘邦没有看走眼。刘邦谋到了官家差事，给她带来无限荣光。

深夜，客人散去，刘肥入睡。刘邦与曹媛紧紧搂在一起，曹媛说："今天终于混出个人模样来了，你可以明媒正娶我了吧？"

刘邦只笑而不答。

曹媛不免心里发毛："难道你在外又偷偷拉上一个姘头不成？"

刘邦仍笑而不语。

曹媛立即挣脱他的怀抱，手指刘邦额头，厉言正色训说："你给我记下了，若敢背着我与另外骚货牵连，我就上门骂她个三天三夜，让你两个人没脸活、没处死。"

刘邦这才笑着说："我身后如若没有姘妇呢？"

"那……那……"曹媛的口气明显软了下来。

刘邦至此，方才道出真情："我苦苦拼争，今儿才混上如此一个小官，若立马张扬娶妻、安家治业，世人当如何看我？你要容我立住脚跟，盘牢根基，到那时，娶你进家还不是轻而易举？妇人之见终究成不了大事。"

曹媛恋刘邦，爱刘邦，更加信服刘邦，她暗暗起誓：今后更要体贴刘邦，一心等着、盼着那个令她陶醉的好日子早早到来。

吕家在沛县安顿下来以后，全家人喜幸异常。逃避仇人陷害，人财无损无伤。吕公在当地绅士张罗下先买了几亩田地耕种。吕泽、吕释之又在新家的院子里盖上猪圈牛棚，吕母买上大鸡小鸡，一时间，新家院愈加热闹起来。

吕公总也放不下相面的营生，从集市到庭院，他的身后渐渐跟上一群人，人气，让吕家感到新的温暖。

一天夜里，待儿女都歇息睡熟以后，吕母悄悄询问丈夫："啥时候给女儿提亲？"

这个事儿一直压在吕母心头。在单父县，若不是丈夫的主意，说不准吕雉早已经成为张府的媳妇了。

吕公说："吕雉的婚事是大事，万万不可操之过急。"

吕母说："不急，不急，你心里不急，我已经心急火燎了。眼见别人家的女孩子，十五六岁即说好了婆家，咱们的女儿早长成十九岁的老姑娘了，再不着急，就怕成了嫁不出去的白头姑娘了。"

吕公仍不急不躁："咱们女儿乃贵人相，自是与常人不同。你急不得也慢不得，一切自有上天安排。"

吕母哪里是吕公的对手，从来对吕公的话言听计从，只是想催促一下。要说女儿吕雉，她还真想日日留在自己身边，不想轻易离开她。吕雉在家，上听父母的话，下顺兄嫂的意愿，与自己的妹妹吕媭从不争执拌嘴。干农活，她不惜流汗出力；做家务，她皆有条有理，给兄长出谋，为母操心，全做得合情合理，家里人既省心又舒坦。只是，不知日后能嫁给什么样的人家，享福受罪更无从知晓。

吕雉自从离开单父来到沛县，仿佛换了一个人似的，做家务夜以继日，她帮哥嫂出力，为母亲出谋，手里忙活时，嘴里时不时哼出小曲儿。她对这个地方颇感新奇，对这儿的一草一木很有情感。母亲暗暗思忖：女儿就要在这儿出阁嫁人了吧。

一天，吕母带着两个女儿在家裁剪衣服时，吕媭说："大姐，日后你出嫁到哪儿我也要跟随你一道去哪儿。"

吕雉笑着说："俊俏人咋胡说？姐妹在家为一家，出阁后为两家，咋能终生不离开呢？"

吕媭说："父亲为你相面，说你是大贵人，我等几个也是贵人，可是必依你而贵。想想看，若离开你以后，我们几个想贵也贵不起来了。"

吕媭的话把母亲也给逗笑了。吕雉却没有笑，说："爹爹说我面相贵人，那是爹娘疼爱儿女的心里话，我心里明白，女人贫富贵贱全仰仗自己的丈夫，夫荣妻贵，夫贪妻贱，离开男人丈夫，女人便成了一摊烂泥，任人踩踏，无人扶持。"

吕母停下手中的活计，不言不语，定睛直直观看女儿吕雉。透过那不卑不亢的神色，窥得见女儿的不俗和坚毅。心下轻轻自语：吕雉难道真是贵人体？

沛县县令吴行，把恩人吕公邀来沛县安家落户以后，手上一直公事不断，待把这一干事儿摆平消解之后，单单把吕公请到县大堂后庭小院，摆酒接风，以求诚意。并当场做出决定：明天在县大堂筵请全县乡、亭长和绅士，为的是日后吕家方便结识各方人杰。

吕公听后，忙摇摆双手，极力劝阻。

"万万使不得，使不得。吕家本小门小户，薄田草房，穷家破院，怎么着也经不起如此折腾，万万使不得。"

吴行知道吕公手中无钱摆筵之意后，哈哈大笑不止："吕公误会了。这场筵席不用吕公分文，亦不需县郡破费，被邀请之人，谁来谁带银两，担酒送肉者我双手欢迎。你只管放心，凡受邀而来者，自感荣幸，未被邀请者，他的钱财还没地方花哩。

哈哈……"

两天后，县大堂张灯挂彩，声乐齐鸣。各地的乡、亭长与远近知名的绅士、财豪，则乘车而来，各人带上数量可观的钱财，以表示对县令大人的恭敬。

此时，泗水亭长刘邦，风尘仆仆赶到县大堂门前，高声呼喊："泗水亭长刘季贺钱一万！"

声音洪亮，钱数惊人，一时间，堂里堂外议论之声沸沸扬扬，甚是热闹。

专司收钱并接待的人是一向做事干练且严谨的萧何。他听到刘邦的叫喊声之后，则小声询问："钱呢？你一万钱呢？"

刘邦则不羞不愧，嘻嘻点头作揖："多谢功曹，请先予记上，待日补上。"

萧何无奈摇摇头："不欠账则不叫刘邦了。"

此刻，正在堂上与前来庆贺的人说笑言欢的吕公，猛地被一万钱的喊声惊呆，当他看到周围的人与他一样惊骇时，才知道没有听错。于是，他丢下众人，急忙迎上前厅，刚好与送贺钱一万的刘邦顶面相迎，在融融阳光下，吕公感到眼前一亮：此人身高九尺，双目炯炯，鼻梁高挺，双额宽且突起，三绺髯黑而亮，任其散在胸前。

吕公不觉向后一退，精通相术的他，从来没有见过如此高贵人极的龙颜。他复向前一步，殷勤招呼着。心思细致的萧何看到此情此景，恐怕刘邦不知天高地厚，尽在吕公面前出丑，到头来还不是给县令吴行脸上抹黑？

于是，他急忙丢下手上的毛笔，三步并作两步来到吕公面前，挽住刘邦，先跟吕公介绍说："此人便是刘季，身为亭长，足智多谋，只是平日爱说大话，成事则少矣。听他说话，你只当听笑话好了，千万不要当真。"

吕公根本听不进萧何的话，一边摇手一边赞誉："说大话必是人中王者，要不谁敢如此狂言？"

萧何则哭笑不得，只好转身走开。

吕公自打看到刘邦头一眼，双眼再也不肯离开。他为了验证自己的眼力，先后从几个角度窥视，而每次相看，皆与第一眼看到时得出的论断无二。他越看越喜欢，嘴里不停默念着："龙颜贵相。"

临近中午，宴席开张。

筵上，刘邦穿梭席间，敬酒祝贺，高声朗语，谈笑自如，仿佛这宴席是他自己开办的。

其间，吕公的双眼直直盯住刘邦，唯恐他不慎走失。为了稳住刘邦，他多次给刘邦使眼色，为的是在宴后把他挽留住。

从打进入厅堂，刘邦精神陡长。这样的场面他最活跃。当看到吕公为他相面，而后面色惊讶时，这一切举动都使刘邦感到骄傲，这是别人在夸赞我、抬举我。当他看到吕公对他数次使眼色时，心中颇感欢愉：一个初次见面的生人，又是县令大人的莫逆之交，如此看重我，这对日后仕途升迁大有好处。不知不觉他又多喝了几杯，话语渐渐多起来。

日头西斜，宴席终于收场了。

宾客们一个个醉意蹒跚走出厅堂。萧何看刘邦仍滞留不走，心中不解，便近前戏说："怎么，还想等到晚上再吃一顿？晚间无宴，快走吧。"

刘邦无心搭理，只是微笑不语。

待吕公最后抽出身来，笑吟吟走近刘邦身前，他不免再次沉下心来仔细相一相。不错，龙颜贵相。吕公极力压住内心的喜悦，小声试探着询问刘邦："在下家中有一小女，年方十九，想嫁给官人，不知愿不愿意？"

其实，早在席间吃酒时，他就曾向身边的绅士悄悄打听了刘邦的身世，当听说他年过不惑，仍未娶妻之事时，内心兴奋得几乎能喊出声来：小女雉儿的婚事有着落了！女儿这贵人相终于攀上真龙贵人，天意呀天意！

乍一听吕公的话，至今仍未娶妻的刘邦，嘴里连连推却，但内心一百个愿意。

吕公又说："来日可到我家，一并言欢。"吕公有意请刘邦上门，特意让吕母观看，再夸奖自己的眼力。

听说新来到沛地的吕公一眼看上了刘邦，刘邦的朋友大为高兴，一个个主动凑钱买上酒肉，执意要跟刘邦大醉一场。

任敖说："娶妻生子乃人生之大事，兄长能在不惑之年被人相中，实乃天意。"

樊哙心中既高兴又妒忌："兄长婚事如此顺利，小弟我又少了一个光棍伙伴，不知兄长婚后还能不能记住我这个缺妻少女人的白条光棍！"

"能，能。一闻到狗肉香我就想到小弟，我必为小弟找一个貌美的人。"

如含甘饴，如饮香醇，飘飘然的泗水亭长迈进吕家大门以后，却被吕母泼了一头冷水，心中凉了半截。

头一天夜里，吕公跟妻子悄悄商议新客进家后的逐项事宜。当吕公把在贺宴上见到刘邦的龙颜贵相和已经向刘邦许下小女吕雉的事情告诉妻子以后，吕母自然高兴，小女有了夫家，又是极难得的人中极贵之相，这是上天降给吕家的福祉。她立即焚香拜天，以谢苍天大恩。

吕母说："新客初到家门，自要挽留款待。"

吕公说："理应招待，万万不可怠慢。"

吕母说："小女雉儿还要出来见面吗？"

吕公说："那是少不得的，两人见面后心里更踏实。"

吕母又多长了一个心眼儿："还是不让吕雉出面为好，最多让她在暗处看一眼即可。"

吕公只好随从妻子心愿。

按照吕公说好的日期，刘邦早已按捺不住激动的心情，赶到吕家时，院里院外正在忙着打扫布新。

看到刘邦进门，吕公忙乐呵呵地把他引荐给妻子。万万没有想到吕母的笑颜立时给冰住了，眉头越皱越紧。吕公只得把刘邦引到院子里，四周走走看看，嘴里只顾说些无关紧要的话。

看到吕母的神色，刘邦心里不安，唯恐事情有变，他便三番五次催问吕公，一心想让吕公说出一句令他安心的话。吕公一如先前，说小女嫁给他是天作之合，永不更改。

刘邦不肯再跟吕母照面，连中午饭也不肯留下来吃，就匆匆离开吕家。

刘邦前脚离开，吕母即刻把丈夫扯到里屋，气急败坏地追问："你一口一个龙颜，一口一个贵相，原来是一个年过半百的糟老头子。咱们的女儿怎么能跟这样的人成亲？不行！"

吕公只得好言相劝，他要妻子相信他的眼力，眼光往远处看，千万别为了区区小事而坏了百年大计。

吕母气顶在心头上，对丈夫的话再也不肯相信。正当夫妻俩几乎闹僵之时，大儿子吕泽说："不如让小妹说一句，只要她认下了，家里便可依随她。"

早在刘邦跨进吕家大门时，倚在房里窗户下的吕雉就把刘邦看了个一清二楚，她的芳心不觉一动，把绯红的脸面转到一旁去了。直到小妹吕媭把她带到母亲房里时，她才知道母亲对刘邦这个未来的女婿不满意。

吕雉一如往日，进来后，轻轻坐在一旁不言不语，埋头静心等候父母发话。

吕母执意给女儿退掉这门婚事，她不想让丈夫再用相面的话蛊惑女儿的心，她只想用刘邦的年龄来破坏这门婚事："你今年还不到二十，那人已四十出头，比你整整大上二十一岁，这般年岁，他如何把你带到老？若是他半路……"吕母不想再往下说，她不想让女儿听了心里难过。

吕公面对吕雉，声声追问："你意下如何？"

吕雉白皙的脸庞蓦地泛起红云，她没有直接回答父母的话，而是和盘托出内心的隐私："父母大人在上，女儿只想告知我梦中的一段真情。就在来到沛地当天夜里，女儿梦见一位白发仙翁，当我向他询问婚嫁之事时，他仅向孩儿说了一句：非刘勿嫁。"

吕公大喜："仙翁赐言，正合吾意，天意呀天意，无须再违。"

吕母惊愕，再也不愿多说一句话。

******

大喜求大吉，说准嫁期以后，刘邦只得回家准备。日日放荡不归家的刘邦，对家早失去亲切感，家中的土地为兄长耕种，父母高堂为兄长赡养，直到要迎娶吕家娇女时，刘邦才回到家院，觍着脸把结婚的事告诉父母大人。早早把刘邦放弃不管不问的刘太公，乍一听到这个喜人的音讯，很是欢欣。他当即给刘邦腾出三间草房，又着老大老二和泥给里外抹一遍。院虽小，有喜事即敞亮；房虽小，进新人则吉庆。刘邦新婚，着实把左亲右邻给轰动起来，这个手不提、肩不担，四肢不勤，五谷不分的慵懒之人，流荡到40岁以后，竟然娶来了一个年轻貌美的黄花女子，无人不惊喜。刘太公咬咬牙、狠狠心，决定要为刘邦的婚事开流水席，庆贺三天。

哪里知道，新婚妻子刚刚进门来，还未来得及拜跪天地时，一个白白胖胖的半大孩子便被人带进院子里，领到刘邦、吕雉面前，扑通一声大跪在地，嘴里清清楚楚喊着一句稚嫩童声："父母大人在上，受孩儿刘肥一拜。"说罢，纳头大拜，头颅磕得地面咚咚响。

人群里随即爆出幸灾乐祸的大笑。

越是惧怕的事情越是准时来到。

是曹媛，是曹媛这个既令他温柔暖心、又让他摆脱不掉的女人，用他们两个的儿子，破坏这个喜庆吉利的日子。

当曹媛十天半个月不见刘邦的身影时，心里七上八下不落滚，就在此时，吕公将自己的爱女许配给刘邦的消息一字不漏地传进她的耳朵里。一时间，如五雷轰顶，她呆坐在堂前一动不动。时时担忧的事情终于发生了，一心企盼着的美事都成了黄粱美梦。多年来，自己倾心倾情挚爱的男人，竟然万分绝情地一脚把自己给蹬开。她把小吃铺大门关上，独自一人在房子里号啕大哭，恶语咒骂，然一切皆无济于事。

最后，她想出一个绝招儿：让儿子刘肥在婚礼上跪拜认父。企图让刘邦丢脸，让新娘气恼寻短见。这样，刘家这一场风光无限的喜庆事将会变成人死人亡的丧事，只有如此才大快人心。

一阵轰然坏笑以后，人场上陡然静寂。

所有人的眼睛一齐投向新人吕雉。

人们期待的又一恶作剧将如何发生？

吕雉不哭不闹，不气不恼，心平气和地伸出白皙嫩柔的双手，轻轻拉起直立跪地的刘肥，打腰间掏出一把从娘家带来的押腰发财的碎钱，塞到刘肥手中："去，到街上买糖吃去吧。娘，认下你这个大头儿子。"

人场上旋即响起一阵掌声。

吕雉的宽宏大量即刻传遍沛县城的大小角落。

刘太公双手张扬，面对苍天大声喊叫："我刘家兴矣！我刘家兴矣！"

晚上，夜阑人静，一轮明月高悬中天。

新房里，刘邦、吕雉相拥而抱。

吕雉说："你的姘头好歹毒，只是胆小如鼠，不然，她带上儿子，大闹洞房，我则只有束手待毙，任人侮辱。"

刘邦说："你乃女流之辈，心胸豁达，无人可比，日后定能成大事矣。"

吕雉："父亲说你龙颜贵相，我等皆因你而贵，所以，我将时时处处维护你，恭维你，但愿你不辜负奴家一片痴心。"

刘邦心地怡然，满口答应："他日若为人极，吾必为吕姓加封晋爵，永享福祉。"

突然，大门前，火把映天，人声鼎沸。刘邦叫一声不好，准是那个泼妇曹媛又来闹事。

三　侠义刘邦变草寇，斩蛇避走芒砀山

吕雉更是无心入睡。丈夫的举止，只能使她心生疑虑，只能带给她更多的担忧。一种不祥的预感袭上她的心头。她几次想开口让丈夫丢掉这次官差，另作他图。可是，丈夫在她眼里，并非是悲伤无限，临死哀鸣，而是一种深沉向往，一种临近挑战时的躁动。自己如何开口，她迟迟未决。

刘邦折身起床穿衣，奔到大门外一瞧，原来是亭里的三位百姓，连同自己族里的近亲家人，赶来亭长家里，找刘邦评理来了。

这三位家长的男丁，前年被征去边地修建长城去了，至今仍未回家。去年，还有人朝家里捎来书信，报个平安。而后一年多来，书信全无，由于路途遥远，家里人一直未能前去探个究竟。没想到，上个月，他们三家又各有一个男丁被传信征召远赴边地。得知这一消息后，三家人甚为愤怒，连夜找到刘邦的家里，一心要亭长讲个明白。

明白事情的来龙去脉以后，刘邦长长松了一口气，遂打出一副官腔："公事要明天去亭里详谈，众人皆可先回去休息。"

"为何事来的？一句话就把我等打发走了？"

"没有理由，咱们拴着月亮也说不好。"

其中有两个粗鲁人，立时要拳头相见。

刘邦只轻蔑嗤笑一声："好。如果你等不听劝说，报给县里，定以阻碍公务论处，轻则罚没粮款，重则打入牢狱。想想看，如何是好？"

仿佛激流河水突遭寒气冰冻，人群中再没有丁点儿声响。人群纷纷后撤，一会儿跑个干干净净。面对一心逃走的人群，刘邦狂声大喊：

"谁若再敢来吵闹，定当严惩不饶！"

一直守在院里黑暗处的吕雉，看到丈夫三言两语摆平一件民事滋扰，心中悄悄悟出一个道理：手握大权的人，无理也有理。

新婚的热乎劲儿随着日月流逝，渐渐归于平淡。亭长刘邦渐渐恢复往日的作为：亭上有事也忙，无事也忙，走到哪儿吃到哪儿，回家的脚步越来越稀。家里这副担子整个儿落在吕雉肩上。收干晒湿，拾柴烧火，侍候公婆，一桩桩一件件像看不见的绳索，全套在吕雉的脖子上。如果说家务活是轻活计，那种田的活计就像一块巨石，直压得吕雉喘不过气来。

刘邦娶了媳妇，理应分家单过。几亩薄田，再不用大哥二哥忙活了。年轻的吕雉

已默默接过，挑在肩上。开春，布谷鸟高唱时，吕雉当早起下地播种黍谷。中秋佳节过后，又要忙着收获。烈日酷暑下，锄草间苗更不能有丝毫马虎。

无论是家务还是田地，刘邦从不伸手，甚至双眼看也不看。卢绾是刘邦家的邻居，平日看到吕雉忙得脚手连地，汗流满面，甚是怜悯，于是时常过来帮忙。一次，兄弟朋友在一起饮酒，卢绾对亭长刘邦说："你好胳膊好腿，力气过人，为何不帮嫂子干点活计？"

刘邦即时解释说："这只怪你年轻不懂事理，这媳妇只能用不能惯，你一惯，她必娇贵，不是有脾气就是有病，根本办不清她的事儿。只有海使海用，她对你也绝无怨言。哈哈……"

殊不知，吕雉双肩挑重担，不求刘邦插手，完全是为刘邦分忧解愁，让他一门心思在仕途上步步高升，以求来日飞黄腾达。

吕雉的心事只是默默藏在心中，从不对外人声张，连自己的父母也不说。每次吕雉回到娘家时，总会惹得吕母一番疼惜。不是说她晒黑了，就是说她又瘦了，三番五次数落刘邦轻浮浪荡，根本不知顾家，不知疼惜自己的妻子。说到烦心处，又连连责怪吕公，说这就是贵人的享受吗？

吕公不气不恼："贵人者，必当从苦难中历练而来。没经历过艰辛，怎知贵之所以贵？"

说到苦、累，吕雉从不含糊，定会咬牙坚持。但一听说刘邦仍时不时去那个曹媛的家中吃住，她的心里仿佛被插上一把钢刀，她终究咽不下这口气。但是，她并没有轻举妄动，而是如以往一样，该吃她吃，该干她干，在公婆和妯娌面前全是笑脸相迎，在人们眼里越发显得勤快、贤惠。

一天，刘肥又来到父亲家，吕雉把他喊过去，小声询问："你爹是到郡守、县守去了吗？为何不回来吃饭？"

刘肥很听吕雉的话，每次来这个"花娘"都会给他做好吃的。他会把母亲曹媛的事说给这个"花娘"听。刘肥吃着"花娘"给他留下的糖团儿，揭开了父母的私事："爹说他这几天太累了，要在我家里好好歇几天。"

吕雉说："你就在这儿放心玩耍，晌午还给你做鸡蛋油饼。"

她说完，放下手中的活计，不声不响赶到曹媛的小吃铺前，悄悄来到后院偏房，听见里面有点小动静，于是用力踹开门，三蹦两跳跑到床前，伸手揭去蒙盖的被子，随手端起床跟前的一盆洗脚水，扬起来朝床上一泼，一对赤身裸体的男女尽在凉水中瑟瑟发抖。吕雉一句话儿也不说，转过身，扬长而去。

从此，刘邦闸住双脚，再也没去曹媛的家。曹媛自知无法笼住刘邦，便与一个屠夫结帮成家，一个杀猪，一个开饭铺，日子倒也红火撩人。

一年后，吕雉生下女儿，取名刘乐。

吕雉生下女儿后，刘肥有了一个哄孩子的差事。刘乐小时，刘肥背着；大一些时，抱着，直到刘乐能走会跑时，刘肥必须哄着逗她乐。若是吕雉闻到一丝喊叫或是哭声，刘肥即遭到呵斥，重则会挨打、挨骂。可是，打归打，骂归骂，吕雉对刘肥还是尽到"花娘"之责任，给吃，给喝，给穿。只是有一条规定：在人们面前不准叫她娘。在亲戚、贵人来到家中时，要立时走得远远的，更不许与来人说话。

这些规矩，让刘肥渐渐知道："花娘"就是晚娘。在"花娘"面前，绝不敢造次，一切要看花娘的眼色行事。其间，唯有被他尊为叔叔的樊哙，对他另眼高看，时不时地给他送上香喷喷的狗肉解馋。樊哙还在吕雉面前夸刘肥能干活，知道尊称人，会说话。其意不言自明，他是要吕雉别虐待这个孩子。

从打踏进刘家的门槛，吕雉就有一种势单力薄的感觉。如果不孝，会得罪公婆；如果不贤，会得罪妯娌；如果不惠，将惹烦邻居。就算那个贴身的丈夫，心里也未免只有她一个人。这样，她愈加认识到自己势单力薄，一种孤独感让她心里空落落的。突然，一个念头闪过心头：何不给妹妹找个夫家嫁过来，同爹同娘的亲姐妹，心往一处想，劲往一处使，心里有话，敢说；遇到难处，敢过来帮手，岂不乐哉快哉？

当吕雉把这个心思说给刘邦之后，刘邦即刻说："好，那就许配给樊哙吧。"

看到吕雉稍一怔，刘邦便说："你不要看樊哙呲牙咧嘴脸面黑，这可是我的好兄弟，他心直口快，为人有胆识。他养狗屠狗卖狗肉，虽不是大富人，但手上钱财很是活泛。他身强胆大，无人能敌，日后为我所用岂不是一件快事？"

其实，吕雉心里明白，有了这个妹夫，有吕媭当家，这个勇力过人的武夫必会身心向着我，看谁还敢对我说一个"不"字？

两个月以后，吕媭顺顺当当嫁进樊哙的家门。吕雉一心等待听妹妹的感激话，没料想，一声声怨言从吕媭嘴里飞出来："狗味腥死人，狗肠子恶心人，狗叫吵死人，我这一辈子别想过一天干净、舒心的日子了。"

"那樊哙呢？他对你怎么样？"吕雉追问道。

"只有他一个会体贴人，要不，我早就跳出这个狗窝了。"

吕雉很不以为然，说："狗窝也罢，猫窝也罢，女人有个窝趴着就知足吧！"

******

刘邦当亭长，很为县令吴行赏识。他对这个能说会道、头脑活络、敢作敢为的人高看一等，于是把押送徭役去咸阳的大事交给刘邦。吴行说："这八十名徭役中有匠人，有笨工，在路上要多长个心眼儿，若跑掉一人即要撤职查办，若跑掉两人以上者，定当入狱，重则杀头。"

刘邦没有畏惧："大人请放心，刘邦愿以身家性命作保，路上无一个逃匿。"

起程那天，许多朋友前来送行，并送给刘邦不少金银做盘缠，其中以萧何给的钱最多。他一再叮嘱刘邦："路途遥远，人心叵测，当慎之又慎啊！"

刘邦带人赶路的头一天，即与同行徭役畅谈："你等都是有家有舍之人，此番公差，多则三年，少则一年，转眼即可回家，犯不着中途逃匿。我虽为公押解，实为同行之人，你损我损，你安我安，还望众人三思。"

途中，刘邦视徭役为兄弟，吃住同往，不分彼此。此举止深受众人欢迎。大家手足相连，同赴艰难，前后不足三个月即到达咸阳。

刘邦交了差，讨回文书，便往京城内赶去。他要借此机会亲眼看看国都咸阳，这令天下人景仰、敬畏的地方。远处的秦王宫殿，巍峨如高山，围墙上插着九旒龙旗。阵阵悦耳乐声，随缭绕云烟飞进耳朵。刘邦轻轻咂了一下嘴巴："可惜，无法近身观看殿宇。"

当他转身步入街市时，忽见百十轻骑飞驰而来，卫卒手执长戟，在驱赶路上行人，紧随之是二十车舆、轻快驶过，车上彩旗飞扬，当此时，路人匆忙传说："秦皇出宫来了！"人们急急避进店家，店家急急掩门停业，未来得及躲避者，个个伏地垂目，无人敢仰视之。

刘邦早早躲进巷内，在卫卒身后远远观看：这时，列队步行的卫卒，一手执戟，一手执牛角号，走上几步，便一阵吹奏，之后的二十辆大舆，上面全是武装将军，一手短刀，一手腰剑，紧跟在后的七彩大舆，当为秦皇帝一人专坐。最后，又是四十辆舆车随之。

"这就是'大驾舆车八十一乘'吗？"刘邦轻声自语。看到如此威武壮观之场面，刘邦兴奋异常，说："大丈夫理应如此。"

从咸阳归来，一班朋友如迎来凯旋而归的勇将，先后争着会面，又与之推心置腹，一醉方休。折腾数日后，刘邦这才回家。

在家院里，他拜见父母以后，发现妻子不在家，问过刘肥之后，方知妻子正在地里忙活，于是，抬步奔向田间。

吕雉远远看见刘邦走来，便扔下手中的锄头，小步迅跑迎上，二人相拥来到田头。吕雉看到刘邦又黑又瘦，不免心疼起来，她先问路上是否顺利，又问徭役是否如数交差，当刘邦一一回答以后，吕雉心里格外高兴，嘴里甜甜喊了一声："我想死你啦！"说着扑上去，二人紧紧搂在一起……

接下来的日子，吕雉发现刘邦仿佛变了一个人似的，往日风风光光、大大咧咧的劲儿不见了，一对深沉的目光，久久注视着一个地方，动也不动；有时坐在家里，不声不响，半天也不动弹。难道他是中了邪症？不。他的饭量不减，睡眠香甜，根本不像失魂落魄的样子。吕雉回到娘家，把此事说给父母听。吕母听了催着女儿快找巫师求助。吕公则不屑一顾，言：人中极贵者，一行一动当与常人不同。你无须挂牵，只管精心照料即可。

其实，刘邦正经受一场人生转变：去咸阳途中，看到荒芜的土地，饥馑的农夫，在咸阳城看到皇城，更看到一个个流血拼命者，正为秦皇帝的骄奢淫逸抛身弃命。赋税高涨，酷刑难耐，这一切像瘟病一样正向自己袭来。自己一介亭长，原来奢望日后会有升迁的机会，可是官场的腐败，全仗金银珠宝行贿，就是到死也无法满足官员的欲望。而作为亭长，芝麻大的小官，谁又舍得钱财来求你呢？

升官的梦想破灭了，发财的欲望被堵死了，而做官的危险性如影随形，一刻也摆脱不了，稍不留神，即大祸临头，身家性命毁于一旦。周苛兄弟为了按时完成上司派下的罚贷，巧立名目摊算在一个富豪头上，未曾想这富豪为赌这口气，花钱买通郡守，反倒将周苛以知法犯法为名，拿在大狱中。刘邦知道这情形以后，只能在内心里发急。

似乎把人世看透，仿佛悟出人生真谛，刘邦变得沉默寡言又烦躁不安，终日以酒解闷，以酒消愁。樊哙、任敖、卢绾等好友皆不知底细，全以为刘邦迷上了魔窍。

萧何、曹参等一班胸中颇有文墨的朋友，唯恐刘邦头脑发热，干出违反朝廷的恶事儿，便不时开导、劝说："虽说天下归一，四海升平，但是百姓中间似乎在暗暗涌动一股大潮，还是规矩点儿好，千万别出差错。"

刘邦天生是厌烦文人的人。文人所说的话似乎是在朝人的脖子上套绳索。这也不能说，那也动不得，中规中矩，生生能把人憋死。他还认为文人只能动口不能动手，天天"之乎者也"能做什么大事？

对于别人的劝说，他只当耳旁风，吹过拉倒，做事全随性情，不拘小节。可是，对妻子吕雉的话，还是稍稍动心："官人的能力无人可及，只想官人的运气何时降临，无人可知，官人还是小心为妙，三思而行。"吕雉虽无大学问，终日在父母身边，言传身教，略知一二。女人心细如发，看到躁动不安的丈夫，她心里当然也感到不安。

偏偏就在此时，县令吴行接郡守分派：要沛县向咸阳押送刑徒120人，即日启程，不得有误。

公事紧急且险要，何人可担当此大任？

吴行一口说出泗水亭长刘邦。

萧何说："刘邦刚刚长途归家不久，不如委派别人。"

吴行说："刘邦胆大心细，为人有豪气，最适宜此行。让他辛苦一趟，回家后再好好休息。"

看到吴行主意已定，萧何不好再为刘邦说话。当天晚上，萧何与曹参、樊哙、卢绾、审食其等一班人，为刘邦摆酒饯行。

萧何此次很是担心，席间反复叮嘱："此次西行不同于上次，这是些亡命之徒，什么手段都能使得出来，你可千万要当心才是。"

樊哙甚为不满："哥哥回来不足三月，为何又要负重远行？让他与犯人为伴，无疑是想要他的命。"越说越气，他即刻直身离席，大叫一声，"我去找狗官评理！"

刘邦伸手拉住樊哙的衣襟："大可不必。身为亭长，便要听从委派，这是常理。再说，县令大人是高看我、信任我，日后夺得功名，他定会擢升提拔我。"

曹参说："你不要白日做梦，出力的不当官，当官的不出力。此一次能顺利返回，平安到家就是万幸了。"

夏侯婴则与众不同，他端起酒，与刘邦连干三杯："此次公差万里，风险绝路当不会少。我只劝哥哥，遇事不迷，大事清楚，当机立断，不可含糊。"

其余人一同跟着起立，共同说出夏侯婴嘱咐过的话语，共同干杯。

似乎有一种悟性，让刘邦感到是与家人长期离别的开始。他从酒席间拐回家中，单单向妻子告别。

吕雉深感意外。过去，刘邦三五天不回，出远门、走近道从来不回来向她道别，一概任性所为。往日见怪不怪的事儿今日却甚是奇怪："此次离家，难道永不归来？难道中途必遇大难？难道……"吕雉终没有开口，只在心里默默想着。

刘邦先到父母大人房里叩拜，看到多病的老母亲不免鼻酸泪流。母亲说："出远门的人不兴流泪的。儿行千里母担忧，只愿道平路坦无阻无险，早日回家团圆。"

刘太公平日很少跟这个小儿子说话，他知道刘邦年过不惑，久在世面闯荡，知多见广，遇事心里自会有主张。于是仅仅轻描淡写说一句："何去何从你要清楚；孰轻孰重你要明白。"

是日夜晚，风清月皎，刘邦久久难以入睡。他起身来到院中，月光如水，漫浸全身。生活过几十年的院落，今天看上去却甚感陌生。一切一切恍若隔世。刘邦似乎已经知道，此次离家，将是一条不归路。走出这家门，便难再回还。又险又凶的预兆，已经深深植于心上，面对父老妻儿怎能不惜不爱？令人难舍难分。但是，面对日后的生死，他心里并不畏惧，更有一种只恨时间来得太迟的感觉。

吕雉更是无心入睡。丈夫的举止，只能使她心生疑虑，只能带给她更多的担忧。一种不祥的预感袭上她的心头。她几次想开口让丈夫丢掉这次官差，另作他图。可是，丈夫在她眼里，并非是悲伤无限，临死哀鸣，而是一种深沉向往，一种临近挑战时的躁动。自己如何开口，她迟迟未决。

月光水华，夫妻俩相依相偎。

终于，吕雉开口："这次就留在家里吧，明天我跟县令言明，你重病在身，难以胜任。"

刘邦猛地推开妻子，斩钉截铁地说："干大事者，谁顾身家性命？"

清晨，刘邦从大狱中押出一队刑徒，用绳子牵连一起，夺路走出城外。萧何早早候在路边，塞给刘邦不少金银。他没有多言语，只是说了一句多多保重。樊哙照吕雉的意思，单单给刘邦备了几斤卤好的狗肉，外加一担好酒。刘邦只让下人接过狗肉，那一担香气扑鼻的美酒被他谢绝了:"东西太多,碍事。"

审食其、卢绾二人早早备好一身行囊,执意要随刘邦一道远行。

刘邦只是嘿嘿一笑,说:"随我身后的,必多受牵连,谢了。"

言语虽短,却让人听着有些惶然……

夏末秋初,火一样的骄阳裹在每个人身上,刑徒们赤着脚,破衣烂衫,无处遮挡。苍白泛青的容颜经太阳炙烤,虚汗淋漓。走出城外,刘邦并没有强迫人们快步疾行,而是信马由缰慢步而行。刚过了十里长亭,刘邦就把周苛、周昌兄弟二人手上的绳子解开,并让他二人一前一后照应刑徒。走出沛地以后,刘邦又让周苛把几位熟悉的刑徒的绳子解掉,让其带些零杂碎物。

当天晚上在一道河湾处歇脚,刘邦清点人数时,无一人丢失。

谁知在第二天晚上清点时,竟然少了三人!

周苛、周昌皆失色:"这如何得了!容我兄弟二人前去搜捕抓来!"受刘邦宽大,周家二兄弟一心要为刘邦拼死效力。

没料想刘邦竟然摆摆手,压低嗓门:"穷徒勿追,由他逃之,有刺字在脸面上,谅他必不能逃得多久远。"

"兄长,你自己将要受到秦法刖足的。"

"三人去,我一人受刑,足矣。"

三天后,刘邦带人来到丰邑大泽。为躲避一场突如其来的暴雨,大伙拥挤在一座小山村村头的破院子里。令刘邦奇怪的是,雨前人数为九十八,雨后竟不满九十人。

周苛、周昌二人急得眼睛滴血。照此下去,走到咸阳城,刑徒将会逃得一干二净。别说是刘邦,就是我等受他恩惠的人也难逃腰斩灭族的惩罚。

周苛说:"兄长要用重刑,杀鸡给猴看,以图镇住余下的人,万万不能再有人逃跑了。"

刘邦却不急不躁,神态跟往日无二。听了周苛的话,他却反问道:"杀鸡给猴看?拿谁当鸡,让谁当猴?你说。"

周苛一时呆住了。他怎么也没想到刘邦会如此问他,更没料到他那说话的口吻竟然与酒桌上猜拳行令时的神态一般无二。

大难临头,你怎么还出言戏谑耍笑呢?天呀!

面对一切,刘邦仍装作浑然不觉的样子。他先派人去村里的酒店买上饭菜酒肉,又把所有刑徒的绳索解开,然后与众人一道敞开心胸,狂喝暴饮。场面上,有人哭有人笑,有的慷慨祭天,有的啜泣黯然。

酒足饭饱之后,刘邦把人们集拢在露天旷地。头上星光闪烁,大泽里狂涛咆哮,人群里静得让人心里发慌。

刘邦登上一石墩,喊出让人目瞪口呆、心胸狂跳的话儿:"天留人,人不死;天杀人，人勿活。我刘邦不想再看到你等活活落入虎口，索性让你等各奔前程，有亲投亲，有友奔友……"

周苛、周昌急得双脚大跳。

人群如恶犬出笼，吼叫着，蹦跳着，四散飞跑。一阵混乱之后，刘邦面前仍有一二十人岿然不动。

刘邦颇感意外，遂问道："为什么还不离开？我不会追杀你们。"

众人说："我等逃脱后，亭长安能逃脱法典严惩？我等于心不忍。"

突然，有一人高声明志："与其遭戮，不如……"

周苛、周昌立即大声制止："不许造次！要听大哥的！"

星光下，刘邦一脸漠然。

闯下大祸，屠刀高悬头顶。

是求生？是等死？

险途求生，绝处求活是人的本性。干！

刘邦端起一碗酒，仰头饮个干净，他把酒碗照石墩上狠狠一摔，大喊一声："苍天逼我，我顺民意，终能夺得一条生路！干！上山落草！"

周苛这才快意大喊起来："落草为寇，占山为王。天王老子我也不怕！"

周昌说："干！砍头是死，割蛋也是亡！反正跟着大哥就能夺得生路！"

群情激奋，大家紧紧围住刘邦，一心等着他的吉言。

刘邦打腰间拔出龙泉剑，左手在剑锋上一拉，鲜红的血迹滴在一碗碗酒中："来！喝下这碗血酒，壮胆明志！你我同生共死，不避艰险，夺得富贵路！"

周苛说："大哥，此处不可久留，咱要找个去处立脚才是。"

刘邦把手一挥："走，芒砀山就是我的家！看官兵奈我何？"

几十人的队伍走出破落院子，大步向西走去。星光璀璨，湖水映光，一群夜行鸟被惊得盘旋翻飞。黎明时，众人攀上山冈，于深草乱石中疾步快行。

突然，走在最前面的几个人，返身急跑，嘴里狂叫："蛇！大蟒蛇！"

夜风晨露的凉意把刘邦的酒意抹得干干净净，惊叫的人们似乎给他摆下第一道难关。

是前进还是后退，大家的目光全盯住他一人。刘邦毫不犹豫，刷地打腰间拔出宝剑，大喊一声："秦皇帝我也不怕，还怯你一条草蛇！"

他拨开众人，大步急跨，三十步开外，一条大蟒蛇正拦在路中，挺起斗大的蛇头，吐出芯子咝咝有声。刘邦没有畏惧，进前一步，把手中三尺龙泉宝剑在蟒蛇的头顶一刺，那蛇头一缩，颈一摆，直朝刘邦脖子扎去，火红的芯子如一枚长长的尖刺，闪着寒光。刘邦并不慌张，把右手一收，龙泉剑在空中划了一道白光，随后把身子一转。那蟒蛇像一条抖在半空的绫绢，仅轻轻一绕，把刘邦盘在中间，血盆大口正对他的脸面。当此时，憋足气的刘邦，把收在胸间的宝剑尽力猛地向外一挥，蟒蛇头被齐颈斩掉，喷出的蛇血如淋淋秋雨，凉且扎人。

围观的人们齐声欢呼起来。刘邦用布襟抹掉剑刃上的蛇血，手一摆："走！赶路当紧！"

当众人攀山而上时，只听死去的大蟒蛇拼命呼喊："还我命来！还我命来！"

众人皆惊骇，齐刷刷望着刘邦不语。

蟒蛇的呼喊是一种威胁，更是一种绝望的抗争。

刘邦嘿嘿冷笑一声，看到众人站在山冈上，故大声回答："平地还命！"罢后，蟒蛇无语。西汉末年，汉平帝当政时，适逢王莽篡位。这正应了刘邦的一句话："被杀死的蟒蛇把汉朝的江山拦腰截断！"

听到刘邦的话如此灵验，众人皆供他为天神，尔后更加紧紧追随着他，誓死争战！

刘邦落草为寇的消息刚传到沛地，他的母亲因久病身虚，再被这凶信一击，当天夜里便死去。刘太公则大骂刘邦不孝。刘邦的大哥二哥只好耐心劝说："爹，你就别骂了，越骂越气，全当我们没有这个弟弟。"私下里，兄弟二人一再叮嘱父亲："爹，千万别声张，这剿家灭门祸族的事儿被官府知道了可不得了。"

当刘邦的母亲刚刚被安葬以后，吕雉的母亲突然死去。事情来得很突然，当时，一家人刚刚吃罢午饭，吕母感到头晕胸闷，一句话都没有说出口，身子一歪，便合眼咽气了。

吕泽去刘家、樊家报丧。吕雉被捕入狱。樊哙呢，正行走在去丰邑的大道上。

冬初，土路上尘土飞扬，阵阵北风掠头，寒意则日甚一日。樊哙心急火燎，赶路心切，早脱去薄棉衣。这个火暴性子的人，也有心细如发的时候。他秉承吕雉之意，一心要去芒砀寻找刘邦。他暗中与妻子吕嫛说："有人来买狗肉，你只管卖，有人来家里寻找，你只管撒谎，就说我到外地贩马匹去了，为的是挣大钱、发家。万万不可说实话，弄不好，我也会因私通贼人而下狱。"

吕嫛用手指狠狠戳了一下樊哙的额头，嗔怒抱怨："你看我是没长脑子的人吗？自打进了你家的门，狗肉吃得不多，骨头啃得不少。虽然至今没有怀上孩子，可我的心眼儿还是不傻不愣的。你尽管去寻找，有了下落就早早回家，别打狗连套子也给带走了。"

樊哙满口应允，鸡叫头遍时就起身离家，走出沛地后他才敢寻个店铺吃饭歇息。

无奈，这个杀狗的屠夫浑身有挥之不去的狗腥气，离村子二里地时，成群结队的大狗小狗就在村口狂吠，没有办法，他只好不走村庄，更不敢接触集市，只管沿着田间小道疾速快行。当赶到芒砀山区时，他不敢入村入户打听，只能在旷野上捕风捉影，终日像个游神似的，吃喝无时，居无处所。

这天黄昏，樊哙又饥又渴，他决定冒险进村，吃喝一顿以后再去赶路。他还没有进到村庄时，狗吠沸天，又见村里的人男女相携，尽朝自己奔来，人群中早有人哭喊大叫："强盗来了！强盗来了！"

樊哙也不敢怠慢，他正要转身绕开时，只见一群精壮的汉子，持刀截断去路。他们把樊哙团团围在中间，挥刀乱砍起来。

樊哙大怒，吼叫一声："平日只有疯狗才来围我，你等只想来找死！"

说着喊着，早一刀砍翻一个，待又要挺刀刺来时，只听背后有人大叫一声："刀下留情！"

樊哙听着话音有点儿熟，急忙收住刀，回身望去。夕阳余晖中，周苛、周昌二人正疾步跑过来。

三人见面，相拥而泣。

"找你们找得好苦呀！大哥呢，快快引我去见大哥。"

周苛周昌兄弟先是把手下的几十个人引来见了樊哙，这才命人抬着被樊哙砍倒的尸体，同众人一起回山上。

入夜，在一个山坳的破落院子里，樊哙终于见到刘邦。让他没有想到的是，刘邦头一句话就问他有没有带狗肉来。

"带是带了，全被我在路途上吃完了。大哥，你，你怎么想起来走这条路？"

"怎么，我过得不好吗？大碗喝酒，大块吃肉，弟兄们一齐相处，想说就说，想笑就笑，我这就是国中之国。快把家里的事儿说给我听听。"

樊哙虽是个壮汉，未及开口，热泪先流："大娘听到你的信儿，合眼升天了；大嫂为了你，听说要被投进大狱；兄弟、朋友一个个跟掉了魂似的……你，你……可把我们给害苦了……"

刘邦扑通大跪在地，众人急忙随之。只听刘邦哭诉道："娘，儿子不孝，你老归天之时我未给您老送行，娘，但愿您老在天之灵，为儿解忧，为儿壮行吧！"

刘邦说一句，众人同声说一句，此情此景壮观感人，樊哙只觉得心中阵阵潮起潮落。

当天夜里，刘邦命几个弟兄出山，到村子里捉来几只肥狗，叫樊哙杀了煮上，众人吃到嘴里直说"香死人喽。"

樊哙说："大哥你千好万好，但有一条不好，不该让众人入村抢劫百姓财物，闹得人心惶惶。"

刘邦说："我等入村，从不掠夺农夫百姓，仅仅是围上豪绅大户动刀子。这你不用担心。我刘邦也是一介农夫，对他们我下不了手。"

樊哙傻笑着："这就对了，大哥，看着你跟众人一起无拘无束多诱人，我也不想走了，我要留下来跟你一起干。"他早把妻子吕媭的话忘得一干二净。

刘邦急忙摇头："这次你不能留下，你要立马回去，家中离不了你。到时候，我会派人前去请你的。"

中间仅仅歇了两天，刘邦就早早把樊哙打发回家了。临走时，他让樊哙带信给萧何、曹参、审食其、卢绾、周勃等一帮朋友，让他们不必为他操心，如能代为照管家庭更好。同时，两人又约好下次会面的地点，以免延误时间。

离开刘邦，樊哙的脚步比来时快了一倍，他归心似箭巴不得一步到家。

就在樊哙寻找刘邦时，不可一世的秦始皇崩逝了。接位临朝的是他的小儿子胡亥。

当时，各种传说不胫而走：

因为东南方有天子之气，秦皇帝焉能静心处之，他立即东巡，要灭掉这勃勃紫气，以保秦王朝万代千秋。

有人传言，胡亥为了篡位，使尽各种花招，谗言相害哥哥扶苏，说他谏言不该焚书坑儒，诋毁父皇，是为了早日把持朝政。秦始皇一怒之下把扶苏赶去边关监军修筑长城。

胡亥篡得帝位后，税多赋重，刑法酷烈，百姓无法生活，民变四起。秦王朝在风雨中飘摇……

樊哙回到沛县，与妻子吕媭一起先去拜见吕公，向他详细叙说了刘邦在芒砀的立身实情。吕公听后甚是兴奋："一个朝代衰灭，一个朝代兴起，东南的天子之气就在我们身边升起！"

吕媭多有厌烦，急忙追问父亲："爹，你不要管得太多，姐姐还在大狱里，你看如何让她早早回家才是正事。"

"这是小事，不在话下。只要天子兴师，你姐姐即可回家。"

吕媭、樊哙听得糊里糊涂，无心再问下去，当即回到家中。樊哙未停脚步，立即出门找上夏侯婴，让他偷偷乘着县令的舆车，把一班朋友召到自己家中。吕媭端上大盘狗肉，樊哙与大家一起，边喝边吃边谈，场面甚是热闹。

当大家知道刘邦已聚集几百人，并过得很滋润时，一个个心中像猫抓似的。

萧何说："泗水郡蕲县大泽乡有九百多名戍卒前往渔阳，因大雨阻隔，延期误时，按照秦律，失期当斩，他们在陈胜、吴广两人带领下，祭天盟誓，号称大楚，斩木为兵，揭竿为旗，攻城夺地，来势汹汹，不可阻挡。"

曹参说："刘邦当可举旗号令天下，与秦朝争斗，终比占山为寇英明。"

萧何摇摇手："此事不可操之过急，待看势头发展如何再定。"

夏侯婴说："哥哥手下已有几百兵卒，何不打到沛城，既可护家，又可招兵，以壮声势！"

曹参说："此话万万不可传开，以免吴行心中生疑。"

夏侯婴说："什么传不传，吴行终日无精打采，唉声叹气，正不知该如何是好。"

最后萧何说："各位尽当沉下心来，暗中做些准备，一旦时机成熟，我等皆可披挂上阵，随刘邦出马征战南北。"

一场激情四溢的酒会直到月出东山方止。

萧何走在最后，他单单跟樊哙耳语："你还要辛苦一趟，见到刘邦，即可把我们议论的话传给他，让他早做准备。"

送走樊哙，刘邦心中着实不安稳，睡倒、起身，无一时稳妥。他先把周苛召来，问了众人心绪如何，又问了粮草马匹兵器等事儿，当听到所有这些均阔绰无虞之后，他让周苛找来两个心腹，当下吩咐他们：下山入乡进城，专心打探各方消息，尽快回来禀报。

两个心腹当夜下山，周苛忙问刘邦："大哥，莫非心里有变？"

刘邦大笑："一日不变，焉能苟活？我等是朝廷重犯，每日每时尽在刀口下挣命，头脑清醒，眼观六路，耳听八方，消息快捷，我等才会钻得空当，保身心之安全。"

"为此，大哥只需侦探官家消息即可，为何还要探听世上之事，岂不分心费神？"

"世道人心向背，当能看出朝政清明优劣。秦王朝政苛刑酷，路人皆忍气吞声，想想看，这样的朝廷焉能长久？"

三天过后，下山打探消息的人匆匆返回，带回来的消息令刘邦大喜过望。当他得知反秦烈火四处燃烧，连声大喊："天赐良机，不可错过！"随即与周苛、周昌等人合议：下山征战。

周苛心有疑虑："大哥，我等众人粗俗不堪，未经将士训诫，若在山野间打家劫舍还有胆气，若攻城略地，怕不能胜任。"

刘邦信然："你的话很对。但是，兵卒皆以勇气为先，只有勇气拼杀者当能取胜，畏刀避箭者只能等死无疑。但凡天下成事者都离不开天时、地利、人和，眼下天时正顺，人心向我，剩下一个地利，当可用勇气占之。"

当天下午，刘邦把几百人召集一处，慷慨陈词："我等皆为秦朝罪人，秦朝一日不灭，我等一天不安。今日四海鼎沸，遍地狼烟，我等则要顺应天时，杀下山去，诛秦杀贼。"

几百人心中的怒火刷地被燃起，个个精神振奋，士气昂扬。

恰在此时，有人来报："上次来的壮汉到了。"刘邦心花怒放，大呼："天助我矣！"

樊哙不但把张楚政权的大事告之，还一再要求，要刘邦带人打去沛地，大乱之年保护一方土地，拯救家乡黎民。他说："这是萧何让我传话给你，望你能牢记在心。"

刘邦便把樊哙、周苛、周昌约在一起，细商战事："在打回沛县之前，我必先攻占丰邑，一则壮我声威，二则扩军纳卒，为打下沛县城积累经验，筹集钱粮。"

当下，刘邦决定带几名心腹，亲赴城内观察动静。樊哙说："主帅不能离开大帐，还是让我前去走一趟吧。"刘邦说："你身泛狗腥气，未及入城便会惹起偌大动静，不如我去。"

刘邦带着十余人，装扮成村夫俚人，进城后，看到市面上兵卒往来，城头上弓弩齐备，一切如临大敌。经打听，方知郡守有令，严加防备逆贼入城。刘邦带人在市街走进，又去兵营附近观望，最后沿四门细察。

当走去西门的路上，忽然被一队兵卒拦住，为首一人认出刘邦是朝廷下令捕捉的要犯，要带他去见官。刘邦一使眼色，十余人一齐动手，打死打伤几个兵卒以后，尽往西门逃去，身后兵卒穷追不舍。一时间，四门紧闭，城里杀声迭起。

刘邦带人拐进一条小巷，见无法藏身，只得翻过墙头，夺路急奔。此时，猛见一只狗狂吠前奔，刘邦心想，狗猫识途认道，紧随其后能否有救？一丝妄想，让刘邦及其部下，紧随狗身，忽左忽右，曲里拐弯，终于来到城墙下，但见墙体坚固，高有数丈，根本无门无路。刘邦骇然，低头寻狗时，只见那狗早早顺着一道浅沟，钻进城墙下的一条走水暗道里。众人鱼贯而入，转眼间爬出洞门，来到城外。转身寻找，那狗早已不见踪影。

回来后，刘邦同众人讲起此事，大家一时兴起，皆说："上天不灭我，丰邑城必被攻克。"

三天后，刘邦率众攻城。

樊哙、周苛、周昌领兵在城外呐喊攻打，刘邦则领上一队精壮之士，从城门外的暗道潜入城里，先杀上城垣，把守城士卒杀退，即刻大开城门，樊哙领众人呼啸而入，丰邑旋即被占领。

刘邦首战告捷，军心大振。

樊哙哪敢久待，连夜骑马赶回沛县。

就在众人士于樊哙家中高谈阔论后的第二天，县令吴行就把萧何、曹参召去大堂。

"当下，烽火燎燃，叛逆风起，南有陈胜吴广的张楚劲旅，北有山东少年，杀守尉，斩令丞，以求南北夹击之势，我沛县该如何处之？"

县令吴行首先发话，让萧何、曹参说出自己的主见。

萧何说："乱事之秋，必须有自己的士卒，攻可进，防可守，一方百姓才有安全。"

曹参说："战事爆发，如旋风掠过，未雨绸缪，方为上上策。"

吴行叹了一口气："县上士卒只能守住大狱，无力护卫四门。现行招兵，能否可用？"

萧何说："眼下可有一支千多人的雄师，不知大人是否愿意招来为自己所用？"

"功曹尽管明说之。"

萧何与曹参二人对视一下，便把刘邦在芒砀山聚义之事摆出来："刘邦本是你手下，多年来忠心追随于你，从无二心。今只为押刑徒去咸阳城，刑徒逃跑过半，他无法交差，只得暂居芒砀，以求安身。大人若能把他招来，让他带兵卒守卫沛城，他必俯首听命，忠心于你。"

曹参说："招来刘邦不算难，只要能把他的妻子从大狱中放出来，他必感恩于你，还怕他不带兵前来护城？"

吴行一时无语，他暗暗瞅了一眼萧何，又回头偷看一眼曹参，心中默念："二人一唱一和，定是想设圈套让我独自钻进去，哼……"

于是，他起身踱了一圈："二人言之有理，待我差人去寻刘邦。"

万万没有料到，吴行竟下令提拿萧何、曹参……

四　沛公扬马上征途，吕雉月夜难独守

审食其立即离开窗台，来到门前，刚要敲门，不想，门早已轻轻闪开，吕雉正站在门边。星光下，审食其只见一位乳白体态，如幽灵般闪现面前，一阵馨香，芬芳馥郁，他的身子晃了一晃，差点儿栽倒在地上。没想到的是吕雉扶住他摇晃的身子，又用纤柔小手拉住他，款款而行来到床前。

吴行独自回到后庭，苦思冥想："刘邦是朝廷罪犯，带兵回城，必放出大狱刑徒，那些被我一个个送入狱中监押的犯人能轻易放过我吗？刘邦回城，手中握有兵卒，且又是本地人，日后怎会把我看在眼里？刘邦叛逆之后，迫于国法，我曾下令把他的妻子吕雉捉进大狱，若不是往日与吕公有旧交，必对她用刑折磨。今天吕雉会对我感谢吗？萧、曹二人虽是为我出谋划策，但他两人话中有话，最终是想借我手杀我。不能招刘邦回来！这股祸水绝不能招回来！"

吴行越想内心越害怕，仿佛脖子上已经套上一条绳索，只待刘邦回来用力拉扯。

吴行身上渗出冷汗，他不敢怠慢，暗暗招来自己的心腹，让他们如此这般。

萧何、曹参二人在大堂前静静等候好一阵，终不见县令出来做决断。此时，忽然看几个差人出门，说是专门备些酒菜，专在后庭与萧何、曹参二人对饮。

萧何暗暗吃惊："不好！县令要对你我二人下黑手了。此地不可滞留，快快出逃！"

曹参说："城里不可待，只有出城！"

恰在此时，夏侯婴乘舆来到大堂前，专在此听候使用。萧何、曹参二人未及开口，挽着夏侯婴急急跳上舆车，连声催促："快出城西！快！"马匹刚刚调转头来，只见四个差人急急奔来高喊："功曹莫走！县令有请！"

萧何则一边催夏侯婴快马加鞭，一边回头喊叫："我为县令采得一块美玉，回头送上来。"

夏侯婴的舆车飞一般穿城而过，快到西门时，夏侯婴早早扬鞭呼叫："县令急差，违者严惩！"看到夏侯婴，守门的士卒从不怀疑，这位专给县令驾舆的人绝不会有讹。于是立即大开城门，分站道旁，目送舆车狂奔而去。

听说萧何、曹参二人乘坐自己的舆车逃之夭夭，吴行连声大叫不好！不好！他一面命士卒严守四门，绝不可放一人出入；又差心腹去大狱，单单把吕雉提出带到县衙里，当作一张押牌，进退即可用来救急。最后，他又差一名能言善辩之人，带上自己的一封书信，去见刘邦。让他速带兵前来，把兵扎在城外，单等他一人入城后，即可

捕拿。

经年囚于大狱的吕雉，除去从窗洞窥见蓝天雨雪，外面事情一概不知。她无法见到爹娘公婆，只能在默默诵祷他们吉祥、平安；她无法见到儿女，只能凭借缥缈的梦境，相互亲疼一番。最令她日思夜想的是夫君刘邦。无论是暗淡无日的白昼还是漫漫无尽的长夜，只要她闭上双目，刘邦便会现身面前，有时见他浑身血水，有时则朝官威仪，峨冠博带。更多时是与他一起身卧红罗帐里，相拥相抱，亲密无间。醒来后，涕泪涟涟。

自从与任敖苟合一次，任敖更是百般照顾她，饭食尽让她吃饱吃好，衣服勤换勤洗，就连她囚居的牢房也被打扫得干干净净。近一段时间，任敖不断给她传来好消息：刘邦带人举义旗；刘邦带士兵攻打丰邑。最后一次竟传信给她说："刘邦即日将回沛城。"

"真的？"她怎么也不敢相信这个天大的好消息，"是带兵回来还是他独自一人回来？"

"当然是带兵回来。"任敖的口气很是骄傲。

吕雉兴奋无比，她真想大叫一番，大哭一场，借以把压在心中的冤气、怨气、晦气一吐干净。但是，她没有造次，而是把喜悦深深埋在心底，表面则和往日一样，耷拉眉眼，拉长脸面，用迟钝木讷的举止，把一副凄苦景象挂满全身。但是，那颗激动的心怎么也不肯安宁。

上午，狱门被猛地打开。吕雉心头一颤："是夫君救我来了？人呢？为什么不见夫君身影？"

进来的却是洪三、殷九。二人全然没有往日的规矩相，先是在她身上动手动脚，又皮笑肉不笑地哼一声，说："县大人有请，让你去大堂上赴宴。请吧，快走。"

奇怪，为什么不见任敖的身影？

难道这两个鬼东西又想偷偷打我的主意？

她不敢问，也不想问。任敖曾传给她消息不会是骗她的。单凭此一项，洪三、殷九就不敢干胆大妄为的丑事儿。

她草草把衣服包裹一起，顺手理了一下头发，整了一下衣裙，转身随洪三、殷九走出大狱，他们一行沿闲街走小巷，从县衙后门步入后庭。她没见筵席，没见县令，更不见朝思暮想的夫君。拐了一个弯，她被带进一间偏房，门在外边即被洪三反锁上。

这是为什么？她头脑里空空的，心头嗖嗖直泛凉气。

刘邦得到从沛地传来的消息后，十分兴奋。在丰邑只歇兵两天，安顿了市面秩序，布置周昌带二百人在此防守，便卒队急急朝沛县赶来。

在西门外十里长亭，刚好跟萧何、曹参相见。三人相互叩拜，手挽手在亭里分坐。

刘邦说："沛地乃我祖宗之地，回家乡慰问父老乡亲理所当然，何须二位远道相迎？"

萧何说："大王接到我的书信否？"

刘邦诧异："从未见到？"

"那你为何急急赶来？"

"我接到县令大人书信之邀，故急急奔来。"

"不好。那是吴行的奸计，他要你赶来是为了骗你，并要夺你兵卒，再害你。"

曹参说："那狗官怕你到沛县后加害于他，就先下手追杀我和功曹，幸亏夏侯婴送我两人出城，否则，今生今世咱们再难相见。"

"原来如此！"刘邦恍然大悟，立即决定带兵杀进城去，取了吴行的狗头。

"不行。"萧何说，"当下，城里早早做好准备，我等强攻不是上策。若能让城里知己的人暗中行动，里应外合，方可成大事。"

"此事只有用书信联络，别无他途。"

萧何说："书信好写，但无法送达。"

刘邦说："此事不难，你只管写好交我就是。"

上午，任敖、审食其、卢绾等人想去寻找萧何，来到县衙门前，但见士卒戒严，无人敢向前。任敖知道情况有变，急忙与朋友道别，赶回大狱，一看，吕雉不见了，问明后方知被送进县衙后庭。正当他满腹疑虑时，只见夏侯婴被绳捆索绑，由士卒押进大狱。待士卒离开后，他从任敖的嘴里才知道真相。不用问，吕雉被押在县衙里一定是凶多吉少。

中午，任敖从守城的兵卒口中得知：刘邦已率兵把城围上，县令吴行下令紧闭城门，死守城池，一心想等秦朝援军赶来，两面夹击刘邦。险情至此，一刻也不能耽搁。他立刻找到卢绾、审食其，还有进城卖蚕具的周勃，一同商量如何对付城里的兵卒，如何开城门迎接刘邦的大队人马。最后决定：周勃、卢绾配上刘邦的哥哥刘仲，带上本族人和亲邻，专在两城门周边伏望，一有机会，即刻杀出城去。

而审食其与吕泽、吕释之专门守在县衙后庭，俟机钻进去，寻找并救出吕雉。

任敖则独守大狱，想方设法救出夏侯婴，并把大狱里的刑徒一同放出来，杀向县衙。

太阳偏西，城中一片死寂。

任敖先在狱卒房里设一酒场，让当班的狱卒一醉方休。借此机会，他打开牢门，先把夏侯婴救出来，寻到刀戟，这才把狱门打开，刑徒倾巢而出。任敖、夏侯婴带着他们一齐杀向县衙。

守在后庭门旁的审食其、吕泽、吕释之听到有人呼喊对阵时，知道机会来了。他们翻墙入院，杀死看守吕雉的士卒，从后庭向大堂杀去。正在厅堂前指挥士卒与任敖、夏侯婴对阵的吴行，突然被身后杀来的审食其、卢绾、吕泽、吕释之等人打乱了阵脚，正想逃走时，被众人围上来，一阵乱刀砍下去，即刻被剁成肉酱。

县大堂门前，人声鼎沸。夏侯婴把手一挥："快快杀向城门，迎大哥刘邦带兵进城！"

望着潮水般的人流，吕雉哭了……

正在西门城楼上守城的士兵，看到刘邦带兵围城，个个心慌意乱。他们不愿放箭，亦不敢打开城门，只是呆呆对望。

这时，只见刘邦身骑白马，飞驰来到城外不远处，大喊一声："城上士卒愿为我打开城门者，我将予重赏！"

说话间，挽弓搭箭，只听嗖的一声，一支带有书信的箭翎，不偏不倚，正射在城楼门楣上。士兵取下，只见一束白绢上清楚写着：

"秦政害民，天怒人怨，义军仁师，救民于水火。若率先开城门者，加官重赏，若与沛令勾结者，屠戮亲族，定不轻饶！"

城上士兵看罢箭书，正你看我，我看你，无计可施之时，只听城内街道上，杀声盈天，早早守在近处的刘仲、周勃知道县令已经被杀，便率先领着一群人冲上城楼，大声呼喊："县令已亡，投刘邦者皆有重赏！"

士兵们如梦方醒，知道大势已去，便纷纷放下手中的刀、戟，争着去打开城门。

终于，刘邦没伤一兵一卒，与城中朋友、乡亲里应外合，一举拿下沛县城。

人流如潮，马嘶震耳。

当天，刘邦安顿好兵卒，带上随从，踏进家门。他首先跪在母亲的牌位前，痛哭大拜，又在父亲脚下大跪。刘太公颇有感慨："我刘家人有出息了！三儿子有出息了！"

而后，见过哥哥嫂子侄子们，这才回到自己的房子里，刘乐、刘盈长高了，瘦了。孩子离开父母后，孤零寂寞，再次见到亲人，即使高兴，也显得有些生疏、拘谨。刘邦对孩子并不具有那种特有的慈父怜悯之情，总显得大而化之，若亲非亲。

看到吕雉的一刹那，刘邦心中竟百味杂陈，是快乐、自豪、是自责、愧疚？兼有之。他一把拉过吕雉，揽在怀里，柔软、温暖的女性让他心旌神荡，血腥风雨、对阵厮杀、饥渴逃遁，这一切把他历练得更加粗鲁、怪倔、放荡。他对一切毫不畏怯、毫不避讳。把孩子逐走，把房门掩上，把吕雉携上床，一场急风暴雨旋即骤起，一次又一次，潮起潮落，一次又一次，急切贪婪。吕雉的春心适时迎合，更变得我需你要，我欢你乐……

最终，二人气弱力尽，躺下动也不动时，静静的甜美才溢上身心。

"听说他们把你拿下大狱，你吃苦了。"

"比起你争杀拼斗，我在里面算是享福的人。"

"在里面他们欺负你了？是谁？你说。"

"他们不敢。有任敖这面挡风的墙护着，我就算没有受罪。"

"行了。往后跟着我，你尽管享福就是了，没有谁敢再欺负你。"

"你的兵将还要增多，地盘还能扩大吗？"

"哼！我要像秦皇帝一样，打江山、坐江山，让你跟孩子一起，万代千秋荣华富贵。"

"那你还……你还会要别的女人吗？"

"哈哈，女人只长着女人的心眼，女人只会看女人。这些事你都不用操心不用管，哈哈……"

夫妻二人心满意足之后，双双乘着夏侯婴赶的车舆，来到吕公的门上。

吕公兴致特高。他亲自出门迎接女婿女儿。他看到今天刘邦的阵势，很为自己的相术感到自豪。"我的眼力没有错，贵婿今天刚刚起步，将来有朝一日，你气吞山河，胸纳九州，天下尽归于你，我将与民同呼共庆。哈哈……"

在跟吕泽、吕释之见面时，刘邦知道吕释之在城中内应时，出力不小，便决定从即日起，把吕释之带在军中。吕泽忠厚、木讷，只能在家中耕种，照顾父亲。随后，刘邦与吕雉又在吕母的牌位前三叩九拜，追思怀念。

当天晚上，县丞大堂上，灯火辉煌。刘邦在此设宴，犒劳士卒，赏赐内应的众兄弟。席间，各方士绅轮番给刘邦敬酒，并同时跪地一齐让他主攻沛地，敬称他为沛公。刘邦异常兴奋，并乐于纳受。但是，他心中明白，论资历，他比不上萧何、曹参；论功劳，众兄弟不比自己差。此刻，自己必要极力谦让一番，看一看大家心里如何思想的。

刘邦手把酒盏，先敬萧何，并说："你德高望重，沛地当属于你。"

萧何哪敢接受，忙于回敬，并再三纳拜说："沛公尊号非你莫属，请你万万不要辞让。"

刘邦又依次敬过曹参等一班兄弟，大家皆众口一词："同尊唯恭敬大哥刘邦为沛公，统领士卒，主攻沛地，为一方百姓造福。"

人人情真意切，个个心口一致，刘邦认为火候已到，便稳稳登上人生第一个宝座。

于是，他便要萧何任帐前主事；吕释之统领粮饷；夏侯婴任太仆，其余曹参、樊哙、周勃、灌婴、周苛、周昌、王陵、任敖、卢绾等为将各领一彪人马。经过他们议商之后，决定第一仗攻打胡陵。

刘邦说："帐前议事，阵前拼杀，谁能打下地盘就奖给谁！"

由于士气高涨，各路人马通力协作，胡陵、方与两地相继被攻克。此时，刘邦的兵卒已扩至近五千人。

可让沛公万万没有想到的是，由他出生入死，第一仗攻下的丰邑，竟被该地的雍齿，领当地壮汉三千，取而代之了。面对从丰邑跑回来的哥哥刘仲，他气得咬牙切齿，连声呼喊："你真无用！真是无用！"

但是，接下来，由刘邦亲自带兵攻打时，仍然无功而返。

丰邑的雍齿一边奋力坚守城池，一边派人下书给泗水郡守，表示一心归于大秦朝，誓跟反秦的兵将拼到底。

刘邦打了败仗，心忧；但在此时，有张良来投，则大喜。不知为什么，刘邦钟情武将，而对文人儒生则生来腻烦。可是，他对张良却十分欣赏。平日，若听到文人那文绉绉的话像空脑子一样，眼下，在张良来投时的头一天夜里，二人促膝长谈。张良让他要严以治军，与民为善；要广纳贤士，结交天下豪杰。最后，提出让他带兵去投项梁："依靠大树，不但可挡风遮雨，还会乘势发展自身力量。"

果不其然，在投靠项梁以后，得五千精兵，十员将官，三战丰邑，一举攻克。可惜，守将雍齿趁乱北逃去了魏国。

此时，以项梁为首的起义大军声势浩大。为彰显楚人强势，项梁依范增言，立楚怀王的孙子熊心为楚怀王。对各路起义人头领封官加爵，刘邦为砀郡长，封武安侯，仍守砀郡。

其间，东闯西荡，南征北战，刘邦从不把吕雉带在军中。吕雉有两次踏进军营，均被刘邦逐走："军中无闲人，军中无女人，朝杀久战血雨闯荡，有谁能顾得了你跟孩子的性命？"

吕雉执意争辩："我虽巾帼女流，但手刃顽凶仍有气力，平日还可照顾你……"

"大丈夫马上征战，马革裹尸，朝不保夕，还提什么照顾之事，回去，回去尽可守住家院。"

吕雉再也不敢多言，只好带孩子回家。

秦二世三年，秦将章邯带兵击败起义军并杀死项梁。侄子项羽继位领兵。

楚怀王为振作义军士气，召集各路将官，议商入关攻打秦都咸阳之事，同时约定先入关中者为秦王。

得知此消息后，吕雉更是坐立不安，一颗心久久不能平静。之前，刘邦仅带兵转战四方，离家不远，想去探望，一日一夜即可赶到。尔后，大军西行，千里迢迢，关山万重，征战前途未卜，如若兵败，他将去何地藏身；如若得胜，他还要不要我这个糟糠之妻？那我这个贵人之相还有什么用？

不行，我必去军中，即使不带儿女我也心甘，就算日后葬身异地我也情愿。

可是，这一次仍被刘邦赶回家中。

刘邦说："此次远征，士卒将领无不挥泪抛妻别子，叩别父母双亲。离乡之情，无以言表。但军令如山，无人敢违。如我一人携妻带子，酒色不绝，将卒何以看我？军中士气何以提高？顽敌怎能挫败？从今往后，我必和士卒一心，饥渴同当，风雨同往，军心大振，入关灭秦当指日可待！"

一番慷慨陈词，令吕雉羞愧难当，只好掩面啼哭，悻悻而归。

临走时，刘邦特派审食其一路护送，同时让审食其在家中保护刘太公及家人的安全。

回到家中，审食其先行拜过刘太公，并把刘邦带人西征的事情和奉刘邦之命，专在家中照管家人的事细说一遍。

刘太公年岁已长，平日吃过饭无所事事，只好斗鸡、斗羊这一档子事，以此为乐，消磨时光。听罢审食其的话，他很大度地扬扬手说："你既奉命行事，家中的事就请你承办。我是个吃饱了等饿的闲人，除去鸡、羊争斗的事能惊动我，除此，天上掉下石头我也不管不问。"

有了刘太公的一番话，审食其像领了令箭似的，走进县府，召集士绅，决意要把刘邦家的土屋草房扒倒，重新盖成海青砖瓦堂舍。不用说，这钱必要由士绅、百姓承担。

为了沛公的府邸，在座的士绅无人敢说一个不字，要的钱款再多，也只好咬咬牙承担。有钱人出钱、出粮，庶民出工。事情定准以后，择上黄道吉日，审食其让人在房屋原地上，扩大改建。审食其自己画出的草图：三进院落，回廊曲径，客堂、上房、书房、大厅外加后花园。庭院错落有致，很受刘太公的夸奖。为了确保万无一失，审食其单单去吕家，求吕公看草图，观房址，待一切均为上佳之境以后，审食其这才去向吕雉汇报。

听罢审食其一番细细讲解，吕雉心头又甜又乐。从打进了刘邦家的大门，吕雉当晚娘，下田地，干不完的活儿，吃不尽的苦头。刘邦一天到晚，身不沾家，有时回来一次，就是躺在床上，翻来覆去地干那种事儿，一切全是随着他的心愿走。对于大人孩子，他从来没有半点关心。可是这个审食其就不一样，他办事利落，一丁一卯，清清楚楚，大大小小的事儿，全合吕雉的心意，让吕雉听着舒心，看着开心。慢慢地，离开刘邦时的忧心被审食其的热火劲给舒缓过来了。

"嫂夫人，我跟你当舍人，你只管发话，我尽力去办，若对你的心调，不要夸奖；干得不好，晦暗不亮堂，你只管打骂，我绝无怨言。嫂夫人，我早晚都想听你一句话，有你的话我壮胆。"

审食其的话不光说得明白，那话音也清脆，像早晨入林的八哥鸟，让人心里舒服。

自从房屋开始施工，审食其几乎是长在工地上，虽然各项活计都派得明明白白，又有工头监督，但是他仍然不放心，走一遭，看一遍，稍有不顺心的地方，立马就叫停、重新改过来。

房屋的事他不放过，田地里的庄稼他仍盯着。按理说，田地的农活有农夫管理，该种的、该收的、该管的，人家干得井井有条。可是他审食其虽然抓不到把柄，却也从不放过。三天，在田地里走一遭，两天，到地头串一串。

其实，他是为了向刘太公讨好，向吕雉谄媚，借以取得主人的信任和欢心。

眼下，吕雉很是滋润，吃、穿、住、玩一应俱全，她不用操心，只需动动嘴即可。

可是，她仍不满意。物质上的富有并不能填补精神上的空虚。特别是漫漫长夜，给老人家请过安，把儿女打发入睡，当周围一片寂静以后，她的心开始躁动不安，双眼即使紧闭，依然无法入睡。她想着跟刘邦相依相偎的情景，刘邦的劲道，刘邦的莽撞，特别是那反反复复没完没了的折腾，让她神魂颠倒，酥软麻畅，内心久久难以平静……

一阵轻轻的脚步声由远而近，她翻身下床，穿戴齐备，烛灯未及点亮，门外已传来声响："嫂夫人，太公大人夜里要喝的发汗的药汤我早给送上，你放心。"

"好，我记下了。"

"刘乐、刘盈也睡得安稳。"

"好，这我放心。"

"将至三更，我这也该回去了。"

"回家吗？你……远吗？"

吕雉的话儿显得语无伦次。

"我家你是知道的，不远。"

"你……我是说……行吧……"

一句不完整的话，让人心里理不清楚。

"你走了吗？……要不……"

门外说话的是审食其，他对吕雉的话无法理解，只是站在那儿不敢挪动。

门里一直没有动静。

隔着一道门墙的两颗心均怦怦跳动……

直到听见屋内挪动的脚步远去，久久听不见任何动静以后，审食其才转身轻轻走开。

为了打消寂寞，吕雉先让儿女来到自己的住房睡觉。可是，儿女虽然不是吃奶的孩子，可是咋咋呼呼、没完没了的话让她心绪不宁、烦躁不安，最后只好让他们又回到各自的床上。接着，她又把妹妹吕媭招来，不想仅仅一夜，使她喘气都不舒畅，因为吕媭身上那股熏人的狗腥气把她给憋闷得一夜没得好睡。吕媭呢，却抓住了理头："谁叫你当初把我嫁给一个狗将军的？几年了，我听惯了狗叫，闻惯了狗腥气，一天离开那怪味儿吃饭也不香。这倒好，你又嫌弃我来了。行，我走，往后永远别见我。"

吕媭的脾气姐姐是心知肚明，她不跟妹妹还嘴，她要的是宽容，大度，是贵人的尊严和脸面。

中秋，气候怡人。黑夜像池水，漫过人心。

院子里阵阵秋虫鸣叫，越发显得幽静。

上午，刘肥在得到吕雉允许后，去拜见生母曹媛。刘乐、刘盈感到好奇，一个劲儿闹着要跟哥哥刘肥同去。吕雉怕吵闹，只得答允。兄妹三人，直到晚饭后上灯时分也没见回来，想必是被曹媪挽留住了。

白天欢快斗鸡斗羊的刘太公，感到很乏，晚饭时喝了一点儿烧酒，晕晕乎乎进入梦乡。

吕雉像以往一样，怅惘不爽。先在灯下待了好久，出外在院子里兜了一圈，这才进房卧下。只听那阵熟悉的脚步声由远传来，她像有了强烈的感应，折身起床，静听静候。

审食其在窗前停下脚步，轻声问："嫂夫人晚安，我从工地回来太迟，望嫂夫人见谅。"

吕雉说："你日夜操劳，辛苦异常，不必时时来牵挂我。"

审食其又接着说："在县丞那里又听到沛公传来的捷报，西进战事进展顺利，嫂夫人不要挂念大哥。"

吕雉说："我不挂念他是假，我一天之中，睁开眼、闭上眼，他一直在我面前晃动，想不去想他、念他，比登天还难。"

审食其说："大哥早早料到这一招，特差我在此，以解嫂夫人烦恼。"

"此话放在嘴上说说还行，只是……"

审食其立即离开窗台，来到门前，刚要敲门，不想，门早已轻轻闪开，吕雉正站在门边。星光下，审食其只见一位乳白体态，如幽灵般闪现面前，一阵馨香，芬芳馥郁，他的身子晃了一晃，差点儿栽倒在地上。没想到的是吕雉扶住他摇晃的身子，又用纤柔小手拉住他，款款而行来到床前。

审食其早被香气给冲昏了头，他辨不清此时是在凡间还是在梦中，他不顾一切，奋力向前一扑，抱住吕雉，双双倒在床上……

终于，吕雉又回到久违了的境地，欲飞欲飘、欲人欲仙，一次次欲罢不能，一次次奋力重复，最后，从她嘴里发出细声呻吟……

暴突的行为终于停息下来。

似乎从梦中回到凡界的审食其深感不妙，立即折身起来，不料，身子早被一双柔软韧劲的手给紧紧扣住：

"想走？"

"嫂夫人饶了我吧，我审食其该死！"

"不想再搂我的身子了？"

"你杀了我吧！我对不起大哥！对不起大嫂！"

"只凭着一句'对不起'就想脱身一走了之？没门！"

"嫂夫人你想……你要把我怎样……"

"你先说，为何敢胆大妄为？"

"嫂夫人美若天仙，我早已垂涎三尺……"

"你单等沛公远征不在家，就花言巧语迷惑我，只一个对不起就能蒙骗过去？"

审食其整个儿瘫在床上，身上虚汗如瓢泼。

吕雉则从容淡定，穿戴整齐后，才让审食其起身穿衣。

黑暗中，审食其如一只断了脊梁的巴儿狗，身子几乎能伏在地上。

吕雉没有再难为他，用手把他拉起来，推着他的后背走到门前，仅向他抛出一句话：

"好好想想，待初十晚上再作理论。"

听到身后关门声音，审食其的身心才泛起一股热火，传遍全身。他迈着轻步，一口气儿跑回家中。

第二天，审食其托人前来禀告吕雉：偶感风寒，卧病不起，请允休息治病。

吕雉未敢怠慢，领上自己的儿女，亲自到审食其家中看望。

刚进门，一股浓烈的草药味儿直冲脑门。审食其卧在床上，额头上敷了一块湿麻巾，以图退热降火，双颊赤红，双目紧闭，鼻翼一翕一张。

吕雉在审家没有迟疑，把带来的礼物放下后，叮嘱家人细细照料，便返身回走。她真怕醒过来的审食其再被自己给吓着了。

审食其就是被惊吓击心而病倒的。

当晚，他回到家中，全身凉得吓人，睡到半夜，全身火烫，口中喃喃直讲胡话。他梦见自己被一只大鸟抓起，利爪刺到肉中，在半空中随鸟飞行，疾风掠过，全身冷得直打战。一时，他被那大鸟丢在一只沸沸热油的大青铜鼎中，在油锅中，他拼命挣扎，可怎么也爬不出来。最后，审食其昏睡了一天一夜之后才完全醒过来。他下床以后，打算第二天就去刘太公府上应差。可是，他心底依然慌乱，头脑还阵阵发晕。

等到初九日，审食其身子完全康复以后，于初十日走到刘府大院。

吕雉见到他，一没有问候病情，二没有安慰心情，而是极诡秘地窃窃一笑，柔声柔气地说："你真是个守信用的好人。今天是什么日子？你知道吗？"

审食其一时愕然不语，难道自己又疏忽了什么大事情吗？他立时语塞。

吕雉笑了，说："忘了吗？我让你初十晚上来见我，你是如约早到的人。"

审食其内心的惊吓，似乎有所抬头。他故意干咳一声："嫂夫人的话我是谨记在心，从来不敢疏漏。"

"好吧，白天你去各处察看一下，你不在家，一切好像都乱糟糟的。"

听了吕雉这句不是表扬的表扬话，审食其则十分舒心。心里暗暗思忖：或许晚上有什么大事。

一整天，审食其心神不宁，他绞尽脑汁尽在想如何应对晚上的事。

入夜，万籁俱寂。

审食其待在吕雉门前,足足有一个时辰。他不喊亦不叫,更不用手推敲,他执意用诚实的心态,静静等候以求换取吕雉对他的原谅。

全身沉浸在凉丝丝的秋意之中,并不令人恣意快活,而是一股凉意紧紧锥心。那天,吕雉的冷语质问,虽然声不厉,语不烈,可是他的心里却像刺进一把刀。

正当他胡思乱想之时,门轻轻打开。令他万分惊讶的是,眼前的情景和上次一模一样,吕雉的柔软体态,蒙面扑鼻的阵阵异香,仿佛又让他旧梦复发。他不敢造次,不敢妄想,连连击打头部,极力让自己清醒下来。

可是,在一片芳香的气息中,他那道清醒防线不攻自破。他依偎在吕雉的怀里,进到房里再次双双倒在床上。

令他百思不得其解的是:令人心醉的欢愉之后,吕雉一句也没有恫吓、谴责他,而是让他在她怀里任意作为。最后,吕雉轻轻问一句:"你的身体无恙了?"

"谢嫂夫人,我已经完全康复了。"

"今后,你还想到我这儿来吗?"

"我……我……"

"尽管说心里话,我绝不怨恨你。"

"我想……只是怕……"

"放心吧,只要你想就行,别的什么也不用再说。往后逢十日你即可来这儿,嫂嫂我一准会满足你的。"

天呀!与上次相比完全是天壤之别。这些话、这些事儿虽然就在眼前,可是审食其终不敢完全信实。他的喉咙有些因紧张而变腔变调,颤颤地说:"大哥他日后……"

"日后是日后的事,只要你有胆就行。"

此时,审食其周身又涌出汗水,但不是惊吓的冷汗,而是潮起潮涌的热汗。随之,他轻轻叫一声,又急急奔向销魂的福地……

五　鸿门宴狼烟再起，笼中鸟度日如年

审食其说得更好听："嫂夫人是国中第一夫人，万不可轻易走动。想必大哥一定会派金舆香车专程来接嫂夫人进城。"

是啊，他说得有理，今日的我再不是当年替夫入狱受难的下等人！

可是天不遂人愿，接下来传出的消息令她心寒胆战：项羽率兵杀进彭城，刘邦兵败四处逃命……

沛公刘邦，率兵由砀郡西进，沿途收聚陈胜、项梁等义军的散卒。兵至高阳时，高阳酒徒郦食其，见刘邦军伍纪律严明，百姓欢迎，他便来军帐投入刘邦麾下，被封为策士。而后，郦食其又劝弟郦商来降，郦商应之，同率四千兵马和大批粮草，并招降陈留郡。

刘邦率大队人马，一直攻打到函谷关前。无奈此关易守难攻，且秦军又在此布下无数精兵，刘邦只得叹道："函谷关近在咫尺，如远在天边，我无法得手矣。"

见此情，张良献计："此关虽险要，可并不是入关的唯一通道。"

刘邦听之大喜："子房快讲！"

张良说："可南下绕道武关，此间虽然路途绕远了，可武关防守不严，终可拿下。"

刘邦听信张良的话，领兵南下，战宛城，攻武关，一路直捣秦朝老窝——咸阳。

听到刘邦兵到，咸阳城早乱成一锅粥，兵将士卒逃的逃，降的降。沛公终成第一入关者。

萧何当即命将士封锁秦制书简、律令、图籍等。

刘邦则带卫队进入秦王阿房宫，但见水曲廊回，奇花异草，真如梦中的仙境。宫中雕梁画栋，彩色香帏，仿佛天上奇宫。一群群东躲西藏的宫女，看见闯进来的兵将无意杀害她们，便大着胆子把刘邦紧紧围在当中。终年只在山野俗里闯荡的沛公，实在经不住一个个香软华丽之躯的强势攻击，随之倒地，搂着宫女作乐。

随后而入的樊哙，看到这番景象，气得大声呵斥："滚出去，不许侮我大哥！"

宫女们被他那凶神恶煞的模样吓得惊叫着四散逃走。刘邦心中有气，故不搭理他。

樊哙说："大哥，夺得天下是大事，万不可被小小女色蒙住双目。"

刘邦仍不理睬他，樊哙负气离开，只好去找张良。听了樊哙的叙说，张良仅浅浅一笑："这般小事，为何要生气呢？"

张良深入宫中，看到众宫女正将刘邦团团围在中间，先是嬉闹，接着，一一散去，

在悦耳的鼓乐、萧瑟声中，翩翩起舞，体态娇柔妩媚，舞姿神韵，如云出岫，如珠在盘，刘邦双眼发直，早早看呆了。

待一曲终了，张良才恭身向前："沛公在上，容听子房一言否？"

刘邦高兴得有些张狂："但说无妨，请讲。"

张良说："沛公率仁义之师，除暴安良，今一路血战，终于先入关中，必为天下人称道。但入关中仅是头一步，万不可因小胜而昏了眼目，误了夺取天下的大事。"

刘邦如梦初醒："初入宫中，只是以为稀奇，仅仅为开开眼界而已。"

"沛公英明，快做指示，定军心，安民意。"

"封存库府，撤军霸上。掠物劫财、扰民欺女者，严惩明纪！"

说话间，刘邦双手正在抚摸、把玩秦始皇的传世玉玺。

张良问："沛公手上的玉玺将作何处置？"

刘邦稍显愕然："我得者必要属我。"

张良说："天下正在纷争，得玉玺者必是祸害。在下以为，若送给项羽，必会得一大情分。"

刘邦显然不愿意："子房不知得玉玺者得天下的道理吗？"

张良说："当有天下之日，无此玉玺你亦被尊为天子；当无天下之时，你虽有此玉玺也无人理会你。"

刘邦再也无话可说，神情黯然摇摇手："此事勿急，让我细细想想。"

第二天一早，刘邦便命心腹，带上玉玺，快马送到彭城，献给楚怀王。

同时下令，宫中一切人、物俱封存不动，任何人不得入内。

随后，刘邦召集关中豪杰，约法三章，"杀人者死，伤人及盗抵罪"的法令，深入人心，广受秦民拥戴。

不到一个月，项羽的大军也开进关中。他陈兵鸿门，伺机灭杀刘邦。

强敌在前，刘邦不得不俯首称臣，极力恭维项羽。为此，在张良陪同下，赶到鸿门，亲手向项羽献上白璧一双，并说："臣侥幸先入关破秦，臣已将所有秦宫财物严密封之，单等大将军到来一并交之。"

看到刘邦谦虚称臣，得知府库图籍已封存，项羽的虚荣心得到满足。他命人收下刘邦献上的白璧，设宴款待。

项羽谋士范曾早就看出刘邦心怀鬼胎，表面俯首，暗地里早作争夺天下的打算。于是在宴席上即命项庄舞剑，伺机杀掉刘邦。此时，当年曾被张良搭救过的项伯，即刻出席间，处处以身蔽刘邦。张良见势不妙，借口如厕，耳语樊哙入内，以二人舞剑助兴为名，全力掩护刘邦。项羽看见樊哙模样，甚是欢喜，呼为壮士，命人赐酒肉。樊哙拿一个整猪腿，放在盾牌上，用剑切了，大口吃起来。项羽极欣赏他的勇武，倒把鸿门宴的正事给忘了。

刘邦借机如厕,不告而别,抄近道回到霸上。

项羽领兵入咸阳,斩杀降王子婴,秦室宗亲无一幸免,连城中百姓也殃及受难。而后,一把火把秦宫殿焚烧数月不息。宫中的珠宝、宫女全被项羽掠去,一部分给诸侯,余下全归自己。为了堵住天下人嘴巴,项羽听从范曾之言,封刘邦为汉王,王巴蜀、汉中,都南郑。刘邦及手下诸将无不愤怒,个个咬牙切齿,欲与项羽拼个死活。

此时,幸亏被萧何说服,刘邦才愿屈尊。

"当年越王勾践,卧薪尝胆,委屈一时,以图百年大计。"接着,他分析巴蜀为天下粮仓,居于此,可招贤纳士,利民社民,养精蓄锐,择机出兵,以图天下。

刘邦听之,心中兴奋不已。但是,令他万分郁闷的是:张良即将离开他,辅佐韩王成,故不得同行汉中。刘邦知道张良一心复国,理当归韩,不好挽留,最后只得依依不舍分手。临别时,张良献出一个锦囊给刘邦,并叮嘱三个月以后再打开。

刘邦手下的将士也舍不得张良离开。但是,分手后的张良竟放火烧掉三百里的栈道。众将士内心不解,认为他断了自己归家的路,太不应该,更不仁义。

直到三个月后,刘邦打开张良送给的锦囊,上面清清楚楚写了八个大字:

"明修栈道,暗度陈仓。"

汉王刘邦主攻汉中时,消息传到沛城吕雉耳中。早几个月,听到刘邦率兵士先入关中,吕雉心中格外激动:先入关中为王,夫君此次当可尊为王,天下皆尽归于囊中。她曾跟太公计议,一旦刘邦在那儿安定下来,她要带着儿女,并拥着太公,一路西行,到咸阳城去。可是,接下来的消息让她大为疑惑:为什么先入关中的胜将,不但不为关中王,反被遣往巴蜀蛮荒之地,拦路截道,不允许他带兵东进。而后,还有少数偷偷跑回来的士兵,陈述入蜀后的孤独寂寥。她不免暗暗自问:难道我就要离家去到那个地方做王后吗?为什么夫君没有派人来接我们全家?难道他在那个地方又找到遂心可意的女人了?难道他把我和孩子都给忘得一干二净了?

吕雉的神情让审食其一猜正着。他私下里一再规劝她,让她不要心急,汉王是天子,一定会东进荡平中原,统治九州的。

自从审食其得到吕雉的暗爱,他兴奋无比,更加无私地为刘家效劳。他对刘太公比对自己老父还亲近十倍,他心中暗怕刘太公稍有不满意会把他踢开,虽然自己是汉王派下来的,但是儿子最终相信老子他还是心知肚明的。对待刘肥、刘乐、刘盈这几个孩子,审食其心中自有自己的标准:刘肥已经娶妻生子,他当面听刘肥的要求,但暗下里必须征得吕雉的应允才能实施,否则,他会用各种理由去搪塞、拒绝。当然,这些拒绝的话必须合理合情,说出来必须让刘肥心服口服才行。对刘乐则是夸赞,让她感到自己是世上最美的女孩,让她感谢自己的夸奖,想要听夸奖,时时离不开夸奖。刘盈是男孩,他爱坐在一处默默地玩耍,他不虎势,不好跳跃,他对一切最容易满足,有时他甚至还会谦让姐姐。吕雉对他是既疼爱又不满意,男孩要骑马执戟走天下,日后他能行吗？对刘盈最多的是鼓励，让他相信自己。当然，这一切全是表面文章，全是给吕雉一人看的。他要让吕雉看到自己时时处处在为她效力、尽心，以此来博得她对自己的绝对信任。

自从他第二次上得吕雉的床以后，他怀疑吕雉设下圈套来暗害自己。事实并非如他想象，吕雉对他比往日还要好，也更加信任。他感激，他受宠，他也更加惶恐，他时时刻刻小心翼翼。他对周围的人，既抖自己的威势，又要有所收买拉拢，他怕有人看出他跟吕雉二人的隐私，一旦破绽被识破，就会传到汉王耳目中，到那时，岂止是一个简单的砍头了事？审食其感到自己是在黑暗中摸索着走过独木桥，稍有不慎，即可掉进万丈深渊！

汉王居巴蜀，审食其闻听心中当然高兴。这样他就可以长期跟吕雉苟合欢心。可是表面上他仍要用好听的话安慰吕雉，时时帮她宽心。万万没有想到，两年以后，汉王刘邦真的率领数十万大军，向彭城扑过来。

汉王刘邦主汉中时，顺风顺水。

连年丰收，军队有了充足的粮草，士卒又得到全面扩充，马匹、兵械、车辆应有尽有。最让他高兴的是：萧何又为他觅得一员大将——韩信。刘邦心中暗想：项羽呀项羽，这次我终于敢跟你交锋了！

当他得知项羽先杀了韩成，又杀义帝，接着统兵征讨反叛的田荣时，刘邦率兵东进，他假装刚知义帝薨逝，即刻令三军素服三日。刘邦则号啕大哭，痛斥项羽杀主背义，伤天害理，天地不容。

名为义帝发丧，实为率兵讨伐。

刘邦亲带五十多万人马，与彭越的三万人马一起杀向彭城，并立即占领。他没有料到此次征讨会如此快捷得胜，项羽的都城会如此容易到手。于是他变得愈加心高气盛、目空一切。入得彭城，各路诸侯都在争抢财物美女，看到又进入自己怀抱的宫女，刘邦深有感慨：明明是我在咸阳城得到的，今天，转过几次手又回到我手里，这是天意。

不料，正当他恣意享受之时，项羽自带三万精兵杀回彭城。

仅仅几天时间，事情整整翻了一个个儿。

听说项羽兵到，城中诸侯一片惊慌，他们知道自己根本不是项羽的对手，于是急忙抢些金银珠宝和美女便匆匆离城，四散逃窜。

刘邦本打算在彭城好好享受一番，再带将士们衣锦还乡，把父亲、妻儿接过来，从此再也不分离。

谁料，刚刚尝到甜头，彭城便乱成一锅粥。

将被打败，兵被冲散，汉王自己在亲兵的护卫下，先向西冲，被杀退之后，又朝南逃窜，无奈，怎么也杀不出重重包围。将士在刀箭下丧身，刘邦的白马已经被鲜血染成红马。当他独自伏在马背上,从刀口、箭林、尸体缝中钻出来以后,拐进一道山谷中。这里树林遮天蔽日,进入其中,仿佛钻进山洞中。追兵没有放过他,顺着血迹奔来,口中阵阵呐喊。刘邦追不得已沿着山谷向上攀爬。这时,白马挣脱他牵缰绳的手,隐入树林,转眼不见踪影。刘邦不敢停步,在坡上攀爬时偶见一个山洞,仅能容下一人,他未及多想,把身子一缩便潜入洞里。此时,只听山头上一声巨响,一块高可丈许的石头滚下来,在洞前斜立,刚好把洞口掩住。追兵从巨石边经过,无一人发现洞口。

随着人声远去,刘邦这才从洞里爬出来,刚刚来到洞下,只见绿树丛中一阵晃动,自己钟爱的白马走来,吻着他的足,嗅着他的手,摆头摇尾,干裂的鼻孔朝外渗着殷红的鲜血。啊,白马渴了!

水,水在哪儿?

身前身后,除去层层树木就是巨石嶙峋。

白马饥渴难耐,身子一斜重重倒在地上。

刘邦绝望地大喊一声:"天公能否赐水给我?"他拔出龙泉剑,双手紧握剑把,剑刃朝下,高高举起,然后,猛地照脚下的巨石缝里狠狠扎去,剑身穿石。刘邦大喜,用力把剑拔出来,一泓清冽的泉水从剑口缝中喷出。白马挣扎着站起来,把嘴伸过去,一口气喝个够。

刘邦惊呼:"天公救我矣!"他用双手掬水,接连数次,喝得饱饱的。

这时,山谷外的追兵仍没有离去。他们没有抓到刘邦却要放火烧山谷,妄想把刘邦烧死在里面。天干地旱,火势随风越来越大。刘邦则困在山谷内等死。忽然,东北风吹来,蓝天上覆盖一层层厚厚的雨云。一声雷鸣,暴雨骤起,山火被活活浇灭,追兵更是在雨中散去。

雨过天晴之时,刘邦牵马走出山谷,刚好碰到乘舆而来的夏侯婴。二人劫后相见,异常激动。刘邦问:"你从何处来?"夏侯婴说:"大家被冲散以后,再也不见你踪影,只好分头寻找,这不,我在山谷外转了两圈,听见山谷中树林里有你白马嘶鸣的声音,故在此等你。"

夏侯婴扶着刘邦上了舆,便问:"此番我们奔向何处?"刘邦把手一挥:"回沛城,那儿是家,回家后再作定夺。"

车子刚刚驶出不远,又遇见一队楚兵,夏侯婴立即调转马头,回身狂奔起来,他极力抄小路,钻树林,一心想逃出楚兵的追杀。足足一个时辰过去,楚兵的身影才渐渐消失。惊魂未定的二人仍不敢大意,奔驰的马匹仍四蹄狂奔。不想,刚刚来到一块谷地边,只听夏侯婴大叫一声:"孩子!孩子!"

"谁的孩子?谁的孩子?"

"是汉王你的孩子,是刘乐和刘盈!"

夏侯婴嘴里喊着,即紧紧勒住奔马,田地边相依相偎的刘乐、刘盈认出父王,便大声喊着跑上来。

孩子刚刚上车,远处已经升腾马踏的尘土,刘邦急急催促:"快!快!一刻也不可停留!"

车子辗过路西,扯起一道厚厚的尘帐,久久不见散去。

伏在车内的刘乐、刘盈,吓得大哭起来。刘邦一时怒起,连声呵斥:"再哭就把你们两个丢出去!"说着又抬起脚,狠狠踹着孩子的脊背。

有两次,由于追兵紧咬不舍,刘邦连连要把孩子丢出去!

夏侯婴则拼命大叫:"大王不可丢弃孩子!万万不可!"

夏侯婴拼命阻拦,方才保住姐弟俩留在车内;夏侯婴高超的驾车技能,最终又把追赶的楚军远远丢开。

当稍稍缓过一口气时,刘邦才从孩子的口中知道:项羽在围剿彭城时,另派出一队人马,赶往沛城,捉拿刘邦的亲人。在慌忙逃难中,姐弟两个竟与母亲走散了。

刘邦听了没有丝毫怜悯,反而咆哮着:活该!活该!

其实,说千道万,怎么也怪不得孩子。

当初,审食其听到刘邦率大军东进时,就先去给刘太公报喜。刘太公则一副无所谓的架势:"这年头是乱打羊皮鼓。这与我不相干,我只管斗鸡斗羊看热闹。"

罢后,他才兴冲冲地把好消息说给吕雉听。

吕雉十分惊喜:"真的?!我终于有盼头了。"

而后,吕雉每天都要派人出去打探消息,她心里早早打算,一旦刘邦返乡,她要刻意打扮一番,出城迎接。

开始,每次传来的消息都令她振奋不已:

"汉王率兵六十万杀向彭城……"

"汉王兵困彭城……"

"汉王攻占彭城……"

这时,吕雉曾想带上孩子、家人,赶到彭城会见阔别多年的夫君。

可是,转念一想:大军刚刚入城,当有办不完的事儿,赶在这时进城,准会给夫君添麻烦。

审食其说得更好听:"嫂夫人是国中第一夫人,万不可轻易走动。想必大哥一定会派金舆香车专程来接嫂夫人进城。"

是啊,他说得有理,今日的我再不是当年替夫入狱受难的下等人!

可是天不遂人愿,接下来传出的消息令她心寒胆战:项羽率兵杀进彭城,刘邦兵败四处逃命……

吕雉不敢怠慢,她决定赶快离开沛城,说不定项羽会派兵前来捉拿她们。

就在审食其带着她们全家刚刚离开沛城后，项羽手下的一彪人马已赶到刘邦的府上。人去宅空，楚兵只好回去。

此次全家出逃，苦于没有目标，没有方向，先是朝北，后又向南，就是在途中遇到败逃的汉兵一时也说不准汉王的确切地点。他们最好的办法就是：从乱军的空当儿里穿行，一切听天由命。

夜半三更，白天疲于奔命一天也没吃东西的刘太公，将审食其喊住："停住吧，再这样跑下去，不用刀砍，人的身架也就散板了。"于是，全家人在一处低洼地里下了车，审食其先给马饮水喂料，转回身又要生火做饭。吕雉连忙摆手制止："夜晚生火动静大，怕招来乱军，咱们就喝口生水吃口大饼充饥算啦。"

刘太公不吃不喝，早已卧在乱草丛中打起呼噜。几个孩子也像一摊摊烂泥，叫不醒，扯不动，只顾伏在地上酣睡。

头顶上云来雾去，空中星星模糊不清。天际边时有火光，时有人声马嘶。刚刚把手头的活儿忙清的审食其。来到吕雉面前小声说："把太公及孩子送上车里歇息吧，以防楚兵赶来，他们来不及上车。"

吕雉说："别忙活了，你也该歇一歇了。待过一会儿再喊叫他们几个。"

疲劳乏倦的人最忌合眼歇息。不知过了多长时间，远处的人喊马嘶把审食其惊醒，抬头看去远方一路人马举着火把，呼喊着狂奔而来。审食其急忙推醒吕雉，二人连忙把刘太公架上车，顾不上喊叫孩子就打马狂奔而逃。

天黑、路暗、马惊、人慌。他们刚刚逃奔不到二十里地，在一处小桥边翻了车。万幸，人没有伤到，马却被车子砸死了。慌乱中，他们只好互相搀扶行走。黎明前被一队人马死死围住。为首的一个将官跳下马，来到吕雉面前，用湿汗漉漉的手摸了一把吕雉的白脸膛，说："好俏俊的娘子，随我管保你乘舆驾车，无须南北逃难。"

吕雉没有害怕，用力甩掉那只脏手，大声训斥："大胆，我乃汉王之妻，若敢造次，要你的狗命！"

听了吕雉的话，这群士卒竟大声呼叫起来。

原来他们就是奉命捉拿刘太公的兵卒。因为晚去一步，错过机会，回去后，受到项羽的严厉叱骂，并要他们连夜搜拿，若再拿不到，即令斩首。

士卒为完成使命而惊呼，当下，便把他们一行押进兵营。

万分沮丧的吕雉自言自语："难道我又该被投入大狱变成囚徒了吗？"

******

刘太公与吕雉、审食其被楚兵押进彭城的一座院落里，没人管没人问，活活给饿了三天。第四天早晨，审食其冲着院子大门，一声声狂喊狂叫："汉王的父亲饿昏了！

快来人呀!"开始守门的士卒不予理睬,后来,把审食其用绳子捆起来,用马鞭抽打,恰巧被路过的项伯发现了。他让士兵立刻松绑,即刻命人端来饭菜,让三人吃饱喝足,而后询问审食其:"你等被押来这里见过项羽没有?"

审食其说,三天三夜,从来没有人理会。

项伯知道,这些天,项羽忙着指挥士卒围剿追杀刘邦,根本无暇顾及他们几个人。

项伯命士卒细心照料,不许造次。临走,又安慰刘太公一番,让他尽管吃喝,在这里无人敢虐待、作弄他。

又是三天过去了,城内渐渐安静下来,但是吕雉的心一直提到喉咙口。

"夫君的大队人马是胜了还是败了?夫君本人是被捉住了还是已经逃脱了?我的儿女是在乱军中被杀还是被哪个好心人收养下了?在这里,项羽是要把我等杀掉埋了还是收下作为奴婢使唤?"这一连串的疑问像一个个死结,严严地卡在吕雉心口上,一时无法化解,憋得她吃饭不香睡觉不甜,人整个儿瘦了一圈。

与刘太公一起被关在另一间房里的审食其,看到萎靡不振、日渐消瘦的吕雉,心里很是难过。当年刘邦让他作为亲信,留下来照顾家庭,今天都被对手掠进囚牢,不管怎么说这也是失职。嫂夫人心事沉重,一时想不开,寻了短见怎么办?加之刘太公是上了年纪的老人年事已高,雨打风吹、寒热侵身,万一有个好歹,该如何向刘邦大哥交代!

白天,他紧紧守在刘太公身边,寸步不离,一时给他端水,一时又带他在院中溜达。刘太公是欢脾气,苦吧难吧,他从不往心里装,热吧冷吧他也满不在乎,吃孬吃好,也不放在嘴上叨叨,整天一副喜笑神态,让看押他的兵卒也不好吆五喝六地训斥。唯一不足的就是无法斗鸡斗羊取乐。实在憋闷极了,他会在无人的地方,自己脱去外衣,装成羊顶头的架势,自个儿欢闹一番。罢后,则自言自语:人,不可作践自己,能乐一时就乐一时,能乐一天就乐一天。日后,腿一伸、眼一闭,想乐也乐不起来了。哈哈……

看到刘太公的宽阔胸怀,审食其很是高兴。于是,他把心思又转向吕雉身上。虽说他们分别押在两间房里,但是见面说话的机会还是有的。他利用端饭、送水的时机,小声劝说吕雉:"嫂夫人,天有阴晴冷暖,月有月圆月缺。遇上眼下的败局,心里万万不可太难过。该吃要吃,该喝要喝,心地放宽,眼朝远看,万万不可寻短见。"

"我能吃能喝,只是挂念夫君……"

******

一天早晨,吃罢早饭,刘太公在审食其伴随下,正在院中随意走动。吕雉则为太公洗晒衣服。忽然,一队士卒进来,先在屋里屋外、院子周围细细察看一番,并分别挺立四周，想必是大人物要来。

果然，项羽偕同虞姬，在亲兵的簇拥下缓缓走来，随从在一棵大椿树下置放座椅，项羽、虞姬坐定便命士卒带刘太公。

看到刘太公，项羽问："住在这儿是否安心、随便？"

"谢大王，在这里住，好是好，就是不能斗鸡斗羊，心里着实孤闷。"

"此事好办，只要你写信劝说儿子降我，事成之后，即刻把你老送回家中，颐养天年。"

刘太公笑道："当年，你们举义旗，率义兵伐秦，没想到秦亡之后又相互格斗，孰是孰非，我无从知晓，也不想知晓。而今我一个行将入土的人了，凡事不闻不问，只想斗鸡斗羊，怡情取乐，安度余生足矣。"

项羽眼看着这个糟老头，魔魔道道，说不出个子丑寅卯，心中不免烦恼，连连摆手押回去。

接着，被带上来的是吕雉。

来到项羽面前，吕雉便向他和虞姬各施一礼，便低头站在一旁。她从眼角瞅见一代佳人虞姬的妙丽容颜，华丽的盛装，更有恃夫凌人的傲相，不免感到相形失色，鼻子一酸，险些掉出泪来。随之，她把牙齿紧紧咬住，立志不在仇人面前掉出一滴泪来，低下的头也慢慢抬起来。

在项羽的眼里，面前这位妇人跟村野妇人没有什么两样，相貌平平，衣着不鲜，只是那一双凤眼时时闪现一股倔强的神色。

当然，在虞姬的眼里，这位败将汉王的妻子只不过是一个逆来顺受的妇人。一双大手，一副腰身，足以让人看出她是经年出没在田间的农妇。虞姬越发显得高傲起来，哼哼一笑，令吕雉再次低下头颅。

项羽问："想出去寻你夫君吗？"

吕雉说："寻也可，不寻也行。"

项羽有些惊讶："此话怎讲？"

吕雉鼻子一酸，泪水在眼圈里打转："自从嫁给他，不是风里雨里长在田间劳作，就是东躲西藏，入狱为囚。名为夫妻实终年不得相见，无情无分的夫妻则分合两可。"

"今天把你放出去，能不能劝夫降我？"

"南北征战，争王争霸，全是男人的事情，我一村妇，只能出力做活计，全不懂归不归、降不降的事儿。"

项羽似乎也看出一个村妇，无法担当纬地经天的大事，窝囊。于是摆摆手，让人押回去。

最后被推上来的是审食其，当项羽知道他是一个侍候人的舍人时，显得很恶心，立即起身离开。

接下来，项羽专门调来一队亲兵看守他们，防备也比以前松弛，三人只要不离开这个院子就行。吕雉的心情也显得宽松起来，除去洗浆，她也动手打扫院子，收拾铺盖，缝缝补补，一时半会儿也不想歇闲下来。

刘太公则显得更为随性随意，每天都要生着法儿取乐，有时还要跟看守他们的士兵搬斗比强弱，直把士兵们斗得大笑不止。

境状稍好转，审食其的心情也开阔起来。他除去时时侍候好刘太公以外，就是帮着吕雉打水，晾晒衣服。白天，无论干什么，他都把头低下，双眼从不外瞅，稍显木讷笨拙。他知道，自己的身前身后，一直有一双眼睛在紧紧注视自己。那是一双怀疑的眼睛，一双警觉的眼睛，只要发现令人生疑的地方，他便会被抓去拷打并杀掉。

吕雉似乎也看出审食其的心事。她在人前人后，曾指责、数落审食其，说他手脚懒惰，眼色死板，耳神木滞。她的言语和动作着实让人看出一个主人对待下人的态度。

一个风雨交加的夜晚，审食其偷偷摸进吕雉的屋内。吕雉没有惊慌，仿佛她久久等待这一时刻的到来。他们两个紧紧拥抱，热烈接吻，长时间蕴藏在体内的活力霎时爆发出来，一对赤身裸体的男女，尽在草铺上翻滚起来，雷声给他俩助威，雨势给他俩加劲，唯有闪电才使他两人心虚胆战起来，生怕被看押的士卒发现。可是，欲望的冲动早已无所顾忌，一而再、再而三的剧撞，让他两人早早把恐惧丢在脑后，双双坠入怡神悦心的境地。

待一切复归平静后，吕雉的双臂仍紧紧搂抱审食其不放。那张香唇依附在他的耳边，小声问："白天我吵你骂你你记恨我吗？"

"不！不！这样最好，只有这样才能蒙住周围士卒人的眼睛，你做得对。"

"我的心尖尖哟……我疼你还疼不过来呢，怎么舍得骂你一句？我的心尖尖……这过的是什么日月呀……"

突然，一声叫唤从风雨中传来，极轻极弱的，不用心是根本听不见的。

审食其大骇，猛地挣脱吕雉的双臂，重重叫一声："太公在唤我。"便提着衣裤飞快地钻进雨帘之中……

六　审食其陈仓暗度，刘太公逢凶化吉

吕雉尽管脸上极力保持平静，可心里偏偏旋起阵阵冷风。她那一双凤眼迷惘地遥望远方，心里一时挂念夫君，人在何方？手中还有多少能征善战的将士？眼下是否已经得知我跟太公落入狼窟里了？此次项王起兵，他敢不敢应战，能不能取胜？

风儿吹得她心寒鼻酸，泪水不禁夺眶而出。她唯恐被楚军士卒看见，连忙用手拭去泪水，转头朝审食其望去。

汉王刘邦收留残部以后，与前来追赶的楚军且战且退，日无停息，夜不能寐，一直败退到荥阳，才跟前来接迎的大将军韩信部会合，便在荥阳驻扎。至此总算是得到一丝喘息的机会。

刘邦疲惫至极，守在深宅中数日不与众将见面。白天，他终日喝着闷酒，不言不语，双目注视一处，一言不发。这次进攻彭城的惨败，不堪回首，众多兵将士卒仿佛在转眼之间化为乌有，死的死，降的降，当初信誓旦旦的诸侯，一触即溃，全都争着跑到项羽面前，跪拜投降去了。事情变得太快，令他无法相信。这块阴影一直蒙在他心头，久久挥之不去。刘邦喝闷酒，不许别人近前，就是那个刚刚被收到怀里的戚姬也不例外。他要沉下心来思索，他要在烈酒中恢复斗志。

直到数天以后，戚姬才姗姗上前，先是扑倒在他的怀里，用女性慈柔的气息驱散刘邦的郁闷和凄凉。戚姬是刘邦在逃亡路上收纳的一位佳人。当时他借住在一户戚姓人家，户主是一位老者，年事已高，膝下只有一女，兵荒马乱，怕自己不久于人世，女儿无人托付，便将她献给汉王。

戚姬见汉王身材伟岸、气宇不凡，早已芳心暗许。汉王也爱戚姬的温婉可人。

"大王，让我来为你斟酒。"戚姬说时双手端高脚酒樽，十分恭敬地送到他面前。刘邦没有用手去接，而是张开嘴巴，专等着戚姬把酒送进嘴里。戚姬微微一笑，把酒樽举到他嘴边，看着他仰头一饮而尽。

接下来，戚姬端起樽又送过来，一连三盏，刘邦的嘴巴和着戚姬身上的香气，全喝个干净。但见他双颊微晕，双眼微眯，嘴里喃喃轻语："姬儿，为本王舞上一曲尽兴吧。"

戚姬搂住刘邦的脖子，在他的唇上美美亲上一口："只要大王你喜听爱看，姬儿恳为你效劳。"随之，身子从他怀里滑出来，在桌前的空地上轻轻旋舞起来：

东方之日兮，彼姝者子，在我室兮。在我室兮，履我即兮。

东方之月兮，彼姝者子，在我闼兮。在我闼兮，履我发兮。

没有管弦丝竹，戚嬛的音调比弦管优雅悦耳；没有鼓乐伴奏，戚嬛的歌声悠扬绵长，余音绕梁，久久在耳边回响。

戚嬛不但口中吟唱，身骨早已在庭间舒袖轻轻腾起，玉臂舞动，宛若游龙戏海，娟姿艳态，温柔婉顺。刘邦兴致勃发，连声夸道："好！好！妙极了！"

戚嬛像一只在空中盘旋的彩鸟，听到主人的招喊之后，立即飞奔入刘邦怀中，二人紧紧相拥，瞬间倒卧在巨大的帷幕之中……

午夜，刘邦方在戚嬛的怀抱中醒来，环视烛花红光中的墙壁，耳听阵阵更鼓，嘴里轻轻哀叹一声。

"大王，心中的烦闷还没有消解？"

刘邦叹了一口气："败绩奇耻，中胸太深，焉能转瞬消净？"

"大王，忧之过甚必伤心。与其累累感伤积心，不如振奋自强以雪此仇？"

刘邦双眼炯亮："好，好，我就是要招兵屯粮，穷尽全力与项羽决一死战！"

刘邦在荥阳扎下大营，让韩信终日练兵。萧何又把在关中招募的士卒一拨一拨派来荥阳。刘邦听信张良计谋：守住敖仓之粟，稳住阵脚，等待时机。

这时，刘邦接报：诸侯魏王豹举旗叛汉，欲率兵南下，切断荥阳与关中的通道，与项羽联手，消灭汉王。

刘邦闻之，心中愤愤。这个魏王豹在前时，一直随刘邦征战，今见刘邦在彭城大败，心中顿生异心。他以老母生病为由，请刘邦允许他带兵回去看望母亲，借机叛汉降楚，为表示降楚的决心，亲自带兵杀向荥阳。

刘邦立即授韩信为左丞相，率兵御敌，并用声东击西之计，暗地北上夏阳，巧渡黄河，大败楚兵并生擒魏王豹。

捷报传来，刘邦大喜，一面派人前去祝贺，一面令将魏王豹押来惩处。

此战获胜，刘邦内心猛地悟出：论带兵征战，韩信功劳卓著，的确高于自己。眼下，若令韩信东进，在项羽地盘上，左右冲杀。而自己在荥阳死死拖住项羽，让他终不得回返，这样连续击杀，项羽终会被击败。

对此，韩信击节赞赏，即刻带兵东进，转到项羽腹地拼斗，反复争夺，拉锯之战，让项羽恼怒却无法顾及。

当项羽得报：汉王刘邦逃到荥阳以后，屯粮聚兵，日夜演练，准备再次与之决战。项羽讥笑道："败将不死，心有不甘。"他决心带兵前去剿杀，彻底歼灭之。

爱妾虞姬却想法不同："大王勿轻易征战，不如先将境内稳固，广招兵马，蓄足粮草，再出兵征讨为上。"

项羽大不以为然："卿只管歌舞红粉之事，大丈夫征战之事不必多问。"

此次出兵时，项羽竟然下令将刘太公、吕雉、审食其押在军中，同去荥阳前线。

突然听到要被押往汉军时，刘太公、吕雉二人心中很是惊喜，眼看着多日的囚徒生活即将结束，手脚解缚，心胸自由，这是人生的大快之事。刘太公当时喜得手舞足蹈起来。吕雉也是笑容满面，嘴里一时轻轻哼出小曲儿。

审食其跟他两人完全相反，一脸的愁容越布越浓，不声言无笑色，只管埋头收拾东西。

吕雉则很是不解，悄声问："难道你怀疑项王的话？"

审食其沉重地点点头："说要把咱们押解送汉军是名，实则是把咱们当作人质，战事艰难时，就把我们几个放到阵前，达到不可告人的目的。"

吕雉立时呆愣了。审食其知道是自己的话使她心凉意冷，并把她心中那一层快乐的浮云给清除得干干净净，让她一下子掉进冰窖中。

吕雉说："这么说项王是拿咱们几个当肉盾，以图杀我汉军，夺我领地？"

审食其点点头。他没有想到吕雉的悟性是如此灵敏，竟然一语中的。

吕雉索性朝地一坐："那我偏不走，反正是死，何必要以己之身害我之士卒呢？"

"不行。"审食其立时给她解惑，"走还是要走的。到那时，我们可见机行事，以智取胜。若死赖在这儿不走，项王一时恼怒，定会招来杀身之祸。我说还是走，但心中必须有数，万不可掉以轻心，被他们利用。"

看到他两个人在一起叽咕，刘太公似乎很厌烦，连声催促他俩赶快启程。审食其一边答应，一边叮嘱吕雉，千万要稳住太公大人的心，万万不可让项王的诡计把他击倒。

牛角号声声锥心刺肺，凄凉的北风令人冷战不止。刘太公、吕雉被拉上一辆车，审食其则在车旁步步随从。

满怀希望的刘太公，坐在车里身子则一时起来欠去，他看兵车，看马队，又看远方的群山，兴趣盎然时，嘴里还时不时七唱八唱，最后便倒在车里打起呼噜来。

吕雉尽管脸上极力保持平静，可心里偏偏旋起阵阵冷风。她那一双凤眼迷惘地遥望远方，心里一时挂念夫君，人在何方？手中还有多少能征善战的将士？眼下是否已经得知我跟太公落入狼窟里了？此次项王起兵，他敢不敢应战，能不能取胜？

风儿吹得她心寒鼻酸，泪水不禁夺眶而出。她唯恐被楚军士卒看见，连忙用手拭去泪水，转头朝审食其望去。只见他单衣薄裤套在身上，一双鞋帮跟鞋底早早分离的鞋子被他用绳子系在脚脖上。她原来打算在囚里想法儿给他和刘太公一人做上一双布鞋，突然被押解上路，这一打算完全落空了。她看到他身上的衣裤，有几处，全是她给缝补的。虽说破旧，但从来都被她给洗得干干净净。在囚室里，她的心从来没有安静过。朝远处想，她思念夫君，牵挂迷途走失的孩子；往近处想，她时时偏爱着审食其，这个不是丈夫的丈夫，时时对她既忠诚又热心，大小事情为她着想，各种难事为她担当。不论是当初在沛城宅院里，还是眼下在楚军的囚室里，她跟他相思相守，你亲我爱，其乐融融。自从第一次把他领到自己的床铺上，他对她绝对知心知情知意知性。两个人表面上主仆分明，各守其分，但暗中却默契神会，所做的事情滴水不漏。

但是，在囚室中两人最后一次苟合时，险些铸成大错。

那天下午，在收拾洗晒的衣服时，二人对了一下眼神，吕雉又用手偷偷抚摸一下他的手背。以前每次暗合前都是这个动作。吕雉在晚饭后，早早躺下，等待那个欢愉时刻。三更时分，审食其如约而至。二人相拥，渐入佳境。吕雉说你尽管用劲使力；审食其说你就随心随意吧……

猛地，刘太公又大声呼唤审食其，时间不尴不尬。审食其一时难以脱身，直到刘太公走出房屋寻他时，他才从吕雉的房内偷偷跑出来，顺着墙角迎上来，十分抱歉地说："太公息怒，晚生今儿夜间肚子着凉，时时跑肚，太公息怒。"

刘太公虽然心生怀疑，但是无话可说。刘太公每晚睡得早，待到夜间常会无法入眠，他只得寻审食其说话，然后再慢慢进入梦乡。而审食其潜入吕雉房间必须在三更以后，因为那时看守的兵卒离岗回去歇息，只有这时才有机会。所以，在这个时间的夹缝里二人才得到销魂的时刻，纾解长期被囚禁的压力。

那次以后，审食其着实害怕，有时在刘太公面前说话脸色都显得不自然。

吕雉则暗中给他壮胆："不用怕，最终我会出来说话的。"语气十分轻松。

几天后他们就被押解去了荥阳，那个"最终"的时刻最终也没有来到。

身后行走的兵卒突然从道路中心闪到路旁，她跟刘太公乘坐的车子竟然悄悄站住了。押解的兵卒立马用刀枪遮住车上人的脸面，审食其则被两个兵卒摁倒在车轮下不准动弹。

此时，一队战马从路上飞驰而过，马匹个个膘肥体壮，乘马的骑士则凶神恶煞，无人敢近前。接下来又是数十辆坚固异常的战车，碾着尘土，扯起厚厚的漫漫尘帐，飞扬到半空中。之后，八匹马拉的銮舆，款款驶来，项羽端坐上边，神色庄重，目不斜视。在他的身旁则是美艳的虞姬，从囚车旁经过时，她还故意扭头朝这边观望。她知道吕雉就在囚车上，她的明眸随之显出一丝傲气。吕雉知道，这是虞姬故意显示给她一个人看的。

项羽是楚国的贵族，家世显赫，他和虞姬身上都带着贵族气。与他们比起来，刘邦与吕雉都是地道的农民，土得掉渣，所以项羽打心眼里看不起刘邦。泥腿子造反能成什么气候？陈胜、吴广不都败亡了吗？秦始皇垮了，这天下将来还是贵族的，不可能是农民和囚徒的。项羽心里就是这么想的。而虞姬，自然沾染了他男人一样的气息，打心底里蔑视蓬头粗服的吕雉。

这一切都是吕雉从楚军士卒的刀缝中看到的。她心中掠过一丝悲凉，但是很快便消失了。她心中默默说：不能凭一时，但要看长远。只要不死，有朝一日我也要乘坐这豪华的车马。哼,到那时还会不会再相见?天知道。

自从那次在囚室的院子里见过项王和虞姬以后,相隔十多天,她被士卒押到虞姬的住所。在流苏垂地、彩绢漫卷、香气熏人的宫中,虞姬端坐着,用手掩着鼻孔,轻轻说:"我这里缺少一个针线手工人,我要把你叫来,你回去取自己的衣物吧。"

吕雉并没有被熏风迷眼,更没有被她故意施舍的小恩小惠迷住心窍。她立时回应:"在下乃一囚犯,理应受到拘压。我自幼针线女红没曾上手,只会在泥巴中刨食吃。夫人错爱了,在下感激不尽。"

从那次分开,直到今天方才见到虞姬一面。女人是贱人,只要有一丝满足,便会跷脚仰头。她嘴上没说,心里话。

数天以后,日夜行军的楚军终于停下来,并安下营寨。刘太公、吕雉、审食其则被拘于一处,看管严厉,从不离开半步。直到此时,刘太公仿佛从梦中醒来,知道这里是双方交战的前方,他再也不敢癫狂,只能小心老实蹲守。

项羽、汉王摆阵荥阳,战事每日不断。一场场你争我夺的拉锯战反复出现,且十分激烈。

九月间,得到韩信破齐的消息,刘邦异常欣喜。果然,项羽带兵急急赶回去援助。刘邦乘此机会,命将士涉过汜水,大败曹咎,重新夺过成皋。而后刘邦则有机会在荥阳喘息,寻机与楚军再战。

此前,爱将周苛守城,势大兵强的楚军攻破城池以后,抓住周苛,并要他叛汉降楚。周苛宁死不降,最后被投入大鼎内烹死。刘邦痛哭不已,为表示对周苛的追念感怀,特命其弟周昌接替兄长周苛之职,升为御史大夫。

荥阳激战中,刘邦自知不是项羽的敌手,一边日日避而不战,企图以此削减项羽的锐气。同时,让郦食其等一班文士,罗列项羽的十大罪状,于阵前公布并大骂之。刘邦为了给士卒壮胆、打气,特独自骑着白马在阵前矗立,并指着项羽谩骂。项羽本武夫,从来未经受如此责骂,于是搭弓放箭,射向刘邦。

可怜汉王被一箭射中前胸,大叫一声,伏在马上转回大营。御医诊视时,恳请刘邦:"此箭险些射中心脏,望大王安心静养才是。"

没想到刘邦竟正色厉斥:"如把此事传到军中,我绝不轻饶于你!"

当天,刘邦即来到兵营,与士卒交谈甚欢,并放言:"贼虏仅仅伤着我的脚趾,无碍大事。"

就这样,刘邦与随从走过一座座营帐,回到大帐以后,疼痛得几乎晕倒在地。当他得知将士们又打马上阵以后,才咬牙服药,当晚被护送回关中医治。

项羽原以为这一箭准能击中刘邦的心脏,回营后即令士卒前去打探真实。当士卒回来禀告此箭仅伤了汉王的脚趾时,项羽大骇:"难道这是天不灭汉?怪哉!怪哉!"

刘邦不死，荥阳战事一天不灭。项羽知道不能在此耽搁时光，于是他急急赶回彭城，安排周围各处的战事，以缓解彭城之忧。

刘邦被项羽飞箭击中的当天，消息就传到吕雉耳中。是审食其在打水时，从打阵前回到大营的士卒嘴里听到的。他退回自己居住的帐中，一时难过无语，低头蹲在一旁，后在心细如发的吕雉反复追问下，他才不得不说出实情。吕雉听后，几乎晕倒在地，后在审食其的扶侍下，躺卧铺上，埋头低声泣哭：

"夫君，难道你真的被箭射中？天呀！为什么不保佑我汉王平安？夫君，我愿为你担承难处，望你一定保住龙体……"

当天晚上，她不吃不喝，哭累以后，默默注视天空的星辰。小时候，曾听父亲说，每一个天子都是天上的一个星座。如果这个天子驾崩了，天上就会立刻坠落一颗明星。可是夫君是哪个星座的，自己不知道，当她一宿没合眼，久久注视星海夜空时，从没有发现有一颗明星坠落。她心中默默自问：难道这是无中生有的假事？难道被箭击中的不是夫君而是他的随从或手下的将士、谋士？

一宿未合眼的吕雉，清晨时，又一次晕倒在地。直到下午醒来时，才听到营中传来一个令楚军将士沮丧，而令她欣喜万分的好消息：

"箭头击中了汉王的脚趾，无碍大事。"

吕雉悄悄从铺上爬起来，寻到一个偏僻处，大跪在地，虔诚地向苍天磕了三个响头……

回到关中养伤的刘邦，时时把戚嬛带在身旁，另外几个姬妾一概置在一旁不让傻身。他心里难受，身上疼痛，总有些不耐烦。从前见到女人时，他总要叫到身边，亲昵一番。有几个经常被叫来的女子，总爱在他身旁打转转。唱呀、跳呀，搂他的脖颈，给他揉肩搓背，只要他不烦、不大声呵斥，这几个人就敢在他身边黏糊。爱女色的刘邦总是感到这样才快活。

今天伤痛在身，心里阵阵泛痛，他看到女人就烦，很是讨厌。所以，几个妃子很知趣地远远走开，悄悄守在一旁，等待着汉王的召唤。

戚嬛平日总是先待在一旁，只要听见汉王召唤一声，立马飘到他面前。在这里，戚嬛并不先动手，她要先看清汉王脸面的表情，或唱或跳。

今天，汉王专让戚嬛侍候自己，喂汤、喂饭、换药、喝药，无一不是戚嬛侍之。她手上轻快、脚下勤快、体贴入微，令汉王如沐春风，温暖在心。所以，他令她不要离开左右，时时立在身边。

"陛下，你想入睡吗？睡吧。"戚嬛说着，又用小手轻轻拍几下，刘邦很快进入梦乡。

"陛下，你那伤口又疼痛了吗？忍着点，听我给你唱一首歌，缓缓心痛。"

她于是附在他耳边，用莺声细语唱起来：

"野有蔓草，零露漙兮。有美一人，清扬婉兮。邂逅相遇，适我愿兮。

野有蔓草，零露瀼瀼。有美一人，婉如清扬。邂逅相遇，与子偕臧。"

温情柔语，又一次把刘邦的疼痛抚去，送他进入梦乡。

在御臣的高超医技治疗下，在戚嬛的精心呵护下，刘邦的伤口愈合后，身体又一次恢复健康。于是，他立即决定赶往荥阳。

"陛下，应该安心再休养一段时日才是，万不可急急上阵。"戚嬛耐心劝说刘邦。

"不行，我恨不能一脚跨到荥阳城，那一箭之仇我要速速报之。"戚嬛只好随身前往。

没想到刚来荥阳城，刘邦就听到一个令他伤心感怀的事情——项羽把刘太公、夫人吕雉和舍人审食其一并带到军中大帐里来了。

"怎么？他想用人质逼我降于他不成？"

"正是，这就是项羽妄想在穷途末路时使用的一个谋略。"策士郦食其的一句话说出了项羽的阴谋。

项羽原以为自己一箭击中刘邦并能结束他的性命之后，早日结束楚汉之争，挥师东进，巩固自己的后方。可是，刘邦只受了伤，并没有危及生命。项羽恼恨至极，他即刻把刘太公传到大帐："今儿只要你说一句话：想死想活？"

"人活千年都不想离开花花世界，我这把年纪还想留在世上观看斗鸡斗羊的趣事儿。"

"好。你想活，就去劝说刘邦，要么归降于我，要么速速收兵，退回汉中，永不东侵。"

刘太公一脸无奈："俗话说，儿大不随爹，闺女大了不随娘，眼下季儿正是五十开外的人，焉肯俯首听我言说。"

"既然如此，你且下去，等候发落。"

接下来，吕雉被带上来。

不知如何，今天，吕雉在项羽的眼里竟然变得庄重淑雅，清婉怡人。这些是粗旧布衣难以遮掩的。

"明天把你送到阵前与你夫君会面，愿意吗？"

"许久未谋夫君容颜，若能如愿，必是快事。"

"但有一件，你要说服夫君退回关中，永不东来骚扰。"

"此事奴婢无法为之。"

"哼哼，那只好在阵前诛之。"

听了项羽的这句话，吕雉并不感到胆怯，反之，从容退下。

项羽大怒："明天阵前观之，如不遂我愿，即刻诛杀！"

回到囚帐里，吕雉一夜未眠。项羽的话在耳边反复鸣响，项羽的怒容尽在眼前显现。这个杀人如麻，视人命如草芥的屠夫，什么事都能干得出来，看来明天将是我的大限日子，我必死在项羽手下。也罢，人生百年，必有一死。我进刘姓家门，力也出了，汗也流了，苦也受了，只是福分没有享到。眼看着刘邦今天已成气候，手下有数万将士，治下有疆土黎民，官位已成王侯，也算风光一世吧，我是他的妻子，为他生儿育女，养老育少，支撑门户，受罪受难，担惊受怕，日子过得虽不如意，可我的名声将会被世人记得的。人生一世不就是图个名声吗？足矣，死亦无憾！

眼下，由于士卒看管甚严，审食其一直未敢来到她面前，在此时若能听他议论一下也好。

同样，除去洗衣送水，吕雉也不能去刘太公帐内，她知道太公时下心里一定难熬难过，作为儿媳，无法近前劝慰，实为不孝。

此时，她只有默默祈祷，求天告地。

翌日上午，楚、汉两军威严对阵。刀枪在阳光下闪着寒光，战旗在春风中猎猎作响。

汉王刘邦率先拍马来到阵前，手指项羽，怒声谴责并罗列出他的十项罪状，语音抑扬，铿锵有力。

项羽当然不甘示弱，拍马阵前，用手指刘邦辱骂："流氓无赖的小人，贪财爱色的浑蛋，你根本不配尊为王者，只是我被你一再蒙骗，早知当初在鸿门宴席就该将你一刀砍之。"

刘邦听了大笑不止："你只是一匹夫而已，焉能配得楚王之尊？你弑杀义帝、斩杀降王，贪得无厌的小人也配在此指手画脚？"

骂声中，项羽令人把刘太公、吕雉和审食其押到阵前："刘邦无赖小人，睁眼看一看这些人是谁？哈哈，想不到吧，我已经养活他们几个有两年多了，今天拉上来让你观看。"

刘邦预料的事儿，眼下已成为事实。这残酷的事实似乎来得太突然了，让人心下茫然。迎着日光，刘邦看到老父被反绑，身子瘦小佝偻，仰着脸，一双眼睛可怜巴巴流着老泪，似乎在央求儿子舍身搭救。刘邦的鼻子一阵酸痛，泪水聚在眼眶里，一股怒火随之从胸腔燃起。他手指项羽大声怒斥："两军对阵，可斗智斗勇，为何要用老人作诱饵？此乃无耻小人所为矣！"

项羽一阵狂笑："父为天，母为地，你见父受难而不为，实为不孝之子。"

刘邦大骂："你项羽实为伤天害理杀人父的刽子手，天理难容。"

这时，只见旁边的吕雉大喊一声："不要伤我公公，要杀就杀我一人！"

自从被拉到阵前，吕雉的双眼一直没有离开对面阵前的夫君刘邦。春阳高照、柔和温暖，让人身上丝丝发痒，但吕雉的心底却一阵阵泛凉气。当她头一眼看见刘邦时，兴奋得几乎能大喊起来。她看到刘邦骑在白马上,威风堂堂,可是脸色并不红润,脸膛并不饱满,可见项羽的箭翎还是射中了他。还好,痊愈的身骨正立于天地间。她听到刘邦的话则感到特别亲切,已经几年没有听到他的声音了,他的嗓音还是这般洪亮,听之则全身充满力量。只是他的目光为什么不向我投过来,而是傲然远视项羽。她心里想:"你为什么不看我一眼,我是你的妻子呀!你就是不把我放在眼里,也该多看几眼太公才是。当初你攻打彭城时,若及时派人来接我们,也不会落得儿女走失,父亲和妻子被对手抓去充当人质。"眼下,看到夫君站在对面,身后站着成千上万的将士,她的心情非但不惧怕,反之又增添无限勇气。当她听到项羽要加害太公,于是便斗胆大声呼喊起来。

项羽没有料到一个弱女子,在血腥阵前竟然无所顾忌地大呼大喊,很是惊怒。他立时命士卒把吕雉朝后拉一步,免得她在威武的阵前呼喊扰乱军心。同时,命亲兵将一口大釜抬来,架于阵前,并加上清水,燃火烧起来。春气随阳光从地下升上来,盎然洋溢。釜中的水已被烧开,热气沸腾,与春意搅合一齐升向空中。

这时,在大釜旁边专门放置一块大大的俎板。当釜内水沸之时,刘太公被亲兵架起,丢在俎板上,这时刘太公早已经被扒下衣服,枯瘦的身脊像一堆剔过肉的骨头。

啊!项羽要在釜中烹杀刘太公!

双方阵中的将士皆惊骇瞪眼观望。

此时,项羽显得很恣意,仿佛手操胜券,向刘邦呼喊:"今天若不归降于我,我即将太公烹食之!"

吕雉急得欲冲过去,庇护太公,但已被士卒死死压住,动弹不得,连话也喊不出口。最终,她急哭了。

项羽认为,只要这一招使出来,刘邦定会瘫软身子倒下去,到那时,下边的事情就好办了。谁知,刘邦视之,竟神态悠然,没有一点儿骇然之举。听罢项羽的话,他却哼一声:"当年,我与你同举义旗,共事怀王,兄弟相称。我父即你父,你若执意烹我父,请你别忘了分给我一杯羹品尝!"

刘邦满以为用一句既明理又调侃的话就能把项羽的阴谋揭开,并遏制住他的罪行。项羽一听这话,火冒三丈,大叫一声:"抬人入釜中!"只听到太公惊声大叫:"我儿快来救我!我儿快来救我!"

当时,忽见一骑飞驰釜前,大声叫道:"且慢!快快放下太公!"

众人手脚即刻停止。项羽一看,原来是叔父项伯。他下马后,来到项羽身前,小声耳语:"此事不可匆匆就之,天下之事未定,大小事情须慎之又慎。再说,做大事者何有顾家怜悯之人。你若烹之,不但无益,反而又添新仇。"

项羽似乎幡然醒悟,即下令把太公放回,与吕雉、审食其一同押回营中。

项羽为了掩其失败之举,故怒斥刘邦:"我项羽怜老爱老,从不滥杀老弱,可见你是一个连自己父亲也不怜悯的无耻不孝之子。"

回到囚室后，刘太公大病一场，三天三夜高烧不退，不吃不喝，躺在铺上嘴里尽胡言乱语。审食其又央求楚军找郎中诊断并抓了药草，吕雉日夜守候在太公身边，喂药喂饭，一时不得离开。数日后，刘太公才渐渐痊愈。至此，吕雉长长叹出一口气："我等又逃过一劫呀！"

吕雉哪里知道，随着浩荡春风，中原大地的战局正日益发生逆转，原来势单力薄的刘邦正一步步走向强大：

项羽派遣武涉前去游说韩信，妄图要韩信归顺楚军，但是，韩信不为所动。

彭越带兵，在梁地截断了楚军的粮道。

英布听信刘邦使者的游说，决心在淮南率其旧部，与项羽争夺楚地。

南、北、东三面皆燃起烈火，凭借春风之势，一齐烧向项羽。

守在荥阳的项羽心中焦急，面对如此形势，他走不想走，战又无对手，因为刘邦尽避而不战，日日消耗，时时受煎熬。却不料正在他心火怒燃时，汉王刘邦的使臣的大夫陆贾，独自一人来到楚军大营，向项羽求和来了。

"什么？刘邦派你向我求和来了？"

"正是。汉王欲和，请划一界限，两军互不干扰，但求项王把汉王的老父弱妻释放归汉。"

"哈哈，此次刘邦又要出新花招了，哈哈！"

其实，项羽内心是愿意汉王求和的，只是他不相信，故而探其真假。

陆贾急忙予以解释："大王有所不知，汉军与楚军相战，屡战屡败，根本不是大王你的对手。近日，汉王已感军令不畅，韩信在齐地妄为，不听调遣。汉王更感势单力薄，故而求和。"

"刘邦乃小人矣，一贯言而无信。上次求和后，让韩信乘机占我成皋，后又掠我齐地，今又言和，又想耍什么花招？"

"不，大王言重了。汉王眼见连年征战，土地荒芜，苍生涂炭，念及生灵，故请求息兵休战。"

"不。刘邦花言巧语，翻云覆雨，极不仁义，他的话我决不轻信。"

陆贾看到项羽嘴上强硬，但是神色并不恼怒，知道他内心已有所动，只是嘴上仍在争强。陆贾知道，项羽勇猛，但爱听别人赞赏的话。于是，他故作无奈地说："眼下，大王欲战，我可即刻返回。只是不能速战为胜，糜时耗资，人困马乏，非上策也。若大王愿和，又能施仁道，放回老父弱妻，必受天下人尊敬。因此，战与和，还请大王三思。"

真让陆贾猜中了，当他说完，刚要起身告辞时，却被项羽阻止，让他留下住上一宿再行决议。

果然，第二天项羽便派手下人，单独与陆贾言谈议和条件。几番争论之后，停战协议最终达成：双方划定鸿沟为界，沟以西归汉，沟以东归楚。

当项羽拔营起寨回师彭城时，如约向刘邦交还出人质。从此，在楚军中为囚二十八个月的刘太公、吕雉和审食其，终于回到汉军大营。就在刘太公刚刚踏进大营大门，所有将士纷纷伏地参拜。刘太公一改在俎板上呼喊救命时的狼狈相，又嘻嘻哈哈没了正形："起来，都快起来！自家人，何须大礼，哈哈……"

刘太公这种性格其实也是一个优点，身处艰难的环境中，与其愁眉苦脸，不如过一天乐一天。刘邦嬉笑怒骂、放荡不羁的性格很大一部分得自他的父亲，真是有其父必有其子。

心中悲喜万分的是吕雉，走进营地，看到众多将士施礼，她几乎掉下泪水，楚、汉两座大营两重天。在楚营，她身为囚徒，头不能抬，话不能说，身体数次受辱，无一丝自由；在这儿，将士们几乎把她举过头顶，一种执权欲望在心底丝丝生成。当她初见刘邦时，竟然双足钉地，立时站着动也不动。几乎三年的囚牢，之前又分离数年，心上的人都已变了模样，岁月把风霜都刻在脸上。生疏感伴着羞涩，心跳一时加快，头脑眩晕异常，几乎倒在地上。

忽然，身边飘来一般香风，降下一朵彩云，一位女子急忙上前搀扶她，慢慢走进后帐。

直到深夜，欢乐的酒宴刚刚散去，嘈杂的声音慢慢趋于安静。刘邦带着十分的酒意，在一位女子扶侍下，步履蹒跚走进帐。待把汉王悄悄安卧在床铺上以后，那女子蒙面遮羞返身离开。

吕雉急忙上前，先用绢巾擦拭刘邦的面容，而后动手为他解衣。待看到那块箭伤疤痕时，吕雉随伏在刘邦前胸，嘤嘤哭起来。

刘邦半睁着醉眼，长长哀叹一声："天不灭我，箭击我肉，未动我心，你应该高兴才是，为何要哭？"

"你身为人王，受此灾难，我何尝不哭不哀？"

"那都是以前的事了，过去了，不必再怜悯多情，明天我将带着你，回到关中，居住王宫，我当汉王，你当王后，安安稳稳享福吧。王后你说是吧？"

吕雉无话应对，她已经被刘邦口中的那个"王后"给震昏了头脑。如此尊贵的称呼，让刚刚还是囚徒的吕雉，仿佛从地上一下升腾到九霄云雾中，感到飘飘然起来。

"王后？你说我是王后？"

吕雉有些惊讶，连声音也显得生硬不自然。

刘邦也惊讶起来："当然是王后，名正言顺呀。谁也不敢藐视，更不敢更改。"

吕雉激动万分，当即拜下，口中颂扬："谢大王恩典，谢大王，大王万岁。"

刘邦听了自然欢喜至极，伸手把她从床前拉起来，二人相拥上床……

夜半三更，吕雉突然醒过来，看到身边的刘邦睡得正香，她便悄悄从他身边转过去，穿衣下床，慢步来到院中，只见军营的夜晚依然灯火明亮，巡营的士卒来回穿梭。她仰望夜空，星光依旧，但是自己的身价已今非昔比，阶下囚变成王后，天呀，终于熬出来了。

这时，突然有一个熟悉的身影从灯光中走过来，是他，审食其。她还未及转身，审食其已来到她面前，即刻向她大拜："王后安好，在下从这里路过，向王后问安。"

"深更半夜，为什么不睡觉还要四处闲逛？"

"回王后的话，酒宴之后，我便同一班老朋友闲说往事，亲朋数年后再相见，分外亲切，所以就聊了这么长时间。"

"好呀，这是人之常情。不知你们都说了什么，能否给我学一学。"

"谢王后关照。我向他们叙说了咱们在楚军囚室的苦难，说了王后坚强不屈，不为艰难所吓倒，还说了太公教楚兵士卒斗鸡斗羊的技巧。"

"往后，回到自己营地，见到往日的亲朋，嘴上可要严实些，该说的不该说的，你自当斟酌而定。"

"王后明鉴，在下一定记下王后的教导，断不敢胡言乱语。"说话时，审食其即感到前心后背已经渗出汗水来了。

"你与朋友拉完家常，为何还要经大王御室走来，莫非有事？"

"回王后的话。在楚军囚室时，逢到夜里我会惊醒几次，每次醒来，不是谛听王后睡得是否安稳，就是到王后的门前转上一转，以防万一。没想到今天回来的头一个夜晚我的双腿自然又拐到王后这边来了，乞求王后恕罪。"

"原来是一番忠心使然，这也就不怪你了，只是从今往后要改掉这个习惯。这儿不需要你巡逻查验了。"

吕雉的话声音不重，可是字字锥心，令他毛骨悚然，不寒而栗。审食其立马拜谢，起身后转眼间就消失在黑暗中。

吕雉这才在黑暗中长长吐出一口闷气。

七 布衣刘邦登九五，审慎吕后入角色

戚嬛单单来到吕雉面前，双膝大拜，叩了三下，依然跪地低头，一心等候王后恩准赐座。吕雉只得伸出双手，挽其起身。没想到刚刚与戚嬛搭手，她便后悔莫及。原来，戚嬛的双手白且嫩，柔且软，触之酥心，挽若无骨。吕雉愧感自己的一双大手，粗糙短硬，两双手掌相比，真乃天壤之别。

第二天早晨，吕雉早早起床。在楚军为囚时，她每临东方黎明便起床，洗面梳发，女人的打扮料理必不可少。人穷水不穷，受难的人脸面也要光鲜。衣服旧了、烂了但不能肮脏，脏衣服穿在身上会被别人唾弃的。就这样在楚军囚室里，吕雉仍以洁面雅服面世，让看管她的士卒仍能看出她是王者之妻。

今天，当她起身后，刚刚坐定，随之前来四位婢女，先向她躬身请安后，遂又端水上来，侍候洗面梳妆，搽粉涂脂，插花描眉，穿绸披绢。吕雉心中知道，这是王后的身价，在女人中无人可比。贵族的礼仪规范真有魅力，出身低微的人一旦富贵，很快便学会了。她很舒适地接受这一切烦琐又得当的侍候。她想起父亲以前说过的话：不经受贫贱苦难，怎能体会贵之为贵呢？这贵来得多不容易啊，一定要珍惜。自然，如果有谁威胁了她的富贵，她一定不会手下留情的。这是后话。

当这些小事刚刚停当，她正要带着婢女前去给汉王请安时，一眼发现两个活蹦乱跳的孩子，跑着、叫着来到她面前。未及细看，两个孩子早早大跪面前直叫娘。她鼻子一酸，流着热泪，一手拉一个，将一对儿女扯起来，声声甜甜唤娘的喊叫声，令她心醉心甜心颤。三年了，兵荒马乱中走失的孩子，仿佛从天而降。

吕雉不知从何处说起，只是开口问："你们两个一直就跟随在爹爹身边？"

"不不。我两人一直在关中王宫里居住，是爹爹让人把我俩从关中接来的，说要在这儿跟娘见面。娘……"

"当年咱们走失以后，你们两个是怎么寻到你爹的？"

"不。是爹爹在半路上遇到我们两个的。从那以后，我们就到了关中。"

看到儿女，吕雉就心酸；看到儿女长高了吃胖了穿得光鲜，吕雉更是激情难抑，她紧紧搂住儿女，万分亲昵地说："好了。咱们熬出来了，往后咱们娘几个再也不会分离。"

吕雉带着儿女先来到刘太公的居所，向刚刚起来的太公请安问候一番。看到活泼可爱的孙儿孙女，刘太公高兴地挥着手说："等着吧，几天后爷爷就带你两个去斗鸡

斗羊。"

当吕雉领着儿女来到汉王面前时，见张良、陆贾、陈平等一班人正在议事。吕雉与儿女拜过汉王以后，刘邦便要他们几个先到一旁去。吕雉不敢怠慢，可是内心里却有一些不甘：全家人团圆了，为什么不能坐下来说说笑笑？

两个儿女，从来都惧怕父亲，几年来没有在父亲面前单独待过。听了孩子告状，吕雉只好解释："父王干的是军国大事，心里想的天下黎民，怎能跟你们嘻嘻哈哈没正形？"

刘乐偏偏夺理发话："我看不是。爹跟我们不说不笑，一见那个戚嬛，就乐得合不拢嘴，又说又笑，又跳又唱，那个乐劲儿，我从未见过。"

刘盈不会学话，只是偷偷藏在母亲身后不言不语，只管悄悄发笑。

吕雉听着女儿的话，头脑霎时像炸了似的，心跳立时加快。自己在家独守时，后来在囚室受难时，时时担心的事情终于应验了！

刘邦，这个见了女人就走不动，看见美色便脚手乱动的人，这几年他根本不会清闲下来。有兵有将有大王的官冕，美人何愁不左拥右抱？怪不得昨儿夜里，他在自己身上只是匆匆而为，没滋没味。分手六七年后再聚首，哪能是如此温凉不热的味儿？

看到刘乐还要张口诉说，吕雉把手一摆："好了，不要再说了。这都是大人的事儿，小孩子们不许多嘴。见到别人或下人更不许学说，记住了吗？记住就好，听话才是好孩子。"

把孩子送走以后，吕雉一时间钉在帐外，她迷惘，不知所终。她曾想去到大帐里向汉王问个究竟。但不能，男人纳妾是常有的事儿，何况夫君是汉王？自己几年在家，几年为囚徒，根本无法在他跟前悉心照料，他纳妾更是应该的。今天，她已经是王后了，是他的结发妻子，地位无人可动摇。何况她已经为他生儿育女，她最终是能够稳稳当当坐在王后这个宝座上的。"你呀，就是多心。"她在心里悄声谴责自己一句，便回到内帐里去了。

在荥阳，仅过了三天，汉王便命任敖带兵将她和儿女、刘太公一起送回关中去了。走前，当她听到这个消息时，很不理解："你已经与项王共约讲和了，为何不一起回关中？"

"求和？"刘邦狡黠地笑了，"跟谁求和？作为敌手，只能是一个灭掉另外一个，只要两方存在，永远没有个'和'字。"

吕雉颇为惊讶："当初你们不是签有和约吗？"

"不签和约，太公和你等焉能顺利回到我身边？他能轻易放你归来？"

"那，那你不是成了不讲信用的无赖之人了吗？"

刘邦满不在乎地把手一摆："这些你不要太在意。讲仁讲义从来都是儒生们的事儿，是他们教育黎民的事。当前，我对敌手，最不能讲仁义，如果对他讲仁义，便没有我的活路了。我就是要用仁义迷住他的眼睛，对他下手，最后战而胜之把他灭掉。"

吕雉听明白了。当然，她是憎恨项羽的，还有那个时时依偎在项羽身边的妖艳美人虞姬。是他们把自己抓去，囚禁近三年时间，若不是夫君求和讲义，自己无法回到丈夫和孩子的身边。对于汉王的行动她毫无疑义是完全支持的，只是对于他在出征时，不把自己带在身边，而是带上一个跟虞姬相比有过之而无不及的戚嬛，她满腹怨言，但最终不敢吐露一句话。

当她明白刘邦出征的大道理之后，内心里又是一阵激动；丈夫出征，作为王后的女人必然陪伴左右，形影不离。她回想起在楚军当囚徒时见到过虞姬在项羽身旁的那种高傲的样子，心里说，今天我也要尝尝这个位置上的滋味儿了。她说："好，从此我随你身后，甘愿为你分担忧愁，只要把儿女送回关中即可。"

"不用，你跟孩子们在一起吧。"

"那你身边不留一个女人照料你？"

"有。是她，叫戚嬛。她是我在兵败彭城时遇到的。正是有了她，我才决心重整旗鼓再跟敌手项羽拼斗。来，让我给你引见。"

不管吕雉心中愿不愿意，刘邦便叫上她来到又一住处。还没进门，即闻到一股异香，瑟筑之声由双耳传入心房。这种气氛对吕雉来说是陌生的，这不属于她的生活。瞬间，她感到刘邦变了，离自己远了。

这时，早有婢女传入客堂，乐声即止，粉色帷幔内环佩叮咚，转眼间一如花似玉妙美女子趋前叩拜："妾戚嬛见过大王、王后。"

好一个巧嘴利舌的女子，汉王封我王后仅三天她便知晓，哼。知礼人不怪，礼到了，吕雉只得勉强笑纳。

汉王则全然不顾他身后的吕雉，急忙伸双手挽住戚嬛的手，一同坐下。

"来，我给你引见，这位就是王后吕夫人，刚刚从楚军中归来，幸哉，乐哉！"

戚嬛单单来到吕雉面前，双膝大拜，叩了三下，依然跪地低头，一心等候王后恩准赐座。吕雉只得伸出双手，挽其起身。没想到刚刚与戚嬛搭手，她便后悔莫及。原来，戚嬛的双手白且嫩，柔且软，触之酥心，宛若无骨。吕雉愧感自己的一双大手，粗糙短硬，两双手掌相比，真乃天壤之别。

戚嬛则毫无察觉，起身后，依然低头立在一旁，直到吕雉又一次让座时，她才含笑点头致谢，款款入座。

刘邦这时兴趣大增，当着吕王后的面，极为夸赞戚嬛："戚嬛于丝竹箫管，无不精通，更兼舞姿曼妙，堪与天仙媲美。你不妨舞上一曲，让王后开开眼界。"

戚嬛忙离座躬身请求："万望大王、王后恕罪，妾腰身有恙，故不能献丑，万望宽恕。"

"也罢，也罢，那你就弹上一曲，饱双耳之福。"刘邦一心想让戚嬛在与吕雉初次见面时表现得异常优美，以此炫耀自己当初纳妾时的眼力和福分。无奈，戚嬛不给汉王脸面，再次起身婉拒："瑟、筑断弦后，正在调试，音质不准，声质粗劣喑哑，故不能弹奏，万望大王、王后宽恕。"

"好，好，来日方长，待我日后登基，你则要大显身手。"刘邦为戚嬛遮掩，实在令吕雉心有不甘。面对这样一位貌美、色艳、艺绝的美人，吕雉确有无法比拟的羞愧。为了掩其不甘示弱的复杂神色，吕雉只能红着脸面，强颜欢笑地陪着汉王，胡乱点头。

至此，吕雉才算没了随夫出征的心思，只好陪着刘太公，带着儿女，在将军任敖的护卫下，离开荥阳，回到关中。

临行前，吕雉不忘显摆一番，故意当着汉王及近臣的面，细心交代戚嬛一番：

"征程漫漫，战事险恶，你必终日不离汉王左右。汉王高兴时，你万不可再次助兴；汉王郁闷时，你万不可花哨取笑；汉王疲乏时，你更要谨记，万不可色扰近身。你要时刻记住，自己仅为一艺伎，万万不可纵色纵情坏了我汉家社稷之大事。"

刘邦听闻，十分高兴："好，王后所言极是。"

吕雉心中十分舒坦，心里说：这仅仅是开始，往后调教你的时候多着呢。

岂不知出征后的当天夜晚，刘邦就紧紧搂住戚嬛，入了温柔乡。

戚嬛心有不满："一个黄脸婆娘竟当着大王的面教训我，真是叫人恶心。"

刘邦嬉笑："区区小事，何足挂齿。她说她的，咱干咱的，千里遥远，她焉能知之？"

刘邦听信张良等策士的说劝，在项羽返回彭城后，即刻东征。行至固陵时，被项羽率兵阻挡，大败，只好在固陵固守，伺机再战。此一战后，刘邦真的遇上忧心之事了：韩信率兵在齐地，为何按兵不动？如能相时出击，定会让项羽首尾不顾。

张良听了，遂问刘邦："能否再给韩信、彭越加官晋封？"

刘邦很是惊讶："不是已经封韩信为齐王、彭越为魏相了吗？他们还嫌官小？"

张良笑笑说："分封韩信齐王并非大王本意。而魏王豹已亡，彭越的魏相实在应升为魏王才好。大王何不想一想，一纸晋封，必会引得他们鼎力相助，不然，将会误我大汉之事。"

"好，依你之意行事。"

吕雉无奈离开汉王刘邦以后，在西去关中的路上与老相识任敖为伴，内心颇多杂陈之味。当初，为刘邦逃走上山落草为寇之事，吕雉入大狱为囚，幸亏任敖多方照顾，方才从险境脱身。但是，委身于任敖的事情怎么也无法抹去。当初以兄嫂执礼，今日以王后居上。她在途中端坐在彩色香车内,从车壁的小小窗洞中透过飞沙尘幔,偷偷观看任敖。只见他骑在马上,一时跃上前方探路,一时居后催促士卒行走,唯有中午、晚上、在驿站休息、吃饭时,他才前来禀报,待允许后方才行事,从不自作主张,无论神情和腿脚,时时显出忠心谨行的样子。

吕雉虽然身居王后,但是知恩图报的心情还时时存在心中。途中,她几次找机会与任敖说话都不成功,不是他借口事务忙乱走开,就以说路途疲劳,要抓紧时间休息为名而婉言拒之。最后,在距离关中仅一天路程时,吕雉让人传话,要当面见任敖询问。与她事先设想的情形一般无二,任敖是怀着忐忑的心情赶来的,没容吕雉开口,他先殷勤查检王后住处是否舒适,又问王后饮食是否可口。罢后,便低头垂立在一旁。吕雉先赐坐,又屏退从人,这才开口询问任敖家境如何。

"回王后的话,幸得汉王福祉,全家安好,无一处不舒心。"

"将军南征北战,鞍马劳顿,相比之下还是当年在沛城当狱令时清闲自在吧?"

任敖全身一颤:"回王后的话,自从随汉王斩蛇举义,大小战事尚有百余次之多,所经过的事,大多遗忘,只有眼前的事方能牢记。请王后恕之。"

听了这话,看到他那副模样,吕雉心中稍稍安稳:"往后只要忠诚于汉王,我将请汉王尽力晋封加爵。"

"谢王后恩典,我任敖将誓死效忠汉王。"

一路颠簸,一路风尘,在任敖严加护卫、殷勤侍奉下,王后吕雉终于来到关中,居于栎阳。住在王宫,穿着华丽,随从百人,进出前呼后拥,这一切令吕雉感到不便,一段时间之后方才感到适应。她心中曾不止一次自言自语:作为贵人不易呀,为何如此多的繁文缛节,这不是在活活作弄人吗?

但是,有一次,一个新来的婢女因为端水走得慌张,不慎将水泼了一些在毡毯上,没等吕雉开口,即被下女们推推搡搡赶到下人房中用棍杖击之。吕雉只是无声端坐,她要在王宫中尽心享受至高无上的尊严,她似乎感到这比吃山珍海味还舒心。

但是,也有烦心的时候,最令她感到头疼的是丞相萧何的举止,几乎让她无法忍受。

汉王刘邦率兵东征,关中留下王后守家,而作为管家的丞相萧何遇事向她呈请,这是天经地义的事。可是,自幼下田劳作,婚后两次为囚人的吕雉,一旦身为王后,在享受众人顶礼膜拜的同时,还须问事,须当家,须拿主意,须当机立断才是。作为丞相,萧何日理万机,大事小事、林林总总,无不从他手中发出。萧何本为事无巨细的细心人,无论遇到什么事,只要是需要大王过目的事,他不厌其烦,一一捧到王后吕雉面前,由她决断。这是主政必需的手续,更是管家对主人的尊重。

开始,吕雉倒也感觉新鲜、稀奇,只要萧何呈上的事她都认真听,有时也能说出一句自己感受的话。三天过后,她就感到一种无形的压力悬在头顶、锥在心头。自己不看不听，实在对不起汉王刘邦，更对不起他流血流汗打下的江山。看了听了，立时会让她烦闷、心躁。法令、粮草、征发士卒、宗庙、社稷、宫室、县邑。第一件，让她看时就头大头晕，说给她听时，就耳鸣心慌。说来也真难为王后了，她什么时候办过这些事？有许多话，她连听也没听说过，她还怎么拿主意下决断呢？偏偏这个萧丞相心宽性子耐，所有事情全呈到她面前，你不看，他不干；你不说，他不办，完全是一丝不苟、公事公办的程式，让你再难，张不开口；再烦，下不了手。只能一天天受难受烦，还要夸赞萧何无私心、无野心、忠诚、能干。

有时候，她真想把这些事儿完全让萧何一人决断了事。但转念一想：不，大汉是我家的天下，别人休想来掠夺，这个家我一定要当好。日子一长，她对公文上的事也知道一些，连上面叙述的文辞也慢慢耳熟起来。有时，她做出的决断，很让萧何佩服。不知怎的，她竟然日益嚼出当家人的味道来了。

其实，吕雉的主政，有不少是审食其的功劳。在她还没回关中时，审食其就奉汉王命，回关中主政宫中一切事情。待吕雉来到关中以后，二人又可以天天见面，日日会晤了。自从项羽把他们放回以后，审食其又被吕雉单单说教一通，心中总算悟出一个道理：吕雉身为王后，自己在她面前不许有一丝张狂。此一时，彼一时，以前受难时，手扶手挽，不分贵贱；今天呢，若有一毫狂妄，即可招来杀身灭族之祸。他暗暗给自己下了一条铁律，王后不说不办，不令不干，别人谁的话也不听。同时，自己的头脑就是王后的头脑，专为她思考、想事，别的一切则不想不思，不闻不问。

一天，审食其被吕雉召去，先问："时下百姓的税赋是多少？"审食其说："税赋仍按秦时税制，十抽一。"吕雉说："是不是有些重。"审食其则不语。吕雉说："欲取之必先予之，我看税赋应比秦制少，让百姓能喘口气儿。"审食其说："王后所言极是。"

又一次，吕雉对审食其说："宫中的婢女是不是太多了？她们终日十人仅干一人的活计，一个个站在那儿，吃饱了等饿，这不是我大汉的负担吗？"审食其说："王后圣明，我即刻照办，减去庸碌废人。"

自从入居王宫以后，吕王后虽然每天忙碌，表面看上去轻松如常，殊不知王后吕雉的内心里一直关注着战事：汉王所领的将士能否夺得全胜？项羽能否被灭？

******

正如张良所说，韩信得了齐地之后，马上带兵赶到彭城以北，以"十面埋伏"，大败楚军，项羽无力守住彭城，只得弃城而逃。汉军哪里肯放，步步紧追，将项羽重重围困在垓下。秋风吹，天气凉，寒气从四面八方袭来。曾经不可一世的项羽，内心真正感到了<u>丝丝凉气</u>。他居于大帐中，守在残烛下，仰天长叹。想当年随项梁起义，身骑乌骓马,手提长戟,纵横八方,无有敌手。到头来怎么就败在这个沛城无赖刘邦的手中?是天意?是人气?

虞姬缓步从后帐走上来,看到烛影下气弱颓唐的项王,向前行礼之后说:"大王休要气怒,更不要灰心丧气,楚地是大王的家乡,根基深厚,只要渡过难关,还能东山再起。"

"这些都已无用,我已成了强弩之末,只好随天意而为之。"

"大王,我随你数年,未曾给你出力,眼下愿为你送上一曲,解愁除闷。"

说罢,在帐下,迎着烛光,虞姬舞动柳枝般的柔身软肢,闪挪腾空,飘游帐前。项羽双眼看得仔细,但眼中似有泪水。

虞姬收住舞步,依在项羽怀里,悄声细语:"大王,我知你心下如何想,说出来请大王恕罪。"

项羽不语,仅微微点头。

"大王是舍不得奴婢独自而去。"

项羽眼中泪水终于落下。

"丈夫有泪不轻弹,若为我一介贱身就更不值得了,对吗?"

项羽不语,泪水早被闸住。

"大王,你有万夫不当之勇,于万千人中可取将帅首级,你可上天追风揽月,你可下海踏浪擒蛟龙,眼下万不可为奴婢区区肉身而坏了江山社稷。"她说着,轻轻移到项羽身后,"刷"的一声,拔出项羽腰间的宝剑,但见寒光如闪电,撕裂大帐前的夜空,虞姬执剑,大声喊道:"大王,休恋奴婢,我去矣!"

她双手握剑在颈上一横,即刻倒在帐中。

烛光闪闪,被香风蚀灭。

项羽泪流双行,悲愤喊出:

力拔山兮气盖世,

时不利兮骓不逝。

骓不逝兮可奈何,

虞兮虞兮奈若何!

他奔到帐外,双手握剑,三下两下掘出一个土坑,回身来到帐中,双手抱起虞姬那尚温热的遗体,含泪掩埋之。

当即执戟跨马,带兵呼啸杀出重围。

汉兵穷追不舍,且越杀越多。

项羽愈战愈勇,且战且退。

天,日月难分,时,昼夜难辨。激战中项羽来到乌江边,隔江相望,蒙蒙雾色中江东近在咫尺,一叶扁舟转眼飞到面前。

项羽遥望江东，长叹一声，想当年，八千子弟举旗随我起义，转战东西，纵横万里，如今却孑然一身，实无颜再见江东父老！惭愧！惭愧！他说着放开心爱的乌骓马，大吼一声，纵身跃进汉军人群中，挥剑如削泥，所到之处人头落地如瓜滚，鲜血喷溅如雨雾，直杀得汉军胆战心寒，一时无人再敢近前。

项羽这才仰天长啸，大呼一声："此乃天亡我，非战之罪也！"随即横剑自刎。高大身躯柱剑支撑，许久之后才颓然倒地。

直到这时，包围的汉军还是不敢贸然近前。

……

******

头一天项王被灭，第二天刘邦就把齐王韩信的兵收回、印夺走，齐王改封为楚王。

事情毕竟来得太突然了，让韩信没有思考的余地。当初，他的好朋友蒯彻曾在他面前说过"野禽殚，走犬烹；敌国破，谋臣亡"的话。他当时仅微微一笑，说："汉王信任我并非一天两天，日后绝不会像你说的那样待我。"

蒯彻却冷笑一声："历来王者的旗号各不相同，然体内之血，骨中之髓从无二样。"

时下，面对刘邦的摆布，韩信只能苦笑。

然而事情并非如此简单了事，那个专为汉王刘邦出谋划策的张子房，单单找到失意的韩信，要他出面游说各位大王诸侯，联名上疏汉王刘邦，议帝号。

韩信心想：你跟刘邦一样称王，谁是头？向来爱站高岗的刘邦必要高一等，当皇帝，一统天下！

带兵打仗夺天下的苦都吃下了，这上疏充好人，送人情何乐而不为？

在一班谋士的精心策划下，一心想当皇帝的刘邦，迫不及待地在氾水北畔集土筑台，于二月甲午吉日登基，拜过天地，太傅卢绾宣读诏书，尊王后吕雉为皇后，太子刘盈为皇太子，追封刘母为昭灵夫人。

礼毕，刘邦大宴群臣，接下来起驾西行，定帝都洛阳。与此同时，他命任敖去关中栎阳接太公、皇后、太子去洛阳。

恰巧，就在刘邦登基的头一天夜晚三更，吕雉做了一个梦，梦见一条赤龙，自东方天上，呼啸云天，一路西行，至王宫上空，旋盘三匝，一头降在自己身旁……

第三天，待邮传到，方知汉王登基。

听到这个喜讯，吕雉激动得掩面啼泣。

"熬出来了！今天终于熬出来了！"

她遥望东方，无限深情地说："爹爹，你自幼研习相书，自作主张为女儿招夫，其后，虽风雨中下田劳累，出生入死，阶下为囚，蒙面受辱，走过九曲十八弯的不平之途，今日终刘邦于登基为帝，傲视天下，无人可比。"

吕雉悄悄稳定一下情绪，掩面轻轻揩去眼角的泪痕，转身唤过贴身侍女婉玉，让她立刻找到审食其议事。婉玉腿脚异常勤快，一阵风似的走开，转眼工夫，审食其便来到吕雉面前。待他听吕雉讲出汉王登基之事，高兴得几乎跳起来，仰面朝天，大声喊道："天光大汉！大汉必兴旺矣！"

吕雉疑惑不解地问："我心里不明白，项羽当年，兵强马壮，将士如林，战车如云，可他为什么到后来却兵败自刎呢？"

审食其则大发议论："汉王胸宽如海，广纳天下仁人志士，从善如流，只要你提的建议说得有理，他必施行。故古人说，得人心者得天下。项羽有勇无谋，不善用人，仅有一个谋士范曾却不能用，而且吝啬爵位，官印的角都磨平了也不颁发。所以汉帝能由小到大，由弱变强，最后一举击败项羽，登基帝位。"

吕雉颇为自信地点点头："照你这样说，当年凡是为我汉出过力流过汗的人都要封官加爵吗？"

"那是当然，这要论功封赏，绝不能一概论之。"

"照你这么说，我们吕家也该讨封讨赏吧？"

审食其这才悟出吕后请他来的缘由，忙说："那还用说？吕家为大汉江山，鞍前马后，流血流汗，单说皇后你……"

吕雉即用手制止："这本来就是我们家的事，我受苦受难在所不辞，应该的。只是我家两个哥哥、侄儿、侄女，他们一个个出生入死，皇上总不会忘记吧。"

"绝不会，皇上一准会厚官加禄，大行封赏。这下吕家就是皇亲加高官，朝上无人可比。"

吕雉略显谦逊："吕家虽为皇亲，但绝不会居亲骄扈，为人所不齿。"

从审食其的话中，吕后知道讨封是必需的，绝不能谦让。若皇上封的官职不高不大，还真要跟他理论理论才是。

接下来，她又小声询问："妃子的封……"

"噢，这个，我以为皇上心中是有数的。赵夫人、薄夫人、管夫人，还有那个能歌善舞的戚嫕，她们通通都是嫔妃，都在皇后手下听命，绝不会有一点儿造次。只是……"

"只是什么？你只管直言。"

"只是对这些嫔妃，皇后必要死死盯住，绝不能让她们在皇上面前得意忘形。"

吕雉没有言语，只是那双凤眼大睁了一下，牙齿狠狠咬了一下。

随后三天，在任敖的护卫下，刘太公、吕雉和刘乐、刘盈一对儿女，乘车来到洛阳。让吕雉大为不解的是，当年曾跟刘邦暗合并生下儿子刘肥的野女人曹嫕也被接到洛阳，几乎是跟他们同一天赶到的。曹嫕很知道礼节，刚刚跟吕雉见面时，她就大拜行礼。可是吕雉眼睛几乎看也不看她一眼,也不知是鼻子还是嘴巴轻轻地哼了一声。

在别人眼里,这是皇后的尊贵高雅的举止,可是刘邦就看不下去了。他很是生气,不过当着这么多人的面他没有发作,只是重重看了吕后一眼。曹媛呢,一位乡间妇女,并没有把吕后那高傲的行为往心里放,她仍然感到很荣幸似的笑着站到一旁。

接下来戚嬛前来参拜时,伏地叩首,仪态优雅,简直就像是在众人面前表演了一番无声的舞蹈一样。礼毕,她又紧紧依偎在刘邦身旁,脸上浮现出一副高傲的神态,令众人心里既向往又嫉妒。直到夜晚进入后宫以后,吕后的心里好像一直都被一块硬硬的木头锥挤。她认为戚嬛是在众人面前向她示威,表示她跟皇帝亲密无间。当她向刘邦述说这件事时,没想到刘邦竟然无所谓地笑笑说:"一报还一报,一报还一报。"

"此话怎讲?你给我说明白。"

"你对曹媛是什么脸面?你心里不清楚吗?"

一句话把吕后给顶到南墙根,再也无话可说了。刘邦却交代她说:"你是皇后,为一国之母,心地要宽,肚量要大,别再像乡村俗里的娘儿们一样,鸡肠狗肚的,那样成不了大事。"

这句话仿佛重重一锤,狠狠砸在她的心头。她似乎记得这是自从跟了刘邦以后,他对自己的第一次交代。

他们在洛阳仅仅过了几天,又全都西去到咸阳城,并在咸阳建都。

"为什么?"吕后很是不解。

"这也是张良和娄敬的好心。洛阳为周朝古都,但这里地处平原,没有天险可守,一旦打伏,必然四面受兵。大汉朝要在我手中兴起,绵延万代,永不衰败。"

"那咸阳曾是秦皇帝的国都,它只是两个皇帝的都城,太短了。"

"这你有所不知,我要在咸阳东建一座新城,谓长安城,那里将是我大汉的新都城。"

"好。长安城好。"

虽说在洛阳城居住不长,在这里吕雉却经受了身为皇后接受各诸侯、各文武大臣的恭敬朝拜,那场景在她心里久久不忘。

清晨,浑厚的钟声在殿外响起,明亮的烛光交织着东方的晨曦,为高大的殿宇披上一层神秘色彩。专司礼仪的叔孙通,挺立殿前台阶上,声音既清晰又洪亮地呼喊诸侯王者的名字,并看着他们,登殿参拜,先拜皇帝刘邦,再拜皇后吕雉,一个个神态庄严,施礼虔诚。殿中鼓乐奏起,殿外卫卒呼喊,声如雷鸣,山摇地动。紧接着大小群臣,接受皇上宴请。席间,歌声伴彩舞,管弦应乐鼓,更是让人眼花缭乱,目不暇接。最终,吕后也没有认准一个参拜的官员的容貌,也没有看清一个宫女的舞姿,更没有听清一首曲子的音调。一切是如此隆重、新鲜,如此热闹、威严,如此喜庆、圆满。

这套礼仪是儒生叔孙通制订的。刘邦手下的将领大多是没文化的泥腿子,以前和刘邦在一起同吃同住,从不讲客套,一向没有规矩,幸亏叔孙通制订了一套礼仪,让刘邦高高在上,让将士臣子在下面跪拜,拉开了双方的距离,使刘邦深切感到皇帝的尊贵。他心里非常舒服,心里说,儒生还是有用的嘛,看来没文化还真不行。

辉煌的典礼,直到日落月出方结束。

在众位宫女的搀扶下,刘邦与吕后,双双回到后宫,先在百花池水中一番快活洗浴,最后才回到寝室。

当两人双双躺在龙榻上以后,刘邦意犹未尽,颇为自豪地询问:"如此受拜受尊崇,意下如何?"他很想听到吕后发自内心的感激之情。

"好是好,只是双眼看花了,双耳震聋了,腰腿坐麻了,心里悬悬的。好,我真说不上来。"

"好,朕就是爱听人说真话。不过,你别忘了,咱们这个位子,普天下的人没有不眼红的。你看看那一个个跪拜在你脚下的王侯大臣武将,他们何尝不想着这个位子,他们没有这个天命。你切记,这个位子,要拼命保住,不许别人来动一动。"

听到这句话,吕后的心里一阵阵泛寒气,周身的骨关节仿佛全僵住了。

在洛阳的这几天,刘邦仅仅跟吕后过了两夜就再也没有回来。她心里也不清楚他是宠幸戚嬛去了,还是跟越夫人、管夫人、薄夫人拥在一起了?刘邦的心地她清楚,但是,就这样,她不敢再想下去⋯⋯

为此,她曾在刘邦前说:"陛下身体已不是年轻时,龙体要格外珍惜才是。"

刘邦不以为然:"何去何从,我自己心里明白,你不必多言,坏了我的兴致。"

吕后随刘邦回到咸阳后,萧何迎驾。

"陛下回京,臣万分高兴。只是京城各宫殿因战火烧毁,无法居住,尚只有长乐宫正在复修。望陛下先暂居栎阳如何?"

对于萧何,刘邦最为放心。他知道萧何心细,每履一事,必有先报,从不妄为。皇帝先问了一句长乐宫的位置和复修的难度以后,说:"战乱数年,百姓生活艰难。修复宫殿,当要从俭行事,万不可铺张。"

萧何知道这是刘邦的官话,心想:你不说我也知道该怎么做。但是,他表面上更显得毕恭毕敬,说:"陛下所言极是,我将会全力践行。"

二人的对话,吕雉全然听得清清楚楚,二人的面部表情也被她看个正着,但是二人心里端底是如何想的她就一无所知了。可是,刘邦的一句话,竟让她万分吃惊且收获不小。当萧何退下去以后,刘邦嘴里竟然叽咕说:"谁都别想蒙我,我对你们每一个都不放心。"

这就是皇帝心里的真话?吕后尽在自己心里揣度。她似乎也蒙眬知晓:这样的话是不能问的,要用心揣度才是。

接下来吕后发现，登基称帝的刘邦心里无一刻安宁。有道是打天下难，守天下更难。难道这就是守天下的难事？不假，仅仅过了月余，即传来藏荼反叛的密报。

　　本为燕将的藏荼，当年曾随陈胜王举义。之后又投靠自立为燕王的韩广帐下为上将军，后奉命领兵前去营救赵国，交战后他转降到项羽帐下，遂被项羽封为燕王。之后，他曾率兵与韩广拼杀并被击毙，后韩信一纸降书稳住藏荼。今天，他竟敢不自量力，摇旗叛汉。

　　刘邦闻之大怒，当下决定率兵剿灭。由于萧何守家，张良因病不能同行，他只有带上樊哙、郦商、灌婴等将，浩浩荡荡离开京师，皇帝的身边自然少不了爱妃戚嬛。

　　反复无常的藏荼举旗叛汉，没有一个诸侯支持他。待刘邦兵至后，轻而易举将其消灭。随之，心腹卢绾即被封王，并在燕地驻下。

　　刘邦班师刚刚回到京都，即刻有人密报说："钟离眛密投韩信处。"

　　"真有此事？韩信就敢私下藏匿？"

八 韩信功高仍获罪，冒顿单于戏刘邦

这一次让他想不到的是：吕后竟伸出双手向他要王位："皇上不会忘记吧，你当年起兵举义，日后与项羽数次交锋激战，我家两位兄长洒血流汗，出生入死，今天得了天下你也该想着他们不是。"

吕后说着，声音颤抖，眼里的泪水在打旋。

刘邦很不以为然："你不会忘记，他两个跟我的一班弟兄一样，都封了侯不是？为什么还要高位？都来伸手我何以能满足他们？"

刘邦怎么也不会想到韩信会收留被通缉的项羽部将钟离眛。

但是，这已经是千真万确的事实。

自垓下一战，被围困的项羽部下，死的死，逃的逃，有的双臂举起投降了汉军。经过对追剿的楚军一一核对，发现项羽部将钟离眛临阵潜逃，刘邦布下通缉令：活要见人，死要见尸；举报者受赏；能将其捕后献上者受上赏；凡藏匿不报者，与其同罪。

"这个楚王韩信怎么如此大胆，敢与我的旨意抗争呢？"

对于韩信，刘邦一直耿耿于怀。当年，自从被萧何发现后并亲自引荐之，在刘邦面前从不像那些将领俯首帖耳、忠心不二，他自恃才高，目空一切。以致，不拜为大将军不甘心；不封为齐王心不乐；不封赐齐地便不出兵围杀项羽。三番五次，时时被动。幸亏灭掉项羽以后，刘邦立即收回兵权，要不，说不定韩信会举旗叛汉。今天，当把他降为楚王以后，令其回淮阴。后来，刘邦又一想，这样的人终不能让他放任自流，钟离眛投奔他处必有阴谋。于是着人暗中密切监视韩信，如有不测，立即上报。

其实，钟离眛在入韩信府时，并无人知晓。他被韩信秘密藏在后花园里。当年，韩信与钟离眛同在项羽帐下，钟离眛为将，韩信仅为一执戟郎。因韩信力弱，曾数次为钟离眛所偏护。自从韩信从汉王以后，二人从未谋面。今天钟离眛前来投奔，韩信亲信曾要把钟离眛捆上押至官府，韩信不许。他说："人在危难时，能相救之得相救，绝不能落井下石。"

被安置下来的钟离眛，心中一直不踏实。他内心知道刘邦是不会放过他的。当初他在项羽帐前，为四个统帅之一，而带兵剿杀刘邦最出力也最狠毒。时至今日，刘邦岂肯放过他？于是，后来跟韩信交谈时，他极力撺掇韩信举旗叛汉，自立为王。

韩信却苦笑："战事刚一平息，皇帝即刻把我的兵符收去。从那时起，他已经对我多方防备。举旗，谈何容易？"

钟离昧问："我当如何是好？"

"天无绝人之路，先安心住下便是。"

刘邦经多方明察暗访，已得到确凿消息：钟离昧就藏在韩信家中。心中不免气愤："果真如此，韩信已有反心，可恶至极。"

吕后有所不解："韩信投到门下，我汉家并未亏待之，为何藏此祸心？"

刘邦仅用鼻哼一声："当初他为我所用，并不是真心实意，而是为他本人利益行事。他跟彭越、英布三人，如不加封王侯，便不为我出力灭项羽。我跟他三人只有利益没有感情。从今日起，他三人的权力只能缩小不能扩大，最终要把王权褫夺削之，免得与我争斗。"

吕后听着心中不免万分吃惊，心里说：这大汉的江山全是我刘姓一家的，怎么还能有他们的份儿呢？已经被他们占去的那些大权、地盘如何再争回来？看来汉家的江山并不十分稳定。

接下来，刘邦并没有多说，只用双眼看了吕后一下，好像在叮嘱她：知道吗，往后应该怎样对待这几个人，心中早作打算。

刘邦即刻把陈平召来。自从张良离开他以后，有些事情他便召来陈平问计。

吕后说："韩信、钟离昧、陈平都曾为项羽部下，今番召他来计议，陈平会心诚？"

"我对陈平从未有嫌隙，他必不会敷衍。"

果然，当陈平听过刘邦问计以后，说："皇上可借游云梦之名途经陈县，在那里召见关东各诸侯，只此，事便明了。"

只此轻轻一点，刘邦已了然于心。

听说刘邦游云梦来陈县并召见各诸侯的谕示以后，韩信心中很是不安："难道这又是一场鸿门凶宴？"

他手下亲信即刻劝说："大王应立即把钟离昧缚之交给皇上，免得坏了大王的锦绣前程。"

韩信不为所动："汉家天下多半为我所打，圣上把我从齐王降为楚王已经有负于我，我问心无愧。再说，他能从谏夏侯婴收下季布，也当听我奉劝收下钟离昧才是。"

韩信似乎有一种偏激的心绪，当人们越是劝说，他越不听劝。正当他决定起身去陈县时，钟离昧却不声不响来到他面前，拔剑自刎。无法，韩信只好提着钟离昧首级，来到陈县参见刘邦，将钟的首级掷于地上，伏地大拜。

刘邦并没有赞许韩信，却反问道："朕如不来陈县，你能将钟离昧押去京都吗？"

韩信并不示弱，立即反驳："皇上能收下季布，我为什么不能收下钟离昧呢？"

"大胆！"刘邦怒吼，"你敢与朕比身，心中岂不是妄图自立为王？"

"皇上，楚王是你亲口加封的，我焉敢胡为？"

刘邦嘿嘿冷笑："褫夺王位押回京城！"

听到韩信被押来都城，吕后的心上随之落下一块巨石。可是，随后发生的事情着实令她无法理解。

当时，刘邦特召来一班重臣，让他们各自说出如何处置韩信。令他无法想象的是，许多人沉默不语。看来这样冷场让刘邦的脸面很是无光。于是萧何先行言说："皇上英明，明察秋毫，早已看出韩信窝藏的要犯，只是，最终韩信又能不徇私情，斩下要犯的首级。以臣之见，韩能否使用，万望皇上慎思。"

有萧何一人引领，其余大臣皆顺着丞相的思路，一一表明心志。

其实，刘邦早已看出，无论文臣武将，皆对韩信有一种由衷敬佩的心情。试问，当年灭项羽没有韩信行吗？若不灭掉项羽，大汉的江山能建起来吗？既然文武大臣心中已有此意，皇帝自当从善如流，当即旨谕。

"韩信降为淮阴侯，居住京师。"

刘邦心中暗想：韩信的大王头衔是我封的，我把它拿掉；扬起鬼头刀不落，吓你一通。降为淮阴侯，韩信说不出口，而文武大臣乃天下仁人，概不会说我卸磨杀驴。至于韩信有没有谋反叛汉、自立为王的阴谋，只有天知地知你知我知了。将韩信留在京师城里，更是高妙之策。在这里，韩信好比鲤鱼蹦到沙滩上，老虎落在平原地，水牛掉在枯井里，有力无处使。

吕后却不以为然："为什么不快刀斩乱麻，立马解决呢？"

刘邦笑了："我的刀是锋利无比的，只是这捆麻并不紊乱，所以不需斩！"

刘邦的话，尽在吕后头脑中打转，让她时时回味，反思。私下里，她曾把这句话跟审食其说出，二人背后悄悄议起：

"这是圣上宽大为怀……"

"不。我是说，韩信心中是否要谋反？"

"这个你不用追问，圣上心中自有分晓。"

"韩信在京城居住，一旦圣上出巡或是亲征，远离京城，这只老虎将如何摆布？"

"车到山前自有路，重要的是当机立断。"

******

刘邦刚把韩信的事摆平，那个曾被封为开国功臣的韩王信，因没有力量抗拒匈奴的强大兵力，只好暗中向匈奴求和。此事被刘邦知晓以后，遭到严厉谴责，他非但不改变主意，反而是一不做二不休，干脆来个光明正大的背叛，投降匈奴，反过来与匈奴一起，大举南下，侵占大汉疆土。

刘邦气得大骂不止，并决定立即起兵北上，赶走匈奴，收复失地。

丞相萧何先行上谏："陛下息怒。匈奴侵略中原本不是一年两年的事儿了，几百年来一直是大患。今又南犯，我大汉理应反击。但时下已近寒冬，兵马出征，多有不利，能否待过冬季再行北征？"

刘邦听着很是逆耳："北国匈奴比我辖地更寒冷，他们为何马不停蹄南下犯我？"

左丞相王陵上谏："陛下，若要北征，能否派上将军前往，陛下则可遥控千军万马。这样龙体无恙，战事一样可以取胜。"

刘邦显得不屑一顾："我自斩蛇举义起，大小战事无不趋前率先，我一向与士卒同甘共苦，视兵卒为手足，所以才打下汉家江山。今番艰难，我必不可坐而视之，当与士卒一同前仆后继。"

当下，他钦命陈平、周勃、樊哙、郦商等一班文臣武将随驾亲征。

吕后闻之，决心随皇上一同去战场。刘邦没有恩准："你居家看守，这个担子不比我肩上的轻快多少。"

让刘邦甚感欣慰的是，爱妾戚嬛早早准备停当，一心一意随皇上出塞征战。刘邦虽然深受感动，可也十分爱怜戚嬛，不想让她在朔风中经受风雪苦难。可是，戚嬛态度坚决，不依不饶："陛下，我本是你的人，有福享了，有难岂可避之？陛下若不需要，妾自当坐骑单马，随后追去。"

刘邦十分欣喜："未料到歌舞绝妙无双的小女子竟还是不让须眉的巾帼英雄。"当即恩准戚嬛随行北征。

这几天淮阴侯韩信一直坐立不宁，从打听说皇帝决意北征，曾想向皇帝请缨。可是又一想，自己已经被当成一个罪人，虽为侯爵，终是一个虚名而已，这个风头还是不出的好。兵权已被收去，怕的就是再掌兵啊。

鼓角震天，车辚马嘶。

刘邦亲率三十二万兵马，迎朔风直奔塞北。

这时，远在千里之外的匈奴冒顿单于已经接到探马报知，得知刘邦亲率大军北征。他非但不谨慎调兵遣将，反而仰天大笑，高声朗语："苍天助我！苍天助我！"

******

早在秦王朝鼎盛时期，匈奴国王头曼单于得到了一个十分宠爱的小妾阏氏，并与其生下一个儿子。他爱阏氏更爱小儿子，决心废去前太子冒顿，再立小儿子。想来想去，最后决定把冒顿送去月氏国当人质。而后，头曼单于再带兵攻打月氏。月氏国王大怒，说头曼单于是出尔反尔的小人，一边指挥迎战，一边派人去暗杀冒顿。小小冒顿面对持刀的月氏兵卒毫无怯色，而自顾大笑，说："月氏国王真乃一蠢人，杀我一个赤手空拳的人何故派来百十人。"持刀人不信，回头观望。冒顿趁机冲上前，拳脚并加，将前来杀害他的三个兵卒全部杀掉。他马上换上月氏兵卒的服装，混于城中，偷来西域刚刚进贡给月氏的一匹宝马，趁夜色，杀了守门将士，一人急奔头曼单于的大营而来。

后来，每当将士询问此事时，冒顿单于便会不厌其烦地一遍遍讲述。

他十分自豪地说："一个人要想活下去就要勇敢！勇敢！"

当时，头曼单于看到浑身是血的儿子冒顿时，感慨万千，他以为儿子冒顿跟他一样，是勇敢的神鹰，是智慧的化身。为了奖掖儿子，他立即把手下的兵马拨出一万，让冒顿率领冲杀。冒顿没有特别的喜悦，而是淡淡地问头曼单于："交给我这么多的精兵良马，你放心吗？"

"儿子，你为什么要说傻话，对你不放心，难道说要我对一只苍狼放心吗？"头曼单于出于内心深处的一句话倒成了他死亡的开端。

单独领兵的冒顿，曾经不止一次对部将说过：只要你想要的东西，包括人，就要不惜一切手段去夺取，即使是自己的亲人也在所不惜。除此，别无他法。

冒顿领兵，特别注重两点：一是弓箭。他说，有了好弓箭，就好比百步能杀人，无人可挡。二是手下兵将要绝对服从于他，稍有迟疑者，坚决除之。

而后，冒顿发明了一种箭，离弦后，响声锐利，名为鸣镝。每次射出那种箭，人们都可以听到响亮的哨音，直到射中目标以后才中断。这种箭分发给部下时，人人喜爱。

后来，冒顿发下命令："随我征战时，凡看到我的箭击中目标，必同时射击之，不射者，杀。"

开始训练时，众人随他射飞鹰，射牛羊，无人敢不从之，效果非常好。但是，随后冒顿突然用鸣镝射杀自己的战马。部将中有人随之，有人竟然愣住了：那是头领的爱马，怎么能射杀呢？冒顿可不犹豫，对于当时没有与他一齐放射的部下一律杀之。随后又一次，冒顿突然向自己的爱妾放出鸣镝，不少人立马糊涂起来，手中的箭终未射出。这次冒顿并不糊涂，更不手软，对于没有发箭的人，一律杀之，毫不手软。第三次，冒顿带人打猎时，他突然朝单于的宝马发箭，手下的骑士无不一一从之，毫不犹豫地一齐向单于的宝马射去。

这时，一直在观察冒顿的头曼单于似乎看出了一些门道。他把冒顿召来，问他为什么要射死他的宝马？冒顿不加思索就说出："父王是爱宝马还是爱敌手？我能将手下将士训练得如此出色，父王不应该怀疑我而应该嘉奖我才是。"

头曼忧心忡忡地说："只怕有朝一日我也会像我的宝马一样，在你的响箭下死亡。"

终于，头曼单于担心的事发生了。

在一个风和日丽的上午，头曼单于带着阏氏和心爱的小儿子一起出外狩猎，冒顿率兵同行。冒顿突然向头曼单于发出响箭，手下将士一齐将箭射向头曼。冒顿即刻放下箭，持刀将后母和后母所生下的同父异母弟一齐杀死。紧接着，他率领部下回到京城,把不顺从自己的大臣一齐杀死。随后,自立为冒顿单于。不到一年时间,他把内部整顿好以后,便率兵东进,先行灭掉邻国东胡,又转头西进,灭掉邻国月氏。当他的力量稍许壮大以后,又先后夺取楼兰、乌孙等西域二十六国。

这时,深感自己国力强大以后,冒顿单于便率兵南下,大举侵扰大汉国。开始时,便旗开得胜,将韩王信纳为部下,并占了其地盘。他率部下严阵以待,单等着和刘邦作一拼杀。当时,冒顿单于曾问部下:"怕不怕大汉兵马?"部下异口同声说:"不怕!"只有刚刚降来的韩王信说:"汉王兵马疆北,战车无人可挡,大王还是谨慎为要。"

冒顿单于说:"你是汉人所以害怕汉人,我们匈奴人从不惧怕汉人,不信你等着瞧。"

※※※※※※

军旗猎猎,刀枪闪光,浩浩荡荡的汉军渡过黄河以后,尽感到寒风刺骨,沙砾兜头扑面而来,将士们顿时感到心寒衣单,连奔腾的战马也显得气粗步艰。

早早披上毛毯皮氅的刘邦,下意识地搂紧倚在胸前的戚嬛。

"陛下,你身上冷吗?"戚嬛时时关心刘邦。

"不冷,我只是怕你身上受寒。"

"有陛下在我身旁,我永远感到温暖心畅。"

这时,探马飞报:"前方并没有匈奴大军,只偶尔看到三两兵奴在狩猎。"

刘邦看看日头尚高,遂想下令继续挺进时,陈平策马近前,向皇帝述之:"陛下,荒原野地,天寒地冻,大军万不可盲目深入。"

戚嬛在刘邦身旁也随声附和:"可先驻扎下来,把周围探明后再进也不迟。"

风愈刮愈急,人马在风中尽打哆嗦。

刘邦便令车马上前,安营扎寨。

深夜,暴风未止,帐中的士卒冻得无法入睡,只得围火而坐。

刘邦久久无法入睡,面对如此寒流,士卒斗志大减。此次出征,安能久留?必速战速决。

深夜,戚嬛一样未眠,她给刘邦熬上一碗参汤,端上来,让他赶紧喝下,并劝他入帐歇息。

下半夜,熬夜困乏,士卒实在撑不下去了,便在残火旁东倒西歪进入梦乡。正在此时,只听四周号角阵阵,壮马嘶鸣,杀声迭起。汉中帐中,又冷又乏又饥又渴的士卒全被惊醒,手握兵器等待出击迎战。

刘邦和将领们也是久经沙场,并不十分惊慌。有将前来请战,陈平说:"勿慌。这是匈奴的诈兵之计，我等不可盲目出击，以免误入包围圈中。"

士卒得令后，皆放心拥余火而眠。

接下来，如是三次，心惊胆寒的士卒无不叫苦连天，天大亮之后，探马四周查看，无人无马更无兵。

大军早饭后，又整装出发，向北挺进，一天中仍不见匈奴兵马。晚上驻扎下来以后，仍如昨天一样，骚扰不断。

直到第三天上午，风止，日升，天气还暖，连日挨冻受困的士卒刚刚有些气色。不料探马来报：前方十里，已有匈奴布阵待战。

刘邦大喝一声："好！我将要匈奴小儿之命，还我士卒连日辛苦。"

陈平却近前阻止："陛下，士卒连日受扰，吃不好睡不好。虽然前面有匈奴迎战，我等不可主动出击。"

"不行。"刘邦一口回拒，"此地乃塞外，天寒地冻，不宜我士卒久待下去。今逢匈奴兵卒出现，我将一鼓作气，将其杀败，挫其锐气，他便再也不敢南犯我大汉。"

陈平看刘邦心意已决，只得随之。

待汉军将士击鼓上阵拼杀时，匈奴士卒不堪一击，转眼间，便转身溃逃。汉军将士兴起，人人呼喊前行追之。

此刻，陈平又上前献计于刘邦："陛下，请快快鸣金收兵，万万不可追杀。"

刘邦很是不解："士卒士气刚刚鼓起来，为何要下令收兵？"

陈平说："我观敌阵，皆年老体弱士卒，败阵后，奔逃并不慌张，臣以为，这正是匈奴用的引兵之计，陛下万万不可疏于一时。"

刘邦说："地广人稀，年老体弱的士卒必不可少。他们欺我大汉朝软弱无力，我就是要先杀他的老弱兵卒，长我士气，再斗他的精兵强将。"

陈平已有些浮躁，便不顾一切，大跪在地，声声劝阻："陛下，我乃先头之旅，大军距我百里之遥，行动迟缓，我等绝不能孤军深入，这是兵家之大忌，请陛下深思。"

刘邦并没有被陈平殷切之语所打动，他毫无顾忌，把手一挥："穷追不舍！"

******

刘邦率兵远征之后的那天夜里，吕后在长乐宫里的龙榻上，久久不能入眠。宫中的香气并没有给她提神醒脑，宫女端上来的精美点心她看着就恶心，遂摆手让其快快端走。墙壁上的蟠螭宫灯，光华四射，她却感到刺眼眩目，宫女们不得不连着熄灭几盏，宫房里即刻昏暗无光。至此，吕后轻轻闭目，在似睡非睡之际，猛感到身下的龙榻竟然剧烈晃动起来，她大惊失色，急唤宫女奴婢近前。龙榻已经安然如旧，宫女奴婢急急挑灯四下翻寻查看,一切如常。

正当她疑惑不解时,审食其大步赶来。听到吕后述说后,他即回身,带御林亲兵,在宫中先行搜查一遍,无果,又下令岗哨严密监视。待一切复归如常后,审食其这才回到吕后身旁,一一向她面告。

"你们都先下去吧。"吕后向一旁直立的宫女们摆摆手,她单单向审食其使了一个眼色。审食其心领神会,尾随退下的宫女身后,回到庭院中。他不慌不忙,依次把各个角落寻查一番,花丛、古树、石雕、铜鼎都不放过,细心查验。其实,他心里也明白,这是吕后梦中遇到惊吓后,连动身下的龙榻晃荡起来的。他经过一番探查后,这才悄无声息地溜进吕后的宫房。当他刚刚进门,帷幔里的吕后轻轻问道:"是你回来了?"

审食其心里咯噔一跳:"是……是我回来了。我刚刚又把外面细查一遍,一切如旧,皇后尽管安心就寝。"

"我知道你心细如发,只要你查看了我也就放心了。"吕后慢声慢语地说着,随即用手掌轻轻拍了拍龙榻。

审食其早已心领神会,他立刻跨上去,整个身子扑到吕后身上。他疯狂亲吻起来,从嘴上一直亲吻下去,久久不停。吕后全身酥软,任他摆布,嘴里只细细说一声:"你慢点儿,慢点儿……"

多日来,审食其一直未能走近吕后。有时虽能近距离看之,但那是作为臣子仰望皇后,她肃穆、庄重,不允许臣子有丝毫轻佻的神色。而每逢此刻,审食其不是伏地听命,就是低头侧立。他不敢面对吕后,唯恐一时不慎,露出马脚。

吕后更是步步谨慎,每逢她在大场合会见审食其时,无不用眼角斜视周围人的神态,看他们一个个有何表情吐露。特别是对宫女,她更是看得细心,发现她们有人对审食其举止稍有异样,便抓住不放,穷追不舍,直到审问不到任何结果时才算罢休。

即便如此,宫中仍有细细流言,说吕后善待审食其,说吕后亲近审食其。为此,吕后下令把放风的人险些打死,从此,宫中倒也安静。

审食其在吕后身上贪婪无尽,一次次狂躁,一次次疯癫,只听吕后呻吟,不听她说一声止住的话。于是审食其更加放纵,其劲头更加豪起。直到他像一个泄气的皮球时,才歪倒在一旁大口大口喘着粗气。

此时,吕后则用软柔的小手尽在审食其身上爱意抚摸起来:"你累了?累了就好好歇一歇。"没料到,她的话音刚刚落下,审食其竟如一头奔马,扬起身子,又把她整个压下去……

三更鼓后,双双安静下来的吕后和审食其窃窃私语不止:"皇后心里一直怀念皇上,所以刚才就发生龙榻颤动的事。"

"不，我怀疑皇帝此番北征会遇到不测。"

"皇后多虑了，圣上几十万大军随身，将士勇猛，更有一班谋士料事如神，终会万无一失。"

"我只担心塞外天寒地冻，又有匈奴凶残如狼，谁能保住不出意外。"

"皇后说得也是，不过我以为狼再凶残也斗不过我大汉的神兵猛将。皇后不会忘记，当年项羽如此凶残、霸道，一时间似乎天下无敌手，到后来不是被皇上完全灭掉了吗？这是上天的旨意，人间无法更改。"

"那个小狐狸精寸步不离皇上，时时邀宠，皇上整个儿被她给迷住了。"

"这个你尽可放心，此次出征，她未必就舒坦。"

"为何？此次与以前有什么两样吗？"

"皇后有所不知，塞外正值严寒，雪覆冰盖，奇冷异寒，在户外站立久者，会被冻死，轻者会冻掉耳朵和四肢。想想看，身处那个境地，就是不死也会褪一层皮下来。"

"是的，那个小狐狸精若被冻死，我会给上苍上香一年，三牲祭天。"

"但愿苍天显灵，成全皇后的心意。"

正说着，不料吕后猛地一碰审食其，只听一阵细碎的脚步声从宫房门前传来，随之一声极小极细的声音说："皇后请起，夜点心送来了。"这个声音一连说了三遍以后，才悄然停下。

吕后身不动，膀不摇，慢慢启口："知道了。把夜食端回去吧，今宵无食欲，下去吧。"

房门前宫女立时回话："皇后安歇。"话住，即脚步声渐行渐远，四下里又恢复平静。

审食其身上渗出一层凉汗，身子直挺挺，一动也不敢动。

好一会儿，他才稍稍欠起身，在吕后脸上亲了一口之后说："我去了，你歇息吧。"

清晨，吕后从梦境中醒过来，睁开眼睛一看，二十个宫女早早一排站开，正静静等待着她晨起，不知怎的，她心底一阵慌乱，脸上一阵发烧。她一动未动，重又闭上双眼，把急跳的心慢慢稳住，心绪彻底平静下来以后，才支撑着起来。当她手臂刚刚露出，早有宫女上前，扶着她慢慢坐起，又有两个宫女上前，用绢帕在金盆的温水中湿一湿轻轻拧干之后，给她揩遍全身，这才有宫女上前，给她穿衣裤。而后，依次是洗脸、梳头、扑粉、描眉，最后将镶满宝珠的凤冠戴在头上。此时，已是日出三竿。

每天的早饭前，刘乐都带着刘盈，踏进母亲房间，跪地叩拜请安，今日也不例外。

吕后淡淡笑笑，说："快快起来吧。"

太子刘盈忽地跳起身，双手拉着被封为鲁元公主的姐姐。看着面前的这一对儿女，吕后的心里蓦地涌起一股暖流，甜甜的，舒适极了。曾经跟在自己身边，田头地边玩耍，后来在逃难中丢失的儿女，日渐长大，女儿及笄，儿子总角，正是人生最快乐的时光。吕后珍爱地摸着儿女的衣服，细心地问冷不冷？鲁元公主及太子刘盈几乎异口同声："孩儿不冷。"

母子三人亲昵地手挽着手，走向膳房。

这时，两个宫女远远走来，步履急切，下身的彩裙被风儿鼓起。她两个来到吕后面前，大拜问安以后才禀告一件事情："皇后娘娘，赵夫人让我两人来报喜。"

"喜从何来？"吕后显得很不耐烦，因为不管是赵夫人、薄夫人、管夫人等众多嫔妃来向她传情说事，她都感到不高兴。

"回皇后娘娘的话：赵夫人刚刚生下一个龙子，身白体胖，奴才特赶来给皇后娘娘报喜。"

太子刘盈早喜得一蹦三跳，大叫大喊："我又有个小弟弟，我又有个小弟弟！"

吕后把手一扯，太子即刻红红脸，再也不出声了。吕后淡淡一笑，对宫女说："我知道了，回去吧。"

吃罢早饭，薄夫人、管夫人等一起来到长乐宫，一个一个先行给吕后跪拜后，复起身立在一旁。吕后说："把你们几个召来，咱们一同去看看赵妃。"

喜听产妇生产，爱看刚刚出生的婴儿是女人的天性。嫔妃、宫女簇拥着吕后和鲁元公主、太子刘盈三人，迎着刺面的寒风，走进赵夫人的产房。

红地毯，红罗帐，大红灯笼轻轻摇晃。赵夫人埋在一层红色之中，那张系着红绫缎的大白脸膛仿佛是一朵盛开的白牡丹。看到吕后来到面前，赵夫人急欲起身行礼，吕后却大步跨向前，双手结结实实按住赵夫人的双肩，十分认真地说："千万别动。女人生过孩子要保住身子不受寒。"

赵夫人感动得双眼流出眼泪，哽咽地说："皇后娘娘大恩大德，奴婢终生不忘。皇后娘娘能为奴婢着想，实在是奴婢的福分。"

吕后脸上浮着笑容，转过身子，看见奴婢抱过来刚刚生下来的孩子，故作大惊大喜："啊，上天赐福给我大汉，让我刘家又多了一个挽弓射箭的勇儿，一个跨马保江山的皇子呀！"

看到吕后一惊一乍赞扬孩子，赵夫人的心里极舒坦，嘴里连连说："托皇上圣恩，托皇后娘娘的大恩大德……"

吕后并没有过多客套，而是径直对赵夫人身边的宫女说："从今天起，夫人吃得要精细，要多有奶水。无论夜里白天，要悉心服侍好夫人，不准受凉，更不能让她惊吓、生气，那样对她身子不好。"

吕后将一干事交代完以后，便与几位嫔妃离开赵夫人的房间，那个刚出生的孩子竟然哇哇大哭起来，一直哭个不停。

当天夜里，审食其又悄悄溜进吕后的宫房，一番亲热以后，吕后竟然长叹一口气。
"怎么，皇后又有什么不称心的事？"
"赵夫人又生下一个皇子，我的盈儿今后又多了一个争天下的对手。"
"皇后多虑了，妃子生下的孩子，只能封个小王子，怎敢跟太子争权夺利？"
"天下没有不敢的事儿，待以后成气候了，动刀动枪的事谁又能说得准？"
"皇后的意思是……"
"后患就要早除，免得夜长梦多。"
"好，只要皇后吩咐，我一准照办。"

刚刚过了七天，赵夫人的孩子竟然离奇死亡。当宫女把这败兴的事禀告吕后时，她惊得大睁双眼："能有这回事？走，带我去看。"

之前所有来贺喜的人，眼下全又躲到这里，一个个低着头，轻轻抹着泪花。

赵夫人哭得像个泪人，她几次欲上去抢夺那个已经七孔流血而死的孩子。吕后则果断下令："还不快快抱走交给宫人，待在这里干什么？"宫女仍不愿抱走，说这是赵夫人说的，就是死了她也要给他喂奶水。

快快抱走！"吕后从踏进房门来，没有正眼看一看死去的孩子，眼前的这一切，仅仅是个必须走的过场。她对悲痛欲绝的赵夫人说："记住了，这不是你的孩子，他是个讨债鬼，你不能疼爱他了，要恨他！"

赵夫人根本不听她的话，为所欲为，大哭大闹。吕后无法在这里待下去，她回身吩咐管夫人："你们几个就不要再离开她，在这儿好好劝劝她，千万别让她寻短见。"而后，带着一群宫女们匆匆离开。

她心中有一种莫名的恐惧，她似乎看到赵夫人那一对悲愤的眼睛盯着自己，双眼几乎喷出一团烈火，在烈火中能射出两支利箭，直飞向她的双目。她害怕，她恐惧，她恨不得一步跨出房门，早早避开这个让她心惊肉跳的地方。

昨天夜间，审食其偷偷来到她面前，小声禀报说："孩子七天，必须在宫院中接下五更时降下的霜露，化成水，给孩子沾嘴，以求上天保佑。药，早早放在空盘子里了。"

吕后说："用药会引起人们的怀疑。"

审食其说："纵有疑心也枉然。我是全面掌管宫廷事务的官员，我说怎么办就怎么办。"

果不其然，赵夫人的孩子突然暴死，不少人心中犯疑，刚刚七天的孩子怎么能中毒呢？

当这些话被传得沸沸扬扬时，吕后当面把审食其传来，限期让把事情查清。

最后，审食其把那天五更时在宫院中托盘的宫女给打了、审了、关了、杀了，最后则一了百了。

失去孩子的赵夫人，从那时起，不吃不喝，不休不眠，在皇帝班师回朝的前一天，坐在床上，大瞪着双眼咽气了。

　　吕后暗自庆幸干了一件快事，就在这当口，塞外传来令人震惊的消息：皇帝在白登山被围，危在旦夕！朝野震动，无人不恐。

　　当萧何把这件事禀报吕后时，她竟然目瞪口呆，半天说不出话来。

　　萧何说："皇后不必惊慌，我等正在筹谋此事，但有眉目，及早来报。"

　　眼看着萧何走远，吕后心中暗想："难道是那个刚刚死掉的小孽种来报复我不成？"

九　陈平巧计戏匈奴，刘敬和亲安边塞

　　刘邦认可的妙计、上策，却被吕后给一口回拒了："不行！这是谁出的奸计，成心要害我汉室，毁我社稷！其罪当诛！"

　　吕后说着，嘤嘤啼哭起来，想当年自己下地劳作，手领着刘乐儿，怀抱着刘盈儿，把他两个放置在田头树下，自己则挥汗舞锄；待到后来乱军剿杀，他姐弟俩躲于荒草行径，幸被滕公遇见，抱于车上。而不幸的是皇上心躁，几次三番踹踢他俩，并要扔下车外……今天刚算过上安稳的日子，却有人又要将母女活活拆散。

　　刘邦不听陈平的劝阻，一意孤行，贸然追击。前面的老弱病残的匈奴士卒，皆在汉兵追杀中倒地绝命。追兵斗杀的士气高涨，刘邦大悦："但凡拼杀勇猛者，受上赏。哈哈……"

　　这时，陈平又来劝阻："陛下万勿再引兵北进了，应下令扎营，以待后面大军增援。"

　　刘邦总算答应下来，但是，他却要士兵进驻到白登山头驻扎。

　　不料士卒刚刚扎下，只听金鼓齐鸣，号角震天，匈奴的骑士即刻冲杀过来。远远望去，尘雾中，一个个身强体壮的骑兵，持刀挽弓；一匹匹膘肥壮硕的战马，腾空跃起，响箭如飞蝗，一转眼间，汉军死伤哀号，溃不成军，在众将士拼命护卫下，刘邦才在白登扎下身子。

　　当天夜里，天空飘起鹅毛大雪，守在营帐中的士卒无法抗寒，只得相挤相拥，团团守在一起，方才感到一丝暖意。一直无法入睡的刘邦，夜间独自起身，先去山头上观看，只见城四周，灯光相连，如同白昼，匈奴围火饮酒，兴趣盎然。这时，他深深意识到，自己中了匈奴的诡计，后悔当初没有听从陈平劝说。

　　刘邦召陈平来商议对策。陈平倒是不着急，他说："陛下，臣有一计，不需伤兵靡财，尽可走出重围。"

　　刘邦大喜："快说给朕听。"

　　陈平说："陛下可差一名能言善辩之士，携黄金珠玉，单身去见冒顿单于的阏氏。见了她只可如此如此……"

　　他把自己的计谋详细说了。

　　刘邦大喜："陈平乃我子房第二也。"

　　刘邦当天夜里派遣一干练使者，身负重金，先买通匈奴一小吏，由他带领，终于

见到冒顿单于宠妾阏氏。使者当即献上金银玉璧。阏氏见到中原的精美珍玩，十分喜爱，因为这在塞外是不多见的。趁此机会，使者说出请冒顿单于撤围退兵的恳求。并说，若能恩准，随后还有一个重礼献给冒顿单于，阏氏忙问："什么重礼？"使者说："乃我汉朝第一大美人也。"听到此话，阏氏却连连摇手："不用，不用，只此黄金玉璧即可。"

使者已知阏氏的心思，知道此次的目的已经达到，当即速回白登复命。

真如陈平神机妙算，阏氏即刻见到冒顿单于，耐心劝说："此次围困汉军，虽未全歼，但已经达到目的，今后汉朝不会轻易攻打我们了。再说，就是杀到长安，夺得中原，焉能长期占有？稍有不慎，汉人全力攻击，你我仍会遭殃。我是真心为单于着想。细心想想，汉朝的兵马如若没有天神保佑，这几天的飞雪冰冻也会把他们活活冻死在白登的。"

最后一句话，确确实实触动了冒顿单于的神经。他在心里回想，在这几天，包围在白登的骑兵，虽然数次攻击，但是最终一次次被汉兵打退。那些已经被冻掉指头的人，仍咬牙上阵，用石头拼斗。这么勇敢的士卒，必是天神给他们撑腰鼓劲。他越想越觉得离奇，便认为阏氏的话是有道理的，当下决定照阏氏的话做，撤围放汉军回去。

围困白登的第八天，阴沉的天空又洋洋洒洒飘起雪花，雪烟白雾搅成一团。在通往河套的一方，白马阵与桃花马阵悄悄闪出数里宽的空当，早早等待这一时机的汉军将士哗地涌下山冈，像决堤的潮水，在闪开的空地上，迅疾飞奔前行。而分列两侧的精干弓弩手，个个箭上弓，弓在手，一旦发现周围有诈，即刻拼死回击，一切为了掩护大队军马前行。前行足足八十里地，正跟前来解围的大军会合。

至此，陈平脸上才露出满意的笑容。

当冒顿单于看到汉兵马完全走开以后，遂率领军马直奔韩王信的部将驻地，他决定要好好教训一下王黄、赵利两个领兵的部将，因为前时曾做出决定，由这两个降将带兵一同攻打白登，不知什么缘由，直到眼下仍不见两个部将的动静，冒顿单于已经暗暗怀疑这两个人会不会与汉军暗中勾结，故意按兵不动。这也是冒顿单于撤围的一个原因。

******

汉军南归，离塞外苦寒之地越来越远，身体也感到阵阵暖意。一张张原本凄苦愁闷的面容，渐渐泛起了笑色。

可是坐在金根车里的刘邦，仍是一脸戚然，无声无语。此次北征已是损兵折将，铩羽而归。他亲眼看见了匈奴的强大，头脑中反复盘旋一个不可争辩的事实：匈奴已经成为大汉朝的头号劲敌，这个国家存在一天，大汉朝就无法平安。匈奴占领了河套，距离国都长安不过七百里，匈奴轻骑一天一夜就可到达关中，以后怎么睡得安稳？

心中有事，脸色终归舒展不开。戚嬛早早看出，她很知趣地在一旁一声不响地坐着，眼望着被寒风吹去叶子的树木，看到收完庄稼的田地一片荒芜，成群的乌鸦在人们头上翻飞鸣叫，平添一份凄凉。她用眼角看了一下皇上，从那张肃穆的脸面上，已看出他内心的痛楚。她也慢慢调理心情，极力思考，一心要为皇帝分担忧愁。

自从投入刘邦的怀抱，她早早看出他对自己的满怀情意。他从来没有对她寒过脸，没有一次拒绝过她的要求，这已经是很难得的奖赏了。皇帝身边姬妾如云，人人都想从他身上得到满意赏识。没有，至今除她一人而外，从没有人得到这样的殊荣。她在夜深人静时经常告诫自己，要知足，不要太出风头。她也知道要跟身边的嫔妃好好相处，别人喜欢的东西让别人得到，她尽量不伸手，把能显露身材的机会让给别人，这一切都是为了更好地前进。有退才有进，以小退求大进。她时时都在窥测方向，特别是看清皇帝一人的心思。说到底，她这么做的最终目的，完全是为了儿子，她一心为儿子能登上太子的位置而扫除障碍，打通道路。

在这条路上，最大的障碍也是唯一的障碍，就是吕后和太子刘盈。

要想把自己的儿子扶上太子之位，只有把已经封为太子的刘盈拉下来。只要太子下台了，那作为皇后的吕雉则会自动逊位。到那时，自己就会名正言顺地登上皇后的宝座。当然，这美事最根本的一条就是皇帝必须点头、册封，别无他法。

旌旗所到之处，百姓早早伏跪在路上。战马嘶鸣，令百姓心惊，看到威武的将士，百姓无不欢心，他们全指望这些神武的将士，御敌戍边，保卫他们赖以生存的家园。但是，他们总也不会知晓，汉军是缩阵败退，是大大方方逃回来的。

戚嬛看到皇帝一如既往，无论百姓对他真诚欢呼，还是地方官员虔诚叩拜，仍是无动于衷。这一仗对他的刺激过大过深了！

进入邯郸行宫，刘邦仅草草饮食，没有喝酒，更没有心思去观看地方官员为他准备的歌舞。他面无表情，喜怒不形于色，使地方官员无不诚惶诚恐，唯恐一不小心会酿成杀头祸害。

在床上躺下以后，不一会儿就听见他那一贯放肆的呼噜声。"他心上太累了。"戚嬛从来没感到如此孤独、惆怅，她感到自己似乎已经成为一个无用的人，一件可有可无的摆设。

好容易回到京城，迎面而来的是一场规模宏大的欢迎仪式，各级官员在萧何、王陵二人带领下，走出城郊十里地恭候皇上。随后，吕后带着太子和鲁元公主，一并恭敬迎上。

这时的刘邦虽不像前几天那样不可近人，但是脸上的笑容和欢快的笑音却显得呆滞、凝重，让人一看就知道他是装出来的。

其中，感触最大的是吕后。她似乎看出来皇帝已经变成另外一副模样，那种深受压抑的痛苦，明明白白镌刻在他的眉目间。

吕后先把戚嬛召来询问："陛下偶感风寒？"

"回皇后，皇上龙体无恙。"

"陛下是受到惊吓了？"

"回皇后，将官士卒保驾无微不至。"

"那就是你本人对皇上照料不力？"

"臣妾回皇后的话，陛下日理万机，整个心思全放在征匈奴这一门事情上了。"

"噢……"吕后若有所思地沉吟一声。

刘邦回京后，第二天便召集群臣商讨应对匈奴的威胁。

武将则高唱征剿的调子。

刘邦问："你见过匈奴的骑兵吗？坐骑能腾空入云，弓弩皆百步穿杨，你行吗？"

有说加固长城，严守边地。

刘邦叹息说："可惜，我手下无蒙恬将军。"

这时，文官刘敬上前行礼。刘敬就是娄敬，因建议定都长安有功，赐姓刘。他说："臣有一锦囊妙计，不知陛下想不想用？"

"只要说得有理，朕即会下诏实施。"

"陛下，臣以为，匈奴乃天生奇人，生来就是骑马掠夺争战的人种，他们能吞生肉、饮冷水、卧冰雪、迎狂风、舞沙石，这些在我汉人无一能为的事他们全都能应付自如。面对这样的人，我大汉兵马一时无以取胜。加之，我军马连年征战，无从歇息，疲惫之师终究难战野人之卒。再者，说匈奴为野人，是说他们的头脑冥顽不化，他们的凶残贪婪，他们可以杀父霸母，还可以诛兄欺妹，仁义道德对他们全是对牛弹琴。这就是说，对他们文不行武亦不行。"

"这样说来即无计可施了？"刘邦显得无望。

"不，在下有一计，不知陛下是否愿意实施？"

"你说。"

"和亲，与匈奴人结成亲家。"

刘邦听了既糊涂又感新鲜："慢慢说给朕听，不许绕弯子。"

"说仔细了就是陛下将嫡生女儿，带上金银布帛，嫁给冒顿为阏氏，日后，他们生了儿子会成为太子，百年后终将取代冒顿，成为一代单于。到那时，外孙儿绝不会带兵攻打外祖父，我大汉江山将可获得安宁，得到巩固。"

刘邦脸上终于露出抑制不住的喜色。

刘敬在此又重重加上一句："和亲之计，必要陛下嫡长女，外女终不可替代，不然，匈奴知道以后，非但不会与我和解，反之会变本加厉地来侵犯我大汉疆土。"

"好，此计尚好，待朕细细虑之。"

刘邦想把鲁元公主刘乐嫁给匈奴，吕后说什么也不同意，她恶狠狠地说："谁敢动我乐儿一指，我必与他刀锋相见。"

刘邦只好另打主意，最后还是找了一个民间女子，对外称是失散多年的义女，名叫刘珠，厚赐嫁妆，将她高规格地嫁与匈奴。

十　贯高救主轻生死，戚妃为子谋未来

其实，废长立幼的念头，早早在刘邦心里萌发了。

自从戚嬛生下如意以后，刘邦十分欢欣。这不单是如意长得极像刘邦，就是举手投足，精神气质也酷似。看到皇上十分珍爱小如意，戚嬛便不止一次在他耳边吹风。每次言说此事，刘邦从未改口，始终如一：要废长立幼，册封如意为太子。

话说当年，刘邦与匈奴作战，从平城返回京城，途经邯郸，赵王张敖真诚热心挽留。张敖既是刘邦的臣子，又是他的女婿。盛情难却，只得住下。张敖看到皇帝情绪低落，心知此次征剿不利。于是，他亲自张罗，先把别宫布置得格外舒适，又把一班妙龄歌女召来，精心演舞，同时，备好精致的佳肴，献上陈年好酒。总之，张敖一心要刘邦在赵地住得舒坦，过得开心。酒宴开始时，张敖亲自为自己的准岳父斟酒端菜，里里外外，上上下下，忙得不亦乐乎。

刘邦一向随意惯了，当了皇帝照样粗话不离口，农民本色。他在席间，不但无拘无束伸开双腿，还张口闭口对张敖骂骂咧咧，张狂至极。对这些，偎在他身旁的戚夫人已有察觉，并数次暗示他要收敛规矩点儿。然而刘邦很不以为然："怎么，我居王臣之地，当以岳父泰山入席，面对既是臣子又是爱婿的张敖不论如何都不为过。怕什么？吃……"

听到刘邦的一番话，戚嬛只好听之任之。不料，这一切被赵国丞相贯高看在眼里，气恼异常。他心里说："坐无坐相，站无站相，话语粗劣，俗肆无礼，这哪是什么皇帝天子，分明是里肆间一无赖。"

贯高越看越气，最后索性离开席面，来到庭外。早已看到贯高的不满情绪，张敖置之不理。但是看到贯高离席后，只得借口走出来，暗中劝说贯高再次入席。贯高说："我从来就没有见过如此无赖无知的小人。你对他优礼有加，他呢，傲慢无礼，实在俗不入目。只要你开口答应，我立马把他杀死在宴席上。"

张敖听了，大惊失色："万万不可造次！万万不可造次！"

为了表白自己的真心，张敖随之一口咬破食指，以血盟誓，说："皇帝是我的恩人，当初赵国恢复，全赖皇帝的恩泽。不然，你我终不会在这儿谋官。对此，你不要怀疑，今后更不要再说出这样犯上忤逆的话来。"

贯高仍不理会，他说："当初先王张耳在世时，刘邦仅一无名之辈，他素知先王的威名，故多次上门拜望，而每次前来，先王必以贵客待之，临走时仍要馈赠金银，这

个无赖竟然恬不知耻双手接纳。今日虽贵为天子，但依然不改陋习，看着实在让人恶心。"

张敖再次劝说："相国不要再生妄气。皇帝仅在此路过，亦不久长，何必呢？"

回到席间，皇帝形骸依旧如此，贯高越发气愤。正在此时，皇帝竟手指贯高说："宴席本该欢喜，你为何面带气色？"

张敖慌忙解释说："丞相身体不适，近期刚好，一准是因此而不乐哉。皇上宽恕。"

刘邦听后，连着饮下几杯酒，起身拂袖而去，嘴里连连说道："不痛快！不痛快！"

刘邦离去以后，贯高在张敖面前立誓："不杀这个无赖，我誓不为人！"

张敖仍予劝阻："丞相未免太认真，太呆板了。皇上仅不拘小节而已，何必以杀誓之？"

贯高非但不识劝，反而说出令张敖胆寒的话："谋杀此人我意已决，事情成功归你赵王张敖，若此事败露，一切罪名皆由我一人承担，决不连累你赵王！"

说完，便转身离去。张敖只是摇头不语，心说："认死理的人只能慢慢劝说。"

而后，张敖每次劝说，贯高便不再执意过激行动，总是笑笑而已。张敖也没拿他的话太当真。

殊不知，贯高已在暗中准备他的暗杀行动。首先，他组织六个人，人人皆江湖中人，个个身怀绝技。他们听到贯高的意图之后，立志同往，生死无怨。

一年后，刘邦巡查疆土边界，再次路过赵国。张敖仍一以贯之，殷勤更甚。因为他知道，鲁元公主不久将出阁嫁到自己门下，乘龙快婿焉能怠慢泰山岳父？何况皇帝此次巡查，对赵国各项政事皆有夸奖，作为臣僚能不格外敬孝皇上？

这一次，张敖独出心裁，除去酒宴招待外，又在自己后宫选一绝妙女子，奉献给皇上。

刘邦格外喜悦，当天夜里在别宫临幸了那女子。没想到自己年岁大了，兴致竟十分高涨，直到五更时分才偃旗息兵。

第二天上午，刘邦动身前，格外关照张敖，要对赵姬多多照料，明年来时再次相会。

黄昏，一行人赶到另一个驿站。因风急月黑，不便贪路。在此住下后，刘邦仅草草吃了饭，便歇息了。

这时，一把雪亮的钢刀正悄然举起。这正是贯高所谋划的暗杀计划。

从打刘邦刚一入赵国境界，贯高即予密切关注。昨天皇帝进入别宫后，贯高曾想用毒药下酒，但怕事后牵连赵王，后又决定潜入寝处下手，但看到皇帝淫乐不疲，至天方亮才止，因此无法下手，只好悄悄尾随。当看到皇上一行人鱼贯进入驿站后，心里暗自高兴："无赖小人，请你夜间细细品尝我给你准备的口食吧。"

贯高与那六个人早从暗处侵入，先于夹墙中埋伏，只待夜深人静时，早早动手。

由于昨天一夜兴致高涨,今天夜里早筋疲无力,昏睡中,刘邦感到心头一阵绞疼,顿时醒过来了,恰好,院中的银杏树上传来一声又一声猫头鹰的狂叫,着实令人心怯胆寒。刘邦心头一阵飞转:吾提剑南征北战十数年,从未有此心虚气寒之状。不好!他随身坐起,大喊一声"来人",郎中季布大声答应,即刻上前。

"皇上有何吩咐,在下听旨!"

"着人唤驿官前来探问:此地为何处?"

季布心知情况特殊,仅转身之际,复来回禀:"陛下,此地乃赵地柏人。"

"柏人,柏人,柏人,柏人!此乃迫于人也,实不吉利!走!快快离开此地!"

郎中郦介立即置好车马,卫士更是警觉万分,一个个执刀横枪,严加防卫,直到车马上路,无一人懈怠。

贯高当即捶胸叹气:"天不灭刘!天不灭汉!"

本来像游戏一样,只有企图,没有实施,罢后,六个人各奔东西,相安无事。可是其中一个,竟将此事于酒后吐出,经过风传,巧入贯高仇人耳中。

此时张敖正在兴冲冲地办一件喜事:上次被皇帝临幸的赵姬,竟然怀上龙种。为表示对皇帝的敬仰,张敖马上把赵姬安置在一处雅致舒适的院子单独居住,单等皇子降生,一同赴京报喜。

接下来,他便大张旗鼓操办个人婚事。

但是,蜜月的喜庆还未消退,贯高的仇人早已入京,偷偷向朝廷告密。

皇帝大怒,一旨传下:张敖、贯高、赵姬,还有参与此事的几人全被索拿入京。

第一个受惊吓的鲁元公主,早已回到京城,哭着喊着扑到母亲的怀抱,一声声要母后做主,速速放了自己的丈夫张敖。

这实在让吕后作难:一边是皇上,那是自己的夫君;一边是女婿,那是女儿的夫君。亲生骨肉的至亲,焉能袖手旁观,不管不问?但谋杀一事若是真实,怎能袒护豺狼本性的女婿呢?她稍稍稳稳神情,对哭喊的女儿嗔怒斥责:"此事关系重大,焉能通融一下了事?你必须耐心等待,待水落石出真相大白以后,我自有办法。"

吕后既气又怒,刚刚把女儿嫁出去,女婿又犯了弥天大罪,如果事情属实,或是被人狠狠咬上一口,张敖必死无疑。这下可就毁了自己的女儿。对此事她不敢想也得想,摆在自己面前的一块巨石,你无法避开,只能面对,只能决心除掉。

当此时,她很想见一见皇上,探听一下他的口实,也好为自己下一步的打算早作安排。可是,这几天总是不见皇上的面,听婉玉说,皇上这几天很是劳累,不是在戚嬺那儿,就是在薄夫人处,白天上朝后,又单跟萧相国、陈平、王陵等几人密谈,看情形,自知事情机密。

吕后不语,只是轻轻点点头。她知道自己的夫君,越是公务繁忙时越离不开女人。当他感到脑子劳累时,就到女人处去歇歇乏,解去心上的疲劳。她还知道,夫君有些

105

事情守口如瓶，连她也不会轻易讨到口实。而有些事他又不直说，只是丢给你，让你思，让你想，最后让你决定该怎么办。这是最令她头痛，令她费脑子的。想到这儿，她猛然想到一事：皇上去年在赵国与一女姬欢喜一晚上，听说已有孕在身，此次也一并被带到京城，眼下已被关押。这件事似乎触动了她的一根神经，她决定亲自前去窥探一下真情。不，自己绝不能去。这是皇上一手抓办的案子，我如果偷偷插一手，到头来自己反会惹上一身骚气。沉住气，一切事情要静静观察，要等火候，绝不能操之过急。

淮阴侯韩信在京城住下以后，倒也安心静气。每天饮食舒心，冷暖自知，下人侍候颇殷勤，总之一切皆遂意如愿。

一个曾经率兵征战南北的流帅，一旦无所事事，孤身偏居，自然是一种折磨。想当年，在伯乐萧何引荐下，汉王甘心拜将，放弃兵权，与项羽争战。想想看，若不是我在九里山前摆战场，垓下围困，项羽岂能被灭掉？令人奇怪的是，项羽刚被灭掉，汉王则立即把兵权收回，干的太妙了，太及时，真是令人不可防备。可见他汉王一直在防备着我，一直在妨忌我，并利用我。而我是如何被利用的？还不是唯利图名？封给我齐地、齐王，转眼间把齐地收去，我就像跟在他身后的一只猎狗，为了一块肉，不，仅是一根骨头，就拼命去追赶已经受伤的野兔。野兔被捉住以后，自己也将会被捆住杀死放在锅里烹煮，成为主人的一顿美餐。

当初我为什么不听蒯彻的良言呢？

如果听了又会怎样？被主人所使唤的命运，最终会有这样的结果。

从那以后，再没有见到蒯彻，他现在会在哪儿呢？若能前来晤面，真胜我读十年经书。

黄昏，舍人刚刚置好饭菜，忽有管家来报说有家乡人来京城办商货，愿求见大王一面。

"唉，我早已不是楚王了，家乡人还以王称呼之，真的太有乡情味儿了。请进吧。"

来人步入厅堂，令韩信一惊，这不是我刻意想见的蒯彻吗？

韩信摆手，令舍人一一走开，自与蒯彻相互叩拜。二人安坐后，韩信心中百感交集，一时不知从何处说起。

"楚王别来无恙？"

"在下已贬为淮阴侯，无权无兵，只是一名徒有虚名的侯爷罢了。身上无病，心地空虚。"

"行，只要有饭吃有衣穿有房子住，足矣。"

"我虽率兵征战、杀敌取胜，但最终不知自己的命运，真是可悲可叹。"

"这些皆由不得你个人做主。只因为你功高震主，故才有今天的下场。之前刘邦是用'共分天下'笼络人心,使你钻进他的圈套。而今大局已定,他要把'共分天下'改为'家天下',想想看,你的下场则可想而知。"

"想起在京城闲居已经多年,不知今后还会有什么邪祸落到头上?"

蒯彻早已从他的脸上看出几分侥幸,不免笑笑说:"凡有能耐的人,总想让主人重用自己,还想再在人间风光一次。主子用你,不如不用。他用你,他心中不适;废弃你,你心中不服。到后来,终免不了一场灾难。"

韩信笑笑:"我不带一兵一卒,不取汉室一砖一瓦,只想苟且偷生,他还会强加我什么罪名?天理何在?"

"哈哈……"蒯彻大笑,"你未闻当初晋惠公欲杀大夫里克时,里克曾言'欲加之罪,何患无辞'这句话吗?手中掌权的人,嘴里从来不乏理辞。这已是天下公认的事实,你怎么能够忘掉呢?"

蒯彻的话说得韩信心里直发毛。他仍然心有不甘,暗暗询问:"先生看我日后还会遇到什么灾气?能否破解?"

"你已经是俎案上的羔羊,笼中的鸟,殒命亡身只是早晚的事。为要保命护身,只管牢记一条:须臾不可离开侯府。"

说到此时,蒯彻起身告辞。

韩信惊讶:"你刚刚来到,未沾茶饭,怎么能走呢?何况时候已晚,再急也要在府上歇一宿。"

蒯彻不为所动,执意离开:"我已是江湖之人,漂流四海。皇上对我也在暗中监视,我心中有数。我每天都在跟官府藏鼠躲猫,得过且过。你我同病相怜,只能互相安慰之。"

争执之下,韩信只得多给他些银两,在黑暗中依依不舍分离。

第二天,郎中郦介便带人来到淮阴侯府上,开门见山要韩信交出蒯彻。

韩信十分气恼:"蒯彻乃一介草民,又不是朝廷通缉的要犯,别说他没在府上,就是在这里也无须拱手交去。"

郦介并未多言,临走时仅说一句:"大人切莫忘记当年钟离眜之事。"

韩信并不示弱:"为了钟离眜,我由楚王变为淮阴侯,今天为着蒯彻,把我变为草民好了。"

贯高的事让刘邦非常气恼。这是他平生一次遭暗害,但没有成功。更为不解的是:这件事竟然出自爱婿的门下。所以刘邦特别要廷尉王恬开一人专事审问贯高,想从他嘴里得出赵王张敖是不是谋害自己的主犯。

阴冷的刑具房里,昏暗潮湿,猪油燃点的灯火冒着黑烟,一大釜煮沸的开水,一大鼎火红的木炭,皮鞭、棍棒、竹板、铁钉等刑具一一排列在石壁下,粗壮凶恶的行刑人，各司其职，专心听审判人的号令。

"贯高，本官再问你一遍，谋害皇上是不是受赵王所指？"

"实为本人所为，从未受人指派。"贯高的话平稳不躁，毫无做作。

"动刑！"廷尉很是不耐烦。

竹板声声落在贯高的脊背上，坚实而响亮。

"是不是赵王所指？"廷尉咬牙切齿。

"……"贯高索性不予回答。

"动刑！"

烙铁从火盆里抽出来，实实落在贯高的胸脯上，刺鼻的焦肉腥油味，随着一股白烟升到空中，贯高大叫一声昏厥过去。

"泼水！激醒！"

一次次的审问，一次次的动刑，贯高嘴巴十分严实，到底连一句话也没说。

廷尉本人则惊出一身冷汗："咳！真神人也！"

连着几天严刑逼供，贯高始终如一，精壮的身体却变得无一处完好。铁钉扎下的血孔，结上疤痕，竹板打在上面，疤痕剥裂，血与脓水狼藉。贯高有如铁人一般，无声无息，那张愤怒的脸庞，有时竟能闪现出一丝获胜者的嘲讽讥笑，实实令廷尉和行刑的壮汉吃惊、畏惧。最后廷尉连话也没说，连连摆手，让人把贯高快快抬回牢中。

当天，刘邦听到廷尉的禀报："严刑审问，如对一石头人，从始至终总是一句话：'无人所指。'然身上早已无丝毫完肤，下官实在无能为力。"

刘邦仍不放心，长叹一声："可换一法子，找出他的知心朋友，小心探问，兴许能套出真话。"

廷尉回来以后，经右丞相王陵查询，方才找出中大夫泄公为贯高的好友。王陵把皇帝的意思说明后，泄公说："贯高与我同是老乡，在赵国他是最讲义气、最重诺言的人，提起他无人不敬佩。请相国放心，我将以我的忠诚，去打动贯高的心，让他讲出真心话。"

第二天上午，当狱卒把贯高从牢房里抬出来时，泄公悄悄走上前，时时处于半昏迷状态的贯高迎着光亮看清站在自己面前的人的面孔，小声说："是泄公吗？你是来看望我的？谢谢你。咱们朋友一场，难得你有此善心。在此，我无法起身向你叩拜，请你多多包涵。"

看到贯高身上的血水、脓疤，泄公痛心地掉下泪水。贯高说："你不要哭，你为我掉泪，我于心不忍。人活在世上本为一口气而生。时下，我虽体无完肤，但心依然坦诚，我仍快哉乐哉。"贯高的脸上滑过一丝微笑。

泄公说："难道赵王真的没有指使你干谋杀皇上的事吗？"

贯高听了，没有直接回答，而是说："泄公，我等为人立世，最爱的是父母妻小，从我被抓进来那一天起，我的父母妻小将会因我而被处死，泄公想想看，我会拿我亲人的性命去换赵王的性命吗？实话对你说，此事全是我一人所为，我根本看不起刘邦，他其实是一个不知礼、不仁义、浪荡张狂的小人。我看着他就来气，不杀他不足以消我胸中的闷气。无奈，天不灭刘，天不遂我心愿，哈哈，虽然我没断掉刘邦的头颈，可是我敢杀他的事天下皆知。我死亦足矣！我死亦足矣！"

自从派出中大夫泄公去廷尉府上以后，皇帝和吕后、鲁元公主便一直坐在长乐宫，专心等候泄公的禀报。

十几天来，鲁元公主一直不停哭泣，担心，难过，茶饭不思，早已把她折腾得面色黧黑，双眼红肿。在给皇上、皇后叩拜时，声音早已变得沙哑。

刘邦对此无动于衷，甚至对鲁元公主也不正眼瞧看。吕后对此很是生气："当初把女儿说给张敖也是你的意思，今天出事了，你怎么能怪到女儿的头上呢？"

听到吕后的责备，刘邦压根儿不予理会，他像没听见她的话一样。他心里早已盘算好了，不是张敖的主谋便罢，若真是他黑心指派贯高作案，就是让女儿守寡也要杀了这个胆大妄为的狗东西。

此时，婉玉来报："审食其求见。"

刘邦心里不高兴，连声说："不见，不见。"

吕后则轻轻叹息一声："宫中事务多，有些他一人根本做不了主。叫他来吧，有什么事在这一并给办妥啦。"

但是此次审食其来报的不是宫中的事，却是赵国的美女赵姬的事：

"狱卒报来，赵姬即将临产，她说怀着的是皇上的龙种，要我予以宽待。不知皇后娘娘……"

一听这话，吕后心里就来气。龙种能四下里传播吗？女子身份贵贱且不说，若是有病有疾，染得龙体有恙，这还得了？

这句话显然是说给皇上听的，但是，一直不见他回话。吕后知道审食其报来的事是留给自己决断的。

于是她大声回绝："案子还没弄明白，只凭她本人一句话谁能相信？罪人就要照罪人的身份处置，只是，饭食上多给照料些。"

审食其得了懿旨，忙着回去按章执行。

端坐在一旁的刘邦正在默默掐指计算他跟那赵姬会面的时间。虽说仅仅是一夜，可是一夜间的惊天动地竟然结出丰硕成果。看来是天意，刘邦对自己宝刀不老有些得意。

刘邦下意识地开口："兴许是天意，日子不差，对赵姬要善待之。"

其实，早几天，赵姬三番五次向狱卒申报，说明自己的身世，说出腹中孩子的真实情况。狱卒哪里敢怠慢，一次次向上传报，无奈圣上根本不理会。他一门心思关注贯高的案情。

吕后呢，她历来就反对、厌恶刘邦纵情声色，对于真真怀上的孩子，更不予关照。她心里话：不论东西南北，不管黑白赤黄，都想朝我这口大锅伸碗舀食吃，想得美！往后，凡是不经皇上点头的，一律不认！

她听到皇上独自在一旁嘀咕，忙与他搭话："你算准时日了？没有算错？"

刘邦似乎有些兴奋起来："没有算错，是我的孩子，天意，真是天意！"

吕后倒显得很冷静："既然如此，也不必更改，待孩子生下来以后再说。"

正当他们在议论赵姬和她腹中的孩子时，泄公匆匆赶来禀报："贯高与我推心置腹，所言俱发自肺腑，谋害一事，全系他一人所为，赵王全然不知。贯高本一义士，立身处事，仁义当先，绝不肯血口喷人，伤害无辜。对贯高的为人，臣下绝对相信。乞望圣上明断。"

没容刘邦开口，鲁元公主早早双膝大跪地上，嘴里直呼："苍天有眼！"

吕后使个眼色，让婉玉马上把鲁元公主快快扶到一旁。

刘邦确确实实受了感动，连声自语："贯高真乃奇人也！真乃义士也。"

当下，他让泄公再次回去，传话给贯高："朕已将赵王张敖无罪释放。"同时让他告诉贯高："朕十分赏识你的义气为人，朕已决意，对这种大仁大义的志士，免罪释放。"

泄公哪里还敢怠慢，立即叩拜皇上、皇后，并代贯高再次恩谢。而后，即刻飞快回去，将皇帝的话一字不漏地说给贯高听。

贯高听了，哈哈大笑起来。由于情绪激动，身子颤动，全身的疤痕又纷纷破裂，血水脓包一齐流淌全身。他没有顾及疼痛，执意要从担架上站起来，一心一意向皇宫的方向叩拜谢恩。

泄公流着泪说："你安心躺下，我已在皇上、皇后面前代你恩谢过了。"

贯高说："皇上之所以赐我不死，全是因为我没有诬陷赵王谋害圣上，说明赵王清白。至今，我应该做的事全做了，应该尽的责任也全尽到了，我死而无憾矣。作为人臣，我犯下谋逆大罪，本该伏法，可是圣上恩重，赦我不死，免我灾难，我愧对皇上，我无颜面对世上百姓。"说着，他纵身而起，竭全身之力，撞墙身亡。

贯高自杀的消息传遍天下，人人唏嘘不已。

对于刘邦来说，心上的疑虑全部消除。虽说赵王张敖不是谋逆之人，这个赵王的宝座也不能再让他坐了。应该让他警醒，让他反思，于是便下旨降张敖为宣平侯。

吕后呢，长长一声叹息，一天的乌云全消散，自己宝贝女儿最终不会守寡而终。

鲁元公主更是天大的喜幸。她先去大狱领回憔悴不堪的丈夫张敖，带到宫中，给其沐浴、更衣，再端上好酒好菜，看其大快朵颐，心中既悲且喜。

女牢中，一声婴儿长啼，赵姬终于把刘邦播下的龙种生下来了，白白胖胖的。作为生母的赵姬，面对娇子，泪流不止。她叹息自己红颜薄命，她憎恨皇上无情无义，千不该万不该为了一名谋逆的犯人，让自己受株连，带着身孕入狱。其间，她还曾托人找到审食其，请他转告吕后，陈述事情真相。审食其虽然在吕后面前说了，但他并没尽力，以至于她自己仍陷在囹圄不得脱身。这是明摆的事，审食其怎么会全力帮助吕后的竞争对手呢？

"世人都说皇上爱民如子，岂不知，皇上心地险恶比豺狼还凶狠；世人说女人被皇上召幸，尽可享受荣华富贵，光耀门庭，到头来我却从地狱里走一趟。儿呀，你若有心，就要牢记娘的悲苦。苍天啊，保佑我儿子堂堂正正活在人世上吧！"

当天晚上，赵姬用一条白绫在狱中归天了。

消息传到宫里，刘邦大叫："悔煞我矣！"立即命人把那个龙种抱到宫里。

吕后、薄夫人、管夫人、戚嬛等人看到这个生下一天即死去娘亲的孩子，无人不叹，无人不悲。一个个心中悬着吊桶，唯恐这个无娘的龙种再遭吕后的黑手谋害。

刘邦把孩子抱在怀里，喜不自胜："儿子，你来到福天福地里了。"

看到皇上如此欣喜，吕后不甘其后，把孩子抱在怀里，又亲又疼，不知如何是好，让人看了真比生母还胜十倍。她立即把婉玉叫来，让她挑选两位老成宫女，专司喂养，若有闪失，必当问斩。接着，又把审食其唤来，要他立刻回大狱，把死去的赵姬以上好的绫罗裹身，用嫔妃仪式厚葬入地。

吕后为表示甘心疼爱这个"儿子"，立马要刘邦给起个名字。

刘邦也欣然接受，想到这个龙种太小，什么时候能长大呢？长、长，"好，就叫他刘长吧。"

刘邦的第八个儿子，就是日后的淮南王刘长。

令许多嫔妃无法理解的是，吕后为何独爱这个无娘的孩子呢？

后来，戚嬛揭开这个谜底：有儿无娘，也就无人跟她争皇后宝座。抚养无娘的孩子，正好可以向世人展示她心地善良。这一本万利的事，何乐而不为？

鲁元公主看到母后如此疼爱刘长，面带愠色，指责说："我跟弟弟年少时，也从未见你如此疼爱，偏心。"

吕后却心里高兴："你将为人母，更要用爱心去关爱苍生，为自己积阴德。"

太子刘盈看到母后怀抱八弟时，很有妒忌、争怀的意味。吕后便用手轻轻点了一下儿子的脑瓜："弟弟还小，你日后坐江山，心地要宽广，能容天下大事，争宠是没有出息的。"

从打接过刘长以后，吕后几乎换了一个人似的，无论是对嫔妃、宫女，皆面带笑容，面色和蔼，话音柔和，争得众人一片赞誉。

一天，婉玉来报："樊哙、吕媭夫妻求见。"正在抱着刘长的吕后，连连招手："快、快，传他们进来。"

跟随婉玉七拐八转好容易见到姐姐的吕媭，与丈夫樊哙行过叩拜大礼后，长叹一口气："想来见你一面是真的不容易呀！一道道关卡、一座座门槛、一次次审问、一次次搜身。"

吕后很是不满："你说，是谁搜了你的身？"

樊哙说："根本没有的事儿，我们只需从神门走过一趟即可，有刀无刀一眼清清楚楚。"

吕媭仍在犟嘴："这关卡、门槛还少吗，在宫门前我早已等得不耐烦了。"

"行啦，行啦，下次想来，提前报来即可。"

吕媭看着姐姐疼爱孩子的劲头，把嘴角一撇："俗话说得好，狗养的狗疼，猫养的猫疼，你不生不养这般疼爱？"

吕后笑着说："陛下疼爱，我即爱怜，这有什么大惊小怪的？"

吕媭说："皇上爱怜，为何不来抱抱？"

婉玉斗胆说了一句："皇上去戚夫人处了。"

"你看见了？什么时候去的？"吕后心里很是难受，连声追问。

"我刚刚看见的。奴婢不敢说谎。"

"哼，这个小妖精一定没有好事做。"

吕媭马上打圆场："好啦，好啦，这都怪我多嘴多问一句，要怪，怪我好了，都是异姓姊妹，何必大动肝火？"

吕后并没有跟她解释多说，回过头来细心询问吕媭家道日月，饮食冷暖上的话儿。吕媭并不藏着掖着，一条一道，细细叙说。至此，吕媭突然话锋一转："母后姐姐，大哥二哥来过你这里吗？你也该把他俩人同嫂子孩子接过来住上几天，让他们开开眼界，见识见识。"

樊哙早听得不耐烦了："你当这是平民百姓的家院？这里怎么能让外人居住？"

"你懂什么？我是说同父同母的兄妹，经年不见，时间一长，必然显得生分。亲见亲见，不见怎么还有亲味儿呢？"

吕后重重叹了一口气："你们都说我升天堂了，享清福了，实不知，我一天到晚，问不完的事，生不完的心，说不尽的话，吵吵叨叨，从早到晚，转眼间就过去了。我自己也没有感到吃得香甜，穿得鲜艳，临到夜色降临，我自感到腰酸背疼四肢发麻。这哪里是享福，分明是活受罪。"

樊哙立时跟着帮腔："一点儿不假，我眼下受封为侯，出来进去，前呼后拥，别人看着威风死了。照我看，还不如当年我在家卖狗肉时痛快呢。随便，想咋着就咋着。"

吕媭瞪眼嗔怪："还想回去卖狗肉？要卖你去卖，我是不随你去闻那个狗腥气了。"

吕后挖了妹妹一眼："年纪不小了，别说起话来没个正形。你回去以后，可去哥哥家走一遭，听听他们有什么想法，有什么需要，传来给我。我自会安置妥当。"

随后，吕后带着两人在宫内走一遭，看了楼台轩榭，奇花异珍。二人很是饱了眼福。最后，当吕后要妹妹在这儿随她住上几日时，吕媭却把眼光刺向樊哙，说："你问问他愿意不愿意，夜夜从来不会让人清闲，烦死人喽。"

"快快给我闭嘴，你当这是无人管问的地方？这是皇上的家院，说话办事要中规中矩，粗俗村话一个字儿也不准你吐出口。"

吕媭把舌头轻轻一伸，头一缩，扮了个鬼脸："好，有这一次，我还真过了眼瘾，饱了眼福。行，往后我还真得收住双脚，不能来了。"

中午，吕后用宫中全宴招待了妹妹、妹婿，樊哙竟然被宫女们给灌了个酩酊大醉，日落西山时，被众人扶侍走出宫门，搭车回家。

当天夜里，吕后暗暗哭了一宿。

听到妹妹的话，她似乎知道两个哥哥有求于她，内心里越发不安。想想自从嫁到刘家，与两个亲兄长很少来往。后来，哥哥随皇上起兵举义，转战南北，更是天各一方，无缘再相见。待天下已定，江山坐稳时，吕后曾多次恳请皇上不要亏待了两个哥哥，皇上金口已开，把两个郎舅都封了侯爷。有了官衔，有了府第，也就算很风光了。还有什么不顺心的呢？我虽为皇后，可是身前身后，净是明枪暗箭，一不小心，也会车倒人翻。恨只恨我手中没有大权，一切都要看皇上眼色行事。好在来日方长，待我宝座稳实以后，你们想要的，我尽可满足。

就在婉玉接领吕媭与樊哙入宫的路上，恰好看见皇帝的金根车缓缓远去，驻足观看时，正是前往戚嬺宫房。

戚嬺带着婵月等宫女正侍立门前恭候着。皇帝下车后，手挽戚嬺，亲昵异常，相依相伴走进宫室。

看到戚夫人粉面上稍有愠色，刘邦便率先安慰："不要生小气，之前，我忙得实在抽不开身。看，这不是来了吗？"

戚夫人仍不言语。刘邦却把她一把揽在怀里，亲吻一番，小声叽咕一句。戚嬺便把宫女传下去，放下红罗帐，二人尽在帐内欢腾一番。刘邦的性情被惹起来以后，不依不饶，又把戚嬺揽于身下，同欢共喜一番，至此，总算安心老实下来。

"朕几天没来，你就生气了？"

"不。你不来，我不怨，只是你的儿子日日夜夜喊着要见你，终不得如愿，那个灰心的样子，看了实在让人心里难忍难耐。"

"啊，真是这样？好，我今天就要我的儿子如意在我面前，开开心心的。快，把他唤来见我。"

戚夫人马上让婵月把儿子如意领上来，一时间，房门外传来欢蹦乱跳的声音。

"爹！爹！儿子要见父皇！"

"好甜的小嘴巴呀！来！父皇在这儿。"

父子俩见面时，小如意先是倒地大拜，一会儿跳起来，奔到刘邦怀里，又是亲又是咬，一双小手轻轻捋着父皇的胡须，嘎嘎笑起来。

戚夫人在旁边使了一个眼色："快下来，别让父皇给累着了。"

小如意十分听话，哧溜一下，从父皇怀里落到地上，嘴里大声呼喊："父皇，父皇，你来看孩儿给你表演拉弓射箭吗？"

刘邦颇吃惊，面向戚夫人问："孩儿已经能拉弓射箭了？好！太好了！来，表演给朕看。"

但见小如意早已把宫女们递上来的弓箭接在手上，一手挽弓，一手搭箭，前腿弓起，奋力拉弓，小脸蛋早已贴在弓弦边，稍一瞄准，叭的一声发箭，五步开外的一面竖起的铜镜正被射中掉在地上。

"好，好！孩儿极像我，孩儿极像父皇！"

受到表扬的小如意，高兴得又蹦又跳，由婵月牵着手，到花园里玩耍去了。

看着远去的小如意，刘邦意犹未尽，嘴里尽管自言自语："有乃父之风，这孩子最像我！"

戚媛听到刘邦的话，心中比喝蜜还甜，但是嘴上却不热不凉地说道："如意虽是你的孩儿，但不能被立为太子。像你，不是白像了？"

"你不要这么说，我心中自有安排。"

"还怎么安排，太子已经册封立起了，岂能改动不成？"

刘邦嘿嘿冷笑一声："当改动必改动。"语句铿锵，掷地有声。

戚媛乘机接上话茬："奴婢自当拭目以待。"

其实，废长立幼的念头，早早在刘邦心里萌发了。

自从戚媛生下如意以后，刘邦十分欢欣。这不单是如意长得极像刘邦，就是举手投足，精神气质也酷似。看到皇上十分珍爱小如意，戚媛便不止一次在他耳边吹风。每次言说此事，刘邦从未改口，始终如一：要废长立幼，册封如意为太子。

说来也不怪刘邦有这种念头，太子刘盈很是不称他的心。刘盈自小乖巧，却性格软弱，没有气魄。在当爹的眼里就认为这种人没有出息。当年在躲避项羽的楚兵追杀时，刘盈在车里吓得双手抱头大哭。刘邦曾气得用脚踹他，并要把他扔到车下。幸亏夏侯婴，停下车慌忙把他重抱到车里，否则，早死去多年了。从那以后，刘盈的性格并没有多大改变，且每次见到父皇，都是大气儿也不敢出，看着有些窝囊。虽说近些年刘盈读了不少书，结识了一些儒生，但刘邦内心轻视学问。这位性情粗犷、放荡不羁的爹，怎么也看不中生性懦弱的儿子。

但是，废长立幼又谈何容易？

君子一言，驷马难追。在登基时说过的话，再想把它改过来，并不好办。

很有心计的皇后娘娘似乎早有防备，她仿佛已经觉察出皇上想走这一着棋。她时刻多方打探，在戚夫人那里安插耳目。这让刘邦微微感到四周正有一张看不见的网早已张开。他却装作不知道。他心中正在盘算：要选准一个机会，一举成功，如若拖延，必后患无穷。

刘邦在戚嬛处看小如意习射并说出要改立太子的话，当天夜里就传到吕后耳朵里。首先，她感到自己的钱没有白花，设下的眼线，能及时给她传风送信。当听到这个消息后，她瞬间呆住了。一股冰凉的水柱从头浇到脚，全身整个儿被浸透了。自己一直担心的事终于露头了，关系到母子、兄弟、姊妹的地位、权势的大事终于要被拉到桌面上，一场争夺太子的斗争就要打起来了。

又是一个不眠之夜，吕后一直坐在灯前沉默不语。心底翻江倒海，怎么也平静不下来。她想哭，但是哭不出声。这事不能吵吵叨叨传出去？不行。一定要稳住阵脚，一定要看准机会。她想，自己应该装作什么都不知道。如果自己事先吵叫出去，把皇上惹怒了，他什么也不顾及，一意孤行，最后倒霉的是自己。再者，自己手下要有人支持，没人马，谁去说你的话，跟你的旗子转？

"皇后娘娘，更鼓过五，天要明了。娘娘凤体珍贵，还是快快歇息吧。"

一直静静守在身边的婉玉，小声催促她，这已经是第四次了。

这时，她才起身打一个哈欠，在婉玉服侍下躺到龙榻上……

经丞相萧何提议，并亲自设计、监制而成的未央宫终于竣工了。

刘邦兴致勃勃，携吕后及其嫔妃入宫观赏。萧何、王陵、陈平陪在皇帝左右，一边行走，一边观瞻。

楼台巍峨、壮观，可媲美当年的阿房宫。飞檐直插蓝天，五色琉璃瓦在空中熠熠生辉，朱门、花窗辉映雕梁画栋，假山缀满奇花异草，曲栏伴流水翠竹，香风卷起缦幛，紫烟暗传异香。白鹤头上盘旋，误认飞上天堂。

刘邦一路惊喜，连声说好。

萧何却故意谦虚："陛下，臣也只有这个能耐了，如不满意，尽管拿臣治罪。"

"好！好！真乃人间天堂！朕要大大给你奖赏才是。"

听到这话，萧何的一颗心才算着实落下来。

因为萧何做事认真，事无巨细，所以皇帝才把这件事交给他。当时，就给他出了题目，只能比秦王朝的宫殿好，不许比它差。

萧何为难地说："工匠、材料倒也不难找寻，只是金银一时难以筹措。"

皇帝却淡淡一笑："这个我不管，只要你给我建成即可。"

萧何无法言对，只好苦苦一笑，摇头不语。

今天，难题已经做成，虽然寅吃卯粮，多方挪用，挤兑、摊派，最终事总算做成了。

刘邦兴致极好，大手一挥："今儿我在这里召来百官，盛宴祝贺！"

九旒龙旗随风飘扬，鼓乐声箫盈耳畅心。

文武百官分立两旁，一个个喜气盈面，乐怀畅饮。

令皇帝倍感欣喜的是张良今天也入场安坐，神态喜悦怡然。自从登基大典以后，张良一直是深居简出。这使皇帝内心有一种说不出的内疚感。在闯荡天下时，每逢艰难的关键时刻，全是他张良给想办法，出点子。还真奇怪，每次出的点子都能让自己逢凶化吉，遇难呈祥。每每想到此，刘邦会发自内心地感慨一番："运筹帷幄，我不如子房。没有子房，我汉室难以建立。"

可是，令他不解的是，国业奠基以后，人人都争先邀功争赏。张良呢，偏偏急流勇退。

"子房，论功，你是头一个，封你为丞相吧。"

"陛下，我文不如萧何，武不如樊哙，终日只能在你身边唠唠叨叨而已，哪有那个能耐？"

张良执意不受封。他屡屡向皇帝请假，医病养心，闭门不出。刘邦心中怎么也猜不透张良的心底在想什么。但是，有一条让刘邦最放心，张良一心退缩，张良没有野心。

刘邦的正位酒桌距离张良的位子最近，他偏过头来亲切询问："子房，别来无恙？"

张良轻轻一笑："小病不断，大病没发现。只好静心安养，急不得。"

"子房，大局安定，匈奴国也不来扰乱，此时我该如何？"刘邦一直把张良当成自己的老师，凡事必问。只要张良开口，他必一一照办。这是早年征战时得到的经验，今天他仍不忘记。

张良说："树欲静而风不止，韩信待在你的身旁，你感到放心。彭越呢？英布呢？还有那些大大小小的诸侯王，都令你放心了吗？"

"赵王张敖，因贯高谋逆之罪，已被降为宣平侯，陈豨离我较远，鞭长莫及，一时还没有风声，我心里总是放心不下。"

"要未雨绸缪啊！"

"子房，韩信虽然在我身边，可是他……"

"他终究不会改变，只能如此。"

此次大宴，韩信也收到请柬，但是他不愿意去，在这样的场合凑热闹是活受罪。那些当年在他手下的将领，现在一个个都是职位显赫的侯爷。连樊哙这种屠狗的粗人也封了侯，掌握大军。韩信是羞与哙伍啊。现在他是一名光杆司令，而无时无刻不受监视，实乃一名被囚禁的罪犯而已。

上次蒯彻匆匆来，匆匆走，时间极短，但仅仅几句话，实在让他脑不静，心不昧。自己落到如此地步，哪还有闲心赴宴？

前天，他收到陈豨的一封书信，是写在绸绢上的。话极短，仅仅是问候一下饮食起居，别无多言。可是有人从外地听到：陈豨大收宾客。仅此一句，让韩信为他担忧：好好当你的王，为何要养那么多吃闲饭的人呢？皇上知道了能不忌讳？除非你想谋反。

不，皇上跟陈豨情同手足，安能对他生疑？

韩信又一次错算了。皇帝已经瞄上了陈豨，而且不是一天两天。

在未央宫大宴上，听了张良的几句话，皇帝心里又平添几分精气。他认为张良的话每次都说到他的心坎上，他的想法跟张良如出一辙，说出来问问，一是显得他对老师尊敬，恭维老师高明，再则是想验证一下自己的谋略是高还是低。

"来呀！"一声呼叫，郦介急步进前。

"唤戚夫人当场歌舞，为百官助兴。"

似乎戚姬早已料到终会有此一事，她便早作了准备，听到一声传呼，便随之款款入场，亦歌亦舞。

瞻彼洛矣，维水泱泱。君子至止，福禄如茨。韎韐有奭，以作六师。

瞻彼洛矣，维水泱泱。君子至止，鞞琫有珌。君子万年，保其家室。

瞻彼洛矣，维水泱泱。君子至止，福禄既同。君子万年，保其家邦。

戚姬声音在未央宫上空袅袅升腾，戚姬的身姿如艳丽的彩绸一样，柔软飘逸，旋转。

皇帝大喜，连饮数杯，只感到天旋地转。

戚姬眼光犀利，便一阵风飘到皇帝身旁伸肢揽扶。可是皇帝并不认醉，仍连连举杯，口中高声大呼："朕心情舒畅，甘与百官畅饮！来！全干了，再斟上！"

戚姬只好在他耳旁小声说："陛下喝高了，须慢饮才是。"

"不！不！我饮酒从来不醉，醉了从来不说醉！来，干，再斟上！"

这时，戚姬真个作了难。在如此大的场面上，皇上可不能因醉出丑呀！当他真的出丑又该如何？我真是无可奈何呀！

忽然，郦介近前，大拜时，轻声禀报：

"陛下，太公病重。乞望速去。"

一句话把皇帝的酒意消去三分。他先让萧何继续在此欢畅，一面转身走出，乘车直奔太公府上。

自从来到长安城，刘太公活得很滋润。每天他想吃什么就令手下人安排，他从不吃那些参呀、熊掌呀什么的。他说人吃饭能吃饱就行，有五谷杂粮果腹就行。他喝酒从来不过量，只要感到头晕立马停止。他吃饱喝足以后，就是斗鸡斗羊，玩累了就睡上一通。

如此开心如意的生活，让他从早到晚一直是乐呵呵的。可是从打开春一场伤风，中间一直是好好停停，时好时病，到眼下他便睡倒了。今日他传唤儿子，不是病重，而是想见儿子了。这个自小不务正业、游手好闲的孩子，竟能成就一番大业，统一全国，尊为皇上。单单凭着这一份骄傲的心情，整天粗馍淡饭也快乐开心。

不知怎的，从昨天早上起，刘太公尽感到体乏无力，头重足轻，朝床上一倒，尽是一幕幕噩梦。身上有如大山般挤压，越来越痛。他恐怕一时闭眼死去，再也见不到儿子了。于是，飞快传信到未央宫里。

刘邦未敢急慢，一再催促金根车再加快，他巴盼着一步就赶到太公面前。

吕后坐在他身旁，怀里半倚着太子刘盈。从来都是爷爷疼孙子。刘盈每每想起爷爷，就看到一只神奇的大公鸡和一只头上生着一对粗壮犄角的大绵羊，这只羊乖巧，单等着爷爷坐在它的背上以后，它才轻迈四蹄，轧着脆生生的金铃声响，昂首前行。那只站挺在羊背上的大红公鸡，时不时扯起嗓门，一声长啼，惹得街两旁的闲人，争着跟太公打招呼，那阵势着实令人羡慕。

"母后娘娘，爷爷是不是……"

一句话没说完，早被刘邦那双犀利的目光给截断了。吕后却自然地笑笑："爷爷家里做了一顿好吃的，是让咱们一家人去吃饭的。"

……赶到太公病榻前，太公刚好坐起来，看到儿子一家人赶来，早喜得咧嘴笑起来：

"快去把我的绵羊给赶来，我要骑羊上场去比斗，别忘了把大公鸡一并抱来。"佣人嘴里只管答应，就是不去。

刘邦、吕后带着儿子，先给太公一个大跪叩首，回身来扶着爹爹躺下。看到太公瘦削的脸膛，刘邦的眼里注入一汪泪水。当年险些被项羽丢在大釜中烹煮的老人，后来像神棍子似的活着。眼下呢？他静静听过太医的禀报，还是认为是伤风引起的，至今没有痊愈。

"尔等终日守在床边，致力医救，但有异兆，及时传给我，不可有丝毫差池。"

刘太公在人们谈话声音中，抚摸着太子的小手，慢慢睡着了。待一切恢复平静以后，皇帝一家人又乘车回宫。路上，皇帝陷入沉思，十分不解地自语："要见咱们，来到他面前，又不说不讲……"

"这是老人的通病，时时都想让儿孙守在自己跟前，嘴里没有话也想多看一眼。要不，心里就不好受。"

"忘了，该把如意也带来让爷爷看看。"

吕后只轻轻一句话便给挡回去了："太公爱的是嫡长孙，是太子刘盈。他是咱汉室的太子，别人无法替代。"

刘邦似乎感到吕后的话里带刺，只瞟了她一眼，再也没开口。

这时，金根车的对面，急急驰来一辆车，御史大夫周昌挺立车上，看到皇帝的车驾，便早早停靠在一旁。急急下车后，匆匆叩拜皇帝与吕后，遂禀报一个令人惊怒的消息：

"陈豨阴谋造反！"

十一　诛陈豨不容分说，杀韩信何患无辞

韩信仅定定神，清楚回答："臣淮阴侯叩见皇后娘娘……"

一句话还没有吐完，早有几名御林军拥到跟前，将他捆成一团。韩信大骇："臣有何罪，望皇后娘娘明示。"

吕后肃面瞪目，厉声呵斥："你勾结逆贼陈豨，阴谋在京城叛乱，妄想东西夹击，毁我汉室江山，其心何其毒也！"

不几日，韩信又收到陈豨的第二封书信，内容也很简单，只是向韩信打听，皇上对他陈豨看法如何。看罢信，韩信苦笑一声：我正要向别人打听圣上是如何看待我的。

不过，从这短短的一句话中，韩信已经坚信：陈豨有谋逆之心。

在韩信眼里，皇帝跟陈豨二人，原本情同手足。皇帝亲自将监督赵、代两国军队，并统一率领北部边塞军队的大权，统统交给他陈豨一人。如此封疆大吏，位高权重、责任重大，稍有私心之人，皇帝能放心授给他大权吗？

当韩信从别人口中知道陈豨蓄养食客时，便知不好。这句传言是真，并不是造谣中伤。

陈豨本来就有广结英雄豪杰的偏好。以前，他曾对韩信说：他最羡慕信陵君的为人，凡有一技之长的人，登门求告时，他概不回绝。眼下，手中握有大权，前来登门的门客络绎不绝。陈豨则张开双臂，尽行收下。这些人有行侠仗义者，更有三教九流的人，他们吃饱喝足之后，无所事事，有的人暗中还与歹徒勾结，干些欺民霸道的丑事。但是，民畏陈豨权倾一时，故只得忍气吞声。据说，陈豨一次回京探亲，曾带门客有一千多辆车子，在路过赵国邯郸时，路被堵塞，客店被挤得满满的，其声势比皇上出巡时还要威风。

有道是：功高震主。陈豨没有注意到这一点。

刘邦听周昌禀告以后，即刻下令："你去陈豨的代地，继续密切关注，凡有异情，快马传告。"

身居高位、优哉游哉的陈豨，从门客中突然听到有人在暗中查访他时，心中一紧："是什么人如此大胆，给我抓来。"

"不，这是皇上派来的……"

陈豨蒙了。皇帝对我如此信任，放大权，封高位，担大职，为何还如此怀疑我？

"自古道，权大震主。皇上对任何人从来都不予相信，忘了三齐王韩信吗？"

陈豨自此，吃饭不香、睡觉不甜，并派出门客，北去匈奴，想跟韩王信取得联系。他知道皇帝待人心狠，眼下他已经瞄上自己了，只有早做准备，找一条后路。他给韩信去信，韩信并不予以回复，他给韩王信去信，得到回音是："只有走他的路子才能活命。"不用问，那就是叛逆、造反，跟汉帝一刀两断。手下的门客早已闲得发疯，他们一个个高喊造反，力争在陈豨手下立功。

周昌在赵、代两地并没有耽搁，各种事实已明明白白证明陈豨图谋不轨，但是并没有扯旗放炮，明目张胆地进行。他回到京城立即向皇帝一一陈述。皇帝并没有立刻调兵遣将，征战陈豨，他心中正在悄悄谋划着又一个计谋。

刚刚过了半个月，刘太公便撒手人寰，驾鹤西游去了。

三伏天的长安城，有如落下一场大雪。各种挽联、幡仗、白布门楣，各家商号必一一俱齐，更有漫天飞飘舞动的纸钱，把整个京城完全埋在巨大的悲痛之中。

文武大臣，王公国戚，衙役士卒，人人戴孝，个个举哀。在此期间，若有人胆敢酗酒吵闹，便会被抓入大牢。

在此间，有心计的人则又看到幕后的另一番景象：周昌带兵严阵以待，单等着陈豨进京后，一举把他拿下。

就在刘太公刚刚咽气后，皇帝突然决定：召陈豨进京陪祭。飞马传旨以后，一直不见陈豨的动静。随后，传来一个令皇帝气愤的消息：陈豨患病，无法进京，为表孝心，自己在兵营已设灵堂祭奠。

刘邦无须再怀疑，陈豨谋逆已成事实。

对此事，淮阴侯韩信也已经猜中。

当时，刘太公归天后，韩信就决定前去吊唁。手下的亲信皆暗中阻拦，劝说，让他称病，足不出侯府。

"不行，给太公大人吊唁为大事，万不可疏漏，更不能称病不去。眼下我行端坐直，从没有任何越轨行为，皇帝怎么能空口无凭而治我罪呢？"

看到韩信前来吊唁，祭拜太公时，皇帝甚为亲近，礼毕，他单单把韩信召到一旁宫室，先问身体，又关心家下，言语格外亲切感人。但是，再感人的话从皇帝嘴里说出来，也无法感动韩信的心。他表面感谢，心里却在催自己：快快走！这儿不能久留。于是他以回府上吃药为名，叩拜皇帝告辞。临走时，刘邦竟凭空问一句："淮阴侯，朕若再赐你领兵上阵，还能克敌制胜再立奇功吗？"

"陛下，此一时、彼一时也。当下，末将只能是一具行尸走肉，虚度光阴罢了。"

果然，一个月以后，刘太公下葬以后，皇帝便点将带兵出征。之前，曾令周勃去请淮阴侯带兵助阵。韩信仅一句话便把周勃打发走了："末将久病不愈，无法担当大任。"

樊哙早已看不惯，气呼呼地说："死了杀猪屠，不吃连毛猪，我等一样能缚住陈豨，戡平叛乱。"

出征前，刘邦单单来到吕后的宫房。

一个月的丧事操办，让吕后整整瘦下一圈。刘邦已经看出吕后的悲痛心情是发自肺腑，绝不是矫揉造作。

吕后说，她刚刚听到太公不幸的消息，身子登时瘫倒在地上。在众多宫女扶持下，方才赶到灵柩前，跟太公见上最后一面。

其实，刘邦已经亲眼所见，吕后哭得最伤心，其中有两次险些昏厥过去。为何如此哀叹，吕后心中自然清楚：

当年，她一个妇人在家，拉扯两个孩子，田里的活计全靠她扛着，而农忙时，太公便要刘仲伸手帮忙。后来，被囚在楚军营中，老人已经受了不少苦难。今天，好日子刚刚来临，他偏偏急急走了。这些话全是吕后和着哭声说出来的，如泣如诉，让每一个熟悉那段往事的人感同身受，一起悲痛辛酸。

可是，暗心里，吕后是怪太公走得太早无法保住刘盈的太子宝座。她心中也懂得，有太公活着，有太公大人的一句话，皇帝轻易是不敢晃动太子的宝座的。太公不在呢？

她越想越悲，且越哭越叹，无不感人至深。

当吕后突然看到皇帝来到身旁，颇为愕然。她忙问："是要我陪你出征吗？"

"不要你陪，我仍要戚嬛随同。"

"你……"吕后一时不知问什么才好，张口便停下。

"切记，你踞关中，比我的担子还重。京城绝非平安之地。"

"虎狼张目，我岂敢闭眼入睡。只是……"直到这时，吕后才感到身上的担子比山还沉重。皇帝轻声说淮阴侯没病装病，不知要耍什么鬼花招。

"能否把他先抓起来？免得夜长梦多。"

"抓他你有理由吗？"

"……"

"切记，急不得、慢不得，有事尽管找萧相国议之，风声切不可走漏。"

一时间，吕后被刘邦的话给弄得糊里糊涂，如坠云里雾中。但她明白一条：陛下把担子放在我身上，是尊我人，知我心，汉室是刘家天下，我自当捍卫之。这更是为太子坐天下扫清道路，安稳宝座干的大事，万万错不得！

看到吕后沉稳之态，刘邦的心放了大半。转身之际，又被吕后喊住："平叛战事风险多多，且不要为了一时贪欢，误了军国大事。"

刘邦没有回话，仅笑着点点头。

淮阴侯韩信终于生病了，但不是身体上的病情，而是心绪不安。他知道皇上出征的消息，心中一阵狂喜：陈豨终于动手了。但是，他早早算准，陈豨叛乱必被压下去，到头只能落个身破名裂。因为他毕竟是一个不成大器的人。何况，在大国刚刚落成时造反的人是不得人心的。人心思安，你反其道而行能行吗？再者，陈豨造反，必要广结天下手中握有兵权的诸侯王，同举义旗，才能掀起一股巨浪，单凭他一己之力，绝不会撑上几个回合，定会被打败。

现当下，自己居于京城，是静还是动？

静观气候，最后刘邦终于取胜，那下一个遭殃的将会是谁？

是我？他没有抓我的凭证，我无兵无卒，无刀无枪，更没有串联贼人谋逆，为何治我的罪？

是彭越？这个没有脑子的江洋大盗，迟早要被收拾掉。

是英布？淮南王的宝座坐得正春风得意，刑徒出身的人，要的是名是利是权，若有一项不满足，必会犯上作乱。

异姓诸侯的日子越来越不好过，刘邦这个无赖小人最终要对我等如何下手？与其等死，何不挣扎一番？

我趁此机会若动荡一番如何？如何动？

要兴风作浪，必要有兵有卒有车有马。天下人皆知，我韩信用兵，多多益善。我今天是一只被牢牢困在笼中的虎，只能呆想，连喊叫一声的能耐也没有。这就是天意？

刘邦出征后的当天夜里，吕后怎么也无法入睡，最后，直到两眼又涩又痛，但心中仍然清醒，头脑里一直闪现出淮阴侯韩信的身影、模样。自己跟韩信接触不多，仅仅是打照面而已。但是，留下的印象何其强烈，连她自己也不明白，但有一点，她终生都不会忘记。公正地说，他在当年的战场上，还是自己的救命恩人：就是他率兵剿了项羽的老家，使项羽首尾难顾。在此两难境地，项羽答应和谈，并把拘押在兵营中达二三年的人质——太公、吕雉、舍人审食其释放后送回汉营。如果不是韩信的这份功劳，自己今天别说当皇后，能不能生存也很难说。

对于一个曾经有恩于我的人，我该怎么办？

我自己无法决断，必须以皇帝意愿去衡量，只能如此，别无选择。

第二天，吕后则密令审食其，让他去萧何处，请萧相国秘密进宫。二人在长乐宫一处僻静的宫房见面。萧何叩拜后坐在下首，洗耳恭听吕后的吩咐："皇帝出征，京城重地，相国还要多担责任，多承风险呀。"

"皇后娘娘有事直接吩咐，在下一准尽力。"

"从今天起，派人密切监视淮阴侯府，以防不测。北军、南军，枕戈待旦，以备出击。"

"皇后娘娘尽管放心，我即刻照办。"

刘邦出征前一夜，与戚夫人欢度一宿。当听说出征时仍把她带在身边时，戚夫人心里高兴，但脸上却显出嗔怪的神色："我不是嫡夫人，我没有享清福的命，只能风里雨里随皇上南北征战。"说到这里，她瞟了一眼皇帝的脸，分明已经呈现内疚的神情，于是她话锋一转："但是我高兴干这事儿，只要终生陪伴皇帝，我赴汤蹈火，心甘情愿。"

皇帝很是感动，伸手揽过柔韧腰肢，又是一番亲吻不止。

"我知道你心里一直为如意的事操心。我何尝不疼爱儿子？何尝不想把如意立为太子？这个事说得容易，办起来难呀。但有一项，对此事，你必守口如瓶，万不可走漏风声。"

九月的燕赵大地，秋意正浓，庄稼几近收割完毕，愈显得苍凉的大地上，战马飞奔，战车驰骋，飞扬的尘土再一次蒙上人们那一颗颗惴惴不安的心。

皇帝率大军直指代地陈豨。为了能一举取胜，途中，他派郦介传旨给梁王彭越，让他火速带兵，从南部围攻，不给陈豨任何逃脱的机会。

萧何领过吕后的密令，回到相国，派亲信出去以后，他顿时感到头昏脑涨，身不能支，随之歪坐在太师椅上。

韩信，领军奇才，为汉室江山立下头等功臣的人，当下已经被悄悄逼近死胡同。

从来以刘邦马首是瞻，时刻谨小慎微的萧何，对刘邦的心地总是摸得一清二楚。用人可前，不用人朝后，过河拆桥的刘邦，从来都是这样。特别是对待那些才能杰出、功劳卓著，而又显得桀骜不驯的人，更是除之而后快。韩信，在刘邦眼里正是这样的人。

想当初，韩信在项羽帐下仅为执戟郎，从不重用，被张良发现后，让他弃项羽而投刘邦。萧何看到张良的引荐，知道韩信是一帅才，便立即荐于刘邦。刘邦听之，开始并未予以重用，致使韩信负气而私下奔走。萧何得知以后，乘马夜行，月下追赶韩信。回到汉营中，萧何苦苦劝说刘邦，让他设坛拜韩信为领兵的大将军。刘邦不得不为之，掌握兵权以后，韩信领兵征南战北，纵横捭阖，终于为汉室江山夺得奇功。你韩信纵有天大功劳也超不出皇帝呀！你为什么就不能顺着皇帝的意志变化呢？真实的情形是：皇帝从一开始利用韩信到当下诬他谋逆。一句话，就是要把韩信从自己的眼前除掉！当初挽留韩信，自己百般说合，最终，皇帝与韩信二人结合了。不，应该说皇帝暂时容纳了人杰韩信。今天，天下已定，这种人杰已经成为皇帝的眼中钉了，欲除之而后快。

难道今天欲除韩信还要用我萧何？

他真的不敢再想下去，但又必须要想，不想不成。而且让他更难对付的是，皇帝换成了吕后。面对这个端正、肃然的女人，你又不能与她争辩，必须从头到脚地服从，绝对服从。

淮阴侯这几天的心情还算舒畅，只要有让皇帝头痛的事出现，韩信心里就痛快，就有兴致。叛逆汉室的人越多，韩信心里就越高兴。一人造反只算呐喊，天下人一同举义才是翻天覆地的大事。虽然他已经预测陈豨到头来必然要失败，但是这毕竟让刘邦惊慌、难受，心头不安。坐山观虎斗是最惬意的事，当下韩信就是这种心情。

几天里，他不断派出亲信，去京城里刺探消息，民意、心态，哪怕是谣言，带回来闻听以后也感到开心。风雨已经来临，皇帝已经亲自出征，可见军情之急，事情之大。

"此刻，若有人能在京城里举旗振臂高呼，他必将首尾难顾。此大任非我莫属，可是我不能为之。"

亲信来报：京城北军、南军，巡逻甚严，城门口对进出人等，一概严格排查、审视，发现形迹可疑者，立即捉拿之。

"难道京城里已经发现迹象？难道……"

他不敢再多想，他更不愿对自己再多想。

殊不知，一张大网已在他头顶张开，撒下。

当天未时，北军在东城门查到一形迹可疑的商人，虽说是一个专事在塞北贩马的生意人，可是他穿戴华丽，身上带有无数珍宝。被带回大营房仔细搜查后，从一件玉器中获得一封密信，是写在黄绢上的，署名是陈豨，信是专给韩信一人的："京城举义，东西合击。"

密信立马被传到吕后手中。只见她那张肃穆的脸上闪出一丝骇人的狰狞，一对凤眼射出凶光："铁证如山，罪不可赦！"

酉时，萧相国被请进长乐宫，依然在那个僻静的宫房里，吕、萧二人急急密谋一番。

萧何说："皇后，我只能想方设法请韩信入宫，后面的事我亦无能为力了。"

吕后说："你能做好那一件就功高勋著了。下面的事，全由我一人来办。"

亥时，萧何的车马悄悄消失在宫门前的浓雾之中……

婉玉看到吕后送走萧何，便小声说："皇后娘娘，时辰已近三更，还请娘娘早早安歇。"

"我哪有心思安睡，有人已经把刀高高举起来了，正要朝咱们的脖子砍来，你能有心睡觉？"

"啊！"婉玉大惊失色，遂又冷静下来，"娘娘尽管安心，奴婢愿舍命保娘娘凤体安然无恙。"

"好，有你这句话我心里安顿多了。你立即安排十个奴婢，人手一把钢刀，于寅时藏于钟室内，有谁走漏风声，斩不赦！"

同时，又命审食其带御林军于宫中各处隐蔽，听到呼喊，一齐杀出来！

待一切布置完毕，吕后毫无倦意，且越发显得激奋。这是她有生以来，头一次干惊天动地，鲜血淋淋的大事！

一想到鲜血淋淋，吕后即刻打了一个冷战。

"嘿嘿，我手中握有杀人的钢刀，谁都不怕！"

吕后出于慎重，不耽延误时，决定不上龙榻，而专事坐在案几前，双手托腮假寐。

转眼间，但见明亮的灯光下，淮阴侯韩信阔步走来。吕后大怒："你怎敢私自闯宫，该当何罪？来人！给我拿下！"

韩信双手被紧紧捆住，但却面无惧色，只听他哈哈大笑："你一个小小的吕雉，敢把我如何？"

吕后说："我要杀死你！"

韩笑依旧放声大笑："吕雉呀吕雉，你一个女流之辈安知我韩信的身价？当初我率兵征战，出生入死，终于灭掉项羽，为汉室立下头等大功。皇帝为表彰我，特封我为齐王，并赐我'见天不死，见地不死，见铁不死，见人不死'。从此后，天下没有杀我的日月，杀我的地点，杀我的刀剑，杀我的男儿。想一想，你小小的吕雉能奈我何？还不快快给我松绑？！"

吕后并不示弱："淮阴侯，你太大胆放肆，死到临头，还胆敢口出狂言。今天杀你就要你死个明白：你抬头看，上有罗绢幛罩顶；你低头看，下有红毡铺地；你看看摆在你面前的是一色的竹钉、竹锥；你再睁开眼看看我，女人本阴人，阴人不算人。韩信，你还有活命吗？你还敢嚣张狂妄吗？"

吕后话音刚落，一群宫女蜂拥而上。只听韩信大叫一声，鲜血溅向四周……

"啊"的一声大叫，吕后才被惊醒。

周围烛光亮如白昼，静谧夜里只有秋虫声声唱夜。吕后待心绪静下来以后，又细细回味梦中景况，不免发出一声冷笑："看我怎么对付你！"

这一夜，淮阴侯一样难以入睡。当听到亲信带回来的消息后，心中疑虑万千：难道是匈奴人进城传送密信？不。和亲以后，两国间一直友好相处。难道是彭越给我送信？身为梁王的他并没有受到什么威胁，何必惊动我？准是陈豨派人给我送密信。要我在京城发难，与他遥相呼应，以举大业。哼，痴心妄想！

大局已定！一切为时晚矣！

此时，韩信稍稍感到轻松的心态，立即紧张起来，而且愈来愈紧张，冷汗浇面，全身颤抖不已。不好那人真是陈豨的人，真有给我的信，被兵卒搜去以后，皇帝安能轻饶我？

一夜间，韩信似睡非睡，似梦非梦。

他看见自己又跨那匹白马，正在急行途中，忽见刘邦带着樊哙、夏侯婴、周勃等一班武将迎面举刀杀来，他即刻回马便逃，一路上几经风险，最后却被萧何给藏起来了……

125

心绪在万分惊愕中慢慢平稳以后，他有气无力地轻叹一声："为何如此折磨我韩信？"

清晨，浓浓的雾帐把天地间的一切给严严遮住，分不清东南西北，望不见楼台殿阁。浓雾中的微风送来阵阵血腥气味……

韩信起得较晚，盥洗后，刚刚更衣，早有舍人来报："萧相国抵府。"

韩信略有吃惊，夜里梦见，今朝晨起便遇见了，是凶是吉？

他未敢迟疑，急急带着从人来到府门前。

二人叩首相见，一同并肩走进府中大厅。再次客气一番，便分宾主坐下。

萧何说："听说你有恙在身，特来府上看望。但见气色佳润，幸哉幸哉。今日吕后娘娘于宫中设宴，特让我邀将军赴宴。"

"何事设宴？烦相国特来相邀？"

"昨日快马报来，代地叛逆陈豨已被剿灭，吕后大喜，特在宫中宴请百官，以示祝贺。"

"啊，大喜事，可喜可贺。只是，臣病体初愈，身心还多有不爽，还请相国多为代谢，臣就免了罢。"韩信故意推辞，终要看萧何的态度诚恳与否。

"大将军，"萧何一直是这般尊称他，以示崇敬之心，"请你莫要推辞，吕后娘娘格外提醒关照，我若请你不到，我相国的脸面还放在何处？"

突然，韩信想起蒯彻的一句叮嘱："万不可离开府邸。"身上一个激灵打起，心头一阵剧疼，难道是不祥之兆？

韩信急忙起身长揖："万请相国代我感谢吕后娘娘大恩，末将无法前往。"

萧何并不慌张，更不再次相邀，而是把话题轻轻一转："大将军，当初圣上邀汝重新挂帅征战，大将军恳辞了。今日战事大捷，如不赴宴，皇上、皇后心中莫不要犯疑……"萧何的言语不急不缓，尽显一片诚意。

没想到这一句话竟点到了韩信的软肋，自己一直被怀疑谋反的罪名，令人寝食难安。今天给了自己一个台阶，若再不予以表现，日后的疑点将会更大。

当他正在沉默犹豫时，萧何淡淡一笑："当初我月下追赶大将军，终于回到汉营。今日又要我再次相邀才去赴宴？"

一句不经心的玩笑，终将韩信心头的疑虑扫除掉。他心里想，有相国在此，那吕后终不会把我怎样，无非是多灌我一杯酒罢了。

于是韩信干脆把手一挥："来人！备车！"

萧何忙说："不必不必，请大将军与我同车同行。"韩信说："回来呢，终不会有去无回吧？"

萧何笑着回话："宴会后，我还送大将军回府，成也不成？"

最终，堆积在韩信心头的阴霾一扫而净。与萧何一起搭车往皇宫奔去。

浓雾初散，湿气迎面扑来，凉气直浸人心。放眼望去，宫殿楼台在雾中若隐若现，仿佛天宫映现在面前。

当下，令韩信不解的是，宴请群臣为何少见车舆驰过？宴会不在繁华的未央宫举办为何却在长乐宫？

车子驰进皇宫大门时，御林军却将大门紧紧关闭。为什么？

车子不停不留，一直驰向前方，韩信忙问："宴席在何处？"

萧何说："皇后设在后宫，阁暖人心安。"

最后，穿过一道门，车子终于停下。

早早在此等候的审食其，则奋力大喊一声：

"淮阴侯到！皇后娘娘召见！"

韩信越发糊涂，分明是赴宴，为何又是皇后娘娘召见了呢？

他不知道自己是如何走下车的，也不知是如何走进皇后娘娘房间的。只感到双脚刚刚迈过高高的门槛，心里一阵绞痛，当他还没有缓过神来时，只听一声吼叫："大胆淮阴侯，为何还不下跪？"

韩信急忙抬头看去，只见房中的案几后方，端坐着吕后，几个宫女肃立两旁。这是什么阵势？

韩信仅定定神，清楚回答："臣淮阴侯叩见皇后娘娘……"

一句话还没有说完，早有几名御林军拥到跟前，将他捆成一团。韩信大骇："臣有何罪，望皇后娘娘明示。"

吕后肃面瞪目，厉声呵斥："你勾结逆贼陈豨，阴谋在京城叛乱，妄想东西夹击，毁我汉室江山，其心何其毒也！"

"臣冤枉！臣与陈豨并无来往，更没有阴谋合计，叛逆之事纯属空穴来风，乞求娘娘明示。"

话音还未落地，一条绫绢即示面前："上面有陈豨给你的亲笔密信，难道还要抵赖不成？"

韩信不看，心头早早闪飞过剐彻的一句话："欲加之罪，何患无辞？"不免悲愤填膺，遂高昂着头，挺胸怒斥："我韩信为汉王真诚邀请，拜为大将军，并亲手付给军权。为了汉室，我鞍马劳顿，从未稍息。我忠心赤胆，从无邪念。征战始，我初定三秦，继虏魏豹，挺进赵地，平定幽燕、威震齐鲁。为灭项羽，我尽抛旧时思念，调兵遣将，于九里山前决战，逼项羽弃彭城南逃，三军围垓下，乌江断绝路，我殚精竭虑，一心为汉，不想基业刚奠成，就落了个兔死狗烹，夺我军权，连连削职，欲将我逼于穷途，再栽赃除死。韩信冤枉！冤枉！"

吕后的口舌哪里是韩信的对手，听到他一番叙说，心地竟一时软了起来。

韩信看出吕后略有犹豫，于是，声调复归平淡："皇后，终不会忘掉沦为楚囚的事

127

吧？是谁救了你？是我！是我在项羽腹地奋战，搅得他日夜不宁，终因首尾不顾，才决心与圣上和谈，将你与太公等释放归来。皇后，鸟雀怀恩还知道鸣唱答谢，我退到最后，削职为民，回籍农耕，也不至落得个杀头抛尸，魂魄不安的绝地吧。"

叙说至此，韩信则低头流泪不止。

吕后一时语塞，宫房里静寂无声。

早早待在门外的萧何，则大叫着："你淮阴侯为何只讲功劳，不讲愧对圣上的事？"

韩信愕然，大声回应："当初是你萧相国月下追赶，把我半路上截回。今天又是你花言巧语骗我入宫，萧何，我韩信何时得罪于你？"

萧何仍不依不饶："虎落平阳不可怜悯，一时犹豫，遗憾万年。"

吕后犹如听到一声惊雷，头脑顿时清醒，汉室江山，刘盈的宝座，领衔天命至高无上的大权，这些是吕后的命根子，须臾不可放弃。

只见她凤眼一瞪，声嘶力竭地大叫一声："叛逆汉室，有证有据，罪不可赦！拉出去！"

韩信双耳如闻雷声，早有军汉至前，推推拥拥，拉出宫房，在门槛边，韩信狠狠瞪了萧何一眼，大吼一声："成也萧何，败也萧何！韩信无愧，韩信去矣！"

军汉把韩信拖到钟室前，撒手后，即被几个宫女拉进室内，挥刀斩之。

郦介快马飞奔到梁国都城，直奔王府，面对彭越宣旨。

终日里心神恍惚的彭越，自从韩信被贬入京后，他一时找不到一个说心里话的人了。公事不办，私事不问，一天天只跟几个女妃鬼混，吃酒弹唱。一个月前，下人来报：皇帝率兵征剿陈豨去了。彭越还心存侥幸："好好的官位王位不坐，偏偏想造反，不杀你杀谁，活该。反正我一心为汉室，任谁也奈何不了我。"

此次突然圣旨从天而降，要他立刻披挂上阵，带兵随皇帝助阵剿贼。

郦介宣旨后，彭越满嘴答应，郦介走后，他立刻改口："要我出兵，不就是想声大势大，吓唬贼人吗？行，我出兵。"

对于皇帝的话，有时听，有时只当耳旁风，哪儿听，哪儿扔。

汉五年，正当围困项羽时，皇帝让他出兵合围，一举灭楚时，彭越当时也是嘴上说好好行行，实际并没有发出一兵一卒。

当时，彭越心里想："叫我出兵，我的兵卒就会先死。你不给我好处我凭什么给你卖命？你沉住气等着吧。"

到底彭越也未发一兵一卒。

刘邦那时非常气愤，背后曾狠狠骂了彭越一通，说他是唯利是图的无耻小人。

发火归发火，大骂只能背后骂，当着彭越的面，他只能说好听的话。最后，在咬牙封了彭越为梁王后，彭越才答应发兵共同讨楚。

那时候，皇帝手下将寡兵少，只能对这些有兵有将的人说好话，自己心里生闷气。

今天不同了，当年平起平坐的汉王已成为天子，天下第一人，兵多将广，幅员广大，更有生杀大权。彭越还想像以往那样，心口不一，随随便便，到头来就要吃大亏了。其实，这一次彭越没有耍滑头，又派兵又点将，按时赶到代地以南，听命行事。而彭越本人却称病待在梁国都城里，尽享清福。

这一次皇帝真的生气了。

尽管这一次有将带兵按时赶到，可是梁王本人毕竟未到。这就是明目张胆地抗旨抗命不服调遣，这就是不把皇帝放在眼里。

皇帝大发雷霆，当着彭越手下的部将，把彭越狠狠臭骂一顿："大胆的狂徒，竟敢不听圣旨，假装有病，莫非跟陈豨叛逆私通？"

当晚，部将派亲信回梁地都城，面见彭越，把皇帝的气话一五一十学个一字不漏。彭越傻眼了，心里害怕，吃住皆不得安稳。

这时，亲信偏偏报给他一个令他气愤的事：他的太仆，暗中竟然跟他后宫的一个妃子眉来眼去，不巧被亲信看到，特来禀报。

心中害怕的彭越一听这事，立即把那个太仆传来，一顿暴打之后，仍不解恨，声言再敢放肆，就把他给斩了。

对太仆发泄一通之后，心中的胆怯并没有消除。他左思右想，最后决定前去代地皇帝大帐前，负荆请罪。

"万万不可，万万不可，"部将扈辄立即制止，"皇帝正在气头上，不见你倒也能消气，若见到你，则会火上加油，说不准还会招来杀身之祸。请大王三思。"

彭越一想也有道理，但是不去一次，当面认错，这个疙瘩终归不能解开呀，到后来越积越深，如何是好。

可是扈辄不去劝解，偏偏暗中向他献计："这样的皇上根本没把你放在眼里，跟在他身后，迟早有一天会伤身。一不做二不休，不如就此率兵叛逆，大干一通，或许会有好的前景。"

扈辄看见彭越不声不响，尽在发呆，他知道自己的话已经在梁王的心里生效了。于是进一步开导："当我等起兵以后，可以给淮南王发帖，召其共同反汉，如此一来，天下人终会响应跟随。"

彭越冷笑一声："此计是把我朝火坑里推的，我绝不兴兵叛逆。圣上虽然发怒骂我，那是我做的事确实不对。只要我向他诚心诚意忏悔，他一定会原谅我的。让我再慢慢想想吧，机会会有的。"

岂料，压根儿不愿意叛逆的彭越，竟然被人在皇帝面前告发谋反。谁？那个太仆。

受到痛责痛打的太仆，衔恨在心，偷偷跑到代地，当面向皇帝诬告彭越。

刘邦再一次大大震怒了。他让郦介传旨，削去其梁国王爵，并要亲兵将彭越即刻捕拿到代地面见皇上。

一个阴冷潮湿的日子，梁王彭越正在宫中无声地喝着闷酒，突见郦介前来宣旨。彭越只觉得头晕目眩，直直跪在地上站不起来了。皇上下旨削了他的职，他能不晕吗？

郦介说："有话想跟皇上说吗？"

"有。我要面见皇上，我要说我没叛反。"

"行啦，走，跟我等一起去。"

刚刚离开梁地的半道上，郦介就让随从把彭越给捆了个结结实实。

"你为何捆我？我要见皇上！"

"嘿嘿，就是皇上下旨要把你给捆上的。在梁地怕你人多势众，眼下行啦。走吧。"

彭越知道大事不好，也不再争执，只得垂头丧气默不作声。

当下唯一的巴盼是能见到皇上，得到这位万岁爷的宽恕。

彭越又想错了，见到皇帝以后，没容他张口，便换来一顿臭骂。而后是不闻不问，只管把他关在黑屋子里。

整整三天过去了，皇上下令：念往日功劳，不予斩首，削去梁王之职而为民，不许再回梁地，而被流放到蜀地的青衣县。

终日害怕掉脑袋的彭越，终于长舒了一口气，千恩万谢皇上的不杀之恩以后，才舍得起身走开。

刘邦也同时长长出了一口气，心里话，又一只猛虎被锁进了铁笼子里。为何不杀他？是刘邦仁慈吗？不。他一直没查到彭越叛反的罪证，仅仅是一个没有遵旨，没有亲自领兵前去代地会剿陈豨，仅此一次而已。

听到这个消息以后，连戚媛也感到皇帝办事很不近人情。

"什么？近人情？近什么人情？对他太宽恕，他就能蹬鼻子上脸，去挖你的双眼。当初，他拥有大军，我只能跟他来软的玩笑脸。在那些日子里，我的肚子都快要给憋炸了。表面上还要去笑。为何？我要用他去为我打敌人，不笑能行吗？今日就不同了。我翻了身了，手里有兵有权，谁不服我管，不听我调遣，我就要弄个样儿给他看看，要让他对我心服口服。嘿嘿，知道吗！权……"

戚媛趁机再次表白自己的心愿："陛下此次东征回返，还不该把如意的太子给册封了？你要等到何时？"

皇帝重重地点点头："也是，也是，时不我待。放心，朕会办的，朕说话算话。"

杀了韩信以后，长乐宫这个歌舞升平的人间仙境却平添了几分杀气，蒙上了一层阴影，逢到夜晚，竟然能听见人的绝望的哀号声。宫女们多不敢一人独行，必三三两两方才壮胆出门。吕后开始并不相信，曾对胆小的宫女严加训斥，直到有一天，婉玉出门时，竟然跟被捆绑的韩信撞了个正着："你看我是谁？快还我头来！快还我头来！"

婉玉吓得惊叫一声，转身跑开，手上的灯笼被丢在地上。而后，躺在床上三天，方才醒过魂来。听到婉玉这个心腹叙说的真情实话，吕后心里着实害怕了。

"你是看花了眼吧？宫地这般严实，何人能出进？笑话。"

"皇后娘娘在上，奴婢不敢说一句谎言。那人无头颅，身上流得满是鲜血，那话音就是韩信的音腔，奴婢从不说谎。"

自从斩了韩信以后，逢到夜晚，审食其就会钻进吕后的房间，两人紧紧相依相抱而眠。

"皇后娘娘，除了韩信，京城自当平安多了。"

"不除淮阴侯，终究是我的一块心病。"

"皇后娘娘，那韩信真的要叛反汉室？"

"真的假的全在我一人而定。"

"那……"

"怎么的？你又胆怯了？你是我的心尖宝贝疙瘩，怎么能连你也给算上？放心吧。"

或许审食其是男人，这许多天夜夜厮守在她的身边，从未发现宫中有异样。那一天夜里，直到三更天也没见审食其的影子。吕后半躺在床上，一直合目假寐。突然，她听见一阵脚步声由远而近，知道是心上人来到了。于是急忙起身上前，未料想进门来的竟然是韩信！

"皇后不认识我了？是你用计把我骗到此地的，是你污我叛反，是你令人砍下我的头颅，我死得不明不白，今天特到这儿找你理论理论。"

面前的人形，入耳的话音，活脱脱一个韩信。吕后吓得心地一凉，朝后退缩一步，大叫一声："有刺客！来人！"

几个宫女应声赶来，但见房里房外，烛光闪烁，亮如白昼，无一人影，无一怪异。至此，吕后才知道宫中不安。后来，经审食其禀告萧何后，在骊山中请来一名术士，于宫中各处设下机关，布下天罗地网，在一个月黑风高之夜，术士居宫中做法事，只见空中血与火争斗，人与鬼相拼，不但能看到影像，还能听见奇怪的声音。大闹一个晚上以后，术士得可观的金银，临走时，大言不惭地说："放心吧，韩信已经被我杀死，尔等尽可安心无虞。"

从那以后，宫中再也未出现过令人胆战心寒的怪事了。

吕后呢，每晚上搂着审食其说："这样我搂着你总算心里踏实多了。"

年后，春风初起。吕后去洛阳走一次，为的是把自己身上的秽气彻底摆脱掉。

彩绘香车如长龙，旌旗舞动如彩云。居坐车中的吕后，一面观看中原大地的春光奇景，一面回忆当初从这里经过时的往事。她一把拉过太子刘盈，一边给他指点车外的景色，一边交代说："这些都是你的领地，这些在田间的人都是你的黎民。你有权动用土地，有权整治黎民。权，就是你的工具，怎么用都行。只是你必须牢记，权是你的命根子，一日也不可丢弃。"

太子刘盈对母后的这些话，仅仅是细心听听而已，心里一直不懂，只能在嘴里不断答应着，以表示他忠心听训。

这时，正在行走的车辆突然停下。待前方的审食其纵马来到她的车前禀报时，方才得知：梁王彭越要叩见皇后娘娘。

"他不安心在梁国当王，跑到这里干什么？"

"禀告皇后娘娘，听押解他的公人回答，彭越因叛反之事，被皇上降旨后削为百姓，赦他不死，特解去蜀地流放。"

"噢……"吕后一声自吟，心里猛地一颤：怎么又跳出来一个反贼？

"行，快把他带来吧。"

当吕后在车上看到大跪在车下的彭越，简直不相信自己的眼睛：这是梁国诸侯王吗？这简直就是一个被贩卖的奴隶：挠头、赤脚、尘土布满全身，灰垢蒙住脸颊。一双惊魂不定的双眼，时时闪现着乞求哀怜。他跪在吕后面前，嘴里时时反复一句话：我没有叛反，是小人诬陷！望皇后宽恕，让我回到家乡昌邑吧！

吕后明白了。

面前这位乞求赐予怜悯的人，并不值得可怜，他是一只逞凶的猛虎，眼下刚刚被擒拿住，万万不可被声声哀求所迷惑。

"行，你起来吧。你不要再去蜀地了，随我东去，去见皇上。"

彭越被感动得泪水不住流淌，一声连一声恩谢皇后。心里话，还是这位善良的皇后娘娘好。只要她能在皇帝面前说上几句好话，兴许皇上还会再次起用我，到那时，我一定要千恩万谢这位善良的皇后才是。

吕后的车队行到洛阳以后，在行宫里住下来。第二天，快马报来：皇帝东征获胜，不日即可来到洛阳。

******

代地征剿陈豨，战事并不算顺利。幸有多位部将，甘愿抛命洒血，日夜鏖战，最后才算勉强取胜。精疲力竭的刘邦才带着部下，班师回京。

途中，刘邦与戚嬺欢合时，戚嬺不经意间问一句："陛下，你是口衔天命的皇上，金口玉言，落地有金。难道你还有感到难以开口的事吗？奴婢实在不解。"

刘邦知道戚嬺这是在试探他废长立幼的决心。其实这事已经久久悬在他心上，提不动，又放不下。直到今天，他从来没有在群臣面前提过这件事。因为不到机会成熟，这句话是万万不能说出口的。只要开口，必须办成。直到今天，他明里暗里，眼见的、耳闻的、谣传的，从来没有下臣议过太子的一句话一个字。这已经说明，太子刘盈已经得到文武百官的认可。

储君一旦确立，轻易不可更动。

再说皇后，她少言寡语，心地平和，在文武官员之中形象颇佳。对这样的皇后娘娘和太子，真若给予废弃，犹如一人推翻一座大山。因之，他极力在寻求机遇……

"朕说话必合情合理又合众人之心，不然，朝上不语，背后会议论。人心，只能理服。"

"陛下，这么说如意立太子是不顺理的事？"

"太子必须有天分，如意……"

"如意是我生的。我是妃子，但是我每次出征，必与陛下相随，风雨同行，甘苦共尝，此中艰辛何人得知？"说到这里，戚嬛既激动又恼怒，真想在皇帝面前狠狠发泄一通，以解心头之闷。不行，现在正是百般殷勤、百般表现的时候，最终只有完全感动了他，并让他竭尽全力承办，并且又能顺利办成。到那时，才是你功成名就的时候。

于是她立刻改变语调："陛下，奴婢忠诚于你，从不言苦，任劳任怨才是我最大的乐趣。陛下，让我来给你舞一曲吧，让陛下心情快乐。"

大军途经洛阳城，刚好跟吕后相遇。

当天，刘邦在行宫举办宴会，以庆凯旋。

夜间，吕后单单与皇帝密谈。当他知道吕后在半道上迎着被流放的彭越，并把他带到洛阳，仅谆谆教之："他是一只被擒拿的猛虎，不可留在身边。"

"既是一只虎，更不能把他放回山。蜀地富饶，山河险固，自成体系，以后谁能予以钳制？"

"孤掌难鸣，量他一人难成大业。"

"不。以愚人之见，趁此机会杀之，以绝后患。陛下意若何？"

刘邦心中尚有疑虑：彭越虽目空一切，不听旨令，但终未有叛反之心，如若杀之，必要有谋反的证据则可以理服天下。

"无谋反证据，尚不可滥杀也。"

吕后笑笑："证据本没有，只要你要，就有。"

刘邦未置可否，亦笑笑："皇后虽是女流，却富于计谋啊。"

受到皇上表扬，这可是不多见的事。她心里颇感得意，像表决心似的说："陛下，请你看臣妾的吧，我全是跟你学的。"

是夜，吕后兴奋得无法入睡，她把审食其召来，经过一番密议，决定派人回到梁国，把那个告密的太仆带来，并让他在梁国找到能够证明彭越谋反的人和证据。

这一招很灵验，太仆按吕后的意思办得很圆满，既找到了证人，又寻到了证据，待这一切到手以后，吕后又把远在京城的廷尉召来，让他亲自审判彭越，并要认定他是谋反的罪犯。廷尉心里明白，这是一个圣上交办又督办的案子，目的很明确，要彭越死；过程嘛，就是靠制造了。这事如果做不好，自己的饭碗也别想要了。

之后，廷尉堂审，尽管有人证、物证在面前，彭越仍矢口否认。他一面大呼冤枉，一面数次恳请廷尉，让他面见皇后娘娘。他说："皇后娘娘话语中肯，最能以理服人，若不是她中途仗义，我早已身陷蜀地深山之中。让我面见皇后娘娘，请她为我申冤。"

廷尉心生悲凉，这个看似最善良又体贴人的皇后娘娘，正是强制督办的幕后人。

廷尉驳回彭越的请求，并以谋反罪判处彭越斩首，灭三族。

听廷尉禀报以后，吕后先行表彰廷尉办事干练、有力。而自己心中不免暗暗窃喜，杀了人，还让被杀的人奉为慈善的大好人。人世间的事让人难以揣摩呀。同时令她感到开心的是：这些年来，经过耳濡目染，心思体会，总算跟着皇上学来了这样的大本事。

皇上表面大大咧咧，待人宽容大度，究其内心里却是对任何人从来都是猜忌生疑，一旦看到蛛丝马迹，必无限扩大，穷追不舍，直到置人于死地。有道是近赤者朱，近墨者黑。吕后则以此为荣，心里话："寡人不狠则不为寡人矣。"

彭越被杀以后，刘邦则下令将其尸剁为肉酱，并让快马分送各地诸侯，杀鸡给猴看，看以后谁还敢造反！

十二　太子之争风波恶，商山四皓入长安

吕后呢，心中的妒火燃烧极旺，口中的牙齿咬得发响。她看到色、才、艺、美极佳的戚夫人整整把一个心气刚硬、毒辣异常的皇上给迷得昏三倒四，不能自已。这些恰恰是她完全不具备的。她无法再看下去，只好把两只几近喷火的眼睛快速移到一边，而后迅速合目低头，让妒忌之心得到稍许安闲。

皇帝班师回朝后，当下设宴，京城官员皆入宫叩拜。让他心生疑惑的是：淮阴侯韩信为什么没到？难道至今病体仍未痊愈？当他转身询问旁边的萧何时，萧何则顾左右而言他，支支吾吾，一时没有明说。

宴罢，刘邦即来到吕后宫房，开门见山，询问韩信的事。

听到问话，吕后则不惊不慌，像没事儿似的说："淮阴侯已被我斩首。"于是便详细说出陈豨的密信，和萧何二人如何商议行事的，一一说出。"只因事情重大，我必当面向你陈述，故拖至今天，望陛下宽恕。"

刘邦认真听完后，既喜又怜："这只虎待了六年，今天终于除之。嗨，前后想想，韩信本于我有大功，如此死去，未免太让人心寒。"

吕后说："本来让快马告知，但恐事烦且乱，再有意外发生，故快刀斩乱麻。"

刘邦长叹一声："三只虎已经除去两只，且看英布如何。"在他心中看来，英布谋反，已是早晚的事，而及早把英布给解决掉才是要紧的事。

孰料，就在此时，他身上却感到不适。先是吃饭无胃口，接着是低烧不退。开头，他并不在意，只认为戎马倥偬十几年，雨里闯，风中奔，酷暑冰雪从不畏惧，点滴不适，隔日即愈。可是，这一次的病却竟日不愈，且有加重之势。

一次，与戚嬺合欢后，咳嗽不止，通体大汗且又渐起高烧。戚嬺立刻召来太医，经把脉诊断，却说陛下终日劳累，须静养几日。

戚嬺这才放下心来，一边向吕后禀报，一边守在皇帝身旁，精心调理。吕后则专管药剂、饮食，任何人不得插手。前后过了半个多月，皇帝龙体日渐康复。

这时，积压在皇帝心中的事太多，其中急办的是代地已靖，何人为王？

是夜，他与戚嬺守在一起，悄悄说："朕已思考多日，决意让如意代管代地如何？"

戚嬺心下一惊："那皇上终日记在心上的要立如意为太子的事难道给忘了不成？"

"没忘，没忘，全记在我心中。只是先让他在代他当王，而后再册立为太子。"

"陛下，奴婢还是认为此事不妥：一是如意尚小，智力不全，虽有能人为相，也

免不了挂一漏万。加之代地偏远,且与匈奴相接,不知哪一日战事突起,这如意安能镇住?"

"说的也是。不过这代地终要我刘姓家人出任王者,要不,我心下亦然不安。"

"有了!"戚姬心上一转,"薄夫人的儿子刘恒,年龄稍长,且诚恳安宁,陛下看让他去代地如何?"戚姬以为,在此时能多多维持一人,对日后自己被封为皇后也是大有裨益的。没想到这一人选竟为皇帝赞成。

圣旨到来之前,戚姬为彰显自己的能耐,于暗中偷偷告知薄夫人,薄夫人半信半疑。当圣旨谕召以后,薄夫人感激涕零,拥抱儿子,泪水涟涟地叙说:"母以子为贵,儿子今天尊为王,母亲我入地心也甘。"

想当初,刘邦初为汉王,在栎阳后宫里一眼看中薄姬,临幸了她一夜,即怀上刘恒。数年来,薄姬于宫中甘居人后,不出风头,不传闲言,不说碎语,在众嫔妃中为一淑贤端庄之人。现在儿子被封为代王,虽说在国家的北疆,位置有些偏远,可远离中原的是非,有什么不好呢?

今日喜事来临,后宫嫔妃争相祝贺。薄夫人尽力抑制内心激动,先去吕后宫中拜谢。

吕后先是尽说些谦虚之词,末后,于无意中询问一句:"早早看出薄夫人面带惊喜之色,莫不是旨前已有知晓?"

薄夫人一时大意:"早时已听戚夫人告知,唯恐是虚假传言,今日方才证实。"

"其实早知晚知都一样,陛下打下的汉室,终究会让刘家人看守。"

薄夫人走后,吕后心上如油煎烹。"戚姬和皇上如此亲近密切,日日恳谈,今日能让刘恒去代地为王,明日必会要皇上册封如意为太子。这若成真,如何是好……"苦思冥想之时,猛然间,她自问自说:"戚姬能为皇上想出代地的诸侯王,我为什么不能为皇上引荐出梁国的诸侯王?梁国彭越已亡,无人取代,皇上岂不心焦?好。"吕后很为自己的思想而自豪。于是,她便暗暗在心上挑拣人选。最后想到刘恢、刘友。她心里很是高兴,当晚就跟审食其说出自己的心事与打算。

审食其很是赞同:"一个梁王,你想出两个人选,好。这样留着让皇上挑选,他绝对会夸你想事办事周到。"

第二天上午,吕后带着宫女,来到未央宫,专程看望皇帝。远离宫门数丈远就听见皇上高兴时哈哈大笑的声音。吕后心中很是不悦。待得进来,吕后先行叩拜皇上,辞后,戚姬忙上前叩拜吕后。皇帝说:"这么早来这儿想必有大事要说,快说来我听听。"

吕后未语,先是顿了一下,而后略显嗔怒地埋怨戚姬,可是那话明显是说给皇上听的。

"陛下龙体刚刚康复,说话仍须轻声静气,切莫引陛下狂笑而使中气失调,疾病侵扰。"

戚嬛自知理亏,只得红着脸答应。

皇帝则一副不屑一顾的神色:"病已去,心情开朗,怎么不能大笑?"

吕后遂转怒为喜:"臣妾巴盼你日日欢笑,时时欢喜,只是不要大喜大怒,伤害身体。"

皇帝自知吕后是为个人安康着想的,只能无声应允。待一切如常,吕后才说出个人心愿:

"梁王已亡,梁国正当复兴,臣已想出刘恢、刘友二人,陛下看是否称职?"

皇帝一听,甚喜:"好,你与朕想到一处去了。你提出的二人甚好,以朕之意,若把梁地一分为二,庶子刘恢、刘友岂不各有其地,各有其职了吗?好,朕即令萧何等复议下旨。"

吕后心中惊喜,立即叩谢:"陛下英明,臣妾顽昧,多谢陛下赐教。"她说着,拿凤眼一瞟戚嬛,一副被冷落的神色令她脸面失去光彩。吕后心里话:"活该,就让你也尝尝我的手段。"

失意的神色在戚嬛脸上仅一闪而逝,她转身来立刻拜在皇帝、吕后面前:"看到陛下龙体日康,奴婢万分喜悦,为表欢欣之情,奴婢拜请陛下、皇后娘娘,允许经办宫中歌舞盛会,也算为陛下康复而拜天敬神。"

皇帝早一口应允:"好,说办就办。稍作准备,明日上午在未央宫举行。"

戚嬛斜视一眼沉默不语的吕后,心中沾沾自喜:"这你就不行了吧?明天就看我的了!"

翌日上午,天朗气清。未央宫廷院里,待歌待舞的宫女亭亭玉立,她们按赤橙黄绿青蓝紫外加水红翠绿共九种颜色,分列成队,每队三十人。独有戚嬛一人立于队前,身着红衣绿裙,黄金腰束,芙蓉色飘带,墨染似的青发高高盘起,金簪、银饰、珠环、玉佩点缀其身上的大小空间。更有一张桃红粉脸,映红日,镶蓝天,清脆嘹亮的歌喉,响遏云天:

思齐大任,文王之母。

思媚周姜,京室之妇。

大姒嗣徽音,则百斯男。

惠于宗公,神罔时怨,神罔时恫。

刑于寡妻,至于兄弟,以御于家邦。

雍雍在宫,肃肃在庙。

不显亦临,无射亦保。

肆戎疾不殄,烈假不瑕。

不闻亦式,不谏亦入。

肆成人有德，小子有造。

古之人无斁，誉髦斯士。

戚嬛领唱，侍婢遂从唱，领唱者音脆如莺燕，从唱者音扩畅心怀。

皇帝端坐席间，双眼发直，双耳呆听，高兴处，还跟着戚嬛音调，清清学唱，双手尽在其间打着拍点。

吕后无奈，虽然声声入耳，但心中越发烦躁，看到人人兴致极高，不得不从之，佯装静听之。

歌罢，戚嬛复入场中，身随瑟、竹之声起舞，九色服饰的侍婢，亦在场上随舞从之。但见戚嬛跳起时，昂首、挺胸，飞起后勾的脚跟几乎能与头脑相撞。飘带与舒袖齐飞，耀眼的色彩旋转，当那张粉若桃花的脸面回首时，正跟皇帝四目对视，一刹那，于千军万马中镇定自若的陛下，几乎晕倒了。

吕后呢，心中的妒火燃烧极旺，口中的牙齿咬得发响。她看到色、才、艺、美极佳的戚夫人整整把一个心气刚硬、毒辣异常的皇上给迷得昏三倒四，不能自已。这些恰恰是她完全不具备的。她无法再看下去，只好把两只几近喷火的眼睛快速移到一边，而后迅速合目低头，让妒忌之心得到稍许安闲。

歌舞终于圆满结束，皇帝兴致极高，他下令给每个从歌舞的侍婢金银赏之，对乐师亦有重赏，因为他这个懂得乐器、乐理的皇上听出今天的乐器音质极正极圆美，心里格外高兴。戚嬛几乎是飘到皇上面前，规规矩矩给皇上、皇后叩拜。但见她身不疲累，气不发喘，面颊益红，双眼愈媚。她偎进皇上怀抱，与侍婢一起把他拥进宫中……

回到长乐宫后，吕后病倒了。

一整天，不吃不喝，只感到胸口发闷，心如刀割，双眼看天天转，看地地旋，头脑剧疼欲裂。婉玉心里愈发难过，她双眼噙泪，几次轻声唤着皇后，让她喝水，让她吃药，给她轻轻捶背，精心按摩。直到午夜，当审食其溜进房间后，吕后才勉强起身。婉玉悄声退下以后，吕后一头扑进审食其的怀抱，嘤嘤哭泣。

审食其紧紧拥抱她，轻声安慰："别难过，悲极伤心，保住凤体才是根本。"

"那个小狐狸精活一天，我就受一天折磨。皇上的心，整个儿被她给勾走了。日后，太子刘盈的宝座怎么能牢靠，我的皇后尚不……"

她不想再说下去，越说心里越悲痛，越说越忧愤。她恨不得亲手操起钢刀，把戚嬛碎尸万段。可是，恨归恨，她连戚嬛的一根汗毛也不敢动。戚嬛是皇上的心肝，别说打她、杀她，就是敢说一句妄话，皇上会立马给予严惩，轻则伤身，重则丢掉性命。

"你说说我该怎么办？你给我出主意呀……"

"皇后，你别心急，心急会乱神的。千万要稳住神儿，跟往日一样，该吃要吃，该喝要喝，该快乐时要欢欣喜笑。千万不能自己折磨自己呀。"

138

"我吃下饭，喝下水，心里欢乐又如何！"

"有了好身体，心神安然，就能瞅准机会，天无绝人之路。"

"机会，什么机会？"

审食其的声调愈来愈低："你不是说那个狐狸精心下是想夺太子的宝座吗？这样的大事，皇上必要跟大臣们议论。只要这个事一出头，咱们就快快想办法对付。"

吕后冷笑一声："到那就晚了。眼下就要想办法，早早走在他们前面去。"

"只是，只是皇上还没有提出这个事，咱们怎么好插嘴呢，万一风声传出去惹恼皇上呢，怎么办？这不弄巧成拙了吗？"

"不，当下就要想办法，不能晚。"

审食其只好应声："我回去后一定打听这方面的消息，一有动静，立马传给你。"

"正是。另外呢？"

"皇后要跟吕家大臣联络好，但有动静，他们也会出马帮忙的。"

"这个不用担心，我的事就是他们的事，他们绝不会耍奸，也不会袖手旁观。"

"再就是，要跟这一批老臣们套近乎。张良、萧何、陈平、周昌、周勃、夏侯婴……他们跟皇上亲如手足，紧要关头，他们还是能说得上话的。"

"说得对，就我所知，这些人跟戚嬛走得并不亲近，听说他们都说戚嬛鬼精。"

"对。这就好，她戚嬛没有人气，咱们有。只是这皇上的心道儿还要多上一炷香，一定不能让他薄了咱们。"

"前年太公升天时，皇上对我很是体贴，只是当下，显得有些冷。不过，我处置韩信、彭越的事，很被他看重，很被他赏识。这些是以前从来没有的事。"

"好，有这些事帮衬着，你就趁热打铁，在皇上面前小花招不能多，可一点儿没有也不行。你给他出过力，他对你还是有心的。"

二人越说越亲近，不知不觉，拥着抱着，滚在红罗帐里扭动起来。

敬天祭地祝贺皇上龙体康复的盛大歌舞结束后，刘邦对戚嬛越发珍爱、亲近。时时不让她离身半步，夜夜拥抱入眠。他看着戚嬛的粉面，闻着她的体香，耳间又响起她那悦耳的甜脆歌声，那美妙的音质让他心狂，令他痴迷。

"嬛儿，朕一时一刻也离不开你。"

入夜，红罗帐里二人紧密拥抱，皇帝在戚嬛耳边说出自己的心里话。

戚嬛甜甜地亲了一口皇上的干瘪嘴唇，香喷喷的话儿送入他心里："我也是。奴婢今生今世就是为了皇上你一人活着的。奴婢就是你的小玉佩，套在脖子上，贴在心窝上，时时刻刻厮守在一起。"

"就是，就是……"刘邦兴奋得无法言表。

"只是奴婢还想忠告一句，陛下，你就是趁着初一、十五的机会也该去长乐宫，会一会皇后娘娘呀。"

"去是该去的，只是我实在离不开你。"

"如若不去，只怕时间太长，那儿可就会被别人给强占去了。"

刘邦似乎重重挨了一记闷棍，猛地闪过身子，瞪着双眼看戚嬛："你说什么？谁敢在宫中如此放肆？他不怕斩头灭绝三族？"

"嘿嘿，天下就有不怕死的人。"

"你说！是谁？说！"

"就是那被你封的辟阳侯审食其。"

"此话当真？"刘邦的语气不免加重。

"有人看见他三更天溜进长乐宫，五更天便匆匆走出来。他想干什么，要干什么还不清楚？"

刘邦脸上一阵燥热，从未有过的羞愧感袭上心头。"好，辟阳侯，抓住你，我把你捣成肉酱，榨成血水！"

当天夜里，刘邦密命他的侍从官，郎中季布，要他一人潜入长乐宫，捉拿乱宫的贼人。

一连两天，安然无事。第三天深夜午时，季布终于抓到潜入长乐宫中的辟阳侯审食其。

一直在未央宫静候消息的刘邦看到季布终于不辱使命，抓到审食其，既兴奋又羞怒。可是经过一番审问之后，竟然令他大失所望。原来，季布是在长乐宫钟室抓到审食其的。未抓之前，季布在那儿整整待上一个时辰，而后才下手的。一问才知道，审食其入宫，是为了暗中护卫吕后娘娘。

"自从杀了韩信以后，宫中经常闹鬼，为此，皇后娘娘吃不好，睡不安。我一个专门掌管宫中大事的人，绝不能让皇后娘娘吃亏受苦。从那以后，我经常独自溜进宫中杀鬼保娘娘安全。"

无法，皇上只好摆摆手让季布与审食其二人离开。就在审食其刚刚走到房门外时，清清楚楚听到皇上说出一句话：

"不能再等了，该是摊牌的时候了。"

一个月后的一天早朝，汉室的老臣几乎全都到齐。曾经因病体缠身经常不来上朝的张良亦早早到来。

皇帝坐定，待群臣一同叩拜以后，便宣布一个令人颇为吃惊的决定：

"太子刘盈，生性软弱，尚不能主政国事。朕意欲废刘盈，册封如意为太子。臣可尽道忠言。"

此话刚出口，殿上文臣武将一片哗然。

留侯张良首先提出反对："废长立幼乃朝廷一大禁忌，望陛下三思。"

太子太傅叔孙通则直陈胸意："陛下万万不可仓促行事。若废长立幼，实乃汉室之一大不幸。太子乃天下之本，本一摇头，天下振动，民心不稳。陛下，你怎能以天下为儿戏，说换就换，说变就变了呢？万万不可！"

丞相萧何见前面已有人反对，且皇上并无恼怒之色。于是，他也上前提出不同看法："陛下，废长立幼，实不可取。春秋时，晋惠公听信爱妃骊姬之惑，杀了太子申生，最终导致晋国混乱三世，不可收拾……"

谁料此时皇帝怒从心生，打断萧何的话语，说："萧相国是否怀疑我偏信戚夫人，受其蛊惑，才贸然行事的？"

本想随大流，充好人的萧何，受此斥责，只得不声不响，低头退下。

皇帝的一句恼怒的话并没有震慑住文臣武将心中反对的声音。其中，话语最激烈的要数御史大夫周昌。这位一心为汉、赤诚忠厚的老臣，听过皇上废长立幼的话之后，几次张口述意，但是，终因他口吃舌笨，几次张口，都被别人抢先说起来。就在萧何退下后，趁着这一空隙，周昌一步迈到中廷，向刘邦叩拜以后，便昂首陈词，不知由于心中气愤还是心急使然，刚一开口，半晌吐不出话来：

"臣，口吃，期期，不能言。然，期期，知其不可。如若废长立幼，臣，期期不奉诏。"

此时的皇帝非但没有被周昌的怒气惹恼，反而哈哈大笑起来。

至此，他只好不置可否，丢下一句让群臣再行斟酌的话，便扫兴而退。

廷上的官员，先由小声议论，转而高声喧哗，至中午时分，一个个才悻悻而归。

但是所有的人都没有觉察到，数月来，心中一直忐忑不安的吕后，其实早已潜身在朝堂东厢房里暗暗窃听。廷上，所有大臣的言说，无不清晰印在她的心房。听着听着，她心上一阵震颤，鼻子一酸，泪珠簌簌滚下来。

早在那次她跟审食其密商之后，暗中便干着笼络人心的事：她派人给大臣的夫人送去金银头饰，送去环佩玉器；暑热天气，还一一送去时鲜水果。她知道这些东西虽然不贵重，不值钱，但很能打动人心。

同时，她又把两个哥哥和已经成气候的侄子，先后召进后宫，以叙家常、表亲情的方式，让她的亲人们一一知道皇上欲废长立幼的打算。其中，要有用得着他们的时候，要敢于挺身而出，不能畏首畏尾，犹豫不决。

当她把这些该做的能做的事一一过手以后，心下稍感适意。可就在这时，婉玉给她传来一个震惊人心的消息：有未央宫的奴婢，曾用各种借口，来到长乐宫走动。有的还偷偷朝长乐宫的侍婢手中塞钱财，极欲从她们嘴里探听话儿。吕后听了以后，稍稍稳稳神，心里知道，这是戚嬖使的招儿。她要在我这儿抓些把柄，乘机把我打压下去，为她的儿子如意封为太子聚力、搜寻口实。

想到这里，她的头皮一阵发麻。

不好，我跟辟阳侯的事，她一准听到了风声。要不，她为什么敢走这一步险棋？因为在宫中，若有人敢秘密串联，暗中打听那些不该知道、不该说的话，一旦被发现，定当被处死无疑。

当下，她敢干这宗事，无非是得到皇上的允许，再者，她已经得到一鳞半爪的风声，便想乘机搜寻口实，将我打倒在地，夺取皇后之位。

吕后越想越气，最后她狠狠咬牙诅咒："蛇蝎之心何其毒也，最终将不得好死。"

当天夜里，乘审食其来宫中暗合时，她先把这个事对他说了，而后，二人暗暗议定一个计谋。

第二天，她令婉玉找一宫女，偷偷与未央宫里潜来打探的宫女接头，并说愿意为她当暗哨。一是要银钱，二是详问她要打听什么事。果真不出吕后所料，她说是戚夫人要探听皇后娘娘身边是否有男丁。

当天晚上，吕后得知这一消息以后，先拿出银钱奖赏了婉玉和那个前去接头的宫女。而后，从当天夜里，审食其便依计行事，夜夜不辍，终于被季布给抓了个正着。

此一计，不但验出审食其的忠心，还吕后一个清白之身，最重要的是，当审食其即将离开时，又得到一个难得的消息：

皇帝近期将会在朝上议论废长立幼的事。从那天起，吕后便让审食其密切注意。

今早，当审食其看到连张良在内的许多重臣一个不落地全来到朝堂时，他忙去长乐宫请出吕后，让她悄悄潜入廷上东厢房探听。

吕后听着、哭着，唯恐有响声被发现，只好无声啜泣。

不行，啼哭掉泪能把事情挽回来吗？不。一定要想办法。对，恳请老臣齐心帮助！不，绝不能在朝堂出现，那会酿成杀头之罪的。等等看，天不会绝我。

退朝的人陆续走开，走远，而说话口吃的周昌却落在最后。当他正要上车时，只听身后有人唤他："御史慢走！御史留步！"他忙回头一看，却是皇后娘娘。

待吕后走到跟前，周昌正想施礼时，突然看到皇后娘娘双膝大跪在他面前，双眼流泪，口中连连感谢："御史仗义执言，若不是你真诚慷慨，太子刘盈的位子说不定……"

吕后再也说不下去了，泪水流出，话语哽咽，柔弱的身躯一悸一颤。

周昌哪敢怠慢，急忙把皇后娘娘搀扶起来。话语出口时，依然期期不断："皇后娘娘，臣愚昧憨直，但期期对太子期期，真心，期期保下去……"

拂袖退朝后，刘邦闷闷不乐。回到未央宫后，待在一处，默默不语。

戚姬心中一悸，坏了！准是儿子如意的事没有办成。她灵机一动，嬉笑着偎上去，先给皇上捶双肩，再给揉长臂。最后她悄悄伏下身子，从皇上背后伸过头来，在皇帝的脸颊上狠狠亲了一口。

至此，刘邦似乎才缓过气，长长嘘叹一声："废长立幼的事办得不顺，不少人引经据典反驳我，看来一次不行呀……"

"哟，我当是什么大事儿哩，没什么了不起的，一次不行再来一次，只要皇上心中想着如意就行，早一天晚一天终能办成。来，皇上请你抚瑟，我击筑，听我再给你唱上一曲开开心。"

此时，如意倏地跑进来，先给刘邦跪地大拜，起身后，在堂前亮开四肢，打了一个飞脚，又劈下一个大叉。刘邦双眼看得发直，嘴里连连叫着："如意像我，如意像我，日后必有大建树。"

戚媭立即给儿子使了一个眼色："还不快快感谢父皇？"

如意从地上一个飞旋，猛地直立地面，说："谢父皇夸奖，孩儿自当苦练下去。"

刘邦惊喜得一把将如意抱在怀里，又是亲又是疼。刘邦已是快六十岁的人了，人到暮年，舐犊情深。父子两人四只眼睛双双溢出欢乐的泪水。

戚媭这才舍得从皇上手中接过儿子，亲了一口之后，把他放在地上说："出去玩，没有我的传唤，不准随便来这里。"

如意嘴上没有回答，竟然扮了一个鬼脸，大笑着跑走了。

吕后回到长乐宫，独自待在房里，静下心绪，又把在朝堂上听到的话在心中一条一缕捋一遍。各人说的话，说话的声响，历历在目，声声在耳，想不去想都不行。接着，她又对每个人一一进行掂量：

萧何，老臣，老管家，他绝不会对我轻薄。

叔孙通，太子刘盈的老师，更不会轻易丢下太子不闻不问。据说太子在他眼里是一个仁慈、善良的好人，将来治国，必在皇帝之上。

周昌，此人忠心可嘉，我已向他跪拜请求，之后，他绝不会有负重托。

张良，留侯计虑深远，运筹帷幄，在皇上眼里独一无二，应该听听他的主意。

正想着，审食其匆匆赶来。

"辟阳侯来此何事？"吕后心口不一，说出此话。

"怎么，没有事就不许我来？青天白日，谁敢污皇后娘娘清白，痴心妄想。"

"不……我是说，你有什么新消息没有？"

"有。听传言，留侯张良并不赞成废长立幼，皇后娘娘快想办法，请张良给出一个计谋。"

"张良？快！快！找我大哥吕泽，让他快马追赶张良！"

张良从接旨要他上朝议商要事时起，就已经猜出，皇上心中对太子之事，怕要有变动。

今日在朝堂一站，一听，一看，果不其然，皇上废长立幼的决心已定。当他看到朝中大臣，人人均抵触时，心中稍感欣慰。罢朝后，他决定立即赶回去，不在京城，心中无事，少惹麻烦。单凭这个废长立幼的事，最终还是要酿出一些风波来的。

在张良心中，皇帝举义创业时，对人谦逊，心胸纳人。特别是对自己，更是言听计从。大业已定，他却暗中发现，皇帝的眼眶高了，心中不但容不下人，更是在日日暗中算计人。韩信、彭越，此后，英布也会遭暗算，这几个曾经建立奇功殊勋的人，全落得一个身败名裂的下场，本人死了，三族一样遭害。他认为自己选择的道路是对的：功成、身退，不争功、不争封，更不争金钱美女。远离京城，在留侯地，尽享清闲自在，无事小神仙。远离权、利，身心舒坦自在。哼，长子，幼子，都是你刘家的人……

正在静默思索，只见身后大道上，几匹快马飞速驰来，为首一人高声大喊：

"留侯慢走！留侯留步！"

张良不解，难道京城又出现奇险之事了？

看那马匹动静，不像歹人打劫，于是他命随从止住车舆，立车道旁。

奔马驰到车前，前蹄猛地扬到空中，一声嘶鸣，才算落地立稳。接着，马上一位官人滚鞍下马，三步未到车前，叩首大拜：

"在下乃皇后娘娘兄长，太子刘盈舅父吕泽。今特奉皇后之命，请留侯大人回京城，到长乐宫一晤。"

张良心里明白，这又是朝中哪位能人专为吕后出谋，要我为保住她儿子储君宝座而出谋划策。嘿嘿，这一片浑水我万万不能去趟。于是，他故意表现出有气无力的神态，软绵绵地说：

"多日里，疾病不退，心悬气虚，故早早回封地医治。还望国舅回禀皇后，张子房我无力无能，只能苟延残喘而已。"

吕泽仍然伏地不起，一副不达目的决不气馁的架势："还望留侯大人不负皇后诚心之邀，不辞艰辛，回宫走一遭。"

走，走不掉。回，无心回。

开头，张良心头尽是无端烦恼，真是怕事有事。面对这个心诚志坚，一心要把自己拉下浑水的人，张良真是又好气又好笑。相持不下，最后，张良只好想出一计：

"臣真诚感激皇后之邀，无奈，痼疾沉疴缠身，仿佛陷入泥池，无力自拔。但臣已知皇后心思。如望协力，只有去找那几个人方能成功。"

吕泽心头一热，忙抬头询问："谁？万请留侯大人不烦明言。"

"商山四皓也。"

"烦问留侯，此人能否请得？"

"路已指明任你走，话已言明任你做，无须多说。"话一说完，张良的车子已经滚动，转眼间飞出数里之遥。

淮南王英布终日守在王府，时时关注皇帝征讨陈豨的消息。连日来，让人头疼头晕的坏消息一个接着一个：先是京城传来淮阴侯韩信因谋反被杀；又闻代地陈豨反叛，皇帝亲率大军征剿，后又闻代地已平，皇帝班师回京。

"彭越呢？为什么没听到彭越的动静？彭越这小子是一根筋，追随皇帝铁了心。此时他准被邀去出兵了，兴许立了大功又能高升。"

忽一日，探马来报：梁王彭越阴谋助陈豨谋反，幸被皇帝发觉。现已削职为民，流放蜀地去了。

英布懵了。

谋反罪，理应该杀。为什么为被流放蜀地？难道他彭越花钱行贿，得到皇帝的宽恕了？

正当他不明不白，糊里糊涂时，郦介带人到府上传旨，并赐上一碗肉酱，并言明彭越反叛，罪不容赦，斩首、灭三族，并将其剁为肉酱，分给天下各诸侯王食之，以警示明心。

当时，英布几次作呕，险些吐出来。

待郦介一行人刚刚离开，他便随手将那碗肉酱扔得远远的，并大声吼道：

"小小泗水亭长，欺人太甚！"

英布武艺高强，神勇不亚项羽。当年，刘邦为灭项羽，曾以淮南王诱惑之。其王位刚刚坐上没有几年，就亮出让人心骇的钢刀。今天斩韩信，明天杀彭越，三位立奇功的诸侯王已经被灭掉两个。不用问，下一个准是我英布无疑。我英布绝不会束手就擒。事已至此，我必整兵布阵，严加防范。但是，对外仍要严守机密。

可是，防不胜防，英布手下的中大夫贲赫，竟然暗中逃窜，跑到京城，把淮南王英布蓄谋反叛的消息，一字不漏禀报给刘邦。龙体刚刚康复，废长立幼不顺畅，令刘邦心中窝住个疙瘩。恰逢此时，英布反叛的消息传来，让他忧上加怒，哇的一声大叫，口吐鲜血在地，虚弱的龙体雪上加霜。

当吕后正在长乐宫望眼欲穿，等待高人张良的到来之时，猛见大哥吕泽急急回宫，心中立时忧伤万分。但是，听到大哥吕泽说出张良引荐商山四皓的事，心中仿佛亮起一线光明，忙问审食其知道商山四皓否？

"知道。此乃隐居在商山的四位年长的高士，分别为：东园公唐秉、甪里先生周术、绮里季吴实、夏黄公崔广四位。当年，皇帝与项羽争斗时，闻听四位高士大名，曾派人多次邀请下山，四人皆态度傲慢，屡请不到。不知今天皇后去请，能否如约而至？"

吕后沉吟片刻："去请，不管请来请不来都要请。我曾听说，隐士多为诗书饱学之士，甚是清高，很是瞧不起高官大员。此次前去，务必要谦虚，万不可以当今皇上家人自居。"

吕泽把妹妹吕后的话谨记于心，点头称是。

吕泽跃上马身，回头看时，只见吕后眼中饱含泪水，频频挥手，一副殷盼之情溢于脸上。

刘邦的病情显然比上次要重得多。

在得到戚夫人亲自禀告的实情以后，吕后当即决定：用金根车将皇帝拉到长乐宫，由吕后日夜服侍。薄夫人、管夫人与戚夫人等众多嫔妃，只有在每天早晨前来请安时才得与皇帝谋面一次。其余时间，只得守在各人宫室里，专心等待吕后的调遣。

对于这种安排，别的嫔妃都没有多说，唯有戚夫人表示，能否与皇后娘娘一起侍候皇上，也好为皇后分忧解难。

"不必了，知道你有这份心，回去吧，一切静候旨令。"吕后的话，总是不多，但语音凝重，神色肃穆，令你不得不按章执行。

无可奈何，戚夫人只得凄凄然离去。

按照太医的方子，熬药由婉玉监视，喂药则由吕后一人所为。饭食茶水，皆由吕后一人先予入口尝试热凉冷温之后，才能给皇帝喂服下去。看吕后如此严苛，而自己又受到如此舒适调养，皇帝感动得流下泪水。吕后则相对而泣，嘴里说出只有他两人才能听得清的话：

"合欢之意要抑制，临幸之心要节制。龙体安康为上，万万不可任意放纵。"

吕后知道皇帝尤喜男女之事，以前，她不便说，更不敢管，只能听之任之。今日在病榻前，她以为这才是说服他的好时机，即便说，也只能婉转曲意，点到即可。这种恰到好处的做法，很让皇帝动心，且心服口服。

在此期间，吕后从未言说废长立幼的事。她不提亦不说，似乎从未闻听此事似的。每天早晨，她令太子刘盈准时来到龙榻前，向父皇叩拜、请安。每天日落前，除去叩拜慰问，还要将当天所学的典籍背诵一遍，再逐句讲解。太子那副温良谦恭的神态，日渐增长的学识，也像治病的草药一样，入体后，医疾健神养心，刘邦的病体日渐好转。

一天，刘邦起床后，在庭院漫步，感到身体有了气力，他高兴地笑了："好久没看戚夫人歌舞了。"

吕后没有反对，只是说："稍缓一天再看也不迟。古人云：乐滥亦伤怀。我是为你好。"

刘邦没有气恼，亦感到吕后的话是为自己好，当下点头称是。

淮南王英布知道中大夫贲赫远走长安，向皇帝告发叛逆之事，当下决定改旗易帜，和汉室明对明地干起来。他想，天下想造反的人多了，我只要起个头，不怕没有响应的。

消息传到宫廷，刘邦恼怒万分，开口大骂："英布无人性矣，得一望二，欲壑难填。不灭此贼，我汉室不宁矣。"

吕后唯有不停劝说："陛下休怒，龙体康复为上。我汉室已如磐石，固若金汤，无人可撼动矣。一个刑徒，安能动我江山？"

"夫人言之有理，但贼子一天不除，我心焉能安稳矣？"

"……"明知道皇帝说得有理，但是吕后一时口拙，难以言对。

当晚，躺在龙榻上的刘邦，如卧针毡，翻来覆去无法安稳。于是只好起身，踱步于庭间。头脑里直直在翻滚，久久难以释怀：谁去领兵除暴平乱呢？

这时，吕后已经随后跟上，把金黄大氅轻轻披在他身上，并在身旁悄声细语："陛下回房去吧，小心着凉。"

皇帝侧过脸来，小声询问："太子每晚读书否？"这一句不经意的问话，倒让吕后心中甚为惊喜：好啊，今天终于想起来问你儿子的事情了。她连忙跨近一步，如实禀告："太子每天夜读，从来不辍。子夜入睡，寅时即起。数年如一日。"

皇帝似不经意间轻轻答一声，而后便再也不说下句了。

第二天早晨，嫔妃似一朵朵彩云，随晨风翩翩飘来长乐宫。看到已经晨起的皇上，一个个心中欣悦无比。她们一一叩拜之后，便不约而同地围拢上来，有的给他捶腿，有的给他推拿脖颈。看到嫔妃，皇帝心上自是喜悦。可是，吕后则越发看不下去。她板着脸，竖着凤眼，厉声劝阻："宫中人臣，当为民间表率，如此疯癫，有失形象。"

大家无不听从，一个个离开皇上，静坐一旁。吕后为了不使场面难堪，于是便让戚夫人抚瑟歌唱，为皇上提神开心。戚夫人欣然应允。于是，宫女便把乐器置上，只见戚夫人端坐其间，先是轻轻拨弄，静心调准五音，而后，起身，先至皇上皇后面前，一一叩谢，再向众嫔妃致意以后，方才复归本位，轻弹一曲。待乐声把她领进奇妙的佳境之中以后，只见她，高昂粉面，甜脆脆的声音便从她红唇口中飞出，听者无不悦耳乐心。一曲终了，喝彩声遂起。

皇帝慨然叹曰："这样美妙的曲子，朕的病好了大半。"

此时，辟阳侯审食其走到房中，先向皇上皇后叩拜："臣叩见万岁，诚乞陛下龙体早安。"起身时，方才传说："郦介求见。"

"让他进来，定是朝中又有大事。"

吕后说："朝中之事自有丞相办理，为何又来搅扰龙体？"

"不，不，大事必由我办，萧何明了此情。"

郦介来到房内，先向皇上、皇后、各位嫔妃一一叩拜后，这才道出事由："军马打探来报，淮南王英布已经带兵北上，萧丞相、王丞相正在企盼皇上钦定统帅，早日率兵迎敌，荡平贼寇。"

刘邦遂明言示之："朕即日将钦定统兵大将，回示萧、王二丞相，早将粮草备足，

147

不得有误。"

吕后问："陛下将派何人领兵平叛？"

刘邦说："我意派太子统兵上阵，平叛杀逆，不知道皇后意下如何？"

太突然了，简直令人不可思议。

吕后几次张口，终未吐出话。她心里想太子出征必是一次大好事，一是可以历练他的意志，考验他的胆略，增长他的才智，对日后继位终究是件大好事。哼，只要此次平叛杀敌凯旋，你戚嬛就是把黄河水化为泪水也无法哭动皇上的心了。

令她完全没有想到的是，戚夫人竟然先行表态："好，陛下决断英明。"

吕后心下不解，这个从来都是与我顶牛的人，今日为何这般顺从我的心愿？自然感到事有蹊跷，便不得不谨慎。于是她向皇上说出模棱两可的话："太子年不及弱冠，如上阵历练，也未必不好。"

此时，辟阳侯已早早闪身走出去，径直奔太子宫去讨教"商山四皓"去了。

当吕泽把四位高士请出山来京以后，皇后让他先把四人安置在太子宫里，待暂过一段时间之后再定。

审食其见到四位高士，行礼、落座以后，便把皇上欲让太子领军出征的事讲出来，东园公先摇手曰："此事万万不可行，万万不可行。"

夏黄公与其余二人均点头应是。

东园公说："太子如果获胜凯旋则罢，万一出师不利，皇上降罪易储，群臣还有什么话说？"

夏黄公则接着说："太子仍为少年，尚未涉世，让其领兵对阵，无异于一只绵羊去统率一群恶狼。虽是统兵之人，然人人藐其为孩童，无法震慑诸位将领，想想看，这样还能打胜仗吗？到头来，太子必败矣。"

审食其越听心越慌，愈听头愈大。事不宜迟，他急忙拜谢四位高士以后，急速赶回吕后这边。他先把婉玉叫过来，让她快快把皇后娘娘请到一旁，就说辟阳侯有急事言说。

转瞬之间，吕后来到隔壁房间，仔仔细细听罢审食其学说四位高士的话以后，心中恍然大悟，原来如此！

回想当时情境，皇上拿定主意以后，戚嬛当即支持，一唱一和，配合得何等巧妙！若不是我事先请来高人指点，不但坏了大事，弄不好还会使盈儿命丧黄泉！

她愈想愈难过，禁不住泪流双腮，痛哭起来。

刘邦刚刚看到嫔妃散去，正在独坐回味时，猛听有哭声，忙令宫女查看。须臾，只见婉玉扶着痛哭不已的皇后走上来。刘邦甚感不解："什么难事这般悲痛，如何不禀告我？"

吕后依然痛哭，好一会儿才渐渐止住泪水，猛地双膝跪在皇帝面前，再次哭起来。
　　这次生病，刘邦深感吕后的爱心，到底是结发之妻啊。此时，几经劝说之后，才听吕后道出实情：
　　"陛下，望你快快救救太子！"
　　"太子有何难处？惹你这般难过？"
　　"陛下，望你快快收回旨意，别让太子出征了。不然，他必……必……"
　　"太子替我出征，兵强马壮，将士威武，士卒英勇无畏，粮草足用，能有什么不测？"
　　"英布本一刑徒，凶残毒辣，狡诈奸猾，用兵神出鬼没，当年项羽也不能胜过他。这样的叛贼，太子如何能敌得住他？再说，太子仍一少年，领兵对阵毫无经验，虽有你的尚方宝剑，然其如一绵羊引领一群狼。狼岂不垂涎，羊岂能全身？当下，陛下虽身有贵恙，龙体不适，但只要你坐在辇上，将领个个都会奋力杀敌，然英布亦会怯阵败北。臣妾所言，皆真心实话，望陛下三思。"
　　刘邦一边听之，一边思之，最后，长叹一口气："朕早早看出太子体弱心怯，全然不具率兵征战的才能。我命苦矣，拖病体仍要出战。"
　　听到刘邦仍要抱病出征，戚嬽前后三次劝谏。最后，她执意仍要随皇帝左右，日夜护理。刘邦很是感动："有你在我身旁，我心疾病将会祛去三分，我的情绪将永不低落，征讨逆贼，定会获胜而归。"

十三　黥布落魄丧家犬，英雄暮年大风歌

刘邦不想老，他想永远年轻，意气风发。在戚嬛身上，他可以延续这个甜美的梦，不想醒来。

他轻轻拍着戚嬛，无限亲昵地说："易储之事，我已在朝上说出，不少人上朝堂劝谏，我仍不改主意。待此次征剿后，做出定论。"

皇帝率兵出京去淮南平叛英布，审食其才敢壮着胆子走近长乐宫了。

吕后十分高兴，四位高士为她出计谋，以"藏拙"之法，终于使皇帝收回太子出征的成命，最后由他本人抱病领军。

"幸亏你当时头脑反应得快，立马去找了四位高人，要不，太子的小命也保不了几天。"

审食其心里很是自在，吕后的表扬让他感到又一次受到肯定。他反而谦虚起来："这是太子命大、造化大。我只是做了我自己应该做的事。维护皇后、太子，我责无旁贷。"

"这个小狐狸精随皇上出征，又该在皇上的耳朵边吹风了。下面不知道她又会使出什么计谋来。"

审食其则显得很有把握似的："不去管她。咱们只管看风向、听动静，一旦有新情况，马上找高人指教。"

"反正，只要她不死，就要拼着命地来争这太子位。这个女人太毒了。你把我的丈夫给争到怀里去了，又要来争我的位子，还要断掉我儿子的后路。我刘家的江山岂能拱手交到你手中？想得太美了。"

审食其脑子一转："能不能对她的儿子如意施些手段？"

吕后一愣："你是说把她的如意给弃掉？不能，不能。这一步棋太险了，弄不好会把咱们给搭进去的，不值得。不行，这事儿不要想。"

审食其仍不服气："反正不让她尝一口辣的，我心里不好受。等着瞧吧。"

第二天上午，吕后刚要去上朝，每次刘邦出征，她都要临朝问事。这时，丞相府的执事快车奔驰而来，报给她一个坏消息："萧何丞相病倒了。"

吕后心头一紧："难道他……"

于是立马调转方向，直向丞相府奔去。

从来像一个钟摆一样，不停不止，大小不拒，急缓照办的萧何，早上起来，头晕

目眩,身乏无力,心干呕吐,他不敢再动,只得又躺在床上。家人请来医道,把脉开药方,方才吞下一碗汤药,心里才感到一丝安坦。

这些天来,萧何心里一直像针锥一样难熬。皇帝易储,废长立幼,他于朝堂前劝谏,受到严厉斥责,心里立时紧张起来。当年自从随刘邦起事,从来没有受到责备。此次劝谏,还是为了汉室社稷,无一丝私心,不料竟得罪了皇帝。他当天夜里,翻来覆去,直到东方发白,一直没合眼,他想得最多的也是最根本的一条:难道皇上要对我下手?

自从韩信、彭越、陈豨等人相继被除掉,心上的阴影越布越浓,兔死狗烹的道理尽在心里挥之不去。有几天夜里,他躺在床上只要闭上双目,就发现韩信站在自己面前,先是嘲笑,接着痛斥起来,我韩信就是死在你手里。当初你为何月夜把我追回?前番为何又把我骗去宫中?我此一生,坏就坏在你一人手中呀!

他心中有愧,愧对韩信。

"我,我这不是为的汉室社稷吗?今天,皇帝欲对我下手……"

后来的动静,并没有他想得这么严重。像每次出征一样,皇上仍让皇后当朝,让他协理督办粮草。他的心也稍许平静下来。

可是,当他想到皇后请来的"商山四皓",心中又平白无故生出一丝妒忌之心。如此高人来到朝堂,日后早晚会把他给替代。更让他心里时时提防的吕后,这个女人心细如发,一脸的宁静,让人永远揣摩不透她的心计。终日里,她不急不躁,似乎把一切都能看透。皇帝易储的这般大事,她仍安静如常,不温不火。当下,我赶上生病不起,她又如何看我?

这时,舍人一声喊叫:"皇后娘娘驾到!"直令人振聋发聩。他只好挣扎着起身,披上衣服,刚刚走到庭前,只见吕后一溜碎步走过来,嘴里一声连一声地唏嘘不止:"相国何必如此,病恙在身,一切礼俗当免。"她抢上前,扶起叩首的萧何,简单问了一下病情,便急令舍人将他扶下去,当即言明:"相国尽当安心疗养,朝廷的事自有人管,万万不可急躁。"

吕后来到朝堂,即召左丞相王陵,让他尽管替代萧何,一心专抓粮秣大事,误了战事,必当重问。之后,又把北军、南军的头领召来,立令对京城严加看管,如有不详之迹象,必即将报来。对此,她似乎还有些不放心,乘坐金根车,沿街市巡看一番,所到之处,皆市面繁华,升平景象一目了然。

回宫的路上,她单单去到太子宫走一遭,见到四位高士正跟太子讲经据典。太子听得很是专心。此时,她猛地想起太子太傅叔孙通,即问太子,太子说:"太傅身上不适,正在家中调理。"吕后当即让太子备车前去太子太傅叔孙通家中走一遭:"你虽为太子,但对自己的老师要格外尊敬,这样才能给国人树立一个榜样。"

吕后把这些事一件件安排好之后,已到午时。尽管她感到有些疲惫,可是心里很是满足。她认为自己手中的这个权没有白费。有权，就要来行使，不行使不如无权。

"想夺太子之位，就是要夺我手中的大权。想瞎你的左眼带右眼，这个权握在我手上，你永远也别想夺走。"

从打刘邦改变主意，不让太子率兵平叛开始，戚姬心里一直深深纳闷：这是谁给她出的主意呢？皇上为什么会被她的哭声堵住双耳，能被她的泪水蒙住双眼呢？其中，必有人给她出主意，这个人会是谁呢？

其实，当时刘邦让太子出征的主意刚出口，戚姬就认为这是废掉太子的好时机。一个终日在深宫中被众人呵护的十几岁的孩子，一旦披挂上阵，别说他无法躲过明枪暗箭，单单是震耳的杀声，战车颠簸就够他痛苦的了。可是，这个机会仅仅是一闪而过。天意啊！难道又是上苍在暗中护卫太子吗？

不！我绝不能放弃！我就是舍身争抢，也要把太子宝座夺过来，让如意稳稳坐上去。

皇帝的金根车刚刚驰出长安城，戚姬就泪流双腮，嘤嘤哭泣起来。

皇帝很是不解，忙把她揽在怀里，嘴巴贴在她的粉腮上，小声询问："爱妃为何哭啼？如有不适，当可返回宫中休养。"

戚姬不语，只管摇头。

"莫不是又挂念如意了？不必，不必，此次去淮南平叛，最多一月即可返京。"

戚姬拭去面上的泪珠，面色则异常鲜活红艳："陛下，你一次次远征，一次次平叛，无论是冰雪盈天覆地，还是酷暑难耐的夏天，我与你，寸步不离，艰危共往，我喊过苦吗？我叫过累吗？我心中生过胆怯吗？嗨，只是皇上心中无我母子……"说着，又泪水涟涟。

听着戚姬的一席话，刘邦心中自然明白。这位体若柔柳、心如钢铁坚硬的女子，在自己身边，如影相随，带给晚年的刘邦多少欢乐啊！结发妻子是亲人，已没有浪漫爱情可言，两人在一起没什么话说；而美姬是情人，使年近六旬的刘邦找回了年轻的感觉，这就等于延续了人的生命。

刘邦不想老，他想永远年轻，意气风发。在戚姬身上，他可以延续这个甜美的梦，不想醒来。

他轻轻拍着戚姬，无限亲昵地说："易储之事，我已在朝上说出，不少人上朝堂劝谏，我仍不改主意。待此次征剿后，做出定论。"

"皇上能把此事放在心上，就是把我跟如意放在心上了。我娘儿两个只能等候佳音了。"

"放心，放心，朕会把这事儿办得让你满意的，决不会让你失望。"

戚姬的目的达到了，脸上便大放异彩，她紧紧依偎在刘邦的怀抱里，轻轻地为皇上唱出一首小曲。声调细软，缠缠，实在令皇帝心胸悦然，欲醉欲仙。

早已把兵力布置妥当,一心等待迎战的淮南王英布,对刘邦御驾亲征,毫无怯意。在汉军,他一怕韩信,布下各种阵法,令他左右难顾,前后失衡,最终只能甘心败下阵来。二怕梁王彭越。论武艺,彭越只能在他之下,可是,善于游击战的彭越,常常出其不意,神出鬼没,让他眼花缭乱,只有落荒而走。今天,韩信、彭越早早魂归地狱,汉军中无人能胜他。他变得有恃无恐,傲气十足。

当探马来报,汉军已经扎下营寨。

"我的士卒早已磨刀霍霍,单等拼杀至胜。"

这时,他手下的一个谋士说:"大王万万不可轻敌,虽然汉军已无韩信、彭越,但是刘邦带来的那一班猛将,也够我们招架了的。不如……"那谋士已把嘴头的话吞咽回去了。因为英布平时很讨厌谋士在身边叽叽喳喳。如果话语中听、实用,他还会敷衍一番,如若不遂心如愿,他便会将其人立即斩首。久而久之,谋士走的走、散的散,即使仍留在他身边的人,也是默声缄言。

英布听了一句半截话儿,心里很烦,于是急急追问:"只管说上来,本王绝不加罪于你。"

那人壮着胆子说下去:"不如放弃对面的大军,东击关,西取楚,先战容易的,待地盘扩大以后,势力雄厚了,再跟汉军一搏决胜负。"

"哈哈,你这一番话何不早说?当下,汉军已经攻上来,我必迎战,要不,天下人必耻笑我惧怕刘邦小儿。"

那谋士只得唯唯诺诺,再也不敢开口了。

******

丞相萧何在床上躺着,心里实在难熬。他不知道粮秣事情办得如何,如果耽误了大军的粮草,罪当诛三族。他越想越怕,虽然吃了几天药,病情仍不见轻。

这天上午,他刚刚起床,很想到庭院里走一走散散心,忽听舍人来报:留侯张良来访。

萧何忙令舍人快快请来厅堂一叙。

只见张良走进来,远远便朗声朗语:"听说丞相有恙,我特地送来一剂良药。"

萧何躬身相迎,二人同步跨入厅堂。

张良端详一下萧何颜面,笑着说:"此病不大,只须在下一句话即可。"

"留侯取笑也。我日不思食,夜不能寐,几经无法下地,只得困于床笫。"

张良说:"皇帝所需粮草,已经备齐,且充足耐久,你心无可虑矣。"

萧何不禁惊喜:"此话当真?"

"我留侯何曾骗过丞相?"

"那，那全是王陵一手经办的喽。"

"不不，应该说全是皇后一人经办的。"

"此话怎讲？"

"皇后在朝堂，向百官发令，粮秣事大事急，各位在家官员，先把手上公务放下，一齐协丞相办理，分头督办，数量分担，盈余者大奖，亏空者严惩。此令一出，无人落后，现在已经集中，数量大大超余。"

萧何长长吐出一口气，心地顿感舒适无比。"皇后救了我矣，我必叩谢之。"

张良说："此事只为其一。其二为商山四皓，皇后请其下山，来京城只为辅佐太子而已，绝不会威胁你的相府。"

萧何的脸面不觉红了，惭而笑之。

张良说："萧何事无巨细，天下人共知，但有一条，必须相信圣上啊。"

"此话怎讲？"

"汉室有你撑着，根基稳固。汉室若离你，必覆。"

萧何忙摆手："惭愧，羞煞我矣。"

一番攻心入脑的话，令萧何通体爽快。

张良即起身告辞。萧何忙挽留道："留侯，皇帝废长立幼的事你还要出面管一管，皇上还是听你的话的。"

张良便连连摇手："此一时彼一时，今天的皇帝只能听得进戚夫人的话了，我已明心，对易储之事，绝不再问。耳不听，心不烦矣。"

"难道说你就这样看着事情坏下去吗？"

"丞相尽管放心，火苗烧着谁的身谁疼。权利之事，无需外人多言，自有人会摆平。"

张良丢下这样一句让人理不清、嚼不透的话，便一摇三摆走开了。

******

大战在即，英布再也不听不信别人的献策谏言。在汉军刚刚扎下营寨的当天，他就率精悍骑士，杀去汉营，夜袭汉军粮草营，杀退守营将士，烧掉粮草。当火光映红半边天时，英布在马上仰天大笑："小小泗水亭长，我让你带兵去喝西北风吧。"

第二天，英布率兵在汉军营外布阵，大声叫骂刘邦小贼。刘邦乘辇上阵，指着英布痛斥："你一个小小刑徒，心野性狂，封得淮南王，仍欲望吞天咽海。今天大军来到，还不滚鞍下马，跪地投降，方可免你一死。"

英布则切齿对骂："小小泗水亭长，言而无信的无赖小人，你好话说尽，坏事做绝，你背信弃义，杀了韩信、彭越，今又来击我。呸，我英布要割你的头、剥你的皮，让天下共诛之。"

刘邦实在听不下去了，下令周勃、灌婴率兵掩杀过去，英布则拍马上前迎战，他手持斧钺，如入无人之境，一人迎战二将，且越战越勇，刘邦深恐周、灌二将吃亏，于是又令夏侯婴、郦商二人上前助战。面对四员大将，英布仍无怯色。刘邦只得鸣金收兵。

此后，双军你打我杀，各有损伤，一直胶着到月余。刘邦心中暗想，若不尽快杀贼，灭掉叛军气焰，对我汉军绝对不利。当下，召来陈平会商。陈平说："英布驻地有粮草，手下有精兵，我必要正面吸引，令荆王刘贾、楚王刘交一齐率兵从后面包抄，形成围攻之势，量他小小英布绝不敢再骄横逞强。"

刘邦当下传旨去吴、楚二地，令其连作准备，于十天后，共同出击，形成合围之势，全歼英布部卒。

号角贯长空，战鼓震天地。

有勇无谋的英布，终于陷入四面合围之势。尽管他带兵左冲右突，终未跳出困境。

此时，手下将领劝他："快快单身逃走。"

他说："生死关头，我怎可弃将寻逃生之路？"

正在此时，只见刘邦从北掩杀过来。英布气得咬牙切齿，暗暗搭箭拉弓，向刘邦射去，此一箭正中其肩头。只听他惨叫一声，倒在车里。英布大笑："我英布要跟你同赴黄泉。"

正当他暗自庆幸时，四周掩杀的大军如漫天飞蝗，越来越多，越来越凶。无法，英布只得在乱军阵中，拼杀出一条血路，尽往南逃去。

刘邦二次中箭，流血不止。

夏侯婴拼命加鞭，载来高明的民间医圣钟黄，连夜给刘邦开刀拔出箭头、挖去腐肉，敷上自制的刀伤箭药。第二天，刘邦便感到肩膀轻松起来，心中大喜，令部下重金谢过医圣钟黄，并让夏侯婴将此人送回家中。

此役平叛之战，汉军大获全胜，即日班师回朝。皇帝说："此地距沛地较近。我从当年斩蛇举义至今，从未回家。今番可绕道先回沛地，与众位亲邻见面。"

许多沛地籍将士闻听，莫不欣然同意。

英布一路奔逃，渡过长江，来到长沙，这是他岳父番君吴芮的属地。到这时，他才深深吐出一口气，一切惊吓、纷扰、担心均已过去，他决定在这里沉下心来歇息一段时间，而后，再行招兵，图谋反汉大事。

此时，岳父吴芮已死，其子无能，便把大权交给儿子，也就是吴芮的孙子吴回。他得知英布来投，予以热情接待。席间有人要乘机对英布下手。吴回说不可。酒后，他让英布放心睡了一觉，第二天，他才把英布骗出长沙城，在僻静处杀之。当即割下其头颅，快马奉献京城，以表明对汉朝忠心不二。

刘邦衣锦还乡的消息，如浩荡东风，传进千家万户。待皇帝入城时，万人空巷，男女老幼皆夹道欢迎。刘邦立于辇上，向父老兄妹频频招手谢意。此情此景，令人热泪盈面，激动不已。

回到沛地，刘邦看了山水土地，走到阡陌田川，回想数十年间，纵横南北，驰骋东西，终于统一九州，建基汉室。心潮澎湃，口里尽有话要吐。于是，他决定与戚嬛合作，作词谱曲，并要戚嬛组织人阵，领唱齐唱。

是日，晴空万里，风和日丽。

由一百二十位青年组成的方阵，正聚精会神听刘邦教唱他自己谱曲填词的《大风歌》：

大风起兮云飞扬，

威加海内兮归故乡，

安得猛士兮守四方。

歌声深沉豪迈，雄壮有力，每一个张口学唱的青年无不深受感动。

而后，刘邦在沛宫设酒宴，召沛地父老子弟入席豪饮。

酒酣耳热之时，刘邦亲自击筑。戚嬛则领唱合唱。

刘邦一时兴起，他走到庭堂场地上，一边高声大唱，一边拔剑舞起来。神气慨然，歌声伤怀，龙目不禁潸然泪下。

数日后，刘邦终于含泪挥别众位乡亲，率将士回京。

在文武百官的庆功宴上，当即封第八子刘长为淮南王，把英布的地盘交给了他。这位自从生下即日起，便没有娘的刘长，一直是在吕后身边长大的。他跟太子刘盈、吕后情感亲密无间。数年后，吕后称制当朝为帝时，唯有他一人平安无事。

回到京城后的刘邦，听到一个令他惊讶的好消息：居守京城的吕后，在萧何生病期间，亲自发号施令，所筹集的粮草，除去运到军前所需所用以后，京城还有很多库存。

"好，好，皇后管家真有一套，真乃我大汉之洪福矣！"

受到夸奖，吕后忙伏地叩谢。

但是，当他听到第二个消息时，怎么也不敢相信：燕王卢绾结交匈奴，阴谋叛逆汉室。唯恐不实，又派亲信，再次打探。当得知消息确实以后，他气得大骂卢绾没良心，从小一块玩大的伙伴，受到封王的礼遇，竟能叛汉，真是禽兽不如。由于情绪怒狂，导致箭伤崩裂，血流不止。他躺在龙榻上，一边养伤疗疾，一边命樊哙领兵剿杀卢绾。

吕后即上前请赐："陛下，每次征战，你全带领老将前往。今番上阵，能否让吕泽、吕释之也领兵上阵，为汉室立功？"

不料想刘邦并不赏脸："有樊哙一人即可，若吕氏兄弟上前，妹婿兄舅，军中多有隙怨，还是不去的好。"无法，吕后只好灰头土脸地退下。

刘邦此次箭伤复裂，引得数病迸发，且疗效甚微，实实令他气败神伤。回想起数年来，一直围绕诸侯王反叛一事奔忙。令人值得回味的是，这些敢于反叛朝廷的诸侯王且全为异姓王。此事不能不令他大惊："异姓者，非与我一心矣。异姓者，终为汉室之虞矣。异姓王必不能用。"

得出结论，刘邦竟感到气血顺畅，心地稍感安然。这时，他在内心里正在策划一个警示百官的举动。

待刘邦龙体渐安，百官来宫祝贺时，萧何说皇上龙体康安，乃我社稷之大事，臣以为当设宴祀天祭地，盛表佳意。

刘邦说："此次敬天祀地，可先用三牲，奉在太庙上，再选一匹健硕白马带去。"

萧何心中实在难解：祭祀还用白马？但是他并不开口询问。这是他的一贯作风，主人让干什么，自己只管去落实，绝不打听盘问。

初六大吉之日，群官冠服整洁、步履凝重，随鼓乐之声，听叔孙通司礼号令，鱼贯进入太庙，三拜九叩之后，只见早上备好的一匹白马被牵上来。刘邦即令御林壮士，杀白马，将血充于酒中，分给所有祭礼官员。只见刘邦屹立堂前，手捧血酒，朗声宣告："今日祭天祀地，更有白马之盟，让百官饮下白马血酒，牢记我的旨意：今后，非刘氏不得为王，非有功者不得为侯。如违约，天下齐击之！"下面所有人，皆共同重复一遍。

语毕，与群臣一同饮血酒。

仪式庄严，令人心头凛然。

萧何徐徐吐出一口长气，用眼瞟了一下皇帝身旁的吕后，她依然面色平静，看不出表情。

"此人心地高深莫测。"

看到皇帝远征而归，迟迟不宣布易储的事，戚嬺的内心不免深感凄凉，一连几天，闷闷不乐。直到皇帝驾临她的宫室，她依然如此。刘邦很是不解："有什么大事令爱妃心事重重？"

"陛下日理万机，臣妾早早央求的事，难道你又忘了不成？"

"没忘，没忘，全在我心中牵挂着。只是时机没有成熟，故未传旨下去。"

戚嬺说："日日复日日，何以为期？难道还要等到臣妾发白齿落不成？"

话音刚落地，戚嬺知道话说重了，这是欺君之罪，急忙跪地，哭着乞望皇上宽恕。

刘邦只是重重哀叹一声，拂袖而去。

其实，在病榻上，刘邦亦未忘记这件大事，他深深意识到，此事若办不好，后患无穷矣。他时不时地唉声叹气。没想到,此事竟然被一个人给琢磨透了,他就是符玺御史赵尧。

一天早朝以后,群官皆一一退下,空旷的庭堂前,只有赵尧一人在收拾印玺。猛然间,一首低沉的哀曲从皇帝口中飘出来,令人听之,心中凄哀。赵尧再也不敢待下去,他匆匆理好各项物品,转身悄悄退下。当时他想,准是皇上怀念当年举义的艰辛岁月。随后,又有两次,仍是这样。赵尧一番沉思之后,方大悟醒之:皇上是在为废长立幼而暗中忧愁。

月余,皇帝的病,忽而轻,忽而重,无论太医变换何种方子,只能好上几天,接下来,病情又复加重。这让心情开朗的皇帝,心中的隐忧越来越重。眼看着,除去燕地,有待樊哙清除灭掉卢绾以后,四海晏平。白马盟誓,又令他把日后的不测给稳稳上了一锁,使百官心中警惕且目标明确。独独一个易储,这确立太子,历来是重中之重的大事。权力交接,必须选能身负天下重任而不负天下民心的能人。太子刘盈,虽仁慈,但无魄胆,终难成大事。可是,百官竟然个个拥之护之。且看吕后娘娘,虽端庄稳重,但内心里却显露阴险。日后,无能的儿子必会受制于母后,久而久之,大权旁落,若吕氏族人趁机附和,夺去大权,我刘家的汉室岂不变成了吕家的天下?我操劳一生打下的江山社稷岂不付之东流?

易储!决不顾他人劝谏!

初九大吉日,各文武重臣齐聚朝堂之上。

令他意想不到的是:留侯子房正生病卧床。罢,罢,少他一人也行,只要我把大事定下来,圣旨谕下,何人再也不能更改。

更令他奇怪的是,凡是到朝的臣人,无不脸面凝重,好像正在准备面对一件大事,无一人有轻慢之举。

隆重的叩拜仪式结束后,皇帝悠悠说道:"我汉室十数年来,宏业奠基,百废待举。但朕已垂垂老矣,为继祖业,朕已定,太子由如意承袭……"说到这里,他故意顿一顿。

"陛下勿要轻率,臣冒死劝谏,废长立幼乃我大汉之不幸,圣上万万不可为矣。"

说话的又是太子太傅叔孙通。他慷慨陈词,态度坚决,语句决断,没有任何可商量的余地。

更可怕的是,他的言语已经煽动得廷堂一片哗然,大家口径一致,完全附和他的劝谏,无一人提出相反的论调来。

刘邦再次动怒了。他大吼一声把叔孙通拉出去,罚其对天跪拜。

叔孙通坚硬地立起身子,没有求饶,更不用御林军壮士扭送,他把袖子一拂:"老臣自会行走,用不着扯拽!"

走到朝堂外的阶石台上，叔孙通面南大跪，腰杆直挺挺，一副毫不屈服的神色洋溢在皱纹纵横的脸上。

第二个劝谏的是王陵。他声调不息不缓："陛下，臣以为太子刘盈，仁善信义，皆全具备，读书习经，皆聪颖敏慧……"

他没有说完，便被皇帝一挥大手："不要再讲下去了。文人的口舌，能上阵杀敌？我要的是像我一样，奔马陷阵，出生入死。他敢吗？他不行亦不敢！"

周昌没有停留，期期口舌，上前争着叙说。

刘邦这次没有被他的口吃形态逗笑，而是一脸的愠色，总算能耐着性子听下去，及至最后，还嘻嘻笑了两声。

群臣似乎看到一线希望，三三两两，趋前跪拜劝谏。随之，朝堂上显得嘈杂不宁。直到退朝前，所有官员皆是劝谏，实在令刘邦心气不畅，神气不爽。

这一次废长立幼又失败了。

夜间，皇帝独自一人，凝立在月光下，沉思不语。他知道，此次废长立幼，自己势单无援，身后无一位朝臣上前支持。只有戚夫人一个，终日只能以泪洗面，嘤嘤哭啼。

刘邦感到孤单无助。从前的老臣、武将，每每当他发号施令以后，全奋不顾身、以死相搏，即使自己身陷绝境也会有希望的信念在支持他、引领他。

可是今天，这一切看不到了。

易储，失败了。

但是，这个危险的念头仅仅一闪而过，一股豪壮之气又在心中聚起。

"我自立身起，虽迭连失败，可我从不畏惧，最后总是成功。今天这一次呢？不能轻易撒手，不能自言失败，我还要与之竞争，直到最后。难道朕就这样无人支持？真的是我无理？"

一件轻裘悄悄落在肩上，他知道是谁。

"陛下请回房中歇坐，久站伤骨，久思伤神，臣妾实不忍心看下去。"

那双温柔的小手紧紧握住刘邦这双枯瘦如柴的大手掌。搓着揉着，直到把温暖送到凄凉的心坎上。

刘邦无言以对，只好轻叹一声。

由婉玉侍从，早早静立在一块假山背后的吕后，终能沉得住气。她一声不吭，一动不动，直直看到戚嬿拥着皇上走进宫房以后，又待了半个时辰，才走进戚嬿的房间。

朝罢以后，吕后才听审食其传来在朝堂上所发生的事。吕后的一颗心，一直高高悬起。虽然有群臣极力劝谏皇上，但事情终究还没有一个圆满的结果。双方对阵，战事激烈，尽管眼下一时显胜，可是这种胜利还是脆弱的。她带上太子，乘金根车一直奔到朝堂上，先把叔孙通扶上车，送回府上，并付上重金，对他的劝谏骨气，大加褒奖。而后，才回到长乐宫。面对这样一种局面，她真想赶到皇上面前，大吵大闹一通，让皇上知道她也不是一块软豆腐。可是，她左思右想，最后还是硬生生把这一口气给吞进肚子里了。

"该吞苦果就要吞下去，不要嫌苦。该憋气的时候就要肚子盛。"她在心中劝自己，她不想把事情闹大，她还在暗中窥测方向，寻找机会。眼下她来到戚嬛房门，大大方方走进来。

"皇后娘娘圣安。"戚嬛叩拜吕后时，心中忐忑不安，生怕她在这大闹一通。她看了一眼皇后，还好。只是皇后面上宁静中透着些许喜色，眼睛眉毛无一丝嗔怒神色。

吕后来到皇帝面前，叩拜后，轻轻询问："中午的药又捞了没有？要不，再熬一剂新的？"

皇帝没有异议，轻轻回答一句："怎么都行，你看着办吧。"

吕后仿佛领下一道圣旨，风风火火离开了。

此次易储失败后，皇帝的病又一次重起来。前后躺在龙榻上过了十多天以后，才见好转。在戚嬛的服侍下，他慢慢起床，先在房中转了几圈，感到双腿和身上稍有些气力以后，便手扶着戚嬛，来到阳光明媚的庭院中。他抬头看看蓝天，低头看看池中的绿水，这时，方才意识到自己的神志已恢复正常。

接下来，身态日渐清爽。他让郦介召来中郎将季布，他要与季布在庭中比剑。

季布大惊，心想，以前皇上健壮时，从来没有说过要跟我比剑。今天，大病初愈，为什么突然提出此事？莫非……

季布趋前，双膝大跪，双手呈上自己的腰剑："皇上，你若想试剑，尽管朝奴才身上戳，末将绝不还手。"

皇帝大笑："我只是怀疑我身手，我怎么能动我的爱将呢？"

罢后，刘邦一时兴起，一手抓过龙泉剑，自己在庭中走了两个回合。

戚嬛生怕皇上大病初愈，气力不足，别失手伤了他自己，欲上前阻挡时，看见一道寒光从耳边穿过，右耳的金耳环坠被齐齐斩断。

季布和一班御林将士齐声叫好。

戚嬛在这边吓得几乎晕倒，幸亏婵月眼疾手快，三步并作一步，双手紧托住戚嬛的腰身，才免得她跌倒摔一跤。

刘邦仍未尽兴，放下手中的剑，自舞自吟起来，歌仍是他谱的大风歌。

被完完全全晾在一旁的戚嬛，感到从来没有过的冷漠。她鼻子一酸，便独自抽泣起来。直到歌舞停歇下来以后，皇上才慢慢走过来，与戚嬛一起进房间。

"陛下今日如何这般对待臣妾？"

皇帝只管哈哈大笑，并不回答。

第三次易储，皇帝选择在群臣如约的宴席上。他想用吃喝的欢乐场面，来化解这个令人头痛的严肃大事。

这一次，他把吕后、戚嬛双双带到宴会上，同时，把太子刘盈和小儿子如意也一起喊到宴席，他要用两个王子的直观印象，去说服曾经力谏他的群臣。

宴席开始以后，刘邦先把如意喊到身旁，然后向全场宣布，要让不满十岁的孩子展示不凡身手。

庭间，如意执箭搭弓，面对十步开外的靶子射去。恰在此时，庭院掠过一阵旋风，先把箭靶吹歪，后又把如意的双眼全给迷住了，表演只得暂时停下来。

刘邦心中很是有蹊跷：难道这是天意？当他把脸转到太子刘盈这边时，竟然看到他身后并排站立四位老者。他很是不解，忙问这四位是何人？

太子刘盈只得离席来到中庭，叩拜皇上以后才说："回父皇话，这四位乃商山四皓，是我朝最博学的高士。今被请来专心教授儿子，潜心学习经典。"

接着，四位高士走上来，一一向皇上叩拜并自报姓名。

刘邦似乎不解，问道："当年我刚至关中，兵少将寡，更缺少谋士高人。在听到你们几位的尊贵大名时，曾连续几次，派人前去相邀，请你们出山，助我靖安天下。可是你们终归不肯应邀前来。不知今天为什么偏偏甘心前来随从我的儿子呢？"

东园公跨前一步，神态自若而言："回陛下，当初由于我们听信世间谣传，说陛下轻视读书人，蔑视儒生。所以，我们几个不才，只好早早避开。"

夏黄公随之说："虽我等手无缚鸡之力，但士心不可辱，为此才逃走隐避。"

刘邦轻轻点点头。

甪里先生接着说："如今，听说太子仁慈恭敬，倍加爱护天下士人，尊崇读书人。天下人闻之无不心悦诚服，并一心一意愿为太子效力。许多人被感动了，所以我四人决意下山进京，以已绵薄之力，为太子出力。"

几位高士言罢，刘邦甚喜："既然如此，几位就在这里安心教辅太子，愿其早日成才。"

随之，四位高士敬完酒，一一离开宴席。

这时，无可奈何的刘邦，长长吐出一口气，指着已经远去的四位老人，对身旁的戚嬛说："四位高士都远远赶来京城，一心辅佐太子。他们虽然只有四个人，但是体现了士心民心。看来太子羽翼已经丰满了，我想更换也实在无能为力了。"

戚嬛遂掩面大哭，即刻领着如意离开宴席，匆匆走回宫去。

刘邦再也无心喝下去，默不作声，起身离席而去。

整个宴会无声无息，默默而散。

丞相萧何在退出时，偷偷看了一眼吕后，只见她仍如以往，面上不喜不悲，平静得像一潭秋水。

皇帝一直把戚嬛追到未央宫。

但见她与儿子抱头哭成一团。他便呆呆立在一旁。好一会儿，凄惨的哭声才慢慢止住。

戚嬛抹去泪痕，强忍住心下的悲痛，连声询问皇上："他们乃几个少牙缺齿、谢顶脱毛的老者，区区几句话就能把你的主意给打消了，到底为什么？"

"这还用问？几个行将就木的老人都愿意为太子效力，可见天下的公理在太子一边。我如若再强制逆反民意，如意就是立为太子，日子也不会好过的。"

戚嬛感到皇上说得有理，只好忍气吞声，慢慢把头低下去，好一会儿才又仰起头："陛下，你该如何为如意封赐呢？"

"这个不难，我将封他为赵王。至于相国用何人，容我慢慢思之。"

看到戚嬛的神情稍有转变，刘邦的心里也舒畅多了。他随即起身："来，朕为你唱一首楚歌，你为朕跳一段楚舞如何？"

戚嬛笑了笑，令婵月把瑟摆好，稍稍定准弦音以后，只听高祖帝随性唱起：

鸿鹄高飞，一举千里。

羽翮已就，横绝四海。

横绝四海，当可奈何。

虽有矰缴，尚安所施。

******

废长立幼的事终于以戚嬛与刘邦失败，吕后与太子大获全胜而结束。

看到戚嬛躺在床上，刘邦心中异常惆怅。他仿佛看到在自己死后，孤零零的戚嬛一人卧在床上，无人管无人问，最后在凄风苦雨中悄然离开人间。此时，他已经深深意识到，废长立幼，非但没给戚嬛带来一星点儿好处，反而把她推至悬崖峭壁前，距离万丈深渊只差一步之遥。刘邦知道自己已经不久于人世，而戚嬛仅仅是刚刚踏入人生大门，今后的路还远着呐。自己死后，吕后一定不会饶了她。对此，应该如何替她事前防范呢？

深藏在心里的事，会完全刻在脸上，并发自于心声。从那时起，御史赵尧又一次觉察到皇帝痛苦的内心在时时呻吟。在朝堂，在宫廷，赵尧能听到皇帝嘴里那一首首凄凉的歌曲。于是，在无人的时候，他悄悄走上前，礼叩已毕，便小声询问："陛下歌曲唱得好，但令人感到十分凄苦。莫不是在惦记戚夫人和小赵王如意的事？"

刘邦似乎感到有些愕然，但是赵尧既然已经猜测到自己的心事，不妨就问一问，看他有没有妙计良方。他轻轻点点头："你以为……"

赵尧说："臣以为，陛下深思的是：一旦皇上万岁之后，赵王能不能自保？戚夫人会不会受欺凌？"

"正是朕日夜挂念、深思的事。"

"臣以为赵王年幼，身边必须有一位德隆望重之老臣辅佐在旁。这位老臣也应该是让皇后娘娘、太子和朝中的大臣既尊敬又畏惧的一个人。他不但能护卫赵王，还让朝中人顺服。"

"是啊，朕苦苦思之，一直未有合适的人选。"

赵尧再次叩拜："陛下，恕臣直言？"

"但说无妨。"

"御史大夫周昌，他就是最佳人选。臣以为他耿直磊落、刚强不屈。臣以为无论是皇后娘娘、太子和朝中大臣，对他无不畏惧三分。大家既畏他又尊服他，可见他威信威望无人可比。这样一个人在赵王身边，足可震慑邪气，令赵王安全，不受侵染。"

刘邦不免心头一喜："好。传郦介，召周昌速速来见我。"

看到太子刘盈的正位已经被保住了，周昌很是高兴。他认为自己的劝谏被采纳，这是对自己最大的信任。

当郦介传旨后，他不敢迟疑，直奔朝堂，当他看到这只有皇上一人时，心中不免有些打鼓，莫不是易储的事又要被……

当他叩拜大礼已毕，只听到皇上发问："你随我出生入死多年，朕知你为人不屈不挠，不贪不邪。为此，请你为朕出力办一件大事。"

"只要陛下，期期，看得起我，期期……"

"朕让你去赵国为相，辅佐赵王，成事立功。"

不料，听到这话以后，周昌嘴里只管期期，总也说不出话。随之，老泪纵横，大哭不已。

刘邦很是诧异，在一番规劝以后，才听周昌诉出真情："我，追随皇上多年，期期，血里趟，火里钻，期期，今日为何要贬我？"

刘邦大笑："这是朕对你的绝对信任，绝不是贬官。"

"朝中有群臣百官，期期，为何看我一人？"

"朕与你明说不妨：你在朝中，百官佩服你，皇后感谢你，太子尊重你，唯有你一人才能担当赵王之相。难道还不明了？"

周昌猛地悟出此中的真相。无法。他只得叩首谢恩，心里说："这哪是信任我，分明是让我赤脚走钢刀刃口上。"

这几天最高兴的莫过于吕后和审食其。

一天夜里，审食其又偷偷溜进吕后房中。但是，他看到吕后的脸面并不潮红，双眼并不妩媚,话儿当然也不柔软。

"往后,你要在白天来我这里,夜晚切莫来扰。"吕后的话,让他心里感到冷飕飕的。

"皇后娘娘又遇到烦心事了?交我去办。"

"不。这一段日子,上有苍天降恩,下有黄土送情,事事顺风顺水,心想事成。不过,我心下自感:越在此时越要谨慎,一个不留神,将会有厄运袭来,所有曾经得到的便会毁于一旦。你说是不是?"

审食其虽然点头,可嘴里还在问:"莫不是觉察到蛛丝马迹了?"

"只听说皇上封御史大夫周昌为赵国之相,私下里还是在时时防着我哩。"

审食其说:"那是小事,何必多心。"

"小事不多心,大事必出错。我不得不防。"

审食其无奈,只得懒洋洋地起身,恋恋不舍地多望几眼吕后,最后,实在没有法儿,他便猛地蹿上来,在吕后脸上狠狠亲上一口,这才躬身走开。

吕后无动于衷,只是抬起手来,在脸上被亲到的地方抹了一把,嘴里舒出一口长气。

很长一段日子里,她没有能跟审食其热烈拥抱了。她很想让审食其在她的龙榻上过夜。她渴望那个让她心渴心跳心满意足的时刻,她渴求他的抚爱,他的疯狂,他的毫不满足。但是,她不能为此丢掉尊严的名誉,丢掉将要到手的大权。权欲比性欲更加引诱人,她更知道,掌握权力,才能带来为所欲为的性欲。小不忍则乱大谋,对此,她不仅懂得而且能做到。

刘邦把周昌为相赵的事定下来以后,便高兴地说给戚嬛听了。躺在床上的戚嬛,只是微微一笑,并没有太亲热的表示,这使得刘邦心里很不是滋味儿。

戚嬛似乎已经看出皇上的心思:"陛下,你想过没有,你万岁以后,皇后娘娘一准会对我下毒手。到那时,我喊天喊地都没有用。"

刘邦心中自忖,戚嬛的担心不是多余的。她敢妄杀韩信,之前不请示,之后不禀报,如此人物,如此大事焉能由她自作主张?此番易储,吕后一准会忌恨戚嬛。可是……

他实在拿不出一个绝妙的法儿。

戚嬛深感后悔:"当初,我实不该为了太子一位,跟皇后娘娘顶嘴,事已至此,我只能认下了。"她的腰胯,虽然服了药,但一直不见轻,卧在床上,前思后想,只能暗自落泪。

当此时,忽有燕地快马来报。刘邦看后,不禁大怒,大吼一声:"樊哙当斩无赦!"

十四　汉高祖抱憾辞世，吕皇后大施淫威

戚嬛只能默默哭泣。她不能把真相告诉皇上，她不是怕吕后惩罚她，而是怕激怒了皇上，使他的病更加危重起来。她只能用力扮出笑脸，嘴里尽说出心不由己的话："我来，我来。我以后天天来，我在这儿守着你不走。"

刘邦似乎也看出些什么，他说："你不要怕她，只要我还活着，她不敢对你无礼。"说到这里时，皇上又哭了。

原来，奉命前往燕地征剿燕王的樊哙，在向皇帝禀报战况时，叙说战事艰巨，一时难以取胜。但是，当他听说京师的易储之事时，便毫不隐讳地直言：若真的让赵王如意当上了太子，当皇上百年以后，也必领兵杀了戚夫人和赵王如意。

刘邦听到这里，大骂樊哙狗胆包天，并立即命陈平带上圣旨，带上周勃，日夜兼程，赶到燕地汉军大营里，将樊哙立即斩杀。

陈平、周勃二人知道这是皇帝气恼说的话，本想在领旨时，伏跪为樊哙求饶。但是，看到皇帝怒火正旺，无法插嘴，只得领旨，默默退下。刘邦当即吐血倒下。

樊哙的话，像一块巨石，狠狠砸在刘邦的胸口上。当他正千方百计为戚嬛寻思防卫的措施和人选时，樊哙竟敢如此明目张胆，直抒胸臆，说出他对戚夫人、赵王如意的痛恨。其实，这是毫不奇怪的事。樊哙是吕后的亲妹夫，亲情使然，他这样说是可以理解的。但是，他为什么不为我刘邦着想？

陈平、周勃二人走出朝堂以后，心中时时感到此事棘手不好办。樊哙勇猛无敌，自随刘邦举事，屡立战功，且又是刘邦连襟，皇后妹夫。这样一个无论亲属、无论军功皆为显赫之人，绝不能轻易处之。想想，将来皇后、太子执政上台，你我二人均无安稳日子。

"可是，不去又不行。皇帝在世上活一天，你我皆必须听其令，行其事，一点儿不得马虎。"一贯以忠厚著称的周勃这样说。

陈平说："你我只管前去，把圣旨宣罢以后，只管把樊哙带回京城，交给朝廷最好。"

皇帝此次病倒，病情从未有回转见轻的迹象，而是愈来愈重，有时一连几天皆处于昏迷之中。一天早晨醒来，他感到神清气爽，执意要宫女们扶他下榻。可是，太医坚决不予同意。太医认为这不是好兆头，一边安慰圣上安心躺在龙榻上，不得轻易下床，一边请皇后娘娘说服皇上，请他不要乱动，以免伤害龙体元气。

戚嬛听了太医的话，不敢怠慢。她强忍住腰胯疼痛，跪在皇帝的龙榻前，小声哀求皇上不要乱动，要听太医的话，按时服药，早日康复。每当看到戚嬛的悲哀相，皇帝心中不免同病相怜，悲伤益甚，致使病情终不见轻。

吕后对此，全然不同。她一不哭泣，二不悲痛，好像是一位长辈在指责不知道理的孩子一样。每逢这时，刘邦便让她速速走开，不让她在自己面前出现。其实刘邦此时也是深感无能为力。望死不望活的病人，只能发发虚火，最多大吵大闹一番，活在世上的时日不多了，谁还肯指望于你？

吕后此时的心意很明显，大局已定，她巴望皇上早早死去，让她与太子早早接班。

这时，吕后的胆量大了。她把几个嫔妃一一召过来，当面指示：人人都要来护理皇上，每人看守一天一夜，交接班时，由她亲自上龙榻前检查一番。每人在此看护时，不准带自己的奴婢，侍婢一律由皇后一人指派，若有人敢自带侍婢，必当以包藏祸心论处。这样，她就可以把戚嬛从皇帝身边支开，让病中的皇上不能时时看到自己的心上人，心中悲凉，病情自会多加一分沉重。

对于刘邦吃的饭食，喝的药物，皆由她一人指派专人专管，其余人等一律不准过问，不准横加指责，一旦发现，必当重罚。

刘邦大病期间，把一切丝竹管弦全部封存，绝不允许在皇上病榻前奏乐歌唱，违者当重答，绝不姑息。

吕后则特别声明：我将不定时地往来查看，发现有违纪的人，必将严惩不贷！

吕后在一条一款对别人进行严加约束时，对自己则步步放宽。在皇上没有降旨时，她就与太子一起，施行皇上权力，无人敢不听。

她首先让两个哥哥吕泽去北军营中协助，吕释之去南军协助，为的是日后伺机篡夺兵权。虽然北军、南军一直为周勃领之，这位大臣是一心忠于汉室的，但是毕竟不如自己姓吕的人掌握更放心。安置好掌握军权的人以后，吕后则马上把太子刘盈带到宫中，当面交代他：

"你父皇病情越来越重，能不能治好还不好说。在这期间，你不要离开我。但凡有事，下臣们会到我们跟前来禀报。你只可用心听，绝不可开言，更不能妄下断语，一切则要看我的眼色，并听我的话行事。这样朝中就不会有乱，只要人心不乱，你的宝座就会牢实了。"

太子刘盈静静听完母后的训话，十分温顺地点点头："孩儿谨记在心，一心听母后的话，照母后的话行事。"

这时，吕后突然问起太子太傅叔孙通来。

太子刘盈说："太傅身体已康复，每天进宫为孩儿讲学，周到认真。"

"那商山来的四位高士呢？他们在干什么？"

"有时讲学，有时闲聊，更多是无所事事。"

"好。这我知道了，你不要去管他们。"

第二天，吕后依旧把大哥吕泽召来，让他将四皓送回商山。

吕泽有些不解，当初费了这么多的金银才请来的人，为何说送就送走了呢？

"该他们说的话已经说完了，该他们做的事儿也做完了，戏唱完了还把他们留在身边，多有不便。他们应该早些走了。"

吕泽不敢违拗，只得照吕后的话去办。

遵奉吕后的规定，戚嬛需八天才能轮到一次照看皇上的机会。其余几天，是不准近前的。无奈，她只有呆坐在宫房里，像被软禁起来一样。自己身边的宫女，多数被吕后抽走，就连那个心腹婵月也没能幸免。前后不到一个月的时间，她的宫房像被苦霜打过的花园，一片凋谢。她像月宫中的嫦娥，终日守在房中。人在孤独中，最爱回忆往事，她想起当年在宫中，宫女簇拥，皇帝相随，歌声盈耳，乐声悦耳，翩翩起舞的身姿，如彩鸟飞向天空。那时，她可以尽兴歌唱，尽性舞之蹈之，依偎在皇帝胸前，感到无比快乐、温暖。今天回想，仿佛在梦中。她不能再想，越想越难过。

人在苦难中，常会自吟自唱。戚嬛一边浅吟低唱，一边双眼望着远方：赵王如意，你在那儿想不想娘？

那时，刘邦把周昌相国旨封后，又隔了两天，赵王如意就在宫中起了个大早，沐浴后，穿上宫中织室早早给准备好的王服，戴上紫金冠，腰中环有玉佩，双手捧着皇帝赐给的赵王玉玺。先来到太庙，祭过天地，礼过各路神灵，随之叩拜皇帝和母后娘娘。

在他从地上起身的一刹那，吕后轻轻探过身子，伸手搂过如意王的脖颈，顺势在他白白的脸腮上，响响亮亮地亲了一口，惹得刘邦与随行的大臣都跟着高兴地笑起来。

那时，戚嬛的心，异常甜蜜。她心里想，虽然没有争上太子之位，能在诸侯国里为王也行。无非诸侯国地盘小，人口少，可是，麻雀虽小，五脏俱全。待日后，皇上万岁以后，我便能坐上金根车，到赵国去，与当王的儿子在一起生活，尽享天伦之乐。

当那豪华的车子启程之时，她望见儿子端坐在车上，双眼平视，尽朝前看。他没有笑，更没有喊娘。连皇上看到他的稳重劲儿，也偷偷流下了泪水。戚嬛早已把脸转向一旁，她眼中的泪水早已成串成串地流淌。不足十岁的孩童，怎么能不想娘？

最近几天深夜，她常常会梦见儿子如意赵王。梦中的他已经长成健壮成人，单身伏在大白马身上。他一手提刀，一手执箭，正带领千军万马攻向匈奴大营中。

有时，她梦见儿子跟自己一同坐在车上，越过平原、跨过江河，一起奔向太阳升起的东方。在车上，她给儿子唱歌，她给儿子抚琴，欢乐的景象，让母子俩高兴异常。

梦醒以后，泪水已经湿透锦绣缎子被。

当下，她已经意识到，皇上的病是不能好了，只能一天比一天加重。在嫔妃中，就数她跟皇上最亲近。每次出征,皇上必把她带在身边。平日在宫中,每天至少要见上三次面。守在她身边时,不是弹就是唱,不是歌就是舞。皇上赞美她的嗓音,她钦佩皇上的谱曲奇才。当二人在一起联手创作歌曲时,两颗心每每想到一处,两张嘴完全唱到一个音符上。沉默时,一首歌曲便会让皇帝重新振作起来;困难时,一首歌曲便给他无限力量。歌声,像一缕缕看不清、辨不明的金线,把她同皇上的心紧紧联在一起,任你刀砍火烧,雷打电劈也无法分离。

每次当她照管护理皇上时,皇上的心情会格外激动,他说:"你为什么要离开我?我要你天天守在我的身旁。"两行混浊的老泪便簌簌流下来。

戚嬛流着泪说:"有姐妹在你身旁跟我在这儿一样。"

"不一样。我每天总想多看你一眼,我总想抚摸你的手,更想让你给我洗面喂饭。"

戚嬛只能默默哭泣。她不能把真相告诉皇上,她不是怕吕后惩罚她,而是怕激怒了皇上,使他的病更加危重起来。她只能用力扮出笑脸,嘴里尽说出心不由己的话:"我来,我来。我以后天天来,我在这儿守着你不走。"

刘邦似乎也看出些什么,他说:"你不要怕她,只要我还活着,她不敢对你无礼。"说到这里时,皇上又哭了,而且哭得几乎喘不过气儿。戚嬛知道,皇上有愧于她,皇上没有给她安排好身后的事。他会想到,在他死后,戚嬛的日子会很不顺心的。不怕,有赵王如意在,有耿直刚强的周昌在,别人是不会欺辱到她头上的。逢到这时,刘邦就会把她的双手紧紧攥在他的如枯枝一般的手掌中,死死不放松。

巧合得很,逢此时,吕后必会赶到这里。在皇帝面前,她的面色十分和善,她会很恰当地把皇上的手轻轻拿开,并说别着凉,就把双手塞进被子里。她还会嬉笑着嘱咐戚嬛:"别在床头蹲得太久,你也该在一旁坐坐歇一歇了。侍候病人,不是一天两天的活,要有耐心。"

此时此刻,戚嬛的心像刀割一样疼。看到刘邦脸上的无奈,她的心在滴血。相亲相爱人,四目对视时,只能无望呆看,不能互诉衷肠,这不正像拿匕首捅入二人的心尖吗?晚上呢,更让她心如刀绞,伤心难过。吕后会派上两个侍婢,在宽大的龙榻上,一人守在一旁,让戚嬛无法偎上去。有时,在皇上大声怒喊之后,在左边的侍婢才下去,让戚嬛偎上去。此时,皇上的心绪会安静下来,有时还会悄悄喜笑一声。这样的时间只会持续一个时辰,他们又被生生拆散开来。

最难过的时刻是她与皇上临分别时,二人泪水涟涟,只能哭,无法言说,每次这样以后,皇上的病情都要重上几分。

一次,刘邦把太子刘盈召到龙榻前,要他把郦介、季布二人传到宫中。太子听后,叩首离去,立刻跑到母后面前,把父皇的话一字不漏地全说给吕后听。

"行啦。你再去向他禀报,就说他二人一个到淮南王那儿去了,一个到齐地刘肥那儿去了,为的是抽收各诸侯国应该交的税金,一回到京城,马上传到。"

太子回到父皇面前，把母后的话又一字不漏地传给皇上。刘邦只稍稍瞪了一下双眼，以示不满，接下来又让他去把萧何召来。

这一次，吕后没有拦腰截圣旨。她让郦介把萧何召来宫里后，先带来见她。

不知怎的，萧何明显地瘦弱下来了。原来宽厚的脊背已明显佝偻。在吕后面前，他先恭敬叩首，而后被赐坐在一旁，静听吕后吩咐：

"皇上想见见你，他很想念你。在他面前也别太难过，这样会对他龙体不利。反正你也明白，该说的话就说，不该说的话就咽在肚子里。"

萧何只管点头答应。他一生唯命是从，眼下还能有何变化？

当萧何见到刘邦时，鼻子一酸，只管流泪，就再也说不出一句话来。刘邦只管拉到他的手，用力摇晃，嘴里就是说不出话来。就这样，两位像手足般亲近的君臣二人，哭上一阵，各自流下一把泪水，就依依不舍地分开了。

吕后呢，便一步不离地把萧何送到宫门前。

而后，凡是在京城中的大臣，都被召来到龙榻前与皇上见上一面，凡是来见的人，个个悲痛万分，无一人能说出话来。

这一天，刘邦突然叫着要见陈平、周勃。

太子说："二位爱卿早已到燕地去了。"

"去了这么久，为什么还不把樊哙的人头提来？"

"回父皇，兴许不几天就会到来的。"

"……"

忽一天，留侯张良，来到长乐宫面见吕后，提出要见皇帝。

吕后颇感诧异："没听皇上传旨要见你？"

张良笑了："下臣与皇帝是梦中交游，提出今天上午在长乐宫一见，外人怎知？"

吕后倒显得很沉着："要不，我先去见皇上，只要他开口，我必依你。"

吕后实在无法释怀的是，她在皇上耳边刚刚提出张良二字，刘邦即刻开口："子房在梦中见我，为……"一句话没说完，吕后转身走开。

张良走到龙榻前，刘邦双目格外明亮。他几番挣扎要坐起来，全被张良拦住了。令所有人深感奇怪的是，两人谁也没哭，没掉泪，二人言谈甚欢："上天把子房给我，方才有了汉室天下。子房为朕立不世功勋，朕给子房的仅是半根草棵。朕愧对子房……"

"汉室大业，本由皇上创立。今天，九州升平，百姓欢乐，边塞安宁，诸侯顺和，太子立定，百官献诚，在如此欣欣怡人的天地里，陛下却染病在身，实令黎民哀哉痛哉。"

刘邦说："心地不舒不畅，病体格外负重，留侯在此与我置腹投机，朕的病将去一半矣。"

"敢问陛下,当下心中还有何牵挂?"

"戚嬛本我宠幸之人,丢之弃之心下不忍。"

"陛下心中的憾事可否在当下予以偿于?"

"如能再听歌观舞,朕龙心大悦矣。"

张良起身复叩拜吕后:"皇后娘娘心事无虞矣,何不以宽容待人?"

吕后脸面稍显羞红,便令婉玉把戚嬛召来,令其为皇上歌舞一曲。

如此突然,戚嬛感到有些不适,她本想予以拒绝,以表示对吕后淫威的抗议。但是,当她看到皇上那副渴望的眼神,心中不免一阵绞痛。她咬咬牙,把对吕后的恨气怨气仇气一股脑吞下。她不着装,不易服,本色本相,放开歌喉唱上一曲:

鸳鸯于飞,毕之罗之,君于万年,福禄宜之。

鸳鸯在梁,戢其左翼,君子万年,宜其遐福。

乘马在厩,摧之秣之,君子万年,福禄艾之。

乘马在厩,秣之摧之,君子万年,福禄绥之。

歌罢,戚嬛即伸展四肢,舞之蹈之。

皇帝观之愈加兴奋起来,不禁用手拍之。

戚嬛的歌声裂帛穿云,戚嬛的舞姿优雅飘逸,听者观者无不目瞪口呆。

留侯张良率先起来,叩谢戚嬛:"借圣上福荫,幸听幸观戚夫人的美声妙姿,恍若神女降凡,令留侯隔世难忘矣。"

戚嬛说:"此乃为皇上之万福,心口同一,企望陛下龙体早日康复。"说完,便悄悄避之隐之。

欢宴罢后,留侯向皇帝叩拜辞之。此时,四只眼中,泪水盈眶,皆闪现依依不舍之情。最后留侯猛地转身,只听背后皇帝一声大呼:"留侯……子房……"

张良走出长乐宫,刚好与萧何、王陵、曹参、夏侯婴、灌婴等一班老臣相遇。原来萧何听说张良进宫后,特把这些人相邀至此等待,一心祈盼张良的新见解。

然而,实在令众人失望。只见张良与各位旧友一一相拜后,轻轻哀叹一声,仅丢下令各位老臣心寒的一句话:"皇帝病入膏肓,我等恐难再相见矣。"

众人皆低首丧气走开。

两天后的夜间子时,皇帝崩逝。

临死前,只听他高声叫一句:"戚嬛,朕有愧于你。朕有愧于你。戚嬛……"

恰在同一时辰,恹恹于梦中的戚嬛,猛地被一只蹿上前的恶犬咬住双手,她惊吓号叫一声,才从梦中醒来。突感到身乏无力,四肢有如被利斧砍掉似的疼痛剜心,加之梦中的惊吓,她几乎有窒息毙命的痛感。

这时,侍婢来报:皇上驾崩。

陈平、周勃二人亲领御林亲兵，背负皇上圣旨，轻车疾驰，直奔燕地而来。

其实，早在他们动身之前，吕媭便差舍人日夜兼程，赶到樊哙大营，通报皇上旨意，执意让他躲避一下。

这个密信是吕后得知后，派人悄悄传给妹妹吕媭的，其意就是让她快快派人去燕地通知妹夫樊哙。可是，这个狗屠夫是犟驴脾气，得到这个消息以后，一不惊诧，二不慌乱，在大帐前梗着脖子骂天："我樊哙向来就不怕死。你刘邦有种就来吧，我把脖子伸得长长的任你杀任你斩。想当初共商举义，我就紧随你身后，鸿门宴救你，荥阳救你，一桩桩险情，皆由我破之。今日，你得了大汉江山，却被妖女迷惑，废长立幼，乱了社稷，葬了汉室，我不杀那小妖女就咽不下这口恶气。来吧，我樊哙就在这儿一心等待，看你能把我舞阳侯如何整治。"

最后，在部将、随从的苦苦劝说下，他决定先躲避一下，待皇上的怒气消去以后，再行决断。不料，就在此时，陈平在辕门外大声喊叫起来："舞阳侯樊哙接旨。"

事情来得太突然了。走不掉、躲不开。樊哙在陈平吆喝第二声时，只得瓮声瓮气应之，耷拉着头颅，走上前去，立马跪在辕门下，静听皇上裁决。

待圣旨读完以后，樊哙竟然怔怔呆愣在那里。陈平说："舞阳侯就这样把我等如此晒晾在这里吗？"

一句话，樊哙如大梦初醒，急忙起身，把陈平、周勃一干人恭敬地接进大帐里。互相叩拜以后，陈平使了一个眼色，樊哙急令手下人快快退下。这时，陈平才向樊哙说出心愿："我等只想把你带回京城罢事，望你速速处理手上的杂事，妥善安排一下，便同我两人一道回去。"

樊哙深表感谢，当天夜里，他亲自下厨，做出一锅软烂喷香的狗肉，同时奉出燕地大曲酒，三人一同推心置腹地痛饮起来。

第三天早晨，樊哙心满意足地与陈平、周勃一起往京城长安奔来。

刘邦崩逝，举国哀痛，九州同悲。

京城里，人人戴孝，户户悼念。一时间，七彩之色隐去，鼓瑟箫笙匿声，未央宫、长乐宫皆白绢掩朱门，纸钱照天烧，悲天恸地之情弥漫天地间。

张良、萧何与一班重臣，先来宫中致哀。当叩拜过皇后、太子以后，同到龙榻前给天子穿上新衣服。其实，吕后在高祖刚咽气时，便把丧服早早准备好。临穿之前，吕后让侍婢用金盆捧来百子池里的水，用白绫绢把高祖全身擦洗一遍。紧接着，穿上自己单做的一套白绢裤褂，再套上薄夫人做的蓝罗裤褂，管夫人早早把自己做的绸子偏衫套在外面，赵夫人接着给他套上自己准备的紫罗大衫，当七位嫔妃各自把精心裁制的各色服装给皇帝穿戴整齐以后，吕后即要宫女把天子礼服给高祖穿上。忽然听到一声喊叫："且慢，奴妾尚未给皇上穿戴衣衫，怎能穿上天子礼服？"

吕后说："按丧礼，天子所穿的服装已够，无须再添置了。"

"不。我不置服饰,但仍须表心志。"戚嬛那一副不依不饶的神色,让所有人只得顺从。

这时,只见她从提来的绣袋里,取出五缕丝锦绣线织成的彩带,一道道束在高祖帝身上。她一边精心缠绕,一边浅吟低唱:

一束锦带绕腰间,高祖把奴带身边;

二束锦带挽臂膀,高祖带奴齐飞翔;

三束锦带扣胸前,高祖把奴放心间;

五束锦线七彩云,高祖升天已成仙。

戚嬛咏歌,声哀声悲。但是双眼无一滴泪珠,丽目粉面竟极其宁静、安详。她仿佛在跟远去的亲人依依话别。而后,她飞快转身跑到一边去,悲声恸哭起来……

张良、萧何与群臣一起,于高祖遗体前三叩九拜,行完大礼,又将太子、吕后拥入当年高祖端坐过的皇位上,三呼万岁,九拜叩首,齐拥太子登基。

吕后说:"爱卿诚意,太子已知。当前,高祖龙体尚未入土,不可典礼登基,只能行令天子之仪,发天子圣旨矣。"

按吕后旨曰,萧何、曹参、王陵、叔孙通同执丧礼,以叔孙通为司礼。百官按爵位,入宫悼念、哀拜。

九天以后,高祖大殓入棺。金棺、银棺、玉棺、丝木棺、楠木棺,前后共套入九层大棺以后,以金根车载之,由太子刘盈率八个诸侯兄弟在前引路,一路逶迤,把高祖平安送进早早修建一新的墓室中安葬。

因为高祖送葬,赵王如意、相国周昌一同回到长安。葬礼过后,戚嬛与如意仅仅相处了几天光景。

戚嬛先看到如意体态不胖也不瘦,心中稍稍安稳。继而又打听到相国周昌待他无微不至,大到出访巡视,会客宴请,周昌必亲随左右,步步不离,小到衣食寝安,更是仔细关照。有时夜间,周昌数次入寝宫,几番察看无虞方才离去。

听到赵王如意这般叙述,戚嬛心上甚感安慰。儿子安全,母亲安心。眼下,戚嬛唯一的希望就在儿子身上了。

高祖帝四月下葬入土。

太子刘盈五月登基,为汉惠帝,年十七岁。大典当天,祥云布空,百鹤升天。百官朝拜后,鼓乐声刚刚响起,伴随而至的是震耳的雷鸣,紧随其后,是一阵倾盆大雨。高大巍峨的殿堂在风雷中震颤。矗立在惠帝面前的宝鼎似乎一阵轰鸣之后,才渐渐稳固下来。而那幅绣在惠帝身后屏风上的一条金龙,竟然在一个震耳的炸雷声中,离开屏幛,在殿前左三右四绕了七圈游出殿外,驾两云升天而去。

百官一个个吓得目瞪口呆,伏地不动。

然而这位曾被父皇高祖帝称之为懦弱的惠帝刘盈,却端坐在龙案后,岿然不动,稚气未脱尽的脸上还闪现出鄙夷的神色。

正襟危坐在太子刘盈旁边的吕后，见此情景，心中很是激动，暗中说道："儿子出息了。"

大典结束，萧何回家以后，心神不安，脑中尽在回忆当时的情景。因为他距离惠帝最近，发生的情景，他全看在眼里。他恐惧、心颤，只是没有喊出声来。他分明看到宝鼎抖动七次，而那条黄龙也是左三右四绕了七圈。

难道惠帝只能有七年的运数？不会，绝不会。他年富青春，正该蒸蒸日升，年华与执政的日子如何也不能与七字挂上钩。

殊不知，惠帝的命数真的让他给算准了。

但是，他自己的命数，自己竟浑然不知，厄运正一步步向他逼近。

大典过后，吕后代惠帝下旨：各国诸侯要尽快回到自己的领地去，国事在身，不可一日耽搁。领到圣旨以后，刘肥、刘濞、刘长等，一一赶来长乐宫，向惠帝、太后娘娘一一叩拜道谢后，登车而去。唯有赵王如意，因戚夫人身患贵恙，故晚了一天。

吕后知道以后，先把赵王如意召去。不知什么缘因，赵王如意刚进宫门就在平滑如砥的地面被绊了一跤，险些倒地。

他见到太后娘娘以后，大跪拜谢，并一直伏在地上不动。

吕后说："戚夫人不适，宫中自有太医诊疗。你用不着留在她身边，理应按圣旨，速速回到赵国。"赵王如意很知趣地答应，深深拜谢后匆匆回到母亲身边。

戚夫人心里自然明白，于是忙着给儿子准备了一些衣物，便匆匆告别。这一次，赵王如意是流泪离开母亲的。最让戚夫人难受的是，儿子哭泣时，猛地发现吕后的金根车正向这边驶来，于是他急忙揩去脸面上的泪珠儿，挥挥手，急忙走开。

戚嬛一宿未眠，她翻来覆去在想一个计策，一个能逃出深宫的计策。

第二天，她让亲信婵月想方设法把萧何召来。见面后，萧何叩拜以后落座。戚嬛直言不讳："请相国为我生一计谋，让我出宫到赵王如意处去如何？若能成功，我必重金酬谢，请相国万勿推辞。"

"深宫禁地，夫人只能坚守，无法走出，万请夫人不要难为我老朽。"萧何知道戚夫人的处境，更知道宫中的禁令，就是今天来到戚夫人身边也是斗胆所为。

戚夫人不禁泪如雨下："易储之事，太后怀恨在心，臣在此度日如年。若能为我生计谋，我当……我当……难道相国就看着我死在这儿吗？"

处在这种境况中，萧何只得起身离别，不然，事就说不清了。他一边拜谢一边说："老臣尽力为之，尽力为之"，便匆匆离去。

回到相府，萧何起卧不得安宁，戚嬛那副悲戚的模样一直在脑子里映现。

"难呀，难煞我矣。"

第二天上午，吕后娘娘把萧何召进长乐宫里。没有想到刚一照面时，吕后便阴阴地说出一句令他震颤不止的话："萧相国，你为戚夫人想的逃出深宫的计谋想好了没有？"

萧何满面虚汗揩不尽："回太后娘娘，戚夫人要下臣办的这件事，臣实未答应，乞望太后娘娘休怒，乞望太后娘娘恕罪。"

"你没答应为什么偷偷进宫与戚夫人会面？难道你不知宫中之大忌吗？"

"回太后娘娘，高祖当年在世，曾面谕我，凡后宫有传，尽可入宫受谕。当下，高祖帝已归天，但他的口谕我不能不遵。"

一番直言，把吕后驳得一时无言以对，于是，她轻轻冷笑一声："难道面谕就是为了偷出宫门，逃之夭夭不成？"

萧何仿佛大汗流尽，身子虚脱了一样，只会摇头叹息，许久无言以对。

原来，戚嬛身边的婵月，本为她的亲信，身边的事从来不瞒着她，没有想到，当下，她看到戚嬛变成笼中的小鸟，网中的兔儿，早晚会遭殃的。为了给自己找一条后路，她就昧着良心，偷偷跑到吕后那，把戚嬛想逃走的消息全盘托给太后娘娘。

"好哇，自然相国大人不愿与我说真话，我也不予勉强。请回吧。"

萧何哭丧着脸，灰溜溜地走开了。

看着萧何走远以后，吕后便带着众宫女，直扑向戚嬛的房间。

"听说你想离开后宫？好。我让你走，但是你必须说出要到哪儿去？"

见到戚嬛后，吕后开门见山一句话，像一记闷棍，砸得戚嬛目瞪口呆，吐不出一句话来。当她看到站在吕后身旁的婵月，心中便一切都明白了。无须再隐瞒，无须再狡辩。渐渐地，她头脑清醒过来，心中也聚了些许气力，于是冷冷答道："我要去赵王如意身边。"

"你想得倒美！从今天起，不许你离开这间房子半步！"

只要一看到戚夫人的脸，吕后便怒火攻心。这个自己曾经的对手，在高祖皇上面前是何等的威风、何等的张狂！眼看着她霸占了高祖皇上，自己只能甘心吃个哑巴亏，打掉牙朝肚里咽，从来不敢反对，而只能以笑脸相迎。后来，她一次又一次对皇上施压，一心要夺去太子的宝座。无奈天意不从她，她一次又一次失败。今天，这个失宠的妃子想逃出后宫，跳出我的手心，妄想！

吕后带人气冲冲地走出门外，回过头来，对婵月说："这样吧，就派你留在这儿给我看守她。"

"要我看守？"婵月怎么也没想到，她为难极了。

"怎么？你一个人看不住？你不敢？你不愿意？我不怕你再跟她混在一起。"

与陈平、周勃一行人一起回京城的樊哙，在路上心里尽在打鼓。吃不安，睡不宁，嘴里直唉声叹气。他心里知道陈平、周勃是他的救命恩人，在燕地军营里没有将他立地斩首，饶他不死。但是，回到京城以后，还能不能躲过厄运，死里逃生呢？所以，每向西走一步，他的心情就沉重一分，仿佛距离那把杀人的钢刀又近了一分。唯有身边的陈平、周勃，时时在宽慰他："害怕什么？不要怕，该吃你就吃饱，该喝你就喝足，该睡你就拼命地打呼噜。你以往一直是不怕死的莽夫，今儿咋就变成娘们儿了？你就不怕天下人耻笑你？"

"高祖皇上对我一直高看一眼，没想到这一次竟如此恼火，我怕就怕他的恼火，火气上来，六亲不认，天王老子也敢杀。我岂能不怕？"

陈平笑了："舞阳侯，我有一计可保你不死。但有一条，不知你应不应？"

樊哙当即叩拜："只要能保我一命，别说一个条条，十个百个条条我也应下了，说吧。"

"你付给我跟周勃每人黄金十斤，一两不能少，这一条能办到？"

樊哙欣喜发狂："能办到，只要保住我的命，我再给你们二人每人再加一斤黄金。成吗？"

"成啊。到京城以后就兑现，不许赖账。"

"好。你们更不许骗我。"

陈平、周勃一直没有对樊哙说是什么计谋，只是在回京城的路上，一天比一天走得慢。待他们走过洛阳百多里后，听到高祖帝驾崩的噩耗传来，陈平便问樊哙："知我计谋否？"

樊哙再也不去搭理他，而是双眼流泪，嘴里连声大叫："高祖皇上你为什么不等到跟我见一面？你为啥……"一面哭一面说，飞快赶马，巴不得一步跨进京城。

陈平的妙计保住了樊哙不死。

但是樊哙当时许下的条件一直没有兑现。后来他说："想吃好狗肉，我立马就办，想要黄金，吕媭她不愿意给。我怕夫人是出了名的，你们不是不知道。"

陈平、周勃二人没有跟樊哙要金子，那是在跟樊哙开玩笑。

陈平在暗中帮助樊哙躲过一劫，樊哙从心里感谢他。然而，他的夫人吕媭却把陈平视为大敌。在高祖帝去世以后，她多次在姐姐吕后面前说："陈平不是一个好东西。他表面上甜言蜜语，背后却狠心下刀子。这样阴毒的人，不能把他留在朝中。"

吕后并不是耳根子软的女人，她并不听信妹妹的话。在她眼里，陈平还算是一个比较安分的人。似乎在当面背后并没有给她使绊子。可是，假话经不住三说。接连几次，吕后似乎也被吕媭的话给说动了。她连着几天沉思，终于想出一条计谋：在高祖帝还没有下葬的时候，下了一道旨意，让陈平与灌婴二人率兵驻守荥阳。那时，陈平刚刚把樊哙带进城第二天，吕后不顾他长途跋涉劳累不堪，诏令下达后，便连连催他快走。陈平心中似乎悟出其中的玄机。于是，他欣然领旨，当天便赶到荥阳城。在这里，他跟灌婴亲密交谈一番，了解了驻军的状况以后，便对灌婴说："家眷得了一个古怪的病症，逢到夜晚，便大声啼哭，闹得全家人不得安生。我意会准是中了邪症。我决定晚上回到家中守夜,驱赶邪鬼。不知将军能否成全我。"灌婴本武夫,对陈平一向尊重,听到他的请求,没有任何怀疑,张口便答应了,并说:"这里无战事,士卒忠心,驻地安宁。你只管守在家中照管家眷,待病情痊愈了你再回来。"

当天夜里,陈平骑马急驰,赶回京城。他连家门也没进,而是一头扎进宫中,跪伏在高祖帝的灵前,哀声痛哭不止。

原来,当他接到吕后的诏令以后,心中便知道这是吕后设计的圈套,把他调到外地带兵,一是看他领兵是否有野心,即使有野心,当有大将灌婴制裁之;二是他离开京城以后,吕后可以听取各位老臣的意见,再决定对陈平作何处置。

当审食其来报,说陈平已经回到宫中,在高祖帝灵前祭灵痛哭时,吕后有些不相信。于是走到灵前一看,果真如此。她当即询问陈平:

"荥阳乃军机重镇,你不在那安心驻守,为何擅自回到京城里来了?"

陈平仍大跪在灵前,一边哭,一边诉说衷肠:"我一生三易其主,但魏王和项羽,不听我的计谋,还把我时时当作外人来提防。正当我走投无路之时,高祖帝收留了我,他对我既不怀疑,又采纳我的良策,一直把我当作心腹。今天,高祖帝不幸崩逝,我陈平仿佛遭遇塌天陷地的危机,往后我该如何?往后还有谁再相信我,任用我呢?高祖帝,你不妨把陈平一起带到天国去吧,在那儿我将忠心侍奉你……"

陈平说着、哭着,所言均为事实。这让吕后深受感动,于是,她不再把他驱走。

第二天、第三天,守在灵前的陈平一如前几天一样,且越哭越痛心,无一丝做作。吕后当即把陈平召到后宫,说:"你对高祖帝忠诚,孝心可嘉,但也不能老痛哭。你暂且回家休息去吧,有事再去召你来。"

"不,不,高祖帝驾崩,我一心为他送终,灵堂前就是我的家。我哪儿也不去,我就要一心守在这儿。太后娘娘,有事儿你尽管吩咐。"

如此真诚的孝心,终于感动了吕后,当即封陈平为郎中令,主管宫中事务,有时间也可去教一教惠帝刘盈。

陈平终于跳过一个个陷阱,最后取得吕后信任。至此,他才稍稍松了一口气。

听说吕后封了陈平为郎中令,主管宫中事务,审食其很是不高兴。他认为吕后做事草率,不应该轻易相信陈平才是。

"看来你是被陈平的假象给蒙蔽住了,你根本不知道他的面目。"审食其暗中说给吕后听。

"先前不知,后来多多少少听说一些。"吕后轻描淡写地说一句。她认为审食其大可不必如此大惊小怪的。

"不,为了引起你的警觉,我必须把陈平的老底给你交代个一清二楚。"

于是,他把陈平在魏王魏咎那里供职,只会在魏王面前说好听的话,日久,魏王对此失去耐心。陈平感到魏王不信任他,只好去项羽处。同样,在项羽手下,因失职,恐怕项羽严惩他，才赶来投奔高祖。在汉军中任监军时，他大胆收受贿赂，被高祖帝得知后，险些被正法。但是由于他圆滑世故，且诡计多端，加上善于甜言蜜语，终于把高祖帝给骗住了……

此刻，吕后便打断他的话："接着，我也被他给哄住了。是不是？你放心，我不是三岁的孩子。谁心里想什么，嘴里要说什么，我会看透的。"

"陈平还是一个小白脸，面相长得好看……"

吕后又一次打断审食其的话："怎么，你怕我迷上了他的面相？呸，告诉你，宫中只有你才在我心上，别人，谁若敢多看我一下，我就要剜他的两只眼。这下你放心了吧？"

其实，直到今天，吕后才敢把审食其召进来。

自从那次她把他拒绝以后，临走时的一个深吻，令她一宿未眠，翻来覆去，怎么也难以入睡。她有些后悔，她不该让他走开。她是多么想与他拥抱入眠，快乐一夜呀。但是，为了权力，为了长远利益，她只好如此。

今天，大权在握了。天地间，她足可以任意摆布，任意所为，无人胆敢阻拦。

十五　长乐宫阴云密布，众老臣如履薄冰

萧何病倒，张良离京。高祖帝身边的左右手已被吕后悄悄斩断。其余人对她的威胁就不会太大，她感到春天已经来临，她能够放开手脚施行朝纲了。她心中暗自发笑。

听说丞相萧何抱病卧床，吕后心中暗暗窃喜："好，好啊。你胆敢跟我的仇人一个鼻孔喘气，我就叫你尝尝我的手段。"她暗暗嬉笑一番之后，咂一咂嘴，感到在萧何身上下的功夫还不足。于是，吕后又下了一诏，专为安慰重病的萧何。

郦介持诏，登门相府。躺在床上的萧何挣扎着从病榻上下来，双膝跪在厅堂上，专心静听太后的手谕，旨上说要丞相宽宏大量，不要为小道谣言所扰。听到这里，萧何心上很受安慰。但是接下来的一句话，竟如雷击电刺一般，又一次把他重重击倒：要他稳定自重，万万不可学妇人之道，行妇人之心。

好像吕后还嫌这一句话不够厉害，在下诏的同时，让郦介带给萧何一件小小的用黄绫裹着的衣服。当郦介走出相府以后，萧何的舍人才予打开，呀，原来是一件水红色的女人的内衣。辱骂他为妇人，从言语到实物，让你躲不及亦闪不及，只能忍气吞声。此次萧何吐血以后，昏倒在地上。直到第二天才迟迟醒过来，嘴里悄悄说一句："皇后骂人何其毒也。我，我萧何将死在她手下矣。"

不久，留侯张良听说萧何重病卧床，有些不相信。于是，他便拖着病体走到丞相府上。几年来，张良一直是病恹恹，老病不去，又添新病。他身不任职，心无负担，他有时居在留侯，有时羁留京城。高兴时走到深山清静几日，来到湖上游舟垂钓。对朝中的事，他极力躲避，不闻不问，不听不信。他心中明白，只有如此，才能消除高祖帝的疑心，只有这样，才能驱除刀剑之灾。

来到萧何的病床前，只见他双手张扬，直直要去抓张良的手，两只眼睛涌出泪花。张良的心早已被哭软，他埋下头只管轻轻揩泪。许久，两人都没有说出一句话来。

"相国只管精心调理，所有的大事小事全不要放在心上，病情便会步步好转。"

萧何摇头："不行了。你听，我的嗓音都已经变哑了。我留在世上的时光不长了。怕只怕，咱俩再也无法见面了。"说着，又哭起来。

张良见此状况，便不想在这儿久留。于是亲手扶萧何躺在床上，最后握了握他的双手，便默默走开了。他知道萧何将不久于人世，不觉深深哀叹一声。

说来也奇怪，张良第二天便被吕后召进宫里。吕后对张良很是客气，先是问他身体如何，又问他手上是否缺银两。对此，张良深表感谢。明白表示自己一不缺病，

二不缺银两，只能这样苟活于世。对此，自己也深感愧疚，还望太后娘娘多多体谅、宽恕。

吕后听了很是仁慈地笑笑："留侯为汉室大业尽心尽责，高祖帝生前常常把这功业挂在嘴上，今天体弱多病，少帝自当多多体恤才是，只是不知留侯能不能……"

张良心里一颤，问道："太后娘娘有话尽管直说，张良我将尽力尽心。"

"其实也没有什么大不了的事儿，只是京城市面嘈杂，人心不测，对朝中的事有颂扬的，有诋毁的，让你听见、看见，未免心烦意躁，这样最不适宜养心祛病。为此，留侯最好还是回到乡间，任选一处山清水秀的地方居住为妙。所需费用，我自当加倍补偿之。"

原来如此，这是下的逐客令。你不走，在京城里只能日日生闷气；你走了以后，当永远与世隔绝。

张良急忙起身，再次深深叩谢吕后："这样最好，我感谢太后娘娘为我做出如此安排，不知太后娘娘让我何时离京？"

吕后也暗暗感到有些惊喜，一个满腹经纶，运筹帷幄，决胜千里的奇人，怎么会如此这般好安排，好打发呢？

"离京可择黄道吉日，越快越好。"

"好，那就明天吧，我明天就走。"

萧何病倒，张良离京。高祖帝身边的左右手已被吕后悄悄斩断。其余人对她的威胁就不会太大，她感到春天已经来临，她能够放开手脚施行朝纲了。她心中暗自发笑。

还在高祖帝弥留人间之时，吕后曾伏在他身边，询问日后朝中大事，最重要的是丞相一职的人选。高祖帝似乎早有决断，当吕后问丞相由谁担当时，他答萧何。

"若萧相国病故以后呢？"

"曹参任之。"

"曹参之后呢？"

"王陵可以。只是这个人稍稍有些耿直，容易偏激，可让陈平协助他料理。"

"王陵以后能否让陈平任相国？"

"陈平智慧有余，但手爪伸得有些长，难以独任。"

"统领国中兵事者谁最宜用？"

"周勃沉着厚道，不善花言巧语，让他担任太尉最宜。"

"当这一班老臣之后，由谁来继承？"

当时，吕后真想说出吕姓人的几个名字来，让高祖帝答应。但是，话到嘴边，又被她给咽下去了。

只听高祖帝长吁一口气："以后的事你也不用知道了。"

当下，萧何重病，已经无法指望了。于是她即下旨，封曹参为左丞相，理相国事。

消息传到萧何耳朵里，他只默声不语，一年后，萧何便溘然长逝。

被吕后指派留下来看守戚嬛的婵月，怎么也没有想到皇后娘娘会用这种方法来惩罚她。她惭愧，她不敢直接面对戚夫人。特别是那一双忧郁且明亮的眼睛，仿佛两把利剑，直穿她的胸膛。她看周围无人，便打开房门，直直跪在戚夫人面前："贵夫人在上，奴婢无知无能更无良心，我千不该万不该把贵夫人的忠言说与皇后娘娘听。贵夫人我太……"婵月说到这里就大声哭泣起来。

戚嬛的心地早已经冷了。看到这个平日里最信任的侍婢，在她走投无路时，竟然丢下她，去投靠新的权势更大的主人去了。低三下四的人，无疑是一条狗，谁给肉吃就去向谁摇尾乞怜。

戚嬛心中明白，当下自己已经变成一个无依无靠、无职无权、任人摆布的下人了。对于这个曾经的侍婢，她不想去说她，劝她，打她，骂她。她只是无奈地看看她，便转身走开，只想离她远一些。

被曾经的主人厌弃的婵月，心如刀绞。她不声不响起身走出去，在庭中水边呆立片刻，便一头扎进水中。

吕后在太子惠帝登基的同时，她已经端正地坐在儿子身旁，百官来朝时，必须也向她叩拜。尽管惠帝已是十七岁的弱冠之男，但是他在吕后眼里，仍是一个懵懂孩子。对他，吕后极不放心。除上朝，把他一直带在身旁，回宫后，仍由太子太傅叔孙通辅导。在他身边的宫女，是最令吕后担心的人。为了不让惠帝痴迷女色，吕后先让太子太傅在书理经文上给以引导，让惠帝知道，自己是天子，要担当治理国家的大任，女色会乱心迷脑，务必远离之。再则，是由吕后自己调教。这无非是出入宫门的女子，由一人严格检查，略有不轨，即予禁闭。同时，平日皆由二人同进同出，让二人互相监督，互相检举，言语上略有出入，双双予以惩罚。

如此一来，效果很明显。吕后心中稍感欣慰，她认为自己的办法很灵验。这时，还有一个令她感到高兴的事：惠帝一心习武，并经常率人出城去打猎，且每次都会有丰硕的收获。

"天子理当如此。当年高祖挥剑斩蛇，举义定乾坤。今天你若能把你父皇的德能，哪怕只学来一半也行。"

"母后娘娘所言极是，好男儿自当顶天立地。我当一手举诗书，仁义理政；一手握剑，把胆敢犯我汉室的内外敌手斩尽灭绝。"

吕后听了儿子的豪言壮语，很是感动，禁不住眼角溢出泪花。

在惠帝眼里，母后娘娘是一位严厉的，无所不管的要强人。在母后面前，惠帝从来不第一个说话，特别是百官上朝后，启奏政要国事，惠帝只是正襟危坐，专心听下臣禀报，辞后，他瞟一眼母后，只听她有条有理，有问有答，一会儿就把要办的事给说得明明白白。他十分羡慕母后的才能。当他得知母后从来没有像他这样受到专人教辅时，更是对她崇拜得五体投地。他感到在母后的庇佑下，很满足、幸福。但是，渐渐地，他又有一种感觉，那就是自己有嘴不能说话；自己有腿不能随便溜达，所有的事只能在母后的支配下进行，不准逾越一步，哪怕一小步也不行。慢慢地，那种身不由己的感觉越来越强烈。他很自卑，也很伤心。他很想摆脱母后的桎梏。但是，他不能。因为有时看到母后面上的一点儿怒色，他心中就哆嗦起来。生成的性格，一时难以改变了。不过，当他看到母后做事做得太过火了，心中也会产生憎恶情绪，看不惯归看不惯，他嘴上却不说出口。

在后宫的岁月里，他时时感到孤独，宫女们进进出出，在他的眼里，只能像花朵一样在眼前浮现，根本无法与之在心灵上沟通。在过去的岁月里，让他感到高兴的一次，是跟如意在一起玩耍。兄弟两个，一时比射箭，一时对打棍棒，十分精灵的弟弟，一口一个哥哥的叫喊他，弟弟机巧的动作，让他羡慕不已。只是可惜，在一起相处的时间太短暂，仅仅不过一个时辰。当母后来到以后，如意弟弟便扭头跑开了，任你怎么喊叫他也不回头。

"今天，他在赵地过得还不错吧？"有时，惠帝会在自己内心深处这样悄悄问一声。

"如母后娘娘允许我们两个在一起多好啊，读书、写字，在园中玩耍。"这些在他头脑里只能是梦想，一个永远无法实现的梦想。

"皇帝贵为天子，为什么还会有许多不如意的地方？母后为什么这样对待我？"

知道宫女婵月投水死去以后，吕后没有再派人来监视戚嬛，而是索性把戚嬛逐出后宫。她先命御林军把戚嬛的双手给捆个结结实实，再把双腿也捆上。令两个宫女立在戚嬛左右，死死按住她的双肩。这时，才把佣人喊来，用一把锋利的剃刀，将戚嬛那一头墨黑油亮的青丝秀发，一根不剩的，齐茬剃个干干净净。接着，又在戚嬛的脖子上，束了一个铁圈，又给她套上赭色囚衣。瞬间，鲜花一样的戚嬛，完全变成一个丑陋、呆滞的女人。

戚嬛知道，自己受苦受难的一天终于来到了，失败者永远没有讲理的地方，失去靠山的人只能任由强人摆布。她强忍住苦痛，咬牙抑制泪花，她不想让仇人看到自己流泪的苦相。她决心用坚强去对抗非人的蹂躏。

"好，好。这个才是高祖帝的天仙玉美人。"吕后那极端讥讽的话，一心想让戚嬛心头滴血。可是，戚嬛仍不言不语，不哭不喊，双眼紧紧盯向墙角下的一株兰草。虽然被众人践踏，但是长长的叶儿依然墨绿，依然默默生长。

"把她带到永巷里囚禁，不准任何人见之。"

吕后一声令下，戚嬛便被众人推搡带走。

直到这时，吕后才感到经年累月积压在胸中的闷气稍许吐出一些，心里感到些许舒坦。

当年，高祖帝在世的时候，吕后亲手杀了韩信，屠了彭越，但是，她对戚夫人虽然怀有切齿的仇恨，却从不敢动戚夫人一根指头。她只能将这口怒气，深深压在心底。今天终于爆发出来！她不想一刀杀了戚夫人，因为那太便宜她了。吕后决定要用羞辱扼杀戚嬛的自尊心；用丑陋来泯灭戚嬛的艳美；用劳役来摧残戚嬛的身体；用孤独来磨灭戚嬛心底的一丝光明。总之，吕后一心要用折磨，去践踏戚嬛的心灵，让戚嬛时时感到生不如死的痛苦。

听说戚嬛遭到如此对待，吕媭喜得哈哈大笑。她既笑姐姐的手法高明，又笑戚嬛终于得到报应。最让她庆幸的是，高祖帝死得太是时候了，要不，自己的丈夫将会身首分离。

自从姐姐得势以后，吕媭几乎三天两头进后宫。她进出自由，谁也不敢阻拦。她在姐姐这里不仅能得到上好的精美的衣料，还能直接向姐姐诉说心中的打算：

"咱们姓吕的一家人，为汉室作了这么大的贡献，为何不把咱吕姓的家人封王封侯？"

吕后不理会她。吕后认为妹妹心地太浅，眼光太短，对朝廷中的大事，妹妹不知不懂。每次听到吕媭这样说话，她就会拿眼睛狠狠看她一下。似乎说，这不是你应该管的事，你不要再胡说八道。

其实吕后心里非常明白：她坐的太后娘娘的宝座，是高祖帝留下来的，是儿子惠帝封的，她干的是汉室的大事，当的是刘家的官。离开这两点，她一事无成。当下，她必须要照刘邦指的路线走，那一班老臣、重臣才会全力支持她，她的权势才有作用。至于起用吕氏的人为重臣、为王侯，那是后话，当下还不是时候。这些事她一直牢记在心里。

这时，婉玉向吕后禀报了一件她一直担心的事：惠帝与后宫一个叫馨兰的宫女好上了。

"此事当真？"吕后简直有些不敢相信。因为惠帝在自己面前一直都是百依百顺，从来不敢在背后私自做出违反母后意志的事。

"回太后娘娘，奴婢不敢说谎。是我亲眼看到的。"婉玉一直是吕后心腹，她不敢说谎。这些吕后心中有数。

"慢慢说来，不要慌。"吕后的声音变冷了。

显然，婉玉感到有些碍口，不好直言。她没开口，脸上一片绯红。但是吕后已经发话，她不得不说："奴婢今儿上午，找到专门侍候惠帝的女婢芳燕，刚要开口，只见她用手指了指惠帝房门。我很是心疑，于是轻轻推开房门，悄悄走到帷幔前，只见……"

"只见什么？说！说！"吕后把怒气发泄在婉玉身上了。婉玉显得很是委屈，只好流着泪说下去:"我看见惠帝与馨兰两人赤身裸体正抱在一起。奴婢不敢再看,只得先来报给太后娘娘。"

就是婉玉不把下面的话说出来,吕后也知道已经发生了什么事。

她最怕听到的事终于发生了。

一时间,她气得说不出话来,只能愣坐生闷气。过了好一会儿,她才冷冷说一句:"去,把那个馨兰给我叫来。"

其实,吕后心里很清楚,惠帝已经是十七岁的人了,对男女间的事已经知道一些。他身在深宫,美女如云,终日身手相触,他怎么能不动情动心?

唉,只怪这一阵子事情太繁太多,竟然把这个事给忽略了。不如……

馨兰几乎是双手蒙着脸走来的。进到房内,早已跪伏在地面,一口一个太后娘娘,一口一个饶命。她用双膝跪行,一直来到吕后面前,不敢抬头。

"把脸昂起来。"

吕后的话极轻极缓,却把脚前的侍婢吓得全身一颤。她不敢违拗,只得慢慢抬起头。

啊,一副娇美容颜,如细雨淋湿的桃花。

吕后霎时回忆起,这个宫女还是由自己亲自挑选出来,特意放在惠帝身边使唤的。

"你有罪吗?为何叫着饶命?"

"奴婢不该,不该与皇上在一起……"

吕后冷笑一声:"知道就好。去吧。不要求我饶命,你自己知道该怎么办。"

不料想,这个馨兰也不哭,也不喊求饶了。她忽地从地上爬起来,也不给吕后行礼叩拜,而是一个急转身,奔到庭院里,面对青铜大鼎,用头猛撞过去。由于用力过猛,只一下,便鲜血四溅,瘫倒在地上。

婉玉大叫着跑上去想拉她,但是,仅慢了半步。"回太后娘娘,馨兰她,她……"

"快快拉出去埋了,恶心人。"

这时,吕后心上的气非但没消反而更大,胆敢在我面前弄样儿给我看,胆子不小。去,把芳燕也叫上来。吕后心里似乎明白,两个人一对的宫女,一个胆敢出轨,这一个为什么不早早报上来?是不是跟那个死丫头是同伙?

似乎真的让吕后猜中了。

芳燕被带上来的时候,脸上早已没了血色,哆嗦着惊叫:"没有我,我不知道!"

进得房来以后,芳燕趴在地上,全身颤抖不止。

吕后没有吓唬她,只是很随便地问一句:"你今年多大岁数?进宫里几年了?"

好一会儿,芳燕总算稳住神儿:"回太后娘娘的话,奴婢今年十五岁,进宫两年了。"

吕后仍然心平气和:"在这里想不想家?"

"回太后娘娘的话，奴婢无父无母，只跟奶奶一人过活。奴婢在这里不想家。"

吕后猛地一拍龙案，大叫一声："说，你跟皇上睡了几次？说！"

"睡两次……不……不……没有……"

无须再多说下去，真相大白了。

吕后仅摆了摆手，门外猛地跑上来两个军汉，像老鹰抓小鸡似的，把芳燕提到半空中，芳燕还未来得及呼喊出口，就被掐死了。

随后，吕后下诏，令惠帝面壁思过一天。

当天夜里，吕后没有下诏，审食其竟然独自进宫来了。吕后显得有些愕然：

"听说你刚刚纳了一个妾，我不想打扰你的好事。你为何又跑来了？"

"回太后娘娘。我只有睡在太后娘娘身边，心里才踏实。"

"不要拿好听的话来蒙我。想跟我好，为何还要纳妾？"

"回太后娘娘，那不是我的主意。是一个大户，欠了我的银两，送上一个女人抵债来了。"

吕后这才显得有些喜色："那妾长得美不美？"

"不丑也不美，还算耐看。"

"说吧，来这还给我带来什么密信？"

"回太后娘娘，前番失密的事，我找到人了，是符玺御史赵尧。"

"是他？是他告诉给郦商的？"

原来，在高祖帝崩逝以后，吕后立即下令，宫中任何人不准外出；外面的人一个也不准进宫里来。此时，她正在跟审食其密谋一件大事：

"今天高祖帝不在了，而跟随他闯天下、建功业的文臣武将一个个都健在。这些人一个个如狼似虎，日后惠帝如何能驾驭得了？"

吕后说的是惠帝，其实是她，怕自己一旦掌权，下面人不听不服。

审食其已经猜出吕后心中的想法，于是极力迎合："不如把这班老臣，不分文武，一概除之，以绝后患，以保汉室万年不衰。"

吕后听了，重重点点头。

其后，二人为了用什么法儿诛灭群臣，费尽了心思，绞尽了脑汁。

先是说，把所有老臣，拘于一处，再一个一个斩首。后又说，可携旨去老臣家中，宣诏曰有谋反之罪，随之斩首。这样做，恐怕走漏消息。而把老臣拘于一处，又怕这些人起疑心。总之，没有找出一个万全之策。

其间，高祖帝崩逝已过去了四天，消息依然被封闭，无人知晓。

接下来，审食其与吕后又开始商量一个难题，对于老臣，是杀了一个，还是要株连全家全族？杀一人，怕其家中人造次；杀全家，又怕激起民愤，造成更大的麻烦。

正当他两人久久未决之时，审食其的知心朋友，老将郦商，借故把审食其约到家中，开诚布公而言："听说高祖帝已经崩逝四天了，为什么还不告知天下？"

"……"

"听说太后娘娘要下旨把带兵的将军全杀了，有没有这回事？这些人中间，有没有我？"

"纯属无稽之谈，请你万万不可相信。"

"如若是风言谣语最好，如若真有这般打算，我想先来告知你：周勃率二十万大军在燕代之地；灌婴统十万大军在荥阳，如太后敢冒天下之大不韪，这些统兵的将领们，将会率兵杀到京城，与城里的亲信，里应外合，攻下京城，到那时，汉室还能存留否？吕后还能存活否？此乃我的一番真心话，望你务必转告给太后听之。千万千万要以社稷为重。"

审食其早已惊出冷汗，他立时稳住郦商："你我生死与共，非一日之情谊。你说的话，我必代你传给太后娘娘，可是这些谣言，望你千万别再外传之。人心浮动不稳，对汉室社稷同样是灾祸，不可儿戏。"

审食其哪敢停留一时一刻，返回后宫时，几近丑时。他把郦商的原话一字不漏地传给吕后听。二人最后决定，再也不提诛杀众臣的事了，并决定卯时立即把高祖帝崩逝之事昭告天下，同时定下大葬吉日。

从那以后，百官中虽然没有传出诛杀群臣的谣言，但是吕后心中一直不解：这个消息是何人传出宫外的？她要审食其留心察之。

今天听说是符玺御史赵尧，她心中一怔。许久许久没有说出话来。

审食其说此人应该如何处置？

吕后说暂时放下，不管不问，暗中要多多防备此人，以免日后会有大事再次败坏在他手上。

她说完，半睐着双眼，紧紧盯住审食其，不言不语，又打了一个哈欠，用力伸了一个懒腰。审食其心中似有所悟，于是立即上前，先给吕后捶捶肩，按按脖子，接着又让她趴在大大的柔软的龙榻上，审食其则给她捶背，按腿揉足。吕后则美滋滋地享受着，嘴里有时轻轻哼一声。待她缓缓翻过身来之后，审食其再也支撑不住了。他一个纵身扑上去，紧紧压在吕后身上……

自从被囚禁在"永巷"以后，戚嬛每天都在不停地舂米。历来是手不能提，肩不能担的戚嬛怎么能干得了如此粗重的活计？但是，她不干又不行，轻则不给饭吃，重则要毒打一顿，之后，再次强迫她再干。

被折磨得面黄肌瘦的戚嬛，时时刻刻只能咬牙坚持。繁重的劳动，让她夜间带着声声呻吟进入梦乡：在梦里，戚嬛像一只自由鸟儿，想飞就飞，想唱就唱，她时时翱翔在蓝天下。在梦里，她曾不止一次见到高祖皇上，他紧紧搂抱住她，细细互诉衷肠。只一时，转眼就看不见了皇上。她拼命喊叫，一心想让皇上再次出现，好把自己带走，带出"永巷",走得远远的,永远也不回后宫中来了。可是,直到她睁开眼时,也没有见到皇上。她心中一阵绞痛,鼻酸眼胀,就是流不出泪水。泪水早已经流尽了。

她呆呆望着窗外的月亮,回想往日的辉煌。

有时,夜间她会梦见儿子如意。儿子正在打马急驰,奔向京城。可是在城门前,偏偏被吕后带人拦住,不准他入城,不准他见娘。这时,戚姬却从天而降,从城楼下飞下来,与儿子如意相拥相抱,一起乘坐金根车,奔向赵地去了。这时,戚姬笑了。最后,她在笑声中醒来,嘴里轻轻念叨:"这一天什么时候才能来到?这一天,我还能不能熬得到?"

最后,她心中总会坚定一个信念:"有我儿子赵王如意在世上,你这个恶魔吕后就不敢把我处死。等着吧,等着我熬到走出'永巷'的那一天,我要跟你算总账。"

为了打发沉重的劳动,为了驱赶心中的仇怨,戚姬在舂米时,嘴里时不时会哼出一些歌儿:

喓喓草尖,趯趯阜螽。

未见君子,忧心忡忡。

亦既见止,亦既观止,我心则降。

陟彼南山,言采其蕨。

未见君子,忧心惙惙。

亦既见止,变既观止,我心则说。

陟彼南山,言采其薇。

未见君子,我心伤悲。

亦既见止,变既观止,我心则夷。

唱着歌儿,她的心稍许好受一些。特别是当她听到自己的嗓音时,心里十分欣慰。吃得差,吃不饱,干重活,身子骨受摧残,可是这副好嗓子依然如旧。将来有朝一日,见到儿子以后,我会给他唱上一曲又一曲好听的歌儿,让他快乐,让我们娘儿俩重新过上有歌有舞的好日子。

随着想儿子的心切,随着残酷日子的压迫,戚姬慢慢唱出一曲由自己编出的《舂歌》:

子为王,母为虏,

终日舂薄暮,常与死为伍!

相隔三千里,当谁使告汝?

歌声缠绵、哀婉,声声凄诉自己的悲苦,字字渴望儿子快快来到娘身边。

******

在惩罚了侍婢,警告了惠帝以后,吕后心中仍有一个疙瘩。惠帝到了风流的年纪,如何管得了?被临幸的宫女又如何能杀完除尽?不如睁一只眼,闭一只眼,既能拢住惠帝的心,下面的宫女也会尽心尽力侍候。至于给惠帝找媳妇的事,应该是一个慎之又慎的大事,万万马虎不得。从当下起,吕后就把这事放在心上思虑,这是决定皇权的大事,不可不虑。是为他找一个能把住皇权,守住朝纲的人呢,还是找一个像戚媛一样,能歌善舞的美人儿呢?

突然,戚媛的身影又在吕后头脑中闪现。想到她被自己狠狠摧残以后的凄惨模样,心中不免一阵阵发笑。不行,这样还不能煞尽我心中的怒气,我还要继续给她苦头吃。

她立即把监管永巷的人召来,详细问了戚媛劳役的情景。

"回太后娘娘,戚媛每天舂米,从没有停歇一天。只是……"

"说,不许吞吞吐吐,照实说来。"

"只是她一边干活,还一边唱歌。"

"她唱的什么歌?你给学一遍。"

于是监管就把戚媛自己编的《舂歌》学唱一遍。

没料到这首普普通通的小歌谣,把吕后激得暴跳如雷。她从龙椅上跳起来,把龙案上的一只白玉笔架抓起来照地面上狠狠一摔,大声怒吼:"反了!反了!你想指望赵王如意?你想倚靠他再来跟我作对?死了你的心吧!"

婉玉自来到吕后身边,从来没有见到她发如此大的脾气,只见她凤眼倒立,脸面苍白,一口白牙被咬得咯吱咯吱响。此时此刻,谁也不敢前去劝慰。稍不如意,杀人两个字会很轻易地从她口中吐出来。

"来人!快马传诏,要赵王如意进京来见我!"

远在千里以外的赵地,赵王如意过得很高兴。相国周昌待他无微不至,完全像一个父辈那样亲昵疼爱赵王。可是,在这个福窝窝里,赵王如意心中一直不舒坦。他想娘亲,想叫娘亲来到自己身旁。他更爱听娘亲唱的歌声,爱看娘亲优美的舞姿。更想躺在娘亲怀抱里,听着轻柔催眠曲慢慢入睡。夜深人静时,怒吼的北风呼啸,他想娘亲想得睡不着,想娘亲想得泪眼涟涟。

为了宽慰赵王如意的心,周昌费尽心思,一时教他骑马,一时教他舞剑,单单不能给他讲故事,他那副口吃的样子,被憋得通红通红的脸会让赵王如意大笑起来的。

忽一天,京城传诏,要赵王如意接旨后即刻进京。如意高兴得又是跑又是跳,嘴里一个劲儿大喊:"我能见到我娘了!我能见到我娘了!"

周昌呢,没有阻拦如意欢跳。他心中自忖,当下无节无大事,为什么偏偏宣赵王进京？同时，他又用眼偷看传诏人的面目神情。只见郦介一脸忧郁、无奈的神色，周昌心中知道赵王进京一准没有好事。

于是他让郦介回京禀告惠帝和太后，赵王因大病初愈，无法长途奔驰。

看到周昌一脸坚决不从的气色，郦介只得回京如实禀报。

吕后听了，气得狠狠跺了一下脚："好哇，我诏赵王你周昌不让来，我就先召你入城，看你周结巴是来还是不来。"

紧接着，召周昌进京的诏书风一般传到赵地。听罢诏书，周昌傻眼了。他怔怔愣愣，不言不语，死死盯住大堂前的那尊张开血盆大口的石狮子，许久以后才起身。

这一次，周昌不敢不遵旨。他先把府上的事一一交代清楚，又暗中让心腹看好赵王，让他别冻着、别热着、别渴着、别饿着，更不许病着了。一切事情等他从京城回来再办。

就这样，带着一腔疑惑，揣着一腔无奈，周昌含泪离开赵王。

这时，赵王如意宁死不要周昌走："上次要我进京，你千般阻拦，不让我去。为什么今天叫你进京，你就舍得丢下我一个人走开了呢？不行，要走，我随你一齐去。要不，都不许去。"

越是这般纠缠，周昌心里越是如利刃割绞。

最后，只好在夜间赵王入睡以后，周昌才挥泪而别，飞马赴京城。

左等右等，吕后终于把周昌等来了。

"好你个相国，如何敢不听诏谕，阻拦赵王进京？说，为什么？"

周昌越是结巴，吕后越是一声声追问。

今天，周昌认罪伏在地上，与当年吕后拦住他并跪在他面前叩谢时的情形乃天地之别。

"臣以为赵，期期，年纪小，期期……"

"不要你狡辩，不要你说谎。你的心地，我明明白白。你能骗得了我？"

周昌再也不出声了。当下，他心里变得越来越冷静。面前的人是吕后，而不是高祖帝。当年，他在高祖帝面前，有一说一，有二说二，不但没受到高祖帝的严惩，反而换回来一个刚强、耿直的好名声。今天不同了，上面坐的是吕后，一个女太后，一个手段残忍，说一不二，丝毫不讲情面的女人。他越想心里越害怕。当年，她敢虐杀淮阴侯韩信，梁王彭越，你周昌更不在话下。

吕后心里还是能记住当年的情分的。她没有太难为周昌，而是明目张胆地指出："你不知我当年为了太子刘盈的继承大事，熬了多少夜，受了多少气，那时，要不是你们这些人死谏，惠帝便没有今天。你不应该忘记我跟戚嬛母子的深仇大恨，你更不该从中阻拦。"

过了好一会儿以后，吕后的情绪慢慢稳定下来，她让周昌马上回去。

看到吕后没有加罪在自己身上，周昌深感万幸。他起身，再次叩拜之后，才匆匆离开。

从开始一直坐在母后身旁的惠帝，也为周昌抹了一把汗。他知道母后正在加紧迫害戚嬛母子，他心里一直惴惴不安。母后说的话，他不敢不听，更不敢阻拦。明知道戚嬛被关押在永巷，他连前去看也不敢看一眼。

赵王如意进京，母后将会如何处置？

想到这里，他心头不禁打了一个寒战。

第二天上午，惠帝带随从出城打猎，刚到城外，他即令周昌来到猎场。

远远看到惠帝，一手执弓，一手搭箭，周昌心里略略兴奋，看到惠帝的一举一动，极像当年的高祖帝。

他滚鞍下马，快步走到惠帝马前，急忙跪地大拜。惠帝很快跳下马背，屏退从人，小声问周昌："母后急急召赵王如意进京，你为何不允其前来？"

周昌没开口便掉下泪水："当年高祖帝单单交给臣一件事：要全力保护赵王。我知道太后因易储之事，与戚夫人结仇甚深。今高祖帝万岁以后，太后终要报当年之仇，我唯恐赵王单身入京，恐有不测……"

不知怎的，此次周昌讲话吐字，一字一顿口齿清晰，没有结巴的现象。

惠帝说："人言相国结巴，为何刚刚一番话竟然如此顺畅、清楚？"

"臣托期期，皇上期期的福期期。"

"朕已明了，你可回去了。"

"期期，下臣期期的话，期期别传给母后。"

"朕已继承皇位，履天子之职，焉有小人之举？哈哈……"

惠帝很自信，他心下猜测的与周昌言明的事正相吻合。自己心中已经做出决定：全力保护赵王如意。于是他把猎马扯回头，带领随从，速速回城。

当天，惠帝即命两名内人，去京城三十里外的驿亭，日夜守候。一旦闻赵王如意至此，立马快报，若有延误，立当重刑。

至此，惠帝如入油锅里烹煮，心地久久不能平静。一时，他想到母后为夺得太子宝座，日夜筹谋，苦心孤诣，此中甘苦，无以言表。然当下大局已定，大权在手，对已经失败的对手应宽容待之，此方为君子之举。若记仇记恨，并伺机报复，虽能将有过之人除之，但终要背负恶名。

有几次，惠帝试想去母后面前劝阻，一心想劝其宽容待人，但每次话在嘴边怎么也吐不出来。母后那副凶残面容，刻骨复仇的言语，屡次让惠帝不敢近前，更不敢直言劝之。

"唉，父皇呀，你在世时不慎种下的祸端，今日终将要出头。"

一天中午，吕后饭后正在午休，惠帝独自避开众人，悄悄来到永巷。

专为监守在此的宫女，突然看到皇上来此，先予伏地大拜，而后极力阻拦，不想让惠帝近前观看。

永巷是专门关押犯禁犯错但不至死的宫女的院落。而戚夫人单单被隔开，一人囚居在一间小屋里。

监视人先伏地地请求："皇上万岁，太后娘娘有旨，凡人皆不准到此，更不准与戚嬛交耳言说。有敢违者，斩首……"

"如果我来看呢？"

"……皇上想看就看，奴婢只管效劳。"

正在舂米的戚嬛，只管埋头苦干，根本无暇顾及墙外的看客。

而惠帝则实实倒抽一口凉气。

无秀发，无美容，无丽服，仿佛一具木偶，只管呆滞重复一种动作，颈上的铁圈已经把脖子磨烂，殷殷鲜血将黑铁染成紫红色。

惠帝不敢再多看下去，急急转身离开。临走时，丢下一句话："你若告诉太后娘娘，我必灭你三族。"

监视人忙在叩拜中连声说："奴婢不敢！奴婢不敢！"

大约十天后的一个中午，正在午餐的吕后听到下人来报："赵王已到京城。"

"命人把他接到宫中的小院里，不准外人接近！不准他外出走动。"

"太后娘娘，赵王在京城外早已被惠帝接到他宫中去了。"

"什么？……"

上午，惠帝早早接到三十里驿亭的传报："赵王已到。"于是，他急忙登上金根车，带上一干随从，迎出城外。

待赵王的车队到来时，惠帝见如意已在车上朝他招手，似有一股热流注入心中。他不敢怠慢，急急下车走上前去。赵王如意早飞奔投入他的怀抱中，兄弟二人无暇避讳下人，紧紧抱在一起。赵王如意接连问几声："为何不见我娘？我娘为何不来？"

惠帝不回答，只是再三催促："走，先到我宫里去吃饭。"

知道惠帝把赵王如意接走以后，吕后很爽快地说："好，好，惠帝待赵王不薄，这才是当哥哥的样子。"

惠帝带赵王入宫，先给他沐浴更衣，再焚香二人同拜祖宗、父皇。而后，双双才挽手入座就餐。其间，惠帝几次起身给赵王挟上猪肩肉，赵王一边嚼着一边说："哥哥真好。"

夜里，兄弟两人就同躺在一张巨大的龙榻上，相互说笑，久久难以入睡。

第二天早晨，惠帝亲自领着赵王如意，来到吕后的宫中跪拜请安。

吕后当即把赵王唤起来，看到他虽然身材见长，但并未发福。她要赵王如意留在自己身边，惠帝却说："弟弟手脚好动，一时闲不住，在这里搅扰母后不得安宁，不如还在我那儿好。"如意接着说:"我跟哥哥在一起最痛快。"

回到宫中,惠帝亲口嘱咐赵王如意:"你只管在这儿放心住下。我不在时,不要私自出去。若有别人来要你出去,你也不必听从。切记。"

看到惠帝一本正经的模样,赵王如意仿佛从中悟到什么,于是他当即慎重答应下来。

"我只听哥哥的,你只管放心好了。"

从此,赵王如意在惠帝的宫中被严密保护起来,任何人不得入内,不得将他带走。

自从惠帝把赵王如意保护起来以后,吕后曾几次寻思,但一直没有什么好方法把如意给骗出来,心中一时显得有些不安宁。

审食其说:"我去带人入宫,直接把他杀死在宫中。"

"不行。皇上的宫址,你能进去但不可造次,不然,你将被御林军杀死。到那时,我也救不了你。只有偷偷地,神不知鬼不觉地进行。"

在其后的一段时间里,惠帝显得很勤快。上朝时,宫中有人严密把守;回宫后,他便跟赵王如意在一起,有说有笑。如出城打猎,二人则并肩各骑一匹猎马,前后左右均有重兵防卫,任何人也不得近身。

特别让惠帝感到高兴的是,在猎场上,赵王如意显得很威武。他曾经亲手射中一只跑兔,又从头顶上射下一只雉鸡。他伏在马身上,安稳自如,追赶猎物时,他总是头一个奔在前面。

一天晚上入睡时,如意小声问惠帝:"哥哥,小弟已来数日,为何不见生母?"

听到这句问话,惠帝心中一颤,眼里险些掉下泪水。他马上装作无所谓的样子说:"戚夫人尚有大病在身,恐与相见,因高兴过度而心力不支,再生意外。你且安心住下,一旦病情好转,立刻就能团聚。"

对惠帝的话,赵王如意从不生疑。他连连点头,十分愉快地答应了。

惠帝心中在暗暗盘算:待母后娘娘心头的闷气慢慢消散之后,他再从旁说合,最终把戚夫人放出来,让其母子团聚,这也算了却了父皇高祖帝的一桩遗愿。

于是,惠帝在母后娘娘面前,则表现得特别孝顺,又特别机灵。只要吕后召见,他会立马赶到,只要吕后决定办的事,他从不拦阻,并全力支持。为的是处处让母后娘娘心中对他产生好感,日后为了戚夫人的事说劝时,母后会关照他的脸面。

没想到这一次他又打错了算盘。

一场惨绝人寰的情景终于在他面前出现。

十六　戚夫人母子受难，审食其小人得志

戚嬛知道这个妖魔要对自己下毒手。于是她用尽全身的力气想挣脱魔掌逃走。无奈，一只小鸟怎么能逃掉恶魔的手掌？她面对吕后，大声骂道："你是一个不吃人粮食的魔鬼！我死后变成厉鬼也要把你吞掉！"

"好，我叫你有嘴说不出话。来人，给她灌药。"吕后的话音未落，早有两个壮士上前，一个扳脸，一个掰嘴，最后上来一个手捧着碗的女人，照准戚嬛那张开的大嘴，灌下一碗黑色的药水。

吕后正在一心想着除掉赵王如意时，在她的眼皮下又发生一件令她不快的事。

一天，管夫人突然心血来潮，想到这么多天，一直没有见到戚嬛。听说她被关在永巷里，不准出入，并不准外人探望。这是吕后的规矩，谁也不准违犯。管夫人当然知道吕后的为人，她不想为了探望戚夫人而让自己遭殃。可是，对于后宫的人来说，无人不夸她管夫人为人厚道，与世无争，而且时时处处都在维护吕后。当年高祖帝一心易储时，管夫人与薄夫人等嫔妃一起，曾在私下里极力劝谏高祖帝。因为这些人都很忌恨戚夫人，说她在高祖帝那里独领风骚，把众嫔妃的风光全给占尽了。

可是，今天，管夫人又突然可怜起戚夫人来了。天冷了。她能穿暖和吗？每天干重活，她能吃饱饭吗？越想她内心里越可怜戚嬛。最后决定：自己冒险，前去永巷探望戚夫人一次。为了不让吕后知道，她决定在身上带些金银，暗中送给那个监视看守的人。神不知鬼不觉看上一眼，便了却了心事。

于是，第二天黄昏，她独自一人溜到永巷，把手上的金银送给看守监视的人以后，便进到里面，在一处栏杆旁边仅仅瞟了一眼，天呀，管夫人险些晕倒在地上。她几乎是把扶着墙壁走过来的。她没敢停留，快步回到宫里，倒在床上做起噩梦来了。

没想到，第二天吕后就来到她的病床前。

"怎么？你说说你给戚夫人送的什么？"

管夫人知道事情泄露，急忙从床上爬起来，双膝大跪在吕后脚下，全身哆嗦着缩成一团，一口一个娘娘饶命。吕后并不为她的举动而心软，也没有心思听她的哀求。吕后转身走开，临了抛下句话来："不说实话就叫你去永巷跟戚嬛做伴。"

管夫人瘫倒在地，一个人哭到半夜，最终用一根白绫结束了生命。

吕后听说以后，愤愤地说："谁敢不听我的话，她就是一个好样子。"

至此，她心里一直在思索如何把赵王如意解决掉。她也知道，赵王如意在世上多

活一天，她就无法对戚夫人最后下手。不把这两个人解决掉，她心中的恶气就无法泄发出来。

这天，一位专门在暗中监视惠帝行踪的宫女来报："回太后娘娘，这几天，惠帝经常去打猎，几乎一天也不落下。"

"每天的什么时候？赵王如意也去了吗？"

"回太后娘娘，惠帝每天寅时动身出发，从不带赵王如意在身边。"

吕后双眼一动："天赐良机矣。"

惠帝这几天打猎确实去得很早。在黎明时分，正是火狐狸出洞，四处觅食的当口，围猎的人很容易捕到称心的猎物。

而每天出发前，惠帝总是让赵王如意待在宫中继续睡觉。因为这时天气最寒冷，如意年纪小，千万不能让他着凉挨冻。

和前几天一样，寒星依然满天，惠帝带着随从悄悄起身。他来到如意床头前，看他睡得正香，便用手给他披了披暖被，悄悄离开。心里话：回来后我给你打一只做围脖儿的火狐狸，让你开心。

待到日出三竿，惠帝狩猎才算结束，这一次的收获比以往哪一天都多。打来的猎物有火狐狸、金钱豹、灰狼，还有四只大野猪。

惠帝率领随从，带着猎物，兴冲冲回到宫里。他决定先让如意过来看一看他的猎物，让他与自己同喜同乐。

来到如意床头一看，他还在贪睡。惠帝掀开被头一看，立时惊得大叫一声，退后倒坐在地上。眼中的如意，全身发青，七窍流血而亡。

惠帝大惊失色，不顾一切扑上去，悲恸大哭，许久，他才忍住悲痛，着人把看守如意的几个宫女叫到面前询问。

原来，就在惠帝离开宫不久，来了几个人，其中有男有女，他们说是奉惠帝的旨意，前来带赵王一同狩猎。把赵王唤醒以后，两个宫女又奉上一只金碗，里面是热气腾腾的蜂蜜水，说让赵王喝下去，能抵御晨间的风寒。赵王十分顺从，张口就喝，不想刚喝头一口就说太苦了。这时那两个大汉上来，一个抱头，一个硬性强灌，一碗水全灌下去，赵王就大喊大叫肚子痛，转眼间就倒在床上不动了。

一切都清清楚楚，这一准是母后娘娘所为。惠帝怀着一腔悲愤，决定去母后娘娘那里讨个说法。当此时，长乐宫里竟传来母后娘娘的诏谕：要他即刻赶过去。

吕后正端坐在厅堂上，脸上露出少有的喜悦："听说赵王如意死在床上？是谁所为？"

惠帝心里话，这不是贼喊捉贼吗？

"如果要追查，你是无法脱了干系的。"

惠帝的心里变得有些害怕了：是我把赵王给拦下的，他每天住在我宫中，最后是死在我的床榻上的。这一连串的事,如何说清楚?如果怀疑母后或别人,证据呢?

本来就懦弱的惠帝,从来没有经受过这样的事。他害怕杀害赵王的罪名安在他身上。他一时陷入恐惧、惊怕之中,呆坐在一旁,只能默默哭泣。

吕后还是很宽容的。她没有再说一句责备惠帝的话,而是全力安慰:"事已至此,先令人把他埋掉。有人来问,就说是得了急病,不治而亡。天下疾病,无人能说得清楚。往后,你心中也不必再难过。"

懦弱的惠帝终于点点头,一切按母后娘娘的吩咐去做,从此,他再也不说赵王如意的事了。一切如噩梦一场,被大风吹得无影无踪。

一天,相国周昌在宫门前求见惠帝,惠帝知道他是为赵王如意而来的。于是,托病不予召见。如是三次,惠帝实在没有办法推托,只好让周昌进宫。还没等周昌问起赵王如意的事,惠帝就按照吕后的话说赵王生病不治而亡。周昌大惊,而后恸哭不已。出宫以后,周昌亲自赶到高祖帝的陵前,一边痛哭,一边自责没有看护好赵王,完全辜负了高祖帝的一番诚心托付。回来后,倒在床上一病不起。

害死赵王如意以后,吕后决定对戚嬛作最后一番整治。事先她在心中想了几个法子,但是都不满意。这些法子惩治她显得太轻了,不能消掉自己心中的怒气。静思一段时间之后,一个令人发指的毒计终于想成。

这是一个雪后初晴的日子,永巷里的戚嬛全身冻得青紫,依然在寒风中默默舂米。那副如莺燕一样的歌喉,已经变了,变得粗腔粗调。但是,她的嘴里仍在不停地小声唱。她想用自己的不懈的歌唱,感动神灵,让她的儿子早一天来到自己的面前。

这时,来了两个宫女,说是让她去见儿子。

"真的?!我儿子在哪里?我儿子在哪里?"她几乎是狂叫着,狂哭着,随宫女来到又一处院落,在这里,她看到坐在金根车上,身披毛毡,手捧温暖的火炉的吕后,正对她一动不动地盯视着。她知道事情不妙,下意识地想回身走开,院门已经紧闭,身后走来两个彪形大汉,一个抓住她一只胳臂,使她如何也动弹不得。

"戚夫人,别来无恙?听你说在永巷过得很舒服,每天都是口里唱着歌在舂米,惬意吧?"

戚嬛没有言语,只是用双眼狠狠逼视吕后。

"你想见赵王如意吗?"

"他,他……"

"他早已来到京城了。听说是在梦中听到你唱舂米的歌谣把他给惊醒了,于是第二天就乘车进京来了。你想见见他吗?"

戚嬛不相信,但心里很希望吕后说的这些话是真的。可是转念一想不对。有周昌在赵地守护着儿子,儿子是不会轻易来的,有这只恶狼守在宫中,儿子来了,无疑是自投虎口,有来无回。

"我儿子不会来，只要来京，他必要来见我。"

"哈哈，你还信你的儿子会来这里看你吗？再也不会了，死了你那条想儿子的心吧。"

戚媛全身一动：难道儿子他……

"我告诉你，你儿子早在半个月前就死掉了，说不定这时已经被野狗给吞掉了。"

戚媛两眼一黑，一头栽倒在地上，好半天才缓缓醒过来。她的双臂依然被死死揪住。她像一只被掐住翅膀的鸟儿，只能在地上呻吟。

"戚媛，我知道你每天干活很辛苦，我打算不让你再去出力舂米。但是你必须付出你的双臂，你愿意不愿意？"

戚媛知道这个妖魔要对自己下毒手。于是她用尽全身的力气想挣脱魔掌逃走。无奈，一只小鸟怎么能逃掉恶魔的手掌？她面对吕后，大声骂道："你是一个不吃人粮食的魔鬼！我死后变成厉鬼也要把你吞掉！"

"好，我叫你有嘴说不出话。来人，给她灌药。"吕后的话音未落，早有两个壮士上前，一个扳脸，一个掰嘴，最后上来一个手捧着碗的女人，照准戚媛那张开的大嘴，灌下一碗黑色的药水。戚媛感到喉咙里一阵麻苦辣酸，再次张口吐话时，只能像猪叫一样，分不清字音，全是沙哑的粗音。

"你再给我张口唱？我叫你变成哑巴。"

接下来，壮士挖掉她的两只眼睛。戚媛痛得乱拱乱撞，嘴里发出猪一样的嚎声。

"还能看见我吗？还能骂人吗？给我把她的双臂砍下。我要将那只会抚琴的双手丢去喂狗，让她永远也不能沾瑟弄琴。"

血肉模糊的双臂从肩头被齐茬砍下，戚媛已经痛得昏死过去。

"不行，还要再把双腿给我砍下来，我叫她永远不能舞之蹈之。"

两条腿从大腿根部被砍下来，戚媛已经成为失去四肢的一个肉身。

"来呀，把她给我装进这个黑瓮中，免得她栽倒爬不起来。"

行刑的壮士刚要离开，吕后又一次下令："用药把她的两只耳朵给灌满，让她永远听不见世上的动静。"

待一切停下来以后，院子里弥漫着一股强烈的血腥气，站在四周的壮士、宫女、侍婢，人人屏息不敢出声，个个皆被眼前的情景吓呆了，只见戚媛双腿没有了，双臂没有了，眼睛、耳朵全没有了，剩下的一张嘴，只能发出像猪一样叫的声音。身子变得像一截棒轱辘一样，被用力塞到一口瓮缸之中，被两人一起架到厕所，放在角落里。

当吕后带人离开时，那一声声干涩、沙哑的嚎叫声，令人心悸。

惠帝因为赵王如意被毒死，一个人不吃不喝，埋头睡了两天。起床时，头重足轻，险些栽倒在地上。这时他正一心一意想着法儿劝说母后，把戚夫人放出来。儿子已经被你给毒死了，难道还不能饶过这个可怜的女人？

可是，怎么也没有想出一个合适的办法。他更不知该如何开口来说这件事。母后那双凤眼像两把利剑，一直刺向他的心。他不敢看，所以，话到嘴边，他都不敢吐出来。

两个月后，正是大地回春，万物复苏之时，吕后很是高兴，她带着侍婢去郊外踏青。看见远处一片翠绿，吕后的心里突发奇想，她把惠帝带到面前，指着脚下麦苗问："你知道这是什么？它叫什么名字？"

惠帝尴尬地摇摇头。

"这是小麦苗。在你两岁时，我带着你跟你姐姐一起，来到田间拔草，你姐弟两个就在地边的小树林里捉花捉虫玩。这一切就像是发生在昨天似的。"

吕后说的话很有情感，目光投向无尽的远方，眼眶里含满泪水。

惠帝悄声问："母后娘娘，你下地干活为何还把我跟姐姐带在身旁？丢在家里不行？"

"我一刻也舍不得把你们丢下，我舍不得呀！"

惠帝又追问一句："天下的母亲是不是都有这么一颗心？"

"只要是生下孩子的女人，没有不爱孩子的。"

惠帝自认为时机已到："母后娘娘，赵王不幸夭折，这已经够戚夫人难过的了。以孩儿之见，请母后娘娘把她放出永巷吧。"

吕后没有再训斥惠帝，而是满口承诺："行，我依着你的话就是。"

从郊外回到宫中，吕后便带着惠帝，七拐八绕，来到一个厕所旁边。

惠帝很是诧异："母后为何要把我带到此污秽之地？这怎么能是人待的地方？"

"你只管进去看看便知道了。"吕后笑着说。

带着懵懂，带着好奇，更带着万分不解，惠帝只好手捂住鼻嘴，试探着朝里走，立时被眼前的一个大瓮挡住去路，瓮口上伸出一个人头，嘴里突然吼叫一声，像猪、像人，或者都不像。惠帝实实在在地懵了。

"请问母后娘娘，这是什么？"

"是'人彘'。你没有听说过吧？就是砍去人的双臂，砍去人的双腿，挖去双目，治聋双耳，再把喉咙药哑，装在瓮里。这个就是你要我放出去的戚夫人。"

歌声清扬的嗓子，如今只能发出猪吼。

清雅柔美的舞步，现在只剩下四肢废除的"木棒"。

这还算是人吗？

不是人，是"人彘"。

把一个人，一个高雅、优美、清秀、俊丽的戚夫人修剪、折磨成这样一个人不是人，猪不是猪的"人彘"，需要何等毒辣、残酷的手段？

这是女人能做得出来的事吗？

这是有人性、爱儿子、爱女儿的母后娘娘干得出来的事吗？

惠帝仿佛坠入五里云雾中，他一时分不清天地，辨不明东南西北，身子前张后仰，险些倒在瓮缸上。身后即刻跑来两个宫女，她们一左一右，紧紧架住惠帝走出厕所。只见惠帝又是打喷嚏，又是大声呕吐，随后便是一声声撕心裂肺地号啕大哭。

看到惠帝的样子，吕后气得狠狠骂了一句："不知好歹窝囊废！"便转身走开。

没料想，惠帝为此得了一场大病，长达一年之久。

其间，吕后前去探望惠帝时，躺在病榻上的儿子，亲口询问母后："戚夫人的遭遇根本不是人干的事。凡是有人心的人能做出这等残暴的事吗？我是你的儿子，也是当朝天子。你的手段如此丧尽天良，我还怎么能再治理天下呢？母后娘娘，我无颜面对天下苍生呀！"

说完，又大哭起来，且久久不停。

审食其看到吕后这一段时间很是开心，便私下里询问："是不是你心头上的一块大石除掉了？可不能轻易地除死了事呀。"

吕后狞笑着："想一刀杀之，便宜她了。"于是她就把如何下手的经过，一一说给审食其听。

"好！好！太后娘娘干得好，就是要这样才能出了心头的恶气。"

"可不是，当年我若软一软，就没有了今天。"

"太后娘娘顺从天意，天必济你。"

两个人一唱一和，嘻嘻哈哈，毫无顾忌。

审食其来吕后宫中，已成寻常事，无一人胆敢阻拦。尽管许多人对他去太后宫中的事心知肚明，仍无一人敢说出口。这样一来，审食其变得越发大胆了。在宫中，他不再躲避，不必向别人说出各种借口。

吕后呢，好像也是任意惯着他。他说风就是风，说雨就是雨，吕后从不拦挡。每天夜间，审食其在吕后床上，可以任意作为，吕后感到很是满意。她认为这是自己应该享受的，别人谁也不许过问。有时，审食其若隔了几天不到她面前去，她就会下诏谕把审食其给召进来。这样，每次受诏进宫的审食其，更是目空一切，趾高气扬。为了能把持住太后娘娘，审食其暗中也没有闲住。他平常认真观察太后娘娘的脸色，以便能时时把握住她的心态，博取得她的欢心。他在宫外，会时时打听各种消息，特别是一些能让太后娘娘听了动心的消息。其中最让他需要动脑筋的是床上的功夫。这是最能取悦吕后的事。

其实，审食其在自己的府上，已有了三房六妾，他的心并没有时时长在吕后身上。

在宫中，他仅仅是用这种法博得太后娘娘的欢心而已。他要用吕后这株大树，为自己投下无尽的福荫。他要用吕后的权，为自己谋利。他先后在京城里掠了三处店面，以此敛财、生财。他在城郊先后兼并了几处大面积土地。人们一听说是他花钱买去的，便无人敢跟他争夺，只能甘认倒霉。可是，有一件事却让他心中很不愉快。像他这样有权有势的显赫人物，为了交朋友，却遭到别人拒绝。

京城南大街，有一位十分体面的人，名叫朱建。此人能说会道，能论会辩，其口才颇受人赞誉。如果只因嘴上的功夫极佳，还不会得到众人尊重，他还是一个刚直不阿的正人君子。许多在市面上、官场上混饭吃的人都以能与朱建交友为荣。

水抬船高，人捧人高。对朱建，审食其早有耳闻，并且心中很想与朱建交朋友。有两次，他专门设宴请朱建。无奈，朱建并不赴宴。因为他曾经从别人的口中得知，审食其虽为辟阳侯，但人品极差，且爱财、贪色，最被世人看不起。市面上有一句话：是人惹不起辟阳侯。朱建听了这话，总是笑笑说：惹不起的人咱能躲得起。一句话，不跟你沾，不跟你来往。所以，一介布衣，身无巨财，更无官职的朱建，只要听说审食其宴请自己会面，他便早早推辞，远远避开。

对此，审食其感到自己像被别人狠狠侮辱一通那样，脸上很没有光彩。暗中，他曾发誓，谁若能帮助我跟朱建交上朋友，我必以重金酬谢之。他手下的随从很是不以为然，多次在审食其面前进言说：这小子不识好歹，不如暗中把他狠狠揍一顿，给他一点儿颜色看看，看他还敢不敢小看老爷。对此，审食其曾把随从大大地剋了一通，认为这是小人之举："越是这样，我的名声就越坏。这一套万万使不得。"

就在此时，与审食其颇有交情的陆贾知道这件事以后，便决定为审食其办好这桩事。

审食其知陆贾虽是一介儒生，但是很受高祖皇帝的器重。当年，南越王尉佗，并没有归顺汉朝，大有自行独立的态势。高祖帝有心把这个尉佗收在汉室之中，不然，有许多叛逆之人，最后逃到南越，便无法抓到他，久而久之，还会威胁到汉室。那时，有人要求高祖帝派兵剿杀，用武力征服。也有人说，南越地理环境不同，出兵征杀，获胜的条件不足。有人说不如花钱贿赂，让尉佗归顺。但高祖帝说这一次送的钱他花光了，不是还要生事滋扰？就在这时，陆贾请缨，决定去南越说服尉佗。高祖帝听之大喜，决定派军护卫，又要给他带上许多金银。这些却被陆贾拒绝了："要这么多兵卒、金钱还何必用得上我这三寸不烂之舌？"

南越王尉佗知道汉朝使者来到，很是高兴，当即便亲自出城迎接，没想到，仅仅来了一个儒生，他很是蔑视。

陆贾看出南越王的心思之后，立刻与之对话："陛下看我势单力薄，我不知道陛下是想要人多，还是想要财？"

南越王反问："人多"怎么讲？

"人多就是兵多将多战车多，只需不到三天工夫，就可以把南越全给征剿了。"

南越王脸色蓦地变得煞白，又问"财多"怎讲？

"财多就是汉室将给你送来无数金银、美玉，让你拥有、享受。"

南越王听了连连摇手："这两件我全都不要。"

陆贾故意问："陛下为何对这两项都不满意？纵观天下有权者，何不以拥有众多军兵战马而骄傲？何不以聚敛无数金银而高兴？"

南越王说："汉朝来兵卒是要把我抓去杀了，所以我不想得到战车马队；汉朝若给我送来无数金银，那是想来诱我，让我向他们交纳更多的金银。因此，这两样我都不要。"

陆贾说："为此，我才一人赶来，想与陛下说说真心话。"

南越王说："莫不是为说服我归顺汉朝而来的？"

陆贾说："我不是来说服你的，而是专来此给你报信来了。大汉一统天下，连北方的匈奴也与汉朝结姻和好，为何你一个小小的南越王还不自量力，不予归顺呢？"

南越王若有所思："我若归顺大汉朝，会有什么好处？"

"要说好处，足有五大项：一，你可以世代沿袭为王，无人敢把你驱逐下台；二，你不必担心国土沦丧，一旦有人入侵，汉朝会立即派出大军迎战；三，你的臣民尽可以安心生产、生活，他们会感谢你这个有能力的大王，永远称颂你；四，你可以与中原地促进贸易，汉朝不会收你的税，长年累月，南越国之臣民会发展壮大，越来越富足；五，若是遇上天灾人祸，汉朝会全力以赴支持你，要粮有粮，要金银有金银。有这五项，你的王位何愁不稳固，臣民何愁不幸福？"

南越王终被陆贾给说动了心，当天晚上，举行盛大宴会接待陆贾，三天后，便派出使者，手持归降书，与陆贾一起，到长安城来投顺大汉朝。

从此，陆贾的名声大振，而高祖帝便更加信任他了。

朱建听说陆贾出使南越的事以后，便主动找到陆贾说："你去南越，那不是你的能耐，而是自恃汉朝势力大，去威吓人家，才取得这样的结果。"

陆贾说："自恃势力大而不去征剿，这才说明我的口舌有功力。"

两个人你一言我一语，谁也不能说服谁。没想到二人为了这件事竟然成了好朋友。他两人经常走到一起，辩论事实，互相取长补短，很是亲密无间。

陆贾为了审食其一心想跟朱建交朋友的事，曾经从侧面言谈得知，朱建看不起审食其，认为他当官全是有太后给他撑腰，而不是凭真才实学。同时，朱建以"行不苟合，义不取容"自居，不愿意以金钱去交结朋友。

于是，陆贾在朱建面前并没有点名要他去交结审食其。他恐怕朱建一口拒绝，往后的话更不好说了。

这一天，陆贾突然听说朱建的老母亲去世了，由于朱建家中贫寒，无法给母亲办理丧事，当下，他正在四处借贷，并向亲戚朋友求告，一心筹备办理丧服器物。

朱建是孝子，他一心要把母亲的丧事办好。

朱建是名人，他想把母亲的丧事办得风光。

为了借钱，朱建几乎身价跌落。

此时，陆贾心中不免感到惊喜，嘴里连说：好机会！好机会！于是他当天就赶到审食其府上，连连向辟阳侯道喜。审食其很是莫名其妙，不知喜从何来。陆贾说："你以前不是想跟朱建交朋友吗？一直没有得到机会，当下，良机出现了。望你万万不可错过。"

审食其连忙问："什么机会？机会在哪里？"

陆贾说："今天，他母亲刚刚去世，你如果在这时候，准备一份厚礼，前去吊唁，朱建日后一定会与你交朋友，并且会真诚为你效力。你说说这是不是一个好机会？"

审食其听了陆贾的一番话之后，很是赞成。他马上让随从带上重金，与他一同赶到朱建家吊唁。朱建闻之，亲自来到大门前迎丧。当他看到审食其带来百两黄金，更是暗暗惊讶，便欣然接受了。此时，朱建无法再标榜"行不苟合、义不取容"的信条了。人穷志短，真真在他身上体现出来了。

由于审食其是朝中高官，又有吕后的宠幸，其他官员闻之纷纷仿效，来吊唁者络绎不绝。连城中的不少富商大贾，也不愿落后。朱建在母亲的丧事上，共收五百金，声名更加显赫。事后，他与审食其成了好朋友。

伴之而来的也有不少诋毁，很多人说朱建言行不一，为了得到重金，竟然与污吏拉扯在一起，从根本上毁坏了朱建的清白美名。

惠帝大病一年之后，虽然能上朝主政，但神色仍显黯然。坐在龙案前，不多言语，不少事情仍由吕后决断。回到后宫以后，不是呆呆望着远方，就是蒙头大睡。有时，他会在梦中突然醒过来，先是大哭一阵，接着又昏昏入睡。有时，他从梦中惊醒以后，会大叫大喊，奔到庭中，四处寻找躲藏的地方，过了好长时间以后，才会慢慢清醒，神情沮丧，回到床上直瞪着双眼久久不能入睡。

开始，吕后知道以后，便让审食其暗中寻觅会捉妖拿邪的巫人来宫中逐驱邪气。头两次很见效，只要是惠帝惊吓时，那巫人便奔来驱邪。看到巫人以后，惠帝像看到一个救星，便会神态清醒。谁知慢慢地，惠帝对巫人的形象习以为常，有时还很憎恶，那巫人只得速速走开。此后，当再次发生惊吓的事情，大家怎么也想不到，一个名叫馥玉的宫女便能帮惠帝驱赶邪魔，他服服帖帖随着馥玉走回房间，但是，他必须要躺在馥玉的怀抱里入睡。吕后听说这件事很是奇怪，开始不相信，后来发现惠帝每逢与馥玉在一起时，就感到舒心、放松。于是，吕后便专门指派馥玉到惠帝身边，尽心呵护。

殊不知，惠帝与馥玉在半年前就暗中好上了。在后宫里，馥玉从不张狂。她埋头做事、手脚勤快、不显山、不露水的做派，偏偏让惠帝发现了。

一次，馥玉来给惠帝上茶时，惠帝把她给叫住了。问了她的籍贯，知道她才刚刚十五岁时，惠帝就把她如玉般温柔的秀手握在手中。馥玉既害怕，又害羞。但是她不予反抗，她似乎知道自从踏进后宫的大门，自己的身子就已经是皇上的了。任你挣扎、违拗，最终还是必须要服从。自从惠帝抓到她的双手那一刻起，她跟惠帝配合得很默契。你拉着她的手，她就默默跟你走；你搂抱她的脖颈，她就慢慢张开红润的嘴唇。

"你跟我在一起，心里害怕吗？"

"你是天子，跟你在一起是我莫大的幸运。"

"如果太后娘娘把你抓起来杀掉呢？"

"那是天不如愿，我毫无怨言。"

"如果日后我把你抛弃掉呢？"

"只能怪我无法取悦你的欢心，我无能罢了。"

惠帝的心情太兴奋了，跟这样的少女在一起，不仅是一种享受，更是一种福气。

当下，惠帝就把她带进房间，抱上龙榻……

罢后，惠帝把其他几个侍婢叫到跟前，让她们跪在地上，当面诅咒发誓，永不把这事讲出。

"好，好，我相信你们的话。切记，谁若传出去，我头一个先把她处死。如果你们真心真意听我的，我会让你们高兴的。"

从那时起，每次馥玉进到房间里，惠帝便把她留下来，待二人欢乐之后才放她回去。

一次，正在惠帝犯邪症时，馥玉赶到了。她眼噙泪水，一步步走到惠帝面前，先用双手把他那双冰凉扎人的手攥在手里，捂到胸口，然后小声耳语："陛下，妖魔只能迷惑你的双眼，迷不住你的心。我是馥玉，快随我进房里去，在这里站久了会着凉的。"

惠帝像一只被驯服的烈马，不声不响，随她慢慢走回房间。

吕后心里也很惊讶，她把馥玉召到面前，亲自端详一番，心中暗暗说，还算标致的人，只是双肩显得太瘦削。

"为什么你说话皇上会听，会服从？"

"回太后娘娘，奴婢只是悉心说劝，一心帮助陛下拨去眼前迷雾，用真心话温暖陛下的心。"

"把你派去侍候皇上如何？"

"回太后娘娘，奴婢忠心听从太后娘娘所使。"

吕后发现，自从馥玉走到惠帝身边，惠帝的神色稍显泰然。

吕后心中默语："该为刘盈寻个妻子了。"

审食其结交了朱建这样的朋友，心里很高兴，几次把朱建邀到府上，饮酒阔论。席上，审食其问朱建："家中生活如何？如果你手上缺钱，只管说出来，我一定会让你满意的。"

"谢谢。在下日有所食，身有所服，夜有所宿，生活很满意。谢谢你的关照。"

朱建在困难时受到审食其的馈赠，心中自有感激之情，但是，他对审食其的为人，心中仍有芥蒂。为了不让审食其产生反感，他只能被动地应付。

殊不知，对于审食其的所作所为，官场上早有非议，只是仅仅瞒住审食其一人罢了。

作为审食其的另一个朋友陆贾，曾在暗中悄悄指点过审食其。他说鲜花最好的时节是雨水充沛、阳光充足的夏天，过了这个时候，也会受到秋风冷雨的摧残。

审食其却说："你放心吧，我是一朵永远开不败的鲜花，只要汉室不灭，我将永远鲜艳。"

陆贾知道，此时的审食其正是春风得意的时候，然而一股寒流正悄悄向他袭来，让他险些成了刀下鬼。

一天早朝后，惠帝在自己的金根车里发现一束绫绢，展开一看，原来是一封专门揭发辟阳侯审食其罪行的状子，上面清清楚楚列举了他的十大罪状：侵吞土地、掠占民宅，包揽诉讼，抢占民女，为官员受贿……

惠帝看了大怒："这样的小人为何如此嚣张？"

其实，他自己心里也很清楚。他经常看见审食其出入长乐宫，在母后娘娘面前又说又笑，毫不拘束。

惠帝心想，连我这个亲生儿子，在她面前，从来不敢说一句大话。这个辟阳侯为什么会如此张狂？难道他……

惠帝不敢再往下去深思，因为他对母后娘娘还是尊敬的，虽然她毒辣、阴险、残忍，杀人如麻，但是，她毕竟是自己的亲生母亲，母子深情是永远割不断的。

但是，母后娘娘若在男女之事上不检点呢？若是在背后与审食其二人行为越轨了呢？

惠帝想到这里，感到脸上发烧，滚烫。

直到深夜，惠帝未能入眠，一种被羞辱的感觉，像是被毒蛇咬住一样，痛得心上滴血。

"陛下，您为什么还不入眠？"

馥玉一直守在惠帝身边，自从得到母后娘娘的指派以后，在后宫里，她从不离开惠帝。

　　惠帝没有搭理她，只管微闭双目，沉入深思。他突然想到经常陪伴在母后娘娘身边的婉玉，如果能从她的嘴里探出真实情况就好了。

　　好像吞下一枚兴奋的果子，惠帝伸手揽过馥玉，在怀里狠狠亲了几口："走，上床。"

　　第二天，惠帝早朝回来，又来到吕后的宫内给母后一拜。吕后知道惠帝又有事求办了："说吧，又遇到什么难处了。"

　　"儿皇要婉玉到我宫里去，过上几日，教一教馥玉和其他几个年少的侍婢，让她们一个个都能长长见识。"

　　吕后很是愿意，没拦没挡，即刻让婉玉着在惠帝到了未央宫。他把婉玉派到宫女中间调教她们，自己则走进书房听叔孙通讲学去了。

　　待到日落西山，宫壁上的一盏盏蟠螭宫灯齐放光芒的时候，惠帝特摆了一桌酒席，并让婉玉、馥玉一左一右地添酒加菜。不知怎的，惠帝今日喝酒的心情特痛快，酒量大增，馥玉看着很是心疼，连连小声说：陛下节量，陛下少饮。惠帝根本不去理她，把脸转到婉玉这边。他迷着朦胧醉眼，呆呆看着婉玉，并一再要婉玉给他添酒。他把手臂揽在婉玉腰间，令婉玉感到荣幸。她悄悄附在惠帝的耳边，小声燕语一番，惠帝便点点头："好，好，朕……朕听你……听你的便是。"

　　于是惠帝便歪歪斜斜站起来，一手揽着馥玉，一手拥着婉玉，一步三晃，三步九摇，回到房间。当他歪倒在龙榻上时，便把馥玉推开：

　　"你……你……离开，我要……搂婉玉……"

　　没有办法，馥玉只好一脸的无奈，低头走开。临走时，她又叮嘱惠帝："早早歇息，龙体安康。"

　　惠帝装作没听见，只管紧紧搂住婉玉。

　　婉玉似乎有些紧张："太后娘娘她……"

　　"不要管她……"

　　"我……怕……"

　　"你怕我不怕，你要听我的……"

　　一阵亲昵激烈的动作之后，两人都感到前所未有的酣畅。

　　接下来，又是一场酣战。

　　婉玉舒畅极了，她真不想离开惠帝。

　　"明天，朕就送你回长乐宫，回到母后身旁。"

　　"奴婢只想在皇上这里多过几日。"

　　"那好，朕就依了你。"

　　连着过了半个月，婉玉总是不想离开惠帝。一次次让她回去，她一次次地哭泣。

惠帝有些不明白："为何要哭泣？心里有什么难处说出来。"

"奴婢在这儿，当牛当马也愿意，只是不想再回去了。"

"为什么？母后待你不薄呀。"

"母后娘娘待我恩重如山，只是，只是……"

"在我这里还有不敢说出来的话吗？"

"只是那个审食其，他……"

"他怎么样？他还敢在后宫里放肆……"

"只是母后娘娘不在时，他就拉我……"

"母后娘娘在呢？"

"他就跟母后娘娘上床……不……不……奴婢该死，奴婢不该说……奴婢该死……"

婉玉自知失口，立即跪在惠帝面前求饶。

惠帝心中的疑团终于得到验证。他气得脸色一时变紫，一时变青，一时又变得惨白。他飞起一脚，踹倒龙椅，大喝一声："审食其，朕必杀你！审食其！朕必杀你！"

婉玉吓得瘫倒在地上，哭泣不断。

"起来，不许你哭。在朕这里要用笑脸相陪，再哭，朕就把你送去'永巷'里。"

婉玉再也不哭不喊。她从地上爬起来，双膝大跪在惠帝面前，连连磕头："皇上万岁，皇上大恩，万万不可把话传给母后娘娘。要不，奴婢准死无疑。"

惠帝冷笑一声："这不关你的事，你只管放心，朕绝不是无仁无义的小人。但有一点，那些话就是烂在你肚子里，也不许你去胡呛。"

婉玉当即发誓："苍天在上，皇上万岁在我面前，我若再多嘴，必死无葬身之地。"

这时，惠帝宠幸的男子闳籍孺走进来，看到面前的场景，以为是宫女侍候不周到，惹怒了皇上。于是他走上来叩拜之后说："我得了一个新谱子，特别好听，走，我给陛下奏乐，消愁解闷去烦恼，让陛下快快乐乐。"

说着，自在前面引路，走了出去。

当天下午，婉玉回到吕后身边，她仿佛换了一个人似的，神情恍惚，做事心不在焉。吕后感到事有蹊跷，当即把婉玉叫到面前。婉玉像丢掉魂似的，大跪在吕后面前嘤嘤哭泣。

"给我说实话，皇上发怒责备你啦？"

"回母后娘娘的话，奴婢没有做错事，陛下没有责备我。"

"皇上跟你上床没有？"

"回太后娘娘的话，奴婢跟皇上上床了，那过失不在陛下，这全怪奴婢该死，万万该死。"

吕后这才舒出一口气："算啦，那是你的造化，日后若能怀上龙种，更是你的福气。"

婉玉似乎闯过一关，在吕后面前千恩万谢之后，慢慢爬起来，悄悄走开。

其实，吕后内心里很有些后悔，她当初悔不该让婉玉走出长乐宫。她跟审食其的事，婉玉她知根知底。如果她在皇上面前，一个不留神说漏了嘴，这该如何是好？但是，对于婉玉她还是放心的。这几年她守在自己身边，声叫声应，事大事小做得合体合适，从来没有多嘴多言，很是让她放心。今天怕是她在皇上那受到临幸以后，有些不适吧？往后再多多观察她一下，如果真有意外，她还会表现出来的。

恰在此时，郦介前来禀报："齐王刘肥差人进京送来金银、玉璧，并附有函书。齐王决定进京朝拜太后娘娘，请皇太后明示。"

吕后随口应之："下诏谕，令他即刻来京。"

惠帝心里没有一丝听乐曲的兴致，坐在龙椅上，两眼死死盯住门外的廊柱，优美的乐声从未进入他的心房。审食其三个字和那张飞扬跋扈的脸，时时在眼前闪现。惠帝越想越气：他跟母后娘娘鬼混苟合，这让我的脸面往哪儿放？这更是朝英明一世的高祖帝脸上泼污水。惠帝的牙齿咬了又咬，心中的怒气越聚越多，他实在无法再在这里呆下去了。他猛地直立身子，狠狠骂了一句："审食其小人，我要把你的头颅拿下祭高祖帝！我要你死无葬身之地。"

这些气话，闳籍孺并没有完全听见，他只看到皇上气色不佳，知道皇上心中不乐，于是急忙停下来，把一批乐人放走，独自留在皇上身旁。闳籍孺是一个美男子，他会乐曲、谙舞蹈、棋艺精、武功好，在惠帝面前很是受宠。他先给惠帝一拜，又沏了一杯茶，这才讪讪而语："小的不慎，惹怒了皇上，小的甘愿受罚。"

惠帝连连摆手："与你毫无干系，不要猜测。"

闳籍孺这才又是一拜："陛下能否看我舞剑，以扫除心头阴霾。"

没等惠帝点头，闳籍孺抽出一柄木剑，在庭前上下盘旋，右刺左挡，剑技娴熟。让惠帝看了实在有些动心，于是，他离开龙椅，两人开始持木剑打斗起来。

当闳籍孺看到惠帝有些冒汗时，便自觉停下手来，扶侍惠帝重新入座，奉上茶水。为了让惠帝继续开心，他没有停下，走到庭前，开始舞蹈。惠帝看了不甘心，又让宫女跟闳籍孺一齐舞动，场面顿时热闹起来。

吕后下过诏谕以后，心里很有些不平衡。当年，高祖帝活着的时候，就下旨封刘肥为齐王。在高祖帝的内心里，是很疼爱这个庶长子的。齐地是在高祖帝剥夺了韩信的领地以后，专给刘肥封下的一个大国。国内有城市七十余座，人口众多，物产丰富。为了齐地以后能有大发展，高祖帝还把外地的财主人、能工巧匠等优秀人才，都迁到齐地一部分。这一切都是公开的，吕后当然都知道。为此，把齐地的刘肥跟女儿鲁元公主相比，差距很大。这些在她心中早就窝成一个疙瘩。尽管刘肥小时候就跟她在一起生活，她对刘肥也不嫌弃，不歧视。可刘肥毕竟不是她自己的亲生儿子，是庶长子呀！有道是：隔一层，差一层。但是高祖帝当权时这样册封的，她就是有三张嘴九个舌头也不敢予以争辩。

今天，虽然刘肥送来了金银、美玉，吕后只是稍感宽慰。心里想，让他来到京城再说。

可怜心地善良的刘肥，万万没有想到，进京谒见皇上、皇太后，差一点儿丢掉性命。

十七　献地认母遭羞辱，在人檐下得低头

这一天，早朝上，他面对百官，发出一个令所有人都震惊、高兴的诏谕：把赃官审食其拿进大狱！

惠帝拿眼角瞟了一下母后娘娘，只见她无动于衷，好像什么事也没有发生一样。

暗自高兴的惠帝心里想：你这样不言不语最好，看我如何对待你的宠臣吧。

齐王刘肥接到圣旨以后，高兴极了。

他精心给皇太后准备了金银、珠宝，打造了金器头饰、玉器装饰；给皇上准备了金鼎、银釜、玉树、珠环；给鲁元公主订做了绫罗缎绢的彩服和各种金头饰。总之，他能想到的、能做到的，一一准备好了。看到眼前的各种礼品、璀璨耀眼，心中特别高兴："我虽然不是皇太后的亲生儿子，但我一定要表现得比亲生的还要亲近，让皇太后对我无法挑剔。这样，我们一家人才会更高兴，事业才会更加兴旺。"

动身赴京前，他让相国先选了个上好的黄道吉日，并让相国在家主政，有大事待他回来后再定。出发那天，他只带妃妾和内史，外加少量的随从。

就在他带人刚刚上路时，突然遇到一股旋风兜卷来，车前的马儿惊叫狂奔，一下子把刘肥从车上摔出去，幸好，他倒在一块刚刚犁过的田地里，松软的土地使刘肥全身没有受到一丝伤害，只是华丽的衣衫沾了一些干土，轻轻拍打一下便干干净净。

当随从把刘肥架到车边时，他问内史，此风是凶兆还是吉兆？是返回城里，还是继续赶路？

内史说："此次龙卷风虽有凶险，但最终并未伤身动筋，实实是有惊无险。如果回去，国人会有不好的议论，如果再耽搁时间，皇上、皇太后会说咱们行动迟缓。在下认为，还是继续赶路奔京城。"

刘肥认为内史说得有理，便让随从检查一下各种盛放礼品的箱子有没有坏掉，又看了妃妾、随从，车、马无一损伤之后，这才动身。从此，一路上平平安安，天气无风无雨，刘肥的心才算安定下来。

听说齐王刘肥来京谒见皇太后，惠帝高兴得三天前就做了准备。先是决定要办最好的筵席招待哥哥，再是挑选最美的歌女为哥哥表演歌舞。他还要给哥哥准备两匹好绫绢。到时候再问他想要什么，只要哥哥开口，一准满足他。

惠帝跟刘肥还是很有情感的。有很多事情在他心里记得清清楚楚。那时，母亲不

在家（因刘邦上山落草，吕雉被抓进大狱里），每天刘肥带着他跟姐姐两人出去放羊。有一次，有几个浑小子前来找碴儿，说他们放的羊吃了庄稼，说着话就大打出手。这三个人都比刘肥大。刘肥毫不怯懦，他先用头拱倒一个，又下绊子摔倒一个，剩下这一个把刘肥扳倒后，压在身下用拳头打。刘肥不怕，他双手抱住那人的大腿狠狠咬了一口。那人疼得大喊大叫跑开了。为了防止三个人再来报复，刘肥忙把弟弟妹妹领上，牵着羊一溜烟跑回家。

不知为何，那时左邻右舍的孩子都想欺负刘肥。他们说他不是刘邦的亲儿子，是从乱坟岗拣来的。他们把刘肥围在中间，有的孩子打他一下就跑，有的几个孩子一起，把他压在下面，拿树枝抽打他。刘肥不怕，他会拼命挣扎，一个人跟三四个人斗。后来，凡是被他打倒、打怕的孩子都尊他为老大，一切听他指挥，再也不来围打他了。

今天，哥哥已经变成什么模样了呢？

齐王的车子来到城门外，惠帝早已派人在这里迎接，旌旗遮天，牛角号震耳，整齐的兵卒，闪着寒光的刀戟，刘肥看到这些以后，心中万分激动、万分喜悦。来到皇宫，刘肥下车后，先给皇太后行了大礼，又给皇上行了叩拜礼。而后，便进入宴席。

惠帝看到刘肥，健壮、宽厚的身骨，银盆似的四方圆脸，他很快又想到童年时那个会打架、不甘屈辱的哥哥。他忍不住说："哥哥，你的身体真好。我若有你这副身骨该多好呀！"

"皇上不要急躁，日后你准会长得像高祖父皇一样高大、魁梧。"

惠帝听了十分高兴，他指着丰盛的宴席说："今日置家宴给齐王哥哥接风，请齐王哥哥上座。"

刘肥当然不肯："虽你为弟，但是你贵为天子，必为上座。请皇上莫再谦让。"

谁知惠帝今日非要尊哥哥为上座不可，一再说："家不叙大礼，你为兄，必当为上。"

就这样数番谦让，刘肥实在没有办法，只好走到上座，大大咧咧坐下来："自然是家宴，你又真心推我为上，我只好从命，望宽恕。"

庭前，鼓乐争鸣，琴瑟相谐，整个宴会里现出一派亲情、真情、友情的融融气氛。

久未谋面的兄弟，互相端起金樽，先敬天、后敬地，再敬父皇高祖帝。兄弟二人一手举樽，一手互相挽起，同跪同拜，真心虔诚，两颗心越来越亲近，越来越热诚。

当兄弟二人再次回到座上时，齐王刘肥说："父为天，母为地，父为乾，母为坤。我与弟再来向皇太后敬酒，祝太后娘娘万寿无疆。"

惠帝很是赞成，他也直起身，正要伸手端酒时，只见一个宫廷舍人，正从吕后身旁走过来，双手用金盘捧着两只金樽，里面斟满了酒，随着脚步近前，阵阵酒香扑鼻。

宫廷舍人大声叫："太后娘娘赏的佳酿，请齐王接纳。"

刘肥起立叩拜，双手接过金樽。他就要用双手捧着这樽酒，到太后娘娘面前敬酒，并把手中的酒一饮而尽。

看到齐王刘肥的真诚举动，惠帝自不甘落后，伸手把金盘中的另一杯金樽端在手中，他要跟齐王一起，跪敬母后娘娘。然后，兄弟二人再相对一饮而尽，这样的举动既和谐又统一，将会让母后娘娘倍感欣喜。

孰料，惠帝刚刚把酒送到唇边，吕后竟然脸色大变，猛地伸过巴掌，狠狠打掉惠帝手中的金樽，满满一樽酒全洒在猩红耀眼的地毯上。

齐王刘肥一愣，热得冒汗的身子猛地掉进冰窖里。他无心再喝下手中的酒。他看到太后娘娘发怒了，自己怎好再独自饮下？

可是，发怒的皇太后，转过身子，面对刘肥时，竟满脸喜笑："肥儿，我看皇儿不懂礼数，只是想教育他一下。你自管喝你的，你把这樽酒喝下去吧。"

齐王刘肥很想一饮而尽，因为是皇太后赏赐的，又再三叮嘱叫喝下去。但是，当他看到惠帝神色颓然，麻木无奈的窘相，他再也无心喝下手中的这杯酒。他感到头昏脑涨，心头冷飕飕地直冒寒气，双腿东脚打西脚，一路踉踉跄跄走出宴会厅堂……

他听到惠帝正在跟皇太后理论："母后娘娘，儿皇敬酒有失礼的地方吗？请母后娘娘指教。"

"你要等齐王敬后你再来敬。"

"此前，我兄弟二人，一同敬天敬地，为何敬你就必一人一人单独进行呢？"

"……"

齐王刘肥心里想：京城是非之地，还是快快离开的好。

回到驻地，齐王刘肥径自倒在床上。他在心里将入城后的大事小事又细细过滤一遍，一心要在每件事的每个环节上，细细找出自己的过错，待明天到母后娘娘面前请罪。

进城时，是随仪仗队入城到达皇宫的。

入宫后，先行跪拜皇太后，并献上带来的礼物。他分明看到皇太后面带盈盈喜色，看了一件件礼品，甚是满意。

接着，她又看了献给皇上、鲁元公主的一件件珍贵的礼品，面上的喜色一直未变。

而后，步入宴席。那时她还说我身材魁梧，必要多喝多吃，那笑脸仍是真诚的。

是不是座次错了？长幼尊卑有序，我坐在了不该坐的位子？

刘肥正在胡思乱想，这时内史悄悄走进来了，叩拜以后，小声告诉他："那杯被太后娘娘打落在地的金樽里是一杯毒酒。"

"我手中的酒呢？也是毒酒？"

内史没有言语，只重重点点头。

好端端一场家宴竟然暗藏如此杀机。

"此话是怎么得来的？"齐王还有点不敢相信，深恐中了反间之计。

"是我花了金钱，从一个宫中舍人嘴里打听来的，千真万确。"

"你应该问那人，是什么原因？不可轻信。"

"齐王在上，恕我直言。全是你当仁不让坐在上座引起的。太后娘娘说你没把皇上看在眼里，图谋不轨。"

这话正跟自己反思时想的一模一样。

内史说："大王在上，请不必惊慌。夜里只管安心入睡，我在这儿防卫。绝不让大王遭受不测。"

正当二人悄悄言说之时，透过窗户，齐王刘肥已经看到有御林军前来把驻地严严封锁起来，真乃插翅难逃矣！

齐王刘肥再也无法入睡。他躺在床上，辗转难眠。他总是想不起来有对不起皇上、皇太后的错事。

第二天，宫里派人按时送来饭菜。每一顿，内史都先来吃尝，待确认饭菜无毒以后，才让齐王吃。

整整两天过去了，从不见皇上下诏谕接见，也不见太后娘娘下旨。刘肥心里像着火似的，吃不下饭，睡不安觉，两片嘴唇上被虚火冲得净是血泡。

直到第三天夜晚，内史再次跟齐王暗中商议。内史说："大王，我想了两天，要想离开京城，回到齐地，必须……"

"你只管说来，就是割地让城我也愿意。"

"大王说得正是。当下，齐地的疆域大，城池多，人口旺，而鲁元公主的属地，只有几座城池，每年得到的食邑税收很少。倘若大王能拿出一个郡献给鲁元公主，皇太后一准高兴。这样，咱们就可以平安回到齐地了。"

"好是好，只是，只是我感到这样的献礼似乎还轻了一些……"

齐王刘肥在房中踱了两圈之后，猛一跺脚，说："给鲁元公主献上一个郡地，再称鲁元公主为王太后，自降身份。在人屋檐下，不得不低头。我们献地、谦卑，这样总算可以了吧？这就可以向上苍明心：我刘肥绝无欺君犯上，叛逆谋反的贼心！"

内史听了，眼泪都要流下来了，他为大王感到委屈。

第二天，内史跪在皇太后面前，一字一板把齐王的允诺全说出来。

皇太后听完内史的话，竟然喜得咯咯笑起来，连声应允："行！行！这样最好！"

内史感到眼前一黑，眼眶里的泪水差点儿流出来，内心暗暗叫一声："天呀！高祖呀……"

从地上爬起来以后，内史正想告辞回到驻地的官邸，没料到皇太后竟然让他慢一步。

皇太后喜形于色："既然齐王真心如此，好，我让皇上与鲁元公主一起到官邸上，举行一个仪式才是，你说呢？"

内史只得连连答应："是，是。"

第二天上午，齐王刘肥的驻地官邸的大厅里，大案上红罗铺张，红烛高照，三牲齐备，紫香萦绕，一派肃然。两廊间，乐声盈耳，拜认王太后的仪式隆重进行。

惠帝与鲁元公主端正坐在龙案后，面目平静，耐心接受齐王刘肥的三叩九拜的礼仪。齐王拜一次喊一声王太后在上，受儿王一拜。每一次高声呼喊，他的心里就猛地一颤，仿佛被骡马踢撞一样。

更让他几无脸面的是：鲁元公主还要走过龙案，来到刘肥面前，亲自喊着"孩儿请起"的话之后，仪式才结束。

当晚，齐王刘肥蒙头大哭，整整一夜没停。

第二天，齐王刘肥才踏上自己车辆，悻悻返回齐国，轻车熟路，一路狂奔，齐王没说一句话。车辆刚刚驰进齐国的国土时，刘肥倏地从车厢里站起来，大声呼喊："我回来了！我没有死！我回来了！我没有死！"

知道被母后娘娘亲手打落在地的那樽酒是毒酒时，惠帝整个瘫坐在龙椅上。

这是怎么了？

好端端的一场家宴，怎么能有人狠心下毒呢？亲如手足的一对兄弟险些双双栽进地狱里。

开始不还是很亲热、很和谐吗？母后娘娘还夸齐王刘肥身材长得结实，夸他送的礼品好，怎么一转脸，晴朗朗的天空突然落下一场暴雨来了。当时，他曾亲口下令，把投毒的人给查出来，立即斩首。后来，当他听说是太后娘娘所为，他更是不解，更是后怕。他先是独自在房里痛哭一阵，还不死心，他要亲自去询问太后娘娘，为什么要对刘肥下此毒手？

"这还用问，太后娘娘的疑心最大，端底是刘肥做了不该做的事。要不……"

惠帝在心中自问自答。他只能背后充英雄，只要一见母后娘娘，他的胆气会飞得无影无踪。

"不管怎么说也是一家人，不该要人性命呀！"

惠帝不敢再想下去。母后娘娘的种种手段，实在是令人发指。

这样的母后娘娘怎么能给我做表率？难道说就让我用她的手段去治理天下吗？

想到这里，惠帝心上一阵绞痛。他一手捂住胸口，张口大叫："拿酒来！"

馥玉最先疾步走上来。她没有给惠帝端酒，而是尽力把惠帝扶到龙榻上。先用纤细温柔的小手给惠帝轻轻揉着胸口，再端上一小碗参汤，用金勺小心喂进他口中。因为以前几次都是这样，她慢慢摸出门道来了。她伏在惠帝耳边，小声说："皇上息怒，怒气伤身，保住龙体要紧。"这时，惠帝像一个听话的孩子一样，不哭不闹，不声不响。他伸臂把馥玉紧紧搂在怀里，抚摸着她柔软温暖的肢体，欲望一步步膨胀，最后，两人死死缠绕在一起，直达欢快的高潮以后，才慢慢平静下来。

但是，有时惠帝愤怒至极，馥玉也无法以温柔驱除怒气。他必须饮酒，他要用醇香浓烈的酒精去浇灭心头的怒火，岂料，酒浇火，火更旺。久而久之，惠帝的酒量不断增大。开始，他闻酒就醉，现如今，已经达到斤酒不醉的海量。他要靠烈酒去麻醉自己的神经。在酒宴上，当下臣官员奉承他的酒量时，他会乘兴再多饮一樽。

"哈哈，还是酒好，酒能疗治心病，酒能宽慰我受伤的灵魂！我要酒！我要醉酒！"

在酒量步步增大的同时，惠帝的性欲也在同步增强。

只要一回到后宫，他必须让馥玉时时陪伴在身旁。他企图让馥玉的美色化解苦恼；用一次次欲望得到满足的快感，填补心灵的空虚。

一天，惠帝带来一个叫芙蓉的宫女。她像一只百灵鸟，能唱出一百首歌曲，她的身段妙不可言，特别是床上的功夫，特别柔韧，百折不挠。惠帝把馥玉完全抛开，把芙蓉时时捧在手心里，一时不见，就大喊大叫。芙蓉的歌声，能助长他的酒兴，芙蓉的妙姿，能满足他的性欲，一时间，他感到自己飘飘欲仙，腾空跃起，在云雾里感受温暖、自由。

但是，在欲望得到满足以后，他的灵魂又回到现实之中。他咬牙切齿，他诅咒大骂，他愤怒，他刚强。一时，谁也难摸透他。

这一天，早朝上，他面对百官，发出一个令所有人都震惊、高兴的诏谕：把赃官审食其拿进大狱！

惠帝拿眼角瞟了一下母后娘娘，只见她无动于衷，好像什么事也没有发生一样。

暗自高兴的惠帝心里想：你这样不言不语最好，看我如何对待你的宠臣吧。

从接到那一张写在绫绢上的，抛到惠帝金根车里的状子以后，惠帝表面上不闻不问，不哼不哈，但内心里，他正在派人一条条暗查暗访，而且各条罪状正在慢慢汇总：

在京城郊外，各诸侯国都有审食其的土地。就在查访时，他还在一片一片吞没。

在京城里，他强买、霸占十处商铺，日进斗金并不稀奇。

为了满足个人的淫欲，他买进、强夺妾女已达十人之多。

为了得到更多的金银，他为官员升迁，收受贿赂无人可比。

还有，惠帝一想到这事就面红耳赤，这是他作为天子、皇帝的一大耻辱，他只能压在自己心里，永远不向外说。其实，京城里谁不明白？

够了，只以上这些，我就可以置你于死地。

令惠帝感到奇怪的是，自从他下令抓到审食其以后，母后娘娘的威风好像消失了。

每当她看到惠帝时,凤眼里满是温情。她似乎有满腹的话要说,可是那张嘴巴就是张不开。母后娘娘一心要用母爱去感染、打动皇上,让惠帝自行决定把审食其放出来,饶他不死。

可是,惠帝佯装愚笨,对这些视而不见。

记得上次,齐王刘肥为了向母后娘娘表示诚心,既割地又丧失尊严。当天,吕后竟要惠帝带着姐姐鲁元公主一起到刘肥居住的官邸里举行隆重的"认母"仪式。开始,惠帝不去,吕后最后发火:"你若不听我的话,今后永远不要叫我母亲。我也没有你这个不孝逆子。"

惠帝最怕在"孝"字上跌跟头,万事孝为先,天子不孝,何以为天下人当楷模?

在仪式上,惠帝一直没有开口,一双眼睛微闭,好像打盹一样。当他看到齐王刘肥哥哥那副低三下四、丧尽尊严的举止时,他的泪水几乎夺眶而出。他咬牙忍住了。他必须忍住,不然,刘肥哥哥的计谋将付诸东流。

每当他想到此事,心里都发誓:"哥哥,我今天要为你出一口气。"

可是最终也不了了之了。

听说审食其被拿下大狱之后,头一个出来为之活动的是审食其的好朋友朱建。

自从审食其与朱建结成朋友之后,两个人常有来往,不是宴请,就是会晤。两个人很是能谈得来。审食其心中常常说:"我花大钱交了这样的朋友,值。"

这次审食其下狱以后,从来没有见过朱建的影子。其他友人不断下狱探访,送吃的送喝的,朱建他连个面儿也不露。审食其不免寒心:"天下之大,忘恩负义的小人太多太多,朱建就是头一个。"

可惜,辟阳侯偏偏不知,朱建为他的事正在东奔西走,一心要救他出来。

开始,朱建去找丞相曹参,得到的是一句话:"皇上亲口下旨,必要皇上亲口收回。别人谁能管得了?恐怕连太后娘娘也难开口。"

皇上?我连皇上是什么模样也没有见过。

要找皇上,最起码能找到他身边的人,与皇上有过来往的人才行。

与皇上有来往的人?对,有了。惠帝的宠男闳籍孺。这位多才多艺的美男子恰巧跟朱建有一面之交。朱建前去说话很是方便。

于是,开头两次会面,二人谈棋论剑,很是投机。第三次,朱建把闳籍孺邀到自己家中,先饮酒,接着二人论相面之术。

朱建关切道:"你的面相虽然很美,但是,面色晦气,印堂发暗,你可要格外小心才是。"

闳籍孺很是不解:"我一不坑害人,二不巧夺钱财,心地坦荡,何来晦气?"

朱建不再深说,只管一再叮咛让他小心。

没隔两天,闳籍孺又把朱建请去,在酒桌上,他满腹疑虑,小声问朱建:"我印堂发暗会有什么灾难?"

"这个一句话很难说得清楚,不过,我只想问你一件事,还请你说实话才是。"

闳籍孺疑惑地点点头。

"你跟当今皇上走得很近,此次辟阳侯被皇上下令拿下大狱,是不是你在皇上耳边说了辟阳侯的短处?"

"没有呀!我从来不在皇上面前搬弄是非。"

"不。你应该说实话,京城里很多人都说是你说了辟阳侯的坏话,皇上才下了这个死令。"

闳籍孺一脸委屈,再次表示说:"我从来没说过辟阳侯一个字,苍天作证。"

"既然如此,我只好给你一个办法,不知你愿不愿听从?"

"听,听。请你快说来我听。"

朱建便小声耳语:"世人都知道辟阳侯是皇太后的男宠,此次辟阳侯下狱,皇上若不杀他还好,若皇上杀了辟阳侯,为了报复,皇太后一定会杀你泄恨。当下,不管你说没说辟阳侯的坏话,你都应该在皇上面前为辟阳侯说情,请皇上开恩放了他。这样,你脸上的晦气一准会一扫而光,印堂重新光亮起来,请你三思。"

此时,皇太后正为审食其入狱的事犯难。

由于吕后十分宠幸审食其,所以,对他平日的所作所为,从不拦挡。他在吕后面前,说风有风,说雨有雨。而且嘴巴流利,话语中听,特别是那一脸的乖巧相,更让吕后宠着爱着。可是,她万万没有料到,事情会弄到这步田地。她听到廷尉禀告:审食其从朝中一名官员手中抢走女人,还杀了那官员的一名亲戚、两名亲随。这已经触犯了汉朝大律!惠帝下令抓了审食其,吕后无有话说,只是感到很惭愧。

为了他一个人,而得罪皇上和满朝官员吗?不值得。可是,绝不能就这样眼睁睁地看着自己心上的人就这样轻易死去。

更让她心中不解的是,皇儿惠帝,为什么事事偏偏跟我拧着干呢?为了让你登上宝座,我受的苦还少?为什么你就不理解母后的心情呢?

正想着,婉玉走进来献茶。吕后的一双凤眼,似乎看穿了婉玉的心。她恍然大悟:"难道婉玉在皇儿那里过了几天,把不该说的话说了,触怒了惠帝?要不,儿子会甘心跟母亲过不去吗?"

"婉玉,你过来给我捶捶腿。"

婉玉连忙答应,走到吕后面前,突然被吕后抓住她的双手。婉玉心中一惊:"太后娘娘,奴婢……"

吕后并不理睬她的话,只管拿眼在她脸上细细扫视:"婉玉,我看你惊疑不定,心

214

中一定有不可告人的私情话。说，有没有？"

婉玉扑通大跪在地上，可是她的一双手仍然被吕后死死抓住。

"我感觉你的双手凉气扎人，肯定心中发虚，怎么说没有私心话呢？可以说给我听吗？"

"太后娘娘在上，奴婢从到你身边起，从来没有瞒你、骗你、哄你的话……"

"好。我问你：皇儿与你上了几次床？"

婉玉面红如赤血："奴婢实在记不得了……"

"好。我再问你：你跟皇儿说了什么话？"

婉玉的颜面刷地变白："什……什么也没说。"

"不对！一准说了辟阳侯的事，是不是？"

婉玉的脸色越发惨白："没……没说……"

"没说？你的脸面为什么发白？说！"

婉玉的心已经完全崩溃了："说……说了。"

吕后的脸唰地红了，白了，问："说的什么？"

婉玉的嘴再也张不开了，眼中已经没有了泪水，绝望的神色布满那张粉面，任吕后如何咆哮、怒吼，她再也不说一句话。

吕后愤怒至极，她猛地丢下婉玉的双手，转身要去寻找殴打的器具。婉玉却像一只出笼的鸟儿，爬起来，飞快跑到庭院里，面对房子的基石，狠狠撞去……

吕后心里又气又怕：气的是，她的隐情已经被贴心的侍婢说出去了；怕的是，皇儿知道了自己的短处，今后就再也拢不住惠帝了，手中的大权也会大打折扣。

光怕、光气没有用，要想办法。

开始，她急得团团转，慢慢地，她便稳住了慌乱的心，她决定要跟惠帝面对面交锋。

第二天上午，长乐宫里来人到惠帝面前禀告：

"皇太后病了，病得很重。"

惠帝立即乘辇赶到长乐宫，踏进皇太后的房门，他十分疑惑：皇太后正端坐在龙案前，神态异常安详。

惠帝急忙上前叩拜："母后娘娘安康健好，为何传说有疾？"

吕后冷笑一声："我心中有大病，只有皇儿能给疗治，别无他法。"

"母后娘娘尽管放心，孩儿哪怕舍命也要为母后疗效贵体。"

"放心，我不要你舍命，只求你一句实话。"

"还请母后娘娘明示，孩儿绝不隐瞒。"

"大胆的贱奴婉玉，信口雌黄，胆敢朝我身上泼污血。我只问皇儿一句：你信不信？"

原来如此，惠帝心里很清楚：这是母后在跟我讨要脸面。若要说相信婉玉的话，你何处去取证？若要说不相信，婉玉该当如何惩罚？其实，母后娘娘讨要脸面的根本，还是为了辟阳侯审食其。

惠帝没有犹豫，发出一声冷笑："儿皇乃当朝天子，岂能轻信一奴婢的谎言？母后娘娘难道还怀疑儿皇不成？"

真巧，也就是在这一天下午，惠帝的男宠闳籍孺来到未央宫。他看到惠帝正一人坐在龙案前出神，自觉地退到一旁，等了约莫一个时辰，当惠帝刚刚要起身时，闳籍孺忙向前大跪叩拜："皇上万岁，听奴才给陛下献上一支曲儿吧？要不，奴才为陛下舞上一段？"

闳籍孺很怕惠帝说没兴趣的话，那样，什么话也难说进皇上的心里去。

惠帝勉强地笑笑："好，你就为朕先唱后舞吧。"接下来，又召来几位宫女从唱、伴舞。

又唱又舞之后，闳籍孺面色红润放光，愈发显得俊秀清雅。惠帝看了很是欢喜，连声夸奖："真是一个美男子。"

闳籍孺不敢迟疑，忙上前叩拜说："谢皇上万岁夸奖。奴才有一事相求，不知当讲不当讲？"

惠帝屏退左右宫女，说："但说无妨。"

闳籍孺便说："皇上万岁，把辟阳侯抓下大狱，实为明智之举，世人心中大快。不过依奴才拙见，事情最好到此为止。"

"此话怎讲？"其实，惠帝正为此事而不安。

"如若皇上万岁把辟阳侯斩首示众，奴才我的小命也就活不了几天了。"

"你与他无牵无连，如何能混为一谈？"

"奴才是皇上万岁的宠人，而辟阳侯乃皇太后之宠人，如若将其斩首，皇太后怎能不把我置之死地呢？一还一报，本是世俗常理。"

惠帝没有再问下去，也没有当场表态。他仅稍稍沉思："容朕再行思之。"

闳籍孺又小心补上一句："日后辟阳侯定会谢陛下龙恩，再说，他也会就此收敛的。"

三天后，辟阳侯审食其被惠帝赦免放出来。

他先入未央宫，双膝大跪在惠帝面前，千恩万谢，感激不尽。而后，又来到皇太后面前，痛哭不止。吕后似乎也被感动了，双眼潮湿：

"快起来吧。回去后，万不可张扬行事。"

"太后娘娘的话，我必谨记心中。"

出狱后的审食其，听说朱建为保自己的性命，献计献力，万分感激，遂备厚礼前去酬谢："汝能在我命悬一线时，鼎力营救，必当重谢，还望好友笑纳薄礼。"

朱建笑了："重礼至之，我心中有愧。只是还望不要把我当成忘恩负义的小人就好。"

审食其连连自责："怪我心胸狭隘，千万不要记取心上，海涵、海涵。"

此一回合结束以后，惠帝自认为又败在皇太后手中，心中很不是滋味儿。

"皇上，让奴婢献唱一首小曲儿吧。"

芙蓉特别机灵，只要看到惠帝略一显露不快的神色时，她立即走上前去慰藉。皇上很是称心，他认为她手脚嘴巴眼睛都勤快，像一只很讨人喜爱的小百灵鸟。

但惠帝此时不想听唱，不想观舞，他在沉思，在默默怀念馥玉。

自从芙蓉来到这以后，惠帝便把馥玉冷落了。自知惠帝不再高看她，馥玉便退避在一旁，再也不到惠帝身边去。偏偏是这样随遇而安的品性，让惠帝突然想起了她。

于是，惠帝马上着人把馥玉召来。

面前的馥玉，惠帝简直认不出来。只见她瘦削得如同一根麻秆，绸缎衣服在身上显得肥大而极不合体，面如黄纸。她来惠帝面前淡淡一笑，刚要叩首大拜，惠帝忙上前搀住，小声问："妾为何这般消瘦？"

馥玉极细极小的声音报出一个令惠帝惊喜的消息："奴婢已有身孕……"

惠帝马上命宫女传至膳房，每天为馥玉单做上好的饭菜，不许怠慢。

一个月黑风高的夜晚，辟阳侯审食其偷偷潜入长乐宫吕后房中。这是他出狱后第一次夜间来到这里。

当审食其从蟠螭宫灯的灯下走出来时，正在房中呆坐的吕后，心神为之一震。

很长一段时间里，吕后无法安然入睡。因为只要她闭上双眼，戚嬛便飘然而至，来到她面前舞上一曲。那舞姿如仙女出瑶池，如嫦娥奔银月，绰约凄美。吕后吓得急忙闭上双眼，又立马睁开，不管她是睁是合，戚嬛的妙影总在眼前，想赶也赶不走。

"想听我给你唱一首歌吗？"不等吕后答应，戚嬛便亮开歌喉，有如天籁般的美妙歌声便在她耳边响起。她不忍听下去，忙用两手把双耳死死捂住。但是那歌声直抵她的心窝里。最后，她只好起身离床，端坐在龙案前，让亮如白昼的宫灯，扫除心头的魅影。

就这样，她一直坐到子时，困得睁不开眼，分不清东西，辨不准南北。这时，她才能栽倒在龙榻上，一觉睡到日出东方。

就是在后半夜的昏睡中，她也无法得到安宁。梦中，戚嬛再次光临。不是把她吵醒，就是把她踢醒、打醒。总之，只要太阳落山，她的噩梦就悄悄降临了。

那是辟阳侯没有下狱的时候出现的，她曾想把审食其召到宫里，把这些不幸说给他听，让他尽快想办法，为自己除妖驱魔，还她一个甜蜜的梦乡。

可是，一个横祸，把审食其打入大狱。吕后自己不得不默默承受这种无法抵御的折磨。

一天夜里，躺在龙榻上的吕后，眼睁睁看到戚嬛带着赵王如意走进来。看那副神情，就像是自己请他们娘儿两个来赴宴一样轻松、欢快。两个人来到她床上，一个扯头发，一个拉双腿，好一阵折腾以后，吕后疼得实在撑不住劲了。她大呼小叫把宫女们全部叫到面前。谁知道，婉玉、婵月和死去的几个宫女竟然一齐来了。她喊她叫，宫女们被她尖利的嗓音吓得一个个缩成一团，一齐跟着大呼大喊。就这样，一折腾就是整整一夜。直到黎明时，光明驱散了阴霾，一切归于平常，吕后那颗被啃噬的心才稍稍感到一丝安坦。

当审食其来到她面前，威严至上的皇太后像一个久离亲人的孤儿一样，凄凄惨惨哭起来。审食其很是不解："太后娘娘，我是审食其呀，特来给娘娘请晚安来的。"

连着几声呼唤，吕后才止住泪，一声声向宠幸的男人诉说自己的不幸。

审食其听完之后，响当当地拍着胸脯："母后娘娘放心，有我在这儿，你尽管宽心安睡。不管是什么妖魔鬼怪，来一个，我杀一个，决不叫它们活着回去。"

吕后幸福地笑了。她不顾一切，搂着审食其的脖子，在他的脸上甜甜地亲上一口，便上床睡去了。

黑夜里的风，吹得人心里发怵。审食其虽然大话说出去了，可是自己的心，正被黑夜里的恐怖，一分一分地蚕食。

开始，他气壮如牛，在室内东走西走，整整走了三圈，房间被轻轻推开，一阵风把室内的红烛险些吹灭。

"谁？"审食其吼一声，把刚刚合眼的吕后惊醒了。

"我是婉玉，给皇太后送夜宵来了。"

随风飘进来的恰是婉玉。那熟悉的面容，那眉眼，让审食其看着不禁心猿意马。他笑吟吟迎上去，双手刚要伸出去，猛见婉玉的头顶现出一眼血窟窿，鲜血汩汩流淌。审食其大叫一声，转身要逃，不料，后襟早被婉玉死死拽住。只听她嘴里说："为何慌着要走？你不是天天要缠着跟我好吗？来呀！"

审食其再次回头一看，婉玉已经变成一个无头的鬼魔。他拼命挣扎，一心想挣开婉玉的手掌，嘴里发出尖利的惊叫声，令人头皮发麻："太后娘娘救我——救我！"

吕后呢，早在婉玉刚一进来的瞬间，她已吓得缩进被子里，哆嗦成一团。

直到黎明前，审食其倒在床前一直没醒过来。吕后仅仅给他盖了一件薄被。她是坐在床上眼睁睁熬到天色发明的。

这几天，惠帝的心情格外高兴。这不是因为馥玉腹中的小生命，也不是因为小百灵芙蓉献上歌舞，而是又一位美丽的宫女的出现，让惠帝又一次陷入新的热恋之中。

惠帝沉湎于酒色，吕后并不去多问，此时，正是她独揽皇权的好时机。

她下令给吕泽重新盖一片府宅。

她下令给吕释之置千亩良田。

审食其出狱后，官复原职不说，又赐给他一片府第。

当然，吕后并不憨不傻，在给亲兄长、宠幸的人置田业时，也给曹参、陈平、王陵、周勃、灌婴、夏侯婴、郦商等一班老臣重新分别赐田地、赐宅第。满朝文武皆得到恩惠，大家其乐融融，一致赞扬吕后功德无量。

正当吕后沉醉在一片颂扬声中时，匈奴的单于冒顿，竟然给皇太后投书一封。吕后心情很高兴，不用说，这又是匈奴人要来给汉室进贡的事。自从两家和亲以后，匈奴人不断来朝贡。

站在吕后旁边的郦介，打开匈奴的书信以后，先是惊讶，继而愤怒，脸面涨得赤红。他双手捧着书信，久久不出声朗读。

吕后有些生气："为什么不读呢？是不是他们这一次朝贡的东西少了？不必计较，这一次给的东西少，下一次一定给的多。"

郦介仍然没有读下去，他跪在吕后面前：

"太后娘娘恕罪，这封书信，奴才无法读。"

吕后一愣："上面写的什么？匈奴还想造反？"

"不是造反，是好事。不，是太后娘娘的事。"

"我的什么事？读！恕你无罪！"

郦介总算鼓足一口气，大声朗读：

"太后陛下独立，孤偾独居，两主不乐，无以自虞。愿以所有，易其所无，愿我两人，结成百年好合，以乐永年。"

吕后的脸色早已气得由红变紫变青，她大声叫着："别读了！别读了！"

若不是早已恕罪，她必下令斩了郦介不可。

吕后被气、被羞、被辱，一时当着大臣的面，哭了起来。随之，她顿足捶胸大骂："天杀的匈奴，欺人太甚，我必派兵，剿你老巢，杀个精光，以消我心中之怒气！"

吕后的愤怒，把老臣们的怒气一起点燃，许多人一致恳请皇太后速速出兵。

舞阳侯樊哙一步跳到中庭，叩拜皇太后以后，大骂匈奴没有人性，并要皇太后拨给他十万精兵，由他亲自带领，杀向匈奴国，以雪奇耻大辱。他说着、喊着、跳着，情绪万分愤怒。

郎中令季布跨到中庭，叩拜皇太后后，说出令朝堂前人人愕然的话：

"皇太后圣明，下臣之意，可把舞阳侯樊哙推出午门外斩首，决不宽恕。"

樊哙一听，暴跳如雷，几次欲上前抓季布。

皇太后也感到很不满："舞阳侯主动请缨杀敌，为报我汉朝仇恨。你为何口出逆言，莫非你是匈奴的奸人？"

看到皇太后那张因怒气几乎扭曲的脸，季布并不害怕。他神情自若，听罢皇太后的话，便娓娓道来："舞阳侯口出狂言，罪不可赦。其罪有二，当年，高祖帝率精兵三十二万，御驾亲征，结果，兵困平城，其后，幸亏陈相国出奇计，方才摆脱困境。今舞阳侯说出只带十万精兵去伐匈奴，这是当面欺君之罪；再者，众卿不会忘记，秦王朝终年不断剿杀匈奴之战，从没有将其彻底剿灭征服。而且连年征战，创伤未平，至今仍可见一斑。今日舞阳侯只想逢迎皇太后之意，其意则可动摇天下的根本。单凭这两桩大罪，难道还不该斩首吗？"

一时愤怒至极的朝堂，慢慢趋于平静。人们沉下心来思考季布的话，认为很有道理。

皇太后心中的怒火仍没有熄灭。她拍着龙案，大声责问季布："难道你就这样看着朕受辱而不管不问不气不恼？你还是不是汉朝大臣？"

季布仍不怯弱："皇太后息怒。我汉室为天朝，自古秉承天意，施仁政、顺民意，以文化解愚昧，人性沛然，为四周邻国所公认矣。匈奴自古乃野民矣，食，茹毛饮血；衣，持兽皮，裹肤矣。听他们说了好话，不必惊喜快乐，听了他们的恶语，万万不可愤怒，这才是我们应当秉持的态度。"

一席有理有节的话，终于平息了皇太后心中的怒火。众位大臣再也不跟着吵嚷了。舞阳侯呢，悄悄退回本位，埋头沉思起来。

虽然皇太后佩服季布的话很有道理，但她不予奖掖；尽管舞阳侯心火气盛，险些酿成大祸，但是她也不予怒斥，一切一切全归于平静。

可是，匈奴单于冒顿的信，如何回复？总不能不予回信。

季布回到家中，便对妻子和家人说："今天我在朝堂上顶撞了皇太后，不知日后会招来什么横祸。"接着，他又把详情说了一遍。

妻子说："你身为朝廷命官，就要为汉室分担忧愁。只要你一心为公，其后虽死犹荣。"

因为大家都知道，皇太后心狠手辣，疑心最重，如不小心落入她手中，一定会惨死无疑。

接下来许多天过去了，季布并没有受到任何惩罚，日子过得跟往常一样平静。

吕后回到宫中，把季布的话一遍又一遍回想。最后认为，季布确实为汉室立了一大功。若是应了樊哙的大话办下去，到最后，还真的不知道该怎么收场才好。

为了给匈奴单于冒顿回信，吕后便把王陵、陈平召去，并给他俩定下调子：回信要写得谦恭，话语中听，软中带硬，让匈奴人日后再也不敢造次。

经过一番斟酌，二人终于把回信撰好：

"大单于阁下，感于你好心一直没有把朕忘记，信中提到的请求，实令我感到不安。当下，我已垂垂老矣，体衰、发落、齿动、腮陷、步履蹒跚，行动艰难，想想看，世间哪有同年若老母的人结婚的？故难以从愿。"

随回信一同付出的还有两辆车马,一位美女,绫罗缎绢,自不在话下。
匈奴单于冒顿接到回信,看到如此大礼,心中很是高兴。为表示感谢,单于冒顿又献上数十匹宝马。
至此,匈奴妄图挑衅的阴谋垮台了。
事后,吕后很受官员、百姓的赞扬。
可是,吕后在处理惠帝的婚事时,却办得很不顺畅,直将惠帝推向死亡的边缘。

十八　乱婚配伦常失序，易幼主太后临朝

为了给惠帝寻一个称心如意的皇后，不，应该说是为了自己寻一个称心如意的小皇后，吕后确确实实费尽了心机。首先，她给自己定了个调子。这个皇后，必须是自己的亲人、亲戚，不然，用不着去思考。说一千道一万，选出的这个皇后，就是来掌皇帝大权的，并能传宗接代让汉室尽在吕氏的手掌之中。

长乐宫里闹鬼的事渐渐平息，吕后开始思虑起惠帝的事来了。

被她派去打探惠帝消息的人禀告说：惠帝每天六顿饭，顿顿以酒助兴。每天夜里歌舞不停，直至深夜方止。除去喝酒，惠帝则与女色纠缠在一起。至今，已有三个宫女生下他的孩子。

"你下去吧。今后，未央宫里的事还要多长一双耳朵，凡听到的，看到的，皆来禀报。"

对于儿子跟宫女在一起鬼混，吕后不予过问，这算不上什么大事。

该给惠帝物色一个皇后了。首先，她给自己定了个调子。这个皇后，必须是自己的亲人、亲戚，不然，用不着去思考。说一千道一万，选出的这个皇后，就是来掌皇帝大权的，并能传宗接代让汉室尽在吕氏的手掌之中。

于是，她先在吕氏族人中挑拣。不知怎的，她都感到这些人的身份太轻，尽管别的条件合适，但只一项身份太轻就不好再作考虑了。

突然，一个人浮现在她的脑海里，她认为很合适，按捺不住自己的惊喜，自己劝自己稳下心来，再认真好好想一遍，真的，无可挑剔。这位令她十分满意的人选，就是鲁元公主，她自己女儿的亲生女儿——张嫣，今年9岁整。

吕后感到这桩亲事非常合适：女儿的女儿，嫁给她的儿子惠帝也就是张嫣的亲母舅当皇后。至亲至亲，天下没有比这再亲近的人了。

但是，吕后自己也明白，这件事如果公开以后，世人必会抓住其中的破绽：亲外甥女怎么能给亲母舅当媳妇呢？

不怕，我有权，必须我说了算，别人谁说都枉然。

再一个问题就是张嫣的年纪太小，还不到出嫁的年龄。

不怕，有小不愁大，必须我说了算数，外人只能说三道四，有权作主的只是我一个人。

行，太好了，太巧合了。

吕后为自己的绝妙设想感到十分高兴。她决定马上把这个想法，先告诉自己的女儿——鲁元公主，让她先高兴高兴。

正如吕后所想象的一样，鲁元公主头一个提出反对："母后娘娘，世上有亲母舅娶亲外甥女的人和事吗？"

"以前没有，我就要制出一例，让世人知道现在就有这样的事。"

鲁元公主只好摆出又一个理由："张嫣现下只有9岁，还是个不懂事的孩子，怎么出阁？"

"能出阁。9岁入宫，让她从小就学会宫中的规矩，日后，该她当母后时，心中自然有数。"

鲁元公主再也没有理由可反驳了。

终于，惠帝的皇后，就这样被吕后给定下来了，谁也不准反对，只准照办。

权，总算能牢牢攥在自己手里了。无权的痛苦，吕后已经尝得够多的了。铭记在心的苦痛，绝不能让它重演，绝不能。

当天夜里，审食其入宫后，吕后就把自己的打算和盘托出。

"好！好！太好了！这样的事只有太后娘娘你一人能想得出来！别人谁也不行！好！"

听到赞赏，吕后又把鲁元公主说的两个理由说给审食其听。

"不对，鲁元公主说得不对。皇帝是天子，每一个人面对天子，都不可用姻亲血缘去衡量。只要皇上和太后娘娘中意就行。至于年龄小一事，那更不在话下。当年那个戚嬛比高祖小多少？这全是不是理由的理由。"

得到自己的宠男称赞，吕后的心里更踏实了。她决定近期就开始着手办理此事。

当惠帝听到这个畸形婚姻的消息时，他竟然哈哈大笑："这个婚事很美、很好，不过，我要声明，谁看着合适谁就去办。反正，我才不管。"

他说着，接连喝下三杯酒，青白的脸上泛起红润："母后说我瘦，说我身体不好。看，你们都来看，朕瘦不瘦？说，都给我说实话。"

"不瘦，皇上的龙体很健壮。"

"不瘦，陛下身体永远健康。"

"来，看看我的脸色红不红？有没有血色？"

"有，很红的，很好看。"

"……"

"朕，要的就是这种生活。大权，我不要。你杀我夺之事，快快离我远远的。朕要的是仁义礼智信，我要人人相爱……"

说着，惠帝又哭了起来，他哭得很惨。

"赵王如意，我，我当哥哥的没有照管好你。你，你死得太惨了……"

宫女、侍婢看到惠帝流泪，许多人纷纷退后，馥玉、芙蓉二人上前，伸手给惠帝抹去面庞上的泪水，一人架他一只臂膀，慢慢回到房间。醉意朦胧的惠帝大呼一声："我有皇后，我有许多皇后、嫔妃！"

三天后的上午，惠帝被吕后召去长乐宫。

眼看着惠帝的辇车一步步远去，几位宫女心中早已七上八下的了。

馥玉已经生下了一个儿子，长相跟惠帝一模一样。孩子眼下已经能扶着墙壁行走了。她清楚记得，在一个月光如华的温暖夜间，惠帝亲手领着她，二人来到庭中，在一个香案前双双跪下。惠帝说："列祖列宗在上，朕今带着我心上的女子跪在列祖列宗面前，日后，我要封馥玉为皇后，让她与朕，共掌汉室社稷……"

听了这话，馥玉的泪水不禁涌出，那是幸福的泪水，福从天上降临，难道心中还不高兴？

从那以后，她亦步亦趋，从不离开惠帝半步，她已经知道自己肩上的担子的重量。她步步按皇后的淑仪端庄要求自己。同时，她也暗中要求皇上。但是，随着日月的脚步前行，皇上已经变得越来越放纵，越来越任性，并且同她的心也越来越远。她知道皇上对女色已经感到不满足了。一个比一个美丽的宫女，他完全可以任意得到。馥玉夜里经常哭泣，不被皇上钟爱是她最大的不幸。

可是，当她腹中的孩子落地以后，皇上万分欣喜。他抱过那个孩子，亲了又亲，说："馥玉，朕以前说的话依然算数。你就是皇后娘娘，这个小宝宝就是太子，太子！"

幸福的泪水再次从馥玉的眼里流出来。她从床上下来，郑重其事地在地上向皇上叩拜，以表示感恩。

从那时起，让她感到始料不及的是，先后又有五个宫女生下惠帝播下的龙种，无论男孩女孩，个个相貌全像惠帝。

馥玉想，这个皇后我还能保住吗？她的怀疑不是没有理由的。因为，当每一个宫女生下龙种时，惠帝都表示万分高兴。不知道皇上对她们每个人是不是晋封了？馥玉总是放心不下，好几次，她总想再去问一问陛下。可是，每次话到嘴边，都被她生生给吞咽下去了。因为她知道，皇上是天子，天子开口，驷马难追。天子说的话从来都是算数的，从不更改。就是有了这一句话，她才有了希望，她相信上苍总会满足她的。

可是，这一次传来的消息，像一股狂风，把她心上的那株希望的苗子连根拔起——太后娘娘给皇上找了一个皇后。至此，她才明白：皇后必须要皇上与皇太后一齐晋封才可以！

仿佛遭五雷击顶，馥玉一下子倒在床上睡了一天一夜。最后，是孩子的哭声把她惊醒。她把孩子搂在怀里，又哭了一天一夜。

其实，那几位生出孩子的宫女，都与馥玉一样，每人都怀着一颗想当皇后的心。

她们的理由都很充足,因为她们的怀抱里都有一个龙种,他们就是将来的太子。可是,她们几个恰恰忘了一点,掌握皇上的话语权的是太后娘娘。

赶到长乐宫,惠帝一眼看到姐姐——鲁元公主,还有那个站在她身后的小女孩。惠帝轻蔑地笑一笑:"亏你想得出来这个邪恶的办法。"因为直到当下,惠帝一直认为这个主意是自己的姐姐想出来的。因此,在走过她面前时,惠帝的一张青灰色的脸,昂得更高,看也不看姐姐一眼。

可是,后来的铁的事实,才让他大吃一惊。

在吕后面前,惠帝听到母后娘娘叙说一遍迎娶小皇后的事情以后,他还没有张口,只听鲁元公主向母后娘娘询问:"此事是否妥帖,还请母后娘娘定夺。"

吕后很有些不悦:"直到今天,你还不同意?我一心为你着想,为何还不满意?"

鲁元公主的双眼流出泪水,一直紧紧贴在她身旁的张嫣,根本不明白母亲跟姥姥在谈些什么。她左看右看,很觉得稀奇。

吕后转过头来询问惠帝:"儿皇心下如何?"

"儿皇对此实感不解,难道天下只有这一个外甥女能给她舅舅当皇后吗?"

"住口!你们一个个翅膀都硬实了?离开我都能活下去了是不是?全想错了!你们只要离开我,就没有立锥之地,就活不下去。今日若不听我的话,若不照我说的话去办,你们一个也别想离开长乐宫!"

此时,高大、空旷的房间,寂静无声。

惠帝先哭出了声,声音出奇的大。

接着是鲁元公主陪着他哭,声音悲且恸。

张嫣看到母亲、舅父都哭,她也很莫名地跟着嘤嘤哭起来。

吕后面对儿女的哭泣,不予理会,面目铁青,怒而不语。好像她早已预测到有这么一步棋似的。她把脸径自转向一旁,任哭声在耳畔回响,她仍无动于衷。

整整两个时辰过去了,那一声声锥心的哭声终于止住了。吕后显得很满意:"怎么,泪水流完了吧?再哭!再哭!就是哭上一年,这个事绝不能动摇,谁都不能给我更改!"

回到未央宫的惠帝,一下子变老了。他不知道是怎么上车,怎么下车,怎么走进房间里的。好像只有那张宽大的龙榻,才是他的归宿。

他倒在龙榻上,双眼眨也不眨,直直瞪着,望着房顶,那里是色彩鲜艳的画栋。他好像第一次观看,是那么专心致志。就这样,他整整瞪着看了一天一夜,任谁去叫,谁去请,他动也不动。除去鼻翼翕动以外,惠帝的全身仿佛被寒冷冻得直挺挺,僵硬僵硬的。

最后太医来了，给惠帝把了脉，开了几剂中药。熬好以后，六个生了孩子的宫女，加上芙蓉、香露，一起扶起他，给他一勺一勺送进口里以后，总算才慢慢好了过来。

第二天早上，惠帝大口吐了一摊鲜血。没有吃喝，又昏昏沉沉闭上双眼。

这时，芙蓉头一个来到惠帝病榻前，她给惠帝掖掖被子，她闻到一股难以忍受的气味，便不声不响，转身走开。

接着是香露来到皇上病榻前，仅仅是一站，她便想呕吐。于是，连一句话也没有说，转身急急走开了。

几位生出小皇子的宫女，听说皇太后已经给皇上许了一个年轻娇小的皇后的事情时，一个个便待在自己的房子里，搂抱着自己的心肝宝贝，再也不愿意多管闲事了。当她们听说惠帝病得很厉害时，只是在庭院中给苍天叩首，要苍天保佑。而后，再也没有任何动作了。

此时，只有馥玉，她带着儿子，一同走进惠帝的房间。她让身边的侍婢先端一盆温水，把惠帝的脸洗个干干净净。她用手掌试出惠帝在低烧，便要侍婢拿上十条绢巾，奉上一金盆热水。先将绢巾一条条洗个干净，而后，再用温水浸湿绢巾，拧干，轻轻搭在惠帝的脑门上。

这时候，一直昏沉的惠帝仿佛慢慢醒过来，他从被子里抽出一只手来，抓住正在自己身边忙活的馥玉，嘴里轻轻说："是馥玉吗？"

"回皇上的话，正是奴婢。"

"我摸到你的手温，知道你的心是热的。"

"陛下，奴婢只想在皇上身上尽自己的心意。"

"这个心意是朕最想得到的。先前，来了两个最美的女人，她们不愿意再闻朕身上的异味，一个个相继走开。还好，她两个人毕竟来到朕的病床前。那五个生下朕的孩子的女人，全都变成了缩头乌龟，连来也不愿来了。女人，我只有一个，就是馥玉你了。"

说着，惠帝流出泪水。

"陛下，病时无须多思多想，更不要流泪，泪水本是存在胸腔里暖心用的，流出一点，心就要受凉。万万不可流泪呀。"

馥玉的话简直像一只蚊子在低吟，可是一字一句全被惠帝听得入脑入心。他的手把攥馥玉的手越发用力，那是表示格外的疼爱、倾心。

"从今往后，你一步也不许离开我，愿不愿意？"惠帝说这句话时，已经睁开病恹恹的双眼，牢牢盯住馥玉那张忧郁的面孔。

馥玉没有让他失望，她单膝跪在榻前，慢慢地把皇上用力攥住的那只手抽回来，便双膝大跪："陛下，别说日夜守候，只要陛下龙体康复，奴婢愿意搭上我的一条小命。"

"朕心足矣！朕心足矣！"

听到心腹报信，知道惠帝大病，吕后便搭上金根车，带上太医、婢女，招摇而至未央宫。下车以后，她带着一脸怒气，本想把惠帝身边的宠女、宫女、侍婢狠狠训上一遍，然后，再挑上几个不顺眼的，打入"永巷"中去。可是，惠帝的房间，病榻前，干净清爽，空气中连一丝异味也没有。吕后刚刚坐下，馥玉便叩头大拜："太后娘娘圣明，奴婢在此专心等候太后娘娘驾到，如有不规不妥不洁不静之处，奴婢甘心受罚。"

吕后心中的怒气早已消失大半。她面对跪在膝下的女子，说了一句颇温柔的话："抬起头来，让我看看。"

馥玉轻轻抬起头来："奴婢丑陋，不想污了太后娘娘的龙目圣眼。"

"我早说了，当初看见你时，就知道你是一个能说会道，守规重道，干净利索的女人，果真没有看错人。这是我儿皇的幸哉。"

馥玉心中一阵激动，忙着又一次大拜："谢太后娘娘美誉，奴婢只想尽力办事，尽心做人。糟糠之体，更无非分之想。"

吕后说："也是，也是。不过，只要能事事如意，皇太后是不会忘记你的。"

吕后起身走到惠帝床前，用手抚摸一下皇上的额头，轻轻叹一声："儿皇的灾气不小，愿高祖帝在天之灵保佑吧。"说罢，便匆匆离去。

吕后回到长乐宫，便将惠帝的大婚日期推迟。

一个月后，没有听到长乐宫的任何消息，惠帝的心病好了许多。他穿衣下床后，踱到庭中，满目花草芬芳，绿树婆娑，令他目爽心畅。

馥玉急急走上来，小心奉劝："陛下龙体为贵，还是先入房间，不可在外久留。"

受到馥玉殷勤呵护，惠帝心中甚为感念。他随手打腰间摘下一枚玉佩，上面雕有龙凤呈祥图。他亲手给馥玉系在腰环上。

馥玉颇受感动，忙跪在惠帝面前，一再叩谢，并口口声声说："无功受偿，愧疚在心。"

惠帝把馥玉扶起来，在她脸上狠狠亲一口："朕心中只有你，朕不会忘记你。"

辟阳侯审食其按吕后的吩咐，把惠帝大婚时的一切所需物品，一一准备停当以后，便进长乐宫禀告。但他从太后嘴里得知大婚日期要推迟时，立即上前附和："行，好，一切只需太后娘娘钦定即可。"

接着，他又告诉吕后一个消息："太后想必已经得知符玺御史赵尧是暗中泄密的人了吧，但您不知道，他还是向高皇帝推荐周昌去赵国的人呢。"

"果真如此？"

"下官绝不敢说谎，当年就是赵尧所为。"

"而今为何提出此事？"

"他当下派出一个亲信赶到齐国去了。"

"为什么要去齐国？"

"太后娘娘有所不知，他是派亲信到齐地去煽风点火的。他妄图煽动齐王刘肥谋逆。"

"好。"吕后咬了一下嘴唇，"你派人在京城外蹲守，一旦发现赵尧的亲信回来，即刻抓了见我。给我记住了，一定要活人。"

审食其听到的这个消息很确凿。

刘肥赴京后，险些掉了脑袋，他回到齐地，一直闷闷不乐。他的手下曾多次询问，齐王刘肥总是不想开口。他心下明白，过去的事就算过去了，不想再为那些事烦心。他当下最为担心的是：将来有朝一日，吕后若对自己的儿子下手怎么办？应该早早想好对策才行。要不，是要吃大亏的。

内史对他说："京城里那个符玺御史颇有见地，不妨带些礼品进京，请教于他如何？"

齐王刘肥认为内史说得很有道理，于是便置了一份礼品，让内史本人乔装打扮成一个商人模样，进京城去请教赵尧去了。

当时，赵尧跟他说："吕后自那次以后，在言语上并没有诋毁齐王，一切很平静，万不可庸人自扰。"同时又说，只要京城有大事，他会及时告知齐王的。

内史离京回齐以后，审食其似乎有所察觉，他曾数次询问赵尧，都被赵尧轻易搪塞过去了。为了不暴露自己，为了不让吕后怀疑齐王刘肥，赵尧决定带去一信到齐地：要想身家性命不受损，就要一心顺着吕后行事。

齐王刘肥很是不懂：为什么要我一心顺着仇人从事？这是拿刀在剜我的心。

内史很赞成赵尧的主意，说："当年越王勾践，兵败以后，表面顺从吴王，暗中奋发图强，最终击败吴王。大王若想复仇，也要走此路。看来赵尧就是这个意思。"

赵尧的亲信在回京的路上，被审食其的下人捕获。当天夜里被押进长乐宫，亲手交给皇太后。

审食其说："让我审问吧，太后娘娘只需在幛内听之即可。"

吕后说："不要审问，只需把赵尧召进宫里，让他亲眼见见这个亲信就行了。"

审食其很是惊讶："高，太后娘娘的计谋高。"

第二天下朝，吕后下诏要赵尧进宫。

赵尧问："太后娘娘，要不要带玉玺进宫？"

吕后说："不必，只是一些鸡毛蒜皮的小事。"

赵尧心里便明白，于是，下午便直入宫门。

可是，当他从神门经过时，立刻被御林军抓住，并从他怀中搜出一把匕首。

"好哇，朕待你不薄，你为什么要带刀入宫，图谋不轨？"吕后反复追问，赵尧始终不吭声。

"好吧，既然如此，我也让你死个明白：当年是谁把'诛尽功臣'的消息泄出去的？再问你，是谁把周昌引荐去了赵国？你是藏在朕身边的一条毒蛇，今天终于把你给挖出来了。"接着，吕后又把手一摆，那个被俘的亲信被带到赵尧面前。当一切一切都心知肚明以后，赵尧仍然没有开口。为了表示自己的决心，他一口咬破自己舌头。当天夜里，赵尧便被斩首。脑袋与那把匕首挂在市中示众多日。

出了这口恶气以后，吕后心情很舒畅。第二天便在宫中设歌舞宴，庆祝一番。

惠帝身体康复以后，吕后决定给儿皇办婚事。当她把主意说给惠帝听以后，连她自己也感到很是惊讶：事情竟然如此顺利。惠帝听过吕后的话，当即伏地谢恩，表示完全同意。吕后当然很激动："这才是儿皇应该说的话。母后为了你的婚事，绞尽脑汁，费尽心血，这样才能永远把持咱们的大权。"

惠帝只是应付着答应，绝不多说一句话。

吕后让王陵、陈平一班文臣，挑选了一个上上好的黄道吉日，便让辟阳侯主持、督促布置未央宫、长乐宫。同时，下令京城中的大商铺也整治一新。一时间，整个长安城，仿佛换了一个模样似的。

从母后娘娘那回来以后，惠帝的心情并不忧闷。因为他打定主意，母后娘娘说什么话他都点头答应，再不予顶撞。事后呢，我行我素，照常按自己的小九九行事。譬如这次大婚，惠帝心里很清楚，事情的前前后后全是母后一人所为，自己是无法抵抗的，况且，也根本抵抗不了。明智的选择只有一个——瞎子推磨，随着驴。她叫东，就向东，她叫西，就上西。表面上一切遵从，暗下里呢，完全按自己心下的想法办就是了。

专心等候惠帝归来的馥玉，看到从金根车走下的惠帝，面色平静，步履坦然，那颗紧紧提到喉咙口的心才缓缓落下来。

"记住，就是我大婚的当夜你也不要离开我。你就是皇后，朕私下里晋封的。别的所有的事你都不要管不要问。"

馥玉知道此次太后娘娘又是为了皇上大婚的事，心里确实很复杂。许多事情她无法说出口，只能在心中存放。尽管有太后娘娘的指令，皇上仍一意孤行。这样，自己只能当一个不明不白的皇后了？嗨，反正不论如何，只要让自己在皇上身边就行，混一天是一天吧。

惠帝大婚这天，艳阳高升，万里无云。蓝天下，祥鹤群起腾飞，遮天蔽日。鹤鸣和着鼓乐声，长安城沉浸在一片欢乐之中。

未央宫彩绸飞舞，龙旗随风飘扬。飞檐画栋在阳光下熠熠生辉，金鼎白玉璧映着升腾的香火紫烟，格外庄严典雅。所有的宫女、侍婢，全都换上了彩衣彩裙，与中庭花坛里的鲜花互相辉映，使整座宫院显得更加鲜艳华贵。

庄严的金根车，被三十六匹金鞍银銮的高头大马拉着，踏着整齐的碎步，把皇帝和皇后载到太庙大堂里，拜过天地，再拜列祖列宗，仪式庄重，程序井然。身着盛装的皇帝和皇后，在司仪高亢的唱礼声中，机械从事，显得木讷、笨拙。最感难为情的是张嫣，这个不到10岁的娃娃，根本不知道今日在做什么游戏，更不知道此时的父母竟然还要神色肃然地拜倒在自己脚下，虔诚地给他们的女儿叩头。唯一感到宽慰的是，这些动作、程序，有人引导，自己只要跟着身边的一个人，摆动身子和四肢，不需要思考。最后，给太后娘娘大拜以后，一整套十分烦琐、了无趣味的游戏终于结束。进入洞房以后，仿佛进入一口无底的深洞。尽管房内堆金砌银，珠玉满堂，可是丝毫没有那种温心的人情味。只有沉静，死一般的沉静，充溢人的心底。

惠帝真的是说到做到。子时以后，他把被折磨得十分不耐烦的张嫣送进被窝里，转身把馥玉十分深情地拥入自己的怀抱里。一番热烈的亲吻以后，惠帝说："你就当是咱们两人入了洞房，来，上到咱们的喜床上来。"

一切是这样顺理成章，一切又是这样反常，连那一班专司侍候皇上和皇后的人也嬉笑不止。

大婚以后，皇后张嫣，每天只管跟在一群宫女身后，串东串西，看花听鼓乐。她每天玩得很开心。如果某一天必须与皇上在一起，那她心情就非常郁闷，小白脸蛋一天里也难得有笑容。她害怕并讨厌那些繁文缛节，只有无拘无束时，她才表现得欢快、活泼。

大婚以后，吕后十分关心惠帝的婚后生活，经常把惠帝召到长乐宫里去询问。每次的询问，惠帝全对答如流，脸上也呈现出少有的喜色。

真的，连吕后本人也表现出少有的高兴。

但是，有一次，吕后来到未央宫，事先未跟任何人打招呼，她直接把车子驶到惠帝的房门前，不声不响，一头扎进房里。在拉开红罗帐的一刹那，吕后气得咬牙切齿：温暖的被窝里，惠帝正拥抱芙蓉、香露两个嫔妃入睡。张嫣呢？被挤到一个角落里蜷缩成一团。

吕后再也憋不住心中的火气，她用巴掌把芙蓉和香露打起来。吵闹中，惠帝急忙穿上衣服，大跪在吕后面前。芙蓉和香露则跟在惠帝身后下跪，头紧紧贴在地面上，一动不动。

惠帝这一次看到母后流泪了，哭得很伤心。临走时，吕后把张嫣带走了。惠帝心里很高兴："带走了正好，我真的不想见到她。"

惠帝的身心真的被解放了。

他无所顾忌已达到肆无忌惮的地步，他随心所欲已进入疯狂的境地。他与身边所有的宫女、侍婢，全都苟合一遍。白天，他可以随时把一个宫女拉到床上脱衣行乐；夜晚，他可以召来十个八个宫女一齐上床。他这不叫寻乐，而是残酷地作践自己。

　　此中，唯有馥玉，不去近身，不去与惠帝言笑。这时，她那双年轻的双眼已经看到，属于皇上的日月不多了。她每天都在哭泣，她不敢跟任何人言说。她只能默默祈祷，默默等待，等待上苍睁开慈祥的双眼，把惠帝重新领到光明的坦途上。

　　馥玉的祈祷，换来的只是彻底的绝望。

　　惠帝再次病倒了，这一次的病特别重，前后只有三天工夫，便撒手人寰。

　　长乐宫、未央宫一时陷入地狱般的沉静中。

　　吕后六神无主，她一时把审食其召来，问丧事何时办？

　　一时又把王陵召来，问其是否有急需办理的大事。

　　一时再把周勃、灌婴一班武将召来，问诸侯国是否平静。

　　暗中，她把自己的兄弟、子侄召来，要他们暗中仔细观察，如有风吹草动，即带兵上阵。

　　七年前，高祖帝驾崩。那时，她尚未感到心慌意乱。那时惠帝已经17岁，是高祖帝封下的太子，无论文臣武将，人人甘愿参拜供奉。今天呢？惠帝大婚不满二年，十多岁的女孩哪来的孩子？没有太子，汉室谁为皇帝？

　　吕后正在愁眉不展时，审食其的一句话，在她心中燃起一丝光明。

　　"母后娘娘莫要急躁。惠帝在时，曾跟宫女生下儿子。不管几个，选中一位精明的过来，岂不正是太子？"

　　"对！对！上苍已经给汉室安置了少帝，我为什么不选用呢？对！"

　　想到这儿，吕后心头又是一阵剧痛，儿皇死去，完全是一群宫女所为。不是她们淫乱，安有今天的下场？

　　她越想越气，遂把牙齿一咬："把未央宫中惠帝面前使唤的宫女、侍婢统统抓起来！"

　　其中，单单把这六个生出孩子的宫女驱到一所房子里。六个男孩，被长乐宫里来的六位侍婢抱去，送到吕后面前，让她一一过目。

　　最后，吕后下令：让馥玉带着儿子到长乐宫里单独住下。

　　看到惠帝咽气以后，馥玉已经没有泪水了。她只是感到自己的胸腹肿胀、疼痛。在见到吕后时，她没有受到责怪："儿皇的崩逝，完全是天命。朕已看出你仁义、善良，待惠帝如同自己的夫婿。朕不责你，你跟那一帮人不同。你只管带好孩子在这居住，有什么难处，尽管言明。"

　　馥玉没有言语，只有深深大拜。从此，她便在宫中消失了一般。

　　惠帝大葬之时，文武百官无不痛心疾首。一个仁义、软弱的皇上，为何短短几年说走就走了呢？私下里，群臣无不在为皇位继承人而议论、揣摩。

其中，独有留侯张子房之子、侍中张辟疆发现皇太后在哭子时，只是一声干号，但从不流泪。于是，他把自己所看到的悄悄告诉给左丞相陈平：

"皇太后仅有的这一个儿子崩逝了，但皇太后却哭不出泪来，你知道这是为什么？"

陈平看了看侍中张辟疆，心里话：你比你父亲张良还有才能。这样一点小事能说明什么呢？

于是，陈平故意问张辟疆："此事我不明白，请你说说这是什么缘故？"

张辟疆十分自信："此事十分简单，皇太后的儿子死得太早，身边没有留下成年的儿子，皇太后十分担心文武百官不会诚心拥戴少主，她害怕失去自己的皇位。"

陈平说："我等对汉室从未有二心，自是皇太后心有疑虑，不知用什么法能妥善解之？"

"陈相国能否真心听下臣的心计？"

"吾已诚心讨教，请尽快言明。"

"陈相国可即刻向皇太后奏本：让吕产、吕禄统领南军、北军；再则，让诸吕进宫，掌握宫中之事。"

"若皇太后准奏以后会如何？"

"吕氏把握军权，外人不敢妄动；吕氏进宫理事，皇太后心下安坦。反之，皇太后会生疑测，而后便会大开杀戒，想想看，你能安全吗？"

陈平很是赞成张辟疆所说的话。他说："你小小年纪已经超过令尊的智慧了，真是后生可畏呀。"

所有的事全被张辟疆言中。

陈平进宫向皇太后奏本，建议的话，让皇太后大喜，立即准奏，同时下令吕产、吕禄掌握南、北大军，诸吕氏接旨后立刻进宫。

张辟疆这时再看皇太后哭祭儿皇时，不是先前那种干号，而是涕泪纵横，悲痛不已……

惠帝的丧事办得很风光、体面，不亚于当年高祖帝的葬礼。

丧事之后，未央宫、长乐宫除去一股悲风之外，其间还弥漫着一团血腥的杀气。

虽然吕后准奏，把京城的兵力握在吕氏人手中，宫中大事，皆由吕氏人定夺，但是，后一步呢？朝中的皇位让谁来坐？谁又能坐？

为此事，吕后反反复复权衡一番：

把诸侯国中的刘姓召来坐皇位，不行。大权必须握在自己手中。

自己出来坐皇位，不行。火候不到，事情做得太突然，反而会弄巧成拙。

最后她决定：让馥玉的儿子称帝，而皇太后则来称制，代行皇帝的权力。

吕后把自己的决定先跟吕氏家人说过以后，又找来审食其通气。

审食其说："不如把少帝抱来，就安在皇后身上，这样则名正言顺，最好了。"

"那个馥玉呢？留下她总是个祸根。"

"干脆，把少帝抱过来之后，就把馥玉除掉。"

偏偏馥玉不愿意把儿子交到别人手中。她说："你们叫我干什么都行，就是不能把孩子抱走。孩子就是我的命呀！"

吕后听了，没有发火："行。你在宫中只管养着孩子。但有一件，每天必须三次抱到我面前，让我看看太子是胖了是瘦了，这样我才放心。这样你说行不行？"

馥玉满口答应。

从此，凡是时鲜果蔬，山珍海味，一一送到馥玉面前，让她多吃、吃好。馥玉十分感谢皇太后，每次带孩子谒见皇太后，都被夸赞一番。馥玉认为，这世上除去儿子之外，只有皇太后最亲近。

这天晚上，馥玉照常抱着儿子走进皇太后的房间，她把孩子放下后，给皇太后跪拜行礼请安。吕后像往常一样，把孩子抱在怀里，亲一番、疼一番，又逗一番。看到孩子哈哈大笑时，馥玉说："太后娘娘，让我来抱孩子，别累着凤体。"

吕后说："不累，我今天很高兴。"于是把孩子揽在怀里不放。

这时，侍婢送来两碗甜粥。吕后伸手接过一碗，自己喝了一大口，又给怀里的孩子喝了一口。让馥玉喝下另一碗。馥玉说："我晚饭已吃罢了，不想……"

吕后把眼一瞪："怎么，朕赐的饭食有毒吗？喝下去吧。"

馥玉只得领命，接过饭碗，仅仅喝下一口，即刻倒地毙命……

吕后把孩子交给身边的宫女，转身走开。

第二天，朝门大开，百官入廷。

三岁的太子被封为少帝，皇太后则为称制。

满朝文武皆高呼万岁，并伏地叩拜。

吕后在朝堂当即发出大赦命。

时隔一旬，二次上朝时，吕后发出为民减税的诏谕。

当时，有官员上堂发出疑问："此税乃家国之血本，不能轻易减之，若日后家国亏空如何再行政故？"

吕后当即反问："民为本，家国连年泰康，周围没有征战，本应该让民休养生息。徭役轻赋，去掉百姓身上的重压。让他们的日子过好了以后，再取之，民也欢喜付出。"

当朝百官皆口呼万岁，热烈响应。

而后又隔一旬，吕后下诏：一、废除三族罪；二、废除妖言罪。

此时，有廷尉高官上奏："三族罪本秦时就有，延续下来，顺理成章，若当下废除之，不知日后愚民还能否诚心悦服？"

吕后说："秦时旧制，原本酷刑无道，害民不浅。我大汉朝，当要爱民、恤民，民自会感激天朝，断不会因废酷刑而多犯罪。"

廷尉高官说："皇太后圣明，下官感恩佩服，只是废妖言罪能否暂缓废除？"

吕后："理由何在？"

廷尉高官说："妖言虽为平常话语，但是，言语如钢刀，如讥讽当朝，流毒甚广，若废除之，人人流言自出，何有规矩？以何治人心？"

吕后说："人皆有嘴，有嘴必言语。言为心声，你怎能管住他不说呢？虽有此法约束，但各种言语自会表达。你不让他当面说，他背后说，不让他在人前说，他在人后说，到后来，你越是管制，他越要说。当下，废除妖言罪以后，让民畅所欲言，让各种声音发出来，对与错，民间自会有分晓。何必用法去制裁？"

廷尉高官听之并未罢休，嘴里诺诺不敢直说。他那一副欲言又止的架势早已被吕后看出来了，于是直接指出："爱卿尚有话可当朝讲之。"

廷尉高官："此话恶毒，臣闻之后，正差人四处查访，决心把幕后人拿来正法。今陛下若下诏谕废除妖言罪，臣回去之后只好把这件案子一笔勾销。"

"是何种妖言，爱卿能否说出让众爱卿评判解之？"

"妖言恶毒，不可当朝传说。"

吕后显得很大度："但说无妨，赦你无罪。"

廷尉高官说："市间有人散布妖言，说皇太后称制为'牝鸡司晨'。这种妖言，我必须追查到底，把散布此妖言者，斩首示众。"

朝中很多官员听到廷尉高官的这句不祥的话语，个个心头一震，他们几乎把目光一齐投向吕后，心里想：皇太后听到这话，准会暴跳如雷。可是，更让众官员惊异的是，皇太后非但没有惊恐、震怒，相反，她的脸上却现出少有的笑容，尽管笑容中裹藏着令人不解的自信。

待廷尉说完以后，皇太后即刻把手一摆：

"诋毁的妖言并不可怕。你越是要追查，它风传得就越快、流传得越广。我就要一个不闻不问，任其生、任其灭。"

相国王陵即站出来说："太后称制，早在几百年前就已经有过：芮姜夫人主政，曾使梁国由弱变强，最后战胜敌手。而芮姜夫人被后人永远纪念。再说，当年的芮姜夫人主政的仅是一个区区小国，而今，皇太后主政的则是泱泱大汉朝，无人可比。再者，皇太后以无比高尚的大德去珍爱民生，减税减赋，除灭三族罪、除妖言罪，这已经是前无古人高德大爱，确确可与尧舜并肩矣。小小一句讥讽之言，实不堪一击矣。"

王陵的一句话，博得满堂喝彩。

　　吕后听得很认真，且十分满意。她说："妖言是见不得阳光的。黎民人人心中有杆秤，当妖言一遇到现实时，则不击自破。"

　　于是，废除妖言罪被废除。

　　相国王陵正大光明地支持皇太后，很受吕后的青睐。可是，随后发生的事，竟然将相国王陵几乎推到悬崖边上去了。

十九　白马之盟不足畏，江山还需自家扶

当吕后击败了王陵并把他削职之后，她心中终于搬去一块大石头。

照理说，这时她完全可以放手封吕氏人为王了。不，吕后并没有这样愚蠢。她在给一班老臣晋封时，首先在不经意之中，带出吕泽，这位早早死去的大哥，被她封为悼武王。

很好，满朝文武官员没有一人提出异议，更没有人公开反对。

吕后连发几道诏谕，令天下人大惊、大喜。就连那些讥讽她是"牝鸡司晨"的人，也不得不颂扬其大恩大德。

吕氏掌握了京城兵权，吕氏进驻宫中，掌宫事。吕后终于感到身心安宁、舒坦。她不须再为自己的安全而烦心，没想到辟阳侯审食其却有些惴惴不安起来。

"为什么疑神疑鬼？有人要算计于你？"吕后很是不解。在宫中，她面对辟阳侯询问。

"不。我是怕我日后再进宫里来，有吕氏人当权，我无法再接近你的身子了。"

吕后一听，方才醒悟，不免哈哈一笑："大可不必，大可不必。这些吕氏中人在宫里，我早已把你的名字说给他们知道，谁也不许查问阻拦。但有敢为者，我必严惩之。放心吧，我这里的大门，永远是朝你敞开的。你尽管来吧。"

说罢，她很有些动情，于是二人相拥滚进红罗帐之中。在一阵温存之后，吕后问："世上的人对我如何评价？还说牝鸡司晨吗？"

"不，不。再也没有人敢这样藐视太后娘娘了。反而是，无人无时不在颂扬太后娘娘的功德，有人还要为太后娘娘立上一块大大的功德碑，并建造一个大大的牌坊，或是制成一个大鼎，把太后娘娘的功劳大德，全记在上面，让后代人永远纪念，永远思记不忘。"

吕后听得很是专心，脸上的喜色把脸颊染得绯红。

"太后娘娘，在下有一心事，不知能否讲出？"

"但说无妨，为何在我面前还不敢直言？"

"当下，虽然吕氏掌握了京城兵权，进入宫中，但是，应该封吕氏人为王，这样才能显示吕氏的风光。"

"正合我意。我已做好打算，下一步即可封王侯。不过，不知是否有人从中作梗。"

"这样的不知好歹的人还是有的。不过，太后娘娘尽可放心。这样的人只是少数。"

"但愿如此。不过,我是不希望有这样的人出现,虽然他们螳臂当车,但还是没有的好呀。"

果真被审食其言中了,这样的人真有,而且是朝中的一品丞相——王陵。

这一天早朝后,吕后独问王陵:"朕欲晋封吕氏族中人为王,如何?"

她心中想到:王陵右丞相在上次的朝堂上,为了我称制之事,极力支持,引经据典。今天,他一定会顺着我的思路,全力支持我的。

她想错了。这次,王陵一下子站到吕后的对立面上去了。他听罢吕后的问话,便不遮不掩,直抒胸臆:"皇太后所言之事不可。当初,高祖帝的白马盟誓,说得清清楚楚:为王为侯者必刘氏中人,非刘氏人为王者,天下人必击灭之。皇太后圣明,不会不懂'白马盟誓'吧?"

吕后心中像遭冷霜,一时无法还言,脸色十分阴冷。为了缓和局面,她只好又转向左丞相陈平,问了同样的事。陈平的回答,让吕后心花怒放。

"当年,高祖帝率军南北征战打天下,所以,要把天下的土地分封给刘氏中人;今天,皇太后称制坐天下,将王、侯大任分封给吕氏中人有什么不可?这是情理中的事情,臣赞成。"

吕后越听越高兴。陈平说完以后,她又回头问太尉周勃,她也想听听这位深得高祖信任,深受朝中人尊敬的军中的大人物的话。如果他说的话跟王陵一样,自己心中就要再次好好盘算一下,如果他说的话跟陈平一样,自己尽管颁诏下旨。

周勃听到吕后的问话以后,没有思考,没有犹豫,他说的话跟陈平的言语如出一辙。

吕后惊喜不已。她故意把脸转过去,对着王陵,有深意地看了又看,好像在说:你全都听见了吧,他们是完全支持我的。为什么只有你才反对呢?你心里好好想想吧。

王陵心里确实很不明白,也很气愤。但是,在朝堂上,他没有再多说一句话。

下朝以后,王陵气得连饭也没吃,呆坐家中生闷气。

王陵本为沛地一豪强,对待刘邦像亲兄弟一样,每当刘邦向他伸手时,王陵必会用金钱满足他。后来,当刘邦点兵举事后,王陵也随之响应,自带几千人,一路拼杀,最后占领南阳。其后,当刘邦被封为汉王以后,率兵在南阳与项羽作战时,王陵才认准,刘邦能干大事,将来的天下一准是刘邦的,为此,便率兵投靠刘邦。本来,那时的项羽一直在争取王陵,让他投入楚军怀抱。后来,看到王陵投汉,项羽很是恼怒,他便把王陵的母亲抓到军中,企图让王陵叛汉降楚。王陵的母亲当然也知道项羽的心意,于是便对前来与项羽交涉放人的汉使者说:"回到汉营,告诉我儿子,好好跟着汉王闯天下,汉王得人心,天下必为汉得。他勿要因为我在楚营而有二心。今天,我要以死和你们道别。"说完拔剑自刎。王陵母子二人忠于刘邦的事,每每在人们口中传说。后来,高祖帝临终前,曾经明示,曹参以后,王陵可为相国。

"我如此忠于汉室，为何不得吕氏信任？"

王陵心中也明白，由于自己的脾气耿直，说话直来直去，从来不会拐弯抹角。今天在朝堂上所发生的事，必然会得罪皇太后，自己日后非但得不到晋升，反而会被削职降官。

"不管如何，我必要按高祖帝的'白马盟誓'来说话、办事，要不，怎么能对得起高祖帝？"

最让他感到气愤和不可思议的是：陈平和周勃今番为何如此逢迎？

他越想越生气，于是立即驱车赶到左丞相陈平府上，真是巧得很，太尉周勃也在此。于是，王陵便当面责问二人："当年白马盟誓时，二位都在，并随高祖帝歃血为盟，立誓永远履行。可是，高祖帝刚刚去世不久，你两个就背信弃义，刻意迎合皇太后，并说皇太后封吕氏人为王为侯是天经地义的。此话怎讲？你们两个人的良心何在？将来到地下，有何面目见高祖帝？"王陵越说越激动，气得面唇发青。

可是，陈平、周勃二人听了不但不气，反而还有些喜形于色。陈平说："今天，在朝堂上，你敢当面顶撞皇太后，其志可嘉，单说这一项，我二人真不如你。可是，最终保我汉室、安定社稷，你还真不如我二人了。"

王陵更气："这是什么话？今天已经在皇太后的面前妥协了，怎么还能等到以后？以后是什么时候？"

看见陈平、周勃二人不说话，只是暗笑，王陵气得把头一扭，深深叹了口气，转身走开。

临走时抛下一句话："高祖帝，你为何偏偏让我来当丞相？"

陈平紧随上去叮嘱一句："相国莫气，气恼伤身。"

当天夜里，长乐宫里显得特别热闹，有歌有舞有宴席。吕氏中人一一上前给皇太后敬酒祝福。

当审食其走过来时，吕后很神秘地朝他一笑："辟阳侯不久又要高升了。"

审食其忙高高擎起手中的酒杯，恭恭敬敬地跪下，大声说："太后娘娘圣明，太后娘娘万岁，下官愿为太后娘娘效犬马之力。"

"有这个心意就好，起来吧。"

第二天上朝，吕后便罢免了王陵的右丞相之职，并说："少帝面前需要一任太傅，王相国去那最合适。望你不要辜负了我的好意。"

王陵拜谢过吕后之后，当即退出朝堂回家。他心里当然明白：这就是顶撞皇太后的结果。明里是让他升官，暗中是夺去他的相国大权。

从此以后，王陵便称病不去上朝，几年后，便忧郁病极而亡。

当吕后击败了王陵并把他削职之后，她心中终于搬去一块大石头。

照理说，这时她完全可以放手封吕氏人为王了。不，吕后并没有这样愚蠢。她在给一班老臣晋封时,首先在不经意之中,带出吕泽,这位早早死去的大哥,被她封为悼武王。

很好,满朝文武官员没有一人提出异议,更没有人公开反对。

接下来,吕后又封了一个异姓王——封自己的女儿鲁元公主的丈夫张敖为鲁王。张敖虽是吕后的女婿,但他毕竟是异姓人为王,毕竟践踏了高祖帝生前制定的铁律——白马之盟。

但见,整个朝堂上风平浪静,仍然没有一个人出来反对。

为了能够换来官员的称赞、颂扬,接下来,吕后又给一班老臣加官晋爵。

她颁旨,晋封陈平为右丞相,而左丞相一职便留给了辟阳侯审食其。

第二天夜间,左丞相审食其进宫后直奔吕后房间,他为了表示答谢之恩,奉献给吕后一套全金首饰和上等的玉佩。吕后看了很是欢喜:"好,好,你没有忘记我的恩泽,好。"

审食其便在吕后面前大献殷勤:"太后娘娘尽可把吕氏中人一一封王,我审食其双手赞成。"

吕后只是淡淡一笑:"莫急,待我把这一班刘氏人的王位定准以后再说。"

审食其有所不解:"刘氏人中哪还有没封王的人?"

吕后很无奈地摇摇头:"我心中很是不想给刘氏的人晋封,可是不走这一步棋,下面给吕氏人封王就会很有阻力。难呀!"

第二天早朝,吕后首先晋封齐王刘肥的儿子刘章为朱虚侯,并将自己的侄子吕禄的女儿许配给刘章为妻。

朝堂上一片肃静。

接着,吕后又将死去的惠帝生前与宫女生下的五个儿子(前少帝例外)晋封为两王三侯。

朝堂上的百官无不叩首称颂。

在阶下等候吕后为诸吕封王的审食其,感到很失望。

当晚,回到宫中时,审食其首先问起此事。

吕后则笑而不语。愈是这样,审食其愈是摸不着头脑。吕后笑罢,才揭开秘密:

"给诸吕封王的事,已经水到渠成。这是我求之不得的事儿。但是,此事若能让朝中大臣率先奏本,请求我为吕氏中人晋封王侯,岂不更好更妙吗?"

审食其恍然大悟,立即下跪叩拜:"太后娘娘圣明,下官愿为此事奏本。请太后娘娘恩准。"

"好是好,不过应该再多找几位才好。而你就不必风头太甚,刚刚升为左丞相,来办此事,必有人多嘴。"

"太后娘娘圣明。明日,下官可联系几位朝中官员,必把此事办妥。"

几日后，吕后接到五位大臣的联名奏本，当即封了她兄长吕泽之子、她的侄子吕台为吕王，割划出齐王刘肥的又一块领地济南郡为吕国。

朝堂上除去拥戴的欢呼声，无一人反对。

吕后高兴得简直能跳起来。她跟随刘邦几十年，受苦受辱受煎熬，争宠争爱争太子，为的就是这一天，为的就是用手中的大权为吕氏中人寻到一条通往王侯的道路。

今天，终于实现了。她怎么能不兴奋？

然而，令她万分遗憾的是，吕台无福无命，登上王位之后，仅仅数月便病死了。

无法，只得让他的儿子吕嘉继位为王。

但是，吕嘉目无法纪，专横跋扈，最终激起民愤。吕后不得不将吕嘉废去，改立吕台的弟弟吕产（吕泽的儿子）为吕王。

吕台夭折，吕嘉被废，大大伤了吕后的心："难道吕氏命中注定不能为王吗？"

说归说，想归想，一心为吕氏封王而绞尽脑汁的吕后，并不甘心，她时时刻刻在窥测风向，观察各个王位的人物的心态和动作，一心要达到自己的目的。

就在这时，看到吕氏中人——为王，身为吕后妹妹的吕媭，似乎也不甘落后，几次入宫，向姐姐讨封来了。

舞阳侯樊哙很是看不起妻子的行径："你本一侯眷夫人，无能为无功劳，眼下为何也跟着凑热闹？"

吕媭根本不买樊哙那一套："当王当侯只有你们男人的份吗？呸！看我姐姐，不是面南背北的女帝王吗？她能当权，我就要来讨封。"

吕媭的努力没有白费，姐姐皇太后没有忘记她，更没有驳她的面子，当即封了她为临光侯，接下来，封吕他为俞侯。

封吕更始为赘其侯。

封吕忿为吕城侯。

就在吕后为大封诸吕费尽心思时，一名宫中的女亲信向她报来一个惊人的噩讯："少帝有叛反之心。"

原来，馥玉和惠帝的儿子生下之后，只有三岁多的光景，便被吕后扶上皇帝的宝座，被称为少帝。名为皇帝，但朝中一切事情，均为吕后一人掌控。少帝每天只是待在后宫，看书受教育。随着他一天天长大，对宫中的事也一点点有所了解。开始，每当他要母亲时，皇后张嫣便准时出现。但是，在这位年少的母亲身上，少帝根本无法得到母爱，而这个只比自己大上七八岁的女孩更没有做母亲的德容。久而久之，从宫女、侍婢处，少帝得到一个确凿无疑的消息：生母馥玉是被皇太后给毒死的。

事情很是偶然，那次少帝被几位宫女带到一片花圃边，看到一朵朵盛开的争奇斗妍的鲜花，少帝欣喜蹦跳，他先后在花圃中摘下几大朵鲜花。一个宫女悄悄来到他身边，小声问："这花香不香？"

少帝把鲜花放在鼻孔上，狠狠吸了几口香气，说："香，香，我从来没有闻过这么香的鲜花。"

那宫女听着，竟然哭了，泪水怎么也止不住。

少帝惊愕，连连追问，那宫女起身往四周看了几看，确认没有发现人影时，才悄悄告诉少帝："这是你母亲生前亲手栽下的鲜花，儿子闻着怎么不香呢？"

少帝不解，忙问："我母亲每天在我身边，怎么能说'生前'之话呢？"

宫女早已泣不成声："你亲生的母亲死去了，这个活着的是你的后母。"

接下来，这个宫女便详细告诉少帝，亲生母亲的容貌、身材、嗜好。

"能告诉我她是怎么死去的吗？"

宫女一下子变得惊恐不安起来，她知道自己的话若被传到皇太后的耳朵里，自己则会被碎尸万段。于是，她当即大跪在少帝面前，再三哀求："皇上圣明，奴婢口出狂言，罪该万死。望皇上宽恕，别再来追问奴婢了。"

少帝年纪虽小，但很有城府。于是他再也不去追问，更不把自己已经知道的事告诉给任何人。

此后一段时日，宫中很是平静，但是压在少帝心中的谜，久久没有解开。

一天，少帝让另外一个宫女带他散步，故意走到这片花圃边。少帝便有意询问这片花圃的往事。在这个宫女的口中，少帝也得到同样的故事。

于是，他先请教自己的太傅，王陵没有去任教。另一位太傅根本不知道内中详情。苦恼的少帝只有去询问身边的母亲。少帝感到很奇怪，每次询问她，都被她用各种借口给搪塞过去。至此，少帝确认自己有一个亲生母亲死去了。为了把这件事搞清楚，他每天下午都要找一个宫女陪同，只有一个目的，就是找到一个敢于把她知道的真实情况说给他听的宫女。开始，这些宫女几乎是一个口径，都不肯说出真相。于是，少帝也不急于问出实情，他只是闲聊些别的事。当他与宫女说得火热的时候，他突然间提出："那个叫馥玉的嫔妃不就是死在这儿的吗？"

那个宫女急忙说："不。不是在这儿，是在皇太后的房间里喝的甜粥，里面被放了毒药，只喝一口，馥玉妃就倒在地上。接着被拉出去了。"当她把这番话说完以后，才知道说了不该说的话，吓得哭了起来。她怕皇太后知道了以后，会同样用毒药把她给毒死的。少帝很小心地小声说："你别怕，只有你我知道此事。不要怕，皇太后她绝不会知道的。"

就是用这样的方法，少帝前前后后询问了二十多个宫女。她们叙述的情况如出一辙。

少帝终于明白了自己的身世。

从那时起，对眼前这位年轻的母亲，他阳奉阴违，不予公开反对也不当面对抗。

结果，张嫣皇后对这位少帝，深也不是，浅也不是，只能任由他的性子。

从那时起，几乎每天黄昏，少帝都要来到这片鲜艳的花圃里，先是出神呆呆看着那一朵朵五颜六色的鲜花，接着，便跪在花圃前，轻声哭泣。有时，为了不惊动皇后和皇太后，他仅是默默地啜泣，直到泪水湿透前襟，他才缓缓站起来，面对火红的夕阳，咬着牙狠狠说："我不杀老贼，誓不为人。"

少帝的这种行为，最初是被吕后的一个亲信察觉到的。她奇怪这个年纪小小的皇帝，为什么每天下午都跑去那个花圃前转一遭，待上一个时辰呢？于是，她便在暗中跟着，并躲到一旁，静静观察少帝的行动，并仔细听他独处时说出的话。连着三个黄昏，一直是重复这种行动，重复那几句话。

第四天，吕后的这名亲信，便故意装着从花圃边路过偶然发现了少帝。于是，她便装成很亲近的样子，上前刻意攀谈。结果，少帝一时放松了警惕说："皇后并不是我的亲娘，我的亲娘名叫馥玉，是被皇太后给毒死的。今天，我年少无力，待我日后长大成了气候，掌握大权，必要杀了皇太后，为我生母报仇。"

这个亲信很是惊讶，她立即把此事原原本本报告吕后。

吕后倒抽一口凉气："你先去查查，看看是哪个宫女泄密的，我要好好款待款待她。"

后来，让她感到惊奇的是，曾经有二十多个宫女带着少帝到花圃前。但是，到底是哪一个泄密的，一时无法辨清。吕后一气之下，把这些人全部关进永巷里，又换了一批新人。而被关到永巷里的宫女，一个个被折磨死去了。这时，吕后才把少帝叫到自己面前，很亲热地把少帝拉到自己的怀抱里，用手摸一摸他穿的衣服是厚是薄。于是她轻声问少帝："你知不知道我是你的亲奶奶？"

"知道，我还知道是你害了我母亲的性命。"

"那是别人编出来的骗人的瞎话。不相信，你还能再找出一个人来证实那件事情吗？"

"那你能找出一个让我相信你的话的人来吗？"

吕后怎么也不会想到少帝小小年纪竟然能有如此辩论的头脑和口才。她感到很吃惊、很害怕。当天夜里，就把少帝关到永巷里去了。并让亲信的人守候，不许任何人去探望。而后，她在群臣中散布说："少帝是中了邪症，太医也不能治好他的病，只能让他长年休息了。"同样，在一个雨后黄昏时刻，吕后命亲信把少帝毒死。

一个月以后，吕后再立刘义为"后少帝"，更名刘弘。

满朝百官皆伏地大拜，异口同声说："皇太后为汉室社稷、为天下黎民，劳苦功高，天下皆知。我等一心拥戴皇太后，一心听皇太后诏谕。若有异心，天地诛之。"

直到此时，吕后才吁出一口长气，若不是及早发现少帝的心思并除之，险些坏了大事。

从此，她对刘氏中为王者，无不于暗中密切关注，只要发生点滴可疑之处，她必追查下去，且一查到底。

被晋封为左丞相的审食其，自从上任以来，显得特别精神，且十分卖力。由于他主管宫中事，他把吕后居住的长乐宫整个儿翻修一新，添了许多奇花异草、珍鸟神鱼、水榭亭台、假山名石，使整个长乐宫变成一座人间天堂。

此外，审食其又花大力气、大工钱，把温水泉池建造得更为精致、灵巧。竣工以后，审食其特意带上吕后，走进这座堪比西瑶池的温泉中。吕后高兴得一直合不拢嘴，她脱光衣服，走进只能容两个人的一座小温泉池中，那水温暖可心，躺在里面，真如躺在被褥里一样舒心。

在温暖的水池里，吕后跟审食其紧紧相抱，一刻也不放松。

"这是在梦中吗？"吕后悄悄问一句。

"太后娘娘，这是在温水泉的鸳鸯池里。"审食其的嘴贴在吕后的耳边小声回答。

"这是在西王母娘娘的瑶池里吗？"吕后甜甜地问着，她感到自己像腾云驾雾一般。

"不。这是在我给太后娘娘建造的温水泉的鸳鸯池中正快活着哩。"

足足过了一个多时辰，宫女们才小心翼翼地把嘴巴贴在门洞上小声问："太后娘娘……"

"进来吧，你们把我抬出去吧。"

门洞大开，四个宫女小心翼翼地把温水池中的吕后抬出来，但见她，身躯洁白，面目绯红，一双凤眼半睁半闭，依然处在温馨的快乐享受之中。

她依偎在审食其的怀抱里时曾经问他，为什么能够想出如此绝妙的招儿，审食其说："因为我心中只有太后娘娘一个人，我无时无刻不在为太后娘娘着想。"

吕后听着，激动得双眼潮红，几乎流下泪水。她紧紧抱住审食其说："还是你好，我忘不了，永远也忘不了你。"

从那以后，每隔三五天，吕后便要来到这里沐浴一次。每次前来，必须由左丞相审食其陪同。他二人在鸳鸯池中足足享受一番之后，才恋恋不舍地走出温泉水池。

一次，吕后与审食其俱赤身浸泡在温泉中，审食其耳语："太后娘娘，下臣有一事不知该不该讲？"

"在这里什么话都可以说。"

"太后娘娘称制，依下臣看，何不登基当女皇？天下人无不跪拜称颂。"

"你看我当下算不算皇帝？"

"是皇帝。只是，只是名声……"

"那个虚妄的称号，对我来说，只有坏处，没有好处。"

吕后嘴里这么说，但内心里她何曾不想当一个名正言顺的女皇呢！其实她心虚，不敢。

因为高祖帝的"白马盟誓"就把这个阴谋给斩断了。即使她用权势高压，也不能封住百官群臣的口舌。再则，那一班跟随高祖帝打天下的老臣、重将，虽然有人不在了，但大多数的人仍然健在，他们完全可以联合刘姓家族的人把她驱赶下台。

这一切，吕后无不想了又想，虑了又虑。

最后，才用称制一词，既堵住众臣的口舌，又能担当、行使皇帝的大权，何乐而不为？

吕后最后对审食其说："往后，这话千万别再说出，对你、对我都不好。能记住？"

"太后娘娘的话，我谨记在心，永志不忘。"

当年，吕后害死赵王如意以后，便把高祖帝的第六个儿子——淮阳王刘友派赵地，接任赵王。吕后为了笼络住赵王刘友，就把吕氏的一个女孩子，许配给赵王刘友为妻。这样做，不但能加强刘、吕两家的联系，更是为了让吕氏家族中的人，多出一个王后、皇亲。

可是，赵王刘友的王后，自感到有吕后的荫庇，又有吕氏中各位掌握军权的人撑腰，她根本不把刘氏看在眼里，时不时还想管住这位王爷。生来颇豪放的刘友，从来就看不起这个吕氏王后，因为在她身上缺少女性的温柔和淑贤。于是，从她刚一进宫，就早早疏远她，根本不把她看在眼里。这个王后的心里非常受压抑。开始，她多是用笑脸去迎接赵王，并用十分的温存去体贴、感化赵王。因为人心都是肉长的，刘友很快就改变了初衷，慢慢对王后好了起来。可是，这王后一旦取得了小小的情爱，又放肆起来。从此，刘友再也不看王后一眼。

可怜的王后，在无所适从时，便是大骂大吵，一心想把宫中的事闹大，以此来羞辱赵王。刘友偏偏不买她的账。王后越骂，他越是跟嫔妃如胶似漆，他要用这种方法扑灭王后的嚣张气焰。

无法，王后只好用哭泣去软化赵王的心。

赵王刘友再也不去理会她了。"你就是把黄河里的水哭干，我的心也不会再改变。"

赵王刘友在众多嫔妃中，独爱一位名叫雪雁的妃子。此人心性单纯善良。赵王刘友在她身上尽得女性的温柔，二人终日厮守在一起，形影不离。

一次，雪雁对赵王刘友说："王爷陛下，你心疼奴婢，也要关爱王后。如不，日后会酿成祸害的。"

"王者爱女人，是因为这女人值得王爱。让大王去爱一个心地阴险的女人，勿如死矣。"

赵王刘友说的话很干脆，直截了当。

不巧，这句话传到王后耳朵里，恰似一把钢刀，直插王后的心中。

就这样，二人的情分越来越疏远。

按惯例王后一年回一次娘家，她却感到无颜去见父母。婚后几年，她仍然未能有孕。越是这样，娘家人越是关注。每次回到娘家后，母亲总是问了又问。到后来，只能唉声叹气，无计可施。

最后，这个王后决定上京城，直接把心中的委屈告诉给皇太后，让她为自己做主。

吕后听说以后，便把这个吕氏中的女人臭骂了一顿："无用的小辈，一个女人为何不能去取悦男人？回去，你自己想办法去。"

两头受气的王后，回到赵国以后，越想越窝囊，自己关上房门，又痛哭一场，几乎要上吊自尽。

最后，她慢慢醒悟：与其我死，不如你死。我若能看到你死去，心中才叫痛快。

但是，用什么方法才能把这个赵王处死呢？他手中有臣、有将、有兵，用武力，我当然不是他的对手。最终她决定用最最恶毒的话去告状，让皇太后去惩办他。

于是她又一次进京来到长乐宫跪在皇太后面前，没容她开口，吕后便先问："赵王对你如何，比以前好多了吧？"

这个吕氏王后用力摇头："没有，根本不好，比以前还坏。"

"为什么？你只管讲清楚。"

"回皇太后娘娘的话。赵王刘友不是不跟我好，他压根儿就看不起咱们吕氏中人。"

"此话怎讲？细细讲来。"吕后有些专心了，但凡遇到吕氏的大权归属的事，她向来不糊涂。

"回皇太后娘娘的话，他说，他说……"

"他说什么？你快快讲！"

吕氏王后的心里突然感到害怕起来，当她听到吕后的口气时，知道事情严重，此时，她再想不说也不行了，于是只好把原先准备好的诬陷赵王刘友的话讲出来：

"回皇太后娘娘的话，这个赵王刘友说：'姓吕中人为何能当朝称制？但等太后百年之后，我必要领兵杀到京城，灭掉吕氏族人。'"

吕后嘿嘿冷笑一声："朕且问你，这话是否当真？你是在哪听到的？"

吕氏王后只得顺着原话一路编下去："回皇太后娘娘的话，此话当真，奴婢在宫中亲耳听赵王刘友所言。"

"此话是与谁在一起说的？"

"回皇太后娘娘的话，此话是他跟那个叫雪雁的妃子一起说的。奴婢想，赵王刘友不与奴婢一心，就是因为我姓吕的缘故。"

吕后把脚一跺，大叫一声："这个黄口白牙的娃娃大胆！他敢造反？"

吕氏王后万万没有想到，这句话竟然一下就点到穴位上。她心里七上八下，呆站在一旁。

吕后大封诸吕,为刘、吕联姻,说到底就是为了吕姓族人能掌大权,过上无比尊贵的生活。别人对此不满,是她早已意料到的。但是如此狂妄的言语还是她最不愿意听到的。这就是大逆不道的叛反朝廷。他敢蔑我、辱我,对我称制当权是莫大的敌视和威胁!

可是,自从吕后称制当权以来,汉室正步入一个海晏河清的大好时期。北方匈奴不来侵犯,各国诸侯相对安然,百姓终于远离战乱之苦,安心稼穑。由于她下旨废除了灭三族的酷刑和废除妖言罪之后,广受百姓拥戴。为此,各地杀人越货者少有发生。

这几年吕后的日子好过,心情也高兴。

"为什么我掌权,偏偏有人不高兴?为什么天下百姓生活富裕安定,有人却不睁眼看事实?为什么刘姓人偏偏想从我手中夺权?"

"好,你敢敌视我,我必杀之!绝不能手软!"

吕后称制七年正月,她下旨,召赵王刘友进京。临走前一天,赵王刘友的爱妃感到心中惶惶不安。刘友接旨后,她私下告诉刘友:"皇太后召你进京,恐非好事,最好还是不去。"

赵王刘友心地很坦然:"大王我对皇太后从来是尊敬崇尚,从无有异心,她为何会害我?"

"如果皇太后偏信别人谣言呢?或是遇上别有用心的人诬陷你怎么办?"

"谁?你是说王后吧?不会。不会。我只是对她疏远,从来没想过加害于她。她为何会狠心害我呢?爱妃不可多心才是。"

最后,雪雁见无法说服赵王,只好说:"大王进京以后,必先知会奴婢,让我安心才是。"

赵王刘友满口应允。于是,他命宫中人给皇太后备了一份厚礼,便兴冲冲驱车西进长安城。

看到赵王刘友高兴出发以后,雪雁仍然心中不安。于是她暗中找来刘友的一名亲信,让他乔装成商人,暗暗随赵王刘友一同入京。

赵王刘友进京时,在城外只有一名小吏接他。把他带进一处官邸后,便有众多御林军把官邸重重围上。赵王刘友随车带去的厚礼早被送入长乐宫。

从此,赵王刘友便被软禁于官邸之中。

那名乔装成商人的亲信,只得快马赶回赵地,把所看到的真情实况,一五一十全说给雪雁听了。雪夜之中,雪雁用一条白绫上吊自尽了。

直到这时,赵王刘友才记起爱妃雪雁的话。不用猜,准是那个吕氏王后诬陷所致。

可怜,赵王刘友不是仅仅软禁,而是不给他食物和水,吕后一心要把他饿死在官邸中。否则,不能解她心头之恨。

第一天，赵王刘友还心怀气愤："为什么把我召来，又不见我？"

于是他几次大呼小叫，皆无人答应。虽然门外庭院中到处是兵卒，但一个个却似木头一样，没有一个理会他。

自幼衣来伸手饭来张口的赵王，今天才知道什么是饥饿。刚开始，他只感到肚中肠子咕咕叫，心中还能受得住。

同时，他还有一个幻想：皇太后还是慈祥的。她准是听信王后的谗言以后，心中有气。她就是要用这个下马威来惩罚我，把我饿得实在撑不住劲时，她一准会把我放出去，再狠狠把我骂一通之后，让我吃饭，最后把我放回赵国去。

可是，这个惩罚好像无头无尾，迟迟过不完的明天，迟迟不见佣人送酒送肉送茶水。三天过后，赵王刘友已经被饿得头发昏了，身上的力气似乎全用完了。于是，他把扶着墙壁，来到门前，悄悄把腰间的一块白玉璧，丢给门外的一个兵卒。天黑时，果然，这个兵卒便偷偷送给赵王刘友一个白面馍馍。他接过手中，头也不抬，转眼间吞得干干净净。那个馍馍的味儿是他从来没有尝过的香、甜。当他正在思虑着再用身上的器物换食物吃时，只见门前来了三个御林军卒，把那个私自送馍给赵王刘友的兵卒，打倒在地，一刀砍掉那人的头颅。

至此，赵王刘友心中的一切幻想，全灰飞烟灭了。他似乎感到死神已经来到眼前。

他无力地躺倒在地上。他腹中无饭食，身上倍感寒冷。正月的天气，北方袭来的寒流，一股接着一股，北风怒吼，一阵冷雨之后，大雪随之纷纷飘来。饥寒交迫，令赵王刘友如万箭穿身。

此时，突然有两个黑影来到窗下，随之，三个馍馍从窗口投进来。

赵王刘友不问不说，抓过冷硬如石头的馍馍大口大口嚼起来。正在此时，又有几个军卒奔来，把偷送馍的两个人一齐砍杀在门前。待天亮时，他才清楚看见：死去的两个人，是自己进京时带来的官员。

仿佛一切通往活路的路口，全给封死了。而那条通往地狱的路，正摆在面前。

此时此刻，赵王刘友完全醒悟了：皇太后召他进京，就是要把他处死的。这个死不是一刀毙命，而是要残酷地折磨死他。

多么歹毒的皇太后呀，你还算是人吗？

被饥寒折磨得几近咽气的赵王刘友，再次想到传言：上一个赵王如意，被她用毒害死，而其母亲被迫害成"人彘"；他想到齐王刘肥仅为一次谦让座位，在家宴上险些吞下她送上的毒酒。这样的毒蛇还能活到什么时候？

于是，赵王刘友用仅有的气力，愤愤唱出一首自编的楚歌：

诸吕用事兮刘氏危，

迫胁王侯兮疆授我妃。

我妃既妒兮诬我以恶，

247

谗女乱国兮上曾不寤。
我无忠臣兮何故弃国？
自决中野兮苍天举直！
于嗟不可悔兮宁蚤自财。
为王而饿死兮谁者怜之！
吕氏绝理兮讬天报仇。

由于赵王刘友愤怒至极，他用力气一连唱了两遍。最后，有气无力，掉下两颗泪珠，便撒手人寰，命归西天。

第二天，当吕后得知刘友已死，便命人把这个赵王拖到城外的一片乱坟岗，草草埋下了事。

接着，她把吕氏王后召来："怎么样，我已经把赵王刘友饿死了，你总该满意了吧？"

吕氏王后哭了："回皇太后的话，奴婢只想着能狠狠罚他一下，没想到会把他饿死。"

吕后气得吼一声："滚！无用无能的东西！"

就在赵王刘友被吕后饿死以后，只过了短短半个月，吕后下诏，把赵王的勋位又封给刘友的哥哥刘恢。

刘恢的王后，是吕产的女儿，而吕产则是吕后的亲侄子。吕产的父亲是吕泽。在吕后的荫庇下，吕产被封为交侯，后又封为梁王，并官拜相国，其势炽烈。刘恢的王后在得知前赵王刘友被皇太后给活活饿死以后，她十分得意地试探刘恢："你弟弟刚刚被皇太后给处罚饿死，你知道为什么？"

刘恢很茫然地摇摇头："不得而知。"

那王后笑得很瘆人："就是因为得罪了我们吕氏的王后。往后，你可要给我小心点儿，不然，犯到我手上，我也会请皇太后惩治你。"

刘恢很无奈地看了王后一眼："你只管放心好了，我绝不会等到皇太后惩罚的。"

"你……"王后看到刘恢走开，气得直跺一脚。

由于王后自恃有皇太后和吕产作后台，她时时想压制刘恢，不许他有任何反抗。同时，在刘恢身边派有亲信监视他，稍有不轨，便会上报。

刘恢平日在读书之余，酷爱音乐。美妙的歌声，常常使他沉醉在无限美好的境地之中。

正因为刘恢爱乐曲，宫中一个嫔妃最会唱歌，那副动听的嗓音，每每让刘恢神魂颠倒。为此，两人结下恩爱情缘，早晚同伴，互相唱和。可是，没过多久，王后把刘恢狠狠训了一顿："你身为大王，不潜心理政，每日只管张嘴野叫，这怎么能不辜负皇太后对你的信任呢？要是再这样唱下去，我叫你尝尝我的厉害！我是说到做到的人。"

刘恢从来没有把这个女人放在眼里，她说的话更不放在心上。他心里想，我作为赵国之王，管理我的国家，不要你在一旁指指点点。我跟嫔妃同唱同乐，你更不能指手画脚。于是，他跟往常一样，从不拘束。

一天，这位嫔妃流着泪水跟刘恢告别："大王，往后你就把我给忘掉吧。"

"为什么？在赵国这片土地上，有谁敢动你一个指头，我就先杀了他。"

"是王后不许我再唱歌，也不许我再跟你在一起。要不……"

"要不怎样？她敢！你只管安下心来就是。"

刘恢虽然这样说了，心中也已经有了警惕。为了不失去他的爱妃，便在暗中经常陪伴。同时，他身上时时佩着一把宝剑，以防不测。

没有想到，这个王后竟然真对嫔妃下了毒手。在一个暴风雨的夜晚，王后亲自带上几个亲信，赶到那嫔妃的房间，正要下毒手时，突然一个闪电乍起，惊雷中，赵王刘恢正站在面前。

王后知道刘恢早有准备，很是恼火。她愤恨地指着刘恢大叫："好，有种的咱就走着瞧吧。"

半个月后，赵王刘恢宴请百官，并让他的爱妃歌唱，场面很是热闹。王后今儿似乎很高兴，她起身为下臣斟酒，相国很惊讶："礼数上是不能劳累王后的，群臣要向您敬酒。"

"文武百官为汉室社稷献计献策，有功者就必须受敬才是。"说着，她全神贯注听那嫔妃唱歌，那歌声把所有人全给吸引过去了。大家不光用耳朵听，更是用双眼注目欣赏她的美容丽貌。

赵王刘恢心里更是高兴。爱妃在大庭广众中亮相并受到众人的欢迎，他仿佛也感到十分的荣幸。再者，他看到王后今天一改往日的凶相，并与他随行在百官中，一样受到人们的欢迎，这是他从来没有尝到过的兴奋心情。于是，他不知不觉喝得有些微醉。他听到官员中不时赞赏爱妃的美妙歌喉，便下令爱妃：

"唱，唱，难得的好日子，只管好好唱，本王有奖赏。"

正在这时，一曲刚好终了。王后让宫女捧着一只金碗，里面盛着刚刚沏好的菊花蜂蜜茶，来到唱歌唱得满头微汗的爱妃面前，恭敬献上："王后娘娘专为爱妃娘娘预备的菊花蜂蜜茶，请慢用。"

已经唱得喉咙冒烟的爱妃，没有迟疑，双手端起金碗一饮而尽，顿时一头栽倒在地上。当下人急急抬下去时，已经断气了。

宴席上群臣皆不敢大声说话，一个个低头走出去。唯有赵王刘恢在厅堂里傻乎乎地呆望着，嘴里喃喃，也不知道说的是什么话。

爱妃死后，赵王刘恢几乎每天都要到她的坟墓上去一次，先叩首，再烧纸钱，最后，在坟前大声哭起来。晚上，他便来到爱妃的床前，长久观望，直到深夜。

王后在大臣的宴会上，公开毒死赵王最喜爱的爱妃后，无人敢说一句谴责她的话。她那副洋洋自得的样子，令许多官员不敢正视她一眼。她那专横跋扈的凶样，令朝内的人连大气也不敢喘。她几次把刘恢喊到面前，指着刘恢的鼻子，大声呵斥："你是一个无用的人，知道是我杀死了你心爱的妃子，为什么还不敢把我杀掉？你不敢！你没这个胆子，就是把刀放在你手里你也不敢！真是无用至极的人呀！"

赵王刘恢的心在悄悄滴血。

有几次，他咬着牙，把宝剑抽出来，一心想去把王后杀掉。可是，终究还是泄了气。最终，他把宝剑丢在地上，一头栽到卧榻上大声哭起来。

刘恢最高兴的时刻是在梦中。

每天夜里，当他疲劳至极，倒在床上，只要把双眼闭上，爱妃便站在他面前，脸蛋是那样光鲜，手掌是那般柔软，她张口唱出的歌还是那样动人心弦。他只要一见到她，便紧紧拥抱住她，唯恐她再次不声不响走开了。两个人头对头、脸对脸，十分亲热地说着心里话。爱妃说："你看到王后把我毒死以后，为什么不为我报仇？"刘恢说："我一定为你报仇。可是每次把宝剑抽出来以后，我的心就打战，手脚又发软了。我，我不会杀人，我也不敢杀人。"爱妃说："我知道你是一个老实人，是一位心地善良的人。我死了以后，无人再跟你说知心的话了，无人再关心你的冷暖了。那个凶残阴毒的王后，说不定还会对你下毒手，你可要小心才是呀。"刘恢说："我早早跟王后说了，她要敢把我害死，一是她要守寡，二是我要变成厉鬼把她掐死。王后说她怎么能害死我呢？只要我一心听她的话，一心跟她好，她不但不害我，还要全心保护我。"爱妃说："你相信她的话吗？"刘恢说："除非太阳从西边出来。她是皇太后指婚，我不娶她，不把她封为王后不行。所以，才有今天的悲剧。"爱妃说："你虽然活在阳世，你的日子并不好过。不如你也来吧，来到这里，咱们两个天天在一起，唱歌弹琴，永远也不分离。"刘恢说："行，我去，我要跟你永远在一起。"

每次梦中，他两人说着同样的话，同样亲昵一番，最终不得不分离。

在阳世间，王后对刘恢竭尽辱骂、羞辱，刘恢只能忍气吞声，从来不敢反抗。

在阴间，爱妃一次次真心真意地邀请他，请他到那边去，一起过着快乐的生活。

阴、阳两间的情仇，阴、阳两间的颠倒，让赵王刘恢不知所措。最后他决心去到阴间寻找自己心爱的人。

于是，一天夜里，他提着宝剑，来到王后的床前，大吼一声："我要杀死你！"王后在梦中被惊醒。她看到刘恢气势汹汹举起宝剑，向她砍来。她大叫大喊，赤身裸体滚下床来，双腿跪在赵王刘恢面前，一再求饶。

刘恢手中的宝剑一直举在半空中，迟迟不落下来。最后，他大叫一声"我杀死你"，就把宝剑横在自己的脖颈上，用力一拉，便倒在血泊中，一动也不动……

吕后听到自己的孙侄女禀告事情的全过程以后，阴阴一笑："死了活该，死了他，阳世上就算少了一个无用的东西。"

因为赵王刘恢是为了自己心爱的爱妃而死的，这样的诸侯王死得毫无价值。于是，一气之下，吕后下令废掉了刘恢儿子的王位继承权，作为侄孙女的王后也灰溜溜地走下台了……

前后三任赵王悉数被杀，吕后仍无丝毫自责自谴之举。

一天，突遇日全食，中午，天下尽暗，只有闪闪的星光在半空耀动。

长安城里一片混乱，兵卒紧急集合，严守四门。统领南军、北军的吕产、吕禄严阵以待。城中街道上，许多人一手提着铜盆，一手用木棍敲之，以此造成巨大声势，一心想把偷吃太阳的天狗给赶跑，把口中的太阳重新吐出来，让光明回到人间。

身居长乐宫中的吕后，颇为惊惧："难道这是因为我杀了几任赵王，杀了戚妃，杀了许多人，上天特来惩罚我的吗？"

于是她把辟阳侯找来询问，审食其则说："太后娘娘尽管放心，您替天行道，称制汉室，大德大道，温暖人间。人人为您的功德而讴歌称颂，上苍只能全力保佑您，绝不会加害于您。"

"这一片昏暗又是作何解释？"

"回太后娘娘的话，这晦暗只是妖魔一时兴风作浪，妄图侵吞光明，下官以为，最终妖魔必败，光明必会重现。"

果然，日食慢慢过去了，吕后的心情渐渐好转。从此，她更加亲近审食其。

是年秋，吕后下诏，要代王刘恒继任赵王。

早在高祖帝十一年时，被封为代王的刘恒一直守在边陲之地。当时刘恒刚刚8岁，在母亲的陪伴下，便在这荒凉的地方扎下了根。其母，为高祖帝的一位很不起眼，相貌平平的嫔妃，只是因为她偶尔被高祖帝临幸一次，便生下了刘恒。由于这位嫔妃平日默不作声，处处谨小慎微，一直在吕后眼中为一名微不足道的小人物。在高祖帝崩逝以后，唯有她一人，被吕后放出后宫，去代地与儿子刘恒团聚。

今天，刘恒突然接到吕后的诏谕，让他去接替赵王。刘恒心中不免暗暗叫苦。他非常清楚：以前三位赵王皆被吕后害死在任上。此地，我绝不能去。于是，他立即写上一封言恳意切的上书，深表自己的心情：

"儿王恒，智拙力薄，无法承担皇太后的厚望。代地，虽边陲偏远，儿王恒乃宜在此地守势，执意为汉室守卫疆土。"

看到刘恒的上书，吕后认为刘恒无进入中原腹地赵国的野心，便对他颇为放心。

最终，代王刘恒以拙愚的面目，蒙过吕后的双眼，保全了自己的性命。

八月中秋，长乐宫里一片乐声飞扬。

如此大好的节日里，吕后心头没有一丝喜悦。她对眼前的一切都感到厌恶。她看到天上的太阳，好像时时与她作对，日头毒辣，让她终日流汗。她看到夜晚的月亮，阴惨惨，让她心生惧恐。

"哼，说我手段狠毒，帝王心地必要狠毒，不然，大权终会旁落。趁我活着的有生之年，刘氏中人，我会一一除之，我要为诸吕氏王侯扫清大道，日后掌权无大碍。"

当然，对那些听她的话，照她的诏谕办事的人，她还会予以提拔晋封。

齐王刘肥自从回到齐地以后，对她的话格外崇重，从没有二心。这样，吕后认为对他的儿子可以拉拢用之，这样也好挡住世人之口舌。

早些年，她把齐王刘肥二儿子刘章召来京城里，封其为郎中，专事警卫皇上的近卫将领，同时封其为朱虚侯。为了能有效观其心地诚不诚，又把吕禄的女儿嫁给他为妻。

此后，吕后又晋封刘章的弟弟刘兴居为东牟侯。

为此一举，左丞相审食其曾在朝中高声说："谁说皇太后只对吕氏人封王封侯？皇太后对高祖之后人更是格外宠幸，齐王刘肥的三个儿子就是最好的凭证。"

朝堂上无人与之对应，人人只是虚意假笑一番，心知肚明的事为何非要张扬出来呢？

表面上看，吕后对齐王刘肥的几个儿子很宠爱，因为刘肥的大儿子刘襄是刘氏宗族中势力最大的一个，同时，他也是受吕氏迫害最深的一个。他的领地，不断被侵吞；他的行为，从来都受到监督。虽然两个弟弟受封为侯，但仇视吕氏的怒火一直在心中越烧越旺。

早在当年齐王刘肥从京城逃回齐地以后，就把自己的遭遇，一一叙说给家人听了。

刘襄、刘章二人气得跳起来大骂吕后不是东西，早晚有一天必要吕氏中人头矣。

刘肥急忙制止，唯恐这些话传到吕后耳朵里。

刘襄正值血气方刚，身强力壮，对一切从不惧怕，他专门在人多的地方，对百官吼叫："我把话挑明，有胆敢在吕氏中挑火，我叫他全家头着地走路。有人胆敢在皇太后面前说我的闲话，我就叫他全家人血染黄土。"

他这一手还挺灵验，如此嚣张的话，终没有传到京城。

当弟弟刘章临去京城行职时，刘襄单单叮嘱他："老虎睡觉也要睁一只眼。对双口那一族人只可交言、不可交心。能记准否？"

刘章跪地叩拜："兄长的话吾已牢记，但看我的手段吧。"

刘章离齐地去京城，在吕后身边办事很是卖力气。大事小事，全办得很妥帖，曾几次得到吕后的表扬、奖励。后来，在晋封刘章为朱虚侯时，吕后便作主，把侄子吕禄之女说给刘章为妻。

婚后的一天夜里，朱虚侯刘章突然从被窝里跳出来，接着，把赤身裸体的妻子一把拖出来，妻子大惊，出口就骂刘章。刘章不理，乃大睁双眼，口吐白沫，朝后一倒，直挺挺倒在地上不动了。妻子六神无主，正要去把刘章拉起来，只见他霍地纵身跳起来，手指着妻子大骂："你这个天杀的皇太后，我赵王如意非要把你掐死不可！"说着双手死死卡住妻子的脖子，妻子险些被掐死。突然，刘章双手一松，又倒在地上。妻子急忙穿衣，刚要走出门外，只听刘章长长吁了一口气，说："累死我了，累死我了。"他迷瞪瞪爬起来，伸手把妻子拉到怀里，又是亲又是吻，一时把妻子摆弄得不知如何是好。十分委屈的妻子说："你刚才为什么要骂我为皇太后？这是要被杀头的罪呀。"

"就是刚才吗？我真不知道。我真的睡着了。"

妻子说："你说你是赵王如意，要亲手杀了皇太后。我怕死了。"

"莫要说，我只跟你一人说即可：我娘说我是阴阳人。若遇上跟我不一心者，鬼魂就会附体。"

"奴家本是跟你一心一意的人，为何疑我？"

"只怪咱两个刚刚结婚，日后便不会再发生这类事了。"

吕氏妻子只好与他以诚相处，不敢有异心。

这一年九月，燕灵王刘建得病，不治身亡。刘建是刘邦的小儿子。他的领地燕国，一直是吕后看重的地方。在杀了刘友、逼死刘恢以后，吕后便开始打刘建的主意了。还好，没容她动手，刘建便死了。这也算是刘建的福分。

刘建在世时，没有嫡子，只有他跟后宫的一个美人嫔妃生的一个儿子。

刘建病重时，似乎闻到了一股血腥之气，于是，他暗中把美人嫔妃唤到跟前，小声对她说："我死了以后，你可带着孩子速速离开燕地去齐地投奔刘襄（刘肥已死）。他那里，有我给你存放的一笔金银，足够你娘儿两个吃花经费。切记，千万莫要等待皇太后来晋封。"

美人嫔妃点头答应。

就在把燕灵王刘建送入陵墓之后的当天夜晚，美人嫔妃便带着儿子悄悄离开后宫，租了一辆车子，直奔齐地而去。

当燕灵王刘建死后，吕后知道刘建跟美人嫔妃生了一个儿子。按朝中惯例，这个男孩必要接替燕王之位，而美人嫔妃当为王太后无疑。吕后偏偏不想让刘氏再把持燕地，心想，杀一个是杀，杀一百也是杀。当即派人去燕地将刘建的儿子同美人嫔妃一齐杀掉。

当她接到美人嫔妃已经带着儿子不知去向的消息时，仍不放过："派人四处查访，活要见人，死要见尸，举报者得大奖。"

可怜，刚刚逃出燕地的美人嫔妃和儿子，被沿途追赶的兵卒捉到杀之，就连那赶车的人也终未能幸免。

而后，吕后下诏：燕灵王刘建膝下无嗣，无人继承王位，特地撤销了燕国。

眼看着吕后在一年中，连续废掉刘氏三个王子。空缺下来的位子，迟迟无人上任。左丞相审食其知道吕后的用意，他暗中找到右丞相陈平，先为其送上一百金，接着，把陈平请到家中款待。席面上，一边喝酒，一边试探着询问："陈相在上，在下有一事不知能否当面讲出？"

陈平早知道审食其的用意，知道他送礼请客，只是为了让他上报吕后，请求大封吕氏中人的企图。于是装作不知不晓："你我同为丞相，何必如此客气？请明示。"

于是审食其便要请陈平上报皇太后，请晋封诸吕为王。陈平佯装不知，故意说："你说我说都一样，你说会更好些。"

审食其很警觉："此话怎讲？"

"皇太后封你总管宫中事务，你总会有方便的时候吧。"

审食其才放下心来："此话必须你说合适，你是皇太后依信的红人，你说的话最有效。"

第二天早朝时，陈平当堂陈述，应将吕氏中的吕禄（吕释之之子）晋封为赵王。

陈平一边表彰吕禄，一边眼观百官的动静，还好，一席话之后无人反对。吕后便晋封吕禄为胡陵侯，赵王。

接下来，吕后好像已经有些迫不及待，撕下虚伪的面纱，直接晋封吕产（吕泽之子）为交侯，梁王。

晋封侄子吕台为郦侯，吕王。

晋封侄子吕台的儿子吕通为燕王。把刚刚说要撤销的燕国，拱手交给侄孙吕通。

高祖帝的三个儿子——一命归黄泉。

吕后的侄子、侄孙名正言顺登堂入室。

难道刘氏中人就没有敢于抗争的吗？

有。

二十　山雨欲来风满楼，太后一去大厦倾

吕后被噩梦惊醒，吓出一身冷汗。转脸看看身旁的审食其，正在大声小调地打呼噜，睡得十分香甜。

于是，她轻轻唤醒审食其，悄悄把梦中的事述说一遍，问此梦是吉是凶？

审食其很不以为然："清明将至，这是高祖帝要太后娘娘去祭祀罢了。别忘了，今年多带些祭品，要选用肥猪肥牛羊供上，以表诚心诚意。"

陈平曾是高祖帝临死时指派的丞相候选人。当王陵在朝堂上公开反对吕后晋封吕氏为王为侯时，他不但不附和王陵，反而公开表示支持吕后。为此，由左丞相升为右丞相。在此后的几年里，陈平一直紧跟吕后，事事以吕后马首是瞻。许多大臣当面不敢说反对的话，背后便冷嘲热讽起来。陈平的两只耳朵早听得满满的。可是，他自己心中有数：随别人去吧，我自有道理。

一天，陆贾前去相府拜访陈平。他在大门前问舍人，丞相在府否？舍人答在。由于是熟人，舍人便放陆贾入内。

穿过几进院落，陆贾皆未看见陈平的身影，正当他心存疑惑时，只见陈平一人正在一间偏僻的小房子里呆呆怔坐。不用说，他正在专心致志思考大事。当陆贾走进来时，他也没有察觉。因此，陆贾便轻轻咳嗽一声，陈平方才转过脸来，见是好朋友，便连忙让座。

陆贾说："丞相如此一人静坐，怕是在专心思考大事吧？"

"事情不小，但请你猜猜看。"

"当下，你贵为右丞相，一人之下，万人之上，位居列侯，食邑三万户。吃穿住，已达到富贵顶端。完全可以风花雪月，逍遥尽心了。"

"高官自有高官的忧愁，黎民自有黎民的欢乐。本相忧心的事，想必你一定心领神会。"

"相国忧心的事，怕是为了诸吕和少主的事？"

陈平随口问："既然知道了，就请你给设一计谋，看看能否奏效。"

"一国之中，文到相国，武到侯位，不管是决战还是安定年月，只要将相二人心心相印，携手团结一心，百官、士人皆会一心向往。这样，天下纵有险情，大权终不会分散。"

"好，所言极是。那么太尉周勃也会跟你想象的一样吗？"

"不。每当我在背后把这些说给太尉听时,周勃便开口闭口跟我打哈哈,并不跟我说正经话,看来他不会相信我说的话。"

"不。你说得恰恰相反,周勃本是一位厚道人,平时并不喜欢跟别人开玩笑。想必,他对你并不放心。"

"丞相此言差矣,他对我不放心,只是怕我口嘴不严实,乱说乱讲一通。他对你不放心才是心中的大忌矣。"

"此话怎讲?"

"丞相处处为皇太后着想,围着皇太后转,百官心中早已经看不惯你的作为了。所以,周勃便不想跟你联系,不想跟你交心吧?"

"不。当初王陵被撤职时,我与周勃还是言语相通的,可是后来,他竟然远离于我。"

"这就对了。从那以后,你所行的事,有些并没有跟太尉相通,因此,隔阂由此产生矣。"

陈平双眼一亮:"所言极是,当下该作何打算?"

陆贾把手一扬:"我来穿针引线,担当此任。"

陈平笑着问:"你怎么能让我相信你呢?"因为他知道陆贾曾为吕后的宠幸审食其出力说服朱建,而朱建为了审食其又说服了闳籍孺。逢到当下,陈平心中当有疑惑,必须直言相问。

"哈哈。"陆贾大笑,"为审食其,我是逢场作戏,为丞相穿针,是为了汉室社稷。"

"好,难得先生一片真诚。"

当即,二人说定,先联络周勃,而后步步推开。联络时,必歃血为盟。心地动摇者,绝不去交底。

陈平先拿出重金,让陆贾去见周勃,二人这才得以联系上。陈平即请周勃相府会宴,周勃满口答应。一番歌舞酒后,二人便于密室会谈,最后达成"保汉室、驱诸吕"的盟誓。

从此,二人来往亲密,无话不谈。

为了联系众位公卿大臣,陈平特准备了一百位奴婢,五十辆车马,五百万钱,让陆贾用这些专车联络百官。

在朝廷大臣中,一股春风正吹进他们心中,仇恨诸吕横行的怒火正在慢慢燃烧。

当吕后把侄子、侄孙的晋封大事办好之后,心中感到异常高兴。

当年,自从踏进刘家的大门,风风雨雨,一路走到今天,谈何容易?

今天,大局已定,吕氏的天下已露端倪,谁也无法撼动了。

为表达自己的喜悦,吕后决定在宫中大摆宴席,让百官跟她一起欢乐。

是日，隆重、丰盛的宴席开始前，朱虚侯刘章，先行来到吕后面前，大跪叩拜："皇太后娘娘在上，皇太后娘娘圣明。如此盛大的宴会，当设一行令官，这样，上下、左右方能一致，宴会方能达到欢乐的效果。"

吕后很喜欢这个孙子，他有力有智，有勇有谋，办事有闯劲，效率高，很被百官看好。于是便说："此话甚是。不知让谁来当这个行令官才好？"

朱虚侯说："这个官虽然是戏台上的官，转眼便消失。但是，这个官也很得罪人。在下为将门之后，不怕得罪人，请皇太后娘娘下令让我干吧。我将以军法行酒令，让皇太后娘娘的威严、宽容、慈祥、圣明，尽在宴会上体现。"

吕后便顺口答应。

反正这又不是钦命的朝中官员，乃半真半假的玩笑而已。

得到吕后的恩准以后，朱虚侯十分郑重地向皇太后大跪行叩拜礼。随之转过身来，站在台阶上，大声宣布："经皇太后娘娘钦命，本官为此次宴会的行令官，特此在这里声明：一、酒宴以歌舞相伴，宴席中尽可开怀畅饮。二、酒宴以礼相应，有敬有还，礼尚往来。三、酒令即军令，席中，不准无理取闹，不准私自离席，如有违者，定斩不赦。"

说到这里，朱虚侯还故意把腰中的宝剑取下，当场高高扬起。

吕后看到、听到，心里甚是高兴。说心里话，她很喜爱刘章，她更喜爱那个由她指婚的吕禄的女儿。她感到此次宴会能有刘章这样的人当行令官，一定会很热闹的。

说完，朱虚侯刘章再次来到皇太后面前，又是一次尊敬的大拜，说："皇太后娘娘在上，皇太后娘娘圣明，孩儿所说的酒令如有不当，敬请皇太后娘娘明示。如若可行，当以此会为准。"朱虚侯说完，并不起身，他在一心等待皇太后娘娘的最后决断。

吕后笑了，笑得很开心。心里话，一个20岁的毛孩子，还真想拿着鸡毛当令箭来。行，为了高兴，于是随口答应。

只见朱虚侯直起身子，站在台阶上，把大手一挥："宴席开始，奏乐！"

顿时，厅堂上空传来震耳的乐曲声，如春风一样回荡在众臣的心中。

一曲终了，朱虚侯又是一声命令："全体起立，共同举杯，真诚同敬皇太后娘娘三杯酒。一敬皇太后娘娘圣明，二敬皇太后娘娘安康，三敬皇太后娘娘万寿。"

接着，又同庆后少帝三杯酒。

此时，坐在首位的右丞相陈平，似乎看出了什么，心中不免惴惴："后生可畏矣，不知今日宴席会有什么波动。"

太尉周勃看了陈平一眼，似乎在说："看吧，这出戏还会有血腥相伴。"

两次敬酒结束后，朱虚侯便发出开怀畅饮、互相敬酒的词令。同时，令乐声响起，令歌舞助兴。他这才转过身子，端上三杯酒，来到皇太后面前，先行大跪："孩儿祝皇太后娘娘与天齐寿，与地同疆，与日月共乐。"

说后，一气喝下三杯酒。

皇太后很是高兴，她从来没想到朱虚侯如此能说会道，而每句话皆声声悦心，字字怡人。

看到孙子如此虔诚，吕后好像也很受感动，端起面前的酒杯，说："儿王如此敬仰，朕当饮此杯，以表心意。"

朱虚侯大兴即起，立时又斟了三杯，说："皇太后娘娘如此看重孩儿，自是孩儿之天幸。我当再次敬祝汉室社稷与山海齐年，祝刘、吕两家姻缘万代久远，祝皇太后娘娘福乐永世！"

说完，朱虚侯又是一气饮干三杯酒，便大声说："酒有去路，礼尚往来，众卿自当互敬同乐，一醉方休！"

至次，陈平与左丞相审食其一起来到吕后面前，共同敬酒三杯；下去后，周勃、灌婴等又端着酒来到吕后面前，共敬共祝。

于是，各位官员一一仿效，依次来到吕后面前，恭敬祝愿一番。

程序过后，宴席上方才进入豪饮阶段，于是乎，互相敬酒，往来庆贺，衷心祝愿的都有。

宴会进入高潮。

这时，朱虚侯又一次行酒令：

"众卿饮酒很是高兴，我作为行令官更是如此。为了给众卿助酒兴，我给唱上一首《耕田》歌。"

话音刚落，吕后则笑了起来："要说耕田，只有你父亲知道。你生下来就是王子，吃住在后宫，你怎么会知道种田的事呢？田地里长的啥庄稼？锄头该怎么使用，你知道吗？哈哈……"

朱虚侯返身叩拜吕后："孩儿确实见过庄稼还扛过锄头。"

"好，那我就听你唱一唱耕田的歌谣吧。"

朱虚侯回身，郑重地清一下喉咙，用高亢的男音唱起来："深耕概种，立苗欲疏；非其种者，锄而去之。"

吕后听着歌谣，心里微微一震：不是自己种出的苗子，都要锄掉。他是有所指的吧？他是说不是刘姓的王侯，都要除掉吗？不会吧？刚才他还说要刘、吕联姻万代久远，他不会指吕氏中人，不会的。

吕后听着朱虚侯的歌声，一时陷入沉默。

朱虚侯歌罢，自行饮酒三杯。宴会场面一时特别欢腾。

突然，有人大喊一声："不行！你不能走！"

原来在南面的几个人，在饮酒时正在打酒官司。"不行，我实在不行了，我不能再喝了。"

"不能喝也得喝，你敬给我的我喝了，我回敬给你的，你为何不饮，你看不起本官……"

朱虚侯听着这话，陡然长了精神，他大步跨到那几个官员面前，只见其中一人，正在做出要离席出走的架势，他猛一转脸，看到行令官正威风地站在自己身后。他先是一怔，又壮着胆子说："我……我没有违令……"

这是吕禄手下一个姓吕的官员。朱虚侯把手一挡："不能离席！"

"嘿嘿，一个小小的行令官，你能把我如何？"

说着，他迈着八字步，自管走开。

朱虚侯并不着急，他又喊一句："不准离席！"

那吕氏官人，置若罔闻，径自走开。

朱虚侯三步追上，伸手抓住那人胳臂，大叫一声："不听令者斩无赦！"

"嘿嘿，你敢？你来，来……"

朱虚侯仅一声冷笑，刷地拔出宝剑。那人这时才感到不妙，刚要下跪求饶，头上的宝剑早已落下。喷洒的血浆令周围人大叫惊散开来。

"杀人喽！杀人喽！朱虚侯杀人喽！"

一位吕氏官员飞奔到皇太后面前，跪地惊叫，还在沉思的吕后这才仰起脸，从嘈杂的声音中，从纷乱的人群中，闻到一丝血腥气，那一对凤眼惊得大睁。

"谁？是谁杀人？谁被杀了？"吕后很是惊诧。

"回皇太后娘娘的话，是朱虚侯杀了胡陵侯赵王手下的吕氏官员。皇太后娘娘作主，快快缉拿凶手。"

"为什么要杀他？他有什么过错？"

"他，他不想再喝酒，他要离席……"

"他走开了没有？他真的离席走开了？"

"离席走了……"

"活该，行令官早早把酒令说过了，他为什么明知故犯？"

"我看，我看这是他刘章故意借此令杀吾吕氏中的官员……"

"胡说！酒场中焉能如此说话？滚！"

告状的人被呵斥滚开。

吕后再也无兴致待在酒宴席上，她缓缓起立，在众宫女小心扶侍下，踽踽离开。

宴席上的所有官员，再也无心把盏，于是，三三两两，低头离席，默默走开。

其中，吕氏官员则灰败溜走，唯恐朱虚侯的宝剑再次扬起、落下。

老一代的功臣们，则气宇轩昂，阔步而行。

独刘氏皇族，大喜过望，差一点儿拍巴掌、喊叫起来。

面对空荡荡的厅堂，在弥漫酒气、血气的空间，朱虚侯喊出最后一句行令官的话：

"行令官到此为止！散！"

满怀喜悦入场，满腹怒气、怨气而归的吕后，满心惆怅。她坐在室内龙案旁，一言不发，脸上呈现的狰狞，令人不寒而栗。

待在她旁边的胡陵侯赵王吕禄，正在揣测皇太后的心思。其实，他自己心中也是七上八下的。

吕后沉默了好大一会儿，才迟迟开口："回去吧，一场儿戏而已，回去吧。"

吕禄心上的一块巨石放下了，他决定回去要好好数落一下自己的爱婿。

朱虚侯刘章回到自己的府上，早有人回来告诉他妻子说，朱虚侯在宴席上杀了吕氏中官员。

妻子大惊，心里想，当时怕又是鬼魂附体了。要不，在皇太后设的大宴席上他敢发作？

朱虚侯进府以后，妻子早在门前，一脸笑容恭候他了。她小心翼翼伴丈夫入内，不敢声张。

刚刚坐下不久，只听舍人来报：胡陵侯赵王到。刘章听之，早把头一耷拉，倚在桌上呼呼睡着了。其妻无法，只好一人去门前迎候。当她看到爹爹那一脸不悦的愠色，知道一准是到丈夫身上发脾气来了。于是，她恭敬叩拜一番后，先把父亲带到偏厅，小声朝他叙述刘章常有鬼魂附身一事。

吕禄听了，心中颇以为然，自语："怪不得如此突然，以后当心谨记才是。"于是，未作停留，便匆忙离开。

陈平回府上后，立即让人把太尉周勃请来，二人刚一见面，免不了一阵会心大笑。
"好一个朱虚侯，有胆有识，敢作敢为。"
"不愧高祖帝之后，很有大将风采。"
"这就是一个好例子，皇族派中终于有人敢出头来打压吕氏中人的嚣张气焰了。"
"看吧，日后时机一到，朱虚侯方可上阵，独当一面。"

二人说着，笑着，走入客厅。

陈平说："当初是我上书让吕后晋封吕产吕禄侯、王爵位，并请他二人分管南、北二军。不想如此一来，太尉手中的兵权旁落到他人之手。日后若想动用，怕……"

周勃说："此一时，彼一时矣，虽然南北二军在吕氏之手，我还可再次夺回来。只是，眼前应多在众卿之中串联，让众人心中有一个明确的目标才好。不然，事到关键，会有不妥之处的。"

"陆贾已经四处联络，凡经联络的官员，无不憎恶吕氏专权，无不为刘氏人抱屈。这就是人气，人心所向呀。"

周勃说："刘氏皇族中，只有代王刘恒在代地，淮南王刘长在中原。代地偏远，刘恒又仁弱不堪,让他起兵恐有所难。淮南王刘长,从小是在吕后身边长大,对吕后有一定的情感,此人逐吕的决心肯定不大。此时,只有齐地的刘襄了。"

"行。眼下只能静观默察,待事态发展而定。"

吕后八年,正值新春大年初一,一声巨雷在天空响起,天下人皆惧怕,心中揣测,怕又要有大变了吧?

吕后听到雷声,心中总是疑神疑鬼,心上惶恐时,茶饭食之不香。

审食其早已经窥测出吕后的心思。于是,不声不响先去汉中深山中请来一位巫师,带其入宫,请他观天象,测未来。前后忙了几天,巫师总是不出口言说。

审食其很是纳闷:"术师心中有何顾忌?在这里只管直说,若言中,必有重奖。"

巫师说:"皇太后今年当有灾气袭来,能否躲过,只能看其心下如何。"

审食其问:"术师所言真假?能否破除?"

"我嘴里当不能乱言,但信不信全在自己了。至于你说破除一事,颇有难办之举。"

"此话怎讲?请术师明示。"

巫师沉默一时,才慢慢道来:"皇太后若能在百日之内,回避性事,方有回转可能。"

审食其的脸上蓦地一片赤红。

其实他内心也是疑惑不解:近来,皇太后时常召他入宫,长则五日一次,短则三日一次。每次入得宫中,必热烈拥抱他,二人在红罗帐中,一时不得清静下来。而每次性事过后,她还是不过瘾,一再重复不止。每次入宫后,她必要把审食其留在身边,多住一日,高兴时,白天也会在帐中滚动。为此,逼得审食其天天服药,滋补亏空的身子。

但他偶听巫师之言,心中很是犯难:恐怕这件事说出来,吕后绝不会依此照办,因为审食其曾听皇太后附在他耳边,亲口所言:

"大权在握,吕氏登堂入室为侯为王,天下正稳矣,我必要天天求快活,这才是帝王的享受,天下无人可比。"

有一次,审食其受召,晚到了一个时辰,只见皇太后的脸面颇有愠色:"你是不是光想着在家中搂着你的妻妾?你是不是嫌太后我年岁大,色相老矣?"

审食其急忙跪拜在地上,满口辩白:"下臣的车子出了故障,如说谎言,愿受重处。"

吕后这才转怒为喜,二人重又欢乐起来。

面有难色的审食其只好恳请巫师,能否换一种方式方法祛灾避难。

巫师轻蔑地笑笑:"祛灾避难是忍一时之痛,取长久之安宁。如舍不得一时之痛快,那只好放弃长远吧。"

审食其忙改口,可是那巫师只管沉默,再也不言语了。

最后，审食其只好把巫师的话，一字不差地述说给皇太后听。

没料想，吕后听后，非但不予细心去想，反而大声狂笑起来。而后，厉声问审食其："是不是想以此妖言为由，避开我？"

审食其即跪地发誓，折腾一番之后，吕后才说："巫师之妖言从来不可信，看来这里有人想从中迷惑我。放心吧，我必不予相信。"

审食其只好随声附和："太后娘娘所言极是，从今以后，我再也不求巫信巫，只听太后娘娘一人所言。为太后娘娘欢心，表其志，尽其心。"

吕后的欢乐溢于言表："走，陪我休息。"

年后，过罢元宵节，吕后在长乐宫中，秘密召来吕氏之王侯。不供酒宴，只在坐榻上，肃然听各王侯说讲自己所司之职，所辖国土中所发生的事。而后，她厉声说："能充任其王、侯，本是天意，应该恪尽职守，尽职尽责，宽以待民，严以对吏。要时刻警醒，稍有疏忽，手中大权则可旁落矣。"

言毕，便让吕氏中高官一一离去，她心中方才有放松的快感。

三月，正是草长莺飞、桃红柳绿的大好时光。吕后有天夜里做了一个梦，梦见高祖帝衣冠齐整，端坐在朝堂龙案前，让郦公传旨，要刘氏诸侯国王一一前来拜见。迟迟一个时辰以后，只见刘恒、刘长来到足下叩拜。高祖帝很是惊讶，问其余几个刘氏诸侯王为何拒绝来拜？周围高官无一人开口。于是，高祖帝把符玺御史召来，当赵尧来到面前，竟然是一无头身躯。高祖帝大怒，问是何人所为？金殿上仍然一片鸦雀无声。只见高祖帝把玉玺高高举起，狠狠打到地上，大呼，叫吕雉来见我，快来见我。至此，吕后被惊醒，吓出一身冷汗。转脸看看身旁的审食其，正在大声小调地打呼噜，睡得十分香甜。

于是，她轻轻唤醒审食其，悄悄把梦中的事述说一遍，问此梦是吉是凶？

审食其很不以为然："清明将至，这是高祖帝要太后娘娘去祭祀罢了。别忘了，今年多带些祭品，要选用肥猪肥牛羊供上，以表诚心诚意。"

吕后听了，若有所思："也是，后天去祭祀。"

审食其早早把一切所需之物全部备齐，吕产、吕禄，派出精悍兵卒前后守卫。吕后提出一个奇怪想法，把那些曾被自己害死的人，一一扎成纸草人，上面蒙上布衣，在上写上各人姓名，祭祀后，于山谷中烧掉，以此驱鬼祛灾，让那些妖魔鬼怪再也不敢近身。审食其听后，忙摆手阻之："此去祭祀，是对高祖帝的万分敬仰之心，只能诚心所至，万不可把邪气带到陵墓上，否则，日后会有异事出现，万万不可。"

祭祀的队伍出京城后，龙旗招展，号角声威，端坐在金根车里的吕后，又回到昨儿夜间的梦境中去了。她半闭着凤眼，似乎看到高祖帝从高空中随春风飘然而至，但见他面容清癯，神色威严，不言不语，仅瞪眼看着她。吕后急忙睁开双眼，面前尽是庞大的祭祀车队，无一杂人近前，唯让她满心疑虑的是：车帮上，有一大脚印，十分酷似高祖帝的脚印。她嘴里不觉吐出一句:"真是活见鬼了。"

车队来到高祖帝陵前,在朱虚侯刘章的指挥下,阵容威严。

右丞相阵平亲自担当司仪,太尉周勃自带一班老臣,位列最前面,但见人人低头肃穆,整个场面,无一人言语。

祭祀开始,吕后一人带少帝大跪拜之,又轻声诉诸心愿。紫香缭绕之间,可见吕后神情呆滞,紧闭的嘴唇呈现怒色。

随之,公卿文武官员依次上前,一一叩拜。陵地前,哭泣声轻轻起伏。

吕后很不明白,除去我跟高祖帝最亲近,我未哭,何人要哭?在此严肃场地,她不能发火,因为祭拜先人,有哭声是吉祥的。由他去吧,只要能保我平安、康健,保吕氏中人光大耀远,怎么都行。

不悲不哀,只为了却心头的不快的祭祀,终于结束。刚刚还丽日耀眼,转眼间,乌云爬满天空,春气的温暖被寒风掠走,阴霾步步紧逼头顶。归去的车队,显得有些急匆,经寒流袭扰,人人脸面变得青白。

当车队路过轵道亭时,风突然大起来,漫漫黄沙蒙面,让人无法睁眼。这时,有宫女急忙挨近金根车,把香罗帐放下,将车门、车窗遮盖住。不巧,就在香罗帐刚刚放下的刹那间,一个像苍狗一样的怪物,随风跃上金根车,朝端坐在车厢里的吕后的腋下,一头撞去。好像被一块巨石击中,吕后疼得大叫一声。而那个怪物转眼间就不见了。

闻听皇太后一声惊恐的大叫,车子立时停下,随从的宫女一拥而上,有扶有撑,有捶背有抚胸的。可是不管如何,皇太后依然疼痛不已。审食其闻讯赶来,知道情况不妙。他不敢言语,只好吩咐车子慢行,让吕后倚着宫女休息,就这样挨了两个多时辰才算回到长乐宫。

审食其未敢离开,先把太医召来,为皇太后把脉以后,熬煎一剂中药让她喝下,吕后才稍显得安宁。

夜间,审食其紧紧依偎在吕后身边,小声询问事情的经过,在一番安慰之后,审食其决定再次请巫师探问内中隐情。

被疼痛折磨的吕后,对一切都不予顾忌了,心中只想早早把病治好。

此后几天,经过一番寻找,才算把那位巫师再次请到长乐宫。

审食其首先开口:"大师尽管放心放手医治皇太后娘娘的疾病,病愈之后,定当重赏。"

巫师听了这话,并没有显得很兴奋,他仍如以前一样,只管四处张望,然后又占一卜,这才道出实情:"敢问丞相大人,国中是否有一个名叫如意的赵王君?"

审食其心中一怔,忙回答说:"有,有。此人已经死去十余年了,不知大师为何提及?"

"敢问官人，此王爷是为何而死？"

审食其支支吾吾，怎么也说不出话。

"官人，此王爷的阴魂，化作一只苍狗，在黄风吹漫之时，蹿到车上，危害了皇太后娘娘。"

审食其忙问："皇太后娘娘的病能否医好？"

"医是能医好，只是……"

审食其知道巫师在故意卖关子，目的是想讨金银。于是，立即命人取来二百金奉上。

巫师看到如此多的黄灿灿的黄金，便精神大振，信誓旦旦地说："阴病不能急躁，凡得病突然的，定要缓缓去之。待我先回去取药，回来后观察治之。"

审食其嘿嘿冷笑一声："大师是想带上金银，离开京城远走高飞吧？你不要去，让兵卒去取。"

巫师并没有被审食其吓倒，只说一句："我本没图金银，只想凭法章驱怪，自然官人不相信我，我只能束手无策了。"

一直躺在红罗帐中的吕后，已经把所有的话听个清清楚楚。她喝住审食其，不要他难为巫师，并要审食其再取上二百金，一并送给大师。她要派上十名兵卒带上金银，护送大师回去取药。

巫师在吕后床前叩拜，而后，对所有金银分毫不取，径直走出宫外。

看到如此傲慢之人，审食其欲下命令，将其提来杀之。

吕后阻止说："巫人乃半人半仙，此种人只能维护，绝不可用对待常人之法待之。一切顺其自然吧。"

从那以后，那名巫师再也没有出现过。尽管吕后派兵派暗哨访察，全无消息。审食其顿足捶胸，懊悔不已。

没有办法，只好再去找另外的巫人。不过，前后来了几个，尽是一派胡言，既说不出病因，更说不出医治的方法，一个个灰溜溜地走掉了。

吕后终日躺在床上，日渐消瘦。

白天，有阳光陪伴；夜间，虽灯火通明，亮如白昼，但一股股阴气从暗影中袭来。虽然龙榻四周时时有数人守候，但刻骨的孤独，仍潜入她的心底。她从暗影中，一时看到赵王如意，一时看到赵王刘友，转眼间，又是赵王刘恢。他们一个个身影清晰，轮番来到她面前，她吓得大喊一声，便紧紧闭上双眼。于是，一夜一夜，她无法入睡，又不能睁眼，只得这样死熬、死撑。

忽一天，留侯张良之子张辟彊来到龙榻前，先是一番叩拜，接着，他把随身而带的宝剑拔出，握在手中，在吕后病榻前一番挥舞。

开始吕后心中惧怕，恐怕这位侍中一个不小心，把剑插入自己的身体中。可是，当她看到侍中的剑法如此娴熟、老道，自不会失手时，心中很是有一种感激之情。想当初，是张良帮她出了主意，请来商山四皓，击败了高祖帝的爱妃戚嬛，保住了惠帝的地位。唉，后来为何要把张良给骂走呢？后悔的泪水溢出她的眼眶。她只好用被子把头蒙上……

张辟彊一番舞剑击鬼，累得满头大汗。接着，他又打怀里取出一支事先刻制成的桃木剑，上面用红、黄两种丝线缠绕。张辟彊把这桃木剑高高悬在吕后的房门上方，使华丽的宫房生出一丝异样。

没想到张辟彊的这一手法还真的见效了。一连几天几夜，吕后吃得高兴，睡得安宁，身上没有了疼痛。她高兴得让宫女扶她下榻，在房中悠闲走动几圈。

"好哇，这张家尽出能人，小小辟彊，日后准能赶上他爹的本事。"

吕后心里不时默默说出这句话来。为了奖掖张辟彊，吕后令人给他送去二百金，同时，给他提了三级官位，升为郎中将。

可是，好景不长。十几天以后，吕后的周身又疼痛起来，而此次疼痛得比以前更厉害。

审食其急忙令张辟彊快来，看到面前的情景，这位驱鬼的能手也只好搓着双手干着急。

接着，几位有名的太医来到病榻前，共同会诊，最后，开出一剂药方。

还好，喝了这剂药以后，吕后又沉入安静之中，躺在床上，呼吸平稳，心态安宁。

如此用这剂中药，效果还算不赖。虽说她的腋下有股跳动的疼痛，但仅仅是很短一时就过去了。就这样，吕后在艰难中又熬过一段时日。

暑气刚尽，秋气袭来。吕后的病情日益加重。这时，不管是驱鬼杀魔，还是名贵中药，全都无效。她身上的疼痛加剧，且不分白天、黑夜，时时陷入苦苦的病痛之中。

吕后似乎有些醒悟，她常常一人自语："我有罪孽，我杀人太多。让我悔过，让我好吧，日后让我将功补过？"

用什么功？补什么过？她根本说不清楚。

进入七月，痛苦的折磨，一步步加剧。

吕后口里不断号叫，有时小声，有时大叫，一时间她要躺着，一时间又要趴着，转眼间又要坐起来，最后又躺下。她不吃不喝，最多只能喝一口水。她瘦得皮包骨，两眼深深凹进眼眶里，两腮深深陷进去。全身发黄，无一丝血色。最后，她痛得甩开宫女，自己在床上上下直跳，嘴里喊叫的声音已经变得沙哑，变得完全不像她本人的声音了。

这时，她突然想到"人彘"，当年那个被自己折磨得面目全非的戚嬛，嘴里就是发出这样的叫声，一模一样。

吕后明白了，这是那些所有被杀害的人的阴魂，一起跑来折磨她来了。她无法躲

265

避，更无法驱赶。她只能这样没日没夜地忍受着。

忍受的滋味不如死去，但是又不能死去。

这时，她才体会到，当年那些遭到自己毒手的人在临死前的滋味。

她无奈，哭得很伤心。那悲哀的声调，许多人闻听后，只会用双手捂耳。同时，让人明白一个道理：这就是报应，是她应得的报应。

不知在黎明前的哪个时段里，吕后的哭声突然止住了。许多人心中暗想：难道她死了？

这一天，吕后表现得特别安详。在她那副扭曲的面孔上，竟然溢出少有的笑意。

她使出全身的气力说话，让人把吕产、吕禄等人叫到面前，她下令外人一律不准近前。这时，她看到吕氏中的侄子侄孙们，看到这些被晋封为高官的王爷、侯爷们，脸上现出的不是笑容，而是一种威严，一种要下令杀人时的那种威严。

"高祖帝在他崩逝前，曾以白马歃血为盟，并讲出'非刘氏而王者，天下共击之'的令言。你们今天为王为侯，就是我毁了高祖帝的白马盟誓以后才得来。你们的官位，是我杀了刘氏中的王侯才争到手的。有权在手，要以命保住，绝不能轻易丢掉。谁丢掉手中的权，谁就对不起我。"

吕后说这些话，口齿很清楚，思路很敏捷，直说得这些侄子侄孙们落下了泪水。

吕后停住话，歇了好大一会儿之后，又开口叮嘱面前的亲人们。

"我死了以后，刘氏中人，还有那些看起来很安分的一班老臣、老将，他们是不会善罢甘休的。他们说不定会联合起来，争夺你们手中的大权。你们给我记住，谁都不许孬种，你们一起拼杀，保住手中的大权。"

这时，门外传来一片嘈杂声。吕后立即住口，小声问门外来的是谁？

吕禄说是小姑姑来这里看你来了。

吕媭走得很急，她踏进房门，一头扑到吕后的病榻前："姐姐，我的好姐姐，你不能走呀，你千万不能走呀！你一走，我们就没有了依靠呀！我的好姐姐呀！"

吕后陪着妹妹掉了眼泪，而后说："你是大人了，能懂得许多事。这些侄子侄孙虽说当着大王、侯爵，但是在你面前仍然是小孩子，他们虽有权，但不知怎么用。你这个当姑姑的，要多给他们出主意，让他们一个个不迷路。"吕后说着，挣扎着从病榻上坐起来，由于她瘦得身上只有骨头了，于是吕媭忙上前扶撑她。吕后咬着牙，从床头上拿过一个金凤头簪，还有一块纯白无瑕的龙凤玉佩，递给吕媭："拿去吧，这两样是我几十年戴在身上的，你拿去吧。日后想我时，看看这件遗物就行了。"

吕媭再次哭起来："姐姐你不能死，你不会死的，我去汉中讨来一剂宝药，专给你带来的。你吃下去一准会好的。"

吕后又是哭又是笑地摇摇手："好妹妹，世上没有能治好我的病的药物。我也知道我不会好了，你的心意我领了。我……"

这时的吕后已经累得张口大喘，待歇了好一会儿之后，她示意去房外看一看，周围有没有人偷听。接下来她才说：

"我死了以后，你们记住，一定要派重兵守住皇宫，绝不许离开半步。你们不要给我送葬，以免在送葬的途中，被歹人所截。"

最后，她又大喊一声："全记住了？"

"全记住了！"

吕后的侄儿侄孙们一齐大声答应。

这时候，吕后好像完成了一项大事业，极舒坦地长吁一口气，把凤眼闭上，静默歇息。

突然间，她像被野狼咬住似的，大喊大叫起来，接下来，一时也不得安生，疼痛难忍的模样，让每一个在场的侄儿侄孙无不揪心流泪，个个低头，不敢张望。

痛苦的折磨，让吕后的脸整个儿变形了，变得嘴歪眼斜起来。她一边大声呻吟，一边向自己的仇人，向被自己害死的人，大声地苦苦哀求："戚夫人……我的姑……姑奶奶……你就饶了我好吧，我给你下跪……给……你下跪。"

那些被杀害的人的鬼魂，似乎没有丝毫怜悯之心。他们无时无刻，恣意妄为，一直用阵阵苦痛折磨吕后，从不休止。

这一天黎明，吕后突然高声喊叫审食其。

已经被折腾得不知白天黑夜的审食其，一脸惊惶地走过去。他看到的完全是一副鬼样的吕后，泪水止不住地往下流。

吕后用枯柴似黄黄的小手，拉住审食其的手，用了很大的气力说："我就要走了。你，你……你想不想我？"

"太后娘娘，我想你，时时刻刻都不想离开你。真的，我舍不得你。"

"我问你，……你不想离开我……那……就跟我……一起走吧。到那边……咱俩还在一起。"

像被尖刀猛地刺了一下，审食其大眼圆瞪，嘴里一声连一声地求饶："太后娘娘，求你饶了我吧，饶了我吧。我还有妻儿老小……"

吕后笑了，完全是一副讥讽的嘲笑："你呀你，完全是一副可怜的假面孔。你不要在我面前装相了，你给我走开吧。记住了，我死了以后，你的死期也就不远了。"

审食其并不走，他索性大跪不起，一声声哭泣，让吕后也掉了泪水。回想起以往的岁月，二人在偷情中尽享男女的欢乐。今天的分离，很是让人回味无穷，很是让人恋恋不舍。

审食其说："太后娘娘，你走了以后，我每天给你烧纸钱，每天给你祷告祈福。"

"不用，那全是哄人的。你若能让我眼下不疼痛，能安心睡上一觉，就比什么许愿都好。你能吗？你不能。"

说到这里，又是剧痛袭来。吕后大喊大叫，审食其趁机溜走。

此后，又过了整整十天，吕后被折磨得哭不出声，流不出泪，说不出话，看不见人。在此情景下，又过了一天一夜。最后，她拼命大张口，圆睁双目死去。

刚刚得知吕后咽气的消息，朱虚侯刘章便燃起一炷香，大跪在高祖帝的神位前，三拜九叩以后，心情舒畅地说："列祖列宗，终于为汉室除了一大害，为生灵除去一妖魔，我大汉江山稳矣，我刘氏中人兴矣。"

说完，他饮了三杯酒，便在大庭院中舞了一阵龙泉剑。

他的妻子，吕禄的女儿，得知姑奶奶去世，便哭哭啼啼准备物品，前去长乐宫中祭悼，叫刘章一同前往。

刘章扮了一个鬼脸："你先去，我随后就到。"

妻子说："这是大事，必须要夫妻一同前往。"

"知道。你先走，我能赶上你。"

妻子拗不过刘章，只得哭哭啼啼走开。

刘章这时才入到内室里，亲笔写了一封给哥哥刘襄的信，要他在齐地准备兵马起事，并言明，自己与弟弟刘兴居在京城里作内应。

书信是写在一块白绫绢上的，而后，放在一件衣服的夹层中。他唤来一名亲信，暗中如此交代一番后，备上自己的一匹大青马，送那亲信出城。

一场大战，即将爆发。

二十一　刘肥之子报前仇，齐国平地起波澜

齐王刘襄的昭告，如惊雷动天，春风行走，一时间，天下皆知，各诸侯议论纷纷。

闻听齐王刘襄起兵杀来京城的消息后，相国吕产、胡陵侯赵王吕禄万分惊讶。两人会商以后，决定派大军前去剿灭。因为遵照当初吕后的遗言：他们两人只能牢牢待在南、北二军的大营中，寸步不可离去。而率领剿灭大军的统帅，只好另行派人前往。

在吕后即将死亡前，她的侄子吕产、吕禄一齐赶到。

只听吕后断断续续地说：

"……我称制……是因少帝年小……我封诸吕……是为我执政时……有保证。我一个女人，如不掌权……将早早死矣。……我执政……对天下黎民……少税……轻徭……我废除三族罪……废除妖言罪……益民、利民……"

吕产刚想张口询问时，只见皇太后已经咽气了。两个侄子，先是一顿痛哭，而后，立即想起皇太后生前的一番交代，于是，即刻回到南、北军营，严密监视京城内外的动静，不敢有丝毫大意。

右丞相陈平接到丧信，马上进宫，并要左丞相审食其主管治丧事宜。他让手下进相府请大相国吕产来，一同商议治丧事宜。不料大相国（位在左右丞相之上）吕产回复：一切由右丞相陈平主持办理。

陈平内心暗笑："这一定是皇太后生前有遗言吧。反正，不管如何，我皆按章办事。"

首先，他把京城中的文武百官召集在一起，一齐来到长乐宫里，先来跟皇太后作遗体告别，然后回去，静等大丧。

整个丧期，京城内外很平静，无论是官员、百姓，对皇太后离去，都感到是寻常事，只需尽一份孝心即可。

吕产、吕禄却感到从没有过的紧张。京城内外的防备，南、北军营的严守，对出入城人员的盘查，一一皆严格进行。

有两天夜晚，吕产简直不能合眼睡眠。只要闭上双眼，皇太后便会端坐在他面前，并用手指着他询问："我交代给你的话忘了没有？我要你尽力办的事你办了没有？"

吕产为吕泽之子，被吕后封为交侯、梁王。由于他办事认真、做事周全，后来被吕后晋封为大相国，实际上就是一人之下，万人之上，手中的权力无人可比。在他看到皇太后的病情日日渐重时，他不免忧心忡忡。他一面感谢皇太后对他的栽培、倚重；

一面又感到这手中的权力像一把悬在自己头上的钢刀,不知道哪一天就会落下来,要了自己的性命。自从他听到皇太后的遗言以后,从不离开军营,即使走,也是匆匆赶回来。

身为胡陵侯、赵王的吕禄,是吕泽之子。他在思想、做事上,要比吕产差得多。自从他被封为赵王以后,前后只几次回去赵地,每次去,只呆短短几天就回到京城。自从皇太后有病,他索性就不去赵地了,只管守在北军大营中,即使出营,一是带重兵,前呼后拥,一是不敢在外逗留,很快便赶回兵营。吕禄虽然身负重任,但他的玩心不减,经常与自己的好朋友郦寄出城狩猎,且每次都是满载而归。皇太后去世后的几天,他自感肩上的担子重,便一时三刻守在军营,不敢有半点差池。

朱虚侯刘章的亲信,备马出城后,京城四门就有了戒严令。

刘章内心很是庆幸,大声言:天意矣。

当东牟侯刘兴居来到他家时,看哥哥刘章在舞剑,嫂嫂呢,一人气得流泪说:"我姑奶奶死了,他高兴极了,又是喝酒又是舞剑,还不愿意陪同我去长乐宫吊唁。你也想想,我姑奶奶活着在世时,对你不算坏,又是封侯,又是升官,你为何就没有良心呢?"

刘章哈哈大笑:"没有良心的人是你的姑奶奶。她坐着刘家的江山,封着吕氏人中的官,杀了刘氏人中的王侯。她有良心吗?"

妻子只有大哭大闹:"行,就算我吕姓中人靠着刘氏天下生活,当下,你也该顾忌我的脸面,庇护一下吕氏中人才是。"

刘章停住手中的宝剑,小心说:"你忘了我是阴阳之身,如若鬼魂在身,我杀了你吕家人也请你多多包涵才是。"

妻子气得无话可说,扭头走开。

刘章这才跟弟弟刘兴居走进密室里。

自从得知吕后得病卧床不起,齐王刘襄便不断派人进京打探消息。

"苍天在上,这个恶魔终于得到了报应。"

刘襄是齐王刘肥的大儿子。

从打父亲刘肥从京城回齐地,把他自己的一番遭遇原原本本告诉他们弟兄几个后,对吕后的仇恨,就深深埋在他们兄弟几个的心底。刘章大叫:"给我备马,我要杀死这个老贼。"刘肥忙大声呵斥:"不准胡言乱语!要不,被吕后的线人知道了,全家人的性命将休矣!"

刘襄比刘章大几岁,显得很老成。他听过父亲的话之后,没有大呼小叫,只是咬着牙齿说:"君子报仇,十年不晚,日后必让老贼死在我手中。"

齐王刘肥因为进京之事,恐惧深埋心底,慢慢形成一种惊吓症。最严重的时候,看到舍人给他奉茶水,他就会大叫有毒!有毒!

看到自己的妻子，刘肥便当她是鲁元公主，倒头大拜，口中喊着王母在上，受孩儿一拜。

每当看到父亲发病时，刘襄难过得心上直流血。但是，他一直在心中叮嘱自己说："男儿以大计立行，不为小计所动。"

父亲刘肥从京城回到齐地四年后，病重身亡。而后，留侯张良，携带圣旨，受惠帝、皇太后所托，亲自来到齐地，面宣读诏谕，令刘襄承父爵，封为齐王。

当然，刘襄知道，此为惠帝一人所为。皇太后在没有抓到刘肥及儿子的任何把柄的情况下，也只好顺从惠帝之意罢了。

刘襄袭齐王位后，更是万分小心。他不想让高祖帝封下的爵位在自己手上丢失。他对皇上、皇太后，百依百顺，把齐地管理得平平安安，让皇上、皇太后只有满意的份儿，没有指责的把柄。同时，每年在上交税赋之后，刘襄还特意为皇上、皇太后送上价格不菲的金银礼品。为此，每年都会得到皇太后的称赞。

可是，尽管如此，皇太后仍时时盯住齐国这块肥肉不放。

早在高祖帝刚刚登基之时，就将齐地从韩信手中夺过来，交给刘肥。为了让刘肥过得丰裕，一次就拨给刘肥六个郡，七十二个城池。这让其他各个王侯很是眼馋。那时，吕后没有当权，只能笑着答应，只能眼睁睁看着肥肉落到刘肥口中。她不敢说，当然，她更没有理由说。因为自己的儿子是太子，要登基，要掌握全国。相比之下，还是比刘肥的齐地大得多。

然而，当高祖帝崩逝，特别是刘肥入京，仅仅以座位不当一事险些丢命时，在刘肥自己愿交出一个郡以后，又认了自己的妹妹鲁元公主为母亲，这样才算摆平。

刘肥回到齐地后，厄运接二连三：

皇太后称制的第二年，吕后晋封侄子吕产为郦侯、吕王。下令割齐国济南郡为吕国封地。当时，正任刘襄为齐王，主政齐国。吕后的这一诏谕，既削弱了皇族刘襄的领地，又增加了吕氏中的势力。

听到这个诏谕之后，刘襄心中如刀割，表面上，他完全高兴地接受。

接着，又过了五年，吕后下旨，晋封了一个不是吕姓人的琅琊王。同时下令，又把刘襄所辖的琅琊郡割给了琅琊王。

前后几年时间，齐地先后失去三个郡，至少一半的领地，刘襄心里能好过吗？

每当被割去一个郡地时，刘襄都会跪在祖先的牌位前，深深自责，说自己无能，无法保住高祖帝的封地。当然，他内心里很清楚，这不完全怪他，而是皇太后一人所为，他作为下属必须要绝对服从，否则后果不堪设想。

今天，这个妖魔终于得了重病，惩罚她的日子到了，夺回失去的齐国封地的日子到了。

而后，他从派出的亲信口中知道的全是令他兴奋的消息。

刘襄不敢怠慢，他一边暗中训练兵卒，一边派亲信到代地、淮南地去暗中联络，一心为即将进行的大战聚集力量。

每日黎明时，他会头一个起床，眼望西方心中重复念叨一句话："刘章，刘兴居，你两人给我带来什么好消息？"

给吕后送葬的日子到了。

可是，在这样隆重且悲痛的时刻，皇太后的亲侄子吕产、吕禄仍不来到灵堂给死去的亲人送行。许多官员心中皆愤愤不平，人人都知道，皇太后生前对这两个侄子十分看重，又倍加提拔晋封，为什么亲人死去不来送葬？

陈平、周勃尽知其中缘由，只得相视而笑。

最后，右丞相、左丞相征得相国吕产的同意，作出由吕氏中其他人代表其送葬的决定以后，葬礼如期举行。

整个葬丧仪式的规模、人数、礼仪及陪葬礼品，与高祖帝相比，有过之而无不及。但一个令人不解的现象是：吕氏外戚人，伤心至极，悲哀痛哭者令人唏嘘不止。而一班元老功臣与刘氏皇族人氏中，哭声寥寥，有的人脸上还禁不住显现出一种幸灾乐祸的暗喜之情。

在刘氏皇族中，一直被各位官员称道的朱虚侯刘章、东牟侯刘兴居，则显得与众不同。他们的悲哀之情不亚于吕氏中人，在葬丧礼仪上，比任何人都显得忙碌，且又尽责尽职，令每一个送葬的吕氏人不得不心服口服。

虽说没有去参加送葬之礼，大相国吕产和赵王吕禄，各自在南北二军的军营中设置了皇太后的灵堂、神位，并带领所有兵卒进行祭奠活动，场面肃穆恢弘，感人至深。

至此，吕产、吕禄相对安心了许多：皇太后，孩儿谨记你的遗言，没有辜负你的栽培。大权依然在我们吕氏人手中。

葬礼过后，吕产暗中密令吕氏中人，秘密集结在北军营地，因为北军的人数多，势力大，举行了一次吕氏人参加的大会。会上，吕产、吕禄要每一个吕氏中人，提高警惕，互相联络，并暗中刺探朝中的消息。如发现有人图谋不轨，就要立即到南、北军营中报告。

会上，不知道为什么，有的人竟然吓得哭起来："看来我等将要随皇太后去西天了。"

吕产则气势汹汹地骂道："一个个皆是胆小如鼠之人。记住，我等皆为高官，手中握有生杀大权，而京城里的军卒将士，皆在我手中，为我吕氏用，还有什么可怕的？要知道，这全是皇太后生前所安排的。皇太后为我等降下的福祉，绝不能轻易丢掉，必要以血以命保住。"

吕禄说："有人胆敢缩头躲避，或公开投降的，我手中的这把宝剑必不答应。"

经过一番鼓动以后，吕氏中人士气大增。

就在吕氏人秘密集合时，朱虚侯刘章的心总是不踏实。他早早派出去的亲信，能否按时赶到齐国，把手中的密信交给齐王刘襄呢？路上会不会出意外？密信会不会落到吕氏人手中？

表面看刘章大大咧咧的，其实，他心细如发。从葬礼上回到宫中以后，他秘密串联了张辟彊和老将季布，他们一致表决，步步不离少帝左右，绝不让吕氏中人秘密劫走少帝。在宫中，他把御林军严密组织起来，并且一一在高祖帝和少帝面前起誓：一心为保卫少帝，直至抛头洒血！

同时，他在宫中存放了大量的弩弓利箭，并选中发射的有利地形。

他在心中默默念叨："有种的你尽管来吧，我管叫你有来无回！"

在皇太后的葬礼仪式上，陈平的心情越来越沉重。各种迹象表明，皇太后在生前，对吕氏中王、侯，已经有了交代。在皇太后活着的时候，已经看到在她离世以后，将要发生的不可避免的争斗。而这次争斗的派系很明显：刘氏皇族联合元老功臣派，跟吕氏外戚进行一番搏斗，规模或大或小，时间或长或短，至于最后哪一方能取胜，当下尚不能看清。正因为如此，陈平才感到肩上的责任重大。当他看到朱虚侯刘章、东牟侯刘兴居二人，在礼仪上埋头忙碌时，心中很是担心：难道他兄弟二人对即将到来的争斗，没有一丝感觉吗？难道皇太后生前对他兄弟二人有所安排吗？难道他兄弟二人甘心为吕氏中人服务吗？很难说。刘章就是大权人物吕禄的女婿。刘章他会为岳父而效劳还是为刘氏中人卖命？在上次宴会上，这位行令官干得很漂亮，很有震慑力。虽说他亲手杀了一个吕氏中人，可是皇太后并没有动他一根指头。刘章那种有理有利有节的行为，让宴会上所有人无不钦佩之至。可是，从那以后，一直未见到他有别的行动。这以后，他又会如何呢？

送葬回来后，陈平与周勃只做了简短的交谈。陈平说："近日你我会晤要谨慎，以免被吕氏中人察觉，后来的事就难办了。"

周勃说："放心，在找到理由后再行动不迟。"

陆贾呢，还是像往常一样，与每一个熟悉的大臣，无不亲近说笑。他给人的印象一如既往。

陈平回到家中，越想心中越是沉不住气，夜间，他和衣而卧，几次起来在院中走动，一心想找个借口跟朱虚侯刘章说个知心话。可是，真真想不出一个合适的办法。

与此同时，太尉周勃回到家中，也是无法入眠。头脑中倒海翻江，久久不能平息。不知为什么，当年随高祖帝举事，血火中前行，从未畏惧，今天为什么头脑中会出现如此多的不确定的事呢？难道自己对即将发生的战事害怕了吗？不怕。其实，身为绛侯，官拜太尉的周勃，应该是掌握全国兵马的最高的实权人物。可是，吕后在她生前，竟然把他手中的军权给要去了，并亲手交给了她自己的侄子吕产和吕禄。不用说，这是吕后对他的最大的不信任，为此，周勃感到耻辱。他又不能跟吕后争执，只能无条件地服从。他每每想到身为太尉而手中无兵卒实为可笑。但他在背后与陈平坦率交谈之后,认为专权的吕后已经为她身后制造了一场战争。这场战争是不可避免的。在这场争斗中,他决心为护卫刘氏皇族而尽心尽责。可是,有争斗,必要有兵权。无兵权,只能等着挨打。已经交出的兵权,如何才能再夺回来呢?

当下,他心中又把依然健在的仍能领兵上阵的将领,一一排队。当他想到灌婴时,心想,此次争斗,说不定他还能派上大用场。因为灌婴忠诚厚道,他对刘氏皇族,一直是赤胆忠心。当下,虽然处在重新站队,重新归主的关键时刻,灌婴他肯定不会变心,肯定不会为吕氏外戚出力卖命。于是,他决定找一个机会与他交心交谈。

朱虚侯刘章的亲信,姓张名亮,是张辟彊引荐过来的人,负命出京城,一路小心从事,急急行路。在他正要踏进齐国的大门时,偏偏被人堵截住了。

那时,天已近黄昏,急急赶了一天路程的张亮,又饥又渴。他来到一座小村庄前,下了马,在一口水井前,饱饱喝了一肚子水,之后,又给奔马饮了个够。此路也曾走过几次,心中约摸:事情紧急,不能在此吃饭,要入得齐地以后方才安全。当他再次跨上马鞍时,只见身前身后冒出来三个人。就着微弱的亮光,可以看出这几人一律是官中武人打扮,且人人手中执一把宝剑。张亮已经明白,这几个人肯定是有来头的。他佯装不知,暗中紧了一紧腰带,手紧紧握住剑把,双脚打了一下马肚子,刚刚走了一步,便听一人开了腔:"走了一天的路程,为何不在此落脚歇一歇?"

张亮说:"再过一程即可,不必歇息。"

"好吧,如果想走,就把背上的包裹留下吧。"

"腰中无钱,只有两件旧衣服,无可奉送。"

"若实在不给脸面,只好劳累我手中的宝剑。"

说着,那人从马前方跳起来,一道寒光直刺过来。

张亮早已拔出宝剑,一个蛟龙横空,把那宝剑给生生拨开。

这时,他猛地感到背后掠过一阵寒气,遂急急把头一偏,一道寒光从耳门处闪过。

马前的那个已经用手抓住马缰绳,张亮一个伏身,把宝剑在半空中一扫,只听那人大叫一声倒在地下。此时,张亮抽回宝剑,双手握住剑把从左肢下朝背后狠狠一扎,背后那人只啊的一声,便栽倒在马后。

剩下的一个人,不惊不怯,只见他把右手一扬,一把匕首飞过,准准扎在张亮的左肩上。

张亮不敢迟疑,把身子一伏,双腿一夹马肚,一溜烟跑开,身后的人并不放弃,一直在黑暗中追赶。可见这人腿脚功夫十分了得。骑在马上的张亮,左肩的匕首已经扎进肉中,万分疼痛只得咬牙坚持。可身后的这个人怎么也甩不掉。正当他万分苦恼时,追赶的人距离马匹越来越近,只听又是一声脆响,又一枚匕首从背后飞来。张亮一手握剑,一手抓住马缰绳,将身子飞速滑向左边,万幸,空中的飞刀闪过去了。

身下的马儿仿佛知道主人的心思，只管四蹄飞奔向前，正当它酣畅奔驰时，却一声长啸栽倒在地上。张亮也被惯性甩到马头前，跌倒在路旁。马匹遇上了绊马索，这是堵截人布下的又一道关卡。

张亮斜歪在路旁的沟坎上，他右手握着宝剑不动，贴地耳朵听到越来越近的脚步声。那人走到马跟前，一手把马拉起来，用刀割断锁住马腿的绳索，这才轻轻来到张亮跟前。当他刚要伸手去抓张亮背上的包裹时，张亮一个鸽子翻身，宝剑在半空中一扫，那人似有准备，身子后仰，躲过剑锋。待张亮双脚落地，二人交战，扭在一起。两把宝剑时时在空中交撞，一声脆响，一片火花飞溅。张亮感到那人剑法娴熟，自己的左臂上还钉着匕首，便不敢恋战，遂把身子一蹲，左手在路边抓过一把土，返身用剑挡住那人的剑，左手中的一把土霍地一扬，全撒到那人的脸面上，只听啊的一声，那人转身就跑。张亮也不敢再追，返身跨上马，一溜烟顺着大道奔向前。

当他急急赶到齐地的一所驿站时，疼痛得从马背上掉下来，只得让驿站的人护送他直奔齐王府赶去。直到夜半子时，当叫开齐王的大门时，张亮直挺挺趴在地上，无知觉的他，仅有一口气儿在喘息……

齐王刘襄今天心情很不愉快。

被他派去联络代王的人回来告诉他：代王刘恒看过他的书信以后，什么话也没有说，先是把客人安排住下之后，第二天早晨才回话：

"代地贫瘠，代王软弱，只好听天由命，不敢非分妄为。"

行啦，这就是明明白白交代他刘恒只想骑在墙头上看哈哈笑了。

刘襄气得长吁短叹，自己喝了一杯闷酒，刚刚躺在床上合眼，忽有舍人来报："京城来快马，身负重伤。请大王察看。"

刘襄心头一阵惊喜："快快请到大堂上！快！"

张亮毫无知觉，是被人抬到大堂上的。

刘襄看到是张亮，心里又是一阵惊喜："快把太医请来！把他抬到客房，专人侍候。"

这时，舍人从张亮身上解下一件小小的包裹，递给刘襄。他立即拿着物件，快步走进密室。他先端坐在王椅上，让心绪慢慢沉静下来，这才用抖动的双手解开包裹，在一件衣服的夹层里，取出弟弟朱虚侯刘章的密信。

至此，刘襄心中不免大喜：两个弟弟要他速速准备兵马，杀向京城。他从外攻，弟弟做内应，一举歼灭吕氏诸王，保少帝重兴汉室。

"好啊，你刘章想得对，想得对，哥哥赞成你。"

刘襄高兴得几乎能发狂。

数年来巴盼的这一天终于来到了。

刘襄摩拳擦掌，大干一场的时刻就在眼前。

接下来，他把刘章的信又看了几遍。

于是，他回身走进客房。在这里，太医正在给张亮医治刀伤。昏迷的张亮仍没有清醒。刘襄派人在这里好生侍候，心情才略显得好过一些。他一心要等张亮醒来后，再问些他一直关心的事。

把吕后送葬下地以后，审食其躺在床上睡了三天。梦中，他再次跟吕后手牵手游逛温水泉，在鸳鸯池中无限美好的时光又出现了。

醒来以后，他默默哭泣起来。

自己是吕后一手提携的，官职是吕后晋封的。自己在朝中公卿的眼中，是倚仗吕后而过活的人。当时，许多人为了升官、提职，暗中来找他给铺路通融。有人为了发财，也来找他谋商。为此，他虽然维持了几个人的关系，但却得罪了大多数人。惠帝在世时，就曾经把他投入大狱。如果不是好友朱建尽力搭救，也许早已没有命了。今天呢？今后呢？

早在吕后刚刚生病时，他就已经给自己算好了命：只要他死在吕后之前，自己的日子还算好过；如果死在吕后之后，那自己的日子可就惨啦！虽然自己身上披着一件左丞相高官的外衣，可是朝中许多公卿是不把自己看在眼中的。一双双鄙视的目光像一把把刀子一样扎在身上，令他心上滴血。

就这样他闷头过了几天，但不能老是这样闭门不出。为了打消心头的疑虑，他先把自己的朋友郦商召来，叙叙心里话。

看到审食其憔悴的脸色，郦商心中很是怜悯："皇太后升天，朝中人人心中都很难过。我劝你，节哀顺变，不能老是停留在苦痛之中，那样对你的身体很有害处。"

"是呀，此一时，彼一时。有时，我真想一命方休完事。"

"丞相万万不可这样。朝中还有许多事要办，众位官员对你还是很倚重的，何必呢？"

审食其知道郦商的话全是安慰人的，不痛不痒，谁都会说。于是他又试探着往下问："你看朝中是否有异样动静？"

"我的眼光蠢笨，耳朵也不灵通。我总觉得有些人对皇太后所封的诸吕的官员，有些逆反。"

"说下去，我倒想听一听。"

"吕产为大相国，在你与陈平二人之上，无论是年龄、阅历，无一项可以服人。"

"对于年轻人应该多提携、多培养。"

"提携、培养，必须要在有功劳的前提下进行，只凭着亲属关系升官提拔，这会让天下人不服，必会授人以口舌。"

听到自己的老朋友直言不讳，审食其心中认识到吕后埋下的祸根，必将会酿成祸灾。人心是秤，不平之处，必有人说。

"这个暂且不说，我只是想问，若战事挑起，咱们该如何才是？"

"这样的争斗，不是当事人的人最安全。不关连谁，谁就不会多事。"

审食其心中又是一颤。听到朋友的话，他已经猜出，在利益利害的关口，无人会替他说话，只有靠自己。

在送走郦商时，审食其说了一句："管好自家的门，管好自家的人，在风吹草动的年月里，一句话生祸，一句话得福。唉，只好看命运喽。"

看似无意的一句话，其实是在叮嘱郦商，要他在关头上，要想准了再说，要为自己的朋友多多说上有益的、有用的好话。同时，他也暗示郦商，对于自己儿子的事也要好好管一管，千万别酿出事来，别被人家利用了。

尽管京城暗中很不太平，吕产派出监视朝中官员的耳目到处都是，周勃依然冒着风险来到相府，找右丞相陈平来了。二人见面，再也没有客套，开门见山。

"如何打听各诸侯国王、侯的心态？"

"不用，只需关注大相国吕产的动静即可。"

"朱虚侯亲自护卫少帝，若能想法跟他接近，也可讨得实情。"

"明天我即入宫拜见少帝，询问中秋节日如何给宫中宴庆之事，借机接近刘章。"

第二天上午，左丞相陈平入宫，叩拜少帝以后，说起中秋节日群臣宴会一事时，少帝很有头脑，他不回答，把此事完全交由大相国吕产决策。

这本来就是很小的一件事，只是进宫的理由罢了。当陈平走出宫后门，在庭中踱步时，正巧发现朱虚侯从一偏门出来。看他的神色，很有些不放心陈平似的，双眼中尽是疑忌。

陈平很是有些好笑。他只好故意显出可疑的样子，说："朱虚侯不在少帝身边，为何待在暗处呢？"陈平说着话，脚步并没有停下来，双眼尽向四周打探。

看到陈平的模样，刘章更加起疑，他一步跨到陈平面前，虎着脸问："丞相大人为何在宫中打探？莫非存有异心？"

陈平立即收住笑脸，一本正经："朱虚侯，借一步说话如何？"

刘章疑惑地将他领到花园边一间偏房，掩上门，问："有何秘事请明示？"

"剪除诸吕，不知朱虚侯有无此心？"

"大胆的丞相，皇太后待你不薄，你为何包藏祸心？"

陈平又是一笑："我的祸心早在齐王入京时就有了。等了几年，难道还不是时候？"

"皇太后践踏'白马盟誓'，大封诸吕王、侯，残害三个赵王，逼杀梁王，这一桩桩一件件，难道朱虚侯双耳未闻未听？"

此时，刘章的眼神明显地温和了许多，小声说："在下年幼无知，只想听丞相的吉言。"

"趁此时机，诸侯国人起兵逼进京城，你等在城中做内应，大事方可成矣。"

"在下敢问：功臣元老是否能支持我刘氏？"

"这已经无须再问。吕氏外戚，无功受封，最终会威逼少帝，改变我大汉天地。从来是忠于高祖帝的元老们，焉能咽下这口气呢？"

"我等虽为内应，可南、北二军势力大，除之很是不易。这些还想请丞相大人与太尉大人多多尽力协助才是。"

"这些我等必以命相助，以血践行。只望从今往后，我等要多联络，相时而动才是。"

朱虚侯刘章心地大快，急忙叩地拜谢："丞相大人在上，请受晚辈一拜。若大功告成，我等必将诚心报答。"

在齐王刘襄的精心侍护下，张亮终于脱离了险境。他向齐王细细讲述了京城中的事，其中，把朱虚侯任行令官的事也细细描述一番。刘襄听着，心里很是高兴。

但是，当张亮述说自己在途中被拦截一事时，他心中不由得意会到，吕氏外戚派的人，已经在他齐国的边境外布置了暗哨，说明他们心中已经预防他起事了。

刘襄把手一挥："他防也罢，不防也罢，这步棋我必须要走，不管成功与否，决不放弃。"

其实，刘襄这几天已经盘算好了：各地诸侯国的王侯，无须再去联络。他们好像都怀着一个心计：成功了则拥护；失败了则共同征剿。说到底，就看自己一人所为了。

自从收到弟弟的信件，内心里的方向更明了，身上的劲儿更足了。他把自己齐国的兵卒车马细细计算一下，再算一下所有的粮草，认为这些足够征用的，心中不免长呼一口气。

当天夜晚，刘襄秘密把舅舅驷钧等人召到王府里，他们在密室里一直商谈到日出东方方才离开。刘襄用力伸展腰身，望着东方的红日，他兴致极高，大呼一声："拿酒来！"

吃罢早饭，刘襄无意休息。他决定立即去兵营中察看一下。

谁知，刚来到王府门前，却被众兵卒给挡回去了。他看到王府宫门四周已经有重兵严密护卫，连他这位一国之王也无法出门了。

刘襄很是诧异，立即把守戒的将领召来，细细一问，方知是受齐国丞相吕平的命令，带兵封锁王宫的。

"传相国吕平进宫！"

刘襄这时才意识到，相国吕平的权力和吕平其人。

原来，各诸侯国的相国，是由朝廷中下旨封成的。丞相在各诸侯国里，统管国中的军政大权。而这些相国是直接听命于朝廷的，又直接对朝廷皇上负责的。所以起兵必须要相国允许才成。诸侯国王必须与相国取得一致方可动用军队。这是皇上决定的，无人能逾越。

再说齐国相国吕平，本是皇太后下旨晋封的。他对皇太后的话，言听计从。而对刘襄表面遵从，内里还有秘密监视的一层责任。在此以前，由于刘襄奉行的是韬光养晦之计，所以，与相国吕平还是很能合得来的。今天，分裂是必然的，而且吕平偏偏走在他前面一步。

难道这些事，刘襄从来没有考虑过吗？

他想过，而且想得很细，为了把军权夺过来，他决定先把自己的心腹召到宫中，而后以宴会为名，把吕平"请"到宫中，在酒场上把吕平抓起来，兵权自然会回到自己手中。

这是谁走漏了风声？难道京城中已经事先得知这一消息了不成？不会。是王府里的内奸得知消息以后，报知给相国吕平的？

刘襄立时把近几天出入王府的人细细思虑一遍，唯一值得怀疑的是太医，两个太医中，有一名是相国吕平推荐的。

刘襄气恼万分，大叫一声："请太医来见。"

两名太医一齐叩拜齐王。

刘襄冷冷一笑："昨天谁去了相府？说！"

其中一位早吓得瘫倒在地。

刘襄上前，一手抓住他的衣襟，用力一提，将那人提到半空中。

"大王对你不薄，为何还要在暗中害我？"

"是相国让我注意王府的事，若有异常必告之，不然，我一家老小会没命的。"

"你只管你家人性命，我汉室社稷谁来卫护？"

刘襄真想一刀结果他的性命，细一想，不要莽动，先押起来再说。

张亮带着伤体前来叩拜："大王，若有用得上小人的，只管吩咐。我虽只有右手灵活，必能战而胜之。"

刘襄说："当下还不需要你上前，你尽管安心休养，日后大战，会有你的用武之地的。"

刘襄心急如焚，他已经意识到：如果吕平把他的事全盘托出，说不定会召来大军讨伐，到那时，非但举义之事无法实现，还会把全家人的性命搭上，后果实在难测。

"难道天不济我？难道天要灭我？"

齐地相国吕平为吕后一手晋封，是吕后放在齐地的一颗棋子。当年，齐王刘肥吓得逃到齐地后，吕后知道他心中一准不会服气的，为了能及时把握齐地大局，她便走了这一步棋。而吕平来到齐地后，为了能侦得齐王的动静，便派一太医到王府中终日打探。

自从张亮入王府，太医报给吕平以后，吕平便在王府周围布置密探。在得知昨天晚上，齐王与其舅舅驷钧等密谋一夜时，知道事情重大，如不先下手，将失去机会。

于是，吕平今早下令出兵围住王府，任何人不得出入，违者，斩无赦。

至此，吕平虽然出兵包围了王府，但是齐王刘襄的最终目的是什么，他心中还不十分明了。单凭这一项，如果出了差错，刘襄也不会跟他善罢甘休的。此时，他端坐在相府里，静观王府中的事态发展。

这时，有舍人来报："齐国中尉魏勃前来拜见相爷。"

吕平只得允许进来。

中尉魏勃本是齐国专为管理治安的头领。在吕平面前，从来是心地诚服，尽责尽力。因此，齐地的百姓生活还是很安宁无虞的。

魏勃叩拜过吕平后，小声问："相国脸色凝重，心中似有难解之事。在下愿为相国尽力。"

吕平咂了咂嘴，本不想说出，但是看到魏勃一脸的真诚，便把事情的经过细说一遍。

魏勃大惊："能有此事？在下实在不敢相信。"

吕平说："这是王府太医所告，事实清楚，我不得不出兵，实是不得已而为之。"

魏勃说："刘襄大王，素来对朝廷大事认真督办，更是对皇太后忠心耿耿，他为何会私自起兵？不会，不会，这必是奸人所言。请相国大人细细虑之。"

吕平说："起兵之事是实，只是还不知为何起兵？我正在这等待观察，一旦有了结果，我会飞报朝廷的。"

魏勃心中一动，忙说："既然如此，相国何不派人潜入王府，把事态查清楚。"

"齐王知我出兵围之，必以敌相对，此时再去人，必被擒拿杀之。"

魏勃说："齐王若起兵，必要有朝廷的调兵虎符。看来大人先走一步，包围王府，防止祸事蔓延，很是及时的。如果相国相信我魏勃，请派我前去王府领兵，同时，我会细细察看王府的动静，如有不测，我会立时禀告。"

向来是负责镇压动乱，保一方平安的中尉，前去领兵平叛，这正是情理之中的事。而魏勃本人又忠诚于朝廷，委派此人最合适不过。

吕平没有怀疑魏勃，也没有再犹豫不决，即刻命魏勃前去，指挥围困王府。

领得吕平命令以后，魏勃快马奔到王府，将所有士卒召到王府前的场地上，他先令一将官进王府，请来齐王刘襄。

刘襄疑疑惑惑赶到王府前，发现周围的兵卒已经撤围，而率领兵卒的魏勃，正在马背上慷慨陈词：

"……兵卒乃大汉之兵卒，我等吃汉室的粮，拿汉室的俸禄，必要忠心护我大汉王朝。而齐王乃为高祖帝之后，为大汉朝之齐王，我等为什么要把刀、枪对准齐王呢？这不是成心反叛大汉朝廷吗？这是犯了杀头的大罪呀！当下，我奉命带兵，我必要把成心害我汉室的罪人抓起来，让齐王放心，让大汉朝廷放心。"

齐王刘襄越听越激动，他万万没有想到，当自己被重兵包围，束手无策，几近绝地之时，魏勃会及时赶到，既救了本王的大驾，又要带兵杀去相府，真乃天意矣！

魏勃领兵奔到相府门前，立即散开，把相府围个水泄不通，并大声叫喊，要吕平快快出来受降！

当舍人把这一不祥的消息告知吕平时，吕平即刻感到天旋地转，吓得脸色苍白，嘴里连声大呼："吾上当！吾上当受骗矣！"

这时，家人早已经吓得四处躲藏，相府上下混乱不堪。

吕平已经感到无能为力，于是拔剑自刎，倒地身亡。

魏勃拿下吕平的首级，率兵返回王府，向齐王刘襄报了战果。

此时，刘襄王即把兵卒全部动员组织起来，把城门四周把守好，专为等待最后的时刻——举兵起事。

这时，齐王刘襄才把张亮召到面前吩咐说："你可以扮成驿夫，快马回京城，向朱虚侯禀告：齐地兵马已集结，亥日即可举事。"

舞阳侯樊哙的妻子吕媭，自从姐姐死后下葬，她心中万分难过。

早在她嫁给樊哙时，她就知道姐姐的眼光不是一般人能够比得上的。越到后来，她越是感到姐姐的言行，并不比高祖帝差多少。但是有一条，她发现姐姐在世时，说话做事很有分寸。高祖帝在位时，大小事情，她从不爱表态，更不轻易开口说话，对公卿百官，皆是礼待有加。吕媭曾听到不少人口中说姐姐贤惠，脾气好。就是对那个几次三番欲从姐姐手中抢走太子、皇后位置的戚嬛，也没有什么过火的举动。那时，吕媭心中还暗暗抱怨姐姐无能，心太善。

自从高祖帝离世后，姐姐却变成另外一副面孔，一双凤眼终日倒立，严若苦霜的脸上从来没有一丝喜色。对于以前不为、不敢为的事——摆平，手段何等了得，看了叫人心底发怵。

这时，吕媭才知道这叫手段。

吕后当权时，把吕氏中人晋封王、侯，吕媭内心很是满意，她曾当面拜谢过姐姐。但是，她清楚记得，姐姐对她的举动没有过分高兴，反之，有些不屑一顾。

直到姐姐重病在床时，吕媭好像一夜间长了许多见识：权力在手，可以转动天地；权力丢失，则人头落地。这时，她好像悟出姐姐当时为何没有过分的欣喜，是深虑到日后，手中的大权能不能把持得住。

今天，正是时候，该是把持大权的时候。

吕媭自感到姐姐不在时，有些事情必须由她来出头露面。虽说她不是高官，但是，在手握大权的侄儿侄孙们面前，她的话还是相当有分量的。这些人对她很是尊敬，她慢慢感到自己的身价渐渐高了起来。

可是，她的心里很是空虚，有时会感到一片茫然。她认为，大权虽然握在吕氏人手中,同样,这也是一种危险。大权会引来不少人不惜鲜血和生命来争权。已经到手的大权,就要以命来维护。不然,权丢了,命也没有了。

当下,最令她担心的是,这些手握大权的侄儿们,年轻气盛、头脑简单。这在她当姑姑的眼里,是最危险的了。

于是,她虽然无职无权,但有一份警惕的心。她不时到这些侄儿们的军营里走一走,看一看,听一听,一旦发现不好的苗头,她能帮着小辈们出个主意,多长一个心眼儿。

今天,她来到北军的大营里。

北军比南军的地盘大,兵将多。吕禄在这儿全面掌控,整治得很有套数。每次吕媭来到这里看过,心里便感好过一些。有军队就能保住权,有权就有命。

当她走进军营时,侄子吕禄很有些不好意思。因为按朝廷中规定:军营是不准外人随便入内的,特别是无职无权的女人。但是,自从第一次经守卫营门的将领征得大将军吕禄同意以后,她就心安理得地随意出入了。

开始,吕禄曾私下对她说:"姑姑,这军营你是不能随便进来的,来这一次,今后就不要再来了。"

吕媭听了,轻蔑地嘲笑一声:"怎么,你当了大官,看不起你这个穷姑姑了!呸,姑姑见的世面比你大多了,高祖帝在世时,我随你姑夫在军营里,想进就进,想出就出,谁也不敢拦我。如今可好了,你竟然把你亲姑姑当成外人了。行,往后我不来,一次都不来,只要你能给我守好这个营盘,姑姑天天给你做好吃的。"

吕禄听着她的话,笑也不是,气也不是,说话深也不是,浅也不是,只得赔笑脸。

从那以后,吕禄就关照守门的兵卒:只要是姑姑来,你们就放好行了。

吕媭走进吕禄的大帐,看见侄子正在跟一个与他年纪相仿的人在一起谈天说地。由于气味相投,二人的谈兴很浓,不时还爆发一阵阵开怀大笑。

吕媭很有些不高兴。她进了军帐,吕禄忙上前叩拜,又把她引进内帐坐下。看到姑姑脸上不高兴,吕禄便小声问:"是不是守大门的人又拦你了?"

"大门很好进,只是大将军在帐里不干正经事儿,只管跟闲人开玩笑。这样不好。"

吕禄的脸红了,但是,面前的人是姑姑,是长辈,任凭她说算了。

"那人是谁?"

"他是我的好朋友,叫郦寄,是开国功臣郦商的儿子。"

"就算是你的好朋友,也不能让他随便进军营。就算让他进来,你也不能陪着他说笑。这样的大将军给下级的印象是不好的。"

吕禄打心底里佩服,姑姑虽然不是官,不是长,但是她说出的话都很有道理,让人听了不得不心服。

"姑姑所言极是。我将谨记心上。"

"近来营中无有大事发生吧？"

"没有，谢姑姑关心。"

"没有就好，那份警惕，一刻也不能丢失。"

从北军的营地出来，吕媭又马不停蹄赶到南军大营。这是相国吕产的营地。吕产是大哥吕泽的小儿子，被皇太后封为洨侯，梁王，后来又晋为相国，总理全国军政大权。吕产虽然年龄不大，但是心眼儿不小，表面看上去颇稳重。要不，皇太后也不会把大权放到他身上。

吕媭来到南军大营门前，先让兵卒进去通报一声，得到吕产的允许后，才进去。

在大帐里，吕媭听吕产说完朝中的事以后，她小声问一句："少帝近来可好？"

"好。身体好，情绪也很好。"

"他还住在未央宫里？"

"是呀。他认为那儿很合适，他住得很开心。"

吕媭听了，脸色瞬间由晴转阴："他合适，他开心，你合适吗？你开心吗？"

"姑姑，你是说……你……"

"你姑姑肚里没有大学问，但有一条，用什么法才能保住手中的大权，这是你应该时时在心里盘算的大事，一时都不要忘记。"

"请姑姑明示。"

吕媭说："你跟吕禄二人，身上有职，手中有权，掌管兵权，雄踞京城。可是我问你，你是谁的官？你给谁当官？"

"侄儿是当今皇上的相国，是王，是侯呀。"

"这就对了。你是皇帝的下属，若有人把持住皇上，一个旨谕，就可以把你的官职给撤下。到那时你怎么办？"

"姑姑请明示，我听姑姑的教诲。"

"你应该把少帝带到你的兵营中，时时守卫他，时时不离他的左右。有人想歪点子坑害你也不能办成。你说是不是？"

"哎呀，我的好姑姑，你给侄子出的主意，就是万两黄金也难买到。侄儿一定去办。"

从齐地回京城的张亮，一路上顺当平安，但是在入城门时，竟然被守城的兵卒给抓起来了。

张亮并不心慌，因为身上没有信柬，就是不慎被抓住了，也拿不到一点儿证据。

可是，让张亮完全想不到的是：抓他的兵卒，竟然把他带到北军大营，没关没押，带到营里就被审问："我认得你，你是朱虚侯的舍人。说吧，你从哪里来？干什么去了？"

"我是从齐地里来，看望齐王去了。"

兵卒即刻对他展开了一场细心的搜查，只差没有剥皮查血，穿的内外衣服几乎被撕成碎片。没得到一丝证据，他们只好回过头来再审。最后，审讯的官员决定把张亮吊起来拷打后再审问。

吕禄听了，马上决定放人："为什么要把他提来？没有罪证为何还不放人？放！"

他唯恐把事情闹大。朱虚侯也不是一个好惹的人，当年的行令官，很让吕氏人胆战心惊。他手下的人，还是多维护吧。

被放回来的张亮，回到侯府。他向朱虚侯先口述了齐王的决定，又把自己被抓到北军大营的事情细说一遍。

朱虚侯刘章把手中的宝剑一拍："好哇，想在我头上刨土，行啊，等着瞧吧。"

正在这时，只见侍卫张辟彊进来传话，说大相国吕产与左丞相审食其一同进宫，在少帝面前说，想让皇上去北军营里居住。

"为什么？皇上心里愿意吗？"

"说是去那里居住安全。皇上嘴里不同意，只怕被他二人磨久了，未免动心。"

"胡闹！"朱虚侯把头一扭，迈开大步直奔后宫少帝的房间走去。他进门以后，先礼貌地给大相国、左丞相叩拜，而后很客气地问明进宫的事由。还没等二人开口，少帝径自说出："他二人要朕去南军营居住，朱虚侯怎讲？"

刘章仰头哈哈大笑，然后正色说：

"我乃当年受皇太后娘娘所封，专心侍卫皇上，你们执意要接走，我岂不是要被抛在一旁晾着了。宫中如此多的侍卫、郎中岂不无事可做？那还要这座未央宫干什么？高祖帝、皇太后娘娘的定制还管不管用？"

大相国吕产不敢再说什么，因为这事本来就显得很蹊跷。于是，在尴尬的干笑声中，吕产与审食其只好叩拜告辞。

这时，朱虚侯已经从他二人身上看到又一个动乱的苗头。

齐王刘襄起兵后，第一个目标就是攻打济南郡，要把高祖帝分给他的那份领地夺回来。

济南郡为郦侯、吕王的封地，是吕后下令分给吕台的。当时刘襄不敢不给。今天必须夺来，以振军威。

刘襄的大军压境时，吕台毫无准备。齐王指挥兵将十分英勇，不到一天的时间就攻下来了，吕台只得带着几个随从急急逃走了。

攻下济南郡后，刘襄并没有停歇，接着挥师南下，一鼓作气，又把琅琊郡夺回手中。

至此，经吕后封王、被强行割走的两个郡都夺回来了。在统一齐国以后，齐王刘襄决定起兵举事，杀向京城。他立即昭告天下诸侯，表白举事的理由：

"齐王刘襄本高祖帝之长孙，齐王刘肥之长子，为惠帝遗留侯张良宣旨所封。吕后称制，专横跋扈，擅自废立前少帝、杀三赵王，逼死梁王，径自践踏白马盟誓，任意分封王位吕氏为王为侯。当今，吕后已得报应，衰亡而终，而皇上年幼，必要依众卿、诸侯护卫，以定天下。襄为捍卫汉室纯洁，倡白马盟誓，故卒兵，昭告天下，与各诸侯共同起事，把那些不当封王，而又篡夺王、侯之位的人诛杀干净。"

齐王刘襄的昭告，如惊雷动天，春风行走，一时间，天下皆知，各诸侯议论纷纷。

闻听齐王刘襄起兵杀来京城的消息后，相国吕产、胡陵侯赵王吕禄万分惊讶。两人会商以后，决定派大军前去剿灭。因为遵照当初吕后的遗言：他们两人只能牢牢待在南、北二军的大营中，寸步不可离去。而率领剿抚大军的统帅，只好另行派人前往。

但是在委任领兵大将军时，二人很是费了一番脑筋，领军人必为功臣元老人物，带兵有经验，阵前作战有方，不然，难以堵住天下人的口舌。最后，经过严格筛选，二人一致认为灌婴最为合适。

此人为高祖帝忠诚将领之一。先仅为沛地一布贩商人。在反秦风暴中，冲锋在前，屡立战功。后与项羽争斗中，在荥阳时，组建铁骑军；在韩信指挥下，灭魏、攻代、征赵、夺燕、定齐等五国时，立下战功。最后，与项羽决战九里山下，奔袭垓下，追至乌江口，皆为灌婴率五千铁骑所为。至今，元老功臣一个个离世归天，灌婴更显得老当益壮。此人平日寡言少语，在吕后称制时，无敌视言行，故吕氏中人对他很是尊敬。所以，在此当口，吕产、吕禄立即认同灌婴，并请少帝下旨，封其为大将军。

就在出征前的夜里，陈平、周勃二人一齐来到灌将军府上，欲请为灌将军饯行。

灌婴很是高兴，当即在府上摆酒，三人共同入席，烛光摇曳，酒香醉人，三位曾经随高祖帝征战南北的元老，缅怀先人时，畅谈当年，兴致极高。

陈平说："身为汉将，必不忘高祖帝矣。"

周勃说："忘本之人，必为天下唾弃矣。"

灌婴说："烈酒入心醉人，良言入耳醒人矣。"

陈平说："双口不除，汉室难稳。"

周勃说："将军上阵，当记白马盟誓。"

灌婴说："心醉脑醒，大事不糊涂矣。"

随之，三双六只手，紧紧叠在一起。

吕产、吕禄在灌婴率军出征时，特意在他军中安排两名监军，全是吕氏中人。两位监军暗中得到吕产、吕禄之令：若发现灌婴有不轨行为，格杀勿论。

至此，吕产心中方感稳妥。他回到南军后，再次登车来到未央宫，执意要把少帝接到南军大营中。此次，少帝的态度坚决，说你身为相国，统领南军，大敌当前，你应该一心一意图谋战事。当下，宫中安稳，若朕移居南军帐内，必乱军心、民心，给叛逆者送去可乘之机，岂不坏了大事？

少帝的一番言语把吕产说得哑口无言，只得悻悻离去。

吕产、吕禄再次会面时，对眼前的局面相当乐观。当下九个诸侯国只有齐王一人举手，孤单无助，难成大事。又有灌婴大军征剿，方可不费吹灰之力灭掉刘襄。

再者，京城之地，宁静安稳，加上南北大军，势力雄厚，但凡有人敢不自量力，蠢蠢欲动，其结果必是飞蛾投火，自取灭亡。

当二人把乐观的理由说给姑姑吕媭听时，并没有得到吕媭的赞同，她小声询问："你二人至今没有把皇上劝入军营中，这是一个隐患；你二人并不得知那些依然活着的元老人物心中是怎么想的？若能想个借口，把这些人掠起来关到一个军营中，才是万全之策。还有，皇上身边的那个朱虚侯、东牟侯，二人是刘襄的亲弟弟，也是京城坏事的祸根，二人不除，后患无穷。此乃大忌矣。"

吕媭的一番话像一桶凉水，把吕产、吕禄给浇得头凉心凉通身凉。

吕产只好说："让我再想想看。"

吕媭说："不是想不想的事，是即刻就要办的事。"

虽然三人在酒桌上，言明表心，志向一致，可陈平、周勃二人心中仍忐忑不安。

形势瞬息万变，人心深不可测。

直到荥阳城传来佳讯时，陈平、周勃二人的心总算落到实处。两颗心在同时思考一个大事：欲除诸吕，必先铲除吕产、吕禄。

可是，被吕产、吕禄二人把持的南北二军，恰如两只猛虎，蹲守在京城中，无人动得，无人敢动。

陈平说："近日可见郦商的踪影？"

周勃说："据说他终日跟辟阳侯走得很近，二人无话不谈。"

陈平说："我看此人虽为元老，但心怀二志，态度暧昧，总是脚踏两只船。"

"这样的人不可利用，用之必坏大事。"

"据我所知，郦商的儿子郦寄，跟吕禄是要好的朋友，平日，进出北军大营，无人阻拦。而跟吕禄二人，无话不说。"

"你是想……"

"若能利用郦寄，说服吕禄，岂不是绝妙事？"

周勃连连摇手："近朱者赤，近墨者黑，能跟吕禄气味相投者，怎能为诛吕之事用心呢？"

"不。"陈平仍然坚持己见，"如若使出一计，让他甘心情愿为我所用，岂不妙哉？"

周勃为之一震："不知什么事才能让其实心实意为我所用？"

陈平悄悄附在周勃耳边叽咕一番，周勃高兴得连声大叫："妙哉！妙哉！"

二十二　识时务灌婴倒戈，智多星陈平施计

两天后，灌婴与齐王刘襄携手共进荥阳城，共同发告讨吕诛吕诏书，并把那两个吕氏监军杀之祭旗。讨吕诛吕声势，震动全国。

大将军灌婴临阵倒戈，与齐王刘襄联手讨吕的讯息传到京城长安，吕氏中人个个如雷击电打，怎么也不愿意相信这个现实。

身居未央宫的朱虚侯刘章、东牟侯刘兴居兄弟二人，得知哥哥齐王刘襄已经率大军杀向京城的消息时，兄弟俩一夜没合眼。他们把未央宫的御林军重新进行一番整顿，对宫中的一个个隘口，全安置得力的亲信带兵。同时禀告皇上并得到皇上下诏：从即日起，封锁未央宫大门，任何人，未经皇上允许，不得入宫内。只此一项，便把吕氏劫持皇上的阴谋拦腰斩断了。

刘章想，灌婴领兵征讨齐王，能否打起来？

辟阳侯、左丞相审食其，几天来变成热锅上的蚂蚁，心焦额烂，终日坐卧不宁。眼看着大局对自己越来越不利，日后的处境如何？他真的连想都不敢想。

吕后临死前说过的那一番话，令他不寒而栗。大靠山已经把他的末日给指出来了，他还能有什么指望？

原先，左丞相，主管宫中诸事，这是皇太后诏谕，无人敢违。可是，自从朱虚侯在宫中侍卫皇上，审食其变得谨小慎微起来，有时在朱虚侯面前连大气也不敢喘。于是慢慢地他便淡出宫中，不去这块是非之地，心头还感到一番清静。

然而，身为左丞相，他理应是陈平的副手，本可名正言顺为朝中大事出力献策。可是，陈平并没有把他当左丞相看待，无论是奏折、献策等事，从来不跟他会商。他在陈平面前自惭形秽，于是，久而久之，便不出门，一直深居自己的相府门第之中。

在家中，他原想极力与诸吕言谈并投其所好。可是，吕氏中人一个个全像躲避瘟神那样，从不跟他走近。因为往日他跟吕后的私情，今天已经变成泼向吕氏中人身上的污秽。想想看，吕氏人能跟他亲近吗？

为此，他只有私下里自己吃闷酒，有时邀好友郦商来共酌。从话语中得知，郦商也是逢场作戏，对他未可全抛一片真心。

最后，他想到朱建。这个布衣朋友，曾经在危难之时救过他的性命，今天，能否还有当年的真心情意？

让他暗暗惊喜的是，这位朋友依然如故，两人对酌时，会吐出真心话语。

审食其哀叹说:"我已是穷途末路,不知在世上还能活上几日。"

朱建说:"明说,当年你为皇太后宠幸,得罪了人,也为人妒忌。今天,皇太后升天,被得罪的人要对你报复,妒忌你的人要落井投石,这一切,恰逢时局波动,更是雪上加霜。为此,我以为,你还是三十六计。"

"走为上策?我要朝哪去?"

"大路朝天,一人半边。不过,天下九个诸侯国,你可先掂量与哪个国王投好,这是关键。"

审食其这下可是犯难了。

当下,除去吕氏三个王侯,刘氏王侯中那些人,虽然与自己认识,但从未深交。各人的秉性脾气不得而知,如何去投奔呢?

朱建看审食其不语,心里知道他犯难。于是他便挑明:"淮南王刘长,或许可以让你容身。"

"此话怎讲?请明示。"

"淮南地本是英布的属地,当年,被高祖帝征剿后,留给了淮南王刘长。此王,是高皇帝在赵地与一女子所生。因其女子受贯高一案牵连,死在狱中,而这个命大的刘长,一直被皇太后所养,他跟皇太后的情感自然非同一般。你若前去,二人共奉皇太后,或许会有一条生路。"

受朱建指点,审食其于黑夜中看到一线光明,于是拉住朱建不放:

"你若能带上重礼,于我之前去联络淮南王,岂不更好?"

朱建笑了:"于难境中投奔,是求别人怜悯。若让我送礼并游说,岂不是强加于人?"

审食其再也无话可说。"求别人怜悯"几个字恰像一柄利刃,深深刺入胸口,悲痛至极。可是当下自己只能如此。

向朱建深深拜谢以后,审食其非要送给朱建一份厚礼不可。

没想到朱建坚辞不受:"此一时,彼一时矣。当年,金银于你如粪土,可尽情挥霍,当下,你尽可节省使用,源已枯竭,用一毫则少一厘矣。"

审食其哭了,且哭得十分痛心。

朱建把人把事看得如此透彻,言谈鞭辟入里,让他心服口服。当审食其再次叩拜感谢时,朱建坦言:"你我朋友一场,今逢厄运,我虽无金银奉送,但献上一句肺腑之言,我心中也甚感欣慰。"

于是,审食其哭得更加伤心。

几天后的一个深夜,审食其用重金买通守门人,跨出城门,尽朝东南方向奔去。一路无险,顺利到达淮南王的领地。

当刘长得知审食其来投,并没有多盘问和刁难,收下他献上来的一份厚礼之后,便把他收留下来。这时，刘长的内史便奏上一本，说：

"辟阳侯、左丞相审食其来投，大王万万不可收留。当下，齐王刘襄举事，正是为了诛吕氏中人，而天下人皆知审食其为皇太后的宠人，这不是把祸水引到自家门下吗？"

刘长说："皇太后为我母亲，是她把我养育长大的，看在她的面上，我无理不收留他。"

内史官说："大王为淮南王是高祖帝所封，皇太后养育大王，是看在高祖帝的面上所为。大王身为皇族中人，在当下，必要做最后抉择，万不可模糊双眼，草率从事。"

至此，淮南王刘长再也不言语了。

一个月后，刘长将辟阳侯、左丞相审食其杀了，并派人将其头颅送去京城长安。

大将军灌婴率兵东进，到达荥阳时，正跟齐王刘襄的大队兵马相遇。于是，两军对阵，战事一触即发。

可是，令人奇怪的是，灌婴并没有立即开战，而是择一片阔地，扎下营寨，便再也不谈征剿之事。

开始，两名吕氏监军，还走进大帐，责问灌婴为何不出兵。但是，灌婴从来不理睬他两人，有时，被问急了，便瞪他两人几眼。至此，两名监军似乎已经看明白，他两人不但不敢再言语，私下里已在悄悄议论如何能逃出军营、返回京城。

无奈，瓮中之鳖，只能束手就擒。

此时，灌婴正决定派人去齐王刘襄大营议和之事。

随后，灌婴写一书信，令卫士飞马奔到刘襄军营前，把写在绫绢上的书信用飞箭射出，此箭正扎在刘襄营门前的大旗杆上。

刘襄把献上来的书信细心一瞧，惊喜得直拍双手："好！好！灌婴大将军欲与我谋合！"

一名谋士走上前："大王还是细心为妙，如此重大的事不会如此简单。"

刘襄想想也是，便问帐前的文武官员："灌将军以书信示心，为证真假，我方需派一人到灌将军处探虚实，不知谁愿为本王走一遭。"

谋士荀木上前："下官愿去，请大王应允。"

刘襄很受感动："荀君若有不测，其老母、妻小，本王会善待终生的。"

当下，荀木独自骑马来到灌婴大营前，早有两名儒士迎上前，并陪同入帐，与灌婴会见。

荀木叩拜以后，当即直言："灌大将军本我汉室元老，丰功伟绩累身，而今，虽负令前来，然大人审时度势，决心摒去伪令，保我大汉无虞，临阵决定与齐王谋议，实乃功垂春秋，乃人颂德矣。"

灌婴浅浅一笑："诸吕虽窃取重职大权，然天下人心皆背之。我必要顺应潮流，临阵倒戈，与反吕豪杰携手，联络天下诸侯，为保汉室社稷，共赴艰险。"

荀木说："下官愿将大将军之心意带给齐王，请灌大将军择一吉日，与齐王晤而详谈如何。"

看到荀木高兴而归，同时带回让人振奋的好消息，齐王刘襄激动万分。当即命人摆上香烛大案，虔诚跪地拜天："苍天啊，我汉室必兴。"

两天后，灌婴与齐王刘襄携手共进荥阳城，共同发告讨吕诛吕诏书，并把那两个吕氏监军杀之祭旗。讨吕诛吕声势，震动全国。

大将军灌婴临阵倒戈，与齐王刘襄联手讨吕的讯息传到京城长安，吕氏中人个个如雷击电打，怎么也不愿意相信这个现实。

吕媭气恼至极："树倒猢狲散。我吕家的大权还紧紧握在手上，这些没良心的人，就一个个背我们而去。好啊，待到日后大局安稳之后，我必不会轻饶了这些无肝无心的小人。"

她有一个异想天开的想法：她决定要学她的姐姐，在紧要关头，带刀上阵，跟侄子侄孙们一同死战。

当她坐车来到北军大营，看到胡陵侯、赵王吕禄，仍像平日没有事时那样悠闲。吕媭真的生气了："你不知道那个姓灌的归附了齐王的事吗？"

"知道呀！那有什么了不起，他敢来京城？"

"你的京城也不是铜墙铁壁。你为何还不把那帮老不死的一个个抓起来？你还想让他们把这座长安城给搅得一塌糊涂吗？"

"姑姑，你不能如此急躁。要外松内紧，就是他齐王领兵来到长安城下时，我再动手也不晚。慌慌张张，反而乱了自己的阵脚。"

吕媭气得长叹一声，转身走开。

吕禄很有些看不起她，心里话："女人总归是女人，怎么能担当大任呢？"

陈平、周勃决心用计把郦商劫持后，以此为诱饵，让其儿子郦寄去说服吕禄。

周勃虽然赞同陈平的计策，但最后能否成功，还在两可之间。他想归想，在行动中仍尽心而为。

第三天，周勃请郦商到太尉府上一叙。郦商开始有些犹豫，心中不知周勃用意何在。三思之后，还是去了。他被关进一座房里，有吃有喝，只是不能出去。

当儿子郦寄知道父亲郦商被御林军扣押之后，深为不安，于是多方托人说情。此时，陈平出面，把郦寄带回家中，对他说："当下，能救令尊的人，只有你自己了。"

郦寄惊讶："丞相不要误我，请大人明示。"

"救你父亲，一不要用刀用枪，二不要动用金银厚礼。只需用你的嘴巴，说服赵王吕禄，向皇上交出北军的印符，让他去赵地做大王即可。你们三人是好朋友，这件事对于你来说，并不是很难办的。只要你用心去做就行。"

得到陈平的指点，郦寄心中有了目标。于是第二天上午，他来到北军大营，直奔大帐，跟吕禄当面叙谈：

"听说灌婴带兵征齐王，临阵倒戈。"

"此事不假。只是让我想不通，为什么这些人如此仇恨吕氏中人？难道他们忌恨我为赵王？"

"不。在下以为，高祖帝与皇太后共同率兵奋战，先灭了秦国，又打败项羽，平定天下以后，刘氏皇族被高祖帝封了九个王：吴王刘濞、楚王刘交、齐王刘肥、淮南王刘长、琅琊王刘泽、代王刘恒、常山王刘朝、淮阳王刘武、济川王刘太。而吕氏只立了三个大王，梁王吕产、赵王吕禄、燕王吕通。这些诸侯国，全是由皇上拟定，文武百官双手赞成的。同时，所有立王之事，又是昭先天下诸侯，人人都认为很妥当。可以说，这是顺天意、合民情的大好事。"

吕禄问："既然如此，为什么又有人决心反对呢？连灌婴这样的老将军也昏了头吗？"

郦寄叹了一口气："在下以为，此事很可能错在大王身上。"

"此话怎讲？"吕禄大睁双眼问。

"大王能不能让我直言？"

"当然，你我二人，心同意合，不要介意。"

"大王能把左右人都摒去吗？此话传出去不利于大王的名声。"

吕禄让左右一一退下，催之："请明示。"

"大王身为胡陵侯、赵王，却又在北军担任大将军，这与你的职务实有相左。"

"这职务是皇太后生前所封，我必要忠于职守，否则，我对不起皇太后的一片殷望。"

"看来症结就出在此处。若大王把北军大印交给皇上，自己带着随从，到赵国任王侯，只管理自己的封地，当可平安无事。"

"这不是让我交出军权吗？"

"军权不交，滞留京师，拥有重兵，便会让公卿们心中犯疑，说你心有图谋呀！"

"不，这个军权，姑姑一再叮嘱我不许交出。"

"大王能让我深言，把话挑明吗？"

"但说无妨。"

"你姑姑乃一主妇，跟皇太后有天壤之别，妇人见识，你为何相信呢？"

"我若交出军权，后果会如何？"

"如大王把军权重任交给太尉，离开京城去赵国，文武百官的疑心就不存在了，齐国的军队当可返回，汉室天下又会归于太平。"

吕禄不再言语，只管呆呆盯住军帐中那颗用绫绸包裹着的大将军印信。

郦寄不再多说。他认为说多了不好，反会引起疑心，当下便起身告辞。

吕禄与他告别时，向他发出邀请："明天随我一同出营狩猎如何？"

郦寄十分高兴地答应下来。他总想时刻接近吕禄，直到把他说服，只有这样才能救出自己的父亲。

郦寄离开北军大营以后，吕禄便派出一名心腹，把自己想交出军权、赴赵国的意愿说给吕产及吕氏族中的长者们听。可是，这些年长者们的意见也不统一，有的说，军权万万不可交出；有的说，交出军权远去赵国是上策。

听了心腹的回话，吕禄心头变得一团乱麻。

颇有心计的南军首领吕产，在久久不得灌婴消息时，心里不安，暗中又派一人去齐地探军情。在军营中，听到吕禄的心腹说的一番话，他很是反感。他派人到北军大营里，只说一句话：一切听从姑姑的指令。

第二天，仍是黎明前，郦寄来到北军大营，与全副武装的吕禄一同并驾齐驱，同往远郊狩猎。

路上，郦寄看到吕禄心情跟以往一样，他心中狐疑：看来北军大将军的印信他还是舍不得交出来。

这次狩猎，吕禄收获颇丰。他特意从中选出一只上好的狐狸，决意送给姑姑做围脖儿。

被阻拦好一会儿之后，吕禄才被准许进入侯府。来到厅堂上，只见姑姑一言不发，吕禄没敢落座，像一个做了错事的孩子一样，低头站在一旁。

吕媭猛地转过身子，用手指着吕禄："你是小娃娃吗？姑姑说的话你为什么不听？你一个北军的首领，为什么要轻易离开军营？"

"我想给姑姑做一个好围脖儿……"

"住口，由着你这样下去，我们吕家人将会死无葬身之地。想想看，我还要那条围脖儿做什么？"

"军营里，我——作了布置，万无一失。"

"住口！不怕一万，就怕万一！"

说罢，她转身走进里间，用力提着一个包袱，打开一看，全是上好的珠宝玉器。只见吕媭用手指着这些东西问："侄儿，你说这些东西好不好？"

"当然好！这是……"

"我要把它全给丢掉！砸碎！我眼看着命都没有了，还要这些宝物做什么？留下它，只能被别人抢去，为他人所用。哼，我不能留着它，别人谁也别想要！"

说时，就把这些东西抛到堂前，她眼中流出泪水。

吕禄知道姑姑伤心透了，一边抢着护着地上的珠宝，一边跪在姑姑面前，哭着说："姑姑息怒，姑姑息怒，侄儿一定听你的话，我即刻去北军大营！"

自此，吕禄守在北军大营，决不妄自出来一步。郦寄看到吕禄心已定，便再也不敢谗言妄说。

吕产这两日终不得安宁，一颗心惴惴不安，眼前一再出现幻影。这是他从来没有见过的事，心中不免疑神疑鬼。

对于姑姑吕嬃的话，吕产是百依百顺，而且身体力行。但是，由于不少关节已经被阻止，他终究无法办成。他前后数次去未央宫，为的是将皇上劫走。但是，有朱虚侯在，他就无法下手。

对于劫持朝中的老臣，吕产心中也有一个顾虑，自己无法全面掌握这些元老们的动态。如果把拥护吕氏的人也关押起来，事情会适得其反。于是，他心中只能这样打算，只要发现有图谋逆反的人，即刻抓来杀掉，发现有异常情况，就要一查到底，对挑事的人，该杀的杀光，该抓的抓光，要做到毫不留情。

吕产平日根本不离南军大营，而且一日数次到营中观察。他心里很明白：这些兵卒、将领，原来都是太尉周勃的部下，时间久了，他们对周勃会有一定的情感。当下，虽然把周勃调出，大权落到自己手中，但是，这些兵、将们的心呢，不一定跟吕氏中人一条心。这就好比自己守在虎狼窝里，如果不小心，定会被虎狼吃掉。为了能更有效地掌握南军，他开始用金银、职位当诱饵，先在将官中拉拢提拔一部分人，让他们死心塌地为吕氏人卖命出力。同时，对个别心存二志的人，抓起来杀光。如此一来，军中的形势确实大有改观。吕产心中稍稍松了一口气。

子时，从军营中巡视回到大营以后，吕产感到浑身上下疲劳至极，仿佛被乱棍击打一般。他无力地倚在木椅上，微闭双目。

这时，只听帐前一阵轻轻脚步声，走入帐内的竟然是一个无头的将军。吕产大惊失色，忙问："何人如此大胆，敢冒死闯入军中大帐？"

那无头将军哈哈大笑："我已经是被杀过的人了，不再畏惧斩首之令。"

吕产说："你……你是……"

"我是汉王刘邦亲口封的三齐王韩信。今日夜游，恰好路过此地，特进大帐里与大将军晚会，畅谈兵法如何？"

吕产立即怒斥："你乃一名妄图反我大汉朝的贼子，有何面目跟我讲法论道，滚出去！"

不料那无头将军竟敢把脚一跺："狂妄的乳臭未干的小儿，竟妄加罪名扣在我头上。你可知你的死期已近？当初，那个阴险的吕雉，让萧何出面骗我入宫，夺去我的性命，毁了我的英名。请问，至今有谁能证实我韩信要叛逆大汉？至今又有谁出面为我韩信平安昭雪、恢复名誉？贼刘邦、狗吕雉，善耍阴谋诡计，得天下以后，便要妄杀忠良。哈哈，你这个吕氏中人，你等着吧，吕雉滥杀无辜，今天就该你们来偿还血债了。哈哈，血债要用血来还……"

那无头将军大叫着，迈步走出大帐。

吕产吓得只顾喘着粗气，刚刚要呼喊卫士，忽然间，随着一阵阴风，又走来一个人。吕产定睛一看，呀，是姑姑，是皇太后，是提携、晋封吕氏中人的大恩人来了。

皇太后仍然是那份安详的气色，进入大帐后，她指着吕产问："为什么不给我让座？"

吕产结结巴巴地说："姑姑，皇太后娘娘，你，你不是已经西赴瑶池了吗？为何又回来了？"

"这次回来我就不走了。"

吕产十分高兴。"皇太后娘娘若能回到长乐宫，重振朝纲，这必是我吕氏中人的天大福气。我必日日叩拜，时时请安，专心听皇太后娘娘的教诲。"

未想到吕后听了，嘿嘿一阵冷笑："你们并没有听我的话，为什么要派灌婴领兵征剿刘襄？为什么不派审食其去？"

"此人不是领兵的人物，故……"

"要不，派郦商去也行。"

"……"

"你跟吕禄，一人守北军，一人导南军，那个吕禄为何不坚守在军营中，屡次三番走出军营，这不是成心要坏我吕氏中人的大事？"

"侄儿我已经数次教诲他，只是……"

"你吕产给我记牢了：明天要派重兵，强行入宫，把守卫未央宫的御林军和侍卫全给我杀净。尤其是那个朱虚侯刘章，一定要把他拿住杀掉，绝不能手软，更不能让他逍遥法外。他是咱们吕氏人的头号敌人。当初，他用假象迷住我的眼睛。他敢在我面前耍花招，明目张胆杀我吕氏中人，对此人绝不能饶恕。"

吕产急忙答应："侄儿谨记在心，决不忘却。"

"还有，那些元老大臣没有一个是好东西，在我面前，一个个装得服服帖帖，忠心不二，一旦离开我的眼睛，他们就秘密策划，一心逆反。他们张口闭口'白马盟誓'，妄图用那个老掉牙的紧箍咒套在吕氏人的头上，让我们无法争揽大权。今天，他们看到我把你们几个一一晋封为王为侯，心中恼怒，一心想跟你们作对。你给我记住了，马上派兵，把这些阴谋分子抓起来，一个不留。至于其中有个别人是忠于我们的，也一同抓进军营，那是为了保护他们。"

吕产心头茅塞顿开："侄儿谨记在心，决不疏忽，决不遗忘。"

双膝大跪的吕产，不再叩拜时，猛一抬头，皇太后娘娘的身影已经遁去。他急忙起身，追赶到军帐外，迎面阵阵秋风袭来，令他禁不住打了一个寒战。

抬头望去，繁星满天；望远处，灯火亮如白昼，一队队夜巡的兵卒，穿梭往来。

吕产心里话：这是皇太后娘娘再次催我来了。放心吧，侄儿一定速办，再也不犹豫了。

在同一个时间段里，北军大营中的吕禄没有出帐巡视，也没有秉烛夜读，而是独自一人自斟自酌。

他的心情灰暗到了极点：对于发生的局势，他不清不明看不透。单就交出北军大将军的印信一事，就把他给搅得心不安宁。还有，姑姑吕媭，从没说自己一个好字。每次见面，不是吵就是训，从来就没有得到她一声赞扬的话。难道我就是这样一个无用的草包吗？

大帐的帷幔轻轻动了一下，吕禄抬头一看，原来是皇太后娘娘驾到了。

他急忙丢下酒杯，跨步向前，双膝大拜：

"皇太后娘娘在上，受侄儿一拜。"

他万没有想到，皇太后娘娘非但没有答应他，反而用耳光扇打他的脸，那巴掌像冰一样，凉得扎人心。

"你个无用的东西，我一心晋封你，抬举你，你非但不尽心守职，反而被别人妖言所惑，执意要把手中的大权交出去！那是死路一条，万万不可把军权交出去！"

吕禄叩头如捣蒜，口中一再叫着："皇太后娘娘息怒，侄儿再也不会有这些愚蠢想法了。我一定记住你的话，日夜守住北军大营。"

再次抬起头来，皇太后娘娘早已无影无踪。吕禄下意识地摸了一下自己的头颅，难道是姑姑的魂来到这里了？

于是，他急忙下令撤去酒菜，披挂停当，提着宝剑出帐巡视去了……

把吕禄打发走以后，吕媭看到地上奇光异彩的珍珠奇宝，心里一阵剧痛。她仿佛已经悟到，自己的末日即将来临，她看到身负重任的侄子如此愚昧，她认为这些人已经无法守卫自己，最终一定会遭到刘氏中人的剿杀。她对于活命，已经没有兴趣，于是，抓过舞阳侯樊哙当初上阵使用过的宝剑，刚要自刎，却感到剑把被别人抓住了。她大惊，抬头看，却是姐姐来到自己面前。但见姐姐那双凤眼倒立，怒不可遏：

"为什么要寻短见？没有骨气！"

吕媭大惊："你，你怎么又回来了？"

"对你们一个个，我从来都不放心，看来你们是有命接权，无命保权，最后还要为权丧命。嗨，吕氏中人为什么这般没有福气！"

"姐姐，我看到吕氏人的气数已尽，也无心再活下去了……"

皇太后又是一声长叹："面对年轻的侄儿们，你没有尽到当姑姑的责任。面对一点点风吹草动，你就吓得要死。今后如何能成大事？"

"京城内外，逆流嚣张，几个侄儿不成器，我只有先走为快……"

"你要切记，世上的事，阳关道也会通向独木桥，死亡之道也能迎来艳阳天，这要看你如何应对。"

295

吕媭丢下手中的宝剑后，再次抬头看，姐姐的身影已经悄悄隐去，唯一留下的，是那一连串熟悉的脚步声……

右丞相陈平，太尉周勃，已经两天两夜没有合眼了，企图让郦寄去说服吕禄交出北军的大权，实属痴心妄想。下一步作何打算？

灌婴的消息如何？他能否与齐王刘襄一起，打出诛吕的大旗？

即使他们率兵杀来京城，南、北两军又如何能对付得了呢？周勃虽身为太尉，曾经率领南北二军，但是，军权大印已经为吕氏所得，周勃若想进入北军大营的大门，没有朝廷中的符节（用竹、木、金属所特制成的，用来信验的一种器物），他也休想进入大营。

陈平说："看来用计不行，必须用武力才行。"

周勃笑说："武力？你手中有兵有卒？"

陈平苦笑："看来我是在说痴话。"

这时，相府的舍人来报："郦寄求见。"

陈平把手一摆："快快请来！快快请来！"

陈平、周勃为之一振，心想郦寄兴许能带来好消息。两人几乎同步跨出门外，双双把郦寄迎回房中。

当郦寄把吕禄与姑姑吕媭的一番对话学出来以后，陈平心中直泛凉气。

周勃问："那吕禄回绝了你的主意了吗？"

"没有，他一直没有回绝，只是再也没有开口。"

"这说明吕禄的内心仍在两可之间。只是，如能有效助推一下，或许……"

陈平让郦寄先回去，明日再去北军大营寻找时机，并再一次鼓励郦寄："此举若能成功，立大功，受大奖，讨晋封的必是你。"

这时，夜已过子时。陈平似有所悟："如果把襄平侯纪通找来，让他持符节交给你呢？"

周勃说："若从他的手中得此符节，我必能进入北军大营。"

陈平遂决定孤身一人去襄平侯纪通府走一趟，他要去说服襄平侯，请他为诛吕尽力。

当下，周勃欲同行。陈平说："这样的事不宜二人同去，越是秘密越好。"

深夜，陈平来到襄平侯府上，纪通万分诧异。陈平刚入厅堂，遂跪地大拜，纪通更觉蹊跷，问："丞相如此，岂不是羞死我纪通？"

"为了救我汉室，为了诛吕，丞相我代百官向你求救来了。"

纪通说："诛吕是每一个忠于汉室的人应该干的大事，有用得着我的，只管吩咐。"

陈平起身落座以后，便说出心中的计谋。

纪通说："以命相许，致力成功。"

闻听此言，陈平忙起身，又是深深拜谢一番，方才回府。

看到陈平脸上掩抑不住的喜色，周勃知道右丞相的事办得很称心。他只是恭敬相问："丞相，此时还有什么事当办？只管直言。"

陈平伸开双臂，打了一个哈欠："头等大事就是马上上床睡觉。"

仅隔一天，京城诛吕风暴平地卷起。

清晨，平阳侯欲急急拜见相国吕产，有大事请示。这时，郎中令贾寿，刚好从齐国回京城，当即便向相国吕产禀报了大将军灌婴已经临阵倒戈，与齐王刘襄联手竖起诛吕保汉的大旗。并小声催促吕产：快快率兵入宫，一能保住自己，再者，可挟天子以令天下。

吕产知道事态很急，于是便让平阳侯先行回去，所有事情待日后解决。转身后，便跟郎中令贾寿一同匆匆走开。

听到这个惊人的消息，平阳侯不敢再耽误下去，离开相府后，便直奔陈平相府而去，把刚刚听到的消息，一字不漏地说给陈平、周勃二人听。

"好！好！灌大将军不愧为高祖帝的忠臣良将。大汉江山终可得保。"

陈平说："太尉可直接去北军大营。我此去请纪通出面帮你。"

周勃说："应该先让郦寄进入北军大营，再去劝一劝吕禄，看他能否愿意交出印信。"

陈平的舆车像不着地似的，四匹壮马拉着舆车就像拉一根鸿毛那样轻便，飞奔起来，车子像在云雾里一样飘行。

由于顺道，陈平先把郦寄叫出来，郦寄说，为了说话有力，他决定会同典客刘揭一齐进北军大营，他们两个都是吕禄的好朋友，说起话来更有力量。

回过头来，陈平的舆车拉上携带着符节的纪通，朝北军大营飞奔。

早一步来到大营门前的周勃，只能在远离大营门前的地方来回走动，虽然步履缓慢，但他的心头，如同拍马挺枪出阵的将军一样，此次入营，若有一着不慎，必满盘皆输。

早在此前，南、北二军营，全在太尉周勃掌控之中。营中的一草一木，一兵一卒，他皆清楚，亦有感情。只是因为朝廷有严明的军纪，他才无法踏进大营门。

绛侯周勃，少时学徒织薄曲（蚕具）为生，由于热爱吹箫，曾为人在丧事中吹奏。他为人忠厚，对高祖帝忠心耿耿。他办事明快，且极有章法。

此时，正当他表面镇定，内心着火时，陈平的舆车仿佛从天而降。纪通率先从车上跳下来，带领周勃径直朝北军大营门走去。

陈平则卧在车厢里，只能露出两只眼睛，紧紧盯住远去的三人的身影。

戒备森严的北军大营门前，十几个兵卒执刀横枪严守着。当纪通与周勃走上前时，纪通先亮出手中的符节，说："皇上有旨，速速放太尉进军营，万万不可阻拦。"

守门的兵卒识得朝廷的符节，更认得太尉周勃，没加严究，没多盘问，便放行通过了。

陈平在车厢里远远看见周勃进入军营，一颗悬到喉咙口的心迅速落地。

待纪通蹬上舆车以后，陈平又是一个伏跪大拜："诛吕，你为首功矣！"

朱虚侯刘章头一天夜里做了一个梦，梦见自己力敌二虎，经过一番搏斗，终被自己给击倒后杀死。守在他身边的妻子被惊醒，大声责问："睡觉为何还不老实？"

"梦中打虎，必有争斗，焉能老实？"

"夜梦伏虎，昼日杀人，你也不怕苍天折你的阳寿。"

"哈哈，我为侍卫皇上，必要有与歹人搏斗一事，杀人的事常有，不足为惧。"

妻子只好说："不管你伏虎也好，杀人也罢，对自己的岳父大人，万万不可无礼。"

"你又忘了不是？我为阴阳之躯。若一时间，阴气附身，就是杀了天王老子我也不知道。"

妻子只好唉声自叹，流泪不语。

朱虚侯心里话："诛吕，你爹吕禄是头号要犯，怎么可能不管不问呢？"

第二天早晨他刚刚起床，那把悬在墙壁上的宝剑，先是平白无故地摇荡几下，接着，那把剑仿佛被人抓住把子，用力朝外抽动似的。

朱虚侯伸手抓过来，刷地把剑拔出来，寒光四溢的剑面上竟然渗出殷殷鲜血！

刘章仿佛心有所悟，急忙穿上衣服，拿上宝剑，饭也不吃，便大步流星奔未央宫而去。

灌婴倒戈，实在令吕产猝不及防。至此，他心中愈加慌张。如果天下诸侯，同时响应齐王刘襄和灌婴的诛吕号召怎么办？只好把少帝请出来，让他发诏谕，以安定天下。

可是，几次进宫中，欲把皇上劫走，但总是办不成。那朱虚侯刘章固执己见，反复阻拦皇上出宫。我看他是别有用心，一心在防备我罢了。

今天行了。有贾寿的这般引导，知道大势所趋，我这个相国仍然要与皇上在一起。今天，谁想阻拦也不行。必要时，我要刀枪相见，杀鸡儆猴，保全大局。

他急急来到南军大营，先把大营门前的守卫，严格布置一番。再调将领，于营中守候，随时准备带兵杀向未央宫。

这时，他忽然想起前天夜里与冥人对话的事，心头不由得又是一个寒战。无论是韩信的话，还是皇太后娘娘的叮嘱，无不让他感到一场大战就摆在眼前。人们纷纷把矛头对准吕氏中人，这是何等残酷的现实呀！

到手的大权绝不可丢！

抛头洒血也要拼个你死我活！

皇太后娘娘，侄子乞求你的神灵，保吕氏中人平安度过这一劫吧。

皇太后娘娘，当初，你有心晋封侄儿相国、交侯、梁王和南军大将军，何不在非常时期，助侄儿一臂之力，让我等吕氏中人，逢凶化吉，遇难呈祥。事后成功，侄儿必为你塑金身、立玉碑、让你的大名，你的精神，与日月同辉，与天地永存。

想到这里，吕产便在大帐中，认真摆上皇太后娘娘的神位，并在牌位前，双膝大跪，三叩九拜，表示一番忠诚以后，才感到心安。

而后，他便带上一队人马，直奔未央宫而去。一股杀气，随风而至。

早于周勃一步进入北军大营的郦寄和典客刘揭，进入大帐，一一拜见吕禄。让吕禄略感惊奇的是：刘揭，这位要好的朋友，平日在朝中是主管诸侯及少数民族朝仪的事务的官员，今天为何进到北军大营来了？

还没等他张口，郦寄首先开口："大将军在上，皇上已经下诏，让太尉周勃掌管北军大营，并让你尽早回到自己的赵地去。典客刘揭就是专为此等大事来的。依在下看，阁下不要再执迷不悟。否则，大祸将随时临头。"

刘揭说："大事清楚不糊涂，是阁下的行事之则。今天，切不要吞吞吐吐。不然，我们两个也会受到殃及祸害。"

"去赵地必须今天就去？我还要回去收拾一下才是。"

面对两个朋友的催促，吕禄心中只念着友情，却把皇太后娘娘、吕媭姑姑的亲情给忘得一干二净，更是把皇太后娘娘曾来到大营军帐中与他说的一番话忘得干干净净。把权印交出以后，远离京城，独自到赵国，那是一人的天下，无忧无虑，多自在呀！

他心中更有向吕媭姑姑交代的话：皇上下旨，我焉敢不交印信。姑姑，你再也不要朝我发火了吧。

吕禄没有一丁点儿犹豫。他心想：有自己的好朋友在此，他不会害我误我的。有刘揭作证，周勃太尉又有符节入得大营，我还有什么可以犹豫，可以怀疑的呢？

于是，吕禄便起身走到内帐，双手把北军大将军印信恭敬捧出来，奉送到典客刘揭手中。

"请典客代劳，将印信转交给太尉周勃！"

此刻，吕禄突然感到心中一阵绞痛。皇太后娘娘的灵魂进入北军大帐时所说的话竟然又在他耳边响起来，那一记打在腮上的冰凉扎人的耳光让他记忆犹新。他似乎猛地醒悟过来了！记起吕媭姑姑那句话：再也不可离开北军大营，大将军印信绝不能交出去。

晚了，晚了。吕禄立即走上去，欲从刘揭手中夺过大将军印信，可是，闪身走进大帐的太尉周勃，早伸手把印信接到自己手中。

"赵王何不快快去赵国，这儿的一切不需你再费神操心了。"

太尉周勃的话，像一记棍棒打在他头上，吕禄无法，只得急急离开大营。

手中握着印信的太尉周勃，气宇轩昂，坐于军帐之中。这里的一切他非常熟悉，前后几年工夫，今天回来以后，倍感亲切。他升帐以后，将官一一进帐参拜时，发现是自己的老上司又回来了。众人不免心头一热。于是，一传十，十传百，瞬间，整个北军大营的兵将全都知道太尉周勃又回来主职北军大营了。

待各位将官参拜以后，周勃立即下令，全体北军立即集结在演武场上。

震耳的号角，撼动人心，威武的方阵，转眼间集结完成。周勃大步跨上点将台，各阵将领依次登上。

龙旗招展，战鼓轰鸣。一杆隶书的周字大旗，在撼人的鼓声中，冉冉升起，随秋风飘扬，在蓝天、艳阳下格外醒目。

太尉周勃于点将台上下令：

"各位兵卒、将领听之，凡愿跟着吕氏中人走的露出右胳膊；凡愿效忠刘氏的人只管显出左胳膊，绝不许有首鼠两端的人。"

一声令下，演武场上的兵卒与点将台上的将领，呼啦啦全露出左胳膊，无一人显右臂的。动作统一、心地统一，让周勃感动得双眼湿润。

之前，他曾预想，但凡有拥护吕氏中人者，只需暂时看管起来以后，再感化教之便可。而如此统一的现象，可见人心向背。

"诛吕，一定会取得全胜的。"周勃心里想。

二十三　未央宫风住雨歇，黄土冢一声叹息

"皇太后娘娘，此次诛吕，完全是你在世时犯下的滔天大罪所致。我等皆为了捍卫白马盟誓，为已经屈死、冤死的人讨还血债而已。我们为捍卫汉室社稷，为黎民百姓。至于冤屈之事，只能让你吕氏中人担当了。"

吕雉的幽灵只得哀叹一声，随秋风飘得越来越远，最终沉入厚厚的黄土地之中。

朱虚侯刘章来到未央宫前，远远看见右丞相陈平的舆车正飞奔而来。他不由得停住脚步，心里话，可能又要出大事了。

陈平的车子来到面前，右丞相没有下车，而是站在车上，急急说上两句话：

"朱虚侯快去北军大营，那已经被太尉周勃掌握手中了。你去协助他领兵，以防意外。"

"宫中的事呢？交给谁？"

刘章心里一抖，知道大战在即，而未央宫必是吕氏中人要来争斗的地方。

"宫中要加强宫门守卫，派心腹人守之，万万不可放吕氏中人进入宫中，此乃大事，一丝也不可疏漏。"

陈平说完后，飞车奔走。

刘章全然不敢大意。他急奔宫中，找来张辟彊，把事情简明扼要说明，便要他布精兵守住宫门，而后转身拉过一匹壮马，飞快跃上马背，一溜烟奔北军大营而去。他心中暗暗自语："怪不得今儿我的宝剑铮铮直响，原来如此。"

南军大将军吕产，率领一队人马来到军营大门前，心里猛地一闪念：此次入宫，何必带如此多的将卒？被外臣看见，必诬我带兵逼宫。这是要被杀头的罪名呀！

于是，他下令，大队人马回营中待命，他只带领几十名亲信随从同往未央宫。

令他颇为惊愕的是：城中的街道上，显得很是静谧。通往未央宫的大道上，更是无人无马，静得让人心里发慌。

吕产坐在大将军的舆车里，双目微闭，他心中正在下最后的决心：如果不得入宫，能不能强行进入？几个守宫门的兵卒，我必要杀之，不然不能震得住人心。

车子行驶得飞快，阵阵凉风，吹去他心中的烦恼，随之而来阵阵寒意，让心中又泛起诸多不快：

皇太后娘娘仅仅归天两个月，天下的局势竟然转换得如此之快，如此闹下去，我

吕氏中人怎么能站得住脚呢？到那时，恐怕不只是把权交出的事了，弄不好……

吕产不敢再这样想下去，步步险情，实在让人胆战心寒。

"皇太后娘娘，你这不是把福贵降到吕氏中人身上，而是把灾难、把祸害全抛到吕氏中人的头上了……"

未央宫的大门进入吕产的眼帘，那儿除去"九旒龙旗"在风中飞扬，并没有其他异样。一丝成功的信念从他心底升起："苍天助我吕氏，我日后必对得起苍天。"

飞车奔到未央宫大门前，前面几匹马一声嘶鸣，双腿悬空，车子向前狠狠滑了一截路才停稳下来。

吕产双手轻轻拍打一下王侯服上的尘土，一蹬踏地。身后的亲信随从，早已拥在他身后，没料到众人刚刚向前跨出两步，只听呼啦啦一声响，宫门的上方，齐刷刷亮出一排排整齐威武的御林军人的身姿来。

吕产心里一惊，倒吸口凉气，后退一步才站稳。他稳定一下情绪，便跨前一步，略略弓身做叩拜样：

"请御林军开宫门，本相有要事入宫面见皇上。事体紧急，误了军机，定当重罚。"

围墙上方，一位尉官回话："承陛下诏谕，今日闭严宫门，不许任何人入内。请相国谅解。"

吕产气得脸色发青，他真想挥手让手下人冲入宫门。但是不行，严密的防卫，让每一个胆敢冒险的人，有来无回。

吕产没有灰心，他接着说："吾身为相国，乃一人之下，万人之上。吾进入宫门，本为陛下认可的。今天，为何践踏规矩，坏皇家之礼？"

"军令如山，末将只得奉行。若相国有要事向皇上禀告，我可代为转达文书，绝不耽误。"

吕产无话可说，进退两难。

宫门前的这般对峙，在默默中相持。

朱虚侯快马来到北军大营，请门卫传报太尉后，始得入内，直接来到大帐前。

周勃说："令你为监军，守住北军大营门，如有人敢向里冲，格杀勿论。"朱虚侯欣然应之。

这时，周勃又令平阳侯速速驾车回到未央宫，向守卫传令：严禁吕产入内。守宫门不力者，斩无赦。

平阳侯奉命来到未央宫门前，远远看见吕产正带着随从守在宫门外，时时想入内。

平阳侯想：若吕产长守于此，再对以花言巧语，或付门卫以重金，万一宫门大开，岂不坏了大事。

于是，他未敢耽搁，从旁边打马回头，再次奔到北军大营内，将未央宫门前的事儿向太尉周勃禀告。并说此事不可犹豫，应速速派得力干将回未央宫守卫。否则，相国吕产会找准机会入得宫内的。

周勃认为平阳侯的话语很有道理。当下，便令朱虚侯刘章重新回到未央宫守卫。

刘章说："万一吕产调动南军士兵围攻未央宫，我等守卫人，势单力薄，无法抗拒大队兵马。为此，特请太尉拨军马与我，共同防守未央宫，管保万无一失。"

周勃认为朱虚侯言之有理，当即拨出千人兵卒，令朱虚侯率领，急奔未央宫。

一直在宫门前不走的吕产，看到无法劝动守卫宫门的卫尉，便私下令亲随回去领兵，趁黄昏时起兵攻入宫中，乘机劫走皇上。

快马赶回未央宫的朱虚侯，先让士卒隐在未央宫侧面，不许暴露。自己则从侧门入内，先去后宫，看到少帝无恙，他便快速赶到宫门前，与张辟彊见面。

此时的张辟彊显得有些紧张："恐怕吕产会去调兵卒猛攻宫门，这样，我们就难以应付了。"

刘章说："放心，我已带来一千精兵，就在宫墙外隐蔽着，适时而动。"

他说着，走到门前上方的墙垒上，偷偷向外观看。吕产下令调来的军卒约有千余人。他们阵势威严，士气高昂，只待吕产一声令下，就会攻入未央宫。

朱虚侯倒抽一口凉气，心里话，不容再等下去，要趁此不备，杀他个措手不及。

红日西沉，未央宫前仍一片肃然。

吕产似乎很有耐性，他在宫门前来回走动着，仿佛在等着一个最佳的时刻。

突然，一阵号角骤响，朱虚侯刘章指挥的千人兵卒，呼号着，冲杀过来。弩弓发出的利箭如飞蝗，尽刺入吕产南军的人群中。

相国吕产大惊失色，他无法想象会有如此众多的兵卒突然而至。至此，他也不知道北军大营已经被吕禄奉送给了太尉周勃。

看到朱虚侯指挥的兵卒，吕产稳定一下心绪，决定立即迎战。好，这样方可乘机杀入宫中劫走皇上。

两军对阵拼杀时，一片乌云飞过，严严遮住太阳。一阵飓风骤起，飞沙蒙面，碎石打脸。天地间顿时一片昏暗，无法分清东南西北。吕产与部下兵卒，一时陷入混乱之中，人、马相撞，车翻人亡。

看到如此衰败的景象，几个亲信只管护卫相国吕产，夺路而逃。

朱虚侯刘章率领兵卒一阵激战，除去顽抗者遭到杀戮，其余者纷纷缴械投降。刘章一时顾不得许多，便拨马飞快追赶吕产去了。

黑风黄雾中，相国吕产几乎迷了路。一齐逃跑的几人，在慌乱中各奔东西，只顾自己逃命。

从早晨至今，心中一直不安的少帝，不思茶饭，只想独自一人居于宫中。为了自己的安全，他命几个郎中严守自己的房门，东牟侯刘兴居亦在此列之中。

少帝心中时时默默盘算：自皇太后崩逝，自己心绪一直不宁。晚上时时做噩梦。

不是发现皇太后娘娘执剑至面前，就是看到吕氏中人吕产、吕禄等在自己左右，一个要等皇帝印信，一个要把他杀掉抛去荒野。身边的宫女一个个闻风而逃。而每当此时，朱虚侯刘章便会如期而至，一手执剑，奋勇向前，将吕产、吕禄斩杀。当他醒来以后，内心不免一阵惆怅。如前，吕产几次入宫，一心说服他离宫随他而去，每次均被朱虚侯阻拦，并私下里禀告，若要活命，必不离宫，他遂坚信。

今天，从早上开始，未央宫就处于大乱之中。他虽深居宫中，但从来往人的神色上已经知道情势危急，加之，一天中从未跟朱虚侯谋面，才知道事态严重。

这时，宫门前人声鼎沸，杀声盈耳，少帝便惶恐不安起来，令手下人将内宫门闭严，又令宫女远远避开，只留下卫尉兵卒严守门口，心中稍安。

当下，黄风、乌云、沙石顿起。面对天昏地暗的景象，少帝心中苦苦哀叹：完了，完了，今番天要亡我！完了！

正当他惊恐不已时，守在宫门前的卫尉来报："相国吕产被朱虚侯带兵杀退了！吕产逃遁了！"

少帝大喜，又怕此事有假，又令身旁的近卫者执剑前去探听虚实。须臾，近卫者回来报说：吕产兵败，吕产逃亡，朱虚侯已去追赶。

少帝闻此大喜过望。当即令使者执旌节，前去慰问朱虚侯刘章。

当年，吕更始被吕后晋封为长乐宫卫尉，自从皇太后崩逝之后，吕更始一直居于太后寝宫。由于身为近尉，又有相国吕产、北军大将军吕禄庇护，吕更始在后宫里竟然过着皇帝一样的生活：他吃住单独一个宫院，别人不得入内。每天，他自跟三个宫女同寝同卧，无人敢言。

皇太后还活着时，吕更始曾经叩请皇太后晋封他为王为侯，以便远去封国之中享乐享福。皇太后说："你且在我身边待着，一旦有机会，定会晋封于你。"

后来，皇太后得病，日趋严重，至此，再也没有封王封侯的机会了。皇太后入葬以后，吕更始心中很是愤愤不平。为什么吕产、吕禄的命运如此之好，而我则只能为一卫尉。虽然在宫中也有福分，可是，毕竟没有为王为侯者威风。皇太后逝去，自己登上王位便遥遥无期了。

为了泄愤，他便在宫中胡作非为，反正少帝远离于他，鞭长莫及。别的兵卒更不敢说，只好看着他恣意妄为。

早晨，有宫中兵卒来报，说未央宫门前，相国吕产带兵前来，未知吉凶。

吕更始说："我们可把兵卒招来，分派宫中各要害部门守之，绝不准外来兵卒入内，也不准未央宫中的侍卫来扰。这样便可保宫中安全。"

吕更始心中暗想，宫中大乱也好，我亦可以在乱中取胜矣。

逃亡的吕产发现几个亲信早早弃他而去。他心中愤慨大骂：势利小人，待我日后捉到必杀之。

吕产的坐骑奔到街尽头,拐了一个陡弯,眼前正是郎中令府。吕产唯恐前面再有人堵截,于是急忙下马,踹开门,郎中令府上的舍人见是相国吕产,刚要下跪叩拜,只听吕产说:"快把门顶牢,不许任何外人入内。"

他说着急忙跑向内院。

舍人不敢怠慢,立即把府门关严,闩上。

少顷,便听有人急急敲门。

舍人不敢开门,只在门内大声叫着:"吕相国让我顶门守住,外人不得入内。"

门外人大叫:"若再不开门,我入内先杀你。看我敢不敢?"

舍人经不住门外那人恫吓,只得把门打开。门刚刚闪开一道缝时,朱虚侯刘章的剑锋即刻插入,那舍人早吓得瘫倒在地上。

朱虚侯踹开大门,进到院里,用剑逼着那舍人询问吕产的下落。

那舍人说:"奴才只看见他跑到内院里去了。"

朱虚侯只一脚把那人踹翻在地上,转身进入内院庭中。

郎中令的府院虽不大却很别致,小小楼台,窄窄回廊,曲径向庭中延去。

朱虚侯执剑立于庭院中,放声大喊:

"吕产贼子!快快出来!方可饶你一死!"

郎中令的家人从房子里出来,紧紧依偎在一处,头不抬,话不说,只等朱虚侯判定死活。

从家人的神情中,朱虚侯判断,吕产并没有藏在他们的房子里。于是,又进一跨院,这是贮存杂物的房屋,正当他细心搜索时,只听背后唰的一声,朱虚侯把头向左一偏,一道寒光掠过。

原来是吕产从偏房门中杀出来。

朱虚侯一个急转身,把手中的剑锋向身旁刺去。吕产忙用剑一拨,两剑相撞,火光闪烁。

这时,只听吕产大叫一声:"住手!且听我问你!"

朱虚侯闪到一旁,把脸转过来,昏黄光线中,但见吕产尘土满面,华丽的绫罗服饰已经被撕扯得烂了几处。一副丧家犬的神色,早已失去了相国的威严。

朱虚侯仍是那副玩世不恭的神色:"相国大人,有话请讲,再不说,就没有机会说话了。"

吕产哭了:"我家吕氏中人,待你不薄呀!皇太后娘娘给你晋封侯爵,又把吕禄的女儿许你为妻,你在宴席上无故杀了我吕氏中人,皇太后没说你一个不字。如不遇今日之事,我决定让你做南军大将军。这些还不能满足你吗?"

朱虚侯说:"若要满足我,必取你的心肺。"

"既然如此，请朱虚侯言明我吕产的污秽处，让我死个明白。"

"吕氏中人妄为王侯，一心要占我大汉江山，这些事，众人皆知，何必还要让我多费口舌？"

"封王封侯，皆皇太后一人所为。今已至此，让我吕氏中人回去，自动卸职为民，这样不是更好吗？为何非要我的命呢？"

"皇太后欠下无数条命债，必须你吕氏人偿还，这乃天经地义之事。何必再多言语？"

吕产变哭为笑："哈哈，既然如此，我二人只好一争高下了。"

话没说完，手中的剑锋已经刺过来。朱虚侯早已防着他这一手了，一个纵身跃到吕产的侧面，手中的宝剑如出水蛟龙，划破黄昏的暮霭，直刺吕产的咽喉。

吕产惊叫一声，晃过剑口，抱头一缩，回身就跑。朱虚侯使了一个长臂揽月，截住了吕产的去路。只见吕产把身子一偏，躲过朱虚侯的剑锋，手中的剑哗地一划，削去朱虚侯腰间的一条佩带，虚刺一剑，转身逃去。

朱虚侯哪里肯放他，随之紧紧追过去。

吕产先是在这小小的院子里跑了一圈，接着一个急转身，从一截矮墙上跃了过去。

朱虚侯也跟着跨了过去。这里，一头是马厩，一头是厕所。

吕产妄想爬过厕所的墙，逃出府外。就在他抓住一根树枝向上爬时，朱虚侯的剑锋已经从他后胸插入体内，只听他大叫一声，坠入厕所中。

朱虚侯上前，一刀砍下吕产的头颅。

吕禄把大将军印信交给典客刘揭以后，心中感到一下子卸去千斤重担。他一心想回到府上，接上家眷，驱车直奔赵国。

妻子听他叙说以后，深感不妙："如此重大的事，你一不跟姑姑说，二不跟吕产商量，独断专行，后果若……"

吕禄不想再管那些事，他一心想快快逃出这个是非之地。

"要不，我先去赵国，回头再来接你们。"

"不，不行。要走一起走，要活一块儿活。"

吕禄听到妻子的话，心里很是丧气。

"为什么要说这些不吉利的话。"

妻子不说话了，只顾蒙头哭泣。

被妻子的哭声给扰乱了心绪，吕禄决定先去姑姑家，把事情说个明白。

吕禄刚刚走出家门，突然想到城中后街上有自己一个私妾。若自己匆忙离京，日后何时才能见面呢！

于是，他从小巷走过去，拐了一道街，这才来到私妾的家中。

听说吕禄即赴赵国，私妾便一阵阵哭泣，非要他把自己带走不可。

吕禄说："我绝不会把你丢在京城，只是当下还不能接走，待我在赵国安顿以后方可。"

不管吕禄作何解释，那私妾皆不予听信。

面对如此景象，吕禄只好决定在这里住一天，待好言好语劝说以后，再走也不迟。

这时，私妾佣人从街上归来，忙把吕相国兵围未央宫的事告诉吕禄。

吕禄不解，恐发生大事，便让那佣人再上街市打听。

直至黄昏，佣人才带来一个令他魂飞魄散的消息：朱虚侯刘章把大相国吕产杀死在郎中令的府上。

吕禄惊得瘫倒在地上："难道姑姑的话是真的？他们真的要对吕氏中人下毒手吗？"

吕媭知道侄儿吕产被诛的消息时，太阳已经落山。她感到自己的末日也已经来临。她一边骂侄儿无能，一边骂舞阳侯樊哙死得太早。慌乱中，她再次跪在庭中，面向姐姐皇太后的陵位方向祈祷，请姐姐的神灵保佑吕氏中人平安。

似乎她也知道这些是虚幻的，是靠不住的。她进入房里，把自己的珠宝一一收拾好，仔细包在一起。先前，她在侄子吕禄面前，用抛掷金银珠宝的激将法，以此去教育侄儿用心抓住北军，保住手中的大权。无奈，这样的不肖之子，终于没能将皇太后授予的权力保持住，致使吕氏中人一个个将会成为刀下之鬼。

"我就不信吕氏中人无能。我就要跟他们斗到底，谁敢来抓我，就先来尝尝我手中的剑锋的滋味。"

吕媭把各种细软收拾停当以后，把舞阳侯的那把宝剑摘下来，用力攥住剑把抽出来，但见寒光四溢，一股令人心颤的凛凛之气，迸发散开。

"当年，我虽没有上过战场，今天也要杀人保命。有种的，你只管上来，姑奶奶让你见血。"

朱虚侯刘章杀了相国吕产以后，跨上马，火速赶回未央宫。

这时，手下的兵将正在宫门前打扫战场，人人脸上洋溢着喜气洋洋的神色。一群放下刀枪的南军的兵将，被带到一旁呆坐。

风息了，云散了，夕阳从紫血色的云缝里闪现一抹艳红，使未央宫变得更加庄重、绚丽。

忽的，后院宫门大开，被少帝派遣来的使者手持旌节，前来慰问诛吕英雄朱虚侯刘章。受此殊荣，北军将、卒一齐簇拥上来，同心祝贺。刘章伸手要去夺下使者手中的旌节，使者执意护之，决不松手。

"你把旌节交给我，我欲持此节有大谋矣。"

"此为圣上赐之，万不能随意予人。"

朱虚侯看无法夺得旌节，索性把持节人拦腰抱起来，把他投进一辆舆车中。随之，朱虚侯一个鹞子翻身，蹬上舆车，便令车子速速驶向长乐宫。

由于车上有使者执毛旄，长乐宫大门的卫尉没有阻拦，朱虚侯直把车子驶进内宫里方才停下。

接到未央宫门前有战事的禀报以后，吕更始正在宫中将卫尉集中分派。突见一辆上有执毛旄的使者的车子驶进来，略一犹豫时，只见车上一人执剑，大叫一声跳下来。吕更始吓得刚想转身逃走，朱虚侯早早追上去。

眼见无路可逃的吕更始，大叫一声有刺客！

卫尉闻声赶来，在暮色中看见是朱虚侯时，众卫尉即自动放下手中的刀枪，尽站在一旁观战。由此，吕更始更是心寒胆战。手中的剑气萎靡，剑法紊乱，脚下一个打滑，只见朱虚侯的宝剑横空掠过，那吕更始的头颅，在半空中一个急旋，便滚到脚下。

接下来，朱虚侯站在车上发话："长乐宫中的吕氏中人，只管放下刀枪，否则，吕更始就是你们的榜样。"

至此，长乐宫中的诛吕之战顺利结束。

当天夜里，太尉周勃与右丞相陈平一起，又把南军大将军的印信拿在手中。

紧接着，周勃下令，城门紧闭，守城军全被北军换下来。城中又派大队人马巡夜，发现可疑人，即刻拿下。

长安京城，一夜平安。

第二天早晨，在私妾家中一夜未眠的吕禄，让佣人先去市上打听，当听说吕产、吕更始二人均被朱虚侯亲手杀死的消息时，吕禄吓得再也说不出话来。

那私妾说："朱虚侯是你的乘龙快婿，你是朱虚侯的泰山岳丈，单凭这一层至亲至近的情分，他对你必会高抬贵手。你还有什么可怕的，去，快快到你女儿家躲躲吧。"

吕禄听了只是一脸的苦笑："女儿曾说，朱虚侯乃阴阳人，如果阴气袭身，六亲不认，一样屠戮。我，我还是不去的好。"

两人经过一番商议，拿出一些银两交给佣人。让他快去告知自己的家人，携带金银细软，快快想法逃走。

吕禄与私妾未曾想到，这个佣人接过吕禄给他的金银后，并没去吕禄的赵王府，而是带着银两先回到家，而后径直赶到北军大营，把吕禄藏匿的地点报告出去。

太尉周勃立即令兵卒前去捉拿。

最后，在北军大营中，吕禄跟家人会面了，一个个哭成泪人。唯独吕媭非但没掉一滴泪水，相反还破口大骂：

"一个个无用的东西，只知道掉泪，就不知道用手中的刀去杀人。想想看，几天前，这儿的大帐还是由你主宰，今天呢，你竟然成了阶下囚。这是天意呀天意！姐姐，你就显显灵吧，把刘氏的皇族全杀个干净。"

吕媭被兵卒按倒在地上，并用棍杖击打致死。

吕禄呢，从人群中被拉出来以后，吓得瘫坐在地上。两人把他架起来后，被处以腰斩。临死前，他说了一句实话："姑姑，皇太后娘娘，你当年欠下的血债，为何非要我们偿还呢？可悲呀可叹。"

其实，皇太后娘娘吕雉真的显灵了。她径自责问南北军的大将军、太尉周勃：

"太尉，我且问你，诛吕氏中人，只可将有王位侯爵的人杀之，为何要殃及无辜？当年我曾下令：废除灭三族罪，你们为何还要滥杀无辜？"

"皇太后娘娘，此次诛吕，完全是你在世时犯下的滔天大罪所致。我等皆为了捍卫白马盟誓，为已经屈死、冤死的人讨还血债而已。我们为捍卫汉室社稷，为黎民百姓。至于冤屈之事，只能让你吕氏中人担当了。"

吕雉的幽灵只得哀叹一声，随秋风飘得越来越远，最终沉入厚厚的黄土地之中。

……

图书在版编目（CIP）数据

大汉第一太后吕雉 / 周鹏飞著. —北京：中国书籍出版社，2016.6
ISBN 978-7-5068-5518-1

Ⅰ.①大… Ⅱ.①周… Ⅲ.①传记小说-中国-当代
Ⅳ.①I247.5

中国版本图书馆CIP数据核字（2016）第076371号

大汉第一太后吕雉

周鹏飞　著

策划编辑	安玉霞
责任编辑	李　新
责任印制	孙马飞　马　芝
版式设计	中尚图
出版发行	中国书籍出版社
地　　址	北京市丰台区三路居路97号（邮编：100073）
电　　话	（010）52257143（总编室）（010）52257140（发行部）
电子邮箱	chinabp@vip.sina.com
经　　销	全国新华书店
印　　刷	河北鑫宏源印刷包装有限责任公司
开　　本	710毫米×1000毫米　1/16
字　　数	400千字
印　　张	20
版　　次	2016年7月第1版　2017年2月第2次印刷
书　　号	ISBN 978-7-5068-5518-1
定　　价	39.80元

版权所有　翻印必究